Jojo Moyes est romancière et journaliste. Elle vit en Angleterre, dans l'Essex. Après avoir travaillé pendant dix ans à la rédaction de l'*Independent*, elle décide de se consacrer à l'écriture. Ses romans, traduits dans le monde entier, ont été salués unanimement par la critique et lui ont déjà valu de nombreuses récompenses littéraires. *Avant toi* a créé l'événement et marqué un tournant dans sa carrière d'écrivain. Ce best-seller a rencontré un succès retentissant qui lui a valu d'être adapté au grand écran, comme le seront prochainement deux autres de ses romans, *La Dernière Lettre de son amant* et *Le vent nous portera*.

De la même autrice :

Avant toi
Après toi
Après tout

La Dernière Lettre de son amant
Jamais deux sans toi
Sous le même toit
Les Yeux de Sophie
Paris est à nous
Une douce odeur de pluie
Où tu iras j'irai
Les Fiancées du Pacifique
Le vent nous portera
Le bonheur n'attend pas
Nos cœurs à l'horizon

Ce livre est également disponible
au format numérique

www.editions-hauteville.fr

Jojo Moyes

Avant toi

Traduit de l'anglais (Grande-Bretagne)
par Frédéric Le Berre

Hauteville

Hauteville est un label des éditions Bragelonne

Titre original : *Me Before You*

ISBN : 978-2-38122-041-3

Bragelonne – Hauteville
60-62, rue d'Hauteville – 75010 Paris

E-mail : info@editions-hauteville.fr
Site Internet : www.editions-hauteville.fr

Pour Charles, avec toute mon affection.

Prologue

2007

Lorsqu'il émerge de la salle de bains, elle est réveillée, adossée aux oreillers et en train de feuilleter des brochures d'agences de voyages qui traînent à côté du lit. Elle porte un de ses tee-shirts à lui, et ses cheveux sont ébouriffés d'une manière qui en dit long sur la nuit qu'elle vient de passer. Tout en se frictionnant la tête avec une serviette, il s'arrête un instant pour apprécier le spectacle et les plaisants souvenirs qu'il suscite.

Elle relève la tête de sa lecture et esquisse une petite moue. Elle est sans doute un brin trop âgée pour minauder ainsi, mais leur relation est encore récente et n'a rien perdu de son charme.

— Est-il absolument nécessaire de choisir un séjour avec randonnée en montagne et saut à l'élastique inclus ? Ce sont nos premières vacances ensemble, et je ne vois dans ce catalogue que des voyages impliquant de se jeter dans le vide…, dit-elle en mimant un frisson. Pire encore, on serait contraints de porter des polaires.

Elle lance les catalogues sur le lit et étire ses bras délicieusement hâlés au-dessus de sa tête. Sa voix est un peu rauque – souvenir d'une nuit trop courte.

— Et si nous allions plutôt faire une balnéo de luxe à Bali ? Allongés sur le sable… Des heures à se faire bichonner… De longues nuits de relaxation…

— Je ne peux pas passer des vacances comme ça. J'ai besoin de faire quelque chose.

— Te jeter d'un avion par exemple ?

— Avant de critiquer, il faut d'abord essayer.

— Sauf ton respect, je crois que je vais me contenter de critiquer, répond-elle avec une grimace.

Sa chemise colle légèrement à sa peau encore humide. Il se passe un peigne dans les cheveux tout en allumant son téléphone, et grimace en voyant la liste des messages qui s'affichent.

— Il faut que j'y aille, dit-il. Pour le petit déjeuner, fais comme chez toi.

Il se penche sur le lit pour l'embrasser. Elle sent incroyablement bon – une odeur chaude et envoûtante. Il respire le parfum de ses cheveux et perd le fil de ses pensées lorsqu'elle l'enlace pour l'attirer vers le lit.

— Ça tient toujours, notre escapade ce week-end ?

Il se dégage de l'étreinte, à contrecœur.

— Ça dépend de cette négociation. Rien n'est encore joué pour l'instant. Il n'est pas exclu que je doive aller à New York. Dans tous les cas, un petit dîner en tête à tête jeudi soir ? Tu choisis le restaurant.

Il tend la main vers sa tenue de motard accrochée à la porte. Elle fronce les sourcils.

— Un dîner. Avec ou sans mister Blackberry ?

— Quoi ?

— Lorsqu'il est là, j'ai l'impression de tenir la chandelle, dit-elle avec une petite moue. C'est comme si une tierce personne cherchait à capter ton attention.

— Je le mettrai en mode silencieux.

— Will Traynor ! réplique-t-elle d'un ton de reproche. Il doit bien y avoir des moments où tu es autorisé à l'éteindre.

— Je l'ai éteint la nuit dernière, non ?

— Uniquement sous la contrainte.

— C'est donc comme ça que ça s'appelle, maintenant ! dit-il avec un sourire.

Il enfile son pantalon en cuir. L'emprise de son imagination finit par se dissiper. Il pose son blouson sur son épaule, lui envoie un baiser et s'en va.

Vingt-deux messages s'affichent d'un coup sur son Blackberry. Le premier a été envoyé de New York à 3 h 42 du matin. Un problème juridique. L'ascenseur l'emporte vers le parking souterrain pendant qu'il découvre l'enchaînement des événements de la nuit.

— Bonjour, monsieur Traynor, dit le gardien en sortant de sa petite cahute.

Elle l'abrite des intempéries dans cet espace clos où il ne pleut jamais. Parfois, Will se demande à quoi il peut bien consacrer les heures grises de la nuit, les yeux rivés sur des écrans de surveillance qui montrent les chromes rutilants de voitures à 60 000 livres qui ne prennent jamais la poussière.

— Quel temps fait-il dehors, Mick ? demande-t-il en enfilant son blouson.

— Affreux. Il pleut des cordes.

Will suspend son geste.

— Vraiment ? Mieux vaut éviter la moto alors.

— En effet, répond Mick. À moins d'avoir un modèle amphibie ou de vouloir en finir avec la vie.

Will jette un regard à son engin, puis commence à retirer sa tenue de cuir. Quoi que Lissa puisse en penser, il n'est pas du genre à prendre des risques inutiles. Il déverrouille le top-case de sa moto, range son pantalon et son blouson à l'intérieur, puis le referme avant de lancer la clé à Mick. Le gardien la rattrape habilement d'une main.

— Vous me la glisserez sous le paillasson, d'accord ?

— Bien sûr. Vous voulez que je vous appelle un taxi ?

— Non. Inutile qu'on finisse trempés tous les deux.

Mick appuie sur le bouton d'ouverture de la grille automatique. Will sort et le remercie d'un signe de la main. Autour de lui, le tonnerre gronde dans l'aube encore tout enténébrée. Alors qu'il n'est que sept heures et demie du matin, la circulation a déjà envahi les rues du centre de Londres. Il relève le col de sa veste et descend la rue en direction du carrefour où il a le plus de chances de pouvoir héler un taxi. Le ciel gris se reflète sur la chaussée détrempée.

Il ne peut s'empêcher de jurer intérieurement en apercevant les personnes en costume déjà massées au bord du trottoir. Depuis quand tout Londres se lève-t-il à l'aube ? Tout le monde a eu la même idée.

Il en est à se demander à quel endroit stratégique se placer lorsque son téléphone sonne. C'est Rupert qui l'appelle.

— Je suis en route. Je cherche un taxi.

Il en aperçoit justement un libre de l'autre côté de la rue. Il s'engage en espérant que personne d'autre ne l'a vu. Dans un rugissement, un bus passe devant lui, suivi de près par un camion dont les freins crissent au point de couvrir les paroles de Rupert.

— Je n'ai pas saisi, Rupe, crie-t-il pour se faire entendre malgré les bruits du trafic. Tu peux répéter ?

Pendant un instant de réclusion sur l'îlot central au milieu de la rue, tandis que les files de voitures s'écoulent devant lui comme un fleuve, il distingue la plaque lumineuse du taxi et brandit sa main libre en espérant que le chauffeur le repérera à travers les trombes d'eau.

— Il faut que tu appelles Jeff à New York. Il n'est pas couché, il attend ton coup de fil. On a essayé de te joindre la nuit dernière.

— Quel est le problème ?

— Un détail juridique qui coince. Deux clauses de la section… signature… papiers…

La voix de Jeff se perd dans le chuintement des pneus d'une voiture sur la chaussée détrempée.

— Je n'entends rien.

Le taxi l'a vu et freine. Ses roues soulèvent une fine bruine de l'autre côté de la chaussée. Un peu plus loin, un homme qui s'était mis à courir ralentit, déçu de constater qu'il n'a aucune chance de monter dans ce taxi avant Will, lequel se sent envahi par un vague sentiment de triomphe.

— Écoute, demande à Cally de déposer tous les papiers sur mon bureau, crie-t-il. Je serai là dans dix minutes.

Il regarde à droite, à gauche, puis s'élance en direction de la berline noire à quelques mètres devant lui, la tête rentrée dans les épaules. « Blackfriars », le nom de sa destination, est déjà sur ses lèvres. La pluie s'insinue par le col de sa chemise. Quelques pas sous le déluge et le voilà trempé. En arrivant au bureau, il enverra peut-être sa secrétaire lui acheter une chemise.

— Et il faut que cette question de « bonne exécution » soit réglée avant l'arrivée de Martin…

Un bruit strident lui fait relever la tête ; un coup de Klaxon furieux. Il voit la portière noire et brillante du taxi devant lui, dont le chauffeur est déjà en train de baisser la vitre. Et puis, à la périphérie de son champ de vision, quelque chose qu'il ne distingue pas vraiment, quelque chose qui arrive droit sur lui à une vitesse vertigineuse.

Il se retourne vers l'objet non identifié et comprend en une fraction de seconde qu'il est juste en travers de son chemin, pris au piège de la circulation. De surprise, sa main s'ouvre et son Blackberry tombe par terre. Il entend un cri, le sien probablement. Son œil capte quelques images – un gant de cuir, un visage sous un casque, le choc dans les yeux de l'homme, comme un reflet de celui qu'il éprouve. Il y a une explosion et tout vole en éclats.

Puis plus rien.

Chapitre premier

2009

De la maison à l'arrêt de bus, il faut compter cent cinquante-huit pas, mais cela peut monter jusqu'à cent quatre-vingts pour quelqu'un qui n'est pas pressé, par exemple quelqu'un chaussé de talons hauts ou de plates-formes. Ou de chaussures achetées dans une friperie, ornées d'un papillon sur le devant mais qui ne tiennent pas vraiment au niveau du talon – ce qui explique d'ailleurs qu'elles étaient disponibles au prix défiant toute concurrence de 1,99 livre. J'ai tourné à l'angle de la rue où l'on habite (soixante-huit pas plus loin) et j'ai aperçu notre maison – une bicoque jumelée de quatre chambres, au milieu d'une enfilade d'autres pavillons jumelés de trois ou quatre chambres. La voiture de papa était garée devant ; il n'était donc pas encore parti au travail.

Le soleil se couchait derrière le château de Stortfold, dont l'ombre glissait au flanc de la colline comme de la cire en fusion sur le point de m'engloutir. Quand j'étais petite, nous nous provoquions en duel au revolver avec nos ombres allongées ; notre rue n'avait rien à envier à *OK Corral*. Un autre jour, je vous aurais raconté toutes les aventures qui me sont arrivées sur cette portion de route : l'endroit où mon père m'a appris à faire du vélo sans stabilisateurs, l'endroit où Mme Doherty avec sa perruque de guingois nous préparait des gâteaux, l'endroit où Treena, alors qu'elle avait onze ans, a plongé la main dans une haie et dérangé un nid de guêpes, et comment nous avons pris nos jambes à notre cou en hurlant jusqu'au sommet de la colline.

J'ai refermé le portillon derrière moi, puis ramassé le tricycle de Thomas qui gisait dans l'allée pour le traîner jusqu'aux marches du petit perron. J'ai ouvert la porte d'entrée et la chaleur m'a sauté au visage avec la puissance d'un airbag. Le froid est un véritable supplice pour ma mère, de sorte qu'elle laisse le chauffage à fond tout au long de l'année. Mon père passe son temps à ouvrir les fenêtres en maugréant qu'elle finira par nous mettre sur la paille. Il dit que nos factures de chauffage dépassent le PIB d'un petit État africain.

— C'est toi, ma chérie ?

— Ouaip.

J'ai accroché ma veste au portemanteau – en bataillant pour me faire une place parmi les autres.

— Laquelle, de chérie ? Lou ou Treena ?

— Lou.

J'ai passé la tête par la porte du salon. À plat ventre sur le canapé, mon père avait un bras plongé entre deux coussins, exactement comme s'il venait de se le faire avaler. Assis sur son dos, Thomas, mon neveu de cinq ans, observait attentivement l'opération en cours.

— Un Lego, a expliqué mon père en tournant vers moi son visage cramoisi par l'effort. Je me demande bien pourquoi ils font des pièces aussi petites. Au fait, tu n'aurais pas vu le bras gauche d'Obi-Wan Kenobi ?

— Il était posé sur le lecteur de DVD. J'ai l'impression qu'il a interverti les bras d'Obi-Wan avec ceux d'Indiana Jones.

— Apparemment, Obi-Wan ne peut pas avoir de bras beiges. Il faut absolument les bras noirs.

— Ne t'en fais pas. Il me semble bien que Dark Vador lui coupe un bras dans l'épisode deux, ai-je dit en tapotant ma joue pour indiquer à Thomas d'y déposer un baiser. Où est maman ?

— En haut. Eh, qu'est-ce que c'est que ça ? Une pièce de deux livres !

J'ai levé la tête ; je percevais tout juste le grincement familier de la table à repasser. Josie Clark, ma mère, ne s'asseyait jamais. Elle y mettait un point d'honneur. Un jour, elle était restée dehors sur son échelle à repeindre les fenêtres pendant que nous étions attablés autour d'un rôti. De temps à autre, elle s'arrêtait pour nous faire un petit signe.

— Tu n'essaierais pas de mettre la main sur ce foutu bras pour moi ? Cela fait une demi-heure qu'il me tanne pour que je le trouve et je vais bientôt devoir partir au boulot.

— Tu travailles de nuit ?

— Ouais. Et il est cinq heures et demie.

J'ai jeté un coup d'œil à l'horloge.

— En fait, il est quatre heures et demie.

Il a extrait son bras des coussins et plissé les yeux pour regarder sa montre.

— Pourquoi tu rentres si tôt ?

J'ai vaguement secoué la tête, comme si je n'avais pas bien saisi la question. Je suis passée dans la cuisine.

Grand-père était assis sur sa chaise près de la fenêtre, absorbé dans un sudoku. Le médecin nous avait dit que cet exercice serait bon pour sa concentration, qu'il l'aiderait à focaliser son attention après ses attaques. J'avais dans l'idée que j'étais la seule à avoir remarqué qu'il remplissait les cases au petit bonheur en y inscrivant les chiffres qui lui passaient par la tête.

— Salut, papi.

Il a relevé la tête et m'a souri.

— Tu veux une tasse de thé ?

Il a secoué la tête et entrouvert la bouche.

— Une boisson fraîche ?

Il a hoché la tête. J'ai ouvert la porte du frigo.

— Il n'y a plus de jus de pomme. (Le jus de pomme coûtait trop cher.) Du Ribena ?

Il a secoué la tête.

— De l'eau ?

Il a confirmé, puis marmonné quelque chose qui ressemblait vaguement à une formule de politesse lorsque je lui ai tendu son verre.

Ma mère est entrée dans la pièce, avec dans les bras un énorme panier de linge impeccablement repassé.

— Elles sont à toi ? m'a-t-elle demandé en brandissant une paire de chaussettes.

— Plutôt à Treena, je dirais.

— C'est bien ce que je pensais. Une couleur étonnante. Elles ont dû passer avec le pyjama lie-de-vin de ton père. Tu rentres tôt ? Tu vas quelque part ?

— Non.

Je me suis servi un verre d'eau au robinet, puis je l'ai bu.

— Est-ce que Patrick va passer ? Il a cherché à te joindre tout à l'heure. Ton portable était éteint ?

— Hmm.

— Il a dit qu'il s'occupait de réserver vos vacances. Ton père dit qu'il a vu quelque chose à la télévision à ce sujet. Où tu voulais aller, déjà ? Ipsos ? Kalypsos ?

— Skiathos.

— C'est ça. Il faut choisir ton hôtel avec soin. Tu peux faire ça sur Internet. Ton père et ton grand-père ont regardé un reportage à ce sujet aux informations. Apparemment, on a construit là-bas des établissements qui sont deux fois moins chers. Et on ne peut pas le savoir avant d'arriver sur place. Papa, tu veux une tasse de thé ? Lou ne t'en a pas proposé une ?

Elle a allumé la bouilloire et posé son regard sur moi. Peut-être avait-elle finalement constaté que je ne disais rien.

— Tout va bien, ma chérie ? Tu es pâle comme un linge.

Elle a posé une main sur mon front, comme du temps où j'avais beaucoup moins que vingt-six ans.

—Je crois que nous n'allons pas partir en vacances.

La main de ma mère s'est arrêtée. Ses yeux sont devenus aussi intenses que des rayons X, un truc que je l'avais vue faire depuis ma plus tendre enfance.

—Il y a un problème entre Pat et toi ?

—Maman, je…

—Je ne veux pas me mêler de ce qui ne me regarde pas, mais ça fait une éternité que vous êtes ensemble. C'est normal que les choses deviennent un peu tendues de temps en temps. Je veux dire, ton père et moi, nous…

—J'ai perdu mon boulot.

Ma voix a tranché le silence. Les mots sont restés suspendus dans l'air de la petite pièce, incandescents.

—Tu as quoi ?

—Frank ferme le café. À partir de demain.

J'ai tendu la main dans laquelle j'avais serré mon enveloppe, devenue un peu moite durant le trajet du retour – mes cent quatre-vingts pas depuis l'arrêt de bus.

—Il m'a payé mes trois mois.

La journée avait commencé comme n'importe quelle autre. Dans mon entourage, tout le monde détestait les lundis ; pas moi. J'aimais arriver de bonne heure au *Petit Pain beurré*, allumer l'énorme fontaine à thé installée dans un coin, ranger le pain et les caisses de lait livrés dans la cour, papoter avec Frank pendant les préparatifs avant l'ouverture.

J'aimais la chaude atmosphère du café, emplie de senteurs de bacon, les brusques courants d'air frais quand un client poussait la porte, le murmure des conversations, et puis, aux heures calmes, le son nasillard de la radio de Frank, qui semblait jouer pour elle-même dans son coin. Ce n'était pas un établissement à la mode. Les murs étaient ornés de clichés du château sur la colline, les tables étaient en Formica, et le menu n'avait pas changé depuis mon premier jour, hormis quelques modifications sur la sélection des barres chocolatées et l'ajout de brownies et muffins au chocolat à la carte.

Ce que j'aimais par-dessus tout, c'était les clients. J'aimais Kev et Angelo, les plombiers, qui passaient presque tous les matins et ne manquaient pas de taquiner Frank sur les origines douteuses de la viande qu'il servait. J'aimais « lady Pissenlit », ainsi surnommée à cause de son ébouriffante tignasse blanche, qui du lundi au jeudi venait manger un œuf au plat avec des frites et restait assise à lire les journaux gratuits en sirotant deux tasses de thé. Je m'efforçais toujours de lui faire la conversation ; j'avais le sentiment que c'était peut-être l'unique occasion qu'elle avait de parler à quelqu'un au cours de ses journées.

J'aimais les touristes qui s'arrêtaient en montant au château ou en redescendant, les écoliers surexcités qui passaient après l'école, les habitués des bureaux d'en face, et puis Nina et Cherie, les coiffeuses, qui connaissaient la teneur en calories de chacune des spécialités du *Petit Pain beurré*. Même les clients pénibles ne me dérangeaient pas, comme la dame rousse qui tenait la boutique de jouets et se plaignait au moins une fois par semaine d'une erreur dans le rendu de la monnaie.

J'observais les relations qui se nouaient et se dénouaient aux tables du café, les enfants que des parents divorcés se remettaient, le soulagement un peu coupable d'autres parents pour qui faire la cuisine était une corvée, le plaisir secret de personnes âgées savourant un petit déjeuner avec du bacon frit. Le café était fréquenté par une faune variée, et j'échangeais une plaisanterie ou quelques mots avec la plupart des clients au-dessus d'une tasse de thé fumant. Mon père disait toujours qu'on ne savait jamais à l'avance ce que j'allais dire, mais, au *Petit Pain beurré*, cela n'avait aucune espèce d'importance.

Frank m'aimait bien. Calme de nature, il disait qu'il m'avait engagée pour mettre de l'animation dans son établissement. Pour moi, c'était un peu comme d'être serveuse dans un bar, les ivrognes en moins.

Cet après-midi-là, après le coup de feu du midi, alors que la salle était provisoirement vide, Frank avait surgi de derrière ses fourneaux en s'essuyant les mains sur son tablier, pour mettre l'écriteau « Fermé » sur la porte vitrée.

— Voyons, Frank, je t'ai déjà dit que mon salaire ne couvrait pas les petits extras.

Pour reprendre l'expression de mon père, Frank était « aussi grande folle qu'un gnou bleu ». J'ai relevé la tête vers lui.

Ma plaisanterie n'avait pas l'air de le faire rire.

— Oh, oh. Ne me dis pas que j'ai encore rempli les sucriers avec du sel...

Il triturait nerveusement un torchon entre ses mains ; jamais encore je ne l'avais vu aussi mal à l'aise. L'espace d'une seconde, je me suis demandé si un client était venu se plaindre de moi. Il m'a fait signe de m'asseoir.

— Je suis désolé, Louisa, conclut-il après m'avoir annoncé la nouvelle. Je rentre en Australie car mon père ne va pas très bien. J'ai entendu dire qu'un service de petite restauration sera prochainement ouvert au château. Il y a un écriteau sur le mur.

Je crois que je suis restée bouche bée. Puis Frank m'a remis l'enveloppe – et répondu à ma question avant même que je ne la pose.

— Je sais que nous n'avons jamais signé un contrat ou quoi que ce soit, mais je tiens à te traiter convenablement. Il y a trois mois là-dedans. On ferme boutique dès demain.

— Trois mois ! explosa mon père, tandis que ma mère me fourrait une tasse de thé sucré dans les mains. Comme c'est généreux de sa part... après l'avoir fait trimer comme un forçat dans cette taule pendant six ans.

— Bernard, a tempéré ma mère en lui lançant un regard accompagné d'un signe de tête en direction de Thomas.

Chaque jour, mes parents le gardaient après l'école, jusqu'à ce que Treena ait fini de travailler.

— Mais qu'est-ce qu'elle va bien pouvoir faire maintenant ? Il aurait au moins pu lui donner plus qu'une foutue journée de préavis.

— Eh bien… elle va chercher un autre travail.

— Mais il n'y a pas de travail, Josie. Tu le sais aussi bien que moi. On en est en pleine crise.

Ma mère a fermé les yeux un instant, comme pour se ressaisir avant de parler.

— Elle est intelligente. Elle va trouver quelque chose. Elle a de l'expérience, pas vrai ? Et Frank va lui fournir d'excellentes références.

— Oh, génial… « Louisa Clark n'a pas son pareil pour beurrer les toasts et elle excelle dans le maniement de la théière. »

— La confiance règne ! Merci, papa, ça fait toujours plaisir.

— Non, mais c'est vrai.

Je savais très bien pourquoi mon père se faisait du mouron. La famille comptait sur mon salaire. Treena ne gagnait presque rien chez le fleuriste. Ma mère ne pouvait pas travailler car elle s'occupait de grand-père qui touchait une pension symbolique. Et mon père était angoissé en permanence par son boulot à la fabrique de meubles. Depuis des mois, son patron évoquait à mots couverts d'éventuels licenciements. À la maison, on parlait de dettes et de la nécessité de jongler avec les cartes de crédit. Deux ans plus tôt, un chauffard sans assurance avait eu raison de la voiture de mon père et, d'une certaine manière, précipité l'effondrement de l'édifice fragile des finances familiales. Aussi modeste soit-elle, ma paie avait été une petite bouée grâce à laquelle la famille joignait les deux bouts d'une semaine sur l'autre.

— N'allons pas trop vite. Demain, elle pourra aller regarder les petites annonces à l'agence pour l'emploi. Elle a largement eu son lot d'émotions pour aujourd'hui. (Ils parlaient comme si je n'étais pas là.) Et puis, elle est intelligente. Pas vrai que tu es intelligente, ma chérie ? Elle pourrait suivre un cours de dactylo. Chercher un emploi administratif dans un bureau.

Je suis restée assise, pendant que mes parents discutaient des perspectives de carrière que mes maigres qualifications me permettaient d'envisager. Travail en usine, opératrice, découpeuse de plaquettes de beurre. Pour la première fois de cet après-midi-là, j'ai eu envie de pleurer. Thomas, qui me regardait de ses grands yeux ronds, sans rien dire, m'a tendu une moitié de biscuit tout mou.

— Merci, Tommo, ai-je articulé en silence, avant de me mettre à le manger.

Il était à son club d'athlétisme, où je m'attendais à le trouver. Du lundi au jeudi, réglé comme du papier à musique, Patrick était là-bas, dans le gymnase ou en train de tourner sur la piste illuminée. J'ai descendu les marches de l'escalier, les bras serrés autour de moi pour me protéger du froid, puis je me suis avancée lentement sur la piste en agitant la main, tandis qu'il venait à ma rencontre.

— Tu peux courir avec moi, a-t-il dit en haletant tandis que son souffle produisait de petits nuages blancs devant sa bouche. Il me reste quatre tours.

J'ai hésité un instant, avant de me mettre à courir à ses côtés. Je n'avais pas le choix si je voulais avoir une discussion avec lui. Je portais mes baskets roses à lacets turquoise, les seules chaussures avec lesquelles je pouvais envisager de courir.

J'avais passé la journée à la maison, en m'efforçant de trouver quelque chose d'utile à faire. Au bout d'une heure à peine, j'ai commencé à traîner dans les pattes de ma mère. Ma présence était incompatible avec les petites habitudes de grand-père et maman. Mon père dormait, puisqu'il travaillait de nuit pour tout le mois, et il n'était pas question de le déranger. J'ai rangé ma chambre, puis je me suis installée devant la télévision avec le son en sourdine. À intervalles réguliers, le souvenir me revenait de la raison pour laquelle je me trouvais à la maison au beau milieu de la journée et, chaque fois, je ressentais un pincement au cœur.

— Je ne t'attendais pas.

— Je m'ennuie à la maison. Je me suis dit que nous pourrions faire quelque chose.

Il m'a jeté un regard en coin. Son visage reluisait de sueur.

— Plus vite tu trouveras un nouveau boulot, mieux ce sera, ma puce.

— Cela ne fait que vingt-quatre heures que j'ai perdu le précédent. Est-ce que j'ai le droit de me sentir un tout petit peu abattue aujourd'hui ?

— Vois les choses du bon côté. Tu savais que tu ne pourrais pas faire ce boulot toute ta vie. Il faut que tu ailles de l'avant.

Deux années auparavant, Patrick s'était vu décerner le titre de « Jeune entrepreneur de l'année » de Stortfold, et il ne s'en était pas encore tout à fait remis. Depuis, il avait pris un associé, Ginger Pete, acheté à crédit deux camionnettes décorées aux armes de sa raison sociale, et il proposait ses services de coaching personnalisé à des clients à cinquante kilomètres à la ronde. Il avait également un tableau blanc dans son bureau, sur lequel il aimait inscrire au marqueur noir les résultats d'activité qu'il projetait de réaliser, puis réajuster les chiffres jusqu'à ce qu'ils soient parfaitement à sa convenance. Je crois bien qu'ils ne cadraient jamais exactement avec la réalité.

D'un coup d'œil à sa montre, il releva le temps de son tour de piste.

— Un licenciement, ça peut changer la vie, Lou. Qu'est-ce que tu veux faire maintenant ? Tu pourrais entamer une formation. Je suis sûr qu'il existe des aides pour les gens comme toi.

— « Les gens comme moi » ?

— Oui, les gens qui envisagent une réorientation professionnelle. Qu'est-ce que tu voudrais faire comme boulot ? Tu pourrais devenir esthéticienne. Tu es assez jolie pour ça.

Tout en courant, il m'a donné un coup de coude, comme si je devais lui savoir gré de son compliment.

— Tu connais mes secrets de beauté. L'eau, le savon et une mise en plis maison de temps en temps.

Patrick commençait à avoir l'air exaspéré.

Et moi, je commençais à être à la traîne derrière lui. Je déteste courir – et je détestais encore plus qu'il ne se mette pas à mon rythme.

— Écoute… Vendeuse. Secrétaire. Agent immobilier. Je ne sais pas… Il doit bien y avoir quelque chose qui te tente.

En fait, non. J'avais adoré travailler au café. Au *Petit Pain beurré*, je connaissais mon travail sur le bout des doigts, j'aimais saisir au vol les bribes de la vie des clients. Je me sentais bien là-bas.

— Tu ne peux pas passer ton temps à te morfondre, ma puce. Tu dois te reprendre. Quand ils touchent le fond, les meilleurs entrepreneurs remontent toujours vers la surface. C'est ce que Jeffrey Archer a fait. Et Richard Branson aussi.

Il m'a tapoté le bras pour m'inciter à rester à son rythme.

— Je doute que Jeffrey Archer se soit jamais fait renvoyer d'un café où il beurrait des toasts.

J'étais hors d'haleine et le soutien-gorge que je portais n'était pas adapté à cette activité. J'ai ralenti et posé mes mains sur mes genoux.

Il a pivoté sur lui-même pour courir en marche arrière. Sa voix portait dans l'air piquant et immobile.

— Imaginons… Je disais ça pour prendre un exemple parlant. Laisse couler pour aujourd'hui, puis mets un tailleur et va te renseigner à l'agence pour l'emploi. Ou, si tu veux, je peux te former pour que tu travailles avec moi. Tu sais, il y a de l'argent à se faire dans ce créneau. Et ne t'inquiète pas pour les vacances, c'est moi qui paierai.

Je lui ai souri.

Il m'a envoyé un baiser et sa voix a résonné dans le stade désert.

— Tu me rembourseras quand les choses iront mieux pour toi.

J'ai fait ma première demande d'indemnités de chômage. J'ai eu un entretien individuel de trois quarts d'heure, puis une réunion de groupe au milieu d'une vingtaine d'hommes et de femmes. Une bonne moitié d'entre eux avaient sur le visage l'expression légèrement hébétée que je devais moi-même afficher, et l'autre moitié la mine désabusée des habitués de l'agence pour l'emploi. Je portais ce que mon père appelait ma tenue « civile ».

Pour prix de mes efforts, j'avais eu à endurer un court remplacement de nuit dans une usine de transformation de poulets et volailles (ce qui me valut des cauchemars pendant des semaines), puis deux jours de formation à la fonction de « Conseiller énergie ». Bien vite, j'avais compris que l'activité consistait en gros à embrouiller des personnes âgées pour les inciter à changer de fournisseur d'énergie, et j'avais dit à Syed, mon « conseiller personnel », que je ne pouvais pas escroquer les gens comme ça. Il avait insisté pour que je continue, si bien que je lui avais fait la liste des pratiques qu'on m'avait demandé d'appliquer. À ce stade, il s'était un peu calmé pour suggérer que nous (il disait toujours « nous », alors même qu'à l'évidence il avait déjà un emploi) cherchions autre chose.

J'ai ensuite travaillé pendant deux semaines dans un établissement de restauration rapide. Les horaires étaient corrects, je me suis accommodée du fait que l'uniforme produisait de l'électricité statique dans mes cheveux, mais il m'a été impossible de respecter à la lettre les consignes au sujet des « formulations appropriées » : « Que puis-je faire pour vous ? », « Désirez-vous une grande frite pour accompagner votre repas ? » J'avais été surprise en train de débattre avec une petite fille de quatre ans des mérites de l'un des jouets offerts gratuitement par une collègue qui s'occupait des desserts, et on m'avait remerciée. Que pouvais-je dire pour ma défense ? C'était une fillette très intelligente. Et moi aussi, je trouvais la Belle au bois dormant un peu gnangnan.

Je suis donc revenue pour un quatrième entretien avec Syed. Tout en faisant défiler les offres d'emploi sur son écran tactile, même lui qui arborait d'ordinaire le sourire joyeusement figé de celui qui a réussi à ramener dans le monde du travail les cas les plus désespérés ne parvenait plus à dissimuler sa lassitude.

—Hmm… Avez-vous déjà envisagé de travailler dans l'industrie du spectacle ?

—Quoi ? Genre dans un carnaval ?

—Pas exactement. En fait, il y a un poste à pourvoir pour une danseuse spécialisée « pole dance ». Plusieurs postes, même.

J'ai haussé un sourcil.

—C'est une plaisanterie ?

—Non, un contrat de trente heures hebdomadaires pour une personne ayant le statut d'auto-entrepreneur. J'imagine que les pourboires sont importants.

—Je rêve ou vous venez de me conseiller d'accepter un emploi qui consiste à se trémousser en petite tenue devant de parfaits inconnus ?

— J'ai cru comprendre que vous étiez douée pour le relationnel. Et, apparemment, vous n'avez rien contre les tenues… théâtrales.

Son regard a glissé vers mes collants d'un joli vert brillant. Je m'étais dit qu'ils feraient du bien à mon humeur. Thomas avait passé quasiment l'intégralité du petit déjeuner à chantonner l'air de la *Petite Sirène* à mon intention.

Syed a tapoté quelque chose sur son clavier.

— Que diriez-vous d'un poste de modérateur sur un tchat réservé aux adultes ?

Je l'ai regardé sans rien répondre.

— … Toujours en partant du principe que vous aimez parler aux gens.

— Non. Et non aussi pour les boulots de serveuse à demi-nue. Ou de masseuse. Ou d'opératrice webcam. Allons, Syed, vous allez bien me dégoter un emploi qui ne provoquera pas un infarctus à mon père.

Ma demande a semblé le surprendre au plus haut point.

— En fait, il n'y a plus grand-chose hormis des postes à horaires flexibles dans le secteur du commerce et de la grande distribution.

— Vous voulez dire de la mise en rayons en équipe de nuit ?

Cela faisait suffisamment longtemps que je venais pour savoir décrypter leur jargon.

— Il y a une liste d'attente, m'annonça-t-il avec un sourire contrit. Les personnes qui ont des enfants scolarisés choisissent ce genre d'emplois parce que les horaires sont pratiques, dit-il en scrutant de nouveau son écran. Ça ne nous laisse plus que les soins et l'assistance à la personne.

— Autrement dit, torcher le derrière des personnes âgées.

— J'ai bien peur, Louisa, que vous n'ayez pas de qualifications pour grand-chose d'autre. Si vous acceptiez de suivre une formation, je me ferais un plaisir de vous orienter. Le centre d'enseignement pour adultes propose des tas de filières.

— On en a déjà parlé, Syed. Si je fais ça, je perds mon allocation de demandeur d'emploi, n'est-ce pas ?

— Uniquement si vous n'êtes pas en mesure d'accepter un poste.

Le silence s'est installé. J'ai jeté un regard en direction de la porte où se tenaient deux agents de sécurité à l'imposante carrure. Je me suis demandé s'ils avaient décroché leur boulot par l'intermédiaire de l'agence pour l'emploi.

— Je ne suis pas très douée avec les personnes âgées, Syed. Mon grand-père vit chez nous depuis son attaque. Et, même avec lui, je ne m'en sors pas.

— Ah. Vous avez donc une expérience en matière de soins.

— Pas vraiment. C'est ma mère qui s'occupe de lui la plupart du temps.

— Et votre mère ne cherche pas un emploi ?

— Très drôle…

— Je ne cherchais pas à être drôle.

— Pour que je me retrouve à prendre soin de mon grand-père ? Non merci. Et, au fait, ça vient de lui autant que de moi. Vous n'avez vraiment rien dans un café ?

— Je ne crois pas qu'il y ait encore assez de cafés pour vous garantir un emploi, Louisa. Nous pourrions essayer chez *Kentucky Fried Chicken*. Ça marchera peut-être mieux là-bas.

— Parce que c'est mieux de vendre des Buckets douze pièces que des Chicken McNuggets ? Je ne crois pas.

— Alors peut-être faut-il élargir nos recherches, aller voir plus loin.

— Il n'y a que quatre lignes de bus qui desservent notre ville. Vous le savez parfaitement. Et je sais que vous m'avez dit de voir avec le bus touristique, mais j'ai appelé et le service s'arrête à 17 heures. Et, en plus, il est deux fois plus cher que le bus normal.

Syed s'est laissé aller contre le dossier de son fauteuil.

— À ce stade, Louisa, je dois vous rappeler qu'en tant que personne ne souffrant d'aucune invalidité, pour que vos indemnités soient maintenues, vous devez…

— … démontrer que je fais des efforts pour trouver un emploi. Je sais.

Comment lui expliquer à quel point je voulais travailler ? Pouvait-il seulement imaginer combien mon ancien job me manquait ? Jusqu'alors, le chômage n'avait été qu'une abstraction, un sujet récurrent aux informations lorsqu'il était question des chantiers navals ou de l'automobile. Jamais je n'avais imaginé que l'absence de travail pouvait provoquer la même sensation douloureuse que l'amputation d'un membre. Outre les craintes évidentes pour l'avenir et les fins de mois, le chômage avait le don de vous faire sentir inutile et de vous donner la désagréable impression de ne pas être à votre place. Comment aurais-je pu deviner que me lever le matin deviendrait plus difficile qu'à l'époque où la sonnerie du réveil m'arrachait à la douce inconscience de la nuit ? Que les gens avec lesquels je travaillais pourraient me manquer, quelles que soient mes affinités avec eux ? Ou même que je me surprendrais à chercher des visages familiers en arpentant la rue commerçante ? La première fois que j'avais vu lady Pissenlit errant devant les boutiques, l'air aussi désœuvrée que je l'étais moi-même, il m'avait fallu contenir une irrépressible envie de la serrer dans mes bras.

La voix de Syed me tira de ma rêverie.

— Ah, ah, voilà qui pourrait faire l'affaire.

Je me suis penchée pour tenter de voir l'écran.

— Ça vient d'arriver. À l'instant. Une place d'aide-soignante.

— Mais je vous ai dit que je n'étais pas douée avec les…

— Il ne s'agit pas de s'occuper de personnes âgées. C'est un poste chez… un particulier. Une assistance à domicile. L'adresse n'est qu'à trois kilomètres de chez vous. « Assurer les soins et offrir une compagnie à un homme handicapé. » Vous conduisez ?

— Oui. Mais est-ce qu'il faut lui torcher le…

Il parcourut l'écran des yeux.

— Non. Autant que je puisse en juger, il n'y a pas de derrière à torcher. C'est un… tétraplégique. Il a besoin d'une personne à ses côtés au cours de la journée pour lui donner à manger et l'aider. En général, il s'agit essentiellement d'être présent lorsque ces personnes veulent prendre l'air, ou pour faire les petits gestes qu'elles ne peuvent plus faire elles-mêmes. Oh, et c'est bien payé. Bien plus que le salaire minimum.

— Probablement parce qu'il faut lui torcher le derrière.

— Je vais passer un coup de fil pour confirmer ce point précis. Mais, dans l'hypothèse où cela ferait partie du poste, vous irez quand même passer l'entretien ?

Son intonation avait fait de sa phrase une question.

Nous connaissions tous deux la réponse.

J'ai poussé un soupir, puis ramassé mon sac pour rentrer chez moi.

— Nom de Zeus, dit mon père. Vous imaginez ça ? Comme si ce n'était déjà pas assez dur de finir dans un fauteuil roulant, voilà qu'il récupère notre Lou pour lui tenir compagnie.

— Bernard ! a grondé ma mère.

Derrière elle, mon grand-père riait dans sa tasse de thé.

Chapitre 2

Je ne suis pas complètement idiote. À ce stade, j'aimerais clarifier ce point une bonne fois pour toutes. Simplement, j'ai parfois du mal à ne pas me sentir un peu légère en cellules grises, vu que j'ai grandi avec une petite sœur qui a non seulement pris un an d'avance pour atterrir dans ma classe, mais ensuite renouvelé l'exploit pour passer dans l'année supérieure.

Pour tout ce qui relève de l'intelligence, Katrina a toujours été la première – bien que ma cadette de dix-huit mois. Elle a dévoré bien avant moi tous les livres que j'ai lus. Chaque fois que j'évoque un sujet au cours du dîner familial, elle le connaît déjà. Elle est la seule personne à passer des examens avec plaisir. Parfois, je me dis que ma façon de m'habiller est étroitement liée à celle de Treena, incapable d'associer convenablement deux vêtements. C'est son unique domaine d'incompétence. C'est une fille du genre jean et pull. Pour elle, le summum de l'élégance consiste à passer un coup de fer sur son jean.

Mon père dit de moi que j'ai « mon caractère » parce que j'ai tendance à dire à voix haute ce qui me passe par la tête. D'après lui, je suis comme ma tante Lily – que je n'ai jamais connue. C'est d'ailleurs un peu étrange d'être sans cesse comparé à quelqu'un qu'on n'a jamais vu. Lorsque je descendais l'escalier avec mes bottes violettes, mon père hochait la tête à l'intention de ma mère en disant : « Tu te souviens de tante Lily et de ses bottes violettes ? » Et, inévitablement, elle se mettait à glousser de leur petit aparté. Ma mère estime plutôt que j'ai un style « bien à moi » – une façon détournée de dire qu'elle n'a jamais rien compris à ma façon de m'habiller.

Hormis pendant une brève période de mon adolescence, je n'ai jamais voulu ressembler à Treena, ni aux autres filles de l'école. Jusqu'à mes quatorze ans, j'avais toujours préféré les vêtements de garçon ; depuis, je m'habille en fonction de l'humeur du jour. Ça ne sert à rien que j'essaie d'avoir un look classique. Je suis petite avec les cheveux bruns et, selon mon père, j'ai un visage d'elfe. Rien à voir avec la « grâce elfique ». Non pas que je sois dénuée d'attraits, mais je doute qu'on dise un jour de moi que je suis belle. Je n'ai pas cette petite étincelle qui fait la beauté. Patrick me dit que je suis sublime lorsqu'il veut s'envoyer en l'air, mais on ne me la fait pas. Voilà presque sept ans que nous nous connaissons.

J'avais vingt-six ans et je n'étais pas certaine de savoir ce que j'étais. Jusqu'au jour où j'avais perdu mon travail, je n'avais encore jamais réfléchi à la question. Je devais penser que je finirais par épouser Patrick, pondre quelques enfants et m'installer à un pâté de maisons de l'endroit où j'avais grandi. Abstraction faite de mes goûts exotiques en matière de vêtements et de ma petite taille, je ressemble beaucoup à Mlle Tout-le-Monde. Je ne suis pas de celles sur qui on se retourne. Une fille ordinaire menant une vie non moins ordinaire. Et cela me convenait parfaitement.

— Tu dois absolument porter une tenue correcte pour un entretien, avait insisté ma mère. Il y a trop de laxisme de nos jours.

— Parce qu'un tailleur à rayures, c'est absolument indispensable pour donner la becquée à un croulant ?

— Ne fais pas ta maline.

— Je ne peux pas me permettre d'acheter un tailleur. Imagine que je ne décroche pas ce job ?

— Tu peux prendre le mien. Et je vais te repasser un corsage. Et puis, pour une fois, fais un effort pour ta coiffure…, suggéra-t-elle en désignant mes cheveux séparés en deux petits chignons noirs de part et d'autre de ma tête, comme d'habitude. Autre chose que ces trucs à la princesse Leia. Essaie juste d'avoir l'air d'une personne normale.

Je me suis bien gardée de me disputer avec ma mère. Et j'ai constaté qu'on avait interdit à mon père d'émettre le moindre commentaire sur ma tenue lorsque je suis partie, d'une démarche mal assurée à cause de ma jupe trop étroite.

— À tout à l'heure, ma belle, a-t-il dit en luttant pour réprimer un sourire. Et bonne chance. Tu as l'air d'une vraie… femme d'affaires.

Je n'étais déjà pas fière de porter un vieux tailleur de ma mère dont la coupe datait des années 1980, mais j'étais encore plus embarrassée de constater à quel point il était trop petit pour moi. Je sentais la ceinture me scier le ventre ; j'ai dû tirer sur la veste croisée pour la fermer. Comme dit mon père, ma mère est aussi grassouillette qu'une épingle à cheveux.

Pendant le court trajet en bus, j'ai été prise d'une vague sensation de nausée. C'était la première fois que je passais un entretien d'embauche. J'avais été prise au *Petit Pain beurré* à la suite d'un pari avec ma sœur Treena. Elle soutenait qu'il était impossible de décrocher un job en une journée. J'étais entrée dans le café et j'avais simplement demandé à Frank si une paire de bras supplémentaires pouvait lui être utile. C'était son premier jour et il avait levé vers moi un regard empreint de gratitude.

En y repensant, je ne me souvenais même pas d'avoir négocié quoi que ce soit avec lui au sujet de mon salaire. J'ai accepté celui qu'il me proposait, et, chaque année, il m'annonçait m'avoir un peu augmenté – généralement d'un peu plus que ce que j'aurais demandé.

Et d'abord, qu'est-ce qu'on pouvait bien me demander au cours d'un entretien ? Me faudrait-il prodiguer un soin spécifique à cet invalide, le nourrir ou lui donner un bain ? Syed m'avait précisé qu'un aide-soignant masculin s'occupait de la gestion des « besoins intimes » (cette seule expression me donnait des frissons). En revanche, selon ses propres mots, « la définition du second poste de soignant restait encore un peu vague ». Je me suis imaginée en train d'essuyer un filet de bave au coin de sa bouche, puis de demander en parlant fort : « Est-ce qu'il veut une tasse de thé ? »

Au tout début de sa convalescence, après son attaque, mon grand-père n'était absolument plus autonome. C'était ma mère qui lui faisait tout. « Ta mère est une sainte », disait mon père. J'en avais conclu qu'elle lui torchait les fesses sans s'enfuir en hurlant de la maison. J'étais à peu près certaine que personne ne m'avait jamais qualifiée de « sainte ». Pourtant je lui coupais sa viande et je lui préparais des tasses de thé. Mais, pour le reste, je n'étais pas convaincue d'avoir les épaules assez larges.

Granta House était située de l'autre côté du château de Stortfold, près du mur d'enceinte de l'époque médiévale, au beau milieu de la zone touristique, sur la longue route non bitumée qui ne desservait que quatre maisons, ainsi que la boutique du *National Trust*, l'organisation pour la conservation des monuments et sites d'intérêt historique. Je passais tous les jours devant cette demeure, sans l'avoir jamais remarquée vraiment. Mais, après avoir traversé le parking et contourné le petit train des touristes – tous deux aussi vides et déprimants que peuvent l'être des attractions estivales en plein mois de février –, j'ai constaté qu'elle était plus grande que je ne l'imaginais. Avec sa façade de brique rouge, c'était le genre de maison qu'on pouvait voir en couverture d'un vieux numéro du magazine *Country Life* dans la salle d'attente du médecin.

J'ai remonté la longue allée en m'efforçant de ne pas me demander si quelqu'un était en train de m'observer derrière une fenêtre. Dans ce genre d'épreuve, on ne peut pas s'empêcher de se sentir en situation d'infériorité. J'en étais précisément à me demander si j'avais intérêt à lisser ma mèche lorsque la porte s'est ouverte. J'ai fait un bond.

Une femme, guère plus âgée que moi, s'est avancée sous le porche. Vêtue d'un pantalon blanc et d'une blouse d'infirmière, elle tenait un manteau et un dossier sous un bras. En passant devant moi, elle m'a souri poliment.

— Et encore merci de vous être déplacée, a dit une voix à l'intérieur. Nous vous rappellerons.

C'est alors que j'ai vu apparaître une femme, d'âge mûr mais resplendissante, impeccablement coiffée avec une mise en plis manifestement coûteuse. Elle portait un tailleur dont le prix devait excéder le salaire mensuel de mon père.

— Vous devez être mademoiselle Clark.

— Louisa, ai-je répondu en tendant la main, comme ma mère m'avait impérativement recommandé de le faire.

Mes parents estimaient que les jeunes avaient tort de ne plus se prêter au rituel de la poignée de main. Dans le temps, il aurait paru grotesque de dire « salut », voire, pire, de se faire la bise. Cette femme ne donnait pas l'impression d'avoir envie qu'on l'embrasse.

— Oui. D'accord. Entrez.

Elle retira sa main de la mienne aussi vite qu'il était humainement possible de le faire. J'ai senti son regard s'attarder sur moi, comme si elle était déjà en train de m'évaluer.

— Si vous voulez bien me suivre. Nous allons nous installer au salon. Je suis Camilla Traynor, poursuivit-elle d'un ton un peu las.

Elle donnait l'impression d'avoir répété ces paroles toute la journée.

Je lui ai emboîté le pas jusqu'à une pièce immense avec des portes-fenêtres qui allaient du sol jusqu'au plafond. De lourds rideaux étaient élégamment accrochés à des tringles en acajou et le sol était recouvert de tapis persans aux motifs complexes. L'air embaumait la cire d'abeille et les meubles anciens. Des petits coffrets décoratifs étaient disposés sur les plateaux brunis de jolies petites tables disséminées çà et là. Je me suis soudain demandé à quel endroit les Traynor pouvaient bien poser leurs tasses de thé.

— Vous êtes venue en réponse à l'annonce déposée à l'agence pour l'emploi, n'est-ce pas ? Asseyez-vous, je vous en prie.

Pendant qu'elle feuilletait les papiers que contenait son dossier, j'ai furtivement observé la pièce alentour. Je m'attendais à une maison qui ressemblerait un peu à un établissement de santé, pleine d'élévateurs, de monte-escaliers et de surfaces immaculées. Mais cette demeure avait l'allure des hôtels particuliers hors de prix dans lesquels règne une atmosphère de vieille richesse, regorgeant d'objets intrinsèquement précieux. Des photos exposées dans des cadres d'argent étaient disposées sur une desserte, mais elles étaient trop loin pour que je puisse distinguer précisément ces portraits. Pendant qu'elle compulsait ses feuilles, j'ai remué sur mon siège, histoire d'adopter une posture plus seyante.

C'est à cet instant précis que je l'ai entendu – ce petit bruit à nul autre pareil que produit une couture qui cède. J'ai baissé les yeux et vu l'étoffe déchirée le long de ma cuisse droite, bordée de part et d'autre de bouts de fil de soie effilochés qui formaient un feston disgracieux. J'ai senti mes joues s'empourprer.

— Alors… mademoiselle Clark… avez-vous une expérience en matière de tétraplégie ?

Je me suis tournée vers Mme Traynor, en gigotant de mon mieux pour faire en sorte que la veste du tailleur couvre autant que possible la jupe déchirée.

— Non.

— Cela fait longtemps que vous travaillez comme aide-soignante ?

— Hum... À dire vrai, je ne l'ai jamais été.

Comme si Syed me parlait à l'oreille, je me suis empressée d'ajouter :

— Mais je suis sûre que je peux apprendre.

— Vous savez ce que cela signifie être tétraplégique ?

— C'est..., ai-je bafouillé. C'est quand on est obligé d'être dans un fauteuil roulant ?

— C'est une façon de voir les choses. En fait, il existe plusieurs degrés de tétraplégie, mais, dans le cas présent, nous parlons d'une personne qui a totalement perdu l'usage de ses jambes et qui n'a plus qu'un usage limité de ses mains et ses bras. Est-ce que cela vous pose un problème ?

— Eh bien, probablement moins qu'à lui, répondis-je en esquissant un sourire, alors que le visage de Mme Traynor demeurait impassible. Excusez-moi... je ne voulais pas...

— Êtes-vous titulaire du permis de conduire, mademoiselle Clark ?

— Oui.

— Vous avez encore tous vos points ?

J'ai confirmé d'un hochement de tête.

Camilla Traynor cocha quelque chose sur sa feuille.

La déchirure s'agrandissait. Je la voyais progresser inexorablement le long de ma cuisse. À ce rythme, lorsque je me lèverais, j'aurais tout l'air d'une entraîneuse de Las Vegas.

— Vous vous sentez bien ? me demanda Mme Traynor, en me regardant droit dans les yeux.

— J'ai un peu chaud. Vous permettez que j'enlève ma veste ?

Avant qu'elle ne puisse répondre quoi que ce soit, je me suis hâtée de la retirer pour la nouer autour de ma taille et masquer ainsi le désastre de ma jupe.

— Il fait si chaud, ai-je poursuivi en souriant. Quand on arrive du dehors, vous savez…

Il y eut un petit instant de silence, puis Mme Traynor revint à son dossier.

— Quel âge avez-vous ?

— Vingt-six ans.

— Et vous avez occupé votre emploi précédent pendant six ans, c'est bien cela ?

— Oui. Vous devez avoir une copie de mes références.

— Hmm…, a dit Mme Traynor qui plissait les yeux en regardant la feuille. Votre ancien employeur dit de vous que vous êtes « chaleureuse, ouverte, et que votre présence embellit l'existence ».

— Oui, je l'ai payé très cher pour qu'il écrive ça.

De nouveau, son visage impénétrable digne d'un joueur de poker.

Et flûte, ai-je songé.

J'avais le sentiment d'être examinée sous toutes les coutures – et pas de façon très indulgente. L'inélégance du chemisier de ma mère m'a soudain sauté aux yeux, avec sa fibre synthétique qui luisait dans la douce lumière. J'aurais mieux fait d'opter pour la sobriété d'un ensemble pantalon-chemise. N'importe quoi plutôt que ce tailleur.

— Dites-moi, pour quelle raison quittez-vous cet emploi où vous étiez si appréciée ?

— Frank – le propriétaire – a vendu son café. Celui qui se situe au pied du château. Le *Petit Pain beurré*. Enfin, qui *se situait* là. Personnellement, j'aurais été ravie d'y rester.

Mme Traynor a hoché la tête, soit parce qu'elle ne voyait rien d'autre à ajouter sur ce point, soit parce qu'elle aussi aurait été ravie que je reste là-bas.

— Et que voulez-vous faire de votre vie, au juste ?

— Pardon ?

— Avez-vous des aspirations particulières pour votre carrière ? Envisagez-vous cet emploi comme un tremplin vers autre chose ? Avez-vous un objectif professionnel ?

Je l'ai regardée, les yeux ronds.

S'agissait-il d'une question piège ?

— Je… je n'ai pas réfléchi aussi loin. Depuis que j'ai perdu mon emploi, je voudrais… Je voudrais juste retrouver un travail, bafouillai-je, la gorge nouée.

Mauvaise réponse. Quel genre de candidat pouvait bien se rendre à un entretien sans même savoir ce qu'il voulait faire ? À en juger par son expression, Mme Traynor était exactement du même avis. Elle a reposé son stylo.

— Dites-moi, mademoiselle Clark, pour quelle raison devrais-je vous employer plutôt que, par exemple, la candidate précédente qui a plusieurs années d'expérience avec des patients tétraplégiques ?

J'ai levé les yeux vers elle.

— Hmm… Honnêtement ? Je ne sais pas.

Elle a accueilli mes paroles sans rien dire. J'ai donc poursuivi :

— J'imagine que c'est à vous de décider.

— Vous ne pouvez pas me donner une seule raison pour laquelle je devrais vous engager ?

Subitement, j'ai vu le visage de ma mère passer devant mes yeux. L'idée de rentrer à la maison avec un tailleur déchiré et un nouvel échec était au-dessus de mes forces. Sans compter que ce job était payé neuf livres de l'heure.

Je me suis redressée sur mon siège.

— Eh bien… j'apprends vite. Je ne suis jamais malade, j'habite tout près, de l'autre côté du château, et je suis plus forte que j'en ai l'air. Suffisamment pour aider votre mari à se déplacer…

— Mon mari ? Ce n'est pas de mon mari qu'il s'agit, mais de mon fils.

— Votre fils ? ai-je répété en clignant des yeux. Hmm… Le travail ne me fait pas peur. Je me débrouille bien avec toutes sortes de gens et… je fais un thé tout à fait acceptable.

Voilà que je me mettais à déblatérer dans le silence. Le fait qu'il s'agisse de son fils m'avait profondément déstabilisée.

— Je veux dire, mon père a l'air de penser que ce n'est pas la référence absolue, mais, d'après mon expérience, une bonne tasse de thé est une solution à pratiquement tous les problèmes…, ajoutai-je.

Mme Traynor me regardait de façon très étrange.

— Désolée, ai-je bafouillé en prenant la mesure de l'énormité que je venais de proférer. Je ne suis pas en train de dire qu'une tasse de thé aurait raison de… la paraplégie… tétraplégie… de votre fils…

— Il faut que vous sachiez, mademoiselle Clark, qu'il ne s'agit pas d'un contrat à durée indéterminée. Cet emploi est prévu pour une durée de six mois tout au plus. C'est ce qui explique le salaire… confortable. Nous voulions être sûrs d'attirer la bonne personne.

— Lorsqu'on a fait des nuits sur une chaîne de découpe de poulets, l'idée d'aller travailler six mois à Guantánamo est une perspective tout à fait engageante, vous pouvez me croire.

Ferme-la, Louisa. Ferme-la. Je me suis mordu les lèvres.

Mme Traynor ne semblait pas se soucier de mes paroles. Elle a refermé son dossier.

— Mon fils – Will – a été blessé dans un accident de la circulation il y a de cela presque deux ans. Il a besoin de soins vingt-quatre heures sur vingt-quatre, lesquels lui sont pour la plupart dispensés par un infirmier spécialisé. J'ai récemment repris mon travail et l'aide-soignante que nous recherchons devra être ici tout au long de la journée pour lui tenir compagnie, l'aider à boire et manger, lui apporter une assistance générale, et veiller à ce qu'il ne lui arrive rien. Il est primordial que Will ait à ses côtés quelqu'un qui soit en mesure d'assumer ces responsabilités, ajouta Camilla Traynor en contemplant ses genoux.

Chacune de ses paroles, et jusqu'à la façon dont elle les prononçait, semblait insinuer qu'il y avait de la stupidité chez moi.

— Je comprends, ai-je dit en récupérant mon sac.

— Vous acceptez donc ce travail ?

C'était si inattendu que j'ai d'abord pensé avoir mal entendu.

— Pardon ?

— Nous aurions besoin que vous commenciez le plus tôt possible. Le salaire est versé chaque semaine.

Pendant un instant, je n'ai plus su quoi dire.

— Vous préférez m'engager moi plutôt que…

— L'amplitude horaire est assez importante, de 8 heures à 17 heures, et parfois plus tard. Nous n'avons pas prévu de pause-déjeuner à proprement parler, mais lorsque Nathan, son infirmier, vient s'occuper de lui au milieu de la journée, vous disposez d'une demi-heure de battement.

— Il n'y a rien de… médical à faire ?

— Will reçoit déjà toutes sortes de soins médicaux. Ce que nous voulons pour lui, c'est une personne solide… et enjouée. Sa vie est… compliquée. Il est important qu'on lui réapprenne à…

Elle s'est tue et son regard s'est perdu dans le lointain, de l'autre côté des portes-fenêtres. Puis elle s'est de nouveau tournée vers moi en ajoutant :

— Disons que son bien-être mental nous importe autant que son bien-être physique. Vous comprenez ?

— Je crois que oui. Est-ce que je dois… porter un uniforme ?

— Non, absolument pas.

Ses yeux ont glissé vers mes jambes.

— Mais quelque chose d'un peu moins… suggestif sera sans doute plus approprié, fit-elle remarquer.

J'ai suivi son regard et découvert que ma veste avait tourné, révélant un large pan de peau nue.

— Je… je suis désolée. La jupe s'est déchirée. En fait, ce n'est pas la mienne.

Mais Mme Traynor ne m'écoutait plus.

— Je vous expliquerai ce qu'il y a à faire lorsque vous commencerez. Will n'est pas particulièrement facile à vivre en ce moment, mademoiselle Clark. Pour ce travail, nous comptons autant sur votre tournure d'esprit et vos bonnes dispositions psychologiques que sur votre savoir-faire professionnel. Pouvez-vous être là demain ?

— Demain ? Vous ne voulez pas… vous ne voulez pas que je fasse sa connaissance maintenant ?

— Will n'est pas dans un bon jour. Je crois préférable que nous commencions d'un bon pied demain.

Je me suis levée en constatant que Mme Traynor s'apprêtait déjà à me raccompagner.

— Entendu, ai-je dit en tirant sur la veste de ma mère pour la remettre en place. Euh… merci. Je serai là demain matin à 8 heures.

Ma mère était en train de servir mon père. Pendant qu'elle déposait deux pommes de terre sur son assiette, il a contourné sa main pour aller en prélever deux autres dans le plat. Elle a bloqué son geste pour les faire retomber, mais il est reparti à l'assaut et elle lui a assené un petit coup de cuillère sur les phalanges. Autour de la petite table, il y avait mes parents, ma sœur et Thomas, mon grand-père, et aussi Patrick – qui venait dîner tous les mercredis.

— Papa, a dit ma mère en se tournant vers grand-père. Veux-tu qu'on te coupe ta viande ?

Treena se pencha pour débiter sa tranche de rôti en petits morceaux en quelques gestes précis. Elle venait de faire la même chose de l'autre côté pour Thomas.

— Alors, dans quel état cet homme est-il, au juste, Lou ?

— Il ne doit pas être si mal en point que ça s'ils sont prêts à le confier à notre fille, a fait observer mon père.

Derrière moi, la télévision était allumée pour que mon père et Patrick puissent suivre le match de foot. À intervalles réguliers, ils suspendaient leurs gestes pour fixer un point dans mon dos, la bouche entrouverte en pleine mastication, les yeux rivés sur une passe réussie ou une occasion manquée.

— Je trouve que c'est une chance pour elle. Elle va travailler dans une grande maison pour des gens de qualité. Ils sont vraiment rupins, ma chérie ?

Dans notre rue, à partir du moment où aucun des vôtres n'a été condamné à des travaux d'intérêt général pour incivilités, on considère que vous venez d'une famille de « rupins ».

— J'espère que tu as fait une révérence, a dit mon père en souriant.

— Est-ce que tu l'as rencontré au moins ? a demandé ma sœur en se penchant pour rattraper le verre de jus d'orange que Thomas était sur le point de renverser. Ton handicapé ? À quoi ressemble-t-il ?

— Je ne le verrai que demain.

— C'est bizarre quand même… Tu vas passer toute la sainte journée avec lui. Neuf heures par jour. Tu vas le voir plus que Patrick.

— Ce n'est pas bien difficile, ai-je rétorqué.

De l'autre côté de la table, Patrick a fait comme s'il ne m'entendait pas.

— Au moins, tu es sûre de ne pas être victime de harcèlement sexuel, pas vrai ? a fait remarquer mon père.

— Bernard ! s'est exclamée ma mère.

— Je ne fais que dire tout haut ce que tout le monde pense tout bas. C'est sûrement le meilleur patron qu'on puisse trouver pour sa copine, hein, Patrick ?

De l'autre côté de la table, Patrick a souri, tout en tentant de décliner les offres insistantes de ma mère pour le gaver de patates. Il était en plein régime mensuel sans glucides, se préparant à un marathon début mars.

— Je me demandais une chose : est-ce qu'il va falloir que tu apprennes le langage des signes ? Je veux dire, s'il ne peut pas communiquer, comment sauras-tu ce qu'il veut ?

— Maman, elle ne m'a pas dit qu'il ne pouvait pas parler.

En fait, je ne me souvenais pas vraiment de ce que Mme Traynor m'avait dit. J'étais toujours plus ou moins sous le choc d'avoir décroché un boulot.

— Peut-être qu'il parle à travers l'un de ces systèmes. Comme le scientifique dans les *Simpsons*.

— Enfoiré ! s'est écrié Thomas.

— Non, a dit mon père.

— Stephen Hawking, a tranché Patrick.

— C'est toi ! s'est exclamée ma mère, dont le regard accusateur allait de Thomas à mon père. C'est toi qui lui apprends ces gros mots.

On aurait pu couper sa viande avec un tel regard.

— Non. Je ne sais pas où il a entendu ça.

— Enfoiré, a répété Thomas en fixant son grand-père.

Treena a fait une grimace.

— Je crois que ça me ferait flipper de l'entendre parler à travers un de ces engins. Tu imagines un peu. *Ap-por-tez-moi-un-verre-d'eau*, ajouta-t-elle d'une voix robotique.

Intelligente, ma sœur – « mais pas assez pour éviter de se retrouver avec un polichinelle dans le tiroir », comme le rappelait parfois mon père. Elle avait été le premier membre de notre famille à fréquenter l'université, jusqu'à ce que l'arrivée de Thomas la contraigne à interrompre ses études un an avant la fin de son cursus. Mon père et ma mère nourrissaient toujours l'espoir qu'elle apporte la richesse sur notre maison. Ou du moins qu'elle finisse un jour par travailler dans un lieu où le bureau de réception n'était pas protégé par une vitre blindée. En fait, l'une ou l'autre de ces solutions aurait convenu.

— En quoi le fait d'être dans un fauteuil l'obligerait-il à parler comme un Dalek ? ai-je demandé.

— D'accord, mais tu vas devoir le surveiller de près. Au minimum, tu devras lui essuyer la bouche, le faire boire, tout ça.

— Et alors ? Pas besoin d'être un génie pour ça.

— Dit la fille qui mettait les couches de Thomas à l'envers.

— Ce n'est arrivé qu'une seule fois.

— Deux. Mais comme tu ne l'as changé que trois fois en tout et pour tout…

Je me suis servie de haricots verts, en m'efforçant de paraître plus optimiste que je ne l'étais.

Dans le bus qui m'avait ramenée à la maison, ces mêmes questions avaient commencé à tournoyer dans mon esprit. De quoi allions-nous bien pouvoir parler ? Et s'il passait la journée les yeux rivés sur moi à dodeliner de la tête ? Est-ce que j'allais me mettre à flipper ? Et si je ne comprenais pas ce qu'il voulait ? Tout le monde savait à quel point j'étais nulle pour ces choses-là. À la maison, nous n'avions plus ni plantes d'intérieur ni animaux, depuis les ratages avec le hamster, les phasmes et Randolph, le poisson rouge. Je me demandais également si sa mère excessivement sévère serait souvent là. L'idée d'être surveillée en permanence ne me plaisait pas du tout. Mme Traynor avait tout l'air d'une femme qui avait le pouvoir de transformer en un seul regard n'importe quelle paire de mains habiles en deux mains gauches uniquement dotées de pouces.

— Patrick, qu'est-ce que tu penses de tout ça ?

Patrick a avalé une grande gorgée d'eau, puis haussé les épaules.

La pluie s'abattait contre les fenêtres ; on l'entendait à peine derrière le cliquetis des couverts.

— La paie est bonne, Bernard. Meilleure en tout cas que pour les nuits à la chaîne d'abattage de volailles.

Un murmure approbateur a salué son avis autour de la table.

— Eh bien, c'est déjà une bonne chose si vous êtes convaincus que ma nouvelle carrière est plus prometteuse que de trimballer des carcasses de poulets dans un hangar à avions, ai-je fait remarquer.

— Tu pourrais profiter de ces six mois pour retrouver la ligne et pratiquer un peu le coaching personnel avec Patrick.

— Retrouver la ligne. Merci, papa.

J'avais été sur le point de reprendre une pomme de terre. J'ai renoncé.

— Et pourquoi pas ? a dit ma mère.

Un instant, elle a paru sur le point de s'asseoir. Tout le monde s'est arrêté, mais elle est repartie pour servir un peu de sauce à grand-père.

— C'est une idée, a-t-elle poursuivi. Ça peut valoir la peine pour l'avenir. Après tout, tu as la langue bien pendue, Louisa.

— Les bourrelets bien pendus, tu veux dire ! a glissé mon père avec un reniflement.

— Je vous rappelle que je viens de décrocher un job, ai-je dit. Et mieux payé que le précédent, excusez du peu.

— Mais ce n'est qu'un contrat temporaire, a souligné Patrick. Ton père a raison. Ce serait une bonne idée de retrouver la forme pendant ce temps-là. Après, si tu fais un effort, tu pourrais te faire une place dans le secteur du coaching personnel.

— Je n'ai aucune envie de devenir coach. Je n'aime pas ça… Tous ces sautillements, ça me donne le tournis.

J'ai articulé silencieusement une insulte à l'intention de Patrick qui m'a retourné un sourire.

— Ce que Lou veut, c'est un boulot qui lui permette de mettre les pieds sur la table et de passer sa journée à regarder la télé tout en donnant à manger à l'Homme de fer avec une paille, a ironisé Treena.

— Ah oui ? Parce que ranger des dahlias tout mous dans des bacs d'eau, ça demande des efforts physiques et intellectuels considérables, pas vrai, Treena ?

— On te taquine, ma belle ! a tempéré mon père en levant sa tasse de thé. C'est super que tu aies trouvé du boulot. On est tous fiers de toi. Et je parie que dès que tu auras glissé tes pieds sous la table de la grande maison de ces enfoirés, ils ne voudront plus te laisser partir.

— Enfoiré ! a dit Thomas.

— Promis, je n'y suis pour rien, a dit mon père en mâchonnant sa bouchée, avant que ma mère ne puisse dire quoi que ce soit.

Chapitre 3

— Et voici l'annexe. Avant, c'étaient les écuries, mais nous nous sommes aperçus que cet endroit conviendrait mieux à Will que la maison, puisque tout est de plain-pied. Là, c'est la chambre où Nathan peut rester si besoin est. Au début, nous avions souvent besoin de quelqu'un.

Mme Traynor remontait le couloir d'un pas saccadé en faisant claquer ses talons hauts sur les dalles, désignant une porte après l'autre sans même se retourner. Apparemment, elle partait du principe que j'allais suivre son rythme.

— Les clés de la voiture sont ici. J'ai pris les dispositions nécessaires pour que vous soyez assurée sur notre véhicule. J'imagine que les informations que vous m'avez fournies sont exactes. Nathan pourra vous expliquer le fonctionnement de la rampe. Tout ce que vous avez à faire, c'est installer Will correctement. La technologie se charge du reste. Cela dit… en ce moment, Will n'a pas très envie de se balader.

— Il fait un peu frais dehors, ai-je dit.

Mme Traynor n'a pas paru m'entendre.

— Vous pouvez vous préparer du thé et du café dans la cuisine. Je fais en sorte que les placards ne soient jamais vides. La salle de bains est par là…

Elle a ouvert la porte et je suis restée les yeux ronds devant le palan de métal et de plastique blanc repoussé contre le mur. Il y avait une zone encore humide sous le pommeau de la douche, et un fauteuil roulant replié à côté. Dans le coin, la porte vitrée d'un placard laissait voir des piles de petits paquets de coton soigneusement rangés. D'où j'étais, je ne distinguais pas ce qu'elles étaient, mais il en émanait une légère odeur de désinfectant.

Mme Traynor a refermé la porte, puis s'est tournée vers moi.

— Je me répète, mais il est absolument impératif qu'il y ait toujours quelqu'un avec Will. Un jour, l'une des soignantes précédentes a disparu plusieurs heures pour aller faire réparer sa voiture, et Will… s'est blessé pendant son absence.

Sa gorge s'est nouée, comme si ce souvenir la traumatisait encore.

— Je ne bougerai pas d'ici.

— Bien sûr, vous aurez besoin de faire des pauses… pour votre confort personnel. Je veux juste préciser que vous ne pouvez pas le laisser seul au-delà de… disons dix ou quinze minutes. Si jamais vous rencontrez le moindre problème, sonnez l'intercom si mon mari, Steven, est à la maison. Dans le cas contraire, appelez-moi sur mon portable. Si vous avez besoin de prendre une ou plusieurs journées de congé, j'apprécierais que vous me préveniez longtemps à l'avance. Ce n'est pas toujours une mince affaire de trouver une remplaçante.

— Bien sûr.

Mme Traynor a ouvert le placard de l'entrée. Elle parlait du ton machinal de celle qui récite un texte bien appris.

— Quand Will vaque à ses occupations, n'hésitez pas à faire un peu de ménage. Arrangez la literie, passez un coup d'aspirateur, ce genre de choses. Vous trouverez le matériel et les produits d'entretien sous l'évier. Il ne voudra peut-être pas que vous soyez en permanence à ses côtés. Vous devrez trouver ensemble le bon équilibre.

Mme Traynor a détaillé ma tenue, comme si elle la voyait pour la première fois. Je portais mon gilet en mohair très fourni qui, à en croire mon père, me fait ressembler à un émeu. Je me suis efforcée de sourire. Cela m'a coûté.

—Bien entendu, j'espère que vous vous entendrez bien. Ce serait une bonne chose qu'il puisse vous considérer comme une amie plutôt que comme une employée.

—Oui. Et qu'est-ce qu'il… euh… aime faire ?

—Il regarde des films. Parfois, il écoute la radio ou de la musique. Il a une de ces petites choses numériques. Si vous la placez à portée de main, il parvient généralement à la manipuler lui-même. Il arrive à bouger les doigts, mais il a du mal à saisir les objets.

Je me suis sentie moins crispée. S'il aimait la musique et les films, nous trouverions forcément un terrain d'entente. Soudain, je me suis vue en compagnie de cet homme en train de rire devant une comédie américaine, puis en train de passer l'aspirateur pendant qu'il écoutait de la musique. Après tout, il n'y avait pas de raison pour que ça se passe mal. Peut-être même deviendrions-nous amis. Je n'avais encore jamais eu d'ami handicapé – hormis David, un ami de Treena. Ce sourd était prêt à envoyer une torgnole à quiconque prétendrait que la surdité constituait un handicap.

—Avez-vous des questions ?

—Non.

—Alors passons aux présentations, dit-elle en jetant un coup d'œil à sa montre. Nathan doit avoir fini de l'habiller.

Nous nous sommes arrêtées devant la porte et Mme Traynor a frappé.

—Tu es là, Will ? Mlle Clark est avec moi et vient faire ta connaissance.

Aucune réponse.

—Will ? Nathan ?

—Il est présentable, Mme T., répondit une voix caractérisée par un fort accent néo-zélandais.

Elle a poussé la porte. Le salon de l'annexe était plus vaste qu'il n'y paraissait. Des baies vitrées donnant sur la campagne occupaient un pan de mur entier. Dans un coin, un poêle à bois rougeoyait tranquillement ; un sofa beige, aux coussins recouverts d'un plaid en laine, était disposé face à un immense écran plat. Il régnait une atmosphère à la fois paisible et de bon goût – la piaule d'un célibataire scandinave.

Au centre de la pièce se trouvait un fauteuil roulant de couleur noire, matelassé de peau de mouton, devant lequel un robuste infirmier, vêtu d'une blouse blanche sans col, s'était accroupi pour positionner les repose-pieds. Lorsque nous nous sommes avancées, l'homme sur le fauteuil nous a considérées par-dessous la masse de ses cheveux hirsutes. Ses yeux ont rencontré les miens et, après un instant, il a émis un gémissement terrifiant. Il a tordu la bouche dans un nouveau cri qui m'a glacé les sangs.

J'ai senti sa mère se crisper.

— Will, arrête ça !

Il ne l'a même pas regardée. Un autre son préhistorique s'est fait entendre, tout droit venu du fin fond de sa poitrine. C'était un bruit atroce et déchirant. J'ai lutté pour ne pas reculer. L'homme grimaçait, la tête basculée sur le côté jusqu'à toucher son épaule ; au milieu de son visage déformé, ses yeux me détaillaient. Il avait un air à la fois grotesque et vaguement menaçant. Mes mains se sont crispées sur la courroie de mon sac.

— Will ! S'il te plaît, implora sa mère avec une pointe d'hystérie dans la voix. Je t'en prie, ne fais pas ça.

Oh, mon Dieu, ai-je songé. *Je ne vais pas y arriver.* J'ai senti ma gorge se nouer. L'homme ne me quittait pas des yeux. Il semblait attendre que je fasse quelque chose.

— Je… je m'appelle Lou.

Ma voix, agitée d'un inhabituel trémolo, a brisé le silence. Un bref instant, je me suis demandé s'il fallait que je lui tende la main, puis je me suis souvenue qu'il serait probablement incapable de la prendre. J'ai donc fait un petit signe à la place.

— C'est le diminutif de Louisa, ai-je ajouté.

À ma grande stupéfaction, les traits de son visage se sont alors adoucis et il a redressé la tête sur ses épaules.

Will Traynor me regardait sans ciller ; l'ombre d'un sourire flottait sur ses lèvres.

— Bien le bonjour, mademoiselle Clark, a-t-il dit. J'ai cru comprendre que vous étiez ma nouvelle nounou.

Nathan avait fini d'installer les pieds de Will sur les repose-pieds. Il s'est relevé en agitant la tête.

— C'est méchant ça, monsieur T. Très méchant.

Avec un sourire, il m'a tendu sa large main – que j'ai mollement serrée. Il était frappant de voir à quel point cet homme-là semblait imperturbable.

— Vous venez de voir Will dans sa meilleure imitation du peintre Christy Brown, j'en ai bien peur, a-t-il poursuivi à mon intention. Mais vous vous y ferez. Il aboie souvent mais ne mord jamais.

Mme Traynor avait saisi entre ses doigts blancs et fins la croix qu'elle portait à son cou. Elle la faisait nerveusement aller et venir sur la chaînette d'or. Les traits de son visage étaient crispés.

— Je vais devoir vous laisser. Si vous avez besoin d'aide, n'hésitez pas à appeler *via* l'intercom. Nathan vous expliquera les habitudes de Will et le fonctionnement de son équipement.

— Je suis là, mère. Inutile de parler comme si j'étais ailleurs. Mon cerveau n'est pas paralysé. Pas encore…

— Oui, eh bien, si tu dois te comporter comme un malappris, Will, je juge préférable que Mlle Clark s'entretienne directement avec Nathan, a répliqué sa mère, sans le regarder.

J'ai remarqué qu'elle lui parlait les yeux rivés au sol, trois mètres devant lui.

— Je travaille depuis la maison aujourd'hui, ajouta-t-elle. Je passerai au moment du déjeuner, mademoiselle Clark.

— Entendu, ai-je répondu d'une voix légèrement éraillée.

Mme Traynor est partie. Aucun de nous n'a parlé pendant que son pas saccadé s'éloignait vers l'habitation principale.

Puis Nathan a rompu le silence.

— Ça ne vous dérange pas, Will, si j'explique à Mlle Clark la procédure pour vos traitements ? Vous voulez la télévision ? De la musique ?

— BBC Radio 4, s'il vous plaît, Nathan.

— Pour sûr.

Nous sommes allés dans la cuisine.

— Mme T. m'a dit que vous n'avez pas beaucoup d'expérience avec les tétraplégiques.

— En effet.

— D'accord. Je vais faire simple pour aujourd'hui. Vous trouverez dans ce classeur à peu près tout ce que vous devez savoir concernant les pratiques quotidiennes de Will, ainsi que tous les numéros en cas d'urgence. Je vous recommande de le lire dès que vous aurez un moment. Et je pense que les occasions ne manqueront pas.

Nathan a pris une clé à sa ceinture pour ouvrir un placard, rempli de petits récipients de plastique et de boîtes de médicaments.

— OK. Cette partie relève plutôt de mon domaine, mais il faut que vous sachiez où se trouve chaque médicament en cas d'urgence. Sur ce mur, il y a un planning qui permet de savoir ce qu'il prend chaque jour et à quel moment de la journée. Vous noterez ici tout ce que vous lui donnerez en plus, a-t-il dit en désignant l'emplacement prévu à cet effet sur la feuille. Mais mieux vaut voir avec Mme T., du moins pour l'instant.

— Je n'avais pas compris que j'allais avoir à m'occuper des médicaments.

— Ce n'est pas compliqué. D'ailleurs, pour l'essentiel, il sait ce qu'il a à prendre. Cela dit, un petit coup de main peut être nécessaire pour l'aider à avaler. En général, on utilise ce gobelet verseur. Mais vous pouvez aussi broyer les cachets avec le mortier et le pilon pour les dissoudre dans une boisson.

J'ai pris l'une des étiquettes pour la lire. Je crois bien que je n'avais encore jamais vu autant de médicaments ailleurs que dans une pharmacie.

— OK. Il a donc deux médocs pour la tension artérielle. Celui-ci pour la baisser à l'heure du coucher, et celui-là pour la faire remonter au lever. Ceux-là, il en a besoin assez souvent pour éviter les spasmes musculaires. Vous lui en donnez un en milieu de matinée, et un autre en milieu d'après-midi. Et ceux là-bas, il n'a pas trop de mal à les avaler, grâce à leur enrobage. Ceux-ci traitent les spasmes de la vessie et ceux-là les reflux gastro-œsophagiens. Après les repas, il peut en avoir besoin s'il ne se sent pas bien. Ça, c'est un antihistaminique à lui administrer le matin, et là c'est un spray nasal, mais en général je m'occupe de tout ça avant de partir. Donc, vous ne devriez pas avoir à vous en soucier. En cas de douleur, on peut lui donner du paracétamol, voire un somnifère de temps en temps. Cela dit, comme ça a tendance à le rendre plus irritable dans la journée, on s'efforce de restreindre autant que possible.

» Ça, a-t-il poursuivi en saisissant un flacon, c'est l'antibiotique qu'il faut lui donner toutes les deux semaines avant de changer son cathéter. Je m'en charge la plupart du temps. En cas d'absence, je laisse des instructions précises. Ils sont assez forts. Ici, des boîtes de gants en caoutchouc au cas où vous auriez à le laver. Il y a également de la crème pour soulager les escarres, mais les choses se sont nettement améliorées depuis qu'il dispose d'un matelas gonflable.

Il a glissé une main dans sa poche, puis m'a tendu une autre clé.

— C'est le double, a-t-il expliqué. Vous ne devez la confier à personne. Pas même à Will, OK ? Veillez sur elle au péril de votre vie.

— Ça fait beaucoup à retenir, ai-je dit d'une petite voix.

— Tout est consigné dans le classeur. Pour aujourd'hui, il n'y a que ses antispasmodiques à ne pas oublier. Ceux-là. Je vous laisse mon numéro de portable en cas d'urgence. Quand je sors d'ici, je me consacre à mes études. J'apprécierais que vous ne m'appeliez pas trop souvent, mais n'hésitez pas si besoin est.

Je fixai le classeur devant moi. J'avais l'impression d'être sur le point de passer un examen que je n'avais pas préparé.

— Et s'il a besoin d'aller… euh… aux toilettes ? ai-je demandé en me rappelant le palan. Je ne sais pas si je serais capable de, euh… le soulever.

Je faisais de mon mieux pour ne rien laisser paraître de la panique qui s'emparait de moi.

Nathan a secoué la tête.

— Ne vous préoccupez pas de ça. C'est son cathéter qui fait tout. Je repasserai au moment du déjeuner pour le changer. Vous n'êtes pas là pour vous occuper des problèmes physiques.

— À quoi je sers au juste ?

Nathan a regardé ses chaussures un moment avant de relever les yeux vers moi.

— Vous pouvez tenter de lui remonter le moral ? Il est, disons… un peu grincheux. Ce qui est bien compréhensible, compte tenu… des circonstances. Mais il vous faudra du courage. Le petit sketch qu'il vous a joué tout à l'heure, c'est sa manière à lui de vous déstabiliser.

— C'est pour cette raison que le salaire est ce qu'il est ?

— Eh oui. Rien de mieux que de manger à l'œil, hein ? a dit Nathan en m'assenant une tape amicale sur l'épaule. (L'impact a suffi à faire vibrer mon corps tout entier.) C'est un type bien. Inutile de tourner autour du pot avec lui. Je l'aime beaucoup, a-t-il ajouté après une brève hésitation.

Il avait dit ça comme s'il était la seule personne à pouvoir en dire autant.

Je l'ai suivi dans le salon. Le fauteuil de Will Traynor se trouvait maintenant devant la baie vitrée. Il nous tournait le dos et contemplait le paysage en écoutant la radio.

— Bon, je vais y aller, Will. Vous avez besoin de quelque chose avant que je parte ?

— Non. Merci, Nathan.

— Je vous laisse avec Mlle Clark, entre de bonnes mains. À tout à l'heure, mon vieux.

J'ai regardé l'aimable infirmier enfiler sa veste tandis que la panique me submergeait.

— Amusez-vous bien et à plus !

Nathan m'a fait un clin d'œil, puis il est parti.

J'étais debout au milieu de la pièce, les mains au fond de mes poches ; je me demandais bien ce que je devais faire. Will Traynor regardait par la fenêtre, exactement comme si je n'avais pas été là.

— Voulez-vous une tasse de thé ? ai-je finalement proposé, lorsque le silence est devenu insupportable.

— Ah, oui. La fille qui fait du thé pour gagner sa vie. Je me demandais combien de temps allait s'écouler avant que vous vouliez montrer vos talents. C'est non. Non merci.

— Un café alors ?

— Non, pas de boisson chaude pour l'instant, mademoiselle Clark.

— Vous pouvez m'appeler Lou.

— Est-ce vraiment utile ?

J'ai cligné des yeux et ouvert la bouche. Puis je l'ai refermée. Mon père prétend que ça me donne l'air plus stupide que je ne le suis.

— Eh bien… puis-je faire quelque chose ?

Il a pivoté vers moi. Une barbe de plusieurs semaines lui mangeait les joues ; son regard était indéchiffrable. Il s'est détourné.

— Je vais… faire le tour des pièces. Voir s'il y a quelque chose à laver.

J'ai quitté le salon. Mon cœur battait à tout rompre. À l'abri dans la cuisine, j'ai sorti mon portable et rédigé rageusement un message à l'intention de ma sœur.

« C'est horrible. Il me déteste. »

La réponse ne tarda pas :

« Ça ne fait qu'une heure que tu es là-bas, chochotte. L'argent est un vrai souci pour P & M. Pense à la paie et serre les dents. Biz »

J'ai refermé mon portable dans un claquement sec, puis poussé un profond soupir. J'ai regardé dans le panier de linge sale et déniché à peine de quoi faire une demi-machine. Ensuite, j'ai passé quelques minutes à éplucher les instructions du lave-linge. Je n'avais aucune envie de me tromper de programme, ni de commettre la moindre boulette qui me vaudrait les regards méprisants de Will ou de sa mère. J'ai lancé la machine et je suis restée plantée devant, à me demander ce que je pourrais bien faire pour m'occuper. J'ai sorti l'aspirateur du placard de l'entrée et je l'ai passé dans le couloir et les deux chambres, sans cesser de penser un instant que, si mes parents me voyaient, ils réclameraient à cor et à cri une photo souvenir. La seconde, pratiquement vide, avait tout d'une chambre d'hôtel. Nathan ne devait pas y dormir bien souvent. Et ce n'est pas moi qui lui aurais jeté la pierre.

J'ai hésité un instant devant la porte de celle de Will Traynor, avant de me raisonner. Elle avait besoin d'être nettoyée autant que les autres pièces. Une bibliothèque encastrée occupait un pan de mur ; une vingtaine de photographies encadrées étaient disposées sur les étagères.

Tout en promenant mon aspirateur autour du lit, je me suis autorisé un rapide coup d'œil. J'ai vu un homme qui faisait du saut à l'élastique depuis le sommet d'une falaise, s'élançant dans le vide, les bras en croix comme un Christ. J'ai vu un homme, qui pouvait bien être Will, au milieu de ce qui avait tout l'air d'être une jungle. Puis lui, encore, au milieu d'un groupe d'amis éméchés qui se tenaient par les épaules. Tous portaient un costard et un nœud papillon.

Une autre le montrait sur une piste de ski, aux côtés d'une jeune femme aux longs cheveux blonds qui portait des lunettes de soleil. Je me suis penchée pour mieux le distinguer derrière son masque de skieur. Il était rasé de près sur cette photo et, même dans la vive lumière de la montagne, son teint était éclatant comme celui des gens riches qui ont les moyens de partir en vacances trois fois par an. Sous son blouson de ski, on devinait ses épaules larges et musclées. J'ai soigneusement reposé le cadre et repris mon ménage derrière le lit. Pour finir, j'ai éteint l'aspirateur et commencé à rembobiner le cordon. Comme je me penchais pour le débrancher de la prise, mon œil a saisi un mouvement sur le côté. J'ai sursauté en poussant un petit cri. Depuis le couloir, Will Traynor me regardait.

— Courchevel. Il y a deux ans et demi.

J'ai rougi.

— Je suis désolée, je…

— Vous regardiez mes photos en vous demandant à quel point ce devait être atroce d'avoir vécu comme ça pour finir estropié.

— Non, ai-je répondu en m'empourprant davantage.

— Mes autres photos sont dans le tiroir du bas, si jamais votre curiosité venait à se manifester de nouveau.

Puis, dans un petit ronronnement feutré, le fauteuil a pivoté sur la droite et disparu dans le couloir.

La matinée m'a paru durer une éternité. Jamais les minutes et les heures ne m'avaient semblé si interminables. J'ai cherché toutes les tâches auxquelles je pouvais me consacrer en évitant savamment le salon. Je savais que c'était de la lâcheté, mais peu m'importait.

À 11 heures, j'ai apporté à Will son antispasmodique, conformément aux instructions de Nathan. J'ai posé le comprimé sur sa langue et approché le gobelet verseur, exactement comme Nathan me l'avait indiqué. C'était un gobelet en plastique blanc et opaque, du même type que celui qu'utilisait Thomas, à ceci près qu'il n'était pas à l'effigie de Bob le Bricoleur. Will a laborieusement avalé son médicament avant de me faire signe de le laisser seul.

J'ai fait la poussière sur des étagères qui n'avaient pas vraiment besoin d'être époussetées, puis envisagé de nettoyer les vitres. Autour de moi, l'annexe était calme et tranquille ; seul le murmure de la télévision du salon devant laquelle Will était installé troublait le silence. Je ne me sentais pas assez à l'aise pour mettre la radio dans la cuisine. J'avais peur qu'il n'émette une remarque désobligeante sur mes choix musicaux.

À midi et demi, Nathan est arrivé, le sourcil interrogateur, amenant avec lui une bouffée de l'air frais du dehors.

— Tout va bien ? a-t-il demandé.

Je n'avais jamais été aussi heureuse de voir quelqu'un.

— Nickel.

— Parfait. Vous pouvez prendre une demi-heure. M. Traynor et moi, on a des petites choses à régler à ce moment de la journée.

J'ai presque couru pour aller prendre mon manteau. Initialement, je n'avais pas prévu d'aller déjeuner dehors, mais le soulagement que j'éprouvais à l'idée de sortir de cette maison me faisait presque défaillir. J'ai relevé mon col et remonté l'allée à grandes enjambées, comme si je me rendais à un endroit précis. En réalité, j'ai passé une demi-heure à arpenter les environs, en soufflant dans mon écharpe serrée autour de mon cou.

Depuis la fermeture du *Petit Pain beurré*, il n'y avait plus aucun café de ce côté-ci de la ville. Le château était désert. Pour manger, l'endroit le plus proche était un pub gastronomique, un établissement où je n'avais même pas les moyens de boire un verre. Le parking était plein de berlines dernier cri, hors de prix et flambant neuves.

Je suis entrée dans l'aire de stationnement du château et, après m'être assurée qu'on ne me voyait pas depuis *Granta House*, j'ai composé le numéro de ma sœur.

—Salut.

—Tu sais que je ne peux pas parler au boulot. Tu n'as quand même pas plaqué ton job ?

—Non. J'avais juste besoin d'entendre la voix d'une personne chère.

—C'est dur à ce point-là ?

—Treena, il me déteste. Il me regarde comme si j'étais un rat crevé que le chat vient de rapporter. Et il ne boit même pas de thé. Je l'évite autant que possible.

—Je n'arrive pas à le croire.

—Quoi ?

—Mais parle-lui, bon sang ! Pas étonnant qu'il se sente malheureux. Il est coincé dans son foutu fauteuil. Et toi, tu ne lui sers à rien. Parle-lui. Fais connaissance. Au pire, qu'est-ce qui peut se passer ?

—Je ne sais pas… Je ne sais pas si je suis à la hauteur.

— Ne compte pas sur moi pour dire à maman que tu as plaqué ton job après une demi-journée. Ils ne vont pas t'entretenir, Lou. Tu ne peux pas faire ça. Ça nous coûterait très cher.

Elle avait raison. Je me suis rendu compte que je détestais ma sœur.

Il y a eu un instant de silence. Puis la voix de Treena a pris un ton inhabituellement conciliant. Ça, c'était vraiment inquiétant. Ça voulait dire qu'elle savait que j'avais décroché le pire job du monde.

— Écoute, a-t-elle dit. C'est l'affaire de six mois. Fais ton boulot, ajoute une ligne à ton CV. Après ça, tu pourras décrocher un emploi qui te plaît vraiment. Et puis, faut voir les choses du bon côté : au moins, tu ne passes plus tes nuits à l'usine à conditionner des volailles.

— Tu sais, ce serait des vacances à côté de…

— Faut que j'y aille, Lou. À plus.

— Voudriez-vous aller faire un tour, cet après-midi ? Si vous voulez, on peut se balader en voiture ?

Cela faisait presque une demi-heure que Nathan était reparti. J'avais fait durer la vaisselle des tasses aussi longtemps qu'il était humainement possible, et je commençais à me dire que, si je passais une heure de plus dans le silence, ma tête allait exploser.

Il a tourné son regard vers moi.

— Vous pensez à un endroit en particulier ?

— Je ne sais pas. Pourquoi pas une balade dans la campagne ? ai-je répondu en faisant ce truc que je faisais parfois – en l'occurrence, jouer à être Treena.

Ma sœur fait partie de ces gens parfaitement calmes et systématiquement compétents. Du coup, personne ne vient lui chercher noise. L'enthousiasme et le professionnalisme se mêlaient à merveille dans ma voix. Ça sonnait juste.

— La campagne ? a-t-il dit sur un ton méditatif. Et pour voir quoi, au juste ? Des arbres ? Du ciel ?

— Je ne sais pas… Qu'est-ce que vous faites normalement ?

— Je ne fais rien, mademoiselle Clark. Je ne peux plus rien faire. Je reste assis. J'existe, c'est tout.

— Certes, mais on m'a dit que vous aviez une voiture adaptée pour recevoir un fauteuil.

— Et vous avez peur qu'elle ne tombe en panne si on ne l'utilise pas quotidiennement ?

— Non, mais je…

— Êtes-vous en train de me dire que je devrais sortir ?

— J'ai pensé…

— Vous avez pensé qu'un petit tour en voiture me ferait du bien ? Un peu d'air frais ?

— J'essaie juste…

— Mademoiselle Clark, une virée sur les routes de campagne autour de Stortfold ne suffira pas à améliorer mon existence, a-t-il dit avant de se détourner.

Sa tête s'est inclinée vers son épaule et je me suis demandé si ce n'était pas inconfortable. Mais, apparemment, le moment aurait été mal choisi pour lui poser la question. Nous sommes restés assis en silence.

— Voulez-vous que je vous apporte votre ordinateur ?

— Pourquoi ? Vous avez déniché un réseau social pour les tétraplégiques ? Tétra-on-line ? Le Club des jantes nickelées ?

J'ai pris une profonde inspiration, puis tenté de donner à ma voix un ton empreint de conviction.

— D'accord… eh bien… sachant que nous allons passer du temps ensemble, peut-être devrions-nous apprendre à nous connaître un peu…

Quelque chose dans son visage m'a fait hésiter. Il fixait le mur droit devant lui et un muscle tressaillait le long de sa mâchoire.

— C'est que… Cela fait du temps en compagnie de quelqu'un. Toute une journée, ai-je poursuivi. Si vous m'en disiez un peu plus sur ce que vous voulez faire, ce que vous aimez, alors je pourrais… m'assurer que les choses sont comme vous le souhaitez.

Cette fois, le silence s'est révélé vraiment pénible. J'ai entendu le son de ma voix disparaître tout doucement dans l'inertie ouatée. Je ne savais absolument plus quoi faire de mes mains. Treena, son assurance et son savoir-faire s'étaient évanouis dans l'air.

Le fauteuil a fini par émettre un petit bourdonnement et pivoter lentement vers moi.

— Voici ce que je sais de vous, mademoiselle Clark. Ma mère dit que vous êtes volubile, a-t-il déclaré comme s'il s'agissait d'un grand malheur. Pouvons-nous passer un accord, aux termes duquel vous ferez en sorte d'être non volubile en ma présence ?

J'ai encaissé, les joues en feu.

— Très bien, ai-je dit lorsque l'usage de la parole m'est revenu. Je serai dans la cuisine. Si vous avez besoin de quoi que ce soit, vous n'avez qu'à m'appeler.

— Tu ne peux pas lâcher maintenant.

J'étais couchée en travers de mon lit, les jambes en l'air contre le mur, comme je faisais quand j'étais adolescente. J'étais là depuis le dîner, ce qui ne me ressemblait vraiment pas. Depuis la naissance de Thomas, Treena et lui occupaient la grande chambre, et j'avais hérité du cagibi. Ma chambre était suffisamment petite pour rendre n'importe qui claustrophobe au bout d'une demi-heure.

Mais je ne voulais pas rester en bas, avec ma mère et mon grand-père. Ma mère n'arrêtait pas de me jeter des coups d'œil inquiets et de dire des choses du genre : « Ça ira mieux demain, ma chérie », ou encore : « Aucun travail n'est agréable le premier jour » – comme si elle-même en avait exercé un au cours des vingt dernières années. Je me sentais coupable alors que je n'avais rien fait.

— Je n'ai pas dit que j'allais lâcher.

Treena avait fait irruption sans frapper, comme elle en avait l'habitude, alors même que j'avais obligation de frapper tout doucement à sa porte avant d'entrer, au cas où Thomas dormirait.

— Et, au fait, j'aurais pu être nue. Tu pourrais au moins t'annoncer.

— N'en fais pas tout un plat. Maman pense que tu vas démissionner.

J'ai fait glisser mes jambes le long du mur, avant de me redresser pour m'asseoir.

— Oh, Treena. C'est pire que ce que j'avais imaginé. Il est si misérable, si malheureux…

— Il ne peut plus bouger. Bien sûr qu'il est malheureux !

— Non, ce n'est pas ça. Ça le rend méchant et sarcastique. Chaque fois que je parle, que je propose quelque chose, il me regarde comme si j'étais la dernière des idiotes. Ou alors il me parle comme si j'avais deux ans.

— Tu as dû dire une idiotie. Il faut seulement que vous vous habituiez l'un à l'autre.

— J'ai fait attention à ne pas commettre la moindre bourde. D'ailleurs, je n'ai rien dit d'autre que : « Voulez-vous aller faire un tour en voiture ? » ou encore : « Voulez-vous une tasse de thé ? »

— Eh bien, il est peut-être comme ça avec tout le monde au début, jusqu'à ce qu'il sache si tu vas rester ou non. Je suis sûre qu'il voit défiler un paquet d'auxiliaires de vie.

— Il ne voulait même pas que je sois dans la même pièce que lui. Je ne crois pas que je vais pouvoir supporter ça, Katrina. Sincèrement. Si tu avais été là, tu comprendrais.

Treena est restée silencieuse. Elle m'a regardée un instant, puis s'est levée pour jeter un œil vers la porte, comme pour s'assurer qu'il n'y avait personne sur le palier.

—Je crois que je vais reprendre la fac, a-t-elle dit finalement.

Mon cerveau a mis quelques secondes à enregistrer les implications de ce changement de cap.

—Ce n'est pas vrai! Mais...

—Je vais faire un emprunt pour payer mes droits d'inscription. Mais je devrais pouvoir obtenir une bourse, vu que j'ai Thomas, et l'université va m'accorder un taux réduit parce que... ils disent que je pourrais obtenir d'excellents résultats, a-t-elle ajouté en haussant les épaules, un peu gênée. Il y a quelqu'un qui a abandonné ses études de commerce en cours de route. L'université peut m'accueillir à partir du prochain trimestre.

—Et Thomas?

—Il y a une garderie sur le campus. Pendant la semaine, je pourrai y occuper un studio avec une aide au logement, et on pourra revenir ici presque tous les week-ends.

—Ah.

Je sentais son regard sur moi. Je ne savais pas quelle expression afficher.

—Ça me démange de faire fonctionner mon cerveau. Les fleurs, à force, ça bousille les neurones. Je veux apprendre. Je veux évoluer. J'en ai assez d'avoir les mains gelées en permanence à cause de l'eau.

Nous avons toutes deux regardé ses mains, encore rougies malgré la chaleur tropicale de la maison.

—Mais...

—Tu as tout compris, je ne travaillerai pas, Lou. Je ne serai pas en mesure de donner quoi que ce soit à maman. Il se pourrait... Il se pourrait même que je sois obligée de leur demander un coup de main.

Cette fois, elle a eu l'air vraiment mal à l'aise. Quand ses yeux ont rencontré les miens, elle eut presque l'air de s'excuser.

En bas, notre mère s'esclaffait devant la télévision. On l'entendait interpeller grand-père. Elle lui expliquait régulièrement ce qui se passait à l'écran, même si on lui disait tout le temps que ce n'était pas nécessaire. J'étais incapable de parler. Lentement, mais inexorablement, les paroles de ma sœur prenaient tout leur sens. J'ai ressenti ce que doivent ressentir les victimes de la Mafia, quand le béton commence à enserrer leurs chevilles.

— Il faut que je le fasse, Lou. Je veux plus pour Thomas. Pour nous deux. Et l'unique solution pour m'en sortir, c'est de reprendre les cours. Je n'ai pas de Patrick. Je ne sais même pas si j'arriverai à en dégotter un. Depuis la naissance de Thomas, pas un seul garçon n'a semblé un tant soit peu intéressé par ma personne. Je dois me débrouiller toute seule.

Comme je ne disais rien, elle a poursuivi :

— Pour moi. Et pour Thomas.

J'ai hoché la tête.

— Lou ? S'il te plaît ?

Je n'avais encore jamais vu ma sœur comme ça auparavant. J'en étais gênée. J'ai relevé la tête et souri. Lorsque j'ai enfin parlé, je ne reconnaissais plus ma voix.

— Comme tu dis, il faut juste que je m'habitue à lui. Les premiers jours sont toujours difficiles, pas vrai ?

Chapitre 4

Au cours des deux semaines suivantes, la routine s'est installée. Chaque matin, à 8 heures, à mon arrivée à *Granta House*, je criais pour m'annoncer. Ensuite, lorsque Nathan avait fini d'habiller Will, j'écoutais attentivement les consignes relatives aux médicaments de notre patient – voire, plus important encore, au sujet de son humeur.

Après le départ de Nathan, j'allumais la télévision ou la radio pour Will, puis je lui donnais ses pilules, le cas échéant après les avoir broyées au pilon dans le mortier. En règle générale, au bout d'une dizaine de minutes, il me faisait comprendre qu'il m'avait assez vue. À ce stade, j'attaquais alors la gamme des tâches domestiques dans l'annexe, en les faisant durer autant que possible. Je lavais des torchons qui n'étaient pas sales, je briquais les zones les plus inaccessibles des plinthes et des appuis de fenêtres en essayant toutes les brosses et tous les accessoires de l'aspirateur, et, tous les quarts d'heure, selon les instructions de Mme Traynor, j'allais jeter un coup d'œil dans le salon. Chaque fois, je le trouvais assis dans son fauteuil, le regard perdu sur le jardin glacé.

Plus tard, je lui apportais un verre d'eau, ou l'une de ces boissons caloriques censées lui permettre de conserver son poids, et dont l'aspect évoquait une sorte de pâte de papier mâché aux couleurs pastel. Ensuite, je le faisais manger. Il pouvait à peine bouger les mains, mais pas les bras, de sorte qu'il fallait le nourrir à la fourchette. C'était le pire moment de la journée. J'avais le sentiment qu'il y avait quelque chose d'anormal dans le fait de donner la becquée comme ça à un adulte, et mon embarras me rendait maladroite. Will détestait ce moment à tel point qu'il refusait de croiser mon regard.

Un peu avant 13 heures, Nathan revenait et j'attrapais mon manteau pour disparaître. J'allais marcher dans les rues. Certains jours, je grignotais mon déjeuner sous l'abri de bus devant le château. Il faisait froid et je devais avoir l'air pathétique assise là avec mes sandwichs, mais c'était le cadet de mes soucis. J'aurais été incapable de passer la journée entière dans cette maison.

L'après-midi, je mettais un film – Will était abonné à un vidéo-club et des DVD arrivaient chaque jour au courrier – mais il ne m'invitait jamais à les regarder avec lui. J'allais donc m'asseoir dans la cuisine ou dans la chambre d'amis. J'ai pris l'habitude d'apporter avec moi un livre ou un magazine, mais je me sentais étrangement coupable de ne pas travailler, au point d'avoir du mal à me concentrer sur les mots. Parfois, en fin de journée, Mme Traynor faisait une apparition. Elle ne me disait jamais grand-chose d'autre que : « Tout va bien ? », ce à quoi je répondais par l'affirmative, qui me semblait être l'unique réponse acceptable.

Ensuite, elle demandait à Will ce qu'il voulait faire et, à l'occasion, lui proposait une activité pour le lendemain – un tour dehors ou la visite d'un ami ayant demandé de ses nouvelles. Il déclinait, presque toujours avec dédain, et parfois de manière carrément grossière. Sa mère prenait un air peiné, passait ses doigts sur sa petite chaîne en or, puis repartait.

Son père, bien en chair et à l'allure courtoise, arrivait généralement au moment où je partais. C'était le genre d'homme qu'on peut voir assister à un match de cricket coiffé d'un panama. Apparemment, depuis qu'il avait pris sa retraite d'un emploi fort bien rémunéré à la ville, il supervisait la gestion du château. J'avais dans l'idée qu'il était comme quelque gentilhomme affable mettant de temps à autre la main à la pâte juste pour ne pas perdre la main. Il finissait ses journées à 17 heures précises et venait s'asseoir à côté de son fils pour regarder la télévision avec lui.

Certains jours, je l'entendais faire un commentaire au sujet des nouvelles à l'instant où je m'en allais.

Au cours de ces premières semaines, j'ai eu l'occasion d'étudier Will Traynor de très près. De toute évidence, il était déterminé à ne plus ressembler à l'homme qu'il avait été. Ses cheveux châtain foncé formaient une tignasse informe et sa barbe lui mangeait les joues. Des cernes d'épuisement soulignaient ses yeux gris, sans doute à cause des douleurs permanentes qu'il éprouvait. Nathan disait qu'il ne parvenait presque jamais à adopter une position confortable. Son regard avait cet aspect creusé de tous ceux qui sont contraints de vivre en retrait du monde. Par moments, je me demandais s'il ne s'agissait pas d'un mécanisme de défense – si l'unique façon de s'accommoder de son existence n'était pas de faire comme si tout cela arrivait à un autre.

Je voulais sincèrement compatir à sa douleur. Lorsque je le voyais assis devant sa fenêtre à contempler le lointain devant lui, il me renvoyait l'image d'une tristesse infinie. J'ai fini par comprendre au fil des jours que, en plus d'être coincé dans son fauteuil et d'avoir perdu toute autonomie physique, l'interminable litanie des problèmes du corps, des risques, des gênes et de la perte de dignité rendait sa vie insupportable. À sa place, je serais moi aussi terriblement malheureuse.

Seulement, il ne me faisait pas de cadeau… Quoi que je dise, il trouvait une remarque acerbe à me faire. Quand je lui demandais s'il n'avait pas froid, il me rétorquait qu'il me sonnerait s'il avait besoin d'une autre couverture. Et si je m'inquiétais de savoir si l'aspirateur ne le dérangeait pas, il me demandait si d'aventure j'avais mis au point un système pour le faire fonctionner sans bruit. Lorsque je le faisais manger, il se plaignait de la température de la nourriture, toujours trop chaude ou trop froide. Il protestait aussi en disant que je présentais une nouvelle bouchée avant même qu'il ait avalé la précédente. Il avait le don de tourner tout ce que je pouvais dire ou faire de telle sorte que je passais pour une idiote.

Durant ces deux premières semaines, j'ai appris l'art de conserver un visage absolument impassible. Je tournais les talons et disparaissais dans l'autre pièce ; je lui parlais le moins possible. Je commençais à le haïr et je suis à peu près certaine qu'il s'en doutait.

Je n'avais pas pensé que j'en viendrais à regretter amèrement mon ancien travail. Frank me manquait, ainsi que l'air joyeux avec lequel il m'accueillait le matin. Les clients me manquaient aussi, leur compagnie, leurs conversations qui tour à tour enflaient puis s'apaisaient autour de moi, moutonnantes comme une mer bienveillante. Toute belle et cossue qu'elle était, *Granta House* n'en était pas moins aussi silencieuse et glaçante qu'une morgue. *Six mois.* Voilà ce que je me disais lorsque l'ambiance devenait insupportable. *Six mois.*

Et puis, un jeudi, alors que j'étais occupée à préparer la boisson hypercalorique de Will pour la matinée, j'ai entendu la voix de Mme Traynor dans l'entrée. Mais, cette fois, d'autres voix l'accompagnaient. J'ai attendu, la fourchette en l'air. J'ai distingué une voix de femme, jeune et agréablement posée, et une voix d'homme.

Mme Traynor est apparue dans le couloir de la cuisine. Je me suis efforcée d'avoir l'air affairée, en agitant vivement le gobelet verseur.

— C'est bien un mélange à soixante pour cent d'eau, quarante pour cent de lait ? a-t-elle demandé en désignant le breuvage.

— Oui. C'est la boisson à la fraise.

— Des amis de Will sont passés le voir. Il serait sans doute préférable que vous ne…

J'ai revissé le couvercle sur le gobelet.

— Oh, j'ai plein de choses à faire dans la cuisine, ai-je répondu, infiniment soulagée de pouvoir échapper à la compagnie de Will pendant une heure ou plus. Vos invités voudraient-ils du thé ou du café ?

Elle sembla presque surprise.

— Oui. Ce serait très aimable. Du café. Je crois que je vais…

Elle paraissait encore plus tendue que d'ordinaire. Elle a jeté un coup d'œil vers le couloir, de l'endroit d'où nous parvenaient les bribes d'une conversation. J'ai compris que Will n'avait pas beaucoup de visites.

— Je crois… que je vais les laisser tranquilles, dit-elle en jetant un nouveau regard en direction du couloir. Rupert. C'est Rupert, son vieil ami, du travail, a-t-elle expliqué, en se tournant subitement vers moi.

Apparemment, ses pensées étaient très loin d'ici.

J'ai compris que l'instant était crucial et qu'elle avait besoin d'en parler à quelqu'un, même si ce n'était que moi.

— Et Alicia. Autrefois… ils étaient… très proches. Pendant un certain temps. Du thé conviendra très bien aussi. Merci, mademoiselle Clark.

La hanche appuyée contre la porte pour rééquilibrer le plateau que je portais, j'ai hésité un instant avant d'ouvrir.

— Mme Traynor m'a dit que vous voudriez peut-être du café, ai-je annoncé en entrant.

J'ai posé le plateau sur la table basse. Ensuite, tout en glissant le gobelet de Will dans son support, en veillant à orienter la paille de façon à ce que sa bouche puisse l'atteindre sans qu'il ait à trop bouger la tête, j'ai examiné d'un regard furtif ses visiteurs.

C'est la femme que j'ai remarquée d'abord, une blonde aux jambes interminables et à la peau dorée, une de ces créatures qui me faisaient toujours me demander si les humains appartenaient bien tous à la même espèce. Dans sa catégorie, elle avait l'allure d'une exceptionnelle pouliche de concours. Il m'était déjà arrivé d'apercevoir quelques-unes de ses congénères. En règle générale, elles gravissaient la colline de leur pas léger et bondissant, en tenant par la main des bambins charmants tout vêtus de Boden, et, à l'intérieur du *Petit Pain beurré*, leur voix claire comme le cristal portait de la plus naturelle des façons lorsqu'elles demandaient : « Harry chéri, voudrais-tu un café ? Je peux leur demander de te préparer un *macchiato.* » Oui, cette femme était un modèle *macchiato.* Il émanait d'elle un parfum de richesse désinvolte, de « tout m'est dû », d'une vie vécue dans l'aisance d'un magazine de papier glacé.

Puis, en regardant plus attentivement, j'ai constaté avec un choc qu'elle était :

a) la femme sur la photo de Will au ski ;

b) infiniment mal à l'aise.

Après avoir déposé un baiser sur la joue de Will, elle recula d'un pas maladroit, un sourire crispé sur le visage. Elle portait un gilet brun en peau de mouton – le genre de chose qui m'aurait fait ressembler à un yéti –, et une écharpe grise en cachemire, avec laquelle elle se mit à jouer nerveusement, comme si elle ne parvenait pas à se décider à la retirer.

— Tu as l'air en forme, lui a-t-elle dit. Sincèrement. Tu t'es… laissé pousser les cheveux.

Will n'a rien répondu. Il se contentait de la considérer, l'air aussi impénétrable que d'habitude. J'ai éprouvé un immense soulagement à l'idée que je n'étais pas la seule à subir son regard.

— Un nouveau fauteuil, hein ? a dit l'homme en tapotant le dossier de Will, avec l'air appréciateur de celui qui admire une luxueuse voiture de sport. Il a l'air… très high-tech. Plein… d'options.

Je ne savais absolument pas quoi faire. Je suis restée un instant à me trémousser d'un pied sur l'autre, jusqu'à ce que la voix de Will tombe dans le silence.

— Louisa, vous voulez bien remettre quelques bûches dans le feu ? Je crois qu'il faudrait le relancer.

C'était la première fois qu'il prononçait mon prénom.

— Bien sûr.

J'ai cherché dans le panier des bûches de la bonne taille.

— Il fait sacrément froid dehors, a dit la femme. Rien de tel qu'un bon feu de bois pour se réchauffer.

J'ai ouvert la porte du foyer et tisonné les braises.

— Il fait bien quelques degrés de moins ici qu'à Londres.

— Absolument, a confirmé l'homme.

— Je songeais à faire installer un insert à bois à la maison. Apparemment, le rendement est bien meilleur qu'avec un foyer ouvert.

Alicia s'est penchée pour examiner celui-là, comme si c'était le tout premier qu'elle voyait de son existence.

— Oui, j'ai entendu ça aussi, a dit l'homme.

— Il faut que je regarde ça de près. Il y a des choses qu'on a l'intention de faire et puis…, commença-t-elle sans pouvoir poursuivre, la voix brisée. Excellent café, a-t-elle ajouté après un instant.

— Alors… Qu'as-tu fait ces derniers temps, Will ? a demandé l'homme, avec une pointe de jovialité dans la voix.

— Pas grand-chose, curieusement.

— Il y a tout de même la kiné et toutes ces choses. Ça occupe, non ? Et tu constates des progrès ?

— Je crois que je ne vais pas pouvoir reprendre le ski de sitôt, Rupert, a dit Will, d'un ton plein de sarcasme.

J'ai presque souri pour moi-même. C'était le Will que je connaissais. J'ai entrepris de retirer les cendres du foyer. J'avais la sensation que tous leurs regards étaient rivés sur moi. Le silence devenait pesant. Je me suis demandé si on ne voyait pas dépasser l'étiquette de mon pull ; j'ai dû faire un effort pour résister à l'envie de vérifier.

— Alors..., a finalement dit Will. Qu'est-ce qui me vaut le plaisir ? Cela fait... huit mois ?

— Oh, je sais. Je suis désolée. J'ai été... affreusement occupée. J'ai un nouveau travail à Chelsea. Je dirige la boutique de Sasha Goldstein. Tu te souviens de Sasha ? Les week-ends sont éprouvants. Le samedi, il y a des tas de choses à faire. J'ai très peu de temps libre, ajouta Alicia d'une petite voix. J'ai appelé plusieurs fois. Ta mère te l'a dit ?

— Chez Lewins, c'est carrément frénétique. Tu... tu sais comment c'est, Will. Nous avons un nouvel associé. Un type de New York. Bains. Dan Bains. Tu l'as croisé, peut-être ?

— Non.

— Sacré Bains, on dirait qu'il travaille vingt-quatre heures par jour. Et il s'attend à ce que tout le monde en fasse autant.

Rupert était visiblement soulagé d'avoir trouvé un sujet de conversation avec lequel il était à l'aise.

— Tu connais les règles d'éthique dans le travail du vieux Yank – plus de déjeuners interminables, plus de blagues olé-olé. Will, crois-moi, l'atmosphère de cette boîte n'a plus rien à voir avec ce qu'elle était, poursuivit-il.

— Vraiment ?

— Et comment ! Maintenant, c'est « présentéisme » à tous les étages. Certains jours, j'ose à peine bouger de mon fauteuil.

Soudain, ça a été comme si tout l'air de la pièce venait de disparaître, emporté dans un aspirateur géant. Quelqu'un a toussé.

Je me suis levée en essuyant mes mains sur mon jean.

— Je... je vais chercher d'autres bûches, ai-je murmuré, plus ou moins dans la direction de Will.

Puis j'ai pris le panier et je suis sortie.

Il régnait un froid glacial à l'extérieur, mais j'ai quand même pris tout mon temps pour sélectionner les bûches.

Je pesais le pour et le contre : était-il préférable de me faire amputer un ou deux doigts à cause du gel ou de retourner à l'intérieur ? Mais, outre le froid de canard, mon index, celui que j'utilise pour coudre, est devenu bleu. J'ai dû reconnaître ma défaite. J'ai transporté le bois aussi lentement que possible. Je suis entrée dans l'annexe j'ai remonté le couloir en traînant les pieds. Comme j'approchais du salon, la voix de la femme m'est parvenue par la porte restée légèrement entrouverte.

— En fait, Will, il y a une autre raison pour laquelle nous sommes venus. Nous… avons une nouvelle à t'annoncer.

Je suis restée sur le pas de la porte, le panier de bûches serré entre mes mains.

— J'ai pensé… enfin, nous avons pensé… que c'était normal que tu en sois prévenu… mais, eh bien voilà de quoi il s'agit. Rupert et moi allons nous marier.

Je n'osais pas bouger. Je me demandais si je pouvais faire demi-tour sans être entendue.

La femme a poursuivi, maladroitement.

— Écoute, je sais que c'est probablement un choc pour toi. Pour ne rien te cacher, ça en a été un pour moi aussi. Nous… enfin ça… Notre relation n'a commencé que longtemps après…

Mes bras ont commencé à devenir douloureux. J'ai regardé le panier en me demandant quoi faire.

— Tu sais bien, toi et moi… nous…

Un nouveau silence pesant s'est installé.

— Will, dis quelque chose, s'il te plaît.

— Félicitations, a-t-il articulé pour finir.

— Je sais ce que tu penses. Mais aucun de nous n'est responsable de ce qui est arrivé. Pendant longtemps, nous n'avons été que des amis l'un pour l'autre. Des amis préoccupés par ton avenir. Rupert a été le plus formidable des soutiens après ton accident…

— Très aimable à lui.

— Je t'en prie, ne sois pas comme ça. C'est horrible. J'étais absolument terrifiée à l'idée de te le dire. Nous étions tous les deux terrifiés.

— C'est normal, a répondu Will d'une voix atone.

Rupert est intervenu.

— Écoute, si nous sommes venus, c'est parce que nous t'aimons beaucoup. Nous ne voulions pas que tu l'apprennes par quelqu'un d'autre. Mais, tu sais, la vie continue. C'est un fait. Après tout, deux années ont passé depuis l'accident.

Le silence s'est de nouveau installé. Je me suis rendu compte que je n'avais aucune envie d'en entendre davantage; j'ai commencé à m'écarter doucement de la porte, en gémissant à voix basse sous l'effort. Mais Rupert a repris la parole en élevant le ton cette fois-ci, de sorte que je l'entendais toujours.

— Allez, Will. Je sais que tout ça doit être terriblement difficile… Mais si tu te soucies un tant soit peu du bonheur de Lissa, tu ne peux pas lui refuser de mener une vie heureuse.

— Dis quelque chose, Will. S'il te plaît.

J'imaginais très bien son visage. Je visualisais exactement l'expression qu'il devait afficher, aussi impénétrable que méprisante.

— Félicitations, a-t-il repris. Je suis certain que vous serez très heureux tous les deux.

Alicia était sur le point de s'indigner, mais Rupert l'a interrompue.

— Allez, viens, Lissa. Je crois que nous devrions partir. Will, ce n'est pas comme si nous étions venus te demander ta bénédiction. Nous sommes venus par courtoisie. Lissa estimait… du moins, nous estimions tous les deux que tu devais être averti. Je suis désolé, mon vieux. Je… j'espère seulement que nous pourrons rester en contact lorsque les choses… se seront un peu tassées.

Il y a eu des bruits de pas et je me suis penchée sur le panier de bûches comme si je venais de rentrer à l'instant.

Je les ai entendus dans le couloir et Alicia est arrivée devant moi. Elle avait les larmes aux yeux.

— Puis-je utiliser la salle de bains ? a-t-elle demandé d'une voix étouffée.

Lentement, j'ai levé un doigt pour lui indiquer la direction.

Son regard s'est durci et je me suis alors rendu compte que ce que je ressentais au fond de moi devait être peint sur mon visage. Je n'ai jamais été très douée dans l'art de dissimuler mes sentiments.

— Je sais ce que vous pensez, a-t-elle dit au bout d'un moment. Mais j'ai essayé. J'ai vraiment essayé. Pendant des mois. Et il m'a repoussée, lança-t-elle, la mâchoire crispée, l'air furieuse. En fait, il ne voulait pas de moi à ses côtés. Il a été on ne peut plus clair à ce sujet.

Elle semblait attendre que je dise quelque chose.

— Ce ne sont vraiment pas mes affaires, ai-je fait remarquer.

Nous étions debout face à face.

— Vous savez, on n'est d'aucune utilité à quelqu'un qui ne veut pas être aidé.

Et, sur ces mots, elle est partie.

J'ai attendu quelques minutes, écoutant leur voiture s'éloigner dans l'allée, puis je suis allée dans la cuisine. J'y suis restée un moment pour mettre de l'eau à bouillir, même si je n'avais aucune envie de boire du thé. J'ai feuilleté un magazine que j'avais déjà lu. Pour finir, je suis retournée dans le couloir où j'ai repris le panier de bûches avec un grognement. Je l'ai poussé dans le salon en le cognant légèrement sur la porte pour prévenir Will de mon arrivée.

— Je me demandais si vous vouliez…

Il n'y avait personne.

La pièce était vide.

J'ai alors entendu un grand fracas. Je me suis élancée dans le couloir et un second éclat a retenti, accompagné d'un bruit de verre brisé en provenance de la chambre de Will. *Oh, mon Dieu! Faites qu'il ne se soit pas fait mal!* La panique m'envahit. La mise en garde de Mme Traynor résonnait à mes oreilles. Je l'avais laissé sans surveillance pendant plus d'un quart d'heure.

J'ai couru. Dans un glissement, je me suis arrêtée sur le seuil de sa chambre en me cramponnant au chambranle. Will était au milieu de la pièce, bien dressé dans son fauteuil, une canne posée en travers des accoudoirs, dont l'extrémité saillait du côté gauche sur un demi-mètre. La lance d'un chevalier à un tournoi. Sur les étagères, il n'y avait plus une seule photo. Les cadres luxueux avaient volé en éclats et gisaient sur le sol. La moquette était constellée de morceaux de verre et de fragments de bois, tout comme les genoux de Will. J'ai pris la mesure de la scène, tandis que mon cœur affolé se calmait peu à peu. Will était sauf. Il avait le souffle court, comme s'il avait dû déployer des efforts surhumains.

Son fauteuil a pivoté, faisant crisser des bouts de verre. Nos regards se sont croisés. Le sien était infiniment las. Il me mettait au défi de lui offrir ma sympathie.

J'ai regardé ses jambes, puis le sol tout autour de lui. Parmi les débris, j'ai reconnu la photo d'Alicia et lui au ski. Le visage de la jeune femme était masqué par le cadre brisé.

J'ai senti ma gorge se nouer. Lentement, j'ai relevé la tête et nos yeux se sont de nouveau rencontrés. Ces quelques secondes m'ont paru être les plus longues dont je puisse me souvenir.

— Il ne risque pas de crever? ai-je fini par lui demander en désignant son fauteuil d'un signe de tête. Parce que je ne vois pas où je pourrais mettre le cric.

Ses yeux se sont arrondis. L'espace d'un instant, j'ai vraiment cru à une nouvelle boulette. Mais l'ombre d'un sourire est passée sur son visage.

— Ne bougez pas, ai-je dit. Je vais chercher l'aspirateur.

J'ai entendu la canne tomber sur le sol. À l'instant où je sortais, je crois bien l'avoir entendu dire : « Désolé ».

Le jeudi soir, il y a toujours foule au pub le *Kings Head*, en particulier dans l'arrière-salle. Assise entre Patrick et un homme apparemment nommé Rutter, mon regard s'attardait sur les plaques de box de chevaux illustres accrochées aux poutres de chêne au-dessus de ma tête, ou les photos du château décorant les solives, en faisant de mon mieux pour paraître intéressée par la conversation. Il était question d'indices de masse corporelle et d'apports glucidiques.

Je m'étais toujours dit que les réunions bimensuelles du club des Terreurs du triathlon de Hailsbury devaient être le pire cauchemar des tenanciers du pub. J'étais la seule à boire de l'alcool ; mon sachet de chips, vide et chiffonné, traînait sur la table. Tous les autres sirotaient de l'eau minérale, ou contrôlaient la teneur en édulcorants de leur Coca light. Lorsqu'ils daignaient enfin commander à manger, pas question qu'une seule feuille de salade vienne frôler une vinaigrette non allégée, ou qu'un blanc de poulet soit servi avec la peau. Régulièrement, je me commandais des frites, pour le plaisir de les voir tous prétendre qu'ils n'avaient pas envie d'en goûter une.

— Phil a explosé après le soixantième kilomètre. Il a dit qu'il entendait des voix. Ses pieds étaient en plomb. Il avait une tête de zombie, tu sais.

— Je me suis offert une paire de ces nouvelles baskets japonaises. Et j'ai gagné un quart d'heure sur mon temps au quinze kilomètres.

— Il faut éviter les sacs sans armature rigide. Lorsque Nigel est arrivé au point de ravitaillement, il ressemblait à un vrai portemanteau.

Je ne peux pas dire que je m'amusais follement aux réunions du club des Terreurs du triathlon de Hailsbury, mais, avec mes horaires à rallonge et le calendrier des entraînements de Patrick, c'était l'un des rares moments que je pouvais partager avec lui. Il était assis à côté de moi, ses cuisses musclées enveloppées d'un simple cycliste malgré le froid glacial au-dehors. Aux yeux des membres de cette assemblée, moins on portait de vêtements, plus on était respectable. Minces et secs, les hommes s'exhibaient dans des tenues très singulières et hors de prix, plus légères que l'air et dotées de propriétés hors normes en matière d'absorption de la transpiration. Surnommés « Scud » ou « Trig », ils faisaient jouer leurs muscles à qui mieux-mieux, se montrant l'un l'autre leurs dernières blessures de guerre ou faisant constater leurs progrès dans la prise de masse musculaire. Les filles, évidemment pas maquillées, avaient le teint rose de celles qui ne sont pas incommodées à l'idée de courir des kilomètres dans le froid. Elles me considéraient avec une expression de léger dégoût – voire de pure incompréhension. À coup sûr, elles évaluaient mon ratio muscle-graisse et le trouvaient un peu faiblard.

— C'était horrible, ai-je expliqué à Patrick, tout en me demandant si je pouvais commander une part de cheese-cake sans m'attirer le « coup d'œil de la mort ». Sa fiancée avec son meilleur ami…

— On ne peut pas lui en vouloir, a-t-il répondu. Tu crois que tu resterais si je me retrouvais paralysé du cou jusqu'aux doigts de pieds ?

— Bien sûr que je resterais.

— Certainement pas. Et, d'ailleurs, je ne te le demanderais pas.

— Eh bien, je resterais quand même.

— Mais, moi, je ne voudrais pas que tu restes. Je ne voudrais pas de quelqu'un qui reste avec moi par pitié.

— Qui dit que ce serait par pitié ? Tu serais toujours la même personne à l'intérieur.

— Non. Je ne serais certainement pas le même. Je n'aurais plus envie de vivre. Devoir compter sur les autres pour la moindre petite chose. Me faire torcher le cul par des inconnus…

Un homme au crâne rasé de près a glissé la tête entre nous.

— Pat, a-t-il demandé, tu as déjà essayé le nouveau gel énergétique ? J'en ai un qui a explosé dans mon sac à dos la semaine dernière. Je n'avais jamais rien vu de tel.

— Pas vraiment, Trig. Je suis plutôt du genre banane et Lucozade.

— Dazzer a bu un Coca light pendant le Norseman. Il a tout gerbé à trois mille mètres. Qu'est-ce qu'on a ri… !

J'ai esquissé un sourire.

L'homme à la tête luisante est reparti et Patrick est revenu à moi. Apparemment, il était toujours en train de méditer sur le sort de Will.

— Bon Dieu. Tu imagines toutes les choses que tu ne peux plus faire…, a-t-il repris en secouant la tête. Plus de vélo, plus de course à pied…, a-t-il ajouté en me regardant comme s'il venait d'être victime d'un mauvais coup du sort. Plus de sexe.

— Bien sûr qu'on peut encore faire l'amour. Il faut seulement que la femme se mette dessus.

— Alors c'est foutu.

— Très drôle…

— D'ailleurs, si tu es paralysé de la nuque jusqu'en bas, je crois que le… euh… matériel ne doit pas fonctionner correctement.

Le souvenir d'Alicia m'est revenu. *Mais j'ai essayé. J'ai vraiment essayé. Pendant des mois.*

— Je suis sûre qu'il y en a pour qui ça marche. De toute façon, il doit bien exister une manière de contourner le problème… avec un peu de suite dans les idées.

— Ah, ah ! a lancé Patrick avant de boire une gorgée d'eau. Il va falloir que tu lui poses la question demain. Tu m'as dit qu'il était horrible. Il l'était peut-être déjà avant son accident. C'est peut-être pour ça qu'elle l'a largué. Tu y as pensé ?

— Je ne sais pas…, ai-je dit en me remémorant les photos. Ils donnaient l'impression d'être très heureux ensemble.

Mais, au fond, que prouvait une photo ? À la maison, j'en avais une sur laquelle je regardais Patrick, le visage rayonnant, exactement comme s'il venait de me sauver d'un immeuble en flammes. En réalité, juste avant qu'elle soit prise, je venais de le traiter de « sale con », à quoi il m'avait répondu : « Fais pas chier ! »

Patrick estimait qu'il avait fait le tour de la question.

— Eh, Jim… Jim, tu as réussi à faire un tour sur le nouveau vélo poids plume ? Il est bien ?

Je l'ai laissé changer de sujet pour réfléchir à ce qu'Alicia avait dit. J'imaginais tout à fait Will la repousser. Mais, quand on aime quelqu'un, on se doit de rester avec lui. De l'aider à surmonter sa dépression. Pour le meilleur et pour le pire.

— Tu reprends quelque chose ?

— Une vodka tonic. De la tonic *light*, ai-je ajouté en réponse à son sourcil haussé.

Sur un haussement d'épaules, Patrick s'est éloigné vers le bar.

Je commençais à me sentir un peu coupable de la façon dont nous parlions de mon employeur – surtout quand je me suis rendu compte qu'il devait régulièrement faire les frais de cette indiscrétion. C'était pratiquement impossible de ne pas s'interroger sur les aspects les plus intimes de sa vie. J'avais décroché. Autour de moi, ça parlait d'un week-end d'entraînement en Espagne et je n'écoutais plus que d'une oreille. Patrick est arrivé à côté de moi et m'a donné un coup de coude.

— Ça te dirait ?

— Quoi ?

— Le week-end en Espagne. À la place des vacances en Grèce. Tu pourrais rester les doigts de pieds en éventail au bord de la piscine si les quatre-vingts kilomètres de randonnée en vélo ne te tentent pas. On devrait pouvoir trouver des vols pas trop chers. C'est dans six semaines. Maintenant que tu es blindée…

J'ai pensé à Mme Traynor.

— Je ne sais pas… Je ne suis pas sûre qu'ils apprécieraient que je m'absente si tôt après avoir commencé.

— Ça t'ennuie si j'y vais ? J'aimerais vraiment m'entraîner en altitude. J'envisage de tenter le top des tops.

— Le top des quoi ?

— Le top des triathlons. Le *Xtreme Viking*. Quatre-vingt-dix kilomètres à vélo, cinquante kilomètres de course à pied, et une bonne longue épreuve de natation dans l'eau glacée des rivages nordiques.

On n'évoquait le Viking qu'avec le plus grand respect. Ceux qui l'avaient fait portaient le souvenir de ce qu'ils avaient enduré comme des blessures rapportées de quelque guerre lointaine et particulièrement barbare. Rien que d'en parler, Patrick s'en léchait presque les babines. J'ai regardé mon amoureux en me demandant s'il n'était pas un peu extraterrestre sur les bords. L'espace d'une seconde, je me suis dit que je le préférais lorsqu'il travaillait comme télévendeur et qu'il ne pouvait pas passer devant une station-service sans aller faire le plein de barres chocolatées.

— Tu vas vraiment le faire ?

— Pourquoi pas ? Je n'ai jamais été aussi en forme.

J'ai songé à tous les entraînements supplémentaires qui allaient en découler – à ces interminables conversations au sujet de poids, de distances, de forme et d'endurance. En l'état, il m'était déjà bien difficile de parvenir à capter l'attention de Patrick.

— Tu pourrais le faire avec moi, a-t-il suggéré, même si nous savions l'un et l'autre qu'il n'en croyait pas un mot.

— Sans façons, ai-je répondu. Mais toi, vas-y.

Et j'ai commandé ma part de cheese-cake.

J'avais eu tort de penser que les événements de la veille allaient amorcer un dégel à *Granta House*.

J'ai salué Will d'un « hello » joyeux accompagné d'un grand sourire, et il n'a même pas daigné m'accorder un regard.

— Il n'est pas dans un bon jour, m'a glissé Nathan dans un murmure tout en enfilant son manteau.

C'était l'une de ces matinées épouvantables au cours desquelles, sous le ciel bas, tandis que la pluie frappe méchamment aux carreaux, on finit par se dire que le soleil ne reparaîtra plus jamais. Un jour comme ça, même moi je pouvais avoir le cafard. Rien d'étonnant donc que Will soit au trente-sixième dessous. J'ai attaqué les corvées de la matinée en tentant de relativiser les choses. D'ailleurs, on n'est pas obligé d'aimer son employeur, pas vrai ? Bien des gens détestent le leur. J'ai songé à la patronne de ma sœur, une divorcée en série à la mine crispée, qui tenait le compte des pauses-pipi de Treena et n'hésitait pas à faire des commentaires acerbes si elle estimait que sa vessie fonctionnait trop. Et puis j'avais déjà fait deux semaines à *Granta House* ; il ne me restait plus que cinq mois et treize jours à tirer.

Les photos étaient dans le tiroir du bas, là où je les avais rangées la veille. Accroupie par terre, j'ai entrepris de les sortir pour les trier et voir quels cadres je pourrais remettre d'aplomb. Je suis assez douée pour bricoler les objets cassés – sans compter que ce serait une manière utile de tuer le temps.

Cela faisait dix minutes que je m'étais attelée à la tâche quand le discret ronronnement du fauteuil motorisé m'a prévenue de l'arrivée de Will.

Depuis le couloir, il me regardait. De profonds cernes noirs bordaient ses yeux. Nathan m'avait dit qu'il lui arrivait de ne pas dormir du tout. Je ne voulais même pas imaginer à quoi cela pouvait ressembler d'être prisonnier d'un lit qu'on ne peut pas quitter, à une heure avancée de la nuit, avec des idées noires pour toute compagnie.

— J'ai pensé que je pourrais peut-être arranger quelques-uns de ces cadres, ai-je dit en en prenant un.

C'était la photo sur laquelle on le voyait s'élancer pour un saut à l'élastique. Je faisais de mon mieux pour afficher mon entrain. *Il a besoin de quelqu'un d'enjoué, quelqu'un de positif.*

— Pourquoi ?

J'ai cligné des yeux.

— Eh bien… je crois qu'on doit pouvoir les réparer. J'ai apporté de la colle à bois, si vous êtes d'accord pour que je m'en occupe. Mais, si vous préférez que je les remplace, je peux faire un saut en ville pendant ma pause-déjeuner et en rapporter d'autres. Ou nous pouvons y aller ensemble, si ça vous dit de…

— Qui vous a demandé de vous en occuper ?

Ses yeux ne cillaient pas.

Oh, oh…, ai-je songé.

— Je… je voulais juste me rendre utile.

— Vous vouliez réparer ce que j'ai brisé hier.

— Je…

— Vous savez quoi, Louisa ? Ce serait vraiment bien – juste une fois – que quelqu'un prête attention à ma volonté. Ce n'est pas par hasard que j'ai brisé ces cadres. Je n'expérimente pas un nouveau concept de décoration d'intérieur. J'ai fait ça parce que je ne veux plus voir ces photos.

Je me suis relevée.

— Je suis désolée. Je ne pensais pas…

— Vous pensiez savoir ce qui est mieux. Tout le monde croit savoir ce dont j'ai besoin. « Vite, remettons ces foutues photos en place. Donnons à ce pauvre invalide quelque chose à regarder. » Je ne veux pas de ces saletés de portraits qui me regardent quand je suis coincé dans mon lit, jusqu'à ce que quelqu'un vienne m'en sortir. Vous pouvez comprendre ça ?

J'ai dégluti bruyamment.

— Je n'allais pas m'occuper de celle avec Alicia. Je ne suis pas stupide à ce point-là… Mais je me suis dit que, d'ici quelque temps, vous auriez peut-être envie de…

— Oh, bon Dieu… ! s'est-il exclamé en faisant pivoter son fauteuil. Épargnez-moi vos analyses psychologiques, a-t-il lancé sur un ton cinglant. Allez donc lire vos putains de magazines à scandales, ou faire ce que vous faites quand vous ne préparez pas du thé.

J'avais les joues en feu. Je l'ai regardé manœuvrer dans l'espace exigu, et les mots sont sortis de ma bouche avant même que je n'aie pu réfléchir.

— Ce n'est pas la peine de vous comporter comme un con.

Mes paroles ont retenti dans l'air immobile.

Le fauteuil s'est arrêté. Quelques secondes se sont écoulées, puis il a commencé à pivoter lentement dans l'autre sens. Will me faisait face, sa main posée sur le petit joystick.

— Quoi ?

Je l'ai regardé droit dans les yeux. Mon cœur battait à tout rompre.

— Vous avez traité vos amis comme de la merde. Soit. Ils l'ont probablement mérité. Mais moi, je viens ici chaque jour pour faire de mon mieux. Alors j'apprécierais que vous ne me pourrissiez pas l'existence.

Will a écarquillé les yeux. Un instant s'est encore écoulé avant qu'il reprenne la parole.

— Et si je vous disais que je ne veux pas de vous ici ?

— Ce n'est pas vous qui m'employez. C'est votre mère. Et tant qu'elle ne me dit pas qu'elle ne veut plus de moi, je reste. Pas parce que je tiens particulièrement à vous, ou parce que j'aime ce boulot idiot, ou parce que je veux bouleverser votre vie, non, mais parce que j'ai besoin de l'argent que je gagne. D'accord ? J'en ai vraiment besoin.

L'expression sur le visage de Will s'est modifiée de façon presque imperceptible, mais j'ai bien cru déceler de l'étonnement sur ses traits, comme s'il n'était pas du tout habitué à ce que quelqu'un lui tienne tête.

Et merde, ai-je pensé lorsque j'ai commencé à mesurer la portée de mes paroles. *Cette fois, j'ai vraiment foiré.*

Will m'a encore observée un instant. Je n'ai pas détourné le regard et il a poussé un soupir, comme s'il était sur le point de dire quelque chose de désagréable.

— Très bien, a-t-il lancé, en faisant de nouveau pivoter son fauteuil. Vous rangerez les photos dans le tiroir du bas, s'il vous plaît. Toutes les photos.

Et il s'est éloigné dans un petit bourdonnement.

Chapitre 5

Quand on se retrouve catapulté dans une nouvelle vie – ou, du moins, poussé si fort contre celle de quelqu'un d'autre que c'est comme d'avoir le visage collé à sa fenêtre –, on finit par être obligé de reconsidérer sa propre image. Ou, plus précisément, l'image de soi qu'on donne aux autres.

Aux yeux de mes parents, en l'espace de quatre petites semaines, j'étais montée d'un cran sur l'échelle de l'intérêt. J'étais devenue un point d'ancrage dans un monde différent. Ma mère me questionnait chaque jour sur les coutumes domestiques de *Granta House*, un peu à la manière d'un zoologiste examinant d'un œil scientifique une nouvelle espèce de créatures étranges évoluant dans leur habitat.

— Est-ce que Mme Traynor fait mettre une nappe et des serviettes à chaque repas ? Crois-tu qu'ils passent l'aspirateur chaque jour, comme nous ? Que font-ils de leurs pommes de terre ?

Le matin, je ne partais pas sans quelques instructions très précises – découvrir quelle marque de papier hygiénique ils utilisaient, ou si leurs draps étaient un mélange polyester-coton. Elle était profondément déçue quand j'oubliais de mener l'enquête. Ma mère était secrètement convaincue que, chez les rupins, on vivait comme des porcs – et ce depuis le jour où je lui avais dit, autour de mes six ans, que la mère d'une camarade d'école à l'élocution parfaite ne voulait pas nous laisser jouer dans leur salon « afin de ne pas déranger la poussière ».

Les jours où je témoignais que, oui, leur chien mangeait bel et bien dans la cuisine, ou que, non, les Traynor ne récuraient pas chaque jour leur perron – comme il était de coutume chez nous –, ma mère faisait une moue désapprobatrice, jetait un coup d'œil entendu à mon père et hochait la tête avec satisfaction, comme si je venais de lui confirmer tout ce qu'elle soupçonnait déjà au sujet des sales manies des rupins.

J'ai constaté par ailleurs qu'on me témoignait plus de respect à la maison, soit parce que mon salaire était indispensable à la survie de la famille, soit parce que tous savaient combien mon travail me pesait. Pour autant, ce changement ne tenait pas à grand-chose. Mon père avait simplement cessé de m'appeler « gros tas », et ma mère prenait la peine de me préparer une tasse de thé quand je rentrais à la maison.

Aux yeux de Patrick et de ma sœur, j'étais toujours la même – la sempiternelle cible des moqueries, celle qu'on embrassait, qu'on serrait dans ses bras ou à qui on faisait la tête. Moi-même, je ne me sentais pas différente. Je n'avais pas changé et j'étais toujours habillée « comme si je venais de faire un combat de catch dans la friperie d'une œuvre de bienfaisance », pour reprendre l'expression de Treena.

Je n'avais pas la moindre idée de ce que les habitants de *Granta House* pouvaient penser de moi. Will était absolument impénétrable. Pour Nathan, je crois bien que je n'étais rien d'autre que la dernière en date d'une longue liste d'aides-soignantes. Il était sympathique au demeurant, mais un peu distant et détaché. Il me donnait l'impression de croire que je n'étais que de passage. Lorsqu'il me croisait dans l'entrée, M. Traynor me saluait aimablement d'un signe de tête, s'informant parfois de l'état du trafic routier et allant même jusqu'à me demander si les choses se passaient bien. Je ne suis pas sûre qu'il m'aurait reconnue si on m'avait présentée à lui dans un autre cadre.

Mais, pour Mme Traynor – oh, Seigneur ! –, j'étais apparemment la personne la plus stupide et la plus irresponsable de la planète.

Cela avait commencé avec les photos encadrées. Rien de ce qui se passait dans cette maison n'échappait à la vigilance de Mme Traynor, et j'aurais dû me douter que leur destruction allait provoquer un incident diplomatique. Elle m'a interrogée pour savoir combien de temps exactement j'avais laissé Will tout seul, pour déterminer ce qui avait été l'élément déclencheur, et avec quelle promptitude j'avais nettoyé les dégâts. Elle n'a émis aucune critique – elle était bien trop distinguée pour hausser la voix –, mais ses petits « hmm, hmm » et sa manière de battre lentement des paupières en écoutant mes réponses en disaient long. Le jour où Nathan m'a appris qu'elle était magistrate, je n'ai guère été surprise.

Elle a conclu qu'il serait « sans doute préférable que je ne laisse pas Will seul aussi longtemps à l'avenir, quelle que soit la situation, *hmm* ? » Et puis, la prochaine fois que je ferais la poussière, je serais « bien avisée de m'assurer que rien ne traîne au bord des étagères pour éviter tout accident, *hmm* ? » Apparemment, elle préférait penser qu'il s'agissait d'un accident. Elle avait l'art de me rabaisser. À force d'être considérée comme une idiote de première classe, j'ai fini par entrer dans la peau de mon personnage en sa présence. Elle débarquait inévitablement à l'instant où je venais de faire tomber quelque chose, ou alors quand j'étais aux prises avec la minuterie du four. D'autres fois, debout dans l'entrée, une pointe d'irritation dans le regard, elle m'épiait quand je rapportais des bûches du dehors, halant le panier à reculons, comme si j'avais été absente bien plus longtemps que dans la réalité.

Étonnamment, son attitude me tapait bien plus sur le système que la brutale impolitesse de Will. À une ou deux reprises, j'avais même été sur le point de lui demander de but en blanc s'il y avait un problème. Vous m'avez dit que vous m'engagiez pour mon attitude bien plus que pour mes compétences. Eh bien, me voilà, enjouée chaque maudite journée. Aussi solide que vous le vouliez. Alors, qu'est-ce qui ne va pas ? Voilà ce que j'avais envie de lui demander.

Mais Camilla Traynor n'était pas le genre de femme à qui on pouvait parler comme ça. Et puis j'avais l'impression que cette maison croulait sous les non-dits.

Par exemple, la remarque suivante : « Lily, la jeune fille qui était là avant vous, procédait de manière très intelligente. Elle réchauffait deux légumes en même temps dans cette casserole » signifiait en réalité : « Vous mettez trop de bazar dans la cuisine. »

« Tu veux peut-être une tasse de thé, Will ? » signifiait en fait : « Je ne sais absolument pas quoi te dire. »

Et : « Je crois que j'ai des papiers à ranger » était le code pour : « Tu deviens grossier, je vais quitter cette pièce. »

Camilla Traynor accompagnait ses paroles d'une expression légèrement douloureuse, tandis que ses longs doigts fins faisaient aller et venir le crucifix sur la chaînette d'or. Elle était d'un calme olympien. À côté d'elle, ma mère aurait pu passer pour Amy Winehouse. Je souriais poliment, en feignant de n'avoir rien remarqué, et je faisais le travail pour lequel j'étais payée.

Ou du moins je tentais de le faire.

— Bon sang, pourquoi essayez-vous de glisser de la carotte sur ma fourchette ?

J'ai baissé les yeux sur l'assiette. Jusque-là, je regardais la présentatrice à la télévision, en me demandant quelle tête j'aurais si je me teignais les cheveux de la même couleur qu'elle.

— Hein ? Qu'est-ce que vous racontez ?

— Vous en avez écrasé un peu pour la dissimuler dans la sauce. Je vous ai vue le faire.

J'ai rougi. Il disait vrai. J'étais en train de faire manger Will, tandis que nous regardions ensemble les nouvelles de la mi-journée d'un œil distrait. C'était du rosbif avec une écrasée de pommes de terre. Sa mère m'avait donné pour consigne d'accompagner le plat de trois légumes, alors que Will m'avait clairement indiqué qu'il n'en voulait aucun. Je ne crois pas qu'on m'ait une seule fois demandé de préparer un repas qui ne soit pas nutritionnellement équilibré au microgramme près.

— Pourquoi essayez-vous de m'avoir avec la carotte ?

— Je ne fais rien de tel.

— Alors il n'y a pas de carottes sur cette fourchette ?

J'ai regardé les petits morceaux orange.

— Eh bien… si…

Il attendait, sourcils haussés.

— Hmm… Je suppose que je me suis dit que des légumes ne vous feraient pas de mal.

Ma réponse était à la fois le fruit d'une certaine déférence envers Mme Traynor, et celui de l'habitude. Il m'arrivait bien souvent de faire manger Thomas. Et lui, impossible de lui faire avaler le moindre légume s'il n'était pas savamment réduit en purée au milieu de pommes de terre, ou subrepticement dissimulé dans des pâtes. Chaque petite bouchée verte qu'il ingurgitait était pour nous une victoire.

— Alors, si je comprends bien, vous pensez qu'une petite cuillère de carotte va améliorer ma vie ?

Ainsi formulée, mon entreprise paraissait pour le moins idiote. Mais j'avais appris combien il était important de ne jamais paraître désarçonnée par ce que Will pouvait dire ou faire.

— D'accord, vous marquez un point, ai-je répondu d'une voix égale. Je ne le referai plus.

À cet instant, alors que je m'y attendais le moins, Will Traynor a explosé de rire, secoué par une incontrôlable cascade sonore.

— Ah, pour l'amour du ciel, dit-il en secouant la tête.

Je l'ai fixé, les yeux ronds.

— Et qu'est-ce que vous avez glissé d'autre en cachette dans ma nourriture ? Bientôt, vous allez me dire d'ouvrir la bouche pour avaler « une cuillère pour maman » de choux de Bruxelles réduits en purée.

J'ai réfléchi un instant.

— Non, ai-je répondu, la mine sérieuse. Moi, je fonctionne uniquement avec madame Fourchette. Et « madame Fourchette » n'a rien à voir avec une « cuillère pour maman ».

C'était Thomas qui m'avait raconté ça, sur un ton catégorique, quelques mois auparavant.

— C'est ma mère qui vous a poussée à faire ça ?

— Non. Écoutez, Will, je suis désolée. Je… je n'ai pas réfléchi.

— Vous êtes fidèle à vous-même.

— D'accord, d'accord. J'enlève ces maudites carottes, puisqu'elles vous contrarient à ce point.

— Ce ne sont pas ces maudites carottes qui me contrarient. C'est le fait qu'une folle qui appelle les couverts « monsieur et madame Fourchette » essaie de me les faire avaler en douce.

— Mais c'était une plaisanterie. Écoutez, je vais simplement retirer les carottes et…

Il s'est détourné.

— Je n'ai plus faim. Faites-moi juste un thé, a-t-il lancé par-dessus son épaule comme si j'avais quitté la pièce. Et n'essayez pas d'y glisser une saleté de courgette.

Nathan est arrivé alors que je finissais la vaisselle.

— Il est de bonne humeur, m'a-t-il dit en prenant la tasse que je lui tendais.

— Vraiment ?

J'étais en train de manger mes sandwichs dans la cuisine. Il faisait un froid glacial au-dehors et, d'une certaine manière, la maison ne me paraissait plus tout à fait aussi hostile.

— Il m'a raconté que vous aviez essayé de l'empoisonner. Mais il ne m'a pas dit ça… vous voyez… de façon négative.

Cette nouvelle m'a bizarrement fait plaisir.

— Ah… bien…, ai-je dit en dissimulant mon trouble. J'ai juste besoin d'un peu de temps.

— Je trouve qu'il s'exprime plus que d'habitude. Il y a eu des semaines où il ne disait pas un mot, mais ces derniers jours il est incontestablement plus enclin à causer.

J'ai alors repensé au moment où Will m'avait menacée de me rouler dessus avec son fauteuil si je n'arrêtais pas de siffler.

— Je crois que lui et moi n'avons pas tout à fait la même définition de la conversation.

— En tout cas, on a un peu parlé de cricket. Sinon, il faut que je vous dise…, a ajouté Nathan en baissant la voix. Il y a une semaine environ, Mme T. m'a demandé si vous faisiez l'affaire. Je lui ai dit que je vous trouvais très professionnelle, mais je sais que ce n'était pas vraiment ça qu'elle voulait savoir. Et puis, hier, elle est venue me dire qu'elle vous avait entendus rire, tous les deux.

Je me suis rappelé la fin de journée de l'avant-veille.

— Il se moquait de moi, ai-je expliqué. Will trouvait ça hilarant que je ne connaisse pas le *pesto*. Je venais de lui dire qu'à la maison nous allions « manger des pâtes dans de la sauce verte ».

— Ah, d'accord… Mais, ce qui tenait à cœur à Mme T., c'est qu'on ne l'avait pas entendu rire depuis belle lurette.

C'était vrai. Apparemment, Will et moi avions fini par trouver une manière plus décontractée de vivre ensemble. *Grosso modo*, il se montrait impoli et grossier à mon égard, et, de temps à autre, je lui rendais la monnaie de sa pièce.

Il m'ordonnait sur un ton brutal de faire telle ou telle chose, et je lui répondais que, s'il y tenait vraiment, il n'avait qu'à me le demander gentiment. Il jurait et me disait que je lui « cassais les bonbons », et je lui répliquais qu'il n'avait qu'à se passer de casse-bonbons pour voir comment il s'en sortirait. Ça manquait un peu de spontanéité, mais cela semblait fonctionner pour lui comme pour moi. Parfois, il paraissait presque soulagé de constater que quelqu'un était disposé à le rudoyer, à le contredire ou à lui dire qu'il se comportait comme un mufle. J'avais l'impression que, depuis son accident, tout le monde marchait sur des œufs autour de lui – à l'exception de Nathan, à qui Will témoignait un respect systématique, et qui devait d'ailleurs être immunisé contre d'éventuelles remarques acides. Nathan était une sorte de véhicule blindé ayant pris forme humaine.

— Faites en sorte qu'il se moque de vous le plus souvent possible.

J'ai posé ma tasse dans l'évier.

— Je crois que c'est dans mes cordes.

Outre l'amélioration de l'ambiance, j'ai constaté que Will me demandait moins souvent de le laisser seul. À deux ou trois reprises, il m'a même proposé de rester pour regarder un film en sa compagnie. Cela ne m'a pas dérangé pour la projection de *Terminator* – même si j'avais déjà vu tous les films de la série –, mais, pour le film français en version sous-titrée, j'ai jeté un œil à la jaquette et annoncé que j'allais passer mon tour.

— Pourquoi ?

— Je n'aime pas les films sous-titrés, ai-je répondu en haussant les épaules.

— C'est comme de dire que vous n'aimez pas les films avec des acteurs. Ne soyez pas ridicule. Qu'est-ce que c'est que vous n'aimez pas ? Le fait d'être obligée de lire quelque chose tout en regardant les images ?

— Je n'aime pas vraiment les films étrangers.

— Depuis *Local Bloody Hero*, tous les films sont des films étrangers. Vous croyez vraiment que Hollywood est une banlieue de Birmingham ?

— Très drôle…

Il n'a pas voulu me croire lorsque je lui ai avoué que je n'avais jamais regardé un seul film en version sous-titrée. Mais il faut dire aussi que mes parents ont tendance à monopoliser la télécommande le soir, et qu'il y a autant de chances que Patrick me propose d'aller voir un film en version originale que de nous inscrire à un cours de macramé. Le multiplex de la ville la plus proche ne diffuse que des comédies romantiques ou les derniers *blockbusters* où ça tire dans tous les coins, et les salles sont tellement prises d'assaut par des ados survoltés portant des sweats à capuche que ça fait fuir le chaland.

— Il faut absolument que vous voyiez ce film, Louisa. D'ailleurs, je vous ordonne de le regarder.

Will a fait reculer son fauteuil et désigné le sofa d'un signe de tête.

— Asseyez-vous. Là. Jamais vu un film en VO… Pour l'amour du ciel, a-t-il marmonné.

C'était un vieux film racontant l'histoire d'un bossu qui hérite d'une maison dans la campagne quelque part en France. Will m'a dit que c'était l'adaptation d'un célèbre roman, mais je n'en avais jamais entendu parler. Pendant les vingt premières minutes, j'ai eu un peu la bougeotte. Les sous-titres m'agaçaient et je me demandais si Will prendrait la mouche si je lui disais que j'avais besoin d'aller aux toilettes.

Et puis il s'est passé quelque chose. J'ai oublié de me dire qu'il était difficile de suivre l'histoire et de lire en même temps, oublié les heures des médicaments de Will, oublié l'idée que Mme Traynor allait trouver que je faisais preuve de laxisme. Au lieu de ça, j'ai commencé à m'en faire pour le pauvre homme et sa famille, que des voisins sans scrupule tentaient d'escroquer. À la fin, lorsque M. Bossu est mort, je sanglotais en reniflant silencieusement.

— Alors, a dit Will qui est apparu d'un coup à côté de moi et m'a jeté un regard entendu. Vous n'avez pas aimé du tout.

J'ai relevé la tête et constaté à ma grande surprise qu'il faisait noir au dehors.

— Vous jubilez, pas vrai ? ai-je dit dans un murmure en tendant la main vers la boîte de mouchoirs.

— Un peu. Mais je suis stupéfait que vous ayez atteint l'âge vénérable de… combien déjà ?

— Vingt-six ans.

— Vingt-six ans sans jamais avoir vu de film en version originale.

Il m'a regardée en train d'essuyer mes larmes.

J'ai jeté un coup d'œil à mon mouchoir et compris que tout mon mascara était parti.

— Je ne savais pas que c'était une obligation, ai-je répondu en grommelant.

— D'accord. Alors dites-moi, Louisa Clark, qu'est-ce que vous aimez faire, si vous ne regardez pas de films ?

Mon mouchoir formait une boule dans mon poing.

— Vous voulez savoir ce que je fais quand je ne suis pas ici ?

— C'est vous qui vouliez que nous fassions connaissance. Allez, parlez-moi de vous.

Il s'exprimait de telle façon qu'on ne savait jamais s'il était en train de se moquer ou pas. Je m'attendais à un retour de bâton.

— Pourquoi ça ? ai-je demandé. Pourquoi est-ce que ça vous intéresse, tout d'un coup ?

— Oh, bon Dieu… Votre vie sociale n'est quand même pas un secret d'État, si ?

Il commençait à avoir l'air irrité.

— Je ne sais pas…, ai-je dit. Je vais boire un verre au pub de temps en temps. Je regarde un peu la télé. Je vais voir mon copain quand il s'entraîne à courir. Rien d'extraordinaire…

— Vous regardez courir votre copain.

— Oui.

— Mais vous ne courez pas vous-même.

— Non. Je ne suis pas vraiment… Pas vraiment taillée pour ça, ai-je dit, les yeux baissés sur ma poitrine.

Il a esquissé un sourire.

— Et quoi d'autre ?

— Que voulez-vous dire ?

— Vous avez des *hobbies* ? Vous voyagez ? Il y a des endroits où vous aimez aller ?

Il commençait à parler comme mon ancien conseiller de l'agence pour l'emploi.

J'ai réfléchi un moment.

— Je n'ai pas de passe-temps particuliers. Je lis un peu. J'aime bien les fringues.

— C'est pratique, a-t-il rétorqué sèchement.

— C'est vous qui avez insisté pour savoir. Je ne suis pas du genre « *hobbies* », c'est tout, ai-je conclu sur un ton étrangement défensif. Je ne fais pas grand-chose, d'accord ? Je travaille et après je rentre chez moi.

— Vous habitez où ?

— De l'autre côté du château. Dans Renfrew Road.

Il n'avait pas l'air de connaître, ce qui n'était pas étonnant. Rares étaient ceux qui se baladaient des deux côtés du château.

— C'est un peu en retrait de la voie rapide, près du McDonald's.

Il a hoché la tête, mais je ne suis pas certaine qu'il se représentait vraiment l'endroit dont je parlais.

— Des vacances ?

— Je suis allée en Espagne, avec Patrick, mon copain. Quand j'étais petite, on allait surtout dans le Dorset. Ou à Tenby. Ma tante vit à Tenby.

— Et qu'est-ce que vous voulez faire ?

— Qu'est-ce que je veux faire de quoi ?

— De votre vie.

— C'est une vaste question…, ai-je répondu en papillotant des yeux.

— Dites-moi ce que vous voulez faire dans l'absolu. Inutile de vous lancer dans une psychanalyse. Vous souhaitez vous marier ? Pondre quelques lardons ? Faire une carrière ? Découvrir le monde ?

Il y a eu un long silence.

Avant même de prononcer mes mots, je savais que ma réponse allait le décevoir.

— Je ne sais pas. Je n'y ai jamais vraiment songé.

Le vendredi suivant, nous sommes allés à l'hôpital. J'ai apprécié de n'avoir pas été avertie du rendez-vous de Will avant mon arrivée le matin même. Sans cela, je n'aurais pas fermé l'œil de la nuit à l'idée de devoir l'y conduire. Bien sûr, je sais conduire. Mais je dis que je sais conduire comme je dis que je parle français. J'ai certes passé l'examen avec succès, mais depuis lors je n'ai guère utilisé cette compétence plus d'une fois par an. L'idée de charger Will et son fauteuil dans le minivan spécialement aménagé, puis de le conduire sans anicroche jusqu'à la ville voisine me terrifiait.

Pendant des semaines, j'avais formé des vœux pour que ma journée de travail m'offre la joie d'une escapade hors de la maison. Pourtant, à ce moment précis, j'aurais donné cher pour ne pas bouger. J'ai mis la main sur sa feuille de rendez-vous hospitaliers dans les dossiers où était regroupée toute la paperasse relative à sa santé – de grandes chemises épaisses étiquetées « Déplacements », « Assurances », « Vivre avec un handicap » et « Rendez-vous ». J'ai vérifié que la date du jour figurait bien dessus ; une partie de moi espérait que Will s'était trompé.

— Votre mère vient aussi ?

— Non. Elle n'assiste pas à mes rendez-vous.

Je n'ai pas réussi à dissimuler ma surprise. J'aurais juré qu'elle supervisait tous les aspects du traitement de son fils.

— Elle venait avant, a précisé Will. Mais, maintenant, nous avons un accord.

— Nathan vient avec nous ?

J'étais à genoux devant lui, occupée à nettoyer en vain une tache sur son pantalon, ne parvenant qu'à tremper sa cuisse. J'étais tellement nerveuse que j'avais renversé un peu de son déjeuner. Will n'avait rien dit ; il m'avait seulement demandé d'arrêter de m'excuser – ce qui n'avait pas contribué à calmer ma nervosité.

— Pourquoi ?

— Oh, comme ça. Pour rien.

Je n'avais aucune envie qu'il voie à quel point j'avais peur. Au lieu de me consacrer au ménage comme à l'ordinaire, j'avais passé le plus clair de la matinée à lire et relire le manuel d'utilisation de la rampe. Pour autant, je voyais venir avec angoisse le moment où je serais toute seule pour élever Will d'un demi-mètre dans les airs.

— Allez, Clark. Dites-moi, quel est le problème ?

— D'accord. Je… je me disais que, pour cette première sortie, ça aurait été plus simple s'il y avait eu quelqu'un pour m'indiquer la marche à suivre.

— Et moi, je sers à quoi, à votre avis ?

— Ce n'est pas ce que je voulais dire.

— Vous ne croyez pas que je sais ce dont j'ai besoin ?

— Vous savez faire fonctionner la rampe ? ai-je répliqué abruptement. Vous pourrez me dire exactement ce que je dois faire ?

Il me tenait braquée sous le feu de son regard. S'il avait cherché la bagarre, il a paru changer d'avis.

— C'est juste. Oui, Nathan vient avec nous. Sa présence est toujours utile, et je me suis dit que vous vous mettriez moins dans tous vos états s'il était là.

— Je ne suis pas dans tous mes états, ai-je protesté.

— Bien sûr, a-t-il répondu en baissant les yeux sur sa jambe que j'étais toujours en train de frotter. (J'avais réussi à enlever la sauce tomate, mais son pantalon était trempé.) Je vais donc être obligé de sortir avec cette tache comme si j'étais incontinent ?

— Je n'ai pas fini.

J'ai branché le sèche-cheveux, pour le diriger ensuite sur son aine.

À l'instant où le courant d'air chaud est passé sur lui, il a haussé les sourcils.

— Oui, eh bien, moi non plus, ce n'est pas exactement ce que je pensais faire de mon vendredi après-midi, ai-je dit.

— Vous êtes un peu sur les nerfs tout de même, non ? a-t-il fait remarquer en m'observant attentivement. Oh, Clark, relax. C'est moi qui suis en train de me faire cramer les parties génitales.

Je n'ai rien répondu. Le son de sa voix m'est parvenu par-dessus le bruit du sèche-cheveux.

— Allez, quoi ! Qu'est-ce qui pourrait arriver, au pire ? Que je finisse dans un fauteuil roulant ?

Cela peut paraître idiot, mais je n'ai pas pu m'empêcher d'éclater de rire. Jusqu'alors, c'était ce que Will avait fait de mieux pour essayer de me réconforter.

De l'extérieur, la voiture ressemblait à un véhicule de transport normal, mais, lorsqu'on déverrouillait la porte arrière, une rampe sortait sur le côté pour s'abaisser jusqu'au sol. Sous la supervision de Nathan, j'ai guidé le fauteuil d'extérieur de Will, spécialement conçu pour les sorties, sur la plate-forme, vérifié que le frein électrique était bien engagé, et programmé la rampe pour que Will soit délicatement hissé à l'intérieur de l'habitacle. Nathan s'est glissé sur l'autre fauteuil passager, a mis sa ceinture à Will, puis a bloqué les roues. En faisant de mon mieux pour que mes mains ne tremblent pas, j'ai enlevé le frein à main et descendu lentement l'allée, en route pour l'hôpital.

Hors de la maison, Will a semblé se recroqueviller sur lui-même. Il faisait froid dehors, de sorte que Nathan et moi l'avions emmitouflé dans son écharpe et son épais manteau, mais, au-delà de ça, il était aussi plus immobile, la mâchoire serrée, diminué en quelque sorte par l'espace plus vaste autour de lui. Chaque fois que je regardais dans le rétroviseur (c'est-à-dire assez souvent vu que j'étais terrifiée, malgré la présence de Nathan, à l'idée que les roues du fauteuil puissent se débloquer), je l'apercevais en train de regarder au dehors, le visage fermé. Même quand j'ai calé ou freiné trop fort – ce qui m'est arrivé plusieurs fois –, il s'est contenté de grimacer, puis a attendu que je me ressaisisse.

Lorsque nous sommes arrivés à destination, j'étais en nage. J'ai fait trois fois le tour du parking en quête de la plus grande place possible, tant j'étais effrayée à l'idée de manœuvrer en marche arrière, jusqu'à ce que je sente mes deux passagers commencer à perdre patience. Enfin, j'ai abaissé la rampe et Nathan a sorti le fauteuil de Will sur le bitume.

— Bien joué, m'a dit Nathan en me gratifiant d'une petite tape sur l'épaule.

Je n'étais pas de son avis.

Il y a des choses auxquelles on ne prête pas attention tant qu'on n'a pas eu l'occasion d'escorter quelqu'un en fauteuil. En premier lieu, la plupart des trottoirs sont immondes, grêlés de trous bouchés à la va-vite, et le relief est inégal. En marchant lentement à côté de Will, j'ai constaté que les dalles disjointes le faisaient douloureusement cahoter, et qu'il lui fallait bien souvent contourner prudemment des obstacles potentiels. Nathan faisait semblant de ne rien remarquer, mais j'ai bien vu que ces détails ne lui échappaient pas non plus. Will affichait une mine sombre et résolue.

Ensuite, il y a le manque de considération de la plupart des conducteurs. Ils se garent devant les bateaux permettant d'accéder aux trottoirs, ou si près les uns des autres qu'un fauteuil ne peut même plus traverser la rue. À plusieurs reprises, j'ai été outrée au point d'avoir envie de laisser un mot furieux sur le pare-brise, mais Nathan et Will paraissaient en avoir pris leur parti. Nathan a désigné un point de passage, par lequel nous avons pu gagner l'autre côté, chacun flanquant Will d'un côté.

Will n'avait pas décroché un mot depuis le départ.

L'hôpital proprement dit était un immeuble flambant neuf. La réception immaculée évoquait celle d'un hôtel à la pointe de la modernité – comme un genre d'autel érigé à la gloire de quelque assurance privée. Je suis restée en retrait pendant que Will déclinait son identité à la réceptionniste, puis je l'ai suivi avec Nathan au long d'un interminable couloir. Nathan portait un énorme sac à dos contenant tout ce dont Will pouvait avoir besoin durant son court séjour – gobelets verseurs et autres vêtements de rechange. Il l'avait préparé devant moi le matin même, en détaillant chacune des éventualités envisageables.

— Heureusement, nous n'avons pas à faire ça trop souvent, avait-il précisé devant ma mine horrifiée.

Je ne l'ai pas accompagné jusque dans le cabinet du médecin. Nathan et moi sommes restés à l'extérieur, confortablement installés dans des fauteuils. À ma grande surprise, l'air ambiant n'était pas chargé de l'habituelle odeur d'hôpital, et des fleurs fraîches étaient disposées dans un vase au bord de la fenêtre – un bouquet minimaliste qui ne manquait pas d'allure, avec ses immenses fleurs exotiques dont j'ignorais le nom.

— Ils font quoi, au juste ? ai-je demandé au bout d'une demi-heure.

Nathan a relevé la tête de son livre.

— C'est juste son bilan de santé semestriel.

— Pour voir si les choses évoluent favorablement ?

Nathan a posé son livre.

— Il n'y aura jamais d'amélioration. Il a une lésion de la moelle épinière.

— Mais vous lui faites pourtant de la kiné et des choses comme ça…

— Ça, c'est pour le maintenir en forme – empêcher l'atrophie et la déminéralisation des os, lutter contre la rétraction des jambes, ce genre de choses.

Lorsqu'il a repris la parole, son ton s'était encore adouci, comme s'il redoutait de me faire de la peine.

— Il ne remarchera plus jamais, Louisa. Les miracles n'arrivent que dans les films d'Hollywood. Tout ce que nous faisons, c'est essayer de lui épargner la douleur et de maintenir le peu de mobilité qui lui reste.

— Est-ce qu'il fait ces choses pour vous ? La kiné ? Parce qu'il ne paraît jamais disposé à faire ce que je suggère.

Nathan a froncé le nez.

— Il les fait, mais je ne crois pas qu'il y mette beaucoup du sien. Lorsque je suis arrivé, il était relativement déterminé. Il avait réussi à aller assez loin dans la rééducation, mais, au bout d'une année sans amélioration, je crois qu'il s'est découragé.

— Vous pensez qu'il devrait continuer d'essayer ?

Nathan a regardé le sol.

— Honnêtement ? Il est tétraplégique C5/C6, ce qui signifie que plus rien ne fonctionne en dessous de la partie supérieure de sa poitrine. On n'a toujours pas trouvé le moyen de réparer la moelle épinière.

J'ai fixé la porte en songeant au visage de Will dans la voiture, dans le pâle soleil hivernal, puis au visage rayonnant de l'homme en vacances au ski.

— La médecine fait des progrès en permanence, non ? Je veux dire... dans un endroit comme ici... ils doivent mener des recherches sur toutes sortes de choses.

— C'est un très bon hôpital, a répondu Nathan d'un ton posé.

— Tant qu'il y a de la vie, il y a de l'espoir, c'est ça ?

Nathan m'a regardée un instant, avant de se replonger dans son livre.

— C'est ça, a-t-il dit.

À trois heures moins le quart, je suis allée me chercher un café sur les conseils de Nathan. Il m'a dit que ces rendez-vous pouvaient s'éterniser, et qu'il s'occupait de tout en mon absence. J'ai un peu traîné dans la salle de réception, feuilleté quelques magazines au kiosque, et louché sur les barres chocolatées.

Comme on pouvait s'y attendre, je me suis perdue. J'ai dû demander mon chemin à plusieurs infirmières. Lorsque je suis enfin arrivée à destination, avec mon café tiède à la main, le couloir était vide. Alors que je m'approchais, j'ai pu voir que la porte du spécialiste était entrouverte. Je suis restée un instant devant à hésiter, mais la voix de Mme Traynor paraissait résonner en permanence à mes oreilles pour me rappeler de ne pas laisser son fils tout seul. Or, voilà que j'avais recommencé.

— Bien, nous nous revoyons dans trois mois, monsieur Traynor, disait une voix. Je vous ai prescrit un nouveau traitement antispasmodique, et nous vous appellerons pour vous communiquer les résultats de vos examens. Lundi probablement.

J'ai ensuite entendu la voix de Will.

— Je peux prendre ces médicaments à la pharmacie en bas ?

— Oui, bien sûr. Ils pourront aussi vous donner une boîte supplémentaire de ceux-là.

— Je peux vous débarrasser du dossier ? a demandé une voix de femme.

J'ai compris que Will devait être sur le point de partir. J'ai frappé et quelqu'un m'a dit d'entrer. Deux paires d'yeux ont pivoté vers moi.

Will était penché en avant dans son fauteuil, tandis que Nathan lui enfilait sa chemise.

— Excusez-moi, a dit le médecin en se levant de son fauteuil. J'ai cru que vous étiez le kiné.

— Je suis… l'aide-soignante de Will, ai-je dit, figée sur le seuil. Veuillez m'excuser, je pensais que vous aviez fini.

— Accordez-nous une minute, Louisa, a dit Will d'une voix tranchante.

J'ai battu en retraite en marmonnant quelques excuses, les joues en feu.

Ce n'était pas tant la vue du corps de Will, maigre et couvert de cicatrices, qui m'avait choquée. Ce n'était pas non plus le regard courroucé du médecin, du même genre que celui dont Mme Traynor me gratifiait chaque jour, et qui avait le don de me rappeler que, malgré mon salaire confortable, je n'étais rien qu'une idiote qui multipliait les bourdes.

Non, ce qui m'avait choquée, c'étaient les entailles rouges le long des poignets de Will, de longues cicatrices dentelées qu'il était impossible de dissimuler – et que j'avais nettement distinguées malgré la promptitude de Nathan pour lui abaisser les manches.

Chapitre 6

La neige est arrivée d'un coup. Le ciel était tout bleu et dégagé lorsque je suis partie de la maison et, moins d'une demi-heure plus tard, je suis passée devant un château décoré comme un gâteau dont le pourtour serait recouvert d'une épaisse couche de glaçage blanc.

J'ai remonté l'allée d'un pas lourd, en frissonnant dans mon manteau de soie chinoise beaucoup trop léger pour la saison. La neige étouffait le bruit de mes chaussures et j'avais les doigts de pieds gelés. De gros flocons blancs tourbillonnaient dans l'horizon gris acier, plongeant *Granta House* dans une obscurité ouatée. Le son nous parvenait en sourdine et le monde entier semblait au ralenti. De l'autre côté de la haie impeccablement taillée, des voitures passaient à une allure modérée, renouant avec la prudence, et des piétons glissaient sur les trottoirs en poussant des petits cris aigus. J'ai remonté mon écharpe sur mon nez et regretté de n'avoir pas choisi autre chose à porter que des ballerines et une mini-jupe de velours.

À ma grande surprise, ce n'est pas Nathan qui m'a ouvert, mais le père de Will.

— Il est couché, m'a-t-il annoncé en scrutant le ciel depuis l'abri du porche. Il n'est pas en grande forme. J'étais justement en train de me demander s'il ne fallait pas appeler le médecin.

— Où est Nathan ?

— Il a pris une matinée de repos. Évidemment, il fallait que ça tombe aujourd'hui. Un infirmier de remplacement de cette maudite agence est venu et reparti en moins de six secondes. Si la neige continue à tomber, je ne sais pas ce qu'on va faire.

Il a haussé les épaules pour manifester son fatalisme, avant de s'engouffrer dans le couloir, manifestement soulagé de pouvoir confier la responsabilité à quelqu'un d'autre.

— Vous savez ce qu'il faut faire, n'est-ce pas ? a-t-il lancé par-dessus son épaule.

J'ai ôté mon manteau et mes chaussures et, comme je savais que Mme Traynor avait une audience ce jour-là (elle en notait les dates sur une éphéméride dans la cuisine), j'ai mis mes chaussettes mouillées à sécher sur un radiateur. J'ai pris une paire de chaussettes de Will dans le panier de linge propre et je les ai enfilées. Elles étaient évidemment bien trop grandes pour moi, mais je me félicitais d'avoir de nouveau les pieds au chaud et au sec. Je me suis annoncée et Will n'a pas répondu. Au bout d'un petit moment, je lui ai donc préparé quelque chose à boire. J'ai doucement frappé à la porte et glissé la tête dans l'embrasure. Dans la pénombre, je distinguais tout juste la forme de son corps sous la couette. Il dormait à poings fermés.

J'ai reculé d'un pas, refermé la porte et attaqué mes tâches du matin.

Une maison briquée de fond en comble et bien rangée procurait à ma mère une satisfaction presque physique. Pour ma part, après un mois de ménage et d'aspirateur, je ne voyais toujours pas où était le plaisir. J'avais la quasi-certitude que je préférerais toujours que quelqu'un d'autre s'en charge.

Cela étant, un jour comme celui-là, alors que Will était au fond de son lit et que le monde semblait s'être arrêté à l'extérieur, je pouvais trouver moi aussi une forme de félicité méditative à aller et venir dans l'annexe. Tout en frottant et époussetant, je passais d'une pièce à l'autre en emportant la radio avec moi. Je la réglais à un faible volume sonore pour ne pas déranger Will. Régulièrement, j'allais m'assurer qu'il respirait toujours. Ce n'est qu'aux alentours de 13 heures que j'ai commencé à m'inquiéter de son profond sommeil.

Je suis sortie remplir le panier de bûches ; la couche de neige atteignait presque une dizaine de centimètres. J'ai préparé une nouvelle boisson pour Will et je suis allée frapper à la porte de sa chambre. Un coup. Puis un autre, plus fort.

— Oui, a répondu Will d'une voix rauque, comme si je venais de le réveiller.

— C'est moi, Louisa.

Comme il ne disait rien, j'ai repris :

— Je peux entrer ?

— Je ne suis pas en train de faire la danse des sept voiles.

La pièce était plongée dans l'ombre ; les rideaux étaient toujours tirés. Je me suis approchée en laissant à mes yeux le temps de s'accoutumer. Will était allongé sur un côté, un bras plié devant lui comme pour prendre appui dessus et se redresser ; la position dans laquelle il était à mon arrivée. Parfois, on oubliait qu'il n'était pas capable de se retourner sans aide. Ses cheveux étaient tout ébouriffés d'un côté ; la couette l'emmitouflait tout entier. Une odeur chaude d'homme au réveil flottait dans la pièce – pas désagréable, mais un peu saisissante au milieu de la journée.

— Je peux faire quelque chose ? Vous voulez boire ?

— J'ai besoin de changer de position.

J'ai posé le gobelet sur une commode pour m'approcher du lit.

— Que… que voulez-vous que je fasse ?

Il a dégluti, lentement, comme s'il avait mal à la gorge.

— Relevez-moi et tournez-moi, puis redressez la tête de lit. Comme ça…

D'un mouvement de tête, il m'a indiqué d'approcher encore.

— Passez vos bras sous les miens, joignez vos mains dans mon dos, puis tirez. Et asseyez-vous sur le lit pour ne pas forcer sur vos lombaires.

La situation était un peu bizarre, il faut bien l'admettre. Je l'ai donc enserré entre mes bras. Son odeur m'a envahi les narines ; sa peau était chaude contre la mienne. Je n'aurais pas pu être plus près de lui, à moins de me mettre à lui mordiller l'oreille. Cette pensée m'a rendue à moitié hystérique et j'ai dû me faire violence pour rester concentrée.

— Quoi ?

— Rien.

J'ai inspiré un grand coup, joint mes deux mains et ajusté ma position jusqu'à sentir que je le tenais bien. Il était plus large que je ne l'avais imaginé, et plus lourd aussi. Et puis, après avoir compté jusqu'à trois, j'ai tiré.

— La vache ! s'est-il exclamé contre mon épaule.

— Quoi ?

J'ai failli le relâcher.

— Vous avez les mains gelées.

— Oui. Eh bien, si vous preniez la peine de sortir du lit, vous verriez qu'il neige dehors.

J'avais dit ça en plaisantant à moitié, mais j'ai alors constaté que sa peau était brûlante sous son tee-shirt. Cette chaleur semblait irradier du plus profond de son être. Il a émis un léger grognement pendant que je l'installais sur l'oreiller ; je me suis efforcée de déployer des trésors de délicatesse. Il m'a désigné la télécommande qui allait permettre de lui redresser la tête et les épaules.

— Pas trop, a-t-il murmuré. J'ai la tête qui tourne.

J'ai allumé la lampe de chevet, malgré ses protestations faiblement articulées, afin de distinguer son visage.

— Will, vous vous sentez bien ?

J'ai dû répéter ma question pour qu'il réponde.

— J'ai connu des jours meilleurs.

— Vous voulez un antalgique ?

— Oui… Un costaud.

— Du paracétamol ?

Il s'est laissé aller contre la fraîcheur du coussin avec un soupir.

Je lui ai donné le gobelet et l'ai regardé boire.

— Merci, m'a-t-il dit.

Un soudain sentiment de malaise s'est emparé de moi. Will ne me remerciait jamais.

Il a fermé les yeux. Je suis restée un moment à le regarder depuis le seuil. Sa poitrine montait et descendait sous son tee-shirt ; sa bouche était légèrement entrouverte. Sa respiration était haletante, et peut-être un peu plus encombrée qu'à l'accoutumée, mais je ne l'avais encore jamais vu en dehors de son fauteuil et je ne savais pas si cela avait à voir avec la baisse de tension que provoquait la position allongée.

— Allez-y, a-t-il murmuré.

Je l'ai laissé.

J'ai lu un magazine en relevant la tête de temps à autre pour voir la neige s'accumuler en couches épaisses autour de la maison et transformer le rebord des fenêtres en paysages poudreux. À deux heures et demie, ma mère m'a envoyé un texto pour me dire que mon père ne pouvait même pas sortir la voiture.

« Passe-nous un coup de fil avant de partir. »

Je me demandais bien ce qu'elle espérait faire – envoyer mon père avec un traîneau et un saint-bernard ?

J'ai écouté les informations sur une station de radio locale – les embouteillages sur la voie rapide, le blocage des trains et les fermetures de classes provoqués par cette tempête inattendue. Je suis retournée à la chambre de Will pour voir s'il allait bien. Son teint livide et la sueur qui perlait sur son visage m'inquiétaient.

— Will ? ai-je appelé doucement.

Il n'a même pas remué.

— Will ?

J'ai senti déferler en moi une vague de panique. J'ai répété plusieurs fois son nom à haute et intelligible voix. Toujours aucune réponse. Finalement, je me suis penchée sur lui. Son visage et son torse semblaient absolument immobiles. J'ai essayé de sentir son souffle en plaquant ma joue contre son nez dans l'espoir de déceler sa respiration. Rien. J'ai alors doucement touché sa pommette.

Il a tressailli et ses yeux se sont ouverts d'un coup, à quelques centimètres des miens.

— Pardon, ai-je fait en reculant vivement.

Il a cligné des yeux et promené son regard tout autour, exactement comme s'il revenait de très loin.

— C'est Lou.

Je n'étais même pas sûre qu'il m'ait reconnue. Ses traits ont pris une expression un peu agacée.

— Je sais.

— Vous voulez un peu de potage ?

— Non. Merci.

Il a refermé les yeux.

— D'autres antalgiques ?

Son visage était couvert de sueur. J'ai tendu la main et trouvé sa couette chaude et un peu humide. J'ai commencé à me sentir nerveuse.

— Non…, ça va, a-t-il murmuré en refermant les yeux.

Je suis allée feuilleter le classeur, pour voir si rien ne m'avait échappé. J'ai ouvert l'armoire à pharmacie, pleine de boîtes de gants de caoutchouc, de pansements et de gaze ; je n'avais pas la moindre idée de ce que j'étais censée faire de tout ça. J'ai sonné l'intercom pour parler au père de Will, mais la sonnerie est allée se perdre dans une maison vide. Son écho me parvenait du lointain, par-delà la porte de l'annexe.

J'étais sur le point d'appeler Mme Traynor lorsque la porte de derrière s'est ouverte. Nathan est entré, engoncé dans plusieurs couches de vêtements, la tête enfouie sous un chapeau et une écharpe. Une bouffée d'air glacé et un petit tourbillon de flocons se sont engouffrés avec lui.

— Salut, a-t-il dit en tapant ses bottes et en claquant la porte derrière lui.

J'ai eu l'impression que la maison s'extirpait soudain d'un état de profonde léthargie.

— Dieu merci, vous voilà ! ai-je dit. Il ne va pas bien. Il a dormi presque toute la matinée et n'a pratiquement rien bu. Je ne sais plus quoi faire.

Nathan a retiré son manteau avec un mouvement d'épaules.

— J'ai dû faire tout le chemin à pied. Les bus ne circulent plus.

Je suis partie lui préparer du thé pendant qu'il allait s'assurer de l'état de Will.

L'eau ne bouillait pas encore qu'il revenait déjà.

— Il est brûlant, dit-il. Depuis quand est-il comme ça ?

— Toute la matinée. Je l'ai trouvé bien chaud, moi aussi, mais il m'a dit qu'il voulait juste dormir.

— Seigneur… Toute la matinée ? Vous ne savez pas que son corps n'est plus capable de réguler sa propre température ? a-t-il demandé avant d'aller fouiller dans l'armoire à pharmacie. Des antibiotiques. Puissants.

Il a tiré un flacon et fait tomber un cachet dans le mortier pour le piler furieusement.

Je rôdais autour de lui.

— Je lui ai donné du paracétamol.

— Autant lui donner un bonbon à la menthe.

— Je ne savais pas. Personne ne m'a rien dit. Je l'ai chaudement emmitouflé dans sa couette.

— Ces informations sont consignées dans son foutu dossier. Écoutez-moi bien. Will ne transpire pas comme nous. En fait, il ne transpire pas du tout de sa blessure jusqu'en bas. Au moindre coup de froid, son capteur interne de température se détraque. Allez chercher le ventilateur. On l'installe dans sa chambre jusqu'à ce que sa température revienne à la normale. Et apportez aussi une serviette humide qu'on va lui poser sur la nuque. Nous ne pourrons pas le conduire chez le médecin tant qu'il neigera. Foutu infirmier remplaçant... Ils auraient dû s'occuper de ça dès ce matin.

Jamais je n'avais vu Nathan dans une telle colère. Il ne me parlait même plus.

Je suis allée chercher le ventilateur en courant.

Il a fallu presque quarante minutes pour ramener la température de Will à un niveau acceptable. Pendant que nous attendions que l'antibiotique fasse effet, j'ai posé une serviette humide sur le front de Will, puis une autre autour de son cou, conformément aux instructions de Nathan. Nous l'avons également déshabillé, puis recouvert d'un simple drap de coton, sur lequel était dirigé le souffle du ventilateur. Sur les bras nus de Will, les cicatrices étaient parfaitement visibles. J'ai fait comme si je ne les voyais pas.

Will a tout enduré dans un silence presque absolu, répondant aux questions de Nathan par des « oui » ou des « non » parfois si indistincts que je me demandais s'il était conscient de ce qu'il disait. À la lumière des lampes, je constatais après coup que Will avait franchement l'air malade, et je m'en voulais terriblement de ne pas avoir réagi plus tôt. Je me suis excusée sans discontinuer – jusqu'à ce que Nathan finisse par me dire que ça devenait agaçant.

— Bon, a-t-il dit. Regardez bien ce que je fais. Vous pourriez avoir à le refaire toute seule un jour.

J'avais le sentiment qu'il serait malvenu de protester, mais il m'était bien difficile de ne pas être impressionnée lorsque Nathan a commencé à ouvrir les premiers boutons du bas de pyjama de Will, révélant un pan de son ventre nu. Avec des gestes précautionneux, il a retiré la gaze entourant le petit tube fiché dans son abdomen, puis l'a nettoyé avant de remettre la bande de gaze en place. Il m'a montré comment changer le sac accroché au côté du lit, en m'expliquant pour quelle raison celui-ci devait toujours se trouver plus bas que le corps de Will. J'ai été stupéfaite de constater mon degré de pragmatisme en emportant hors de la chambre la poche emplie d'un liquide encore chaud. J'étais bien heureuse que Will ne m'ait pas regardée à cet instant – pas uniquement parce qu'il m'aurait gratifiée d'un commentaire acerbe, mais parce que je sentais qu'il aurait été mal à l'aise à l'idée que j'assiste à une partie de ses soins intimes.

— Et voilà, a conclu Nathan.

Enfin, une heure plus tard, Will somnolait sur des draps frais. S'il n'avait pas l'air exactement en bonne santé, au moins n'avait-il plus une mine terrifiante.

— Laissez-le dormir, mais réveillez-le d'ici deux heures et faites en sorte qu'il absorbe pratiquement un gobelet entier. Et redonnez-lui des médicaments contre la fièvre à 17 heures, d'accord ? Sa température va probablement remonter sur la fin, mais attendez bien 17 heures avant de lui redonner quoi que ce soit.

J'ai tout noté sur une page du bloc-notes, craignant de commettre une erreur.

Nathan s'est rhabillé comme un Inuit pour repartir dans la neige.

— Ce soir, vous devrez recommencer ce que nous venons de faire. Ça ira ? Lisez le classeur. Et ne paniquez pas. En cas de problème, appelez-moi. Je vous guiderai pas à pas au téléphone. Et, en cas de nécessité, je reviendrai.

Après le départ de Nathan, je suis restée dans la chambre de Will. J'étais bien trop anxieuse pour vaquer à mes occupations. Dans un coin de la pièce, il y avait un vieux fauteuil de cuir avec une liseuse à côté ; tout cela datait peut-être de l'ancienne vie de Will. Je m'y suis pelotonnée avec un recueil de nouvelles qui se trouvait dans sa bibliothèque.

Il régnait une atmosphère étrangement paisible dans la chambre. À travers les interstices des rideaux, j'apercevais le monde extérieur sous un grand manteau blanc, immobile et somptueux. À l'intérieur, dans la douce chaleur et le silence, seuls les sifflements et petits claquements erratiques du chauffage central venaient perturber le cours de mes pensées. Je lisais et, de temps à autre, je relevais la tête pour m'assurer que Will dormait paisiblement. J'ai soudain pris conscience que c'était la première fois de mon existence que j'étais ainsi, assise sans rien dire et sans rien faire. Dans une maison comme la mienne, peuplée de cris, des braillements de la télévision et du bruit de l'aspirateur, on n'apprend pas à vivre dans le silence. Les rares fois où la télévision était éteinte, mon père écoutait ses vieux disques d'Elvis à plein volume. Et, dans un café, le bruit ne cesse jamais.

Là, en ces instants, je pouvais m'entendre penser. Je percevais les battements de mon cœur. Et, à mon grand étonnement, j'ai découvert que j'aimais ça.

À 17 heures, j'ai reçu un message sur mon téléphone. Will a remué et j'ai bondi du fauteuil pour éviter qu'il ne soit dérangé.

« Plus de trains. Nathan indisponible. Pensez-vous pouvoir rester cette nuit ? Camilla Traynor. »

Je n'ai même pas vraiment réfléchi avant de répondre.

« Pas de problème. »

J'ai appelé mes parents pour les avertir que je restais. Ma mère a paru soulagée. Lorsque je lui ai annoncé que j'allais être payée pour cela, elle a été littéralement enchantée.

— Tu entends ça, Bernard ? a-t-elle dit, une main vaguement posée sur le combiné. Ils la paient pour dormir, maintenant !

J'ai entendu la réplique de mon père.

— Remercions le Seigneur. Elle a trouvé la carrière de ses rêves.

J'ai envoyé un texto à Patrick pour lui dire qu'on m'avait demandé de rester au travail et que je l'appellerais plus tard. Sa réponse m'est parvenue presque immédiatement.

« Je vais courir dans la neige ce soir. Excellent entraînement pour la Norvège ! Bisous P. »

Je me suis demandé comment on pouvait avoir envie d'aller gambader dehors par des températures glaciales, vêtu en tout et pour tout d'un survêtement.

Will dormait. Je me suis préparé à manger et j'ai décongelé un peu de soupe au cas où il en aurait envie plus tard. Ensuite, j'ai alimenté le feu, dans l'éventualité où il se sentirait assez bien pour venir dans le salon. J'ai lu une autre nouvelle et je me suis demandé depuis quand je ne m'étais pas acheté un livre. Enfant, j'adorais bouquiner ; depuis, je n'avais pas le souvenir d'avoir lu autre chose que des magazines. Treena était celle qui lisait. C'était presque comme si, en prenant un livre, j'empiétais sur son territoire. J'ai alors songé que

Thomas et elle allaient disparaître de mon horizon pour aller à l'université, et je ne savais toujours pas si cette perspective me rendait heureuse ou triste – ou quelque chose d'un peu compliqué à mi-chemin entre les deux.

Nathan a appelé à 19 heures. Il a paru soulagé lui aussi que je reste.

— Je n'ai pas réussi à joindre M. Traynor. J'ai même appelé sur leur fixe, mais je tombe directement sur leur répondeur.

— Ouais. Il a dû partir.

— Partir ?

Une panique instinctive s'est subitement emparée de moi à la pensée que j'allais être seule avec Will toute la nuit. J'étais morte de peur à l'idée de commettre encore une boulette gravissime, de mettre en péril la santé de Will.

— Il faudrait peut-être que j'appelle Mme Traynor, non ?

Il y a eu un instant de silence à l'autre bout du fil.

— Non. Mieux vaut s'abstenir.

— Mais…

— Écoutez, Lou, il… il sort souvent lorsque Mme T. passe la nuit en ville.

Il m'a fallu une ou deux minutes pour saisir pleinement ce qu'il était en train de me dire.

— Ah.

— C'est bien que vous soyez là, voilà tout. Si vous êtes sûre que Will semble aller mieux, je serai là demain matin à la première heure.

Il y a des heures normales et d'autres bizarres où le temps paraît se figer et glisser, où la vie – la vraie vie – semble être à la fois très proche et très lointaine. J'ai un peu regardé la télévision, j'ai mangé, j'ai rangé la cuisine, puis j'ai erré dans l'annexe en silence. Pour finir, je suis revenue me glisser dans la chambre de Will.

Il a bougé quand j'ai refermé la porte, et redressé un peu la tête.

— Quelle heure est-il, Clark ?

Sa voix était légèrement étouffée par l'oreiller.

— Huit heures et quart.

Il a laissé retomber sa tête et digéré la nouvelle.

— Je peux avoir à boire ?

Il n'y avait plus rien de tranchant chez lui, ni de rugueux. C'était comme si le fait d'être malade l'avait finalement rendu vulnérable. Je l'ai fait boire, puis j'ai allumé la lampe de chevet. Je me suis assise sur le bord du lit et j'ai posé une main sur son front, comme ma mère le faisait sans doute quand j'étais enfant. Il était encore un peu chaud, mais bien moins qu'auparavant.

— Vous avez les mains fraîches.

— Vous me l'avez déjà reproché aujourd'hui.

— Vraiment ? demanda-t-il, sincèrement étonné.

— Vous voulez un peu de soupe ?

— Non.

— Vous êtes confortablement installé ?

Je ne savais jamais au juste à quel point il souffrait de l'inconfort, mais j'avais le sentiment que c'était plus intense que ce qu'il ne laissait paraître.

— Ce serait bien que je change de côté. Faites-moi rouler, ça ira. Inutile de m'asseoir.

Je suis montée sur le lit pour le déplacer, aussi doucement que possible. J'étais soulagée de constater que sa température n'était pas aussi inquiétante qu'avant l'arrivée de Nathan ; on sentait juste la tiédeur d'un corps resté un certain temps sous la couette.

— Est-ce que je peux faire autre chose pour vous ?

— Il n'est pas l'heure que vous rentriez ?

— C'est bon, ai-je répondu. Je vais passer la nuit ici.

Dehors, la lumière du jour avait disparu depuis longtemps. Il neigeait toujours. Par la fenêtre, on apercevait un carré éclairé par les lueurs du porche, un paysage empreint de mélancolie, couleur d'or pâle. Dans la paix et le silence, nous nous sommes laissé hypnotiser par la chute des flocons.

— Je peux vous demander quelque chose ?

Je voyais ses mains posées sur le drap. Il me semblait étrange qu'elles puissent paraître si puissantes et si habiles tout en étant si inutiles.

— Je me doute que vous allez le faire.

— Que s'est-il passé ?

Je m'interrogeais toujours au sujet des marques sur ses poignets, mais c'était *la* question que je ne pouvais pas lui poser directement.

Il a ouvert un œil.

— Comment je me suis retrouvé comme ça, vous voulez dire ?

J'ai hoché la tête et il a refermé ses deux yeux.

— Un accident de moto. Mais pas la mienne. Moi, je n'étais qu'un piéton innocent.

— J'aurais cru que c'était en faisant du ski, du saut à l'élastique ou quelque chose comme ça.

— C'est ce que tout le monde imagine. Une petite blague de Dieu. Je traversais la rue devant chez moi. Pas ici, a-t-il précisé. À Londres.

J'ai scruté le dos des livres sur les rayonnages. Au milieu des romans, des livres de poche lus et relus, il y avait des ouvrages plus professionnels : *Le Droit des affaires, Les Offres publiques d'achat,* des termes barbares que je ne connaissais pas.

— Et vous n'avez pas pu continuer d'exercer votre métier ?

— Non. Ni de garder mon appartement, de partir en vacances, de vivre… Vous avez croisé mon ex-fiancée, a-t-il dit d'une voix dont le fléchissement ne dissimulait pas l'amertume. Mais il semblerait que je doive m'estimer heureux, puisque pendant un moment les médecins se sont demandé si j'allais vivre.

— Vous détestez ça ? Je veux dire, vous détestez vivre ici ?

— Oui.

— Il n'y a vraiment aucun moyen pour que vous puissiez vivre à Londres de nouveau ?

— En l'état actuel, non.

— Mais votre état peut s'améliorer. Nathan m'a dit que la science faisait des progrès encourageants.

Will a fermé les yeux de nouveau.

J'ai laissé passer un moment, puis j'ai arrangé l'oreiller derrière lui et remonté la couette sur son torse.

— Excusez-moi si je pose trop de questions, ai-je dit en me redressant. Voulez-vous que je vous laisse ?

Il a dégluti. Ses yeux se sont rouverts et son regard est venu trouver le mien. Il avait l'air épuisé.

— Non. Restez un moment. Parlez-moi. Dites-moi quelque chose qui fait du bien.

Après une brève hésitation, je me suis adossée à côté de lui contre l'oreiller. Assis tous les deux dans la pénombre, nous contemplions les flocons qui passaient fugacement dans un rai de lumière avant de disparaître dans la nuit noire.

— Vous savez… Je demandais parfois à mon père de me dire quelque chose qui me ferait du bien. Mais si je vous raconte ce qu'il me répondait, vous me prendrez pour une folle.

— Aucun risque, c'est déjà le cas.

— Lorsque je faisais un cauchemar, ou que j'étais triste ou effrayée par quelque chose, il me chantait une chanson…, ai-je répondu en pouffant de rire. Oh non… je ne peux pas.

— Allez, continuez.

— Il me chantait la « Chanson du Molahonkey ».

— La chanson du quoi ?

— La « Chanson du Molahonkey ». Je pensais que tout le monde la connaissait.

— Croyez-moi, Clark, a-t-il murmuré, je n'ai jamais rien entendu de tel.

J'ai pris une profonde inspiration, fermé les yeux et commencé à chanter :

J'aimerais-lè-lè vivre au Molahonkey-li-li
Le pays-li-li où je suis née-lé-lé
Pour y jouer-lé-lé du banjo-lo-lo
Mais mon banjo-lo-lo est tout cassé-lé-lé

— Bonté divine !

De nouveau, j'ai inspiré un grand coup.

Je l'ai porté-lé-lé chez le marchand-lan-lan
Voir ce qu'il pouvait-lè-lè lui fai-lai-laire
Et il m'a dit-li-li que c'étaient mes co-lo-lordes
Qui étaient-lè-lè toutes foutues-lu-lu

Il y a eu un instant de silence.

— Vous êtes dingue. Vous venez d'une famille de dingues.

— Mais ça marchait à tous les coups.

— Et vous chantez atrocement mal. J'espère que votre père se débrouillait mieux.

— Je crois que ce que vouliez dire, c'était plutôt : « Merci, mademoiselle Clark, de vos efforts pour me distraire. »

— Je suppose que votre tentative est à peu près aussi valable que toutes les séances d'aide psychologique qu'on m'a infligées. Allez, Clark, racontez-moi encore quelque chose. Et sans le chanter, si possible.

J'ai réfléchi une seconde.

— Hmm… D'accord… L'autre jour, vous regardiez mes chaussures.

— Difficile de faire autrement.

— Eh bien, ma mère peut très précisément dater mon penchant pour les chaussures hors normes. Cela remonte à mes trois ans. Elle m'avait acheté une paire de petites bottines en caoutchouc d'un bleu turquoise brillant. À l'époque, elles étaient pour le moins originales. Les enfants portaient généralement des bottes vertes ou rouges pour les plus chanceux. Et elle m'a raconté que du jour où elle me les a données, je n'ai plus voulu les retirer. Pendant tout l'été, je les ai gardées aux pieds, au lit, dans le bain, à la garderie. Ma tenue préférée, c'était ces petites bottines avec mes collants de bourdon.

— Vos collants de bourdon ?

— À rayures noires et jaunes.

— Superbe…

— Ça, c'est un peu rude comme remarque.

— C'est pourtant vrai. Ils devaient être ignobles.

— Ils peuvent vous sembler ignobles, mais, aussi étonnant que cela puisse paraître, Will Traynor, toutes les filles ne s'habillent pas dans l'unique but de plaire aux hommes.

— Foutaises.

— Non, certainement pas.

— Tout ce que les femmes font, c'est en pensant aux hommes. Les actes de chacun d'entre nous répondent à une motivation sexuelle. Vous n'avez pas lu *La Reine rouge* de Matt Ridley ?

— Je n'en ai même jamais entendu parler. Mais je peux vous assurer une chose, c'est que je ne vous ai pas chanté la « Chanson du Molahonkey » assise sur votre lit dans l'espoir d'une partie de jambes en l'air. Et, quand j'avais trois ans, j'adorais avoir des jambes à rayures.

L'angoisse qui m'avait étreinte toute la journée s'estompait au fil des commentaires de Will. Je n'avais plus seulement la responsabilité d'un pauvre tétraplégique. J'étais en train de discuter avec un type particulièrement sarcastique.

— Bon, et ces magnifiques bottines brillantes, que sont-elles devenues ?

— Ma mère a dû les jeter. J'avais attrapé une épouvantable mycose.

— Charmant.

— Et elle a jeté les collants aussi.

— Pourquoi ?

— Je n'ai jamais su, mais ça m'a brisé le cœur. Jamais plus je n'ai trouvé une paire de collants qui me plaise autant. On ne les fabrique plus aujourd'hui, du moins pas pour les adultes.

— Étonnant.

— Ne vous moquez pas. Ça ne vous est jamais arrivé de tenir à ce point à quelque chose ?

Je ne le distinguais quasiment plus ; la pièce était pratiquement plongée dans le noir. J'aurais pu allumer le plafonnier, mais quelque chose me retenait de le faire. Et, à l'instant où j'ai pris la mesure de mes paroles, j'ai regretté de les avoir prononcées.

— Si, a-t-il répondu posément. Si, ça m'est arrivé.

Nous avons encore parlé quelques instants, puis Will s'est assoupi. Je suis restée là à le regarder respirer, me demandant par instants ce qu'il dirait s'il s'éveillait et me trouvait là, occupée à le dévisager, lui et ses cheveux trop longs, ses yeux fatigués et sa barbe râpeuse. J'avais l'impression de vivre une parenthèse hors du temps. J'étais seule avec lui dans la maison – et j'étais toujours effrayée à l'idée de le quitter.

Un peu après 23 heures, j'ai vu qu'il recommençait à transpirer et que sa respiration se faisait haletante. Je l'ai réveillé pour lui administrer ses médicaments. Il a à peine marmonné des remerciements. J'ai changé son drap et sa taie d'oreiller, puis il s'est rendormi. Je me suis allongée à une trentaine de centimètres de lui et, bien longtemps après, j'ai fini par m'endormir à mon tour.

Quelqu'un disait mon nom. C'est ce qui m'a réveillée. J'étais assise à mon pupitre dans une salle de classe et l'institutrice frappait le tableau à petits coups secs en répétant mon nom. Je savais que je devais relever la tête et me concentrer. Je savais que l'institutrice considérerait mon petit somme comme un acte de subversion. Mais je ne parvenais pas à m'arracher du sommeil.

— Louisa.

— Mmmhghh.

— Louisa.

Mon pupitre était atrocement doux et moelleux. J'ai ouvert les yeux. Mon nom me parvenait depuis un point au-dessus de ma tête, prononcé par une voix chargée d'une emphase sifflante. *Louisa.*

J'étais au lit. J'ai cligné des yeux pour accommoder ma vision, puis j'ai relevé la tête et découvert Camilla Traynor penchée sur moi. Elle portait un lourd manteau de laine ; la bretelle de son sac à main était passée à son épaule.

— Louisa.

Je me suis redressée dans un sursaut. À côté de moi, Will dormait sous la couette, la bouche légèrement ouverte, le coude plié en angle droit devant lui. La lumière qui se glissait dans la pièce par la fenêtre annonçait une belle matinée glacée.

— Euh…

— Que faites-vous ?

J'ai eu l'impression d'avoir été prise en flagrant délit. Je me suis frotté le visage en faisant de mon mieux pour me ressaisir. Pourquoi étais-je là ? Qu'est-ce que j'allais bien pouvoir lui dire ?

— Que faites-vous dans le lit de Will ?

— Will…, ai-je répondu posément. Will n'allait pas bien… Je me suis dit que je devais veiller sur lui…

— Comment ça, il n'allait pas bien ? Veuillez me suivre dans le couloir.

Elle est sortie de la chambre, s'attendant de toute évidence à ce que je lui emboîte le pas.

Elle a refermé la porte derrière moi.

Je l'ai suivie, en essayant tant bien que mal de défroisser mes vêtements. J'avais l'impression que mon maquillage avait coulé, et que tout mon visage était strié de traînées inesthétiques.

Je me suis passé une main dans les cheveux, tout en essayant de reprendre mes esprits.

— Will avait de la fièvre. Nathan a réussi à la faire baisser, mais moi je n'étais pas au courant de cette histoire de régulation de la température et j'ai voulu garder un œil sur lui… Nathan m'a dit que je devais veiller sur lui…, ai-je expliqué d'une voix à peine intelligible et empreinte de bêtise.

Je n'étais même pas certaine de la cohérence de mon propos.

— Pourquoi ne pas m'avoir appelée ? Si Will était malade, il fallait nous appeler immédiatement, mon mari ou moi.

Ça a été comme si mes synapses se reconnectaient d'un coup. *Monsieur Traynor. Oh, mon Dieu !* J'ai levé les yeux vers l'horloge. Huit heures moins le quart.

— Je ne… Nathan semblait penser que…

— Écoutez, Louisa, ce n'est pas sorcier. Si Will était malade au point que vous dormiez dans sa chambre, alors cela justifiait amplement que vous m'appeliez pour me prévenir.

— Oui, ai-je répondu en clignant des yeux, la tête baissée.

— Je ne comprends pas que vous ne m'ayez pas téléphoné. Avez-vous au moins essayé de joindre mon mari ?

Nathan a dit de ne rien dire.

— Je…

À cet instant précis, la porte de l'annexe s'est ouverte et M. Traynor est apparu, un journal plié sous le bras.

— Tu as réussi à revenir ! a-t-il dit à sa femme en époussetant les flocons sur ses épaules. Cela a été épique pour se procurer le journal et un peu de lait. Les routes sont dangereuses comme tout. J'ai dû faire tout le tour par Hansford Corner pour éviter les plaques de verglas.

Elle l'a scruté un moment et je me suis demandé si elle avait remarqué qu'il portait la même chemise et le même pull que la veille.

— Will a été malade cette nuit, tu étais au courant ?

Il m'a regardée droit dans les yeux et j'ai baissé la tête. Je crois que je ne m'étais jamais sentie aussi mal à l'aise de toute mon existence.

— Vous avez essayé de m'appeler, Louisa ? Je suis désolé… Je n'ai rien entendu. J'ai l'impression que cet intercom est détraqué. C'est déjà arrivé plusieurs fois, ces derniers temps. Et d'ailleurs je n'étais pas bien vaillant moi-même la nuit dernière. Je me suis éteint comme une chandelle.

J'avais toujours les chaussettes de Will aux pieds. Je ne les quittais pas des yeux, me demandant si Mme Traynor allait me juger pour ça aussi. Mais elle paraissait préoccupée par autre chose.

— Le trajet du retour a été éprouvant. Je crois que… je vais vous laisser gérer tout ça. Mais si ce genre de situation était amené à se reproduire, je vous demande de m'appeler immédiatement. C'est compris ?

Je n'avais aucune envie de regarder Mme Traynor dans les yeux.

— Oui, ai-je répondu avant de disparaître dans la cuisine.

Chapitre 7

Le printemps est arrivé du jour au lendemain, comme si l'hiver avait fui dans son lourd manteau, sans dire au revoir, à la manière d'un invité qui aurait fini par se sentir de trop. Tout est soudain devenu plus vert. Les rues étaient baignées de soleil et l'air s'est chargé d'odeurs printanières, de petites notes florales annonciatrices de renouveau. Le chant des oiseaux constituait le bruit de fond de cette nouvelle journée.

Mais, moi, je n'avais rien remarqué. La veille, j'avais dormi chez Patrick. Cela faisait pratiquement une semaine que je ne l'avais pas vu, à cause de son entraînement au rythme de plus en plus soutenu, mais, après quarante minutes passées dans une baignoire pleine de sels de bain délassants, il était si exténué qu'il parvenait à peine à me parler. J'avais entrepris de lui frotter le dos, dans une tentative de séduction pour le moins inhabituelle, mais il m'a fait savoir qu'il était vraiment trop fatigué, avec un petit geste de la main comme pour me chasser. Quatre heures plus tard, n'ayant pas fermé l'œil et étant toujours aussi frustrée, je me suis absorbée dans la contemplation du plafond.

Patrick et moi avions fait connaissance alors que j'occupais le seul autre emploi que j'avais exercé de ma vie, en l'occurrence celui de stagiaire au salon *Le Fil du rasoir*, l'unique enseigne de coiffure mixte de Hailsbury. Il était entré dans la boutique alors que Samantha, la propriétaire, était occupée à appliquer une teinture. Je lui avais donc fait ce qu'il avait ensuite décrit comme la pire coupe de son existence – et même comme la pire coupe de toute l'histoire de l'humanité. Trois mois plus tard, après avoir compris qu'aimer jouer avec mes propres cheveux ne faisait pas de moi une vraie coiffeuse, j'avais renoncé à cette carrière pour en entamer une autre dans le café de Frank.

Lorsque nous avons commencé à sortir ensemble, Patrick travaillait dans la vente et ses activités favorites étaient, dans l'ordre : la bière, les barres chocolatées achetées dans les stations-service, les conversations sur le sport et le sexe (dans ce cas précis, la pratique primait sur la théorie). Pour nous deux, une bonne soirée incluait généralement les quatre. Il n'avait rien de particulier et n'était pas franchement beau gosse. D'ailleurs, son popotin était plus grassouillet que le mien. Mais je l'aimais bien comme ça. J'appréciais sa solidité, et la sensation que j'éprouvais lorsque je m'enroulais autour de lui. Il avait perdu son père et j'aimais la manière dont il se comportait vis-à-vis de sa mère, qu'il protégeait et entourait d'attentions. Avec ses quatre frères et sœurs, ils étaient comme la fratrie des Walton, dans la vieille série américaine *La Famille des collines*. À l'évidence, ils s'aimaient bien les uns les autres. À notre premier rendez-vous, une petite voix dans ma tête m'a dit : « Cet homme-là ne te fera jamais aucun mal. » Et, au cours des sept dernières années, je n'avais eu aucune raison de remettre en question ce postulat.

Et puis il était devenu Marathon Man.

Depuis, lorsque je venais me nicher contre le ventre de Patrick, je n'y retrouvais plus son élasticité douillette. C'était devenu une chose dure et impitoyable, un peu comme un buffet, et Patrick ne perdait pas une occasion de relever sa chemise pour taper dessus et montrer à quel point son ventre était ferme et solide. Son visage aussi avait perdu de sa rondeur, et sa peau s'était burinée à force d'être toujours exposée au grand air. Ses cuisses étaient musclées à outrance. Cela aurait pu pimenter notre relation, si Patrick avait eu le bon goût de s'intéresser encore aux choses du sexe. Mais nous étions passés à deux fois par mois et je n'étais pas du genre à réclamer.

Plus il était en forme, plus sa ligne l'obsédait et moins la mienne l'intéressait. À une ou deux reprises, je lui avais demandé s'il me trouvait toujours à son goût, mais sa réponse était toujours catégorique. « Tu es magnifique, disait-il. C'est juste que je suis vanné. Je n'ai pas envie que tu perdes du poids. Avec tous les nichons des filles du club, on ne pourrait même pas en faire un seul digne de ce nom. » J'aurais bien voulu lui demander comment il avait fait pour établir un calcul aussi précis, mais, comme sa remarque était plutôt gentille, j'avais laissé filer.

J'ai fait de mon mieux pour m'intéresser à ce qu'il faisait. Sincèrement. Je l'ai accompagné aux réunions du club de triathlon, j'ai tenté de bavarder avec les autres filles. Mais il ne m'a pas fallu bien longtemps pour comprendre que j'étais une anomalie : aucun autre membre du club n'avait une petite amie dans mon genre. En fait, ils étaient tous célibataires, ou en couple avec une personne aussi athlétique qu'eux. Les couples s'encourageaient mutuellement à progresser, se faisaient des petits week-ends en shorts Lycra. Dans leur portefeuille, ils avaient tous une photo où ils franchissaient la ligne d'arrivée main dans la main avec leur compagne ou leur compagnon, ou bien sur laquelle on les voyait montrer avec un air béat la médaille que chacun d'eux avait autour du cou. C'était indescriptible.

— Je ne vois pas de quoi tu te plains, m'avait répondu ma sœur lorsque je lui en avais parlé. Moi, depuis que j'ai eu Thomas, je n'ai eu qu'une seule fois l'occasion de faire l'amour.

— Quoi ? Avec qui ?

— Oh, un type venu acheter un bouquet rond. Je voulais juste être sûre que je pouvais encore. Ne fais pas cette tête, avait-elle enchaîné devant ma mine ébahie. Ce n'était pas pendant les heures de boulot. Et puis, c'était un bouquet mortuaire. Si ç'avait été un bouquet pour sa femme, bien sûr, je ne l'aurais pas touché avec un glaïeul.

Ce n'est pas comme si j'avais été une maniaque du sexe. Après tout, cela faisait un bail que nous étions ensemble. C'est juste qu'une petite part perverse de moi-même avait commencé à s'interroger sur mon *sex-appeal*.

Patrick n'avait jamais accordé d'importance au fait que je m'habille de façon « inventive », comme il disait. Mais était-il tout à fait sincère ? Son travail et l'intégralité de sa vie sociale tournaient désormais autour de la maîtrise du corps, avec pour objectif de le dompter, l'affiner et l'améliorer. Et si, devant tous ces petits derrières gainés dans des survêtements, le mien avait soudain paru plein de défauts ? Et si mes courbes, que j'avais toujours tenues pour agréablement voluptueuses, étaient devenues ramollos à ses yeux exigeants ?

Voilà ce qui me traversait l'esprit lorsque Mme Traynor est arrivée pour nous ordonner, à Will et moi, de sortir.

— J'ai fait venir une équipe pour un nettoyage de printemps. J'ai donc pensé que vous pourriez profiter du beau temps pendant qu'ils sont tous là.

Le regard de Will, sourcils très légèrement haussés, a croisé le mien.

— Ce n'est pas vraiment une demande, mère, n'est-ce pas ?

— J'ai pensé que cela te ferait du bien de prendre l'air, a-t-elle répondu. La rampe est en place. Louisa, vous pouvez peut-être préparer du thé à emporter dans un thermos ?

Ce n'était pas une suggestion totalement déraisonnable. Le jardin était magnifique. C'était comme si la légère hausse des températures avait suffi à donner à chaque plante un air pimpant et plus vert. Les jonquilles étaient apparues, comme remontées des tréfonds de la terre. Leurs bulbes jaunâtres laissaient imaginer les fleurs à venir. Les bourgeons commençaient à pointer au long des branches brunes ;

les plantes vivaces se frayaient un passage à travers la terre noire et compacte. J'ai ouvert les portes et nous sommes sortis. Will a maintenu son fauteuil sur les dalles de l'allée. Il a esquissé un geste en direction d'un banc en fer forgé recouvert d'un coussin. Je me suis assise et nous sommes restés un moment, le visage levé vers le soleil encore pâle, à écouter les passereaux se quereller dans la haie.

— Qu'est-ce qui vous arrive ?

— Comment ça ?

— Je vous trouve bien silencieuse.

— Vous m'avez dit que vous vouliez que je me tienne tranquille.

— Pas à ce point. Ça m'inquiète.

— Je vais bien, ai-je dit. Juste des histoires avec mon copain, si vous voulez tout savoir.

— Ah, a-t-il fait. Monsieur Course à pied.

J'ai ouvert les yeux pour voir s'il se moquait de moi.

— Que se passe-t-il ? a-t-il repris. Allez, racontez tout à l'oncle Will.

— Non.

— Ma mère va faire trimer ses nettoyeurs comme des forcenés pendant au moins une heure encore. Il va bien falloir que vous parliez de quelque chose.

Je me suis redressée pour me tourner vers lui. Son fauteuil d'intérieur intégrait une commande d'élévation de l'assise lui permettant de se mettre à la hauteur de ses interlocuteurs. Il ne l'utilisait pas très souvent, car elle lui donnait des vertiges, mais il l'avait activée de telle sorte que j'ai dû lever les yeux vers lui.

J'ai resserré mon manteau autour de moi et posé mon regard sur lui en plissant les yeux.

— D'accord. Qu'est-ce que vous voulez savoir ?

— Depuis combien de temps êtes-vous ensemble ? a-t-il demandé.

— Un peu plus de six ans.

Il a eu l'air surpris.

— Tant que ça ?

— Oui, ai-je dit.

Je me suis penchée pour remettre en place la couverture sur lui. Le soleil était trompeur ; il promettait plus qu'il ne donnait effectivement. J'ai pensé à Patrick, parti à six heures et demie ce matin-là pour son footing.

Peut-être devrais-je m'y mettre, moi aussi – afin que nous devenions tous deux l'un de ces couples vêtus de Lycra ? Peut-être devrais-je acheter des dessous en dentelle et chercher quelques conseils de séduction sur le Net ?

Je savais que je ne ferais ni l'un ni l'autre.

— Que fait-il dans la vie ?

— Il est dans le coaching personnel.

— D'où la course à pied ?

— D'où la course à pied.

— Décrivez-le-moi. En trois mots, si vous vous sentez gênée.

J'ai réfléchi un instant.

— Positif. Loyal. Obsédé par son indice de masse graisseuse.

— Ça fait neuf mots.

— Alors vous en avez six gratuits. Et vous, comment était-elle ?

— Qui ?

— Alicia.

Je l'ai regardé exactement comme il m'avait regardée – droit dans les yeux. Il a pris une profonde inspiration et levé les yeux vers les frondaisons d'un grand platane. Ses cheveux lui sont tombés dans les yeux, et j'ai dû prendre sur moi pour ne pas les recoiffer.

— Magnifique. Sexy. Exigeante. Étonnamment peu sûre d'elle-même.

— Quoi ? Mais dans quel domaine est-ce qu'elle peut bien manquer d'assurance ?

La question avait jailli de ma bouche avant même que je ne puisse faire quoi que ce soit.

Il a eu l'air presque amusé.

— Vous seriez surprise, a-t-il dit. Les filles comme Lissa comptent tellement sur leur apparence qu'elles finissent par oublier qu'elles pourraient avoir autre chose. En fait, je suis injuste. Elle a un don pour arranger les choses – les vêtements, la décoration intérieure. Elle a l'art de mettre en valeur absolument tout et n'importe quoi.

J'ai dû faire un effort pour ne pas répliquer que n'importe qui pourrait mettre n'importe quoi en valeur avec un portefeuille aussi inépuisable qu'une mine de diamants.

— Elle déplace quelques éléments dans une pièce et l'ambiance change radicalement. Je n'ai jamais réussi à comprendre comment elle faisait. C'est elle qui a conçu cette annexe lorsque je suis venu m'y installer, a-t-il encore ajouté en désignant la maison d'un coup de tête.

Je me suis surprise à passer en revue les détails du salon décoré à la perfection. Et mon admiration pour cette pièce est subitement devenue moins évidente.

— Depuis combien de temps étiez-vous avec elle ?

— Huit, neuf mois.

— Pas très longtemps.

— Assez longtemps, pour moi.

— Comment vous étiez-vous rencontrés ?

— À un dîner. Un dîner vraiment affreux. Et vous ?

— Chez le coiffeur. J'étais la coiffeuse et il était mon client.

— Ah, ah, vous étiez son petit extra du week-end.

J'ai dû prendre un air ébahi, car il a secoué la tête et enchaîné doucement.

— Je me comprends.

Depuis l'intérieur nous parvenait le ronron monotone de l'aspirateur. L'entreprise de nettoyage avait envoyé quatre femmes, toutes vêtues de la même blouse. Je m'étais demandé ce qu'elles allaient bien pouvoir trouver à faire pour occuper deux heures dans la petite annexe.

— Est-ce qu'elle vous manque ?

J'entendais les femmes de ménage parler entre elles. Quelqu'un avait ouvert une fenêtre et, de temps à autre, leurs éclats de rire s'élevaient dans l'air vif.

Will s'est abîmé dans la contemplation de l'horizon.

— Elle m'a manqué à une époque, a-t-il répondu en se tournant vers moi. Mais j'ai réfléchi, a-t-il poursuivi sur un ton empreint de réalisme, et je trouve que Rupert et elle vont bien ensemble.

J'ai hoché la tête.

— Oui. Ils vont organiser un mariage ridicule, pondre un ou deux lardons, comme vous dites, acheter une maison à la campagne et, d'ici cinq ans, il se tapera sa secrétaire, ai-je dit.

— Vous avez probablement raison.

J'ai commencé à trouver le rythme pour broder sur mon sujet.

— Elle sera toujours un peu agacée par son mari, sans qu'elle sache vraiment pourquoi, et elle sortira des vacheries sur lui lors de dîners vraiment affreux, au grand embarras de leurs amis, et il ne voudra pas la quitter, parce qu'il vivra dans la crainte d'avoir à verser une pension alimentaire.

Will s'est tourné vers moi.

— Ils feront l'amour une fois toutes les six semaines, et lui adorera ses enfants, mais, quand il sera question de s'occuper d'eux, plus personne ! Elle aura une coiffure impeccable, mais aussi une petite moue pincée, ai-je ajouté en faisant une bouche en cul-de-poule, à force de ne jamais dire ce qu'elle pense. Et elle deviendra accro à son cours de pilates, ou bien elle achètera un chien ou un cheval et aura le béguin pour son moniteur d'équitation. Et lui reprendra le footing à l'approche de la quarantaine, et il achètera une Harley-Davidson qu'elle trouvera ridicule, et chaque jour, au travail ou dans les bars, il écoutera ses jeunes collègues raconter les filles qu'ils auront levées ou les virées qu'ils auront faites. Et il aura le sentiment que, quelque part, et sans bien savoir comment, il s'est fait avoir.

Je me suis tournée vers lui.

Will me regardait, les yeux ronds.

— Désolée, ai-je dit au bout d'un moment. Je ne sais pas d'où ça m'est venu.

— J'ai l'impression que je commence à éprouver un peu de compassion pour Monsieur Course à pied.

— Oh, ça n'a rien à voir avec lui, ai-je dit. C'est toutes ces années passées à travailler dans un café. À force d'entendre de tout, on finit par repérer les schémas qui orientent le comportement des gens. On en apprend de belles, c'est édifiant.

— C'est pour cette raison que vous ne vous êtes jamais mariée ?

J'ai cligné des yeux.

— J'imagine que oui.

Je n'avais aucune envie de lui avouer qu'on n'avait jamais demandé ma main.

On pourrait croire que nous ne faisions pas grand-chose, mais, en vérité, chaque journée avec Will était subtilement différente de la précédente – en fonction de ses humeurs et, plus important encore, de l'intensité de sa douleur. Certains jours, à peine arrivée, je pouvais dire à la crispation de ses mâchoires qu'il n'avait aucune envie de parler. Dès lors, je m'activais dans l'annexe en m'efforçant d'anticiper ses besoins, de façon à lui éviter le souci d'avoir à demander.

Will n'était jamais vraiment à l'abri de la douleur. Tout d'abord, il y avait les souffrances consécutives à l'atrophie musculaire – il lui restait si peu de muscles pour se tenir droit, malgré les efforts de Nathan pour lui faire pratiquer sa kiné. Puis les douleurs d'estomac à cause de problèmes digestifs, les douleurs dans les épaules, et les douleurs liées aux infections urinaires – une calamité apparemment inévitable, en dépit de toutes les précautions. Les doses massives d'antalgiques dans les premiers temps après son accident – lorsqu'il les gobait, semble-t-il, aussi facilement que des Tic Tac – lui avaient provoqué un ulcère.

Parfois, il souffrait d'escarres, à force de rester trop longtemps dans la même position. À une ou deux reprises, Will avait dû garder le lit le temps qu'elles disparaissent, mais il détestait être allongé sur le ventre. Étendu, immobile, il écoutait la radio, les yeux fulminant d'une colère difficilement contenue. Will avait aussi des migraines – un effet secondaire, selon moi, de sa colère et sa frustration. Son énergie mentale était immense, mais il n'avait rien sur quoi l'exercer. Forcément, cela devait bouillonner quelque part.

Mais le pire, c'était une sensation de brûlure dans les mains et les pieds, aussi implacable que permanente, qui l'empêchait de se concentrer sur quoi que ce soit d'autre. Je préparais des bols d'eau froide pour y tremper ses membres endoloris, ou bien je les enveloppais dans des gants de toilette humides et frais, dans l'espoir d'atténuer un peu sa douleur. Un muscle palpitait le long de sa mâchoire et, par moments, Will semblait disparaître, comme si l'unique solution pour fuir l'atroce sensation était de s'extraire de son propre corps. Je m'étais étonnamment habituée aux contraintes de la vie de Will. Il y avait une forme d'injustice dans le fait que ces mains et ces pieds – qu'il ne pouvait plus utiliser, ni même sentir – le fassent tellement souffrir.

Malgré tout cela, Will ne se plaignait pas – c'était précisément la raison pour laquelle il m'avait fallu des semaines pour prendre conscience de ce qu'il endurait. Depuis, j'avais appris à déchiffrer les marques autour de ses yeux, ses silences, ses absences. De temps à autre, il demandait simplement : « Pouvez-vous apporter de l'eau froide, Louisa ? » ou bien : « Je crois qu'il est temps de prendre quelques antalgiques. » Parfois, la douleur était si insoutenable que son visage devenait livide et prenait la teinte du mastic. Ces journées-là étaient les pires.

Mais, les autres jours, notre cohabitation se passait plutôt bien. Lorsque je bavardais, il ne paraissait plus aussi mortellement offensé qu'au début. Ce jour-là, il ne semblait pas souffrir. Lorsque Mme Traynor est venue nous avertir que les femmes de ménage en avaient encore pour une vingtaine de minutes, je nous ai servi du thé et nous avons fait un petit tour dans le jardin. Will restait sur l'allée, tandis que je regardais mes ballerines de satin devenir plus foncées dans l'herbe humide.

— Très intéressant choix de chaussures, a dit Will.

Elles étaient d'un très beau vert émeraude. Je les avais dénichées dans une friperie. Patrick disait que ces chaussures me donnaient l'allure d'une *drag-queen* du monde des lutins.

— Vos goûts vestimentaires ne font pas très couleur locale. Je suis toujours impatient de voir dans quel accoutrement vous allez débarquer.

— Et comment on s'habille pour faire « couleur locale » ?

Il a fait un crochet sur la gauche pour éviter une petite branche tombée sur le chemin.

— On met des vêtements en maille polaire. Ou, pour quelqu'un comme ma mère, quelque chose de chez Jaeger ou Burton. Et d'où vous viennent donc vos goûts exotiques ? Où avez-vous vécu à part ici ? a-t-il demandé en tournant la tête vers moi.

— Nulle part.

— Quoi ? Vous avez toujours habité ici ? Mais où avez-vous travaillé ?

— Uniquement ici.

Il a fait des yeux ronds. Je me suis plantée devant lui, les bras croisés en une posture défensive.

— Et alors ? Je ne vois pas en quoi ça vous paraît bizarre…

— C'est un trou paumé. À part le château, les opportunités sont limitées.

Nous nous sommes arrêtés pour le regarder à l'horizon, dressé au sommet de sa colline en forme de dôme, aussi parfait que s'il avait été dessiné par une main d'enfant.

— Je me suis toujours dit que c'était le genre d'endroit où l'on revient lorsqu'on est fatigué de tout le reste. Ou lorsqu'on n'a pas assez d'imagination pour aller ailleurs.

— Merci pour le compliment.

— En soi, il n'y a rien de mal à ça. Avouez tout de même que cette petite ville ne bouge pas beaucoup… On ne peut pas dire que l'endroit déborde d'idées, de personnes intéressantes ou d'opportunités. C'est le genre de coin où l'on trouve subversif que la boutique de souvenirs décide de vendre des sets de table avec de nouvelles images du train miniature.

Je n'ai pas pu m'empêcher de rire. Pas plus tard que la semaine précédente, le journal local avait publié un article précisément à ce sujet.

— Vous avez vingt-six ans, Clark. Vous devriez être en train de conquérir le monde, de vous encanailler dans des bars, de montrer votre garde-robe étrange à des types un peu louches…

— Je suis heureuse ici, ai-je dit.

— Eh bien, vous ne devriez pas.

— Vous aimez bien dire aux gens ce qu'ils devraient faire, pas vrai ?

— Uniquement quand je sais que j'ai raison. Vous pouvez m'aider ? Je n'arrive pas à boire.

J'ai pivoté sa paille de façon à lui permettre de l'atteindre, puis j'ai attendu pendant qu'il buvait. La fraîcheur du fond de l'air lui avait rosi le bout des oreilles. Il a grimacé.

— La vache ! Pour une fille qui gagnait sa vie en faisant du thé, celui que vous m'avez préparé est épouvantable.

— C'est parce que vous êtes habitué au thé de lesbienne, ai-je répondu. Tous ces machins aux herbes de lapsang souchong.

— Du thé de lesbienne ! s'est-il exclamé en manquant de s'étrangler. En tout cas, c'est meilleur que ce vernis à bois. Si on plantait une cuillère dedans, elle tiendrait toute seule.

Je me suis assise sur le banc devant lui.

— Si je comprends bien, même avec le thé je me plante. Et comment se fait-il que vous soyez autorisé à donner votre avis sur tout, alors que personne n'a rien le droit de vous dire ?

— Eh bien, allez-y, Louisa. Donnez-moi votre avis.

— Sur vous ?

— Est-ce que j'ai le choix ? a-t-il répliqué en me jetant un regard dramatique à souhait.

— Vous pourriez vous couper les cheveux. Coiffé comme ça, vous avez l'air d'un vagabond.

— On croirait entendre ma mère.

— En tout cas, vous avez l'air hideux. Vous pourriez au moins vous raser. Ça ne vous démange pas, tous ces poils sur le visage ?

Il m'a regardée de travers.

— Bien sûr que ça gratte. Je m'en doutais. D'accord… Cet après-midi, je m'en occupe. Je vais enlever tout ça.

— Sûrement pas.

— Mais si. Vous m'avez demandé mon avis, eh bien, le voilà. Vous n'aurez rien à faire.

— Et si je dis non ?

— Je pourrais bien le faire quand même. Si cette barbe pousse encore, on va finir par y trouver à manger. Et, franchement, si ça arrive, je serai obligée de vous faire un procès pour harcèlement moral.

Will a alors souri, comme si je l'avais amusé. Cela peut sembler triste à dire, mais ses sourires étaient si rares que je me suis sentie presque ivre de fierté d'avoir réussi à en faire éclore un sur ses lèvres.

— Clark, a-t-il repris. Vous voulez bien me rendre service ?

— Quoi ?

— Grattez-moi l'oreille, s'il vous plaît. Ça me rend dingue.

— Si je le fais, vous me laisserez vous couper les cheveux ? Juste un peu ?

— Ne me cherchez pas.

— Chut. N'allez pas me rendre nerveuse. Je ne suis pas très douée avec des ciseaux.

J'ai trouvé des rasoirs et de la mousse dans l'armoire de toilette, entassés derrière les lingettes et paquets de coton, à croire que cela faisait bien longtemps qu'ils n'avaient pas été utilisés. J'ai emmené Will dans la salle de bains, rempli le lavabo d'eau chaude, puis posé un gant de toilette bien chaud sur son menton après avoir incliné l'appuie-tête de son fauteuil.

— À quoi ça rime ? Vous voulez jouer les barbiers ? À quoi sert ce gant de toilette ?

— Aucune idée, ai-je admis. Mais ils font toujours ça dans les films. C'est comme l'eau chaude et les serviettes avant un accouchement.

Je ne voyais pas sa bouche, mais j'ai nettement décelé une expression amusée dans son regard. C'est exactement ce que je souhaitais. Je voulais qu'il soit heureux, que son visage perde cet air inquiet et perpétuellement hanté. Je me suis mise à jacasser, à raconter des blagues, à fredonner. N'importe quoi pour prolonger cet instant, avant que revienne sa mine sombre.

J'ai retroussé mes manches et j'ai commencé à lui savonner le menton et les joues, jusqu'aux oreilles. À cet instant, j'ai marqué une hésitation, la lame en l'air au-dessus de son menton.

— Je me demande si le moment est bien choisi pour vous avouer que je n'ai encore jamais fait les pattes ?

Il a fermé les yeux et s'est laissé aller en arrière. J'ai commencé à lui racler doucement la peau avec la lame. Seul le bruit de l'eau dans le lavabo quand je rinçais le rasoir venait troubler le silence. Je ne disais plus rien, absorbée dans l'examen du visage de Will Traynor, des rides aux coins de sa bouche, prématurées pour un homme de son âge. J'ai repoussé les mèches de cheveux qui bordaient son visage et découvert les petites marques révélatrices laissées par des points de suture ; peut-être les stigmates de son accident. J'ai vu ses cernes violets, qui racontaient les nuits sans sommeil, et les sillons entre ses sourcils qui disaient la douleur endurée en silence. Une douceur tiède émanait de sa peau, à laquelle se mêlaient l'odeur de la mousse à raser et une petite fragrance qui n'appartenait qu'à Will, à la fois discrète et raffinée. Peu à peu, les traits de son visage ont émergé, et j'ai compris à quel point cela avait dû être facile pour lui de conquérir une femme comme Alicia.

J'œuvrais à petits gestes lents et prudents, profitant du fait qu'il semblait apaisé. Subitement, il m'est venu à l'esprit que les rares fois où quelqu'un touchait Will, c'était dans le cadre d'un soin médical. J'ai laissé mes doigts s'attarder légèrement sur sa peau, en m'efforçant d'ôter aux mouvements de mes mains cette vivacité déshumanisée propre aux interactions avec Nathan ou les médecins.

Ce rasage a été une parenthèse étrange et intime. Tout en poursuivant ma tâche, j'ai compris que j'avais cru que son fauteuil constituerait une barrière ; que son invalidité s'opposerait à toute forme de sensualité. Or, bizarrement, ça n'a pas fonctionné comme ça. Il est impossible d'être si près de quelqu'un, de sentir sa peau se tendre sous les doigts, de respirer l'air qu'il expire, d'avoir son visage à quelques centimètres, sans se sentir un tant soit peu déstabilisé. Quand je suis arrivée à son autre oreille, j'en étais à éprouver une certaine gêne, comme si j'avais franchi une ligne invisible.

Peut-être Will a-t-il senti le subtil changement dans la pression de mes doigts sur sa peau. Peut-être était-il plus en phase avec son entourage que je ne le pensais. Quoi qu'il en soit, il a ouvert les yeux et son regard a trouvé le mien.

Il y a eu un instant de silence, puis il a pris la parole avec un air sérieux.

— Ne me dites pas que vous m'avez rasé les sourcils ?

— Ne vous faites pas de bile : je n'en ai rasé qu'un seul.

J'ai rincé le rasoir en espérant que mes joues empourprées auraient retrouvé leur couleur normale lorsque je me retournerais vers lui.

— Bien, ai-je dit finalement. Est-ce que ça vous convient comme ça ? Nathan ne va pas tarder à arriver.

— Et mes cheveux ? a-t-il demandé.

— Vous voulez vraiment que je vous les coupe ?

— Pourquoi pas ?

— Je croyais que vous n'aviez pas confiance en moi pour ça.

Il a haussé les épaules – dans la mesure de ses capacités. C'était un haussement à peine esquissé.

— Si ça peut remédier à vos jérémiades pendant une semaine ou deux…

— Oh, c'est votre mère qui va être contente, ai-je dit en essuyant un reste de savon.

— Oui, eh bien, ne laissons pas cette pensée nous saper le moral.

Nous nous sommes installés dans le salon. J'ai ravivé le feu et nous avons mis un film – un thriller américain. J'ai posé une serviette sur ses épaules et prévenu Will que j'avais un peu perdu le coup de main – mais, vu l'état de sa coupe, ça ne pourrait pas être pire.

— Merci pour le compliment, a-t-il répondu.

Je me suis mise à l'ouvrage, en commençant par faire glisser mes doigts dans sa tignasse, le temps de me remémorer les rudiments de coiffure qu'on m'avait enseignés. Absorbé dans son film, Will avait l'air décontracté, presque satisfait. De temps à autre, il me disait quelque chose – dans quel autre film l'acteur principal avait joué, celui dans lequel il l'avait vu pour la première fois –, et je répondais par un petit bruit vaguement intéressé (le même que celui auquel j'ai recours avec Thomas lorsqu'il me présente ses jouets), mais en fait j'étais soucieuse ne pas saloper le boulot. Enfin, j'ai achevé de dégrossir ce qui devait l'être. Je suis passée devant lui pour voir le résultat.

— Alors ? a demandé Will en mettant le lecteur sur pause.

Je me suis redressée.

— Je ne sais pas si j'apprécie de voir autant votre visage. C'est un peu perturbant.

— Ça fait froid, a-t-il remarqué en agitant la tête de droite à gauche, histoire d'éprouver la sensation.

— Attendez, ai-je dit. Je vais chercher deux miroirs. Vous verrez mieux. Mais ne bougez pas. Il faut encore fignoler. J'en profiterai peut-être pour vous couper une oreille.

J'étais dans la chambre, en train de chercher une petite glace dans ses tiroirs, lorsque j'ai entendu la porte d'entrée, puis le bruit de deux pas saccadés et la voix de Mme Traynor, angoissée et un peu haut perchée.

— Georgina, je t'en prie. Ne fais pas ça !

La porte du salon s'est ouverte à la volée. J'ai attrapé le miroir et me suis précipitée hors de la chambre. Je n'avais aucune envie d'être une nouvelle fois prise en flagrant délit d'absentéisme. Mme Traynor se tenait dans le couloir face à la porte donnant accès au salon, les deux mains devant la bouche, apparemment en train d'assister à une confrontation que je ne voyais pas.

— Tu es l'homme le plus égoïste que j'aie jamais vu! criait une jeune femme. Je n'arrive pas à y croire, Will. Tu étais déjà égoïste avant, mais là, c'est pire que tout!

Mme Traynor a jeté un regard dans ma direction.

— Georgina. Arrête, je t'en prie.

Je suis entrée dans la pièce derrière elle. En face de Will, serviette sur l'épaule, cerné des boucles brunes qui jonchaient le sol autour de son fauteuil, se tenait une jeune femme aux longs cheveux bruns ramenés en un chignon fait à la va-vite. Son teint était hâlé et elle portait un jean hors de prix, abondamment déchiré et malmené, et des bottes en daim. Elle avait un visage magnifique aux traits réguliers, tout comme Alicia, et l'extraordinaire blancheur de ses dents évoquait une publicité pour un dentifrice. Son minois était tout cramoisi tandis qu'elle crachait sa colère.

— Je n'arrive pas à y croire. Je n'arrive pas à croire que tu aies pu seulement y penser. Comment…

— S'il te plaît, Georgina, a repris Mme Traynor en haussant un peu le ton. Ce n'est pas le moment.

Impassible, Will fixait droit devant lui un point perdu à l'horizon.

— Euh… Will ? Vous avez besoin de quelque chose ? ai-je demandé d'une voix tranquille.

— Qui êtes-vous ? a demandé Georgina en se retournant d'un bloc.

C'est à cet instant que j'ai vu qu'elle pleurait.

— Georgina, a dit Will, je te présente Louisa Clark, qui me tient compagnie contre rémunération et fait preuve d'une créativité déroutante en matière de coupe de cheveux. Louisa, voici ma sœur Georgina, arrivée spécialement d'Australie pour me crier dessus.

— Ne joue pas à ça, a répondu Georgina. Maman m'a dit. Elle m'a tout raconté.

Personne ne bougeait plus.

— Je vais vous laisser, ai-je dit.

— C'est une bonne idée, a répondu Mme Traynor, la main crispée sur l'accoudoir du sofa.

Je me suis esquivée.

— En fait, Louisa, vous devriez en profiter pour prendre votre pause-déjeuner.

Ça allait donc être une « journée abri de bus ». J'ai attrapé mes sandwichs, enfilé mon manteau, et me suis éclipsée par la porte de derrière…

Comme je sortais, j'ai entendu la voix de Georgina Traynor.

— Que cela te plaise ou non, l'idée ne t'a jamais effleuré, Will, que tu n'es pas le seul concerné ?

À mon retour, très exactement une demi-heure plus tard, la maison était plongée dans un profond silence. Nathan lavait une tasse dans l'évier.

— Comment va ? a-t-il demandé en se tournant vers moi.

— Elle est partie ?

— Qui ?

— Sa sœur.

Il a jeté un regard par-dessus son épaule.

— Ah, c'était donc sa sœur ? Ouais, elle est partie. Elle montait dans sa voiture quand je suis arrivé. Il y a eu une petite crise familiale ?

— Je ne sais pas. J'étais en train de couper les cheveux de Will lorsque cette femme est arrivée et a commencé à s'en prendre à lui. J'ai cru que c'était une autre de ses conquêtes.

Nathan a haussé les épaules. J'ai compris qu'il refusait de s'intéresser aux détails de la vie privée de Will.

— Il est calme en tout cas. Et sinon, bien vu le rasage ! C'était une bonne idée de le sortir de cette jungle.

Je suis retournée dans le salon. Will était devant la télévision, toujours figée sur la même image.

— Vous voulez que je relance la lecture ? ai-je demandé.

Pendant une minute, il a semblé ne pas avoir entendu ce que je venais de dire. Sa tête avait basculé sur une épaule, et un voile s'était déposé sur ses traits, chassant l'expression détendue qu'il avait eue un peu plus tôt. Will s'était refermé, barricadé derrière des défenses que je ne pouvais pas franchir.

Il a cligné des yeux, exactement comme s'il s'apercevait seulement de ma présence.

— Oui, bien sûr, a-t-il dit.

Je passais dans le couloir avec une bassine de linge lorsque je les ai entendues. La porte de l'annexe était légèrement entrouverte et les voix de Mme Traynor et sa fille me parvenaient par bribes. La sœur de Will sanglotait ; l'heure n'était plus à la fureur. Elle parlait avec des intonations de petite fille.

— Il y a sûrement quelque chose à faire. Une avancée médicale. Vous ne pourriez pas l'envoyer aux États-Unis ? Les choses progressent toujours plus vite là-bas.

— Ton père suit tout ça de très près. Mais non, ma chérie. Pour l'instant il n'y a rien de… concret.

— Il est tellement différent maintenant. C'est comme s'il refusait de voir le bon côté des choses.

— Ça a toujours été comme ça, Georgina. Je crois que c'est parce que tu ne l'as vu que de loin en loin, quand tu rentrais à la maison. Pourtant, au début, il était encore… plein de détermination. Il avait la certitude que la situation allait évoluer.

Je me suis sentie un peu mal à l'aise de surprendre une conversation aussi personnelle. Mais l'étrange intensité dans la voix de Mme Traynor m'a poussée à m'approcher. Je n'ai pas pu m'empêcher d'avancer à pas de loup vers la porte. En chaussettes, aucun risque d'attirer leur attention.

— Écoute, ton père et moi ne t'avons rien dit. Nous n'avons pas voulu te bouleverser. Mais il a tenté… (Les mots avaient du mal à sortir.) Will a tenté de… il a tenté de mettre fin à ses jours.

— Quoi ?

— Ton père l'a trouvé. Ça s'est passé en décembre. C'était… affreux.

Même si cela ne faisait que confirmer ce que j'avais déjà deviné, j'ai senti le sang se retirer de mon visage. J'ai entendu une exclamation étouffée, suivie de mots de réconfort murmurés. Le silence s'est de nouveau installé. Puis Georgina a repris, des sanglots dans la voix :

— La fille…

— Oui. Louisa est là pour veiller à ce que cela ne se reproduise plus.

Je suis restée pétrifiée. Depuis la salle de bains, à l'autre bout du couloir, me parvenaient les bruits d'une conversation à voix basse entre Will et Nathan – qui n'avaient aucunement conscience de ce qui se disait à quelques mètres d'eux. J'ai encore fait un pas vers la porte. Je crois que je savais déjà tout cela depuis que j'avais repéré les cicatrices sur les poignets de Will. Au fond, cela expliquait tout : l'insistance de Mme Traynor pour que je ne laisse jamais son fils seul, l'aversion que Will me manifestait au début, et même le fait que pendant longtemps j'avais eu le sentiment de ne servir à rien. En réalité, on m'avait engagée pour faire du baby-sitting. Moi, je l'ignorais, mais Will le savait. Et c'est pour cette raison qu'il me détestait.

J'ai tendu la main vers la poignée de la porte pour la refermer. Je me demandais si Nathan était au courant. Will était-il plus heureux désormais ? Égoïstement, j'ai été soulagée de comprendre que Will ne m'en voulait pas personnellement. Ce qu'il n'aimait pas, c'était l'idée d'être placé sous surveillance. J'étais si bouleversée que j'ai bien failli ne pas saisir la suite de la conversation.

— Tu ne peux pas le laisser faire ça, maman. Il faut absolument le dissuader.

— Ce choix ne nous appartient pas, ma chérie.

— Bien sûr que si – puisqu'il te demande de participer, a protesté Georgina.

Ma main s'est figée sur la poignée.

— Je n'arrive pas à croire que tu sois d'accord, a-t-elle repris. Et tes convictions religieuses ? Et tout ce que tu as fait jusqu'à aujourd'hui ? Si tu participes à ça, pourquoi l'avoir sauvé la dernière fois ?

— Ce que tu dis est injuste, a dit Mme Traynor d'une voix délibérément calme.

— Mais tu as affirmé que tu le conduirais. Qu'est-ce que…

— N'as-tu pas songé que, si je refusais, il demanderait à quelqu'un d'autre ?

— Mais Dignitas ? Sincèrement, ce n'est pas possible. C'est mal. Je sais que c'est dur pour lui, mais cela va vous détruire, papa et toi. Je le sais. Pense à l'état dans lequel vous serez après ! Pense à ce que les gens raconteront ! Pense à ton travail, à votre réputation ! Il sait tout ça, forcément. Sa demande est profondément égoïste. Comment peut-il faire ça ? Et toi, comment peux-tu faire ça ?

Ses sanglots ont repris.

— Georgina…

— Ne me regarde pas comme ça. Je me soucie de lui, moi aussi, maman. C'est mon frère et je l'aime. Mais ça, tu vois, je ne peux pas le supporter. Je ne supporte même pas l'idée. Il a tort de le demander et tu as tort de l'envisager. Il détruira d'autres vies avec la sienne si vous persistez sur cette voie.

J'ai reculé d'un pas. Le sang battait si fort à mes tempes que j'ai failli ne pas entendre la réponse de Mme Traynor.

— Six mois, Georgina. Il a promis de m'accorder six mois. Et maintenant, je ne veux plus t'entendre aborder cette question, et encore moins en public. Et nous devons…, a-t-elle dit en prenant une profonde inspiration. Nous devons prier très fort pour que quelque chose le fasse changer d'avis dans ce laps de temps.

Chapitre 8

Camilla

Je n'ai jamais eu l'intention d'aider mon fils à se tuer.

En elle-même, cette phrase est bien incongrue – comme le titre d'un article dans un tabloïd, ou dans un de ces horribles magazines féminins que la femme de ménage a toujours dans son sac, avec des histoires de femmes quittées par des amants infidèles partis avec leurs filles, de pertes de poids incroyables et de bébés à deux têtes.

Je ne suis pas le genre de femme à qui pareille chose arrive. C'est du moins ce que je croyais. Ma vie est relativement structurée – et ordinaire en somme, au regard des critères contemporains. Je suis mariée depuis près de trente-sept ans et j'ai élevé deux enfants. J'ai mis ma carrière entre parenthèses, je me suis occupée de l'école et de l'association de parents d'élèves, et je n'ai repris ma robe de magistrat que lorsque les enfants n'ont plus eu besoin de moi.

Cela fait presque onze ans que j'exerce ma profession. Dans mon tribunal, je vois passer un vaste échantillon de notre humanité : des malheureux sans espoir, incapables de se secouer pour se présenter à l'heure à leur audience, des récidivistes, des jeunes hommes pleins de colère au visage dur, et des mères épuisées et criblées de dettes. Il est parfois bien difficile de garder son calme et sa bienveillance lorsqu'on voit les mêmes visages et les mêmes erreurs sans cesse répétées. Certains jours, je décèle l'impatience et l'exaspération dans ma propre voix. Le refus obstiné de certains à tenter de faire preuve de responsabilité peut se révéler décourageant.

En dépit de la beauté de son château, de ses édifices classés offrant un intérêt particulier, de ses routes de campagne pittoresques, notre petite ville n'est pas immunisée contre ces vicissitudes. Nos parcs comptent leur lot d'adolescents qui s'enivrent à la bière, les toits de chaume de nos belles demeures étouffent les bruits de bien des maris battant leur femme et leurs enfants. Certains jours, je me sens dans la peau du roi Canut, prononçant des jugements inutiles pour endiguer l'irrésistible marée montante du chaos et de la dévastation. Mais j'aimais mon métier. Je l'ai choisi parce que je crois en l'ordre et en un certain code moral. Je crois qu'il existe un bien et un mal, même si cette conception peut sembler désuète de nos jours.

Dans les moments difficiles, j'ai mon jardin pour me consoler. Lorsque les enfants ont grandi, celui-ci est devenu une sorte d'obsession pour moi. Je peux citer les noms latins de presque toutes les plantes. Et le plus étonnant, c'est que je n'ai pas appris le latin à l'école. J'ai été élève dans une école privée de filles de second ordre où l'on apprenait essentiellement à cuisiner et à broder – ce qu'il fallait savoir pour devenir une bonne épouse. Mais les noms des plantes me restent gravés dans la tête. Il me suffit de les entendre une fois pour m'en souvenir à tout jamais. *Helleborus niger, Eremurus stenophyllus, Athyrium niponicum.* Je peux les répéter avec une aisance que je n'ai jamais eue à l'école.

On dit qu'il faut avoir atteint un certain âge pour apprécier son jardin ; je suppose qu'il y a une part de vérité en cela. C'est probablement lié au grand cycle de la vie. Il y a quelque chose de miraculeux dans l'infatigable optimisme de la floraison qui revient après la désolation de l'hiver, une forme de joie à remarquer les différences chaque année, la façon dont la nature choisit de mettre à son avantage telle ou telle plante. Il y a eu des moments dans ma vie – notamment lorsque mon mariage a périclité en raison des infidélités de Steven – où j'ai trouvé dans mon jardin un refuge, une source de joie.

Ce jardin m'a cependant valu quelques belles déconvenues. Rien n'est plus décourageant que de créer une plate-bande qui ne fleurit jamais, de voir une magnifique bordure d'alliums réduite à néant en une nuit par des créatures baveuses et gluantes. J'ai beau me plaindre du temps que j'y consacre, des efforts que je fournis pour en prendre soin, de mes articulations rendues douloureuses par un après-midi passé à désherber, de mes ongles jamais impeccables, j'aime mon jardin malgré tout. J'aime le plaisir sensuel d'être au grand air, les parfums, le contact de la terre sous mes doigts, la satisfaction de voir des plantes croître et resplendir, et la joie que procure la beauté aussi fascinante qu'éphémère des fleurs.

Après l'accident de Will, je suis restée une année sans pouvoir jardiner. Ce n'était pas seulement une question de disponibilité, même si les heures passées à l'hôpital, les multiples trajets en voiture pour se présenter à des rendez-vous – oh, Dieu, je ne les compte même plus ! – ont pris un temps fou. J'ai pris un congé de six mois pour convenance personnelle, et j'étais toujours débordée.

Subitement, je n'ai plus vu l'intérêt de m'occuper du jardin. J'ai engagé un jardinier pour l'entretenir et, pendant une année, je n'y ai jeté qu'un rapide coup d'œil de temps en temps.

Ce n'est que lorsque Will est revenu vivre à la maison, une fois l'annexe aménagée, que j'ai vu l'intérêt de rendre toute sa beauté à ce lieu. J'avais besoin de donner à mon fils quelque chose à regarder. De lui dire, sans passer par les mots, que les choses peuvent changer, que les plantes peuvent pousser ou faner, mais que la vie continue. Que nous appartenons tous au même grand cycle, un vaste schéma que seule la conscience peut embrasser. Bien sûr, je ne pouvais pas lui dire ça – Will et moi n'avons jamais vraiment su nous parler –, mais je voulais qu'il en ait la preuve vivante sous ses yeux.

Comme la promesse silencieuse qu'il existe quelque chose de plus grand – un avenir meilleur.

Steven tisonnait le feu dans la cheminée. Il a adroitement remué les braises et les morceaux à demi-consumés, soulevant dans l'âtre une gerbe d'étincelles, avant de déposer une nouvelle bûche sur le foyer rougeoyant. Il a reculé, comme à son habitude, contemplant avec satisfaction les flammes qui repartaient à l'assaut, puis s'est essuyé les mains sur son pantalon de velours côtelé. Il s'est retourné quand je suis entrée dans la pièce. Je lui ai tendu un verre.

—Merci. Georgina va-t-elle nous rejoindre ?

—Il semblerait que non.

—Que fait-elle ?

—Elle regarde la télévision à l'étage. Elle ne veut voir personne. Je lui ai proposé, bien sûr.

—Elle va se ressaisir. Ce doit être le décalage horaire.

—J'espère, Steven. Elle n'est pas très heureuse en notre compagnie en ce moment.

Debout, nous sommes restés à regarder le feu sans rien dire. Autour de nous, la pièce était calme, plongée dans la pénombre. La pluie et le vent faisaient doucement vibrer les carreaux.

—Quelle nuit épouvantable !

—Oui.

Le chien est arrivé de son pas dégingandé, pour se laisser tomber devant l'âtre avec un soupir. Depuis le sol, il a levé vers nous un regard de pure adoration.

—Alors, qu'en penses-tu ? a-t-il demandé. Cette histoire de coupe de cheveux.

—Je ne sais pas. J'aimerais croire que c'est un signe positif.

—Cette Louisa, elle a son petit caractère.

J'ai vu la façon dont mon mari souriait pour lui-même. *Non, pas elle aussi,* ai-je songé avant de chasser bien vite cette pensée.

— Oui. Je suppose que oui.

— Penses-tu que c'est celle qu'il fallait ?

J'ai bu une gorgée de cocktail avant de répondre. Deux doigts de gin, une rondelle de citron, le tout allongé de tonic.

— Qui sait ? ai-je répondu. Je crois que je n'ai plus la moindre idée de ce qu'il faut et ne faut pas.

— Il l'aime bien. Je suis sûr qu'il l'aime bien. L'autre soir, nous bavardions en regardant les nouvelles et il a parlé d'elle à deux reprises. Ce n'était jamais arrivé auparavant.

— Oui. Eh bien, tu devrais tout de même éviter de t'emballer.

— Tu es obligée de dire ça ?

Steven s'est détourné du feu pour m'examiner attentivement. Peut-être a-t-il remarqué les nouvelles rides autour de mes yeux, la transformation de ma bouche, réduite à un simple trait d'angoisse. Son regard s'est arrêté sur la petite croix en or que je porte désormais en permanence autour du cou. Je n'aimais pas sa façon de m'observer. Je ne parvenais jamais à me défaire de l'idée qu'il me comparait à quelqu'un d'autre.

— Je suis réaliste, c'est tout.

— On dirait… on dirait que tu t'attends déjà au pire.

— Je connais mon fils.

— Notre fils.

— Oui. Notre fils.

Mais plus mon fils quand même, ai-je songé. *Tu n'as jamais vraiment été là pour lui. Émotionnellement. Tu étais juste l'absence qu'il s'efforçait toujours d'impressionner.*

— Il changera d'avis, a dit Steven. L'idée a encore le temps de faire son chemin.

Nous étions toujours debout, immobiles. J'ai bu une longue gorgée de mon gin tonic. La fraîcheur des glaçons contrastait avec la chaleur de l'âtre.

— Je persiste à penser…, ai-je commencé, en contemplant le feu. Je persiste à penser que quelque chose m'échappe.

Mon mari me fixait toujours. Je sentais son regard peser sur moi – un regard que je ne tenais pas à croiser. Peut-être m'aurait-il tendu la main. Mais je crois que nous étions déjà allés bien trop loin pour ça.

Il a bu à son tour.

— On ne peut pas faire l'impossible, ma chérie.

— J'en suis bien consciente. Mais ce n'est pas vraiment assez, n'est-ce pas ?

Il est retourné à son feu, tisonnant les braises sans que ce soit vraiment nécessaire, jusqu'à ce que je m'éclipse.

Comme il savait que je le ferais.

La première fois que Will m'a fait part de son désir, il a dû répéter deux fois sa demande ; à la première, j'étais presque certaine de n'avoir pas bien compris. Lorsque j'ai pris la mesure de ce qu'il envisageait, je suis restée parfaitement calme, puis je lui ai dit qu'il était ridicule et j'ai quitté la pièce. Pouvoir s'éloigner ainsi d'un homme en fauteuil constitue un certain avantage – pas très équitable, j'en conviens. Il y a deux marches à franchir pour passer de la maison à l'annexe. Sans l'aide de Nathan, c'est un obstacle infranchissable pour Will. J'ai refermé la porte de l'annexe et je suis restée debout dans le hall, tandis que résonnaient en moi les paroles que mon fils venait tranquillement de m'assener.

J'ai dû rester pétrifiée pendant près d'une demi-heure.

Il a refusé de lâcher prise. Fidèle à lui-même, il voulait avoir le dernier mot. Chaque fois que j'allais le voir, il réitérait sa demande, au point qu'il me fallait chaque jour déployer des trésors de courage pour me convaincre de lui rendre visite.

« Je ne veux pas vivre comme ça, mère. Ce n'est pas la vie que j'ai choisie. Je n'ai aucune perspective de me rétablir un jour.

Il me semble donc parfaitement raisonnable de demander qu'on mette fin à cette situation d'une manière qui me convienne. »

J'entendais ses paroles et j'imaginais alors sans peine l'homme qu'il devait être lors de ses réunions d'affaires, cette carrière qui l'avait rendu aussi riche qu'arrogant. Après tout, c'était un homme habitué à être écouté. Il ne supportait pas l'idée que je puisse être, d'une certaine manière, en position de décider de son avenir. Que je sois redevenue « mère ».

C'est sa tentative de suicide qui m'a finalement poussée à céder. Ce n'est pas tant que ma religion condamne cet acte – même s'il me semble particulièrement insoutenable d'imaginer mon fils précipité en enfer à cause de son désespoir. J'ai choisi de croire que Dieu, une divinité bienveillante, comprend nos souffrances et pardonne nos errements.

C'est cette dimension de la maternité qu'on ne saisit jamais vraiment tant qu'on n'a pas été mère soi-même, qui fait que ce n'est pas l'homme adulte que l'on voit – ce rejeton maladroit, mal rasé, malodorant et aux idées bien arrêtées – avec ses contraventions, ses chaussures mal cirées et sa vie amoureuse compliquée. Non, ce qu'une mère voit, ce sont toutes les personnes que son fils a été au fil de sa vie rassemblées en un seul et unique individu.

J'ai regardé Will et j'ai vu le poupon que je tenais dans mes bras, complètement gaga, incapable d'imaginer que j'avais donné naissance à un autre humain. J'ai vu le bambin qui me donnait la main, le garçonnet essuyant ses larmes de rage après avoir été rudoyé par un camarade. J'ai vu les vulnérabilités, l'amour, l'histoire. Et c'est ça qu'il me demandait de faire disparaître – le petit enfant en même temps que l'homme. Tout cet amour, toute cette histoire.

Et puis, le 22 janvier, un jour où j'étais accaparée au tribunal par un défilé de voleurs à la tire, de chauffards sans assurance, d'ex-conjoints en larmes et en colère, Steven est entré dans l'annexe pour trouver notre fils quasiment inconscient, la tête penchée jusqu'à toucher l'accoudoir, au milieu d'une flaque de sang sombre et gluant qui avait goutté sur le sol. Il avait déniché un clou rouillé, saillant d'un peu plus d'un centimètre d'un panneau de menuiserie aux finitions bâclées dans l'entrée, et, après avoir plaqué son poignet contre cette pointe de métal, il avait fait aller son fauteuil d'avant en arrière jusqu'à réduire sa chair en charpie. Je ne parviens même pas à imaginer la détermination qu'il a dû lui falloir, alors que la douleur seule avait dû lui faire perdre la tête. Les médecins ont été formels : vingt minutes plus tard, il serait mort.

« Ce n'était pas un appel au secours », avaient-ils précisé avec une admirable maîtrise de la litote.

Lorsque j'ai appris que ses jours n'étaient plus en danger, je suis sortie dans mon jardin, et un sentiment de rage m'a saisie. J'étais en rage contre Dieu, contre la nature, contre ce destin qui plongeait ma famille dans l'abîme. En y repensant, je crois que j'ai dû avoir l'air d'une folle. Debout dans mon jardin en ce soir glacé, j'avais lancé le grand verre de brandy que je m'étais servi à dix mètres, en plein dans le massif d'*Euonymus compactus*, et je m'étais mise à hurler, d'un cri qui avait déchiré l'air pour rebondir sur les murailles du château et se perdre dans le lointain. J'étais furieuse de voir autour de moi toutes ces plantes capables de ployer et bouger dans le vent, de pousser et se reproduire, quand mon fils – mon garçon si magnifique, charismatique et plein de vie – était réduit à ça. Immobile, effondré, ensanglanté et en proie à la souffrance. À mes yeux, la beauté de la nature était devenue une obscénité. J'ai crié et crié encore, j'ai juré, aboyé des mots dont je croyais ne pas soupçonner l'existence, jusqu'à ce que Steven sorte à son tour et vienne poser une main sur mon épaule. Il l'y a laissée jusqu'au moment où il a été sûr que j'allais rester silencieuse.

Il n'avait pas compris. Il n'avait pas encore vu ce qui nous attendait. Que Will allait recommencer. Que nous allions devoir passer nos vies continuellement sur le qui-vive, à attendre la fois suivante, à attendre de découvrir quelle horreur il allait pouvoir s'infliger. Désormais, nous allions devoir voir le monde à travers le prisme de ses yeux – déceler les poisons potentiels, les objets contondants, anticiper l'inventivité dont il pourrait faire preuve pour achever ce que ce maudit motard avait commencé. Nous allions devoir consacrer une partie de notre existence à circonscrire le risque de cet acte définitif. Et Will avait sur nous un avantage : il ne pensait à rien d'autre.

Deux semaines plus tard, j'ai dit « oui » à Will.

Bien sûr que je l'ai fait.

Avais-je vraiment le choix ?

Chapitre 9

Je n'ai pas fermé l'œil cette nuit-là. Allongée dans ma chambre minuscule, les yeux au plafond, je me suis rejoué le film des deux derniers mois à la lumière de ce que je venais d'apprendre. C'était comme si le tableau existant jusqu'alors avait été fragmenté, chamboulé, puis reconstitué ailleurs, en une nouvelle réalité que je reconnaissais à peine.

J'avais le sentiment d'avoir été dupée – d'avoir été un accessoire dépourvu d'intelligence et d'être passée à côté de l'essentiel. Ils devaient se moquer éperdument de mes efforts pour lui faire manger ses légumes ou lui couper les cheveux – toutes ces petites choses censées l'aider à se sentir mieux. Au fond, à quoi est-ce que cela pouvait bien servir ?

Je me suis repassé en boucle la conversation que j'avais entendue, essayant chaque fois de lui donner une autre interprétation, essayant de me convaincre que j'avais mal compris. Mais Dignitas n'était pas vraiment l'endroit idéal pour un séjour de détente. Je ne parvenais pas à croire que Camilla Traynor puisse envisager de faire une chose pareille à son fils. Oui, je l'avais trouvée froide et empruntée dans ses rapports avec Will. C'était difficile de l'imaginer en train de le cajoler comme ma propre mère m'avait cajolée – c'est-à-dire avec fougue et un joyeux enthousiasme, jusqu'à ce que je n'en puisse plus de gigoter et que je la supplie de me relâcher. Cela correspondait à l'idée que je me faisais des relations familiales des gens de la haute. Après tout, je venais juste de terminer la lecture de *L'Amour dans un climat froid*, le livre de Nancy

Mitford emprunté dans la bibliothèque de Will. Mais de là à contribuer à la mort de son propre fils, quand même…

Avec le recul, son comportement m'apparaissait plus froid encore, tous ses actes marqués du sceau d'une intention sinistre. J'étais en colère contre elle – et contre Will aussi. Je leur en voulais de m'avoir fait jouer cette mascarade. Je leur en voulais de m'avoir laissée me creuser la cervelle pour trouver mille et une façons de lui simplifier la vie, de la rendre à la fois plus confortable et plus heureuse. Et, lorsque la colère s'atténuait, c'était la tristesse qui prenait le dessus. Je me souvenais de la fêlure dans sa voix pendant qu'elle réconfortait Georgina, et j'étais infiniment triste pour elle. Camilla Traynor était dans une situation impossible – et je le savais.

Mais, plus encore, j'étais emplie d'un sentiment d'horreur, hantée par ce que je savais désormais. Comment vivre quand on sait qu'on ne fait que compter les jours jusqu'à sa propre mort ? Comment cet homme, dont j'avais senti la peau sous mes doigts – vivante et chaude –, pouvait-il décider de se supprimer ? Comment pouvait-on envisager, avec le consentement de tous, que cette même peau se retrouve à pourrir sous terre dans six mois ?

Je ne pouvais en parler à personne – et c'était presque ce qu'il y avait de pire. J'étais en quelque sorte complice du secret des Traynor. Vidée, à bout de forces et nauséeuse, j'ai appelé Patrick pour lui dire que je ne me sentais pas bien et que j'allais rester à la maison. Pas de problème, il avait précisément l'intention d'aller courir dix kilomètres. Il y avait peu de chances qu'il rallie le club d'athlétisme avant 21 heures. Je l'avais vu le samedi. Il avait l'air distrait, comme si son esprit était déjà ailleurs, le long de quelque piste mythique.

Je n'ai pas dîné. À la place, je suis restée au lit jusqu'à ce que mes idées noires deviennent insupportables. À huit heures et demie, je suis descendue regarder la télévision, installée en face de mon grand-père, l'unique membre de la famille qui ne me poserait sûrement pas de questions. Assis dans son fauteuil préféré, il fixait l'écran de toute l'intensité de ses yeux un peu vitreux. Je ne savais jamais vraiment s'il suivait l'émission ou si son esprit tout entier s'en était allé vagabonder.

— Tu es sûre que tu ne veux pas que je prépare quelque chose, ma chérie ? m'a demandé ma mère en apparaissant à mes côtés, une tasse de thé à la main.

Dans ma famille, on prétend qu'une bonne tasse de thé vous console de tout.

— Pas faim. Merci.

J'ai vu le coup d'œil qu'elle a glissé à mon père. Je savais qu'ils tiendraient ensuite un conciliabule en disant que les Traynor exigeaient trop de moi, que la charge de veiller sur un tel invalide était bien trop lourde. Je savais qu'ils s'en voudraient de m'avoir poussée à prendre cette place.

Et il me faudrait les laisser croire qu'ils voyaient juste.

Paradoxalement, le jour suivant, Will était en grande forme, exceptionnellement volubile, entêté et décidé à en découdre. Je ne l'avais encore jamais entendu parler autant que ce jour-là. C'était comme s'il voulait se livrer à une joute verbale avec moi ; et il fut très déçu lorsque je refusai de relever le gant.

— Alors, quand est-ce que vous allez arranger ce massacre ?

J'étais en train de nettoyer le salon, plus précisément de faire bouffer les coussins du divan. J'ai relevé la tête.

— Quoi ?

— Mes cheveux. Ce n'est fait qu'à moitié. Là, je ressemble à un orphelin de l'époque victorienne. Ou à un demeuré d'Hoxton, a-t-il fait remarquer en tournant la tête pour appuyer ses dires. À moins que ce ne soit l'expression de vos goûts si particuliers.

— Vous voulez que je continue de les couper ?

— Eh bien, ça avait l'air de vous faire plaisir… Et moi, ça me dirait bien de ne pas ressembler à un pensionnaire d'asile de fous.

Sans rien dire, je suis allée chercher une serviette et une paire de ciseaux.

— Nathan est sensible au fait que j'aie retrouvé l'apparence d'un vrai mec, a repris Will. Mais il m'a fait observer que, maintenant que mon visage est redevenu ce qu'il était, j'allais devoir me faire raser tous les jours.

— Ah bon, ai-je répondu.

— Ça ne vous embête pas ? Le week-end, je m'accommoderai du style « barbe de trois jours ».

J'étais incapable de lui parler. Même croiser son regard m'était difficile. C'était comme si j'avais découvert que mon copain m'avait trompée. Bizarrement, j'avais l'impression que Will venait de me trahir.

— Clark ?

— Hmm ?

— Vous voilà encore dans une de ces journées désagréablement silencieuses. Qu'est-il donc arrivé à mademoiselle « bavarde au point d'en être parfois irritante » ?

— Désolée.

— C'est Monsieur Course à pied qui fait des siennes ? Qu'est-ce qui se passe encore ? Il ne s'est quand même pas enfui, si ?

— Non.

J'ai coincé une mèche de ses cheveux soyeux entre mon index et mon majeur, puis ouvert la mâchoire des ciseaux pour couper les pointes qui dépassaient. Mon geste s'est suspendu.

Comment vont-ils procéder ? Ils vont lui faire une injection ? Ou plutôt lui donner des médicaments ? À moins qu'ils ne le laissent seul dans une pièce pleine de rasoirs ?

— Vous avez l'air fatiguée. Je n'ai rien voulu dire quand vous êtes entrée, mais – la vache – vous avez une sale tête.

—Ah bon.

Comment aident-ils quelqu'un qui ne peut plus bouger ses propres membres ?

Je me suis surprise à baisser le regard vers ses poignets, couverts par des manches longues comme à l'accoutumée. Pendant des semaines, j'avais cru qu'il s'habillait ainsi parce qu'il était plus sensible que nous au froid. Encore un mensonge.

—Clark ?

—Oui ?

J'étais bien contente de me trouver derrière lui. Je n'avais aucune envie qu'il voie mon visage.

Il a marqué une hésitation. Sur sa nuque, les zones auparavant recouvertes par ses cheveux étaient plus pâles que le reste de sa peau. Blanches et tendres, elles dégageaient une étrange impression de vulnérabilité.

—Écoutez, je suis désolé au sujet de ma sœur. Elle était… elle était très perturbée, mais ça ne lui donnait pas le droit d'être aussi impolie. Elle peut être assez directe parfois. Voire exaspérer les gens sans s'en rendre compte. Je crois que c'est pour ça qu'elle apprécie de vivre en Australie, a-t-il ajouté après une brève hésitation.

—Parce que c'est un pays où on se dit la vérité ?

—Quoi ?

—Rien. Levez un peu la tête, s'il vous plaît.

J'ai coupé et coiffé, avec soin et méthode, en tournant tout autour de sa tête, jusqu'à ce que chacun de ses cheveux ait été taillé. Tout ce qui restait, c'était une fine pluie tout autour de son fauteuil.

À la fin de la journée, tout est devenu clair. Pendant que Will regardait la télévision avec son père, j'ai pris une feuille de papier A4 dans l'imprimante, un stylo dans le petit pot près de la fenêtre de la cuisine, et mis par écrit tout ce que j'avais à dire. J'ai plié la feuille, trouvé une enveloppe, puis laissé le tout sur la table de la cuisine adressé à Mme Traynor.

Au moment de partir, j'ai entendu Will et son père en train de discuter. En fait, Will riait. Je me suis arrêtée dans l'entrée, mon sac à l'épaule, pour écouter. Pourquoi donc riait-il ? Qu'est-ce qui pouvait bien provoquer son hilarité sachant qu'il ne lui restait que quelques semaines avant de s'ôter la vie ?

— Je suis partie, ai-je lancé à travers le vestibule.

— Eh, Clark..., a-t-il commencé, mais j'avais déjà refermé la porte derrière moi.

J'ai passé le temps du court trajet de bus à réfléchir à ce que j'allais bien pouvoir dire à mes parents. Ils allaient être furieux que je renonce à cet emploi tout à fait convenable et généreusement rémunéré. Après le premier choc, ma mère prendrait ma défense avec un air peiné, laissant entendre que tout cela faisait trop. Mon père demanderait pourquoi je ne pouvais pas être un peu plus comme ma sœur. Il le faisait souvent – même si ce n'était pas moi qui avais gâché ma vie en me retrouvant enceinte et qui comptais sur le reste de la famille pour garder mon fils et m'aider financièrement. À la maison, il était impossible de dire une chose pareille parce que, selon ma mère, cela serait revenu à dire que Thomas n'était pas une bénédiction. Or, tous les enfants sont des cadeaux du ciel, y compris ceux qui disent « enfoiré » à tout bout de champ – et dont la présence prive la moitié des membres de la famille en âge de travailler de la possibilité de dégotter un vrai boulot.

Et je ne pourrais pas leur dire la vérité. Je savais que je ne devais rien à Will et sa famille, mais je ne voulais pas leur infliger les regards accusateurs du voisinage.

Toutes ces pensées se bousculaient dans mon esprit lorsque je suis sortie du bus et que j'ai commencé à descendre la colline. En tournant à l'angle de notre rue, j'ai entendu les cris et senti la légère vibration de l'air. Et j'ai tout oublié.

Une petite foule s'était massée devant chez nous. J'ai accéléré le pas, subitement inquiète à l'idée qu'il se soit produit quelque chose, mais j'ai vu mes parents sur le porche en train de regarder à côté, la tête levée. Et j'ai compris que notre maison n'était en rien concernée. Ce n'était qu'un nouvel épisode à ajouter à la longue liste des petites batailles qui émaillaient la vie conjugale de nos voisins.

Tout le monde savait que Richard Grisham n'était pas le plus fidèle des époux. Tout le monde, sauf sa moitié, à en juger par la scène qui se déroulait dans leur jardin de devant.

— Tu m'as vraiment prise pour une cruche. Elle portait ton tee-shirt ! Celui que je t'avais offert pour ton anniversaire.

— Ma puce… Dympna… Ce n'est pas ce que tu crois.

— Je suis allée acheter ta saleté de haggis, et bim ! Elle est apparue avec ton tee-shirt. Fière comme un coq dans sa basse-cour ! En plus, je n'aime pas le haggis !

J'ai ralenti l'allure pour me frayer un chemin à travers la petite foule, jusqu'à notre portillon. J'ai vu Richard esquiver de justesse un lecteur de DVD, suivi de près par une paire de chaussures.

— Ça fait longtemps que ça dure ?

Ma mère, le tablier impeccablement noué autour de la taille, a décroisé les bras pour consulter sa montre.

— Près de trois quarts d'heure. Bernard, tu dirais que ça fait trois quarts d'heure ou pas ?

— Ça dépend si tu calcules à partir du moment où elle a balancé les vêtements par la fenêtre, ou de celui où il est rentré et qu'il les a vus dehors.

— Je dirais à partir de son retour.

Mon père a réfléchi un instant.

— Alors on est plus près d'une demi-heure – même si elle n'a pas chômé pendant le premier quart d'heure et qu'elle en a balancé une sacrée quantité.

— Ton père dit que si elle le met à la porte pour de bon cette fois-ci, il ira faire une offre pour la Black & Decker de Richard.

La foule grossissait et Dympna Grisham ne mollissait pas. En fait, le public toujours plus nombreux lui donnait de l'aplomb et de l'audace.

— Tu peux aussi lui apporter tes répugnants torche-cul ! a-t-elle hurlé en déversant une pluie de magazines par la fenêtre.

La vue de ces ouvrages a suscité un début d'acclamation chez les spectateurs.

— On va voir si elle apprécie de te voir enfermé tous les dimanches au petit coin avec ces ordures, hein ?

Elle a disparu à l'intérieur de la maison, pour reparaître quelques secondes plus tard avec un panier de linge qu'elle a déversé sur ce qui restait de la pelouse.

— Et tes calfouettes crasseux ! Va donc voir si elle trouve toujours que tu es un… comment déjà ? Un « bel étalon » lorsqu'elle devra les laver tous les jours !

Richard ramassait vainement ses biens, par brassées entières, à mesure qu'ils tombaient sur l'herbe. Il a aboyé quelque chose en direction de la fenêtre, mais les cris et les sifflets du public ont couvert ses paroles. Et puis, comme s'il reconnaissait sa défaite, il a traversé la foule, ouvert sa voiture, tassé un paquet d'affaires sur la banquette arrière, puis refermé la porte à grand-peine. Bizarrement, alors que sa collection de CD et de jeux vidéo avait rencontré un franc succès, personne n'a été tenté de faire main basse sur son linge sale.

« Boum ! » Un bref instant de silence s'est abattu lorsque la chaîne stéréo de Richard s'est écrasée dans l'allée.

Il a levé un regard incrédule vers l'étage.

— Espèce de sale garce, tu es complètement tarée !

— Quoi ? Tu baises ce troll vérolé avec un œil qui dit merde à l'autre, et c'est moi la sale garce ?

Ma mère s'est tournée vers mon père.

— Une tasse de thé, Bernard ? J'ai l'impression qu'il commence à faire frais.

— Avec plaisir, ma chérie. Merci, a répondu mon père sans quitter des yeux la scène de ménage des voisins.

C'est lorsque ma mère est entrée dans la maison que j'ai vu la voiture. C'était si inattendu que je ne l'ai pas immédiatement reconnue. La Mercedes de Mme Traynor, bleu marine, surbaissée et discrète. Elle s'est arrêtée le long du trottoir, a regardé ce qui se passait – et hésité un moment avant de sortir. Ensuite, elle a examiné une à une les façades de la rue, sans doute pour vérifier les numéros, puis elle m'a repérée.

J'ai redescendu les marches du perron et remonté l'allée avant même que mon père n'ait pu me demander où j'allais. Debout en lisière de la foule, Camilla Traynor observait le chaos avec la mine de Marie-Antoinette devant une jacquerie.

— Une scène de ménage, ai-je dit.

Elle a détourné la tête, manifestement un peu gênée d'avoir été surprise en flagrant délit de curiosité.

— Je vois.

— Leur dialogue devient plutôt constructif. Ils ont suivi une thérapie de couple.

Son élégant tailleur, son collier de perles et sa coupe de cheveux juraient avec les joggings défraîchis aux couleurs criardes qui caractérisaient notre rue. Elle se tenait très raide, encore plus que le matin où elle m'avait découverte couchée sur le lit de Will. Quelque part dans un coin de mon cerveau, je me suis dit que Camilla Traynor n'allait sûrement pas me regretter.

— Pourrions-nous avoir une petite conversation, vous et moi ?

Elle avait dû hausser la voix pour couvrir le chahut.

Dympna Grisham en était maintenant à balancer les bouteilles de vin de la réserve de Richard. Chaque explosion était saluée par des hurlements de joie – et une supplique déchirante de Richard Grisham. Une rivière de vin rouge coulait entre les pieds des spectateurs, en direction du caniveau.

J'ai jeté un regard en direction de la foule, puis derrière moi vers la maison. Je ne m'imaginais pas proposer à Mme Traynor d'entrer dans notre salon, avec des jouets traînant partout, les ronflements de grand-père devant la télévision, ma mère vaporisant du désodorisant pour masquer les miasmes des chaussettes paternelles et Thomas faisant irruption pour accueillir notre invitée en lui lâchant son mot préféré : « enfoirée ».

— Hum… Le moment est mal choisi.

— Nous pourrions peut-être parler dans ma voiture ? Cinq minutes, Louisa. Vous nous devez bien ça.

Deux ou trois voisins m'ont regardée monter dans la voiture. J'avais de la chance que les Grisham tiennent la vedette ce soir-là, sinon ça aurait fait drôlement jaser dans les chaumières. Dans notre rue, monter dans une voiture de luxe pouvait signifier deux choses : soit qu'on avait séduit un footballeur, soit qu'on se faisait arrêter par des policiers en civil.

Les portières se sont refermées dans un claquement à la fois massif et feutré, et le silence s'est miraculeusement fait. Une odeur de cuir flottait dans l'habitacle, où rien, absolument rien ne traînait – ni papiers de bonbon, ni traces de boue, ni jouets égarés, ni bricoles désodorisantes accrochées au rétroviseur pour camoufler l'odeur d'une brique de lait renversée trois mois plus tôt.

—Je pensais que Will et vous vous entendiez bien, a-t-elle dit comme si elle s'adressait à quelqu'un devant le pare-brise. Est-ce le salaire qui ne convient pas ? a-t-elle insisté comme je ne répondais rien.

—Non.

—Avez-vous besoin d'une pause-déjeuner plus longue ? Je comprends bien que ça ne vous laisse guère de temps. Je pourrais demander à Nathan de…

—Ça n'a rien à voir avec les horaires ou l'argent.

—Alors…

—Je n'ai pas envie de…

—Écoutez, vous ne pouvez pas me remettre votre démission avec effet immédiat et espérer que je ne réclame pas des explications.

J'ai pris une profonde inspiration.

—Je vous ai entendues discuter, vous et votre fille, l'autre soir. Et je ne veux pas… Je ne veux pas prendre part à ça.

—Ah.

Le silence s'est abattu. Richard Grisham était occupé à tenter de défoncer la porte d'entrée, pendant que sa femme lui jetait sur la tête tout ce qui lui tombait sous la main. La gamme des projectiles – rouleaux de papier toilette, boîtes de tampons, brosses à cheveux, bouteilles de shampoing – laissait clairement entendre qu'elle s'était attaquée à la salle de bains.

—Ne partez pas, s'il vous plaît, a repris Mme Traynor d'une voix posée. Will se sent bien avec vous. Cela fait un moment qu'il n'avait pas été comme ça. Je… Ce serait extrêmement difficile pour nous de retrouver quelqu'un qui sache gagner sa confiance comme vous l'avez fait.

—Mais vous… Vous allez le conduire à cet endroit où les gens se suicident. Dignitas.

—Non. Je vais faire tout ce qui est en mon pouvoir pour qu'il ne le fasse pas.

—Comme quoi ? Prier ?

Elle m'a jeté un regard réprobateur.

— Vous êtes bien placée pour savoir que si Will veut se mettre hors de portée, personne ou presque ne peut y faire grand-chose.

— Oui, j'avais remarqué, ai-je répondu. Donc je suis essentiellement là pour veiller à ce qu'il respecte l'accord et ne tente rien avant la fin des six mois. C'est bien ça ?

— Non, ce n'est pas ça.

— Ce qui explique que vous n'ayez rien eu à faire de mes compétences.

— Je vous ai trouvée joyeuse, lumineuse et différente. Vous n'aviez pas l'air d'une infirmière. Vous ne vous comportiez pas… comme tous les autres. Je me suis dit que… que vous pourriez lui remonter le moral. Et c'est le cas. Vous lui redonnez le sourire, Louisa. En le voyant sans son horrible barbe, hier… Vous êtes l'une des rares personnes capables de communiquer avec lui.

Dympna Grisham s'attaquait à la literie. Les draps passèrent pas la fenêtre en boule tout d'abord, avant de se déployer pour flotter gracieusement jusqu'au sol. Deux gamins en ramassèrent un pour se mettre à courir dans le petit jardin en le tenant au-dessus de leurs têtes.

— Vous ne croyez pas qu'il aurait été juste de m'informer que ma fonction était d'éviter qu'il ne se suicide ?

Le soupir de Camilla Traynor avait tout du son qu'émet une personne obligée d'expliquer poliment quelque chose à un imbécile. Je me suis demandé si elle était consciente qu'elle donnait systématiquement à son interlocuteur l'impression d'être un crétin quand elle prenait la parole. N'était-ce pas une particularité qu'elle avait délibérément cultivée ? Pour ma part, je ne pensais pas être capable de rabaisser quelqu'un à mon seul contact.

— C'était peut-être vrai le jour où nous nous sommes rencontrées… Mais je suis confiante : Will tiendra sa parole.

Il m'a promis six mois et il respectera ce délai. Nous avons besoin de ce temps, Louisa. Nous en avons besoin pour lui faire sentir que sa fin n'a rien d'inéluctable. Mon espoir est de faire naître en lui l'idée qu'il pourrait avoir une vie agréable – même si ce n'est pas celle qu'il avait prévue.

— Mais ce ne sont que des mensonges. Vous m'avez menti et vous vous mentez tous, les uns les autres.

Elle n'a pas paru m'entendre. Elle s'est tournée vers moi et a sorti un chéquier de son sac, puis un stylo.

— Écoutez-moi. Qu'est-ce que vous voulez ? Je double vos gages. Dites-moi combien vous voulez.

— Je ne veux pas de votre argent.

— Une voiture, des avantages sociaux, une prime… ?

— Non…

— Alors… que puis-je vous offrir pour vous faire changer d'avis ?

— Je suis désolée. Je ne…

J'ai entamé un mouvement pour sortir de la voiture. Sa main a jailli. Elle s'était posée sur mon bras, comme une chose étrange et radioactive. Nos regards se sont braqués sur elle.

— Vous avez signé un contrat, mademoiselle Clark, a dit Camilla Traynor. Vous avez signé un contrat par lequel vous vous êtes engagée à travailler pour nous pendant six mois. D'après mes calculs, vous n'en avez accompli que deux. Je ne vous demande rien d'autre que de respecter vos obligations contractuelles.

Son ton était devenu cassant. J'ai de nouveau regardé sa main ; elle tremblait.

— S'il vous plaît, a-t-elle ajouté, la gorge serrée.

Mes parents nous regardaient depuis l'entrée de la maison, tasse à la main. Dans cette foule, ils étaient les seuls à ne pas avoir les yeux rivés sur le spectacle d'à côté. Ils se sont détournés, l'air gênés, lorsqu'ils se sont aperçus que je les avais remarqués. J'ai vu que mon père portait ses pantoufles écossaises maculées de taches de peinture. J'ai fait jouer la poignée de la porte.

— Madame Traynor, je ne peux pas rester assise à regarder… C'est au-dessus de mes forces. Je ne veux pas me rendre complice de ça.

— Écoutez, demain, c'est vendredi saint. Je dirai à Will que vous êtes retenue par des obligations familiales – si vous avez besoin d'un peu de temps. Profitez de ce week-end prolongé pour y réfléchir. Mais je vous en prie. Revenez. Revenez l'aider.

Je suis rentrée dans la maison sans me retourner. Je suis allée m'asseoir dans le salon, devant la télévision. Mes parents m'ont emboîté le pas. Ils échangeaient des regards consternés en faisant mine de ne pas m'observer.

Presque onze minutes se sont écoulées avant que j'entende enfin la voiture de Mme Traynor démarrer, puis repartir.

Dès qu'elle est arrivée à la maison, ma sœur est venue m'affronter. Elle a monté les escaliers comme une tornade et ouvert la porte de ma chambre à la volée.

— Oui, entre, ai-je dit.

Allongée sur mon lit, les jambes relevées le long du mur, je fixais le plafond. Je portais des collants et un short bleu à paillettes, disgracieusement retombé en tas informe autour de mes cuisses.

Katrina se tenait sur le seuil.

— C'est vrai ?

— Que Dympna Grisham a fini par foutre dehors son bon à rien de mari volage et…

— Ne fais pas la maline. Je parle de ton boulot.

Du bout de mon gros orteil, j'ai suivi le dessin du papier peint.

— Oui, j'ai donné ma démission. Oui, je sais que papa et maman ne sont pas enchantés de la nouvelle. Et oui, oui et oui à tout ce que tu vas me dire maintenant.

Elle a délicatement refermé la porte, avant de venir s'asseoir lourdement sur mon lit et de pousser un juron bien senti.

— Je ne crois pas un putain de mot de ce que tu dis.

Elle a poussé mes jambes pour les faire glisser du mur, si bien que je finis presque allongée sur le lit. Je me suis redressée.

— Oh, vraiment ?

Son visage était cramoisi.

— Je ne te crois pas. Maman est effondrée en bas. Papa fait comme si de rien n'était, mais il est dans un sale état lui aussi. Comment ils vont faire pour joindre les deux bouts ? Tu sais que la situation de papa est déjà très précaire. Pourquoi est-ce que tu renoncerais à un emploi parfait ?

— Ne commence pas à me faire la leçon, Treena.

— Il faut bien que quelqu'un s'en charge ! Tu ne retrouveras jamais quelque chose d'aussi bien payé ailleurs. Et à quoi ça va ressembler sur ton CV ?

— Arrête de faire comme si tu te souciais d'autre chose que de toi-même et tes ambitions.

— Quoi ?

— Tu n'en as rien à battre de ce que je fais du moment que tu peux toujours ressusciter ta carrière de haute volée. Tu as juste besoin du fric que je peux rapporter à la famille et d'un baby-sitting de temps en temps. Et après toi le déluge !

Je savais mes paroles blessantes, mais c'était plus fort que moi. Après tout, c'était la situation de ma sœur qui nous avait tous mis dans ce pétrin. Des années de ressentiment ont commencé à déborder.

— On se retrouve tous coincés dans des boulots qu'on déteste juste pour que la petite Katrina puisse satisfaire ses aspirations, ai-je repris.

— Mais ça n'a rien à voir avec moi.

— Vraiment ?

— Bien sûr. C'est toi qui es incapable de garder la seule bonne place qui t'ait été proposée ces derniers mois.

— Tu ne sais absolument rien de mon travail, d'accord ?

— Je sais qu'il paie bien plus que le salaire minimum, c'est tout ce qui m'importe.

— Tu sais, tout n'est pas une question d'argent dans la vie.

— Ah oui ? Eh bien, va donc dire ça à papa et maman.

— Ne me fais pas la morale pour le fric alors que ça fait des années que tu n'as pas payé une seule putain de chose dans cette maison.

— Tu sais très bien que je n'ai pas les moyens à cause de Thomas.

J'ai commencé à repousser ma sœur vers la porte. Je ne me souvenais pas de la dernière fois où j'avais levé la main sur elle, mais, en cet instant, j'avais une envie folle de frapper quelqu'un. Si elle restait devant moi, je ne répondais plus de rien.

— Fous-moi le camp, Treena. Allez, dégage et fous-moi la paix.

Je lui ai claqué la porte au nez. Et quand je l'ai entendue descendre l'escalier, j'ai préféré ne pas penser à ce qu'elle allait dire à mes parents, qui considéreraient sans doute cet événement comme une preuve supplémentaire de mon inaptitude catastrophique à mener à bien quoi que ce soit de constructif. J'ai préféré ne pas penser à Syed, à l'agence pour l'emploi, ni à la façon dont j'allais devoir expliquer pourquoi j'avais renoncé à ce boulot providentiel. J'ai préféré ne pas penser à l'usine de découpe de poulets – qui renfermait probablement quelque part, dans ses tréfonds, une charlotte et une blouse en plastique avec mon nom encore écrit dessus.

Je me suis contentée de m'allonger sur le lit et de penser à Will. J'ai pensé à sa colère et à sa tristesse. J'ai pensé à ce que sa mère m'avait dit – que j'étais la seule et unique personne capable de communiquer avec lui. Je me suis souvenue du moment où il essayait de ne pas rire pendant que je lui interprétais la « Chanson du Molahonkey », par une nuit où les flocons de neige tombaient devant la fenêtre, éclaboussés de lumière dorée. J'ai pensé à la peau douce, aux cheveux soyeux et aux mains d'un homme vivant, d'un homme bien plus drôle et intelligent que je ne le serais jamais, un homme qui n'envisageait pourtant pas de meilleur avenir pour lui-même que de se supprimer. Alors j'ai enfoui mon visage dans l'oreiller et j'ai pleuré. Ma vie me paraissait soudain plus sombre et plus compliquée que je ne l'avais imaginée. J'ai pleuré en regrettant le temps d'avant – celui où ma plus grande inquiétude était de savoir si Frank et moi avions commandé suffisamment de petits pains.

On a frappé à ma porte. Je me suis mouchée.

— Fous le camp, Katrina.

— Je te demande pardon.

J'ai fixé la porte.

Sa voix était bizarrement étouffée, comme si elle parlait les lèvres tout contre le trou de la serrure.

— J'ai apporté du vin. Laisse-moi entrer, nom de Zeus, avant que maman ne m'entende. J'ai deux tasses Bob le Bricoleur planquées sous mon pull, et tu sais dans quel état elle se met lorsqu'on boit en haut.

Je suis descendue de mon lit pour aller lui ouvrir.

Elle a jeté un coup d'œil à mon visage baigné de larmes, puis rapidement refermé derrière elle.

— D'accord, a-t-elle dit en dévissant le bouchon de la bouteille pour me servir une tasse de vin. Que se passe-t-il, au juste ?

J'ai braqué un regard dur sur ma sœur.

— Tu ne devras répéter à personne ce que je vais te dire. Pas à papa et surtout pas à maman.

Puis je lui ai raconté toute l'histoire.

Il fallait que je la raconte à quelqu'un.

Il y avait bien des choses que je n'aimais pas chez ma sœur. Quelques années auparavant, j'avais même griffonné des listes entières à ce sujet. Je la détestais pour ses cheveux – longs, raides et épais alors que les miens devenaient cassants dès qu'ils m'arrivaient aux épaules. Je la détestais parce qu'on ne pouvait jamais rien lui dire qu'elle ne sache déjà, et parce que pendant toute ma scolarité les professeurs n'avaient cessé de m'expliquer sur le ton de la confidence à quel point elle était brillante – comme si, par voie de conséquence, son brio ne m'avait pas condamnée à vivre en permanence dans son ombre. Je la détestais parce qu'à l'âge de vingt-six ans j'étais obligée de vivre dans une chambre minuscule pour qu'elle puisse prendre son fils illégitime avec elle dans la grande chambre. Mais, de temps en temps, j'étais infiniment heureuse qu'elle soit ma sœur.

Parce que Katrina n'a pas poussé de cris horrifiés. Parce qu'elle n'a pas affiché un air choqué. Et parce qu'elle n'a pas insisté pour que j'aille tout raconter à nos parents. Pas une fois elle ne m'a dit que j'avais fait le mauvais choix en quittant les Traynor.

Elle a pris une longue gorgée de vin.

—Eh ben.

—Comme tu dis.

—Et c'est légal en plus. Ils ne peuvent rien faire pour l'en empêcher.

—Je sais.

—Merde. Je n'arrive même pas à appréhender le problème dans son intégralité.

Nous avions descendu deux tasses de vin pendant que je racontais mon histoire, et je sentais la chaleur m'envahir les joues.

—Je déteste l'idée de l'abandonner. Mais je ne veux pas être complice de ça, Treena. Cela m'est impossible.

—Hmm.

Ma sœur réfléchissait. Dans ces moments-là, elle prenait sa « mine pensive », celle qui incitait les gens à attendre avant de lui parler. D'après mon père, ma mine pensive à moi donne l'impression que j'ai besoin d'aller aux toilettes.

— Je ne sais pas quoi faire, ai-je dit.

Elle a relevé la tête, le visage subitement éclairé.

— C'est simple.

— Simple ?

Elle a de nouveau rempli nos tasses.

— Oups, on dirait bien qu'on vient de la finir. Oui, c'est simple. Ils sont riches, pas vrai ?

— Je ne veux pas de leur argent. Elle m'a proposé une augmentation, mais la question n'est pas là.

— Tais-toi. Pas pour toi, bêtasse ! Les parents ont de l'argent, et lui a dû toucher un pactole de l'assurance après son accident. Alors tu leur dis que tu veux un budget, puis tu utilises cette somme et les – combien déjà ? – quatre mois qui te restent. Et tu fais le nécessaire pour changer les idées de Will Traynor.

— Quoi ?

— Tu lui changes les idées. Tu as dit qu'il passait le plus clair de son temps enfermé, non ? Alors tu commences par un petit tour, puis, lorsqu'il a recommencé à sortir, tu songes à tous les trucs fabuleux que tu peux lui faire vivre – des aventures, des voyages à l'étranger, des baignades au milieu des dauphins, ce que tu veux – et tu le fais. Je peux même t'aider. Je regarderai sur Internet à la bibliothèque. Je parie qu'on peut trouver des activités incroyables à lui proposer. Des choses qui le rendront vraiment heureux.

Je l'ai regardée.

— Katrina…

Elle a grimacé un sourire, tandis que mon visage s'illuminait.

— Ouais, je sais. Je suis un putain de génie.

Chapitre 10

Ils ont eu l'air un peu surpris. C'est le moins que l'on puisse dire. Le visage de Mme Traynor a d'abord montré de la stupéfaction, puis un certain trouble, avant de se fermer. Pelotonnée sur le canapé, sa fille se contentait de froncer les sourcils – le genre d'expression dont ma mère me disait toujours qu'elle risquait de rester figée sur mon visage au premier coup de vent. En tout cas, rien à voir avec l'accueil enthousiaste que j'avais espéré.

— Mais que voulez-vous faire au juste ?

— Je ne sais pas encore. Ma sœur est très douée pour les recherches. Elle essaie de voir les activités qu'on peut envisager pour des personnes tétraplégiques. Mais je voulais d'abord m'assurer que vous seriez partants.

Nous étions dans le petit salon – celui-là même où j'avais été reçue pour mon entretien d'embauche, à la nuance près que, cette fois-ci, Mme Traynor et sa fille étaient juchées sur le sofa, de part et de d'autre de leur vieux chien baveux. M. Traynor se tenait debout devant la cheminée. Je portais une veste en jean indigo, une mini-robe et une paire de rangers. En y réfléchissant, je me suis rendu compte que j'aurais pu choisir une tenue un peu plus professionnelle pour venir exposer mon projet.

— Voyons si je comprends bien, a dit Camilla Traynor en se penchant en avant. Vous voulez éloigner Will de cette maison ?

— Oui.

— Pour l'emmener vivre une série d'« aventures ».

Elle a prononcé le mot comme si j'avais proposé de pratiquer sur Will une laparoscopie en amateur.

— Oui. Comme je vous l'ai dit, je ne sais pas encore exactement ce qui est envisageable. Mais il s'agirait de lui faire voir du pays, d'élargir ses horizons. Dans un premier temps, il y a sans doute des choses qu'on peut faire dans le coin. Et, si tout se passe bien, on pourra rapidement aller plus loin.

— Envisagez-vous d'aller à l'étranger ?

— À l'étranger ? ai-je répété en papillotant des yeux. Je pensais plutôt à quelque chose comme l'emmener au pub. Ou à un spectacle, pour commencer.

— Cela fait deux ans que Will n'a pratiquement pas quitté cette maison, à part pour aller à l'hôpital.

— Eh bien… je me suis dit que j'essaierais de le convaincre de changer ça.

— Et, bien sûr, vous l'accompagneriez dans toutes ces aventures ? a demandé Georgina Traynor.

— Écoutez, ça n'a rien d'extraordinaire. Je parle juste de le faire sortir de la maison pour commencer. Une promenade aux abords du château, un tour au pub. Si on finit par aller nager au milieu des dauphins en Floride, tant mieux. Mais je n'envisageais rien d'autre que de le faire sortir pour se changer les idées.

Je n'ai pas ajouté que la seule perspective de le conduire seule à l'hôpital suffisait encore à me coller des sueurs froides. Alors l'emmener à l'étranger me paraissait aussi réalisable que de courir un marathon.

— Je trouve cette idée magnifique, a dit M. Traynor. Je crois que ce serait merveilleux de faire voir du pays à Will. Rester nuit et jour enfermé entre quatre murs peut difficilement lui être bénéfique.

— Nous avons essayé de le faire sortir, Steven, a répliqué Mme Traynor. Ce n'est quand même pas comme si nous l'avions laissé pourrir. J'ai essayé sans relâche.

— Je sais, ma chérie, mais nos efforts n'ont pas vraiment été couronnés de succès, n'est-ce pas ? Si Louisa peut songer à des activités que Will sera disposé à pratiquer, alors ça ne peut être qu'une bonne chose.

— Oui. « Sera disposé à pratiquer. » Là est toute la question.

La moutarde me montait au nez. Je voyais bien ce qu'elle pensait.

— C'est juste une idée, ai-je dit. Si vous ne voulez pas que je le fasse...

— ... vous partirez ? demanda-t-elle en me regardant droit dans les yeux.

Je n'ai pas détourné la tête. Elle ne me faisait plus peur. Je savais désormais qu'elle ne valait pas mieux que moi. C'était une femme capable de laisser son fils mourir sous ses yeux.

— Oui, probablement.

— Alors c'est du chantage.

— Georgina !

— Inutile de tourner autour du pot, papa.

Je me suis redressée.

— Non, ce n'est pas du chantage. Je ne fais que préciser ce à quoi je suis disposée. Je suis capable de rester assise en attendant tranquillement que... Will...

Ma voix s'est brisée.

Nous avons tous contemplé notre tasse de thé.

— Encore une fois, a repris Steven Traynor d'un ton ferme, je trouve l'idée excellente. Si vous parvenez à convaincre Will, je ne vois absolument rien à y redire. J'adore l'idée qu'il parte en vacances. Dites... dites-nous seulement ce que nous devons faire.

— J'ai une idée, a déclaré Mme Traynor en posant une main sur l'épaule de sa fille. Tu pourrais peut-être les accompagner, Georgina.

— Ça me va, ai-je dit.

Et c'était vrai. Parce que j'avais autant de chances de parvenir à emmener Will en vacances que de participer à *Mastermind* ou *Questions pour un champion*.

Georgina Traynor s'est trémoussée sur son siège.

— Je ne peux pas. Tu sais que je commence mon nouveau travail dans deux semaines. Et, je ne pourrai pas revenir en Angleterre avant un moment.

— Tu repars en Australie ?

— N'aie pas l'air aussi surprise. Je t'avais prévenue que je ne pouvais pas rester.

— J'avais pensé que… compte tenu… des récents événements, tu voudrais peut-être passer un peu plus de temps avec nous.

Camilla Traynor a posé sur sa fille un regard que je ne l'avais jamais vue lancer à Will – malgré son caractère parfois odieux.

— C'est vraiment le job de mes rêves, maman. Cela fait deux ans que j'attends. Je ne peux pas mettre ma vie entre parenthèses uniquement à cause de l'état mental de Will, a-t-elle ajouté en se tournant vers son père.

Il y a eu un long moment de silence.

— Ce n'est pas juste. Si c'était moi dans ce fauteuil, auriez-vous demandé à Will de suspendre tous ses projets ?

Mme Traynor n'a pas regardé sa fille. J'ai baissé les yeux sur les notes que j'avais préparées, lisant et relisant le premier paragraphe.

— J'ai une vie, moi aussi, a encore protesté Georgina.

— Nous parlerons de cela à un autre moment, a dit M. Traynor en étreignant doucement l'épaule de sa fille.

— Oui, faisons comme ça, a renchéri Mme Traynor en fourrageant dans les papiers devant elle. Bien, voici ce que je propose. Tout d'abord, je veux savoir tout ce que vous envisagez de faire, a-t-elle dit en levant les yeux vers moi. Je veux pouvoir chiffrer les coûts et, si possible, j'aimerais avoir un planning pour essayer de me libérer et venir avec vous. Il me reste des jours à prendre que je peux…

— Non.

Nous nous sommes tournées d'un bloc vers Steven Traynor. Il caressait doucement la tête du chien, avec une expression aimable sur le visage, mais son ton était inflexible.

— Non, je ne crois pas que ce soit une bonne idée, Camilla. Laisse Will vivre ses expériences de son côté.

— Mais Will ne peut pas faire ça par lui-même, Steven. Dès qu'il va quelque part, il y a des quantités de choses à prendre en compte. C'est compliqué. Je ne pense pas que nous puissions laisser…

— Non, ma chérie, a-t-il répété. Nathan peut aider et Louisa est tout à fait en mesure de gérer ça.

— Mais…

— Il faut que Will réapprenne à vivre comme un homme. Ce qui est impossible si sa mère – ou sa sœur, en l'occurrence – reste dans les parages.

Un bref instant, j'ai éprouvé de la sympathie pour Mme Traynor. Elle conservait son air hautain, mais j'ai senti qu'elle était un peu perdue néanmoins, comme si elle ne comprenait pas bien ce que faisait son mari. Sa main est venue se poser sur son collier.

— Je veillerai sur lui, ai-je dit. Et je vous informerai à l'avance de tout ce que nous envisageons de faire.

Ses mâchoires étaient si contractées qu'un petit muscle saillait au bas de sa joue. Je me suis demandé si elle me haïssait.

— Moi aussi, je veux que Will ait envie de vivre.

— Nous comprenons, a dit M. Traynor. Et nous apprécions votre détermination et votre discrétion.

Ce dernier mot s'appliquait-il au cas de Will ou à quelque chose d'autre ? Puis Steven Traynor s'est levé, et j'ai compris que c'était pour moi le signal du départ. Toujours assises sur le divan, Georgina et sa mère restaient muettes. J'ai eu le sentiment qu'il allait y avoir une longue conversation dès que j'aurais quitté la pièce.

— Fort bien, ai-je dit. Dès que j'aurai mis les choses au clair, je vous préparerai un petit topo par écrit. Je vais me dépêcher. Nous n'avons pas beaucoup…

M. Traynor m'a tapoté l'épaule.

— Je sais. Tenez-nous au courant, a-t-il conclu.

Treena se soufflait dans les mains, tandis que ses pieds battaient le pavé, comme animés d'une volonté propre. Elle avait coiffé mon béret vert bouteille, qui à mon grand dam lui allait bien mieux qu'à moi. Elle s'est penchée en avant en sortant la liste de sa poche, puis elle me l'a remise.

— Il va probablement falloir rayer le numéro trois, ou du moins le mettre entre parenthèses jusqu'à ce que le temps s'améliore.

J'ai jeté un œil sur le morceau de papier.

— Du basket-ball en fauteuil ? Je ne suis même pas certaine qu'il aime le basket.

— Peu importe. Putain, ce qu'il fait froid ici, a-t-elle dit en enfonçant un peu plus le béret sur ses oreilles. En fait, l'idée, c'est de lui permettre de voir que c'est possible. Il va voir qu'il existe d'autres personnes en aussi mauvais état que lui, mais qui font du sport et bien d'autres choses encore.

— Je ne sais pas. Il n'est pas capable de tenir une tasse. Je crois que les personnes dont tu parles sont plutôt paraplégiques. Je ne vois pas comment on peut lancer une balle en ayant perdu l'usage des bras.

— Non, tu ne saisis pas. En fait, il n'est pas obligé de faire quoi que ce soit. L'objectif, c'est d'élargir ses horizons, pas vrai ? Nous lui montrons ce que parviennent à faire d'autres personnes handicapées.

— Si tu le dis…

Un murmure est monté dans la foule. Les coureurs avaient été aperçus dans le lointain. En me mettant sur la pointe des pieds, je parvenais tout juste à les distinguer, à environ trois kilomètres de là, plus bas dans la vallée. C'était un petit groupe de points blancs en train de s'agiter dans le froid, le long d'une route grise et humide. J'ai jeté un coup d'œil à ma montre. Cela faisait quarante minutes que nous étions plantées là au sommet de la bien nommée « Colline des vents », et je ne sentais plus mes pieds.

— J'ai cherché à l'échelle locale et, si tu ne veux pas conduire trop loin, il y a un match au complexe sportif dans deux semaines. Il peut même engager un pari sur le résultat.

— Un pari ?

— Oui, ça lui permettra de participer sans avoir à jouer. Oh, regarde, ils arrivent. Combien de temps crois-tu qu'il va leur falloir pour parvenir jusqu'à nous ?

Nous étions sur la ligne d'arrivée. Au-dessus de nos têtes, une banderole sur laquelle était écrit « Triathlon de printemps – Arrivée » flottait dans la bise aigre.

— J'sais pas. Vingt minutes ? Peut-être plus ? Que dirais-tu de partager avec moi une barre chocolatée de secours ? (J'ai glissé la main dans ma poche. De l'autre, je n'arrivais pas à empêcher la liste de battre dans le vent.) Bon, et qu'est-ce que tu as trouvé d'autre ?

— Tu as dit que tu voulais aller plus loin, c'est bien ça ? (Elle a pointé un index sur ma main qui lui tendait un morceau de barre chocolatée.) Tu as pris le plus gros bout.

— Eh bien, prends celui-ci alors. J'ai l'impression que la famille pense que je suis une profiteuse.

— Quoi ? Parce que tu vas l'emmener faire quelques virées minables ? La vache ! Ils devraient plutôt être reconnaissants. En tout cas, ce n'est pas sur eux qu'il faut compter.

Treena a pris l'autre morceau.

— Bref, a-t-elle repris. En numéro cinq, je crois, il y a un cours d'informatique auquel il pourrait participer. On leur met un truc sur la tête, avec un genre de tige fixée dessus, et, en hochant la tête, ils peuvent atteindre le clavier. Il y a des tas de groupes de discussion de tétraplégiques sur le Net. Il pourrait se faire des tas d'amis par ce biais – ce qui du coup lui éviterait d'avoir à toujours sortir de la maison. J'ai discuté avec quelques-uns d'entre eux en ligne. Ils m'ont paru… tout à fait normaux, a-t-elle dit en haussant les épaules.

Nous avons mangé nos moitiés de barre en silence, en regardant venir vers nous le groupe de coureurs à l'allure misérable. Je n'ai pas vu Patrick parmi eux. À dire vrai, je ne le voyais jamais. Patrick a la tête de M. Tout-le-Monde. Il a le don de devenir invisible dans la foule.

Katrina a pointé un doigt sur la liste.

— Regarde aussi dans la rubrique « Activités culturelles ». Il y a un concert spécialement destiné aux personnes atteintes d'un handicap. Tu m'as bien dit qu'il était cultivé ? Il lui suffirait de rester assis et de se laisser transporter par la musique. C'est bien un art fait pour emporter l'auditeur loin du monde, non ? C'est Derek, le moustachu de mon boulot, qui m'en a parlé. Il m'a dit que les concerts devenaient parfois bruyants à cause des personnes lourdement handicapées qui viennent et qui crient un peu, mais je suis certaine que ça lui plairait.

— Je ne sais pas, Treena…, ai-je murmuré en grimaçant.

— C'est l'expression « Activités culturelles » qui te fait peur. Mais tu n'as rien d'autre à faire que de rester assise avec lui. Ça et puis éviter de faire trop de bruit avec ton paquet de chips. Mais si tu préfères quelque chose d'un peu plus relevé…

il y a le bar à strip-tease, a-t-elle suggéré dans un sourire. Tu pourrais l'emmener à Londres pour ça.

— Emmener mon employeur voir des strip-teaseuses ?

— Tu m'as dit que tu lui faisais tout – le ménage, les repas et le reste. Je ne vois pas pourquoi tu ne pourrais pas rester à côté de lui pendant qu'il se chope la gaule.

— Treena !

— Quoi ? Ça doit bien lui manquer. Tu pourrais même lui payer une petite séance privée de *lap dance*.

Plusieurs personnes ont tourné la tête. Ma sœur riait. Elle est comme ça, capable de parler de sexe comme si de rien n'était. Comme s'il s'agissait d'un loisir anodin. Comme si le sexe n'avait aucune importance.

— Et, de l'autre côté, il y a les voyages un peu plus importants. Je ne sais pas ce qui te tente, mais vous pourriez faire la route des vins dans la Loire… Ça ne fait pas trop loin pour commencer.

— Est-ce que les tétraplégiques peuvent être ivres ?

— Je ne sais pas. Demande-lui.

J'ai contemplé la liste en fronçant les sourcils.

— En résumé… je retourne voir les Traynor et leur explique que je vais emmener leur fils tétraplégique et suicidaire se saouler, puis dépenser leur argent en spectacles de strip-tease et séances de *lap dance*, avant de le conduire aux jeux Paralympiques…

Treena m'a repris la liste des mains.

— Ouais, je n'ai pas l'impression que tu aies grand-chose de plus inspiré à proposer.

— Je ne sais pas…, ai-je dit en me frottant le bout du nez. En toute honnêteté, je ne me sens pas très à l'aise. J'ai déjà du mal à le convaincre d'aller faire un tour dans le jardin.

— Ce n'est pas la bonne attitude, ça. Oh, regarde. Ils arrivent. Nous devrions sourire, non ?

Après nous être faufilées jusqu'au premier rang, nous avons crié nos encouragements. Et ce n'était pas si simple de parvenir à produire le niveau sonore voulu avec des lèvres pratiquement gelées par le vent.

J'ai alors aperçu Patrick, du moins sa tête au milieu d'une mer de corps soumis aux pires efforts. Chacun des tendons de son cou saillait, et l'expression sur son visage ruisselant de sueur donnait à penser qu'il était en train d'endurer quelque torture atroce. Ce même visage s'illuminerait totalement dès lors qu'il aurait achevé l'épreuve, comme si ce n'était qu'en allant toucher le fond d'un abîme personnel que Patrick parvenait à s'élever. Il ne m'a pas vue.

— Allez, Patrick ! ai-je crié d'une petite voix.

Il est passé à toute vitesse devant moi pour franchir la ligne d'arrivée.

Après l'accueil à l'enthousiasme mitigé que j'avais réservé à sa liste, Treena ne m'a pas adressé la parole pendant deux jours. Mes parents n'ont rien remarqué, tout à la joie d'apprendre que je renonçais à quitter mon emploi. À l'usine de meubles, la direction avait annoncé une série d'entretiens à la fin de la semaine suivante, et mon père était convaincu de faire partie de ceux qui allaient être poussés vers la sortie. Aucun des employés de plus de quarante ans n'avait encore échappé à la charrette.

— Nous te sommes vraiment très reconnaissants de l'aide que tu nous apportes, ma chérie.

Ma mère m'a répété cette phrase tant de fois que j'ai fini par me sentir mal à l'aise.

Ce fut une semaine bizarre. Treena a commencé à faire ses bagages pour son départ à l'université, et chaque jour je devais aller fouiller dans ses sacs pour récupérer les affaires qui m'appartenaient et qu'elle comptait manifestement emporter. Pour l'essentiel, mes vêtements ne craignaient rien, mais j'avais déjà récupéré un sèche-cheveux, ma fausse paire de lunettes Prada et ma trousse de toilette préférée – celle avec des citrons dessus. Si je me risquais à lui faire des reproches, elle haussait systématiquement les épaules en disant : « De toute façon, tu ne t'en sers jamais », comme si la question était là.

C'était du Treena tout craché ; tout lui était dû. Même après l'arrivée de Thomas, elle n'avait jamais tout à fait perdu l'habitude d'être le bébé de la famille – cette impression profondément ancrée que le monde entier tournait autour d'elle. Lorsque nous étions petites et qu'elle piquait une grosse colère pour obtenir l'un de mes jouets, ma mère me demandait toujours de le lui laisser – ne serait-ce que pour avoir la paix dans la maison. Vingt ans plus tard, rien n'avait changé. Nous devions nous occuper de Thomas pour que Treena puisse continuer à sortir, donner à manger au petit pour qu'elle n'ait pas à s'en préoccuper, lui acheter de jolis cadeaux pour Noël et son anniversaire. « Parce que, avec Thomas, elle doit souvent se priver », précisait ma mère. Une chose était sûre, elle allait se priver de ma trousse de toilette ornée de motifs en forme de citrons. J'ai accroché un mot sur ma porte : « Mes affaires sont à *moi*. Entrée interdite. » Treena l'a arraché et s'est empressée d'aller dire à notre mère que j'étais le plus gros bébé qu'elle avait jamais vu, et que le petit doigt de Thomas faisait preuve de plus de maturité que moi.

Mais tout cela m'a fait réfléchir. Un soir, alors que Treena était partie à ses cours, je suis venue m'asseoir dans la cuisine pendant que ma mère triait les chemises de mon père pour les repasser.

— Maman…

— Oui, ma chérie.

— Tu crois que je pourrais prendre la chambre de Treena après son départ ?

Ma mère s'est arrêtée, une chemise à moitié pliée serrée contre sa poitrine.

— Je ne sais pas. Je n'y avais pas vraiment pensé.

— Si Thomas et elle ne sont plus là, il me semble juste que je puisse occuper une chambre de taille normale. Et ce serait idiot de la laisser inoccupée s'ils sont à l'université.

Ma mère a hoché la tête, avant de poser la chemise dans le panier.

— Je suppose que tu as raison.

— D'ailleurs, cette chambre aurait dû être la mienne, puisque je suis l'aînée. C'est uniquement à cause de Thomas qu'elle l'a eue.

Ma mère a admis le bien-fondé de ma requête.

— C'est vrai. Je vais en parler à Treena.

Avec le recul, je suppose que cela n'aurait pas été une mauvaise idée d'en parler d'abord à ma sœur.

Trois heures plus tard, elle a déboulé dans le salon avec une mine d'orage.

— Tu es vraiment prête à sauter sur ma tombe ?

Dans un sursaut, grand-père s'est réveillé dans son fauteuil ; en un geste réflexe, sa main s'est crispée sur sa poitrine.

J'ai lâché la télévision des yeux pour me tourner vers ma sœur.

— De quoi tu parles ?

— Et où serons-nous censés dormir les week-ends, Thomas et moi ? On ne peut pas tenir tous les deux dans la chambre-cagibi. Il n'y a même pas assez de place pour mettre deux lits.

— Je ne te le fais pas dire. Et moi, ça fait cinq ans que j'y suis !

Le fait de savoir que je ne m'y étais pas exactement prise comme il faut a rendu ma remarque plus cinglante que prévu.

— Tu ne peux pas prendre ma chambre. Ce n'est pas juste.

— Tu ne seras même pas là !

— Mais j'en ai besoin ! On ne tient pas dans le cagibi, Thomas et moi. Papa, dis-lui !

Mon père a enfoui son menton dans le col de son pull, les bras croisés sur son torse. Il détestait nos disputes et laissait généralement à ma mère le soin de régler ces histoires.

— On se calme, les filles, a-t-il dit.

Grand-père a secoué la tête, comme si nous étions tous en train de parler chinois. Un nombre toujours croissant de choses lui faisait secouer la tête.

— Incroyable ! Pas étonnant que tu te sois montrée si empressée de m'aider à partir.

— Quoi ? Alors quand tu viens me supplier de garder mon boulot pour que je puisse t'aider financièrement, ça fait aussi partie de mon plan machiavélique, c'est bien ça ?

— Tu es tellement hypocrite…

— Katrina, calme-toi, a dit ma mère en surgissant par l'embrasure de la porte tandis que des gouttes d'eau savonneuse glissaient le long de ses gants de caoutchouc pour tomber sur le tapis du salon. On peut parler de ça calmement. Je n'ai pas envie qu'à cause de toi grand-père ait les nerfs en pelote.

Le visage de Katrina s'était couvert de taches, comme quand, petite, elle n'obtenait pas ce qu'elle voulait.

— En fait, elle n'a qu'une envie, c'est que je parte, voilà tout. Elle veut que je m'en aille parce qu'elle est jalouse de moi. Parce que moi, je fais quelque chose de ma vie. C'est pour ça qu'elle rend les choses si compliquées. Pour que je ne revienne pas.

— Tu ne sais même pas si tu vas rentrer le week-end ! ai-je crié, piquée au vif. J'ai besoin d'une chambre, pas d'un placard. Tu as eu la meilleure chambre pendant toutes ces années juste parce que tu as été assez idiote pour te retrouver en cloque.

— Louisa ! s'est écriée ma mère.

— Oui, et toi, si tu n'étais pas si bête, tu pourrais décrocher un emploi digne de ce nom et avoir ton propre appartement.

Tu as l'âge maintenant. À moins que tu n'aies fini par comprendre que Patrick ne se mariera jamais avec toi ?

— Ça suffit ! a rugi mon père dans le silence. J'en ai assez entendu comme ça ! Treena, tu files dans la cuisine. Lou, assieds-toi et tais-toi. Je suis assez stressé comme ça sans avoir à vous entendre feuler et cracher toutes les deux.

— Si tu crois que je vais t'aider avec ta liste à la con, tu t'enfonces le doigt dans l'œil jusqu'à l'omoplate, a encore lâché Treena entre ses dents serrées, pendant que ma mère la poussait hors de la pièce.

— Tant mieux. De toute façon, je ne voulais pas de ton aide, profiteuse ! ai-je ajouté, avant de me baisser pour esquiver l'exemplaire du magazine *Radio Times* que mon père venait de me lancer à la tête.

Le samedi matin, je me suis rendue à la bibliothèque. Je crois que je n'y avais plus mis les pieds depuis l'école – probablement de crainte qu'on ne s'y souvienne du livre de Judy Blume que j'avais perdu en sixième, et qu'une grosse main moite ne s'abatte sur mon épaule lorsque je franchirais les portes encadrées de piliers de style victorien pour me réclamer 3 853 livres d'amende pour le retard.

L'endroit n'avait plus grand-chose à voir avec mon souvenir. Apparemment, la moitié des livres avaient été remplacés par des CD et des DVD, de grandes étagères pleines de livres audio, et même des présentoirs de cartes de vœux. Et le silence n'y régnait plus. Du coin lecture des enfants me parvenaient des rires et des chants ; tout un groupe de mères et leurs bébés s'en donnaient à cœur joie. Des gens lisaient des magazines et papotaient tranquillement. La section où de vieux messieurs s'assoupissaient en lisant les journaux en consultation libre n'existait plus, remplacée par une vaste table ovale équipée d'ordinateurs. Avec moult précautions, j'ai pris place devant l'un d'eux, en espérant que personne ne regardait. Tout comme les livres, les ordinateurs relèvent du domaine de ma sœur. Heureusement, on avait semble-t-il anticipé la terreur qu'ils pouvaient inspirer aux gens comme moi. L'une des bibliothécaires est venue me remettre une fiche plastifiée avec toutes les instructions. Elle n'est pas restée dans mon dos, murmurant simplement qu'elle serait à l'accueil si j'avais besoin d'aide. Ensuite, il n'y a plus eu que moi, un fauteuil avec une roulette bancale et un écran vide.

Le seul ordinateur que j'avais eu à portée de main au cours des dernières années, c'était celui de Patrick. À vrai dire, il ne s'en servait que pour télécharger des programmes d'entraînement ou pour commander des livres sur le sport chez Amazon. S'il s'adonnait à d'autres activités avec cet instrument, je préférais n'en rien savoir. J'ai suivi les instructions en contrôlant deux fois chacune des étapes et, étonnamment, ça a marché. Non seulement j'ai réussi, mais en plus j'ai trouvé ça d'une facilité enfantine.

Quatre heures plus tard, j'avais un début de liste.

Et personne n'est venu me parler de mon exemplaire perdu de Judy Blume. Si ça se trouve, c'était peut-être parce que j'avais utilisé, ce jour-là, la carte de bibliothèque de ma sœur.

En rentrant à la maison, j'ai fait un saut à la papeterie pour y acheter un calendrier. Non pas un de ces modèles qui permettent de voir le mois en cours en un seul coup d'œil – et qu'on retourne pour découvrir un portrait de Justin Timberlake ou une photo de chevaux dans un paysage de montagne – mais un grand calendrier mural, comme ceux qu'on voit dans les bureaux, avec les dates de vacances repérées en rouge. Je l'ai acheté avec la détermination de celle qui veille au bon accomplissement des tâches administratives.

Dans ma petite chambre, je l'ai déplié et soigneusement punaisé sur ma porte. Ensuite, j'ai marqué la case correspondant à mes débuts chez les Traynor, au début du mois de février, puis compté les jours et entouré la date du 12 août – soit à peine quatre mois plus tard. J'ai reculé d'un pas pour la fixer un moment, m'efforçant de conférer au petit cercle d'encre noire une part du poids de ce qu'il représentait. Et, tandis que je m'abîmais dans cette contemplation, la réalité de la mission que je m'assignais s'est peu à peu imposée à moi.

J'allais devoir remplir tous ces petits rectangles blancs d'une multitude de choses à même de faire naître la joie, le contentement, la satisfaction ou le plaisir. J'allais devoir y inscrire toutes les expériences possibles et imaginables qu'un homme privé de l'usage de ses bras et de ses jambes peut rêver de vivre. Il me restait un peu moins de quatre mois de rectangles vides pour prévoir des sorties, des voyages, des visites, des rencontres, des déjeuners et des concerts. J'allais devoir trouver des solutions à tous les problèmes pratiques qui pourraient se poser, et faire toutes les recherches nécessaires pour être sûre que mon plan de bataille porte ses fruits.

Et ensuite j'allais devoir convaincre Will.

Je fixais mon calendrier, le stylo à la main. Subitement, une responsabilité immense s'est mise à peser sur ce bout de papier.

J'avais cent dix-sept jours devant moi pour trouver à Will Traynor une bonne raison de vivre.

Chapitre 11

Dans certaines régions, le départ des oiseaux migrateurs ou la variation des marées marquent le passage des saisons. Dans notre petite ville, c'était le retour des touristes. Tout d'abord, apparaissait un petit filet de visiteurs venus en train ou en voiture, engoncés dans des vêtements de pluie aux couleurs vives et armés de leurs guides de voyage et leurs cartes de membre du National Trust. Ensuite, à mesure que l'air se réchauffait et que la saison avançait, des hordes d'Américains, de Japonais et d'écoliers de tous pays, déversées par cars entiers – mécaniques sifflantes et éructantes –, encombraient la grand-rue et se répandaient tout autour du château.

Pendant l'hiver, presque tous les commerces étaient fermés. Les boutiquiers les plus aisés profitaient de la morte-saison pour disparaître dans leurs résidences de vacances à l'étranger, tandis que les plus résolus accueillaient dans leurs établissements des animations de Noël, en capitalisant sur l'hypothétique concert d'une chorale ou l'organisation d'une foire commerciale. Mais, avec les beaux jours, le parking du château n'allait pas tarder à être bondé, les pubs locaux à enregistrer une hausse de leur débit de plats du jour et, en quelques dimanches ensoleillés, notre petite ville endormie serait sortie de sa chrysalide pour redevenir un classique des destinations touristiques de l'Angleterre.

J'ai gravi la colline en slalomant entre ces premiers visiteurs de la saison, arrimés à leurs ceintures-bananes en Néoprène et leurs guides abondamment feuilletés, l'appareil-photo à l'affût, prêts à immortaliser le château dans la lumière du printemps. J'ai souri à quelques-uns et même accepté de m'arrêter pour prendre en photo ceux qui me le demandaient. Certains habitants du coin se plaignaient de la saison touristique – les embouteillages, les toilettes publiques encombrées, les demandes de nourritures bizarres au *Petit Pain beurré* (« Vous ne faites pas de sushis ? Et pas de temakis non plus ? »). Mais pas moi. J'aimais le petit souffle d'air venu d'ailleurs, les instantanés entraperçus de vies très éloignées de la mienne. J'aimais entendre les accents et tenter de deviner leur provenance, examiner les tenues de personnes qui n'avaient jamais vu de près un catalogue Next, ni acheté un lot de cinq culottes chez Marks & Spencer.

— Vous semblez bien joyeuse, me dit Will alors que je laissais tomber mon sac dans l'entrée.

Il avait prononcé cette phrase sur un ton laissant penser que c'était un affront.

— C'est parce que nous sommes aujourd'hui.

— C'est-à-dire ?

— Le jour de notre sortie. Nous emmenons Nathan assister à une course de chevaux.

Will et Nathan ont échangé un regard. J'ai failli éclater de rire. Je m'étais sentie si soulagée en voyant le temps ce matin-là. Dès que j'avais vu le soleil dans le ciel, j'avais su que tout se passerait bien.

— Une course de chevaux ?

— Ouaip ! Une course de plat à… Longfield, ai-je ajouté après avoir sorti mon bloc-notes de ma poche. Si nous partons maintenant, nous pouvons y être à temps pour la troisième. Et j'ai misé cinq livres gagnant placé sur Man Oh Man. On a intérêt à se bouger.

— Une course de chevaux ?

— Oui. Nathan n'a jamais eu l'occasion d'y assister.

Pour l'occasion, je portais ma mini jupe bleue matelassée, ainsi que mon écharpe à motifs équestres nouée autour du cou et, aux pieds, une paire de bottes cavalières en cuir.

Will m'a détaillée attentivement, avant de faire pivoter son fauteuil et de prendre un peu de recul de façon à bien voir son aide-soignant.

— Vous en rêviez depuis longtemps, Nathan ?

J'ai jeté un regard de mise en garde à mon collègue.

— Mmoui, a-t-il répondu tout d'abord, avant de se fendre d'un grand sourire. Oui, absolument. Allons voir les dadas.

Bien sûr, je l'avais mis dans la confidence. Je l'avais appelé le vendredi pour lui demander quel jour il serait disponible pour cette escapade. Les Traynor avaient donné leur accord pour lui payer ses heures supplémentaires (la sœur de Will était repartie en Australie, et je crois qu'ils voulaient avoir la certitude qu'une personne « sensée » allait m'accompagner), mais, jusqu'au dimanche, je n'avais pas su au juste ce que nous allions faire. Cela me semblait une mise en bouche idéale : une belle sortie à moins d'une demi-heure de route.

— Et si je dis que je ne veux pas venir ?

— Alors vous me devez quarante livres.

— Quarante livres ? Et comment vous arrivez à ce résultat ?

— Mes gains. Cinq livres gagnant et placé à huit contre un, ai-je répondu avec un petit haussement d'épaules. Man Oh Man, c'est un tuyau sûr.

Manifestement, je l'avais déstabilisé.

Nathan a fait claquer ses mains sur ses genoux.

— Ça va être génial ! Et en plus il fait beau, a-t-il dit. Vous voulez que je prenne de quoi pique-niquer ?

— Nan, ai-je répondu. Il y a un très bon restaurant. Dès que mon cheval est arrivé, c'est moi qui régale.

— Alors comme ça vous allez souvent aux courses ? a demandé Will.

Et avant qu'il ne puisse émettre d'autres remarques, nous l'avons emmitouflé dans son manteau et je suis sortie pour approcher la voiture.

J'avais tout prévu. Nous allions arriver sur le champ de courses par un temps ensoleillé. Il y aurait des pur-sang à la robe brune et aux jambes effilées, et des jockeys en casaques de soie brillante allant et venant de leur démarche chaloupée. Peut-être une fanfare ou deux. Les tribunes seraient pleines de spectateurs joyeux, et nous trouverions un bel endroit d'où suivre les courses en agitant nos tickets de paris forcément gagnants. L'esprit de compétition de Will entrerait tout naturellement dans la danse, et il ne résisterait pas à la tentation de se lancer dans des calculs savants pour nous battre à plate couture, Nathan et moi. J'avais tout prévu. Et ensuite, lorsque nous en aurions assez de regarder les chevaux, nous irions nous faire un bon gueuleton dans le restaurant de l'hippodrome, unanimement recommandé par les guides.

J'aurais dû écouter mon père quand il rabâchait : « Tu veux voir ce qu'est vraiment le triomphe de l'espoir sur l'expérience ? Alors c'est simple. Organise une sortie en famille. »

Cela a commencé par le parking. Nous étions parvenus à destination sans encombre – j'avais acquis une certaine confiance au point de ne plus avoir l'impression que j'allais faire basculer Will dans l'habitacle si je dépassais les vingt-cinq kilomètres-heure. À la bibliothèque, j'avais pris la précaution de noter soigneusement l'itinéraire, et j'étais parvenue à entretenir un joyeux babillage pendant tout le voyage, en parlant du beau ciel bleu, de la campagne et de la circulation fluide. Nous n'avions pas eu à attendre à l'entrée du champ de courses – qui, je le confesse, était un peu moins grandiose que je l'avais imaginé – et les indications pour se garer étaient très claires.

Seulement, personne n'avait cru bon de m'informer qu'on se garait sur l'herbe – et une herbe sur laquelle on avait déjà abondamment roulé au cours de l'hiver pluvieux. Je me suis glissée en marche arrière dans une place (ce qui n'était pas bien difficile dans ce parking à moitié vide), mais, dès que la rampe a été sortie, Nathan a affiché un air inquiet.

— C'est trop boueux, a-t-il dit. Le fauteuil va s'embourber.

J'ai jeté un regard en direction des tribunes.

— Si on parvient à le déposer sur l'allée là-bas, on devrait s'en sortir.

— Mais son fauteuil pèse une tonne, a-t-il répondu. Et il y a quinze mètres à faire.

— Allez... Ces fauteuils doivent quand même être conçus pour les terrains meubles.

J'ai fait descendre le fauteuil de Will en le tirant à reculons – et les roues se sont enfoncées de plusieurs centimètres.

Will n'a rien dit, mais il n'avait pas l'air très à l'aise. Pendant la demi-heure de route, il n'avait pratiquement pas desserré les dents. Debout à côté de lui, nous nous sommes escrimés quelques instants sur les commandes de son fauteuil. Un petit vent s'était levé et les joues de Will viraient au rose.

— Bon, ai-je dit. On va le faire à la main. À nous deux, je suis sûre que nous pouvons le transporter jusque-là.

Nous avons incliné Will en arrière, puis Nathan et moi nous sommes arrimés chacun à une poignée pour haler le fauteuil jusqu'à la piste piétonne. La progression n'a pas été des plus rapides, et ce pour diverses raisons, au premier rang desquelles mon bras douloureux qui m'obligeait à m'arrêter sans cesse et une épaisse couche de boue sous la semelle de mes bottes immaculées. Lorsque nous sommes enfin arrivés sur l'allée, le plaid de Will, qui avait à moitié glissé, s'est pris dans les roues. Il était déchiré et tout maculé de boue.

— Ne vous en faites pas, a dit Will d'un ton pince-sans-rire. Ce n'est que du cachemire.

J'ai fait comme si de rien n'était.

— Bon. Nous y sommes. Et maintenant, place au divertissement.

Ah, oui… Le divertissement. Qui aurait trouvé judicieux de placer des tourniquets à l'entrée de l'hippodrome ? Ce dispositif laissait à penser qu'il était nécessaire de canaliser des foules immenses, comme si l'hippodrome était soumis chaque week-end aux hordes de fans de chevaux en train de chanter à tue-tête, à des émeutes quand Charlie Darling n'arrivait pas en tête dans la troisième, ou encore à des révoltes de garçons d'écurie. Nathan et moi avons observé le tourniquet, puis le fauteuil de Will, avant d'échanger un regard consterné.

Nathan est allé expliquer notre situation à la femme qui se trouvait à la billetterie. Elle a penché la tête sur le côté pour regarder Will, avant de nous indiquer l'autre extrémité de la tribune.

— L'accès handicapés se trouve de l'autre côté, a-t-elle expliqué.

Elle avait prononcé le mot « handicapés » comme l'aurait fait une candidate à un concours de diction. C'était à près de deux cents mètres. Lorsque nous y sommes enfin parvenus, des bourrasques pluvieuses se sont substituées au ciel bleu. Évidemment, je n'avais pas pris de parapluie. Sur un ton enjoué, je me suis esclaffée en soulignant le ridicule de la situation, et, même à mes oreilles, mes paroles ont fini par devenir irritantes.

— Clark, a fini par dire Will. Relax, d'accord ? Vous devenez fatigante.

Nous avons acheté des billets, puis j'ai conduit Will jusqu'à une zone abritée située à côté de la tribune principale. Pour un peu, j'aurais défailli de soulagement que nous soyons arrivés jusque-là. Pendant que Nathan faisait le tri dans les boissons de Will, j'ai pris le temps de regarder autour de moi.

L'endroit où nous étions installés, tout en bas des tribunes, était en fait assez agréable en dépit des averses sporadiques. Au-dessus de nous, dans une loge vitrée, des hommes en costume tendaient des flûtes de champagne à des femmes en robes de gala. L'atmosphère avait l'air d'y être à la fois chaleureuse et confortable. J'en ai conclu que ce devait être la zone « Privilège ». Il fallait débourser des sommes astronomiques pour y avoir accès. Les spectateurs de la zone « Privilège » portaient de petits insignes tissés de fil rouge signalant leur statut à part. L'espace d'un instant, je me suis demandé si l'on ne pouvait pas teindre les insignes bleus qui nous avaient été donnés, avant de me raviser : nous ne passerions pas inaperçus avec un fauteuil roulant.

Autour de nous, disséminés dans les gradins, des hommes en tweed et des femmes portant d'élégants manteaux tenaient entre leurs mains des gobelets en polystyrène remplis de café, et même des flasques pour certains. Leur allure était un peu plus commune ; leurs insignes bleus également. Il m'a semblé que la plupart d'entre eux étaient des entraîneurs, des lads, des gens du milieu. Tout en bas, debout le long des lisses à côté des petits tableaux blancs, les bookmakers en gants blancs – les fameux *tic-tac men* – esquissaient des gestes auxquels je ne comprenais rien. Ils griffonnaient des combinaisons de chiffres, puis les effaçaient avec leur manche.

Et puis, comme dans un tableau parodique du système de classes sociales, quelques hommes en polo rayé se tenaient autour de la piste, une canette de bière à la main. Ils semblaient être venus là pour prendre l'air. Avec leurs têtes rasées, ils ressemblaient à des militaires. À intervalles réguliers, ils entonnaient un début de chant, ou se mettaient à se taper dessus pour rire, faisant mine de se donner des coups de tête ou de s'attraper par le cou. Lorsque je suis passée à côté d'eux pour aller aux toilettes, ils m'ont sifflée à cause de ma mini jupe (apparemment, j'étais la seule personne présente ce jour-là à porter une jupe), à quoi j'ai répondu par un majeur brandi dans mon dos. Puis j'ai subitement cessé de les intéresser, à l'instant où sept ou huit chevaux se sont présentés pour être guidés avec dextérité dans les stalles de départ. La course suivante s'annonçait.

Tout autour, la petite foule a paru revenir à la vie dans un rugissement lorsque les chevaux ont surgi. Je me suis arrêtée pour les regarder, subitement pétrifiée, captivée, incapable de contenir une bouffée d'excitation devant le spectacle de leurs longues queues flottant derrière eux et de la frénésie des cavaliers arborant des couleurs vives qui se disputaient les meilleures places. Je n'ai pas pu retenir un cri lorsque le vainqueur a franchi la ligne d'arrivée.

Nous avons suivi la course Sisterwood Cup, puis la Maiden Stakes, et Nathan a gagné six livres sur une petite mise gagnant placé. Will n'a pas voulu miser. Il a suivi chacune des courses, mais muré dans le silence, la tête engoncée dans le col de sa veste. Il était resté si longtemps enfermé que tout cela devait lui paraître bien étrange ; j'ai néanmoins pris le parti de ne pas tenir compte de cette donnée.

— Je crois que ça va être votre course maintenant, la Hempworth Cup, a annoncé Nathan, les yeux levés vers l'écran. Sur qui avez-vous misé déjà ? Man Oh Man ? a-t-il demandé dans un sourire. Il est tellement plus excitant de parier lorsqu'on voit les chevaux courir !

— Je ne vous l'ai pas dit, ai-je répondu à Nathan, mais c'est la première fois que je viens aux courses.

— Vous me charriez.

— Je ne suis même jamais montée sur un cheval. Ma mère en a une peur bleue. Et je n'ai jamais eu l'occasion de visiter une écurie.

— Ma sœur a deux chevaux, à côté de Christchurch où elle habite. Elle s'en occupe comme si c'était ses enfants.

Elle leur consacre tout son argent, a-t-il ajouté en haussant les épaules. Et dire qu'ils ne termineront même pas dans son assiette !

La voix de Will monta soudain jusqu'à nous.

— Combien de courses encore avant que vous ayez satisfait cette curiosité qui vous rongeait depuis si longtemps ?

— Ne jouez pas les rabat-joie, ai-je répliqué. On dit qu'il faut tout essayer au moins une fois.

— Sauf l'inceste et les danses folkloriques. Et je crois bien que les courses hippiques rentrent dans cette dernière catégorie.

— C'est vous qui me répétez sans cesse que je dois élargir mon horizon. Vous adorez ça, ne me dites pas le contraire.

Puis les chevaux se sont élancés. Le jockey de Man Oh Man était en casaque pourpre avec un losange jaune. J'ai vu son corps s'aplatir parallèlement à la lisse blanche et ses jambes fléchir en cadence, tandis que ses bras allaient et venaient sur l'encolure et que le cheval étirait sa tête loin devant.

— Vas-y, mon gars !

Nathan s'est laissé emporter malgré lui. Il serrait les poings sans quitter des yeux une seconde la masse floue des chevaux lancés à toute allure dans le virage opposé.

— Allez, Man Oh Man ! Allez ! ai-je crié. On compte sur toi pour se payer un bon gueuleton !

Je l'ai regardé déployer vainement ses efforts pour rattraper son retard, les naseaux dilatés et les oreilles rabattues en arrière. Et puis, dans la dernière ligne droite, mes cris d'encouragement ont perdu en intensité.

— D'accord, un café, ai-je dit. Je me contenterai d'un café !

Tout autour, la tribune s'est mise à vibrer. À quelques rangées de nous, une fille trépignait sur place ; sa voix était devenue rauque d'avoir trop crié. J'ai vu que je suivais son rythme malgré moi, dressée sur la pointe des pieds. Puis j'ai baissé le regard et vu que Will avait les yeux fermés. Une petite ride s'était creusée entre ses sourcils. Je me suis désintéressée de la piste pour m'accroupir en face de lui.

— Vous allez bien, Will ? ai-je demandé en m'approchant de lui. Vous avez besoin de quelque chose ?

J'avais dû crier pour couvrir le vacarme.

— Un grand verre de whisky, a-t-il répondu.

Quand il a levé les yeux vers moi, j'ai compris qu'il en avait vraiment marre.

— Allons déjeuner, ai-je dit à Nathan.

Man Oh Man, cet usurpateur à quatre pattes, a franchi la ligne en une misérable sixième position. Il y a encore eu une salve de cris, puis la voix du speaker a éclaté dans les haut-parleurs.

— Mesdames et messieurs, une incontestable victoire pour Love Be A Lady, à la première place donc, suivi par Winter Sun. Barney Rubble, à deux longueurs derrière, s'adjuge la troisième place.

J'ai poussé le fauteuil de Will entre les groupes de turfistes qui ne nous prêtaient aucune attention, cognant délibérément dans les talons de deux d'entre eux qui ne réagissaient pas à ma seconde demande.

Nous atteignions l'ascenseur lorsque j'ai entendu la voix de Will.

— Alors, Clark, vous me devez quarante livres, c'est bien ça ?

Le restaurant avait été rénové, et la carte était désormais signée par un chef rendu célèbre par la télévision, et dont le visage ornait des affiches dans tout l'hippodrome. J'avais étudié le menu avant de venir.

— Le canard à l'orange est la spécialité, ai-je expliqué à Nathan et Will. Apparemment, c'est une relecture des années 1970.

— Comme votre tenue, a fait remarquer Will.

Depuis qu'on avait quitté le froid et la foule, il semblait avoir retrouvé un peu d'allant. Il avait commencé à regarder autour de lui, au lieu de se retrancher dans son monde de solitude. Mon estomac a grondé, éveillé par la perspective d'un bon repas chaud. La mère de Will nous avait accordé un fond de caisse de quatre-vingts livres. J'avais pris la décision de payer moi-même ce que j'allais manger, et de lui montrer les reçus, en conséquence de quoi j'étais bien décidée à commander ce qui me ferait plaisir – canard rôti à l'ancienne ou autre.

— Vous aimez manger au restaurant, Nathan ? ai-je demandé.

— Je suis plus du genre bière-sandwich, a-t-il répondu, mais ravi d'être là aujourd'hui.

— Quand avez-vous été manger dehors pour la dernière fois, Will ?

Les deux hommes ont échangé un regard.

— Pas depuis que je suis là, a répondu Nathan.

— Bizarrement, je ne raffole pas de l'idée qu'on me donne la becquée devant des étrangers.

— Alors nous prendrons une table où nous pourrons faire écran, ai-je dit, ayant anticipé cet épineux problème. Et s'il y a une célébrité dans la salle, ce sera tant pis pour vous.

— Parce que les célébrités viennent en masse sur les petits champs de courses boueux au mois de mars ?

— Vous n'allez pas tout gâcher, Will Traynor, ai-je répliqué, tandis que les portes de l'ascenseur s'ouvraient. La dernière fois que j'ai mangé au restaurant, c'était à l'occasion d'une fête d'anniversaire pour des enfants de quatre ans, au bowling d'Hailsbury, et il n'y avait pas un centimètre carré qui n'était pas recouvert de gâteau. Gamins compris.

Nous avons suivi le couloir au sol recouvert de moquette qui longeait tout le restaurant. De l'autre côté de la paroi vitrée, j'apercevais de nombreuses tables libres. Mon estomac a grondé une nouvelle fois.

— Bonjour, ai-je dit en m'approchant de la dame à l'accueil. J'aimerais une table pour trois personnes, s'il vous plaît.

Et vous êtes priée de ne pas regarder en direction de Will, ai-je ajouté muettement. *Ne faites rien qui le mette mal à l'aise. Il est essentiel qu'il passe un bon moment.*

— Votre insigne, s'il vous plaît, a-t-elle dit.

— Pardon ?

— Votre insigne d'accès à la zone « Privilège » ?

Je l'ai regardée, les yeux ronds.

— Ce restaurant est réservé aux personnes bénéficiant de l'accès à la zone « Privilège ».

J'ai jeté un regard derrière moi en direction de Will et Nathan. Ils ne pouvaient pas m'entendre, mais ils attendaient. Nathan retirait le manteau de Will.

— Euh… Je ne savais pas que nous ne pourrions pas manger où nous voulions. Nous avons les insignes bleus.

Elle a souri.

— Désolée, a-t-elle répondu. Cet établissement est réservé aux personnes bénéficiant de l'accès à la zone « Privilège ». C'est précisé sur toutes nos brochures.

J'ai pris une profonde inspiration.

— D'accord. Et il y a d'autres restaurants ?

— Je crains que *Le Pesage*, notre brasserie, ne soit en travaux en ce moment, mais vous trouverez différents stands le long de la tribune.

Elle a vu mon visage se décomposer et s'est empressée de poursuivre :

— *Le Chat en poche* est très bien. Ils servent des saucisses de porc dans des petits pains. Et avec une sauce à la pomme.

— Un stand ?

— Oui.

Je me suis penchée vers elle.

— Je vous en prie, ai-je dit. Nous avons fait une longue route et mon ami, là-bas, ne supporte pas de rester dans le froid. Il n'est pas envisageable d'avoir une table ? C'est important qu'il soit au chaud. Et il doit à tout prix passer une bonne journée.

Elle a froncé le nez.

— Je suis vraiment désolée, a-t-elle répondu. Je ne peux pas aller à l'encontre des règles. Mais il y a un espace dédié aux personnes handicapées en bas des escaliers, une pièce que l'on peut fermer. On ne voit pas les courses de l'intérieur, mais c'est très cosy. La pièce est chauffée et vous pouvez y manger.

Je l'ai regardée bien en face. Je sentais la tension qui montait en moi depuis mes pieds. J'ai eu l'impression que je pourrais me pétrifier sur place.

J'ai lu son nom sur son badge.

— Sharon, ai-je dit. Vous n'avez pas encore rempli toutes vos tables. Mieux vaudrait avoir des clients qui mangent qu'une salle à moitié vide, non ? Et tout ça à cause d'un règlement obscur qui établit des différences entre les classes ?

Son sourire a légèrement étincelé dans les lueurs de l'éclairage indirect.

— Madame, je vous ai expliqué la situation. Si nous fermons les yeux, nous devrons le faire pour tout le monde.

— Mais c'est grotesque. Nous sommes un lundi à l'heure du déjeuner et il fait un temps à ne pas mettre le nez dehors. Il y a des tables libres et nous sommes disposés à payer pour manger. Un repas très cher, avec des nappes et tout et tout. On ne veut pas d'un petit pain à la saucisse dans un vestiaire sans vue sur le champ de course, aussi cosy soit-il.

Des convives avaient commencé à se retourner vers l'entrée, s'intéressant de plus près à cette altercation. Je voyais que Will en était gêné. Nathan et lui avaient compris que les choses ne se passaient pas comme prévu.

— Malheureusement, pour ça, il aurait fallu se munir d'un pass « Privilège ».

— D'accord, ai-je dit en attrapant mon sac pour fouiller dedans, à la recherche de mon porte-monnaie. C'est combien l'insigne d'accès à la zone « Privilège » ?

J'ai sorti des mouchoirs en papier, des tickets de bus usagés et une petite voiture de Thomas, mais j'étais au-delà de ça. Je voulais à tout prix que Will ait son déjeuner de rupin dans un restaurant.

— Là. Combien ? Dix ? Vingt ? ai-je demandé en lui fourrant une liasse de billets sous le nez.

Elle a baissé les yeux sur ma main.

— Je vous demande pardon, madame, mais nous ne vendons pas les pass dans ce restaurant. Il faut retourner à la billetterie.

— Celle qui est de l'autre côté du champ de courses ? C'est bien ça ?

— C'est cela même.

Nous sommes restées à nous regarder en chiens de faïence.

La voix de Will a fait irruption.

— Louisa, allons-nous-en.

J'ai senti mes yeux s'emplir de larmes.

— Non, ai-je dit. C'est ridicule. Nous avons fait toute cette route. Restez ici, je vais aller nous chercher ces pass pour accéder à la zone « Privilège ». Et ensuite nous mangerons.

— Louisa, je n'ai pas faim.

— Ça ira mieux quand nous aurons mangé. Nous pourrons regarder les chevaux et le reste. Ce sera bien.

Nathan s'est approché pour poser une main sur mon bras.

— Louisa, je crois que Will a vraiment envie de rentrer.

Nous étions devenus le centre d'intérêt du restaurant tout entier. Les regards des convives passaient sur nous, empreints de pitié ou de dégoût. Je l'ai ressentie pour lui. J'ai ressenti la brûlure du cuisant échec. J'ai relevé les yeux vers Sharon – qui avait au moins l'obligeance de se sentir légèrement embarrassée depuis que Will avait parlé.

— Eh bien, merci, lui ai-je dit. Merci d'avoir fait preuve d'une telle putain de compréhension.

— Clark…

La voix de Will sonnait comme une mise en garde.

— Sincèrement, merci d'être aussi arrangeante. Je ne manquerai pas de vous recommander dans mon entourage.

— Louisa !

J'ai attrapé mon sac pour le fourrer sous mon bras.

— Vous oubliez votre petite voiture, a-t-elle encore dit tandis que je franchissais d'un pas rageur la porte que Nathan me tenait ouverte.

— Et alors ? Il lui faut un putain d'insigne à elle aussi ? ai-je répliqué avant de rejoindre les deux hommes dans l'ascenseur.

Nous sommes descendus sans rien dire. J'ai passé l'essentiel de ce court voyage à tenter de calmer le tremblement de rage de mes mains.

Dans le hall, Nathan s'est approché de moi.

— Je crois que nous devrions manger quelque chose à l'un des stands, vous savez. Cela fait des heures que nous n'avons rien avalé, a-t-il murmuré en jetant un regard en direction de Will, de façon à ce que je saisisse parfaitement de qui il voulait parler.

— D'accord, ai-je dit d'un ton joyeux en respirant un grand coup. Il n'y a rien de meilleur qu'un morceau de couenne. En route pour la saucisse de porc !

Nous avons commandé trois petits pains, accompagnés de sauce à la pomme, puis nous nous sommes abrités sous l'auvent à rayures pour les manger. Je me suis assise sur une petite poubelle, de façon à être à la même hauteur que Will pour lui découper sa viande en petits bouts, me servant de mes doigts à l'occasion. Les deux femmes derrière le comptoir ont fait comme si elles ne nous regardaient pas, mais je les ai surprises qui surveillaient Will du coin de l'œil et marmonnaient des commentaires lorsqu'elles pensaient qu'on ne les voyait pas. Je pouvais presque les entendre. « Le pauvre. Ce n'est pas une vie. » Je leur ai jeté un regard dur, les mettant au défi de regarder Will comme ça. Et j'ai fait de mon mieux pour ne pas trop penser à ce que Will devait éprouver.

La pluie avait cessé, mais le champ de courses balayé par le vent avait soudain pris un air maussade. Des tickets de paris jonchaient sa surface brune et verte ; son horizon était plat et vide. Sous l'effet de la pluie, le parking s'était vidé. Du lointain nous parvenaient les éclats de voix nasillards dans les haut-parleurs, tandis que les chevaux d'une nouvelle course passaient dans le fracas de leurs sabots.

— Je crois que nous ferions peut-être bien de rentrer, a dit Nathan en s'essuyant la bouche. C'était une bonne journée, mais mieux vaut éviter les bouchons, non ?

— D'accord, ai-je répondu.

J'ai chiffonné ma serviette en papier avant de la mettre dans la poubelle. D'un geste esquissé, Will a décliné le dernier tiers de son petit pain.

— Il n'a pas aimé ? m'a demandé l'une des femmes au comptoir, tandis que Nathan commençait à s'éloigner avec Will.

— Je ne sais pas. Mais il aurait sans doute mieux apprécié si ça n'avait pas été servi avec une ration d'indiscrétion, ai-je répondu en balançant rageusement les restes dans la poubelle.

Le retour à la voiture n'a pas été une mince affaire. Avec le va-et-vient des véhicules sur le parking, celui-ci s'était transformé en marécage en l'espace de quelques heures. Même avec la force herculéenne de Nathan et mon épaule la plus solide, nous avons dû nous arrêter à mi-chemin. Les roues du fauteuil geignaient et patinaient, incapables d'avancer d'un pouce. Mes pieds et ceux de Nathan dérapaient dans la boue qui collait à nos semelles.

— Ça ne va pas le faire, a dit Will.

J'avais refusé de l'écouter. Je ne supportais pas l'idée que notre journée puisse finir ainsi.

— Je crois que nous allons avoir besoin d'aide, a dit Nathan. Je ne peux même pas ramener le fauteuil sur le chemin. Il est embourbé.

Will a poussé un soupir nettement audible. Jamais encore je ne l'avais vu afficher un tel ras-le-bol.

— Je peux vous porter sur le siège avant, Will. Ça ira en l'inclinant un peu vers l'arrière. Ensuite, Louisa et moi verrons pour dégager le fauteuil.

Will a répondu entre ses dents serrées.

— Pas question que je termine cette journée par un sauvetage façon intervention des pompiers.

— Désolé, mon vieux, a dit Nathan. Lou et moi n'allons pas y arriver seuls. Lou, vous êtes plus mignonne que moi. Allez donc alpaguer une ou deux paires de bras.

Will a fermé les yeux et serré les dents. Je suis partie en courant en direction des stands.

Jamais je n'aurais pensé qu'autant de personnes pourraient ignorer un appel au secours – pour peu que celui-ci implique d'aller dégager un fauteuil roulant enlisé dans la boue et que ledit cri soit lancé par une jeune femme en mini jupe distribuant à la ronde ses sourires les plus engageants. D'ordinaire, je ne suis pas trop hardie avec les étrangers, mais le désespoir m'a rendue intrépide. Je suis passée d'un groupe de turfistes à l'autre dans la grande tribune, pour demander aux uns et aux autres qu'ils me sacrifient quelques minutes de leur temps. Ils m'ont regardée de la tête aux pieds, avec l'air d'imaginer que j'étais en train de leur tendre un piège.

— C'est pour un homme en fauteuil roulant, disais-je. Il est coincé sur le parking.

— Le départ de la course va être donné, répondaient certains.

— Désolés, répondaient d'autres. Ce sera après la course de quatorze heures trente. On a un tuyau dans celle-là.

J'ai même songé à alpaguer un ou deux jockeys, mais, en arrivant du côté des paddocks, j'ai vu qu'ils étaient encore plus petits que moi.

Lorsque je suis arrivée devant la piste, je fulminais littéralement de rage et de frustration. Je crois bien que je ne souriais plus, me contentant d'agresser les gens d'un ton hargneux. Et là, enfin, ô joie, je suis tombée sur les lascars en polos rayés. Dans leur dos, il y avait une inscription : « La dernière tournée de Marky » ; leurs mains étreignaient des canettes de bière, Pilsner ou Tennent's Extra. À leur accent, on devinait qu'ils venaient de quelque part au nord-est, et j'étais à peu près sûre qu'ils s'abreuvaient non-stop depuis au moins vingt-quatre heures. Ils se sont mis à siffler en me voyant arriver et j'ai dû prendre sur moi pour ne pas leur faire un nouveau doigt d'honneur.

— Allez, chérie, un petit sourire. On enterre la vie de garçon de Marky ce week-end, a bafouillé l'un d'eux en abattant sa main large comme une tranche de jambon sur mon épaule.

— On est déjà lundi.

Je me suis efforcée de ne pas broncher en retirant sa main.

— Sans blague ? Déjà lundi ? a-t-il demandé en titubant en arrière. Eh bien, faut quand même que tu l'embrasses, le Marky.

— En fait, je suis venue vous demander un coup de main.

— Ah, mais je suis prêt à te donner tous les coups que tu veux, ma belle, a-t-il répliqué avec un clin d'œil à forte teneur en lascivité.

Ses copains tanguaient autour de lui, semblables à quelques plantes aquatiques.

— Pas comme ça. J'ai besoin de vous pour aider mon ami. Sur le parking.

— Ah, désolé, chérie, mais ch'crois pas qu'j'vais êt' en état de t'aider.

— Eh, Marky ! C'est le départ de la course. Tu as mis des sous sur celle-ci ? Moi, je crois bien que j'ai mis des sous dessus.

Leur attention s'est reportée vers la piste ; je ne les intéressais plus. Par-dessus mon épaule, j'ai jeté un regard en direction du parking. J'ai aperçu la silhouette voûtée de Will, et Nathan qui s'escrimait vainement sur les poignées du fauteuil. Je me suis vue rentrant chez les parents de Will pour leur annoncer que nous avions abandonné son fauteuil hors de prix sur le parking. Et c'est à cet instant que j'ai vu le tatouage.

— C'est un soldat, ai-je dit d'une voix forte. Un ex-soldat.

Un par un, ils se sont retournés.

— Il a été blessé. En Irak. Tout ce qu'on voulait, c'était lui faire passer une bonne journée. Mais personne ne nous a aidés.

À mesure que les mots sortaient de ma bouche, je sentais mes yeux s'emplir de larmes.

— Un ancien ? Sans blague. Il est où ?

— Sur le parking. J'ai demandé à plein de gens, mais personne n'a voulu nous filer un coup de main.

Il leur a fallu une minute ou deux pour digérer ce que je venais de dire. Puis ils ont échangé un regard consterné.

— Allez, les mecs. On va pas laisser faire ça.

Ils m'ont emboîté le pas de leur démarche titubante, en un groupe indiscipliné. Je les entendais marmonner entre eux.

— Putains de civils… Savent pas ce que c'est…

Lorsque nous les avons rejoints, Nathan se tenait à côté de Will, dont la tête avait plongé dans le col de son manteau pour se protéger du froid, alors même que Nathan lui avait posé une autre couverture sur les épaules.

— Ces messieurs ont aimablement proposé de nous aider, ai-je annoncé.

Nathan écarquillait les yeux sur les cannettes de bière. Je dois admettre qu'il était bien difficile de les imaginer en défenseurs de la veuve et de l'orphelin.

— Il faudrait le mettre où ? a demandé l'un d'eux.

Les autres se sont massés autour de Will en le saluant d'un signe de la tête.

L'un d'entre eux lui a proposé une bière, n'ayant pas saisi, à l'évidence, que Will n'était pas en mesure de la prendre.

— Dans la voiture, a répondu Nathan en désignant notre véhicule. Mais le mieux, c'est sans doute de le ramener vers la tribune, puis d'approcher la voiture.

— Pas la peine, a dit l'un des hommes en assenant une tape amicale sur l'épaule de Nathan. On peut le porter jusqu'à la voiture. Pas vrai, les gars ?

Ils ont confirmé en chœur et pris position autour de Will.

J'ai commencé à me trémousser d'un pied sur l'autre, en proie à un sentiment de malaise.

— Je ne sais pas... Ça fait loin quand même, ai-je objecté. Et le fauteuil est très lourd.

Ils étaient ivres morts ; certains parvenaient à peine à tenir leur bière. L'un d'eux m'a fourré sa cannette de Tennent's dans la main.

— T'inquiète pas, ma belle. On va faire ce qui faut pour un frère d'armes. Pas vrai, les gars ?

— On ne va pas te laisser là, vieux. On n'abandonne jamais un homme derrière, pas vrai ?

J'ai aperçu l'expression interrogatrice sur le visage de Nathan, et j'ai secoué la tête avec une autorité impérieuse. Will ne paraissait pas avoir envie de dire quoi que ce soit. Sa mine sombre a toutefois pris une note vaguement inquiète lorsque les hommes déployés autour de son fauteuil l'ont saisi pour le soulever d'un coup en poussant un grand cri.

— Quel régiment, ma belle ?

J'ai esquissé un sourire tout en sondant les tréfonds de ma mémoire.

— Fusiliers…, ai-je dit. Le 11e fusiliers.

— Je ne connais pas ce régiment, a dit un autre. Le 11e fusiliers ?

— C'est un nouveau régiment, ai-je répondu en bafouillant. Top secret. Basé en Irak.

Leurs baskets glissaient dans la boue. J'ai senti mon cœur faire une embardée. Le fauteuil de Will flottait quelques centimètres au-dessus du sol, semblable à quelque palanquin. Nathan s'est précipité pour prendre le sac de Will et aller ouvrir la voiture devant nous.

— Ce n'est pas eux qui s'entraînaient à Catterick ?

— Exactement, ai-je répondu, avant de changer bien vite de sujet. Alors… c'est lequel d'entre vous qui se marie ?

Lorsque j'ai enfin réussi à me débarrasser de Marky et ses potes, nous avions échangé nos numéros. Ils ont improvisé une petite collecte et proposé quarante livres à verser au fonds pour la rééducation de Will. Pour décourager leur générosité, il a fallu que je leur demande de boire cet argent à notre santé. Puis que j'embrasse chacun d'eux. Lorsque j'en ai eu fini, j'étais presque ivre moi-même sous l'effet des vapeurs de leurs haleines. J'ai continué de les saluer de la main jusqu'à ce qu'ils aient regagné la tribune – et que Nathan klaxonne pour me faire venir.

— Ils nous ont bien aidés, n'est-ce pas ? ai-je dit d'un ton joyeux en mettant le contact.

— Le grand costaud a renversé toute sa bière sur ma jambe droite, a répondu Will. Je dégage une odeur de brasserie.

— Je ne le crois pas, s'est exclamé Nathan quand j'ai déboîté en direction de l'entrée. Regardez. Il y a une section du parking réservée aux handicapés, juste là, à côté de la tribune. Intégralement goudronnée.

Will n'a pratiquement rien dit de tout le reste de la journée. Il a salué Nathan lorsque nous l'avons déposé chez lui, puis est retombé dans le silence lorsque j'ai attaqué la rue montant vers le château. La foule s'était clairsemée avec le rafraîchissement de l'air. Enfin, je me suis garée devant l'annexe.

J'ai descendu le fauteuil de Will, puis je l'ai fait rentrer. Je lui ai préparé une boisson chaude, je lui ai changé ses chaussures et son pantalon, j'ai mis le sale dans la machine, et j'ai relancé le feu pour qu'il n'attrape pas froid. J'ai allumé la télévision et tiré les rideaux pour donner une atmosphère plus chaleureuse à la pièce – ce qui me paraissait indispensable après une journée passée dehors dans le froid. Mais ce n'est qu'en prenant place dans le salon à côté de lui pour boire mon thé que je me suis rendu compte qu'il ne disait rien. Ce n'était pas à cause de la fatigue, ou parce qu'il voulait suivre une émission. Non, il refusait tout simplement de me parler.

— Quelque chose ne va pas ? ai-je demandé lorsqu'il a omis pour la troisième fois de répondre aux commentaires que je pouvais faire sur les nouvelles locales.

— À vous de me le dire, Clark.

— Quoi ?

— Eh bien, vous savez tout ce qu'il y a à savoir à mon sujet. Donc la balle est dans votre camp.

Je l'ai regardé un long moment.

— Je suis désolée, ai-je finalement concédé. Je sais que la journée d'aujourd'hui ne s'est pas déroulée exactement comme prévu. Mais c'était censé être une chouette sortie. J'ai sincèrement pensé que ça pourrait vous plaire.

Je n'ai pas ajouté qu'il était déterminé à jouer les grincheux, qu'il n'avait pas la moindre idée des efforts que j'avais dû déployer pour tenter de lui faire passer un bon moment. Je ne lui ai pas dit que s'il m'avait laissé acheter ces maudits insignes rouges nous aurions pu faire un bon repas, et que tout le reste aurait été oublié.

— C.Q.F.D.

— Hein ?

— Vous êtes exactement comme les autres.

— Qu'est-ce que c'est censé signifier ?

— Si vous aviez pris la peine de me demander, Clark. Si seulement vous vous étiez donné le mal de me consulter au sujet de cette soi-disant sortie, je vous aurais dit que je déteste les chevaux et les courses hippiques. J'ai toujours détesté ça. Mais vous avez préféré vous abstenir. Vous avez décidé de ce que j'étais censé avoir envie de faire. Et vous avez été jusqu'au bout. Vous vous êtes comportée comme les autres. Vous avez décidé pour moi.

J'ai senti ma gorge se nouer.

— Je ne voulais pas…

— Mais vous l'avez quand même fait.

Will m'a tourné le dos en faisant pivoter son fauteuil. Au bout de quelques minutes de silence, j'ai compris que je venais d'être congédiée.

Chapitre 12

Je me souviens très exactement du jour où j'ai cessé d'être intrépide.

C'était il y a presque sept ans, dans l'atmosphère tranquille et écrasante des derniers jours de juillet, alors que les touristes avaient envahi les petites rues autour du château et que l'air était empli du bruit de leurs pas et du carillon des marchands de glace alignés au sommet de la colline.

Ma grand-mère était morte un mois plus tôt d'une longue maladie, et un voile de tristesse semblait être tombé sur l'été, étouffant tous nos gestes et atténuant cette tendance à l'hystérie que j'avais en commun avec ma sœur. Nous avions renoncé à nos traditions estivales consistant à prendre quelques jours de-ci, de-là. Ma mère passait le plus clair de son temps devant l'évier, le dos bien droit, luttant pour ravaler ses larmes, tandis que mon père partait au travail chaque matin avec une expression de sombre détermination, pour revenir le soir le visage luisant de sueur, incapable de dire un seul mot avant d'avoir ouvert une bière. Ma sœur était à la maison, de retour de sa première année universitaire, la tête déjà à mille lieues de notre petite ville. J'avais vingt ans et il se passerait encore trois mois avant que je rencontre Patrick. Nous profitions d'un de ces rares étés où la liberté était à portée de main – sans responsabilités financières, sans dettes, sans obligations. J'avais un job d'été et assez de temps libre pour me maquiller outrageusement, mettre des talons qui faisaient grimacer mon père et, d'une manière générale, découvrir qui j'étais.

Je m'habillais normalement à cette époque. Ou, du moins, je m'habillais comme les autres filles de la ville – cheveux longs ramenés sur une épaule, jeans indigo, tee-shirts suffisamment moulants pour bien mettre en valeur nos tailles de guêpe et nos fières poitrines. Nous passions des heures à peaufiner le brillant de nos lèvres et à trouver la teinte de fard qui nous ferait l'œil charbonneux. Nous étions splendides à tous points de vue, mais nous nous plaignions sans cesse de notre cellulite imaginaire et des imperfections de notre peau parfaitement invisibles.

Et j'avais de la suite dans les idées. Au sujet de ce que je voulais faire. L'un des garçons du lycée était parti faire le tour du monde pour revenir transformé et méconnaissable, comme s'il n'avait plus rien à voir avec le garnement de onze ans qui faisait des bulles de salive pendant les cours de français. Sur un coup de tête, j'avais réservé une place sur un charter pour l'Australie, et je cherchais quelqu'un pour m'accompagner. Il était revenu auréolé d'exotisme, et je n'étais pas indifférente à cette petite touche d'inconnu. Dans son sillage, il avait rapporté les alizés d'un monde plus vaste – et c'était assez séduisant. Après tout, chez moi, je n'avais de secrets pour personne. Et, avec une sœur comme la mienne, c'était mission impossible.

Ce vendredi-là, j'avais passé la journée à travailler comme préposée au parking, avec un groupe de filles que je connaissais de l'école. Nous étions chargées de guider les visiteurs vers un marché artisanal organisé dans l'enceinte du château. La journée n'avait été qu'une longue succession d'éclats de rire, de sodas ingurgités sous le soleil, de ciel bleu et de lumière faisant miroiter les remparts. Les touristes m'ont unanimement souri ce jour-là. Il était impossible de ne pas sourire à un groupe de filles joyeusement survoltées qui passaient leur temps à glousser. Nous étions payées 30 livres pour la journée, mais les organisateurs avaient été si satisfaits qu'une rallonge de 5 livres nous avait été octroyée à chacune. Nous avions fêté ça en nous saoulant avec des garçons qui avaient travaillé sur le parking extérieur. Ils parlaient bien, portaient des maillots de rugby et les cheveux mi-longs. L'un d'eux s'appelait Ed, et deux autres allaient à l'université – je ne sais plus où. Eux aussi travaillaient pour se faire un peu d'argent. Après une semaine de boulot, ils étaient pleins aux as, si bien que, quand nous n'avons plus eu d'argent, ils se sont fait un plaisir de payer une tournée à de jeunes écervelées du cru qui faisaient voler leurs cheveux, s'asseyaient sur les genoux les unes des autres, poussaient des petits cris, plaisantaient et les traitaient de rupins. Ils parlaient un autre langage, évoquant leurs années sabbatiques et leurs vacances en Amérique du Sud, leurs virées sac au dos en Thaïlande et leurs demandes de stages à l'étranger. Pendant que nous buvions en les écoutant, ma sœur était passée près du parc où nous étions vautrés dans l'herbe. Elle portait le plus vieux sweat à capuche du monde et n'était pas maquillée ; j'avais oublié que nous étions censées nous retrouver. Je lui ai demandé de dire aux parents que je rentrerais à la maison après mes trente ans. Pour une raison qui m'échappe aujourd'hui, je trouvais ça hystériquement drôle. Elle avait haussé les sourcils, puis était repartie avec l'air de signifier que j'étais la personne la plus pénible en ce bas monde.

Après la fermeture du pub *Red Lion*, nous étions tous allés nous asseoir au centre du labyrinthe du château. Quelqu'un avait réussi à escalader les portes et, avec force bousculades et gloussements, nous avions tous trouvé le chemin pour gagner le cœur du dédale végétal. Nous avions encore bu du cidre brut et quelqu'un avait fait tourner un joint. Je me souviens d'avoir contemplé les étoiles, de m'être sentie disparaître dans la voûte céleste infinie, tandis que le sol autour de moi tanguait doucement, comme le pont d'un bateau gigantesque. Quelqu'un jouait de la guitare. J'avais envoyé valser mes escarpins en satin rose d'un coup de pied dans les hautes herbes, et je ne les ai jamais récupérés. Le monde m'appartenait.

Une demi-heure s'est écoulée avant que je me rende compte que les autres filles étaient parties.

Ma sœur m'a retrouvée au centre du labyrinthe, plus tard, bien après que les nuages de la nuit avaient obscurci les étoiles. Comme je l'ai déjà dit, elle est plutôt intelligente. Plus intelligente que moi en tout cas.

C'est la seule personne que je connaisse qui soit capable de ressortir sans peine du labyrinthe.

—Ça va vous faire rire. Je me suis inscrite à la bibliothèque.

Will était devant sa collection de CD. Il a fait pivoter son fauteuil et a attendu pendant que je déposais son gobelet dans le support.

—Vraiment ? Et vous lisez quoi ?

—Oh, rien de bien intéressant. Pas votre genre. Des histoires à l'eau de rose. Mais, moi, j'aime bien.

—L'autre jour, vous lisiez mon exemplaire de Flannery O'Connor, a-t-il dit en buvant une gorgée. Lorsque j'étais malade.

—Le recueil de nouvelles ? Je n'arrive pas à croire que vous ayez remarqué ça.

—Comment aurais-je pu ne pas le remarquer ? Vous avez laissé le livre sur la table de chevet. Et ça fait belle lurette que je ne peux plus prendre un livre moi-même.

—Ah.

—Plutôt que de lire des âneries, emportez les nouvelles d'O'Connor.

J'étais sur le point de refuser lorsque je me suis rendu compte que je n'avais aucune raison de dire non.

— D'accord. Je vous le rapporterai dès que j'aurai fini.

— Vous voulez bien mettre de la musique, Clark ?

— Qu'est-ce qui vous ferait plaisir ?

Il m'a répondu en désignant d'un signe de tête l'endroit probable où devait se trouver le disque. J'ai parcouru le rayonnage jusqu'à mettre la main dessus.

— J'ai un ami qui est premier violon dans l'orchestre symphonique Albert Symphonia. Il a appelé pour dire qu'il jouait dans la région la semaine prochaine. Cette œuvre précisément. Vous la connaissez ?

— Je n'y connais absolument rien en musique classique. Parfois, mon père tombe par hasard sur Classic FM en réglant la radio, mais…

— Vous n'avez jamais été à un concert ?

— Non.

Il avait l'air estomaqué.

— En fait, je suis allée voir les Westlife une fois. Mais je ne sais pas si ça compte. C'est ma sœur qui avait choisi. Oh, je devais aussi aller à un concert de Robbie Williams pour mes vingt-deux ans, mais j'ai eu une intoxication alimentaire.

Will m'a regardée comme si j'avais été enfermée dans une cave pendant plusieurs années.

— Vous devriez y aller. Il m'a offert des places. Ça va vraiment être bien. Emmenez votre mère.

J'ai ri et secoué la tête.

— Je ne crois pas. Plus casanière que ma mère, tu meurs ! Et moi, ce n'est pas vraiment mon genre.

— Comme les films en version originale ? Ce n'était pas vraiment votre style non plus.

Je l'ai regardé en fronçant les sourcils.

— Je ne suis pas votre projet, Will. Nous ne sommes pas dans *My Fair Lady*.

— *Pygmalion*.

— Quoi ?

— La pièce à laquelle vous faites référence. C'est *Pygmalion*. Et *My Fair Lady* n'en est qu'un rejeton un peu abâtardi.

Je lui ai jeté un regard noir. Sans aucun effet. J'ai mis le CD. Lorsque je me suis retournée, il était toujours là à secouer la tête avec un air navré.

— Vous êtes terriblement snob, Clark.

— Quoi ? *Moi* ?

— Vous vous privez de tout un tas d'expériences, simplement parce ce que vous décrétez que « ce n'est pas votre genre ».

— Mais c'est le cas.

— Et comment le savez-vous ? Vous n'avez rien fait. Vous n'êtes jamais allée nulle part. Comment pouvez-vous avoir la moindre idée de qui vous êtes ?

Comment une personne telle que lui pouvait avoir la moindre idée de ce que cela signifiait d'être moi ? J'ai presque été fâchée qu'il s'obstine à ne pas le comprendre.

— Allez-y. Ouvrez-vous un peu l'esprit.

— Non.

— Et pourquoi ça ?

— Parce que je serais mal à l'aise. J'aurais l'impression… J'aurais l'impression que tout le monde saurait.

— Qui ? Saurait quoi ?

— Que tout le monde autour saurait que je ne suis pas à ma place.

— Parce que, d'après vous, j'ai l'air d'être à la mienne ?

Nos regards sont restés un instant rivés l'un à l'autre.

— Clark, partout où je vais, tout le monde me regarde comme si je n'étais pas à ma place.

Nous sommes restés assis pendant que la musique commençait. Le père de Will était au téléphone dans l'entrée ; des rires étouffés parvenaient jusqu'au cœur de l'annexe, comme en provenance d'un univers très lointain. « L'accès handicapés se trouve de l'autre côté », avait dit la femme à l'entrée du champ de courses. Comme si Will avait appartenu à une autre espèce.

J'ai examiné la couverture du CD.

— J'irai si vous venez avec moi.

— Mais vous n'irez pas seule.

— Sûrement pas.

Le silence s'est installé pendant qu'il digérait la nouvelle.

— Vous êtes vraiment une emmerdeuse.

— Je vais finir par le croire.

Cette fois-ci, je n'ai rien préparé. Je n'attendais rien. Après la débâcle de la journée à l'hippodrome, j'espérais simplement que Will resterait disposé à sortir de l'annexe. Son ami le violoniste nous a envoyé les billets promis, accompagnés d'un petit dépliant sur les lieux où allait se dérouler l'événement. C'était à une quarantaine de minutes de route. J'ai fait mes devoirs : localiser les places « handicapés » sur le parking, puis appeler la salle afin de déterminer à l'avance la meilleure solution pour installer le fauteuil de Will. Nous serions placés tout devant – avec moi sur un strapontin à côté de Will.

— En fait, c'est le meilleur endroit, m'a expliqué la femme de l'accueil sur un ton enjoué. La sensation est en quelque sorte magnifiée lorsqu'on est dans la fosse tout près de l'orchestre. J'ai souvent été tentée d'aller m'installer là pour suivre la représentation.

Elle m'a même demandé si je souhaitais que quelqu'un vienne nous accueillir sur le parking pour nous conduire à nos places. J'ai préféré décliner de crainte que Will ne trouve que notre arrivée manque de discrétion.

À mesure que la date approchait, je ne sais pas qui est devenu le plus nerveux de nous deux. Je ressentais encore vivement l'échec cuisant de notre précédente tentative, et Mme Traynor n'a rien fait pour arranger la situation.

Elle nous demanda quinze fois où et quand le concert aurait lieu, et comment nous allions procéder.

— Les préparatifs de Will prennent du temps le soir, a-t-elle expliqué.

Elle voulait être sûre que quelqu'un soit là pour l'aider. Nathan était pris ailleurs. M. Traynor serait apparemment absent.

— Il faut compter au minimum une heure et demie, a-t-elle encore précisé.

— Et c'est incroyablement fastidieux, a ajouté Will.

J'ai compris qu'il cherchait une excuse pour ne pas y aller.

— Je vais m'en charger, ai-je dit. Si Will m'explique ce qu'il faut faire, cela ne me dérange pas de rester.

Les mots étaient sortis avant même que je prenne la mesure de ce à quoi je m'engageais.

— Eh bien, quelle merveilleuse perspective ! Nous allons compter les jours tous les deux, a dit Will avec humeur, une fois sa mère partie. Vous allez avoir une vue imprenable sur mon arrière-train, et moi, je vais me faire laver par quelqu'un qui tourne de l'œil à la vue d'un peu de chair dénudée.

— Ce n'est pas vrai, je ne tourne pas de l'œil pour ça.

— Clark, je n'ai jamais vu quelqu'un d'aussi mal à l'aise que vous avec le corps humain. Vous vous comportez comme s'il s'agissait d'un truc radioactif.

— Alors laissez votre mère le faire, ai-je répliqué d'un ton hargneux.

— Oui, parce que cette option ajoute encore du piment à l'idée de notre petite sortie.

Et puis, il y avait aussi la question de la garde-robe. Je ne savais absolument pas quoi me mettre.

J'avais choisi la mauvaise tenue pour aller aux courses. Comment être sûre de ne pas commettre deux fois la même erreur ? J'ai demandé à Will ce qui conviendrait le mieux et il m'a regardée comme si j'étais folle.

— Les lumières seront éteintes, a-t-il expliqué. Personne ne vous regardera. Tout le monde sera concentré sur la musique et rien d'autre.

— Vous ne connaissez *rien* aux femmes, ai-je dit.

Pour finir, j'ai apporté quatre tenues avec moi, transportées dans le bus dans la vieille housse de costume de mon père. C'était l'unique solution pour trouver le courage d'y aller.

Nathan est arrivé pour la relève à cinq heures et demie et, tandis qu'il s'occupait de Will, je suis allée me préparer dans la salle de bains. Pour commencer, j'ai passé ma tenue « artistique », une robe à smocks verte brodée de grosses perles d'ambre. J'imaginais que le public des concerts était composé de personnes aux goûts bohèmes et flamboyants. Will et Nathan m'ont regardée avec des yeux ronds lorsque je suis entrée dans le salon.

— Non, a dit Will d'un ton catégorique.

— C'est le genre de tenue que porte ma mère, a déclaré Nathan.

— Vous ne m'aviez jamais dit que Nana Mouskouri était votre mère, a rétorqué Will.

Je les entendais encore glousser lorsque j'ai disparu dans la salle de bains.

Ma deuxième tenue était une robe noire très austère, coupée de biais, avec des manchettes et un col blancs, que j'avais confectionnée moi-même. Je lui trouvais un air à la fois chic et parisien.

— Vous donnez l'impression d'être sur le point de servir les sorbets, a dit Will.

— Waouh, vous feriez une superbe femme de chambre ! s'est exclamé Nathan avec un hochement de tête approbateur. Ne vous privez surtout pas de la porter tous les jours. Sincèrement.

— Et après, vous allez lui demander d'épousseter les plinthes.

— Maintenant que vous le dites, il me semble bien avoir vu de la poussière.

— Vous deux, ai-je menacé, c'est dans votre thé demain matin que vous allez avoir une ration de Monsieur Propre.

J'ai sorti ma troisième tenue – un genre de pantalon très ample de couleur jaune – et je me suis dit que Will n'allait pas manquer de me comparer au personnage du petit ours Rupert Bear, lui-même ainsi vêtu. Du coup, je suis passée directement à mon quatrième choix, une robe un peu ancienne de satin rouge foncé. Elle avait été faite pour une génération plus frugale que la mienne, si bien que j'élevais toujours une prière muette à l'instant où la fermeture Éclair franchissait la hauteur de ma taille, mais elle me faisait une silhouette de star des années 1950. C'était une robe « efficace », dans laquelle je ne pouvais que me sentir bien. J'ai posé un boléro argenté sur mes épaules, noué une écharpe de soie grise autour de mon cou afin de couvrir mon décolleté, appliqué une touche de rouge sur mes lèvres, puis fait mon entrée dans le salon.

— *Ka-pow* ! s'est exclamé Nathan sur un ton admiratif.

Le regard de Will a parcouru ma robe de bas en haut. C'est à cet instant seulement que j'ai vu qu'il avait passé une chemise et une veste. Rasé de près, les cheveux bien peignés, il était étonnamment séduisant. Je n'ai pas pu m'empêcher de sourire en le voyant. Ce n'était pas tant à cause de son allure ; c'était parce qu'il avait fait l'effort.

— C'est la bonne, a-t-il dit, d'une voix neutre et bizarrement mesurée. Mais laissez tomber la petite veste, a-t-il ajouté à l'instant où j'ai arrangé l'échancrure de mon décolleté.

Il avait raison. Depuis le début je savais que les deux n'étaient pas bien assortis. J'ai retiré le boléro, que j'ai soigneusement replié pour le déposer sur le dossier d'une chaise.

— L'écharpe aussi.

Ma main a volé toute seule se poser sur ma gorge.

— L'écharpe ? Pourquoi ?

— Ça ne va pas. Vous donnez l'impression de vouloir cacher quelque chose derrière.

— Mais c'est… Sans elle, on ne voit que mon décolleté.

— Et alors ? a-t-il répliqué en haussant les épaules. Écoutez, Clark. Si vous portez une robe comme celle-ci, il faut le faire avec confiance. Vous devez vous glisser dedans et l'habiter à la fois physiquement et psychiquement.

— Bien sûr, Will Traynor, il n'y a que vous qui puissiez expliquer à une femme comment elle doit porter sa robe.

Mais j'ai enlevé l'écharpe.

Nathan est parti préparer le sac de Will. J'en étais encore à chercher ce que je pourrais bien lui dire au sujet de sa condescendance, quand je me suis retournée et que j'ai vu qu'il ne m'avait pas quittée des yeux.

— Vous êtes superbe, Clark, a-t-il dit d'un ton posé. Vraiment.

Chez les gens ordinaires – ceux dont Camilla Traynor dirait qu'ils représentent les classes populaires –, j'ai relevé deux grands types d'attitudes à l'égard de Will. Dans leur majorité, ils le regardent fixement avec des yeux ronds. Et quelques-uns lui sourient avec compassion, expriment leur bienveillance ou me demandent discrètement ce qui lui est arrivé. J'ai souvent eu la tentation de leur répondre : « Une regrettable brouille avec le MI6 », juste pour voir leur réaction. Mais je n'ai jamais osé.

Avec les gens de la classe moyenne, les choses sont différentes. Ils font semblant de ne pas regarder, mais ils regardent quand même. Ils sont trop polis pour le scruter avec insistance, alors ils font cette chose étrange consistant à englober Will dans leur champ de vision, pour ensuite mettre la plus ferme résolution à ne pas le voir – et ce jusqu'à ce qu'il soit passé. À ce moment-là, leur regard clignote et dérive vers lui, sans même qu'ils interrompent leur discussion en cours. En revanche, ils ne parlent pas de lui ; ce serait inconvenant.

Tandis que nous traversions l'entrée de la salle de concert, où attendaient des grappes de personnes élégantes, tenant sacs et programmes dans une main, et gin tonic dans l'autre, j'ai vu cette réaction se propager parmi elles comme un rond dans l'eau, et nous accompagner jusqu'aux loges. Je ne sais pas si Will l'a remarquée. Parfois, je me dis que la seule façon pour lui de supporter ça est de faire comme si de rien n'était.

Nous avons pris place – les deux seules personnes à l'avant de la travée centrale. À notre droite, un homme en fauteuil parlait joyeusement avec deux femmes assises à ses côtés. Je les ai regardés en espérant que Will les remarquerait également. Mais il tenait son regard fixement braqué devant lui, la tête rentrée dans les épaules, comme s'il était occupé à devenir invisible.

Ça ne va pas marcher, a susurré une petite voix en moi.

— Vous avez besoin de quelque chose ? ai-je demandé à voix basse.

— Non, a-t-il répondu en secouant la tête. En fait, si, a-t-il ajouté après avoir dégluti. Il y a quelque chose qui me gêne dans le cou.

Je me suis penchée pour passer un doigt à l'intérieur de son col. Une étiquette de Nylon avait été oubliée à l'intérieur. J'ai tiré dessus dans l'espoir de l'arracher d'un coup sec, mais elle a fait preuve d'une résistance entêtée.

— C'est une chemise neuve. Ça vous gêne beaucoup ?

— Non, bien sûr. Je me suis dit que j'allais vous en parler pour le plaisir de la conversation.

— Est-ce qu'on a des ciseaux dans le sac ?

— Je ne sais pas, Clark. Croyez-moi si vous voulez, mais il m'arrive rarement de préparer les bagages.

Il n'y avait pas de ciseaux. J'ai jeté un coup d'œil derrière nous, dans les rangées où le public s'installait tranquillement; certains bavardaient à voix basse, d'autres examinaient le programme. Si Will ne parvenait pas à se détendre, cette sortie promettait d'être gâchée. Je ne pouvais pas m'offrir le luxe d'un nouveau désastre.

— Ne bougez pas, ai-je dit.

— Pourquoi…

Avant qu'il ne puisse achever sa question, je me suis penchée, j'ai doucement écarté le col de sa chemise de son cou, posé ma bouche tout contre et coincé l'étiquette entre mes incisives. Il m'a fallu quelques secondes pour en venir à bout. Les yeux fermés, je me suis efforcée d'oublier son odeur d'homme fraîchement lavé, la sensation de sa peau contre la mienne, l'incongruité de ce que je faisais. Puis je l'ai sentie qui lâchait. J'ai relevé la tête et ouvert les yeux, triomphante, l'étiquette vaincue entre les dents.

— Je l'ai eue! ai-je dit en retirant l'intruse de ma bouche pour la balancer entre les fauteuils.

Will me regardait bouche bée.

— Quoi?

Je me suis retournée pour surprendre quelques spectateurs qui, subitement, se sont mis à trouver leur programme absolument fascinant. Puis je suis revenue à Will.

— Oh, allez. Ce n'est pas comme s'ils n'avaient jamais vu une fille jouer à mordiller le cou d'un monsieur.

Apparemment, j'étais parvenue à le réduire au silence. Will a cligné des yeux une ou deux fois, et paru sur le point de secouer la tête. Non sans un certain plaisir amusé, j'ai vu que son cou était devenu tout rouge.

— Je crois, ai-je dit en lissant ma robe, que nous devrions tous deux être contents que cette étiquette n'ait pas été dans votre pantalon.

Et, avant qu'il n'ait pu répondre, les musiciens de l'orchestre se sont avancés, en habits de dîner officiel et en robes longues de cocktail ; le public s'est tu. Malgré moi, j'ai ressenti une petite pointe d'excitation. J'ai posé mes mains jointes sur mes genoux et je me suis redressée sur mon siège. Ils ont commencé à s'accorder et, soudain, la salle a été emplie d'une sonorité pleine et unique, la note en trois dimensions la plus vivante qu'il m'ait jamais été donné d'entendre. J'en ai eu le souffle coupé et la chair de poule.

Will m'a coulé un regard en biais ; la joie hilare de ces derniers instants demeurait inscrite sur son visage. « D'accord, disait son expression. *Nous allons nous amuser.* »

Le chef d'orchestre a pris place sur son podium, tapoté deux fois son pupitre avec sa baguette, et un grand silence s'est installé. J'ai nettement ressenti l'immobilité de l'instant, la vie suspendue et l'attente de toute la salle. Puis il a abaissé sa baguette et, subitement, il n'y a plus eu que le son et rien d'autre. Je sentais la musique comme une chose physique ; elle ne se contentait pas d'entrer dans mes oreilles, elle me traversait, circulait autour de moi et faisait vibrer tous mes sens. Ma peau me picotait et j'en avais les mains moites. Will ne m'avait décrit aucune de ces sensations. J'avais cru que je pourrais m'ennuyer. Jamais je n'avais rien entendu de plus sublime.

Et mon imagination s'est mise à faire des choses totalement inattendues ; je me suis mise à penser à des trucs auxquels je n'avais plus songé depuis des années, à revivre de vieilles émotions, à voir de nouvelles idées fuser de mon esprit comme si ma perception soudain s'étirait de manière infinie. C'était presque trop, mais je ne voulais pas que ça s'arrête. Je voulais rester assise là pour toujours. J'ai jeté un regard du côté de Will. Il était en extase, subitement détaché de lui-même. Et je me suis détournée, effrayée contre toute attente à l'idée de le regarder. Tout d'un coup, j'avais peur de ce qu'il pouvait ressentir, de l'atroce immensité de ce qu'il avait perdu, de la profondeur de son angoisse. La vie de Will de Traynor dépassait de si loin les limites de mes propres expériences. Qui étais-je pour lui dire comment il voulait vivre ?

L'ami violoniste a fait passer un billet nous demandant de le rejoindre dans les loges après le concert ; Will n'a pas voulu y aller. J'ai insisté, une fois, mais, à la contraction de ses mâchoires, j'ai compris qu'il ne se laisserait pas fléchir. Je ne pouvais pas lui en vouloir. J'avais encore en mémoire les regards de ses anciens collègues posés sur lui – ce mélange de pitié, de dégoût et, quelque part, de profond soulagement d'avoir échappé au sort qui le frappait. J'en ai conclu qu'il ne supportait plus ce genre de rencontres.

Nous avons attendu que la salle de concert se soit vidée, puis nous sommes partis, et je l'ai conduit jusqu'au parking par l'ascenseur. Ensuite, je l'ai chargé dans la voiture sans le moindre incident. Je n'ai pas dit grand-chose, la tête toujours pleine de musique ; je n'avais pas envie qu'elle s'en aille. Mon esprit revenait sans cesse à ce que j'avais vu, à la manière dont l'ami de Will s'était totalement absorbé dans son jeu. Je n'avais encore jamais compris que la musique avait cette faculté de faire sauter des verrous chez ceux qui l'écoutaient, de les transporter dans des lieux auxquels le compositeur lui-même n'avait pas songé. La musique laisse comme une vibration dans l'air, une rémanence que l'on emporte avec soi. Pendant un instant, lorsque nous étions encore assis au milieu du public, j'avais totalement oublié la présence de Will à mes côtés.

Nous nous sommes garés devant l'annexe. Devant nous, dressé au-dessus des murailles, nous apercevions le château éclairé par la pleine lune, qui nous contemplait sereinement depuis le sommet de la colline.

— Alors comme ça, la musique classique, ce n'est pas votre truc ?

J'ai regardé dans le rétroviseur. Will souriait.

— J'ai vraiment détesté ce concert.

— J'ai vu ça.

— J'ai particulièrement peu apprécié ce passage à la fin, lorsque le violon joue tout seul.

— Ça crevait les yeux. Je crois bien que vous avez eu les larmes aux yeux tellement vous avez exécré ce solo.

Je lui ai rendu son sourire.

— J'ai vraiment adoré, ai-je dit. Je ne suis pas sûre que j'aimerais toute la musique classique, mais j'ai trouvé ce concert absolument fantastique, ai-je déclaré en me frottant le bout du nez. Merci. Merci de m'y avoir emmenée.

Nous sommes restés assis dans le silence, abîmés dans la contemplation du château. La nuit, il baignait d'ordinaire dans les flaques de lumière orangée des projecteurs disséminés tout autour des murailles. Mais cette nuit-là, sous la lune ronde, on avait l'impression qu'une lueur bleue descendait sur lui.

— D'après vous, quel genre de musique jouait-on là-dedans ? ai-je demandé. On devait bien écouter quelque chose.

— Dans le château ? De la musique médiévale. Du luth, des instruments à cordes. Ce n'est pas ce que je préfère, mais j'ai quelques disques. Je peux vous les prêter si vous voulez. Vous pouvez même faire le tour du château en les écoutant au casque, si vous voulez vivre l'expérience à fond.

— Nan. Je n'aime pas trop aller au château.

— C'est souvent comme ça quand on vit près d'un endroit.

J'ai fait une réponse évasive. Nous sommes encore restés un instant ainsi, pendant que le moteur encore chaud distillait ses petits cliquetis dans le silence.

— Bien, ai-je dit en débouclant ma ceinture de sécurité. Nous devrions rentrer. Les préparatifs du soir nous attendent.

— Encore un instant, Clark.

Je me suis retournée. Le visage de Will était dans l'ombre. Je ne le distinguais pas très bien.

— Attendez. Encore un instant.

— Vous allez bien ?

Malgré moi, je me suis mise à examiner son fauteuil, cherchant quelle partie de son corps pourrait avoir été coincée ou pincée. Quelle erreur pouvais-je avoir commise ?

— Je vais bien. C'est juste…

J'ai vu son col blanc, qui tranchait sur le noir de sa veste.

— Je n'ai pas envie de rentrer. Pas encore. Je veux juste rester là et ne pas avoir à penser…

Il a avalé sa salive.

Même dans la pénombre, j'ai vu l'effort qu'il lui en avait coûté.

— Je voudrais juste… être un homme qui est allé assister à un concert avec une jeune femme en robe rouge. Encore un instant.

J'ai relâché la poignée de la porte.

— Bien sûr.

J'ai fermé les yeux et laissé l'arrière de mon crâne reposer contre l'appuie-tête. Nous sommes restés dans la voiture un moment, deux personnes perdues dans le souvenir de la musique, à moitié cachées dans l'ombre d'un château éclairé par la lune.

Ma sœur et moi n'avons jamais vraiment reparlé de ce qui s'est passé cette nuit-là, dans le labyrinthe. Je ne suis pas certaine que nous aurions trouvé les mots. Elle m'a tenue contre elle un moment, avant de m'aider à retrouver mes vêtements. Ensuite nous avons vainement cherché mes chaussures dans les hautes herbes, jusqu'à ce que je lui dise que ça n'avait aucune importance. Je ne les aurais jamais remises. Puis nous sommes rentrées à la maison, lentement, moi pieds nus, et ma sœur avec un bras fermement arrimé au mien. Nous ne nous étions plus tenues comme ça l'une à l'autre depuis sa première rentrée des classes, ce jour où ma mère m'avait bien recommandé de surtout ne pas la lâcher.

Devant la maison, sous l'avancée du toit, elle avait remis de l'ordre dans mes cheveux et essuyé mes yeux avec un mouchoir. Puis nous avions ouvert la porte pour rentrer comme si de rien n'était.

Mon père n'était pas couché ; il regardait un match de football à la télé.

— Vous rentrez bien tard, les filles, a-t-il dit. Je sais que c'est vendredi, mais quand même…

— D'accord, papa, avons-nous répondu à l'unisson.

À cette époque, j'occupais la chambre qui est devenue celle de grand-père. J'ai rapidement monté l'escalier et, avant que ma sœur n'ait eu le temps de me dire quoi que ce soit, j'ai refermé la porte derrière moi.

La semaine suivante, je me suis coupé les cheveux. J'ai annulé ma réservation pour l'Australie et je ne suis plus jamais ressortie avec les filles de mon école. Ma mère était trop absorbée dans son chagrin pour remarquer quoi que ce soit. Quant à mon père, il mettait tout changement d'humeur dans la maison – de même que ma nouvelle habitude de m'enfermer dans ma chambre – sur le compte des « histoires de bonnes femmes ». J'avais enfin trouvé qui j'étais, et c'était une personne tout à fait différente de la jeune fille gloussante qui allait se saouler avec des inconnus. C'était une personne qui ne portait aucun vêtement susceptible d'être considéré comme pousse-au-crime. Des tenues ne risquant pas d'éveiller l'intérêt des hommes qui allaient boire au *Red Lion*.

Les choses sont rentrées dans l'ordre. J'ai pris un emploi de coiffeuse, puis un autre au *Petit Pain beurré*, et j'ai tourné la page.

Depuis ce jour, je suis passée au moins cinq mille fois devant le château.

Mais je ne suis jamais retournée dans le labyrinthe.

Chapitre 13

Sur le bord de piste, Patrick faisait du surplace. Son nouvel ensemble short et tee-shirt Nike collait légèrement à sa peau ruisselante de sueur. Je m'étais arrêtée pour lui dire bonjour, et le prévenir que je ne pourrais pas assister à la réunion des Terreurs du triathlon au pub le soir même. Nathan était absent et j'avais accepté de le remplacer pour les préparatifs de la nuit.

— Ça va faire trois fois que tu loupes nos soirées.

— Vraiment ? ai-je relevé en comptant sur mes doigts. Oui, on dirait bien.

— Il faudra que tu viennes la semaine prochaine. On va parler des préparatifs pour l'expédition Viking. Et tu ne m'as toujours pas dit ce que tu voulais faire pour ton anniversaire.

Il a commencé une série d'étirements, une jambe relevée pliée et le torse pressé contre sa cuisse.

— J'avais pensé à un cinéma, a-t-il suggéré. Je préfère éviter le restau en phase d'entraînement.

— Ah. Mes parents prévoient un dîner.

Il a attrapé son pied pour ramener son talon contre sa fesse, le genou pointé vers le sol. Je n'ai pas pu faire autrement que de remarquer combien sa jambe devenait bizarrement tendineuse.

— Ce n'est pas vraiment une sortie, si ?

— Pas plus qu'un tour au multiplex. Et puis j'ai le sentiment que ce serait une bonne chose. Ma mère a été un peu déprimée ces derniers temps.

Treena était partie la semaine précédente (sans ma trousse de toilette ornée de citrons, que j'avais récupérée la veille de son départ). Ma mère avait été complètement abattue. Pour tout dire, cela avait même été pire que lors de son premier départ à l'université. Thomas lui manquait atrocement, comme si elle avait eu un membre amputé. Tous ses jouets, qui depuis sa petite enfance jonchaient le sol du salon, avaient été remisés dans des boîtes. Il n'y avait plus ni biscuits au chocolat ni boissons pour enfants dans les placards. Elle n'avait plus besoin d'aller jusqu'à l'école à trois heures et quart l'après-midi, plus personne avec qui bavarder pendant le court trajet du retour. C'était pratiquement les seuls instants que ma mère passait en dehors de la maison. Depuis, en dehors de la virée hebdomadaire au supermarché avec mon père, elle n'allait plus nulle part.

Pendant trois jours, elle avait erré dans la maison, un peu perdue, avant de se lancer dans un grand nettoyage de printemps, avec une vigueur qui avait effrayé grand-père lui-même. Quelques récriminations sortaient de sa bouche édentée lorsqu'il entendait approcher l'aspirateur du fauteuil qu'il occupait, ou lorsqu'elle passait le plumeau sur ses épaules. Treena avait annoncé qu'elle ne rentrerait pas les premières semaines, pour permettre à Thomas de trouver ses marques. Quand ma sœur téléphonait chaque soir, ma mère parlait à sa fille et son petit-fils, puis montait pleurer une demi-heure dans sa chambre.

— Tu travailles tard tous les soirs en ce moment. J'ai l'impression de ne jamais te voir.

— De toute façon, tu passes ton temps à t'entraîner. Mais la paie est en conséquence, Patrick. Je ne vais sûrement pas renoncer aux heures sup'.

Il ne pouvait rien trouver à redire à ça.

Je récoltais plus d'argent que je n'en avais jamais gagné de ma vie. J'avais doublé la somme que je remettais à mes parents et, chaque mois, j'en mettais de côté sur un livret d'épargne. Et malgré cela il m'en restait encore plus que je ne pouvais en dépenser. Cela tenait en partie au fait que je passais tellement de temps à *Granta House* que je n'étais jamais en ville aux heures d'ouverture des boutiques. D'ailleurs, je n'avais pas vraiment envie de faire du shopping. En fait, je passais mon temps libre à faire des recherches sur Internet à la bibliothèque.

Depuis l'ordinateur en accès libre, tout un monde se révélait à moi, strate par strate, et commençait à m'enchanter comme la mélodie des sirènes.

Tout avait commencé avec la lettre de remerciements. Deux ou trois jours après le concert, j'avais suggéré à Will d'envoyer un mot à son ami le violoniste pour le remercier.

— J'ai acheté une jolie carte en venant, ai-je dit. Vous me dites ce que vous voulez écrire et je m'en charge. J'ai même apporté mon beau stylo.

— Je ne crois pas, a répondu Will.

— Quoi ?

— Vous m'avez bien entendu.

— Vous ne croyez pas ? Cet homme nous a offert des places au tout premier rang. Vous m'avez dit vous-même que c'était fantastique. La moindre des choses, c'est de le remercier.

Will n'a pas desserré les mâchoires. J'ai reposé mon stylo.

— À moins que vous ne soyez tellement habitué à ce que les gens vous offrent des choses que vous ne jugez pas utile de les remercier ?

— Clark, vous ne pouvez pas imaginer à quel point il est frustrant de devoir s'en remettre à quelqu'un pour écrire un mot. La mention « écrit de la part de » est une véritable… humiliation.

— Ah ouais ? Eh bien, ça reste quand même mieux qu'un gros « rien du tout », ai-je grommelé. Moi, je vais quand même le remercier. Et je ne citerai pas votre nom si vous préférez vous comporter comme un con.

J'ai écrit la carte et je l'ai postée. Et je n'ai plus rien dit à ce sujet. Mais le même soir, alors que les paroles de Will tournaient toujours dans mon esprit, mes pas m'ont conduite à la bibliothèque, où j'ai trouvé un ordinateur libre. Je me suis connectée et j'ai cherché s'il existait des dispositifs grâce auxquels Will pourrait écrire lui-même. En une heure, j'en avais trouvé trois – un logiciel de reconnaissance vocale, un autre utilisant les clignements de l'œil, et un dispositif permettant de taper sur le clavier que Will devait se fixer sur la tête – conforme en tout point à celui que ma sœur m'avait décrit.

Comme on pouvait s'y attendre, Will a fait la fine bouche à l'idée de se mettre quelque chose sur la tête, mais il a admis que le système de reconnaissance vocale pouvait se révéler utile. En moins d'une semaine, nous sommes parvenus, avec l'aide de Nathan, à l'installer sur l'ordinateur de Will et à le configurer. Ensuite, une fois son ordinateur posé sur le plateau de son fauteuil, il pouvait l'utiliser sans avoir besoin de quelqu'un pour faire la saisie au clavier. Au début, Will s'est montré un peu intimidé, mais dès que je lui ai suggéré de débuter chaque séquence d'instruction par, « Mademoiselle Clark, veuillez taper une lettre », les choses se sont tassées.

Même Mme Traynor n'a rien trouvé à y redire.

— Si vous pensez à d'autres équipements qui vous sembleraient utiles, faites-le-nous savoir, a-t-elle dit avec une moue un rien désapprobatrice, à croire qu'elle ne parvenait pas encore à croire que cet instrument pouvait être une bonne chose.

Elle a jeté un coup d'œil un peu nerveux à Will, comme s'il risquait à tout instant de déchirer son ordinateur d'un coup de dents.

Trois jours plus tard, alors que je partais au travail, le facteur m'a remis une lettre. Je l'ai ouverte dans le bus, en me disant qu'il devait s'agir d'une carte pour mon anniversaire, envoyée par quelque cousine éloignée et arrivée un peu tôt. Il s'agissait en fait d'un texte saisi à l'ordinateur et imprimé.

« Chère Clark,

Ce petit mot pour vous montrer que je ne me comporte pas toujours comme un con égoïste. J'apprécie beaucoup les efforts que vous faites.

Merci,

Will. »

J'ai éclaté d'un rire si énorme et plein de joie que le chauffeur m'a demandé si je ne venais pas de gagner au Loto.

Après des années passées dans la chambre-cagibi, avec mes vêtements accrochés sur un portant sur le palier, la chambre de Treena avait pour moi des allures de palace. La première nuit, je me suis mise à tourner sur moi-même, les bras écartés, simplement pour savourer le plaisir de ne pas toucher les deux murs à la fois. Je suis passée au magasin de bricolage pour acheter de la peinture et des stores, ainsi qu'une nouvelle lampe de chevet et des étagères – que j'ai montées toute seule. Ce n'est pas que je sois particulièrement douée pour ça. En fait, je crois que je voulais voir si j'en étais capable.

J'ai entrepris de refaire la décoration, en peignant une heure le soir à mon retour du travail, et, à la fin de la semaine, même mon père a dû reconnaître que j'avais fait du bon boulot. Il a examiné mes découpes, passé un doigt sur les stores que j'avais fixés, puis posé une main sur mon épaule.

— Bien joué, Lou.

J'ai acheté une nouvelle housse de couette, un tapis et plusieurs énormes coussins – au cas où quelqu'un passerait à la maison et souhaiterait se prélasser un moment. Bien sûr, ça n'arrivait jamais. Mon calendrier est venu orner le battant intérieur de ma nouvelle porte ; personne ne pouvait le voir à part moi. Cela dit, personne d'autre que moi n'aurait su ce qu'il signifiait.

Je me suis sentie un peu coupable après avoir transporté le lit de camp de Thomas pour le monter à côté du lit de Treena dans la chambre-cagibi ; il n'y avait plus un centimètre carré d'espace libre. Puis j'ai raisonné et relativisé les choses ; ma sœur et son fils ne vivaient même plus à la maison. Et, après tout, le cagibi n'était qu'un endroit pour dormir. Il n'y avait aucune raison que la grande chambre reste inoccupée pendant des semaines.

Chaque jour, je partais au travail en songeant aux autres endroits où je pourrais conduire Will. Je n'avais aucun plan d'ensemble ; j'essayais simplement de me concentrer sur l'idée de le sortir quelque part et de faire le nécessaire pour lui donner le goût de vivre. Certains jours étaient plus durs que d'autres – ceux où ses membres le démangeaient, ou lorsqu'une infection le clouait au lit, brûlant de fièvre et malheureux comme les pierres. Mais, les bons jours, j'avais réussi à plusieurs reprises à lui faire prendre le soleil printanier. J'avais appris que l'une des choses qu'il détestait le plus était la pitié des étrangers, de sorte que je l'emmenais voir de beaux paysages des environs, dans des coins où, pendant une heure ou deux, nous pouvions être seuls. Je préparais un pique-nique et nous allions au bord d'un champ, goûter la fraîcheur du vent et le plaisir d'être au grand air.

— Mon copain aimerait faire votre connaissance, lui ai-je dit par un après-midi, tandis que je coupais pour lui des petits morceaux d'un sandwich au fromage et aux pickles.

Je m'étais éloignée d'une dizaine de kilomètres de la ville, pour gagner une colline d'où nous pouvions voir le château, sur la hauteur opposée, de l'autre côté d'une vallée verte parsemée de moutons.

— Pourquoi donc ?

— Il voudrait rencontrer celui avec qui je passe toutes mes soirées.

Bizarrement, cette demande avait l'air de lui paraître réjouissante.

— Monsieur Course à pied.

— Et je crois que mes parents souhaiteraient aussi vous rencontrer.

— Ça me rend toujours nerveux lorsqu'une fille veut me présenter ses parents. Au fait, comment va votre mère ?

— Toujours pareil.

— Et le travail de votre père ? Des nouvelles ?

— Non. Il est question de la semaine prochaine maintenant. Quoi qu'il en soit, mes parents m'ont dit que si je voulais vous inviter vendredi, pour mon dîner d'anniversaire... Ce sera à la bonne franquette, c'est juste un dîner en famille. Mais pas de problème si vous... Je les ai prévenus que vous ne voudriez probablement pas.

— Qui a dit que je ne voudrais pas ?

— Vous détestez vous retrouver en compagnie de gens que vous ne connaissez pas. Et manger en public. Et puis vous ne vous entendrez sans doute pas avec mon copain. Ça me paraissait évident.

Je l'avais bien amorcé. La meilleure façon d'obtenir quelque chose de Will était de lui laisser entendre qu'on savait qu'il ne voudrait pas le faire. Évidemment, son esprit de contradiction ne pouvait l'admettre en aucun cas.

Will a mâché sa bouchée pendant un instant.

— Mais non. Je viendrai à votre anniversaire. Au moins, ça donnera à votre mère un projet pour les jours à venir.

— Vraiment ? Si je lui dis ça, elle va se mettre à briquer la maison de fond en comble dès ce soir.

— Vous êtes sûre que c'est votre mère biologique ? Il ne devrait pas y avoir une forme ou une autre de similitude génétique entre vous ? Sandwich, s'il vous plaît, Clark. Et un peu plus de pickles dans la prochaine bouchée.

En fait, je ne plaisantais qu'à moitié. Ma mère est totalement partie en vrille à l'idée d'accueillir un tétraplégique à la maison. Elle a posé ses mains sur son visage, puis s'est mise à ranger ce qui traînait sur le buffet, comme s'il allait arriver dans les minutes suivantes.

— Mais s'il a besoin d'aller aux toilettes ? Il n'y a pas de salle de bains en bas. Je ne crois pas que ton père serait capable de le porter à l'étage. Je pourrais aider… mais je me sentirais un peu gênée. Je ne saurais pas où mettre mes mains. Patrick accepterait de le faire ?

— Tu n'as pas à te soucier de cet aspect-là des choses. Vraiment.

— Et qu'est-ce qu'il mange ? Est-ce qu'il faut tout lui réduire en purée ? Est-ce qu'il y a des aliments qu'il ne peut pas manger ?

— Non. Il a juste besoin qu'on les lui porte à la bouche.

— Mais qui va faire ça ?

— Je m'en occuperai. Relax, maman. Il est sympa. Il va te plaire.

C'était donc décidé. Nathan passerait prendre Will chez lui pour le conduire chez nous, puis reviendrait le chercher deux heures plus tard pour le raccompagner et assurer les préparatifs du soir. J'avais proposé de m'en occuper, mais Will et Nathan avaient insisté pour que je ne « mette pas la main à la pâte » le soir de mon anniversaire. De toute évidence, ils ne connaissaient pas encore mes parents.

À sept heures et demie pétantes, j'ai ouvert la porte à Will et Nathan qui se trouvaient sur le seuil. Will portait sa chemise et sa veste élégantes. Je ne savais pas s'il fallait que je me réjouisse qu'il ait fait un effort, ou que je m'inquiète à l'idée que ma mère allait passer les deux premières heures de la soirée à se reprocher de n'être pas assez habillée pour l'occasion.

— Salut !

Mon père est arrivé dans l'entrée derrière moi.

— Ah, ah. Alors, les gars, nickel avec la rampe ?

Il avait passé l'après-midi à fabriquer une rampe de contreplaqué qu'il avait posée sur les marches extérieures.

Nathan a prudemment manœuvré le fauteuil de Will pour le faire entrer dans notre petit vestibule.

— Parfait, a répondu Nathan comme je refermais la porte derrière lui. Absolument parfait. J'ai vu pire dans bien des hôpitaux.

— Bernard Clark, a dit mon père en tendant la main à Nathan.

Il l'a ensuite tendue à Will, avant de la retirer brusquement.

— Bernard, a-t-il repris, rouge d'embarras. Désolé, euh… Je ne sais pas comment on salue un… Je ne peux pas… vous serrer la…

Il s'était mis à bafouiller.

— Une révérence fera l'affaire.

Mon père l'a regardé, puis, après avoir compris que Will plaisantait, il s'est esclaffé de soulagement.

— Ah, ah ! a-t-il dit en assenant une tape amicale sur l'épaule de Will. Oui, une révérence. Elle est bien bonne. Ah, ah !

Et la glace a été rompue. Nathan est reparti, avec un petit signe de la main et un clin d'œil. J'ai conduit Will jusqu'à la cuisine. Fort heureusement, ma mère tenait une poêle, ce qui l'a exonérée de l'angoisse du salut.

— Maman, voici Will. Will, Joséphine.

— Appelez-moi, Josie, je vous en prie, a-t-elle dit avec son plus beau sourire, les mains enfoncées jusqu'aux coudes dans ses maniques pour retirer son plat du four. Ravie de faire enfin votre connaissance, Will.

— Tout le plaisir est pour moi, a-t-il répondu. Excusez-moi de vous déranger dans votre cuisine.

Elle a posé le plat et porté les mains à ses cheveux – ce qui est toujours un bon signe chez ma mère. Il est juste regrettable qu'elle n'ait pas songé à retirer au moins une de ses maniques au préalable.

— Désolée, a-t-elle dit. La cuisson au four – tout est dans le timing, vous savez.

— Pas vraiment, a dit Will. Je ne cuisine guère, vous savez. En revanche, je suis un fin gourmet – ce qui explique que j'avais hâte de me joindre à vous ce soir.

— Alors…, a dit mon père en ouvrant le frigo. Comment est-ce qu'on fait ? Vous avez un récipient spécial… pour la bière, Will ?

Si mon père avait été à sa place, ai-je alors expliqué à Will, il se serait procuré un dispositif pour boire sa bière avant de se préoccuper d'un fauteuil.

— Chacun ses priorités, s'est justifié mon père pendant que je fouillais dans le sac à la recherche du gobelet verseur.

— Une bière, c'est parfait. Merci.

Il a bu une gorgée et, tandis que je me tenais là dans la cuisine, j'ai subitement pris conscience de la taille minuscule, des placards cabossés et de l'aspect miteux de notre maison, avec ses papiers peints tout droit sortis des années 1980. Celle de Will était meublée avec goût et élégance ; les rares bibelots qui décoraient les pièces étaient magnifiques. Dans notre maison, quatre-vingt-dix pour cent des objets avaient l'air de provenir de la boutique « Tout à 1 livre » du coin. Les dessins écornés de Thomas ornaient le moindre bout de mur.

Mais, s'il l'avait remarqué, Will n'en a rien laissé paraître. Mon père et lui avaient rapidement trouvé un terrain d'entente ; en l'occurrence mon inutilité générale dans l'existence. Mais peu importait. L'essentiel était qu'ils soient tous les deux contents.

— Vous saviez qu'elle avait un jour reculé en voiture dans une borne et affirmé que c'était la faute de la borne…

— Vous devriez la voir descendre ma rampe sur la voiture. Certains jours, c'est mission impossible pour sortir de là…

Mon père a éclaté de rire.

Je les ai laissés à leur discussion. Ma mère m'a suivie hors de la cuisine, en proie à ses inquiétudes de maîtresse de maison. Alors qu'elle s'apprêtait à poser un plateau de verres sur la table, elle a levé les yeux vers l'horloge.

— Où est Patrick ?

— Il devait venir directement de l'entraînement. Il a peut-être été retenu.

— Il ne pouvait pas faire un effort le jour de ton anniversaire ? Ce poulet va être tout desséché s'il traîne encore.

— Maman, tout va bien se passer.

J'ai attendu qu'elle pose le plateau sur la table, puis je l'ai prise dans mes bras pour la serrer contre moi. L'angoisse la rendait raide comme un piquet. J'ai éprouvé une subite bouffée de sympathie pour elle. Être ma mère ne devait pas être facile.

— Vraiment. Tout va bien se passer.

Elle s'est écartée de moi, a déposé un baiser dans mes cheveux, puis a lissé son tablier du plat de la main.

— J'aimerais que ta sœur soit ici. Ça paraît presque déplacé de fêter ton anniversaire sans elle.

Je ne partageais pas tout à fait son point de vue. Pour une fois, j'appréciais d'être au centre de l'attention. Cela peut paraître puéril, mais c'était vrai. J'adorais entendre Will et mon père en train de rire de moi. J'aimais l'idée que tous les plats du dîner – du poulet rôti à la mousse au chocolat – étaient précisément mes préférés. J'appréciais de pouvoir être qui je voulais sans entendre la voix de ma sœur me rappeler celle que j'avais été.

La sonnerie a retenti et ma mère a battu des mains.

— Le voilà, Lou. Tu vas pouvoir commencer à servir.

Patrick était encore empourpré de ses exercices sur la piste.

— Joyeux anniversaire, ma puce ! a-t-il dit en se penchant pour m'embrasser.

Il sentait l'après-rasage et le déodorant – la peau toute chaude au sortir de la douche.

— Il est grand temps de passer à table, ai-je dit en désignant le salon d'un signe de tête. Ma mère va piquer une crise.

— Ah, a-t-il fait en jetant un coup d'œil à sa montre. Désolé. Je crois que j'ai un peu perdu la notion du temps.

— Mais pas ton temps, hein ?

— Quoi ?

— Rien.

Mon père avait installé la grande table à rallonge dans le salon. Comme je le lui avais demandé, il avait aussi poussé l'un des sofas contre le mur opposé de façon à ce que Will puisse entrer dans la pièce sans rencontrer d'obstacle. Il a manœuvré son fauteuil jusqu'à la place que je lui indiquais, puis l'a surélevé légèrement pour se retrouver à la même hauteur que tout le monde. Je me suis assise à sa gauche et Patrick a pris place en face. Lui, Will et grand-père se sont mutuellement salués d'un petit hochement de tête. J'avais prévenu Patrick de ne pas tenter de lui serrer la main. Lorsque je me suis installée, j'ai vu que Will étudiait Patrick, et je me suis demandé un instant s'il allait se montrer aussi charmant envers mon petit ami qu'envers mes parents.

Will a penché la tête vers moi.

— Si vous regardez dans le compartiment à l'arrière du fauteuil, vous trouverez un petit quelque chose pour accompagner le dîner.

Je me suis penchée pour attraper son sac, et je me suis redressée avec une bouteille de champagne Laurent Perrier à la main.

— Pas d'anniversaire sans champagne, a dit Will.

— Oh, mais regardez-moi ça ! a dit ma mère en entrant dans la pièce avec les assiettes. C'est magnifique ! Mais nous n'avons pas de flûtes.

— Ces verres-là feront parfaitement l'affaire, a dit Will.

— Je vais l'ouvrir, a dit Patrick en attrapant la bouteille.

Il a retiré le muselet et posé ses pouces à la base du bouchon. Il ne quittait pas Will du regard, comme s'il découvrait dans notre invité une personne tout à fait différente de celle qu'il avait imaginée.

— Si vous vous y prenez comme ça, a dit Will, vous risquez d'en mettre partout, a-t-il dit en soulevant son bras d'un ou deux centimètres et en esquissant un vague geste. J'ai constaté qu'il était préférable de tenir le bouchon tout en tournant la bouteille.

— Voilà un homme qui s'y connaît en champagne ! s'est exclamé mon père. À toi de jouer, Patrick. Alors comme ça il faut tourner la bouteille ? Qui aurait pu croire ça ?

— Je le savais, a dit Patrick. C'est exactement ce que j'allais faire.

Finalement, le bouchon a été retiré sans dommage et le champagne servi. Nous avons trinqué à mon anniversaire.

Grand-père a marmonné quelque chose qui pouvait bien ressembler à un « bravo. »

Je me suis levée pour saluer. Je portais une mini jupe cloche jaune style années 1960, que j'avais dénichée à la friperie.

D'après la vendeuse, c'était probablement un modèle de chez Biba, mais quelqu'un avait découpé l'étiquette.

— Cette année, espérons que Lou devienne enfin une grande fille, a commencé mon père. J'ai failli dire : « L'année où elle va enfin faire quelque chose de sa vie », mais il semblerait qu'elle ait fini par s'y mettre. Je dois avouer, Will, que depuis qu'elle travaille avec vous, elle est… eh bien, elle s'est vraiment révélée.

— Nous sommes très fiers, a renchéri ma mère. Et nous vous sommes très reconnaissants aussi de lui avoir confié ce travail, je veux dire.

— C'est moi qui vous exprime toute ma gratitude, a répondu Will en coulant un regard vers moi.

— À Lou, a dit mon père. À ses heureux succès.

— Et aux membres de la famille absents aujourd'hui.

— Punaise, ai-je dit. Il faudrait que ce soit plus souvent mon anniversaire. D'ordinaire, je me fais plutôt dézinguer.

La conversation était lancée. Mon père a raconté une histoire dans laquelle je n'avais pas le beau rôle et ma mère s'est esclaffée. J'étais heureuse de les voir rire. Mon père paraissait épuisé depuis quelques semaines. Quant à ma mère, avec ses yeux creux et son air perpétuellement distrait, elle semblait perpétuellement ailleurs. Je voulais savourer ce moment durant lequel ils oubliaient leurs soucis, dans les blagues partagées et la tendresse familiale. Pendant un instant, je me suis dit que cela ne m'aurait pas dérangée que Thomas soit là. Voire Treena.

J'étais si absorbée dans mes pensées qu'il m'a fallu une bonne minute pour m'apercevoir de l'expression choquée apparue sur le visage de Patrick. J'étais occupée à donner à manger à Will tout en parlant avec grand-père. J'avais plié une petite tranche de saumon fumé avec mes doigts, pour la porter ensuite à la bouche de Will. C'était devenu un geste si machinal dans mon quotidien que son caractère intime ne m'est apparu qu'après coup.

Will a dit quelque chose à mon père et j'ai foudroyé Patrick du regard. Il fallait qu'il cesse de faire cette tête. À sa gauche, grand-père piochait allégrement dans son assiette en émettant ce que nous appelions ses « bruits gourmands » – des petits grognements et autres murmures appréciateurs.

— Délicieux, votre saumon, a dit Will à ma mère.

— Ce n'est pas un plat qu'on mange tous les jours, a répondu ma mère avec un sourire. Mais nous voulions quelque chose d'exceptionnel pour aujourd'hui.

« Arrête de le fixer », hurlaient mes yeux à Patrick.

Pour finir, il a capté mon coup d'œil et détourné la tête. Il avait l'air furieux.

J'ai donné un autre morceau de saumon à Will, puis un petit bout de pain lorsque j'ai vu la direction de son regard. À cet instant, je me suis rendu compte que j'étais si accoutumée aux désirs de Will que je n'avais même plus besoin de le regarder pour savoir ce qu'il voulait. De l'autre côté de la table, Patrick mangeait, la tête basse, découpant sa tranche de saumon en petits bouts pour les harponner sèchement avec sa fourchette. Il n'a pas touché au pain.

— Alors, Patrick, a lancé Will, sans doute conscient de mon embarras. Louisa m'a dit que vous étiez dans le coaching personnel. Cela consiste en quoi, exactement ?

J'aurais tant voulu qu'il ne pose pas cette question. Patrick est parti à fond de train dans son baratin commercial, axé sur l'argument selon lequel la motivation personnelle et un corps en forme sont la clé d'un esprit sain. Puis il a enchaîné sur son programme d'entraînement pour le Xtreme Viking – la température des eaux de la mer du Nord, les ratios muscle-graisse optimaux pour le marathon, et ses meilleurs chronos dans chacune des disciplines. C'était généralement à ce stade que je décrochais quand il me faisait cet exposé, mais en cet instant, avec Will à côté, son propos me semblait outrageusement déplacé. Pourquoi ne s'était-il pas contenté de répondre quelque chose de vague avant de passer à autre chose ?

— En fait, quand Lou a annoncé que vous seriez des nôtres, je me suis dit que j'allais potasser mes livres pour vous recommander des exercices de kiné.

J'ai failli m'étrangler avec mon champagne.

— C'est assez spécialisé, Patrick. Je ne sais pas si c'est ton domaine de compétences.

— Je peux m'occuper de cas spécialisés. Je fais de la traumato du sport. J'ai une formation médicale.

— Il ne s'agit pas d'une cheville foulée, Pat. Vraiment.

— Il y a un ou deux ans, j'ai travaillé avec un type dont un client était presque paraplégique. Eh bien, aujourd'hui, il a quasiment récupéré. Il fait des triathlons et tout et tout.

— Pas possible ! s'est exclamée ma mère.

— Il m'a parlé d'une nouvelle expérience menée au Canada. On entraîne les muscles de façon à ce qu'ils retrouvent le souvenir des activités antérieures. Si on les fait travailler comme il faut, chaque jour, eh bien, ils finissent par récupérer comme les connexions synaptiques. Si on mettait au point un planning adapté, je suis sûr que vous verriez la différence sur le plan de la mémoire musculaire. Après tout, Lou nous a dit que vous étiez plutôt un homme d'action avant.

— Patrick, ai-je dit à voix haute. Tu ne sais rien de tout cela.

— J'essayais juste de…

— Eh bien, arrête. S'il te plaît.

Un silence s'est abattu autour de la table. Mon père a toussé et s'en est excusé. Grand-père regardait autour de la table avec un œil un peu méfiant.

Ma mère a paru sur le point de proposer du pain à la ronde, puis s'est ravisée.

Lorsque Patrick a repris la parole, il y avait comme une note de martyr dans sa voix.

— C'est juste des travaux de recherche qui me paraissaient pouvoir être utiles. Mais je n'en parlerai plus.

Will a relevé les yeux et souri, le visage impassible et poli.

— J'en prends bonne note.

Je me suis levée pour débarrasser les assiettes – et pour fuir la table. Mais ma mère a froncé les sourcils, m'intimant l'ordre de rester assise.

D'ailleurs, elle n'acceptait pas que quiconque fasse quoi que ce soit sous son toit.

— C'est toi la reine de la fête, a-t-elle dit. Bernard, pourquoi n'irais-tu pas chercher le poulet ?

— Ah, ah ! Espérons qu'il a cessé de battre des ailes maintenant ! s'est exclamé mon père en tentant un sourire qui ressemblait fort à une grimace.

Le reste du repas s'est déroulé sans incident. À l'évidence, mes parents étaient totalement sous le charme de Will. Patrick un peu moins. Will et lui n'ont pratiquement plus échangé un seul mot. À un moment donné, plus ou moins lorsque ma mère servait les pommes de terre rôties et que mon père, comme à son habitude, essayait d'en chiper une ou deux de plus, j'ai cessé de m'en faire. Mon père bombardait Will de questions – sur sa vie d'avant et même sur son accident – et Will paraissait suffisamment à l'aise pour lui répondre directement. En fait, j'ai même glané quelques bribes dont il ne m'avait jamais parlé. Il semblait avoir occupé un poste important, même s'il se la jouait modeste. Il vendait et achetait des entreprises, en veillant à faire un bénéfice au passage. Il a fallu à mon père quelques manœuvres insistantes pour lui arracher que ledit bénéfice représentait un nombre à six ou sept chiffres. Je me suis surprise à observer Will pour essayer de faire coïncider l'homme que je connaissais avec l'impitoyable requin de la City qu'il décrivait. Mon père lui a parlé de la société qui était sur le point d'absorber la fabrique de meubles et, lorsqu'il en a mentionné le nom, Will a hoché la tête avec un air désolé. Oui, il les connaissait. Et oui, il aurait sans doute fait pareil. Le ton qu'il a employé pour dire ça ne laissait rien augurer de bon pour le poste de mon père.

Ma mère roucoulait en couvant Will du regard. Elle était aux petits soins pour lui. À la voir sourire, j'ai compris que, à un moment donné au cours du repas, il était devenu un beau jeune homme à sa table. Pas étonnant que Patrick soit en rogne.

— Un gâteau d'anniversaire ? a demandé grand-père quand ma mère a commencé à débarrasser.

Ses mots avaient été si distinctement prononcés que mon père et moi avons échangé un regard stupéfait. Tout le monde s'est tu.

— Non, ai-je dit en faisant le tour de la table pour aller l'embrasser. Non, grand-père. Je suis désolée. Mais il y a de la mousse au chocolat. Tu aimes ça.

Il a confirmé d'un hochement de tête. Ma mère rayonnait. Je crois que rien n'aurait pu nous faire plus plaisir.

La mousse est arrivée sur la table – et avec elle un paquet carré de la taille d'un répertoire téléphonique, enveloppé dans du papier de soie.

— C'est l'heure des cadeaux ? a dit Patrick. Tiens, voilà le mien.

Il m'a souri en le déposant au milieu de la table.

Je lui ai retourné son sourire. Après tout, ce n'était pas le moment de se disputer.

— Vas-y, a dit mon père. Ouvre-le.

J'ai donc commencé par ouvrir le leur, en dépliant soigneusement le papier de soie sans le froisser. C'était un album-photo, avec à chaque page des photos de moi prises à des années différentes. Moi bébé ; moi et Treena en petites filles sages et joufflues ; moi au premier jour de ma rentrée dans le secondaire, tout en barrettes dans les cheveux et vêtue d'une robe trop grande. Dans les plus récentes, il y en avait une de Patrick et moi, précisément celle où je venais de le traiter de « sale con ». Et moi encore, avec une robe grise, prise le premier jour de mon nouveau travail. Entre les pages, il y avait des dessins de la famille réalisés par Thomas, des lettres que j'avais envoyées lors de voyages scolaires et que ma mère avait gardées, dans lesquelles je racontais des journées à la plage, des glaces tombées dans le sable et des mouettes chapardeuses. Je l'ai feuilleté doucement, avec une petite hésitation sur la photo où figurait une jeune fille aux longs cheveux noirs coiffés en arrière. J'ai tourné la page.

— Puis-je voir ? a demandé Will.

— Ce n'est pas… notre meilleure année, lui a expliqué ma mère, tandis que je continuais de tourner les pages devant lui. Je veux dire, tout va bien. Pas de problème. Mais, vous savez, les choses étant ce qu'elles sont… C'est grand-père qui a vu une émission à la télé dans laquelle ils disaient qu'on pouvait faire ses propres cadeaux. Alors je me suis dit que ce serait quelque chose qui… vous voyez… qui signifierait vraiment quelque chose.

— C'est le cas, maman, ai-je dit, les yeux emplis de larmes. Je l'adore. Merci beaucoup.

— Grand-père en a choisi quelques-unes, a précisé ma mère.

— C'est magnifique, a dit Will.

— Je l'adore, ai-je répété.

Le regard de profond soulagement que mes parents ont alors échangé est la chose la plus triste que j'aie jamais vue.

— Le mien maintenant, a dit Patrick en faisant glisser sa petite boîte sur la table.

Je l'ai ouverte lentement, avec un vague sentiment de panique à l'idée que ce soit une bague de fiançailles. Je n'étais pas prête pour ça. Je ne m'étais déjà pas complètement remise d'avoir ma propre chambre. J'ai repoussé le couvercle et découvert, sur un fond de velours bleu nuit, une fine chaînette d'or avec une petite étoile en pendentif. C'était gentil, attentionné, mais ça ne me correspondait pas du tout. Je ne porte pas ce genre de bijoux. Je n'en ai jamais porté.

J'ai laissé mon regard posé dessus, réfléchissant à ce que j'allais dire.

— C'est joli, ai-je murmuré tandis qu'il se penchait par-dessus la table pour me l'attacher autour du cou.

— Je suis heureux que ça te plaise, a dit Patrick avant de m'embrasser sur la bouche.

Je peux jurer que jamais auparavant il ne m'avait embrassée comme ça devant mes parents.

Will me regardait, le visage impassible.

— Eh bien, je crois que nous devrions manger le pudding avant qu'il ne se réchauffe, a lancé mon père en s'esclaffant à sa propre plaisanterie.

Le champagne lui avait incroyablement échauffé l'esprit.

— Il y a également quelque chose pour vous dans mon sac, a annoncé Will d'un ton tranquille. Celui qui est accroché à l'arrière du fauteuil. Dans un emballage orange.

J'ai récupéré le cadeau de Will.

Ma mère a suspendu son geste, la cuillère à mi-course.

— Vous avez apporté un cadeau à Lou, Will ? Comme c'est gentil de votre part ! N'est-ce pas, Bernard, que c'est gentil ?

— Certainement.

Le papier d'emballage était décoré de petits kimonos chinois de couleurs vives. Je n'ai pas eu à le regarder bien longtemps pour savoir que je le garderais précieusement. Peut-être même irais-je jusqu'à créer un vêtement en m'en inspirant ? J'ai retiré le ruban, en le posant délicatement de côté pour plus tard. J'ai défait l'emballage, puis ouvert le fin papier de soie à l'intérieur, pour enfin découvrir les bandes jaunes et noires étrangement familières qui me regardaient.

J'ai sorti les pièces de tissu du paquet ; dans mes mains, je tenais deux paires de collants noirs et jaunes, taille adulte, opaques, et confectionnés dans une laine si douce qu'ils coulaient littéralement entre mes doigts comme de l'eau.

J'ai soudain éclaté d'un rire plein de joie.

— Je n'arrive pas à y croire, ai-je dit. Oh, mon Dieu ! Où les avez-vous trouvés ?

— Je les ai fait confectionner spécialement pour vous. Et vous serez sûrement heureuse d'apprendre que j'ai communiqué mes instructions par l'intermédiaire de mon tout nouveau logiciel de reconnaissance vocale.

— Des collants ? se sont exclamés Patrick et mon père à l'unisson.

— Oui, les meilleurs collants du monde et de tous les temps.

Ma mère les a examinés.

— Tu sais, Louisa, je suis à peu près sûre que tu en as eu une paire exactement comme celle-ci quand tu étais toute petite.

Mon regard a croisé celui de Will. Je ne pouvais pas m'empêcher de sourire.

— Il faut que je les essaie. Maintenant.

— Oh, la vache ! Avec ça, elle va ressembler à l'un de ces comiques, Max Wall ou Sim, égarés dans une ruche, a dit mon père en secouant la tête.

— Bernard, c'est son anniversaire. Elle peut bien porter ce qu'elle veut, tout de même.

Je suis sortie en courant pour aller en enfiler une paire dans l'entrée. Les doigts de pieds pointés, j'ai admiré mes nouveaux collants. De toute ma vie, je crois que jamais un cadeau ne m'avait fait plus plaisir.

Je suis retournée dans le salon ; Will a poussé une petite acclamation. Grand-père a abattu ses mains sur la table. Mon père et ma mère ont éclaté de rire. Patrick n'a pas pipé mot.

— Je ne peux même pas vous dire à quel point je les adore, ai-je dit. Merci. Merci du fond du cœur, ai-je répété en posant une main sur son épaule.

— Il y a aussi une carte dans le paquet, a-t-il ajouté. Vous l'ouvrirez plus tard.

Mes parents ont fait tout un tralala lorsque Will est parti. Mon père, qui était saoul, n'a pas arrêté de le remercier de m'employer, et lui a même arraché la promesse de revenir.

— Si je perds mon boulot, je viendrai peut-être chez vous pour qu'on regarde un match de foot ensemble à l'occasion.

— Ce sera avec plaisir, a répondu Will que je n'avais jamais vu regarder le moindre match.

Ma mère lui a fait emporter un reste de mousse au chocolat dans un Tupperware.

— Vu comment vous l'avez appréciée…

Après son départ, ils allaient passer une bonne heure à dire à quel point il était gentleman. « Un véritable gentleman. »

Patrick est venu dans l'entrée, les mains profondément enfoncées dans ses poches, comme pour résister à la tentation de serrer celle de Will. C'était là ma conclusion la plus généreuse.

— Ça a été un plaisir, Patrick, a dit Will. Et merci pour le… conseil.

— Oh, c'était juste pour aider *ma* copine à tirer le meilleur de son boulot, a-t-il répondu. Rien de plus.

Incontestablement, il avait insisté sur le « ma ».

— Vous avez bien de la chance, a lancé Will à l'instant où Nathan commençait à le sortir de la maison. Avec elle, le bain du soir est incomparable.

Il avait dit ça si rapidement que la porte s'était refermée avant que Patrick ait saisi le sens de ses paroles.

— Tu ne m'avais jamais dit que tu lui donnais son bain le soir.

Nous étions chez Patrick, un appartement récent à la périphérie de la ville. Il avait été vendu sous l'intitulé « esprit loft », alors que l'immeuble donnait sur la zone d'activité commerciale et ne comptait que trois étages.

— Ça veut dire quoi ? Tu lui laves la bite ?

— Je ne lui lave pas la bite.

J'ai pris mon démaquillant – l'une des rares choses que j'étais autorisée à laisser chez Patrick – et entrepris de me nettoyer énergiquement le visage.

— C'est bien ce qu'il a dit, pourtant.

— Il te faisait marcher. Et après tout ce que tu avais déblatéré – « vous étiez plutôt un homme d'action avant » – difficile de lui en vouloir.

— Mais alors qu'est-ce que tu lui fais au juste ? Manifestement, tu ne m'as pas tout raconté.

— Il m'arrive de le laver, parfois, mais uniquement jusqu'à ses sous-vêtements.

Le regard de Patrick était éloquent. Pour finir, il a détourné la tête, puis retiré ses chaussettes pour les jeter dans le panier de linge sale.

— Ce n'est pas censé être ça, ton boulot. Pas de geste médical. Rien d'intime. C'est ça qui était prévu. Voilà ce qui figurait dans la description du poste. (Une idée lui est subitement passée par la tête.) Tu pourrais lui faire un procès. Une rupture conventionnelle de contrat, je crois que c'est comme ça que ça s'appelle, lorsqu'on modifie les conditions d'un emploi.

— Ne dis pas n'importe quoi. Je le fais parce que Nathan ne peut pas toujours être là, et que c'est horrible pour Will d'avoir affaire à un complet étranger envoyé par l'agence. Et puis je suis habituée maintenant. Ça ne me dérange vraiment pas.

Comment pouvais-je lui expliquer qu'on peut s'habituer au corps d'une autre personne ? Je pouvais changer les sondes de Will avec habileté et professionnalisme, baigner à l'éponge son torse dénudé jusqu'à la taille, sans même cesser de parler. Je ne regardais plus les cicatrices de Will. Pendant un temps, elles ne m'avaient évoqué qu'une tentative de suicide. Désormais, je ne voyais rien d'autre que Will – tour à tour exaspérant, lunatique, intelligent et drôle–, qui me traitait un peu avec condescendance et aimait à jouer les professeurs Higgins avec son Eliza Doolittle. Son corps était juste une donnée de l'ensemble, une chose dont il fallait bien s'occuper de temps à autre, avant de pouvoir revenir à la conversation. Je crois bien que ce corps était devenu la partie la moins intéressante de lui.

—Incroyable… Après tout ce que nous avons vécu… Après tout le temps qu'il a fallu pour que tu me laisses t'approcher… Et voilà qu'arrive cet étranger dont tu as tout l'air d'apprécier la proximité et l'intimité…

—Est-ce qu'on pourrait ne pas parler de ça ce soir, Patrick ? C'est mon anniversaire…

—Ce n'est pas moi qui ai commencé à parler de bains et autres.

—C'est parce qu'il est beau, c'est ça ? ai-je demandé. C'est bien ça ? Est-ce que ce serait plus facile pour toi s'il avait l'air d'un vrai légume ?

—Donc… tu le trouves beau.

J'ai fait passer ma robe par-dessus ma tête, puis commencé à retirer précautionneusement mes collants. Ma bonne humeur se volatilisait.

—Je n'arrive pas à le croire. Je n'arrive pas à croire que tu sois jaloux de lui.

—Je ne suis pas jaloux de lui, a-t-il répliqué d'un ton dédaigneux. Comment est-ce que je pourrais être jaloux d'un infirme ?

Patrick m'a fait l'amour cette nuit-là. L'expression « faire l'amour » est peut-être un peu exagérée. Nous avons eu un rapport – un véritable marathon qui avait pour but de me prouver ses qualités athlétiques, sa force et son endurance. Cela a duré des heures. S'il avait pu m'accrocher au lustre, je crois qu'il l'aurait fait. J'ai trouvé agréable de me sentir aussi désirée, de constater que j'étais encore désirable pour Patrick après des mois de quasi-détachement. Mais je dois avouer que je suis un peu restée en retrait pendant cette séance de gymnastique. Je soupçonnais qu'elle ne m'était pas destinée. En fait, je suis même vite arrivée à cette conclusion. Cette petite démonstration était au bénéfice exclusif de Will.

— Alors, c'était comment ? a demandé Patrick en s'enroulant autour de moi comme une liane.

La transpiration rendait nos peaux légèrement collantes. Il m'a embrassée sur le front.

— Génial, ai-je répondu.

— Je t'aime, ma puce.

Et puis, satisfait, il a roulé sur côté, ramené un bras plié sous sa nuque et sombré dans un profond sommeil en quelques minutes.

Incapable de dormir, je me suis levée pour descendre chercher mon sac. J'ai farfouillé dedans, en quête des nouvelles de Flannery O'Connor. C'est lorsque j'ai sorti l'ouvrage que l'enveloppe est tombée.

Je l'ai fixée un instant. La carte de Will. Je ne l'avais pas ouverte à table ; je l'ai fait à cet instant. Elle paraissait étrangement épaisse sous mes doigts. J'ai doucement tiré la carte hors de l'enveloppe, puis je l'ai ouverte. À l'intérieur, il y avait dix billets de cinquante livres, flambant neufs. Je les ai recomptés deux fois, incapable de croire ce que je voyais. Sur la page de gauche, un mot était écrit.

« Prime d'anniversaire. Inutile d'en faire une histoire.

C'est une obligation légale. W. »

Chapitre 14

Le mois de mai a été pour le moins étrange. Les journaux et la télévision ont fait leurs grands titres sur ce qu'on a appelé « le droit de mourir dans la dignité ». Une femme qui souffrait d'une maladie dégénérative avait demandé une clarification de la loi, de façon à être sûre que son mari soit protégé si d'aventure il l'accompagnait à Dignitas lorsque la douleur deviendrait insupportable pour elle. Un jeune footballeur s'était suicidé après avoir convaincu ses parents de le conduire là-bas. La police s'en était mêlée. Un débat devait avoir lieu à la Chambre des lords.

Je regardais les reportages à la télé et j'écoutais les débats entre les partisans de la vie à tout prix et des philosophes de renom. Je ne savais pas au juste quelle était ma position sur cette question. Tout cela me semblait si éloigné de Will.

Pendant ce temps, nous avions graduellement multiplié les sorties de Will – et allongé les distances qu'il était disposé à parcourir. Nous avions été au théâtre, au bout de la rue voir des danses folkloriques (Will avait conservé un visage impassible devant leurs clochettes et leurs mouchoirs, mais l'effort lui avait quand même fait les pommettes un peu rouges), roulé un soir jusqu'à un concert en plein air organisé dans un château (plus son truc que le mien), et une autre fois jusqu'au multiplex où – à cause d'une recherche faite à la va-vite, je le confesse – nous avions vu un film au sujet d'une femme malade en phase terminale.

Mais je savais qu'il suivait l'actualité lui aussi. Depuis qu'il avait le nouveau logiciel, il s'était mis à utiliser plus souvent l'ordinateur, et il avait même trouvé un système pour commander le curseur en passant son pouce sur un trackpad. Cet exercice laborieux lui permettait de lire la presse en ligne. Un matin, alors que je lui apportais une tasse de thé, je l'ai trouvé en train de lire un article consacré au jeune footballeur – et notamment à toutes les étapes qu'il avait dû franchir pour parvenir à ses fins et décider de sa mort. Lorsque Will s'est aperçu de ma présence derrière lui, il a masqué l'écran. Ce geste dont j'avais été le témoin m'a laissé une boule dans la gorge – qui a bien mis une demi-heure à disparaître.

J'ai consulté le même article à la bibliothèque ; je m'étais mise à la lecture des journaux. J'avais fini par reconnaître les arguments les plus profonds et les plus pertinents – par comprendre que l'information n'était pas la plus utile lorsqu'on la ramenait aux seuls faits, dans leur essence la plus brute.

Les parents du joueur de foot avaient été descendus en flammes par les tabloïds. « Comment peuvent-ils le laisser mourir ? », clamaient les unes tapageuses. Malgré moi, je partageais cette interrogation. Âgé de vingt-quatre ans, Leo McInerney vivait depuis presque trois ans avec sa blessure – soit guère plus longtemps que Will. N'était-il pas bien trop jeune pour décider que la vie n'avait plus rien à lui offrir qui vaille la peine d'être vécu ? Et puis j'ai parcouru ce que Will lisait – non pas un billet exprimant une opinion, mais une présentation précise et fouillée des événements effectivement survenus dans la vie du jeune homme. Apparemment, l'auteur avait pu s'entretenir avec les parents.

Leo, écrivait-il, avait joué au football dès l'âge de trois ans. Sa vie entière tournait autour de son sport. Il avait été blessé dans un accident qui n'avait « qu'une chance sur un million » de se produire, lors d'un tacle malheureux. Ils avaient tout essayé pour l'encourager, pour le convaincre que sa vie n'avait pas perdu toute valeur. Mais le jeune homme avait plongé dans la dépression. Ce n'était pas simplement un athlète privé de sport ; c'était un homme incapable de bouger, et parfois même de respirer sans assistance. Plus rien dans l'existence ne lui procurait la moindre satisfaction. Sa vie était placée sous le seul signe de la douleur, des infections et des soins médicaux. Ses amis lui manquaient, mais il refusait de les voir. Il avait dit à sa fiancée qu'il préférait ne plus la voir. Chaque jour, il répétait à ses parents qu'il voulait mourir – qu'il ne supportait pas de voir d'autres personnes vivre ne serait-ce que la moitié de ce qu'il avait envisagé pour sa propre existence. Insupportable.

Par deux fois, il avait tenté de se suicider en refusant de s'alimenter, jusqu'à ce qu'il faille l'hospitaliser. Puis, lorsqu'on l'avait ramené chez lui, il avait supplié ses parents de l'étouffer dans son sommeil. Lorsque j'ai lu cet article, assise à la bibliothèque, j'ai dû laisser la paume de mes mains plaquée sur mes yeux jusqu'à ce qu'il me soit de nouveau possible de respirer sans sangloter.

Mon père a perdu son emploi. Il a affronté cette épreuve avec beaucoup de courage. Cet après-midi-là, il est rentré à la maison, a passé une chemise et une cravate, puis est retourné au centre-ville par le bus pour aller s'inscrire à l'agence pour l'emploi.

Il a annoncé à ma mère qu'il accepterait n'importe quel travail, en dépit du fait qu'il était un artisan qualifié, fort de nombreuses années d'expérience.

— Je ne crois pas qu'on puisse se permettre de faire la fine bouche en ce moment, a-t-il déclaré, ignorant les protestations de ma mère.

Toutefois, si moi j'avais eu des difficultés à trouver quelque chose, les perspectives d'embauche pour un homme de cinquante-cinq ans n'ayant connu qu'une seule entreprise dans toute sa carrière étaient inévitablement limitées. Après une série d'entretiens, il a annoncé d'une voix désespérée qu'il n'avait même pas réussi à décrocher un poste de manutentionnaire ou d'agent de sécurité. On allait préférer un morveux de dix-sept ans pas fiable pour deux sous, parce que les aides gouvernementales couvriraient son salaire, plutôt qu'un homme mûr ayant largement fait ses preuves. Au bout de deux semaines de recherches infructueuses, mes parents ont admis qu'ils auraient besoin de quelques allocations pour passer le cap. Ils ont donc passé leurs soirées penchés sur un incompréhensible dossier d'une cinquantaine de pages, à répondre aux questions leur demandant combien de personnes utilisaient leur lave-linge, ou à quand remontait leur dernière sortie du territoire national. Mon père penchait pour l'année 1988. J'ai ajouté l'argent que Will m'avait offert pour mon anniversaire à la cagnotte familiale, dans le placard de la cuisine. Je me suis dit qu'ils se sentiraient peut-être mieux en sachant qu'ils disposaient d'un filet de sécurité.

À mon réveil le lendemain matin, l'argent avait été glissé sous ma porte dans une enveloppe.

Les touristes sont arrivés et la ville a commencé à se remplir. M. Traynor était de moins en moins présent ; ses horaires se sont allongés à mesure qu'augmentait le nombre de visiteurs au château. Un jeudi après-midi, je l'ai aperçu en ville, alors que je rentrais à la maison après avoir fait un détour par le pressing. En soi, cela n'avait rien d'étonnant, sauf qu'il tenait par la taille une femme rousse qui n'était pas son épouse. Lorsqu'il m'a vue, il l'a relâchée comme si elle avait été une patate chaude.

Je me suis détournée et j'ai fait semblant d'examiner la vitrine d'une boutique. Je ne savais pas au juste si j'avais envie qu'il sache que je les avais surpris ; je me suis efforcée de ne plus y repenser par la suite.

Le vendredi qui a suivi le licenciement de mon père, Will a reçu une invitation à un mariage – de la part d'Alicia et Rupert. Le carton avait été envoyé par le colonel Timothy Dewar et son épouse, les parents d'Alicia, pour l'inviter à se joindre à eux à la célébration de l'union de leur fille avec Rupert Freshwell. Il est arrivé dans une lourde enveloppe imitant un parchemin, avec un planning détaillant les différentes étapes de la célébration, et une longue liste de choses que les gens pouvaient acheter aux jeunes mariés, dans des magasins dont je n'avais jamais entendu le nom.

— Elle ne manque pas d'air, ai-je dit en étudiant le lettrage doré ornant l'épais carton rehaussé d'or. Je le mets à la poubelle ?

— Comme vous voulez.

Le corps de Will tout entier incarnait l'indifférence déterminée. On aurait pu en faire une statue.

J'ai commencé à consulter la liste de mariage.

— Et d'abord, qu'est-ce qu'un « couscoussier » ?

Je n'ai pas jeté le carton, soit en raison de la rapidité avec laquelle il avait fait demi-tour pour aller s'absorber dans l'écran de son ordinateur, soit à cause du ton de sa voix. Je l'ai soigneusement rangé dans son dossier dans la cuisine.

Will m'a offert un autre recueil de nouvelles – commandé sur Amazon –, ainsi qu'un exemplaire de *La Reine rouge*. Je me doutais que ça ne serait pas mon style de livres.

— Il n'y a même pas d'histoire, ai-je dit après avoir lu la quatrième de couverture.

— Et alors ? a répliqué Will. Il faut vous lancer des défis de temps en temps.

Je me suis attaquée à la lecture, non pas parce que j'ai subitement été prise de passion pour la génétique, mais parce que je ne supportais pas l'idée que Will allait continuer à me tanner si je ne le faisais pas. Il était devenu comme ça ; un peu tyran sur les bords. Il me questionnait pour savoir combien de livres j'avais lus parmi ceux qu'il m'avait offerts, juste pour s'assurer que je m'y plongeais bel et bien.

— Vous n'êtes pas mon professeur, lui répondais-je en grommelant.

— Dieu merci, me répondait-il avec cœur.

Ce livre – étonnamment accessible au demeurant – parlait d'une sorte de lutte pour la survie. L'auteur expliquait que les femmes ne choisissaient absolument pas les hommes parce qu'elles les aimaient. En fait, les femelles d'une espèce allaient systématiquement vers les mâles les plus robustes, de façon à offrir les meilleures chances à leur descendance. C'était plus fort qu'elles. Ainsi va la vie.

Je n'étais pas d'accord. Et je n'aimais pas le raisonnement, dont l'implicite sous-jacent allait dans le sens de ce dont il essayait de me convaincre. Will était physiquement diminué, faible, selon la théorie de l'auteur. Cela faisait donc de lui un sujet non pertinent sur le plan biologique. Autrement dit, sa vie était inutile.

Un après-midi, il avait passé un long moment à m'exposer cette théorie de long en large lorsque je lui ai finalement coupé la parole.

— Il y a une chose que ce Matt Ridley n'a pas prise en compte, ai-je dit.

Will a relevé la tête de son écran.

— Ah oui ?

— Et si le mâle génétiquement supérieur se révèle être une vraie tête de nœud ?

Le troisième samedi de mai, Treena et Thomas sont revenus à la maison. Ma mère avait ouvert la porte pour remonter l'allée du jardin avant même qu'ils aient franchi la moitié de la rue. Thomas, jurait-elle en le serrant contre elle, avait grandi de près de dix centimètres depuis leur départ. « Il a tellement changé, tellement grandi. Un vrai petit homme maintenant. » Treena, qui s'était coupé les cheveux, avait une allure étrangement sophistiquée. Elle portait une veste que je ne lui connaissais pas, et une paire de sandales à brides. Je me suis surprise à me demander, non sans une pointe de mesquinerie, où elle avait bien pu trouver l'argent nécessaire.

— Alors, c'est comment ? ai-je demandé, pendant que ma mère faisait faire le tour du jardin à son petit-fils pour lui montrer les grenouilles dans le bassin.

Papa, qui était occupé à regarder un match de foot à la télé en compagnie de grand-père, a émis un grognement de frustration à la vision d'une occasion ratée, censément inratable.

— Super. Vraiment bien. Bien sûr, c'est dur de m'occuper toute seule de Thomas. D'ailleurs, il lui a fallu un peu de temps pour s'habituer à la crèche. Mais pas un mot à maman, a-t-elle ajouté en se penchant vers moi. Je lui ai dit que tout allait bien.

— Et les cours ? Ça te plaît ?

Un grand sourire a éclairé le visage de Treena.

— C'est fabuleux. Tu ne peux pas imaginer, Lou, à quel point ça fait du bien d'utiliser de nouveau son cerveau. J'ai l'impression d'avoir ignoré un pan entier de moi-même pendant des siècles… et je viens de le retrouver. J'espère que ça ne fait pas trop prétentieux de dire ça…

J'ai secoué la tête. J'étais sincèrement heureuse pour elle. J'avais envie de lui parler de la bibliothèque, des ordinateurs et de tout ce que j'avais fait pour Will. Mais je me suis dit que c'était son quart d'heure. Nous nous sommes installées sur les chaises pliantes, sous le parasol déglingué, pour siroter notre thé. J'ai remarqué ses ongles parfaitement vernis.

— Vous avez manqué à maman, ai-je dit.

— À partir de maintenant, nous allons rentrer presque tous les week-ends. J'avais juste… En fait, Lou, il n'y avait pas que la nécessité d'acclimater Thomas à son nouvel environnement. J'avais besoin de m'éloigner de tout ça pendant un certain temps. Je voulais m'offrir la possibilité d'être quelqu'un d'autre.

De fait, elle avait un peu l'air d'être une autre. C'était étrange. Quelques semaines avaient suffi à gommer tout ce qui m'était familier chez elle. J'avais l'impression qu'elle était en route pour devenir quelqu'un que je ne cernais pas bien. J'ai eu la sensation bizarre d'être un peu à la traîne.

— Maman m'a dit que ton handicapé était venu dîner.

— Ce n'est pas « mon » handicapé. Il s'appelle Will.

— Excuse-moi. Will. Alors ça marche, la vieille liste des attractions locales ?

— Comme ci, comme ça. Certaines virées ont été plus réussies que d'autres.

Je lui ai alors raconté le désastre de notre journée aux courses, puis le triomphe inattendu du concert. Je lui ai décrit nos pique-niques, et le récit de mon repas d'anniversaire l'a fait mourir de rire.

— Tu crois… ? a-t-elle demandé, s'interrompant pour trouver le mot juste. Tu crois que tu vas l'emporter ?

Comme s'il s'agissait d'un concours.

J'ai cueilli une tige de chèvrefeuille et commencé à en ôter les feuilles.

— Je ne sais pas. Je pense qu'il va falloir que je passe à un niveau supérieur.

Je lui ai raconté ce que Mme Traynor m'avait dit au sujet d'un voyage à l'étranger.

— Je n'arrive pas à croire que tu aies assisté à un concert de musique classique. Je n'aurai jamais imaginé ça possible.

— Pourtant, j'ai adoré ça.

Elle a haussé un sourcil.

— Sincèrement. Ce fut une expérience… riche en émotions.

Elle m'a scrutée attentivement.

—Maman m'a dit qu'il était charmant.

—Il *est* charmant.

—Et séduisant.

—Avoir la moelle épinière sectionnée ne fait pas de toi un Quasimodo.

S'il te plaît, surtout ne dis pas que c'est du gâchis, ai-je pensé très fort.

Mais ma sœur était probablement plus fine que ça.

—En tout cas, ça a été une vraie surprise pour maman. Je crois qu'elle s'était préparée à accueillir Quasimodo.

—C'est ça, le problème, Treena, ai-je dit en versant le fond de ma tasse dans le massif de fleurs. C'est ce que tout le monde fait toujours.

Ce soir-là, ma mère rayonnait de joie. Pour le dîner, elle avait préparé des lasagnes – le plat préféré de ma sœur – et Thomas a été autorisé à rester avec nous. Nous avons mangé, parlé et ri, parlé encore de choses neutres et sans danger – l'équipe de football, mon travail et les étudiants que Treena côtoyait. Pour la centième fois, ma mère a demandé à Treena si elle s'en sortait toute seule et si elle avait besoin de quelque chose pour Thomas – comme s'ils avaient eu quoi que ce soit à lui donner. Je me suis félicitée d'avoir informé Treena de l'état des finances de la famille. Elle a fermement décliné les offres, avec une certaine dignité. Ce n'est qu'après coup que j'ai songé à lui demander si c'était bien le cas.

Cette nuit-là, j'ai été réveillée à minuit par des pleurs. C'était Thomas dans la chambre-cagibi. J'ai entendu Treena qui faisait de son mieux pour le réconforter et le rassurer – puis le bruit de la lampe allumée, éteinte, puis rallumée, celui d'un lit déplacé. Allongée dans le noir, les yeux rivés sur les rais de lumière de l'éclairage public qui filtrait à travers mes stores zébrant mon plafond fraîchement repeint, j'ai attendu que le bruit cesse. Mais le même gémissement a repris à 2 heures. Cette fois, j'ai entendu le pas de ma mère dans le couloir, puis des murmures étouffés. Finalement, Thomas s'est calmé.

À 4 heures, le grincement de ma porte m'a réveillée. Les yeux tout papillotants, je me suis tournée vers la lumière. La silhouette de Thomas se découpait dans le couloir éclairé. Son pyjama trop grand flottait autour de ses jambes maigrelettes, et son doudou traînait à moitié par terre. Je ne distinguais pas son visage, mais il est resté sur le seuil, incertain, ne sachant au juste quoi faire.

— Viens là, Thomas, ai-je murmuré.

Quand il a trottiné vers moi, j'ai vu qu'il était encore à moitié endormi. Son pas était hésitant. Il avait le pouce enfoncé dans la bouche, et son doudou fermement arrimé sous son bras. J'ai soulevé la couette et il s'est hissé dans le lit à côté de moi. Sa petite tête à la chevelure abondante s'est enfoncée dans l'autre oreiller et il s'est recroquevillé en position fœtale. J'ai remonté la couette sur lui, puis, immobile, je l'ai observé, m'émerveillant de la vitesse à laquelle il avait replongé dans le sommeil.

— Bonne nuit, petit cœur, ai-je murmuré en déposant un baiser sur son front.

Une petite main potelée est venue saisir un pan de mon tee-shirt, comme pour s'assurer que je ne risquais pas de m'en aller.

— Quel est le plus bel endroit où vous soyez allé ?

Assis sous l'abri, nous attendions la fin de l'averse pour pouvoir poursuivre notre promenade dans le petit jardin à l'arrière du château. Will n'aimait pas aller dans la partie principale ; trop de gens l'y dévisageaient. Mais le jardin potager était l'un des trésors méconnus de ce site historique.

Une allée de galets lisses – sur laquelle il était aisé de faire circuler le fauteuil de Will – le séparait du verger voisin.

— De quel point de vue ? Et qu'est-ce que c'est que ça ?

J'ai versé un peu de potage dans son gobelet, avant de le porter à ses lèvres.

— Velouté à la tomate.

— D'accord. Bon Dieu, c'est chaud. Donnez-moi un instant.

Les yeux plissés, il a laissé son regard dériver dans le lointain avant d'ajouter :

— J'ai escaladé le mont Kilimandjaro pour mes trente ans. Et c'était assez incroyable.

— Quelle altitude ?

— Pas loin de six mille mètres au sommet du pic Uhuru. Cela dit, j'ai plus ou moins rampé sur les dernières centaines de mètres. Le mal des montagnes n'épargne personne.

— Il faisait froid ?

— Non…, a-t-il répondu en me souriant. Ce n'est pas l'Everest. Tout du moins pas à la période de l'année où j'y suis allé, a-t-il répondu, les yeux dans le vague, comme pour se perdre dans le souvenir. C'était magnifique. Le toit de l'Afrique, comme on l'appelle. Une fois là-haut, on a l'impression de pouvoir voir jusqu'au bout du monde.

Will est resté silencieux un instant. Je l'ai observé, me demandant où il pouvait bien être à ce moment-là. Lorsque nous avions ce genre de conversations, il devenait comme le garçon de ma classe rentré métamorphosé après son tour du monde.

— Et quel autre endroit avez-vous aimé ?

— La baie de Trou d'eau douce sur l'île Maurice. Des gens adorables, des plages splendides, des sites de plongée sous-marine exceptionnels. Hmm… Le parc national de Tsavo au Kenya, avec sa terre rouge et ses animaux sauvages. Le Yosemite. C'est en Californie. Des faces rocheuses si gigantesques que le cerveau parvient à peine à en prendre la mesure.

Il m'a alors raconté une nuit d'escalade qu'il avait passée sur une corniche à une centaine de mètres d'altitude, pendant laquelle il avait dû pitonner son sac de couchage à la paroi. Sans cela, le simple fait de rouler dans son sommeil aurait signé son arrêt de mort.

— Vous venez de décrire mon pire cauchemar.

— J'aime bien les grandes villes aussi. Sydney, j'adore. Les Territoires du Nord-Ouest. L'Islande. Pas très loin de l'aéroport, il y a un endroit où on peut se baigner dans des sources d'eau chaude, au milieu d'un paysage étrange. On se croirait après une catastrophe nucléaire. Oh, j'ai aussi fait des randonnées équestres en Chine. À deux jours de cheval de la capitale du Sichuan, j'ai souvenir que les habitants m'avaient craché dessus parce qu'ils n'avaient jamais vu un Blanc auparavant.

— Y a-t-il des endroits où vous n'êtes jamais allé ?

Il a avalé une autre gorgée de potage.

— La Corée du Nord. Ah, je ne suis jamais allé à Disneyland, a-t-il ajouté après un instant de réflexion. Ça compte ? Ni à Eurodisney d'ailleurs.

— Un jour, j'ai acheté un billet pour l'Australie. Mais je n'y suis jamais allée.

Il s'est tourné vers moi, surpris.

— J'ai dû renoncer à ce projet. Mais ce n'est pas grave. Peut-être irai-je un jour.

— Pas « peut-être ». Vous devez absolument partir d'ici, Clark. Promettez-moi de ne pas passer le restant de vos jours dans cette parodie de ville qui tiendrait sur un set de table.

— Promettez-moi ? Pourquoi ? ai-je demandé en faisant de mon mieux pour que ma voix conserve un ton léger. Vous partez où ?

— C'est juste que… je ne supporte pas l'idée que vous restiez coincée ici toute votre vie, a-t-il expliqué en se raclant la gorge. Vous êtes trop brillante. Trop intéressante.

Il a détourné la tête avant de reprendre :

— On n'a qu'une vie, Clark. C'est le devoir de chacun de la vivre aussi intensément que possible.

— D'accord, ai-je dit d'un ton prudent. Alors dites-moi où je dois aller. Où iriez-vous si vous en aviez la possibilité ?

— Maintenant ?

— Maintenant. Et vous ne pouvez pas répondre le Kilimandjaro. Il faut que ce soit quelque part où je puisse imaginer aller.

Lorsque le visage de Will se détend, il donne l'impression d'être quelqu'un d'autre. Un sourire s'est épanoui sur ses lèvres et ses yeux se sont plissés de plaisir.

— À Paris. Je m'installerais à la terrasse d'un café dans le Marais, pour boire un café et manger des croissants chauds accompagnés de beurre doux et de confiture de fraises.

— Le Marais ?

— C'est un petit quartier au cœur de Paris, plein de rues pavées, d'immeubles de guingois, de gays, de Juifs orthodoxes et de femmes d'un certain âge qui ressemblaient naguère à Brigitte Bardot. C'est l'endroit où il faut aller à Paris.

Je me suis tournée vers lui.

— Nous pourrions y aller, ai-je dit à voix presque basse. Il n'y a qu'à prendre l'Eurostar. Ce ne serait pas difficile. Je pense qu'on ne serait même pas obligés de demander à Nathan de venir. Je n'ai jamais été à Paris et j'adorerais. Vraiment. Et tout particulièrement en compagnie de quelqu'un qui connaît bien. Qu'en dites-vous, Will ?

Je m'y voyais déjà, dans ce café. Je m'y voyais, à cette table, peut-être en train d'admirer une nouvelle paire de chaussures françaises tout juste achetées dans une petite boutique très chic, ou de saisir une pâtisserie entre mes doigts aux ongles d'un rouge très parisien. Je sentais le goût du café dans ma bouche, l'effluve des gauloises provenant de la table à côté.

—Non.

—Quoi?

Il m'a fallu un instant pour m'arracher de ma rêverie.

—Non.

—Mais vous m'avez dit…

—Vous ne comprenez pas, Clark. Je ne veux pas aller là-bas dans ce… cette chose.

D'un geste esquissé, il a désigné le fauteuil. Sa voix s'est faite sourde.

—Je veux visiter Paris en étant moi-même. Celui que j'étais. Je veux pouvoir m'asseoir sur une chaise et m'y adosser en me laissant aller en arrière, avec sur moi mes vêtements préférés, et que les jolies Parisiennes qui passent me coulent des œillades comme elles le feraient pour n'importe quel autre homme assis là. Et qu'elles ne détournent pas la tête à la hâte en se rendant compte que je suis un homme coincé dans une saleté de poussette bien trop grande.

—Mais nous pourrions, ai-je insisté. Ce ne serait pas forcément…

—Non. Non, nous ne pouvons pas essayer. Parce que, en cet instant même, je peux fermer les yeux et savoir exactement ce que ça fait d'être rue des Francs-Bourgeois, une cigarette à la main, un jus de clémentines posé devant moi, dans un grand verre glacé, avec à côté l'odeur d'un steak-frites en train de cuire, le bruit d'un vélomoteur dans la rue. Je connais parfaitement cette sensation.

J'ai vu sa gorge se serrer.

—Le jour où j'y vais dans ce maudit engin, je perds toutes ces sensations, tous ces souvenirs, effacés par les efforts qu'il faut déployer pour se glisser derrière une table, monter et descendre les trottoirs de Paris, affronter les chauffeurs de taxi qui refusent de nous prendre – plus la satanée batterie du fauteuil qu'on ne peut pas recharger dans une prise française. D'accord ?

Son ton s'était durci. J'ai revissé le bouchon du thermos, puis examiné attentivement mes chaussures, comme j'en avais l'habitude quand je ne voulais pas qu'il voie mon visage.

— D'accord, ai-je répondu.

— D'accord.

Will a pris une profonde inspiration.

En contrebas, un car s'est arrêté pour lâcher une nouvelle cargaison de visiteurs devant les portes du château. Sans rien dire, nous les avons regardés sortir du véhicule pour investir la vieille forteresse en une colonne impeccable, parés pour aller admirer des ruines d'une autre époque.

Il a sans doute remarqué que j'étais bien silencieuse, car il s'est un peu penché vers moi. Et son visage s'est adouci.

— Alors, Clark. On dirait bien que la pluie s'est calmée. Où allons-nous cet après-midi ? Au labyrinthe ?

— Non.

Le mot m'a échappé plus vite que j'aurais aimé ; j'ai vu le regard que Will m'a lancé.

— Vous êtes claustrophobe ?

— Quelque chose comme ça, ai-je rétorqué en commençant à ranger nos affaires. Rentrons plutôt à la maison.

Au cours du week-end suivant, je suis descendue au milieu de la nuit me chercher un verre d'eau. Depuis quelque temps, j'avais du mal à dormir, et je m'étais rendu compte qu'il était préférable que je me lève plutôt que de rester allongée sur mon lit à tenter de chasser l'infernal tourbillon de mes pensées.

J'avais horreur de m'éveiller au milieu de la nuit. Je ne pouvais pas m'empêcher de me demander si Will souffrait d'insomnie de l'autre côté du château, et mon imagination tentait sans relâche de se frayer un passage à l'intérieur de ses pensées. C'était un endroit lugubre.

La vérité était celle-ci : je n'allais nulle part avec lui. Le temps filait. Je n'avais même pas réussi à le persuader de faire une escapade à Paris. Et lorsqu'il s'était justifié, qu'aurais-je pu lui répondre ? En fait, il avait une bonne raison pour décliner toutes les propositions de voyage que je pouvais lui soumettre. Et si je ne lui expliquais pas pourquoi je tenais tant à l'emmener, je n'avais aucun moyen de faire valoir ma cause.

C'est en passant devant le salon que j'ai entendu le bruit – une petite toux étouffée, ou peut-être une exclamation. Je me suis arrêtée et j'ai rebroussé chemin jusqu'à la porte que j'ai doucement poussée. Sur un lit de fortune composé de coussins du divan déposés à même le sol, mes parents dormaient sous la couette réservée aux invités, la tête au niveau de la cheminée à gaz. Nous sommes restés un instant à nous considérer dans la pénombre, moi avec mon verre à la main.

— Qu'est-ce… qu'est-ce que vous faites là ?

Ma mère s'est redressée sur un coude.

— Chut. Ne lève pas la voix. Nous… On a eu envie d'un peu de changement, a-t-elle dit après avoir jeté un regard du côté de mon père.

— Quoi ?

— On a eu envie d'un peu de changement, a répété ma mère en sollicitant du regard l'appui de son époux.

Il portait un vieux tee-shirt bleu déchiré sur une épaule. Ses cheveux étaient plaqués sur un côté.

— Nous avons laissé notre lit à Treena, a dit mon père. Thomas et elle, ça ne collait pas très bien dans le cagibi. On leur a proposé notre chambre.

— Mais vous ne pouvez pas dormir ici ! Vous ne devez pas être bien comme ça.

— Ça va, ma chérie, a dit mon père. Vraiment.

Et comme je restais là à tenter maladroitement de saisir les tenants et les aboutissants de la situation, mon père a poursuivi.

— Ce n'est que pour les week-ends. Et toi, tu ne peux pas retourner dormir dans le cagibi. Tu as besoin de te reposer. C'est toi… Tu es la seule à travailler…, a-t-il ajouté après s'être raclé la gorge.

Mon grand dadais de père n'arrivait même pas à me regarder dans les yeux.

— Allez, retourne te coucher maintenant, Lou. On est bien, là, a dit ma mère en me chassant pratiquement de la pièce.

Je suis remontée à l'étage. Mes pieds nus ne produisaient pratiquement aucun bruit sur la moquette. Les murmures d'une conversation me parvenaient du dessous.

J'ai hésité un instant devant la porte de la chambre de mes parents. Cette fois-ci, j'ai entendu ce que j'avais manqué juste avant – le petit ronflement de Thomas. Puis j'ai lentement traversé le palier jusqu'à ma proche chambre, dont j'ai doucement refermé la porte derrière moi. Allongée sur mon lit gigantesque, j'ai contemplé l'éclairage de la rue, jusqu'à ce que l'aube m'apporte enfin quelques précieuses heures de sommeil.

Il restait soixante-dix-neuf jours sur mon calendrier. L'angoisse a refait surface brutalement.

Et je n'étais apparemment pas la seule à en souffrir.

Un jour, à l'heure du déjeuner, Mme Traynor a attendu que Nathan s'occupe de Will pour me demander de l'accompagner dans la grande maison. Elle m'a invitée à m'asseoir dans le salon, avant de solliciter mon avis sur la situation.

— Eh bien, ai-je répondu, nous sortons beaucoup plus.

Elle a hoché la tête, comme pour confirmer.

— Il est plus loquace qu'avant.

— Avec vous peut-être, a-t-elle répliqué en émettant un petit ricanement qui n'avait absolument rien à voir avec de l'hilarité. Lui avez-vous parlé de la possibilité d'un voyage à l'étranger ?

— Pas encore. Mais je vais le faire. C'est juste que… Vous savez comment il est.

— Si vous voulez aller quelque part, je n'y vois absolument aucun inconvénient. Je sais que je n'ai sans doute pas soutenu votre idée avec la plus grande ferveur, mais nous avons beaucoup parlé, mon mari et moi, et nous sommes tombés d'accord…

Le silence s'est installé. Elle m'avait servi un café dans une tasse posée sur une soucoupe. J'en ai bu une gorgée. J'avais toujours l'impression d'avoir soixante ans lorsque je me retrouvais avec une soucoupe en équilibre sur les genoux.

— Alors, comme ça, Will est allé chez vous.

— Oui, pour mon anniversaire. Mes parents avaient organisé un dîner.

— Comment cela s'est-il passé ?

— Bien. Très bien. Il a été absolument charmant avec ma mère. (D'y repenser, un sourire est venu flotter sur mes lèvres.) En ce moment, elle est un peu triste à cause du départ de ma sœur et de son fils. Ils lui manquent beaucoup. Je crois… je crois qu'il a voulu lui changer les idées.

Mme Traynor a eu l'air surprise.

— C'est… gentil de sa part.

— Ma mère est aussi de cet avis.

Elle a fait tourner la cuillère dans son café.

— Je n'arrive même plus à me souvenir de la dernière fois qu'il a accepté de dîner avec nous.

Par petites touches, elle essayait de savoir. Sans jamais poser de questions directes, bien sûr ; ce n'était pas son genre. Mais je ne pouvais pas lui donner la réponse qu'elle voulait. Oui, certains jours, Will paraissait plus heureux. Il m'accompagnait dans mes sorties sans faire d'histoires, me taquinait, me poussait dans mes retranchements, paraissait un peu plus en interaction avec le monde au-delà des murs de l'annexe. Mais que savais-je de lui, au juste ? Je sentais qu'il existait en lui un territoire immense – un monde dont il ne me laissait rien voir. Et, ces dernières semaines, j'avais eu le pénible sentiment que ce territoire ne cessait d'étendre ses frontières.

— Il paraît un peu plus heureux, a-t-elle dit.

Sa phrase donnait presque l'impression qu'elle tentait de se rassurer elle-même.

— Je crois, oui.

Son regard a papilloté en venant se poser sur moi.

— C'est extrêmement… gratifiant de le voir renouer avec celui qu'il était. Et je suis bien consciente que c'est à vous que nous devons ces améliorations.

— Pas uniquement.

— Je ne parvenais pas à l'atteindre. Je n'arrivais même pas à l'approcher.

Elle a déposé sa tasse et sa soucoupe sur un genou avant de reprendre :

— Will est un homme très singulier. Depuis son adolescence, j'ai toujours eu à lutter contre l'impression que, d'une certaine manière, à ses yeux, j'avais commis je ne sais quelle erreur.

Elle a tenté de rire, mais son rire n'en était pas un. Son regard est passé brièvement sur moi, avant de repartir quelque part au loin.

J'ai fait semblant de boire du café ; ma tasse était déjà vide.

— Vous vous entendez bien avec votre mère, Louisa ?

— Oui, ai-je répondu. C'est ma sœur qui me rend dingue.

Mme Traynor a regardé par la fenêtre en direction de son précieux jardin où commençaient à s'épanouir de délicats camaïeux de rose, de mauve et de bleu.

— Il ne nous reste plus que deux mois et demi, a-t-elle dit sans tourner la tête.

J'ai reposé ma tasse sur la table, avec un soin méticuleux pour éviter qu'elle ne produise le moindre bruit.

— Je fais de mon mieux, madame Traynor.

— Je sais, Louisa.

Elle a hoché la tête.

Je suis sortie.

Leo McInerney est mort le 22 mai, dans une chambre anonyme d'un appartement quelque part en Suisse, vêtu de son maillot de foot fétiche, avec ses parents à son chevet. Son plus jeune frère n'a pas voulu être présent, mais il a publié un communiqué dans lequel il disait que personne n'aurait pu être plus aimé et plus soutenu que son frère. À 15 h 47, Leo a absorbé le cocktail un peu laiteux de barbituriques et, selon le témoignage de sa mère et de son père, il a sombré en quelques minutes dans un profond sommeil. Son décès a été prononcé un peu après 16 heures ce même après-midi, par un observateur qui avait assisté à toute l'opération. En outre, la scène avait été filmée, afin de prévenir toute éventuelle accusation de malversation.

— Il paraissait en paix, avait dit sa mère. C'est la seule chose à laquelle je peux me raccrocher.

Les parents de Leo avaient été interrogés trois fois par la police – qui n'excluait pas de mener des poursuites contre eux. Ils avaient reçu des lettres de menaces. Sur les photos et à la télévision, la mère du jeune footballeur avait pris vingt ans. Et pourtant, lorsqu'elle parlait, en plus du chagrin, de la colère, de l'angoisse et de l'épuisement, quelque chose d'autre transparaissait dans son expression – l'écho d'un infini soulagement.

— Il était redevenu lui-même.

Chapitre 15

— Alors, Clark, dites-moi un peu. Qu'est-ce que vous avez prévu de beau ce soir ?

Nous étions dans le jardin. Will était allongé sur une couverture, le visage tourné vers le soleil, les bras largement écartés, exactement comme s'il se dorait la pilule. Pendant ce temps, Nathan lui faisait faire ses exercices de kiné en lui ramenant doucement les genoux vers la poitrine. Assise sur l'herbe à côté d'eux, je grignotais mes sandwichs. Je déjeunais presque toujours en leur compagnie désormais.

— Pourquoi ?

— Simple curiosité. Ça m'intéresse de savoir à quoi vous passez votre temps lorsque vous n'êtes pas ici.

— Eh bien… ce soir, après un rapide passage sur le ring pour un combat d'arts martiaux, un hélicoptère m'emmènera à Monaco pour dîner. Après, j'irai peut-être boire un dernier verre à Cannes sur le chemin du retour. Si vous levez la tête aux alentours de… disons… 2 heures du matin, je vous ferai un petit coucou en passant, ai-je dit en ouvrant mon sandwich pour voir de quoi il était garni. En fait, je vais probablement finir mon bouquin.

Will a levé les yeux vers Nathan.

— Par ici la monnaie ! a-t-il dit en souriant.

Nathan a porté la main à sa poche.

— Pour ne pas changer.

Je les ai regardés.

— Pour ne pas changer quoi ? ai-je demandé, tandis que Nathan glissait un billet dans la main de Will.

— Il a dit que vous liriez un livre. Moi que vous regarderiez la télé. Il gagne à chaque fois.

Mon sandwich est resté suspendu devant ma bouche.

— À chaque fois ? Vous parier pour déterminer à quel point ma vie est assommante ?

— On n'a rien dit de tel, a objecté Will.

Ce n'était pas ce que laissait entendre la petite lueur coupable dans son regard.

Je me suis assise bien droite.

— Que je comprenne bien. Vous pariez du fric pour savoir si je vais consacrer ma soirée à la lecture ou à la télé ?

— Non, a répondu Will. J'avais aussi joué placé sur un tour au stade d'athlétisme pour voir Monsieur Course à pied en action.

Nathan a reposé la jambe de Will. Puis il a levé un de ses bras et commencé à le masser en partant du poignet.

— Et si j'avais fait quelque chose de complètement différent ?

— Aucune chance pour que ça arrive, a répliqué Nathan.

— En fait, c'est moi qui l'ai gagné, ai-je déclaré en récupérant le billet de dix livres dans la main de Will. Parce que, pour ce soir, vous vous trompez.

— Mais vous avez dit que vous alliez finir votre livre ! a protesté Will.

— Oui, mais maintenant que j'ai ça, ai-je répliqué en brandissant le billet, je vais aller au cinéma. Voilà. La loi des conséquences inattendues – ou quelque chose comme ça.

Je me suis levée et j'ai empoché l'argent, avant de renfourner les restes de mon déjeuner dans le sac de papier brun. Je me suis éloignée d'eux, le sourire aux lèvres. Étonnamment, je souriais pour une raison que je ne cernais pas bien. Mes yeux me piquaient.

Ce matin-là, avant de venir à *Granta House*, j'étais restée une heure à travailler sur mon calendrier. Certains jours, je le regardais fixement depuis mon lit, mon feutre effaçable à la main, me demandant ce que je pourrais bien proposer à Will. Je n'étais pas encore convaincue de parvenir à l'emmener beaucoup plus loin et, même avec l'aide de Nathan, la perspective d'une nuit à l'extérieur était un peu effrayante.

J'avais épluché le journal local en quête de matchs de football et de fêtes de village, mais, depuis la débâcle au champ de courses, je craignais que le fauteuil de Will ne s'enlise de nouveau. Et puis je me disais que la foule risquait de lui donner le sentiment d'être exposé aux regards. D'office, j'avais éliminé toutes les activités équestres – soit un nombre étonnamment important des manifestations en plein air, dans une région comme la nôtre. Je savais que l'idée d'aller voir Patrick courir ne le tenterait pas ; quant au cricket et au rugby, ces sports le laissaient de marbre. Certains jours, je me sentais paralysée par mon inaptitude à faire surgir de nouvelles idées.

Au fond, Will et Nathan avaient peut-être raison. Peut-être étais-je assommante. Peut-être étais-je incapable de trouver quelque chose qui raviverait l'envie de vivre de Will.

Bouquiner ou regarder la télévision.

Dit comme ça, bien difficile d'imaginer qu'il puisse en être autrement.

Après le départ de Nathan, Will m'a débusquée dans la cuisine. J'étais assise à la petite table, en train d'éplucher des pommes de terre pour son repas du soir ; je n'ai pas relevé la tête lorsqu'il a arrêté son fauteuil sur le seuil. Il m'a observée suffisamment longtemps pour que mes oreilles rosissent sous le feu de son regard.

— Vous savez, ai-je dit pour finir, j'aurais pu vous descendre tout à l'heure. J'aurais pu dire que vous ne faites pas grand-chose non plus.

— Nathan n'aurait probablement pas misé un sou sur l'éventualité que je sorte danser, a répliqué Will.

— Je sais que c'est une plaisanterie, ai-je poursuivi en évacuant une longue épluchure. Mais vous me donnez l'impression d'être une vraie merde. Si vous voulez parier sur le niveau de chiantise de ma vie, vous n'êtes pas obligé de me le faire savoir. Vous auriez pu garder ça pour vous, non ?

Il n'a pas dit un mot.

Lorsque j'ai fini par relever la tête, il me regardait.

— Désolé, a-t-il finalement lâché.

— Vous n'avez pas l'air particulièrement désolé.

— Oui… d'accord… J'avais peut-être envie que vous l'entendiez. Je voulais que vous vous mettiez à réfléchir sur ce que vous faites de votre vie.

— Comment ça ? Que je laisse ma vie filer…

— Exactement.

— Bon Dieu, Will. J'aimerais que vous cessiez de me dire ce que je dois faire. Et si j'aime ça, moi, regarder la télévision ? Et si je n'ai pas envie de faire autre chose que de lire un livre ?

Ma voix est montée dans les aigus.

— Et si je suis fatiguée quand je rentre ? ai-je repris. Et si je ne ressens pas le besoin de placer mon existence sous le signe de la frénésie ?

— Peut-être qu'un jour vous le regretterez, a-t-il répondu tranquillement. Savez-vous ce que je ferais si j'étais à votre place ?

J'ai posé mon économe sur la table.

— Je suppose que vous allez me le dire.

— Oui. Et ça ne me pose aucun problème. Si j'étais vous, j'irais prendre des cours du soir. Je suivrais une formation de couturière, de styliste, ou de quoi que ce soit d'autre qui vous enthousiasme vraiment.

D'un geste, il a désigné ma robe, un modèle mini inspiré des années 1960, réalisé dans le style Emilio Pucci, taillé dans les anciens rideaux de grand-père.

La première fois que mon père l'avait vue, il s'était esclaffé, un doigt pointé sur moi. « Eh, Lou, tu tires ta robe le soir et tu l'ouvres le matin ! » Il lui avait fallu cinq bonnes minutes pour s'en remettre.

— Je chercherais tout ce que je peux faire sans trop dépenser – des cours d'entretien physique, de la natation, du bénévolat, peu importe. J'apprendrais la musique, ou bien j'irais faire de longues balades avec le chien de quelqu'un d'autre, ou…

— D'accord, d'accord, j'ai compris, ai-je dit avec humeur. Mais je ne suis pas vous, Will.

— C'est bien là votre chance.

Nous sommes restés là un instant, chacun d'un côté de la table. Will s'est avancé dans la cuisine, puis a surélevé son siège pour que nos yeux soient à la même hauteur.

— D'accord, ai-je dit. Qu'est-ce que vous faisiez alors, après le travail ? Qu'est-ce qui était si précieux ?

— Après le travail, il ne me restait plus beaucoup de temps, mais chaque jour j'essayais de faire quelque chose. Il m'arrivait de faire de l'escalade dans une salle ou du squash. J'allais à des concerts, et je testais de nouveaux restaurants…

— C'est facile de multiplier les activités quand on a l'argent pour.

— Et j'allais courir aussi. Oui, parfaitement, a-t-il précisé en me voyant hausser un sourcil. Et je m'efforçais d'apprendre de nouvelles langues en songeant aux pays que j'aimerais visiter un jour. Et j'allais voir mes amis – ou des gens que je pensais être mes amis…, a-t-il ajouté en marquant une brève hésitation. Et j'organisais mes voyages. Je cherchais des endroits où je n'avais pas encore été, des choses qui m'effraieraient, qui m'obligeraient à repousser mes limites. Une fois, j'ai traversé la Manche à la nage. J'ai fait du parapente. J'ai gravi des montagnes, que j'ai descendues à ski. Oui…, a-t-il dit en voyant que j'allais l'interrompre. Je sais, certaines de ces activités nécessitent de l'argent. Mais pas toutes, loin de là. Et d'abord, d'après vous, comment est-ce que je gagnais ma vie ?

— En arnaquant les gens à la City ?

— J'ai réfléchi à ce qui me rendrait heureux, puis j'ai réfléchi à ce que je voulais faire dans l'existence, et je me suis formé au métier qui me permettrait de concilier ces deux aspects.

— Ça a l'air si simple quand vous le racontez comme ça.

— Mais *c'est* simple. Le truc, c'est qu'il faut énormément travailler. Et souvent les gens n'en ont pas envie.

J'avais fini d'éplucher les pommes de terre. J'ai jeté les pelures à la poubelle, puis j'ai posé une poêle sur la cuisinière pour plus tard. Je me suis retournée et j'ai pris appui sur la table pour m'asseoir dessus en face de lui, les jambes dans le vide.

— Vous aviez une sacrée vie, n'est-ce pas ?

— Ouais. (Il a avancé son fauteuil et encore rehaussé le siège pour que nos yeux restent à la même hauteur.) Et c'est pour ça que vous me gonflez, Clark. Quand je vois tout ce talent, toute cette..., a-t-il dit en haussant les épaules, sa phrase restée en suspens. Cette énergie et cette vivacité, ce...

— Ne dites pas « potentiel »...

— ... *potentiel*. Parfaitement. Ce *potentiel*. Et je ne parviens pas à comprendre comment vous pouvez vous contenter de cette vie minuscule. Cette vie qui va se dérouler dans un rayon de dix kilomètres, sans personne pour vous surprendre, vous pousser à aller de l'avant, vous montrer des choses qui vous mettent la tête à l'envers et vous empêchent de dormir la nuit.

— C'est votre manière de me suggérer que je devrais faire quelque chose de bien plus intéressant que de vous éplucher des patates.

— Je suis en train de vous expliquer qu'il y a un monde à découvrir. Mais que je vous serais infiniment reconnaissant de me préparer d'abord quelques pommes de terre.

Il m'a souri et je n'ai pas pu faire autrement que de lui rendre son sourire.

— Vous ne pensez pas…, ai-je commencé.

— Continuez.

— Vous ne pensez pas que c'est plus difficile pour vous de… vous adapter, précisément parce que vous avez fait toutes ces choses avant ?

— Vous me demandez si je regrette de les avoir faites ?

— Je me demande juste si les choses n'auraient pas été plus faciles pour vous si vous aviez vécu une vie plus étriquée. Je veux dire, pour vivre comme ça.

— Jamais. Je ne regretterai jamais d'avoir fait tout ça. Parce que, quand on est coincé dans ce machin, on peut encore aller dans tous les endroits dont on a le souvenir.

Il a souri – d'un petit sourire qui paraissait lui coûter – avant d'ajouter :

— Donc, si vous me demandez si je ne préférerais pas me remémorer la vue du château depuis la supérette, ou cette magnifique rangée de petites boutiques à côté du manège de chevaux de bois, la réponse est non. Ma vie a été parfaite, merci.

Je suis descendue de la table. Je ne savais pas au juste comment, mais une fois encore, j'avais la nette impression de m'être retrouvée coincée dans notre discussion. J'ai tendu la main pour attraper la planche à découper dans l'égouttoir.

— Lou, je suis désolé pour cette histoire de pari.

— Ouais, ai-je répliqué en commençant à rincer la planche sous le robinet. Eh bien, n'imaginez surtout pas que c'est comme ça que vous allez le récupérer, votre billet de dix.

Deux jours plus tard, Will a terminé à l'hôpital avec une infection. Ils ont qualifié son internement de « mesure de précaution », mais, de toute évidence, il souffrait le martyre. Certains tétraplégiques n'ont aucune sensation, mais si Will était parfaitement insensible à la fièvre, il ressentait en revanche le toucher et la douleur, même en dessous de son torse. Je suis allée le voir à deux reprises pour lui apporter de la musique et des bonnes choses à manger, mais aussi pour lui tenir compagnie. Bizarrement, j'ai cependant eu le sentiment d'être un chien dans un jeu de quilles. Assez rapidement, j'ai compris que Will ne tenait pas à me retenir là-bas. Il m'a dit de rentrer et de profiter de mon temps libre.

Un an plus tôt, j'aurais sauté sur l'occasion pour écumer les boutiques ou pour déjeuner avec Patrick. J'aurais aussi passé du temps devant la télé pendant la journée, et peut-être tenté de mettre un peu d'ordre dans mes armoires. Et puis j'aurais beaucoup dormi.

Au lieu de ça, je me suis sentie étrangement nerveuse. Je regrettais de ne plus avoir une raison de me lever tôt – un but pour ma journée. Il m'a fallu la moitié d'une matinée pour comprendre que je pouvais mettre ce temps à profit. Je suis allée à la bibliothèque poursuivre mes recherches. J'ai recensé tous les sites Web existants consacrés à la tétraplégie, puis j'ai réfléchi à ce que nous pourrions faire lorsque Will irait mieux. J'ai dressé des listes, en précisant en face de chacune des options l'équipement nécessaire pour mener à bien le projet correspondant.

J'ai découvert l'existence de forums de discussion pour les personnes souffrant de traumatismes de la colonne vertébrale. À cette occasion, j'ai appris que des milliers d'hommes et de femmes se trouvaient dans la même situation que Will et menaient des vies cachées à Londres, Sydney, Vancouver ou dans la rue d'à côté, aidés par des parents ou des amis. Certains étaient condamnés à une solitude déchirante.

Je n'étais pas la première aide-soignante à m'intéresser à ces sites. Des fiancées demandaient comment aider leurs partenaires à retrouver confiance en eux pour avoir de nouveau envie de sortir ; des maris voulaient en savoir plus sur les derniers équipements médicaux disponibles. Il y avait des publicités pour des fauteuils roulants capables de se déplacer sur le sable ou sur des terrains accidentés, pour d'ingénieux systèmes de palans, ou encore pour des dispositifs gonflables pour le bain.

Dans ces discussions, un véritable code était en usage entre les participants. J'ai ainsi appris qu'une LME était une lésion de la moelle épinière et une IU une infection urinaire, qu'une lésion de la moelle en C4/C5 était bien plus invalidante qu'en C11/C12. Dans ce dernier cas, les patients conservaient généralement l'usage des bras et du torse. Il y avait des histoires d'amour et de disparition, des récits de personnes partageant leur vie avec un conjoint tétraplégique et des enfants en bas âge. Des femmes qui avaient prié toute leur vie pour que leur mari cesse de les battre, et qui se sentaient coupables qu'ils n'en soient plus capables. Des maris qui souhaitaient quitter leur épouse infirme mais craignaient la réaction de leur entourage. Il y avait de l'épuisement et du désespoir, mais aussi des tonnes d'humour noir – des blagues au sujet de poches urinaires qui explosent, des récits hilarants à propos de l'idiotie des gens armés de bonnes intentions, ou de mésaventures en état d'ébriété. La chute du fauteuil était un thème récurrent. Et puis il y avait des discussions sur le suicide, certaines lancées par ceux qui voulaient passer à l'acte, et d'autres par ceux désireux d'inciter les premiers à s'accorder du temps, pour apprendre à considérer leur vie sous un angle différent. J'ai lu chacun des messages de bout en bout, avec l'impression de me glisser subrepticement dans les rouages de l'esprit de Will.

À l'heure du déjeuner, j'ai quitté la bibliothèque pour aller marcher un peu afin de m'aérer l'esprit. Je me suis accordé un sandwich aux crevettes, que j'ai mangé assise sur la muraille du château surplombant le lac où nagent les cygnes. Il faisait suffisamment chaud pour que j'ôte ma veste et que je lève mon visage vers le soleil. Il y avait quelque chose de curieusement apaisant à observer le reste du monde en train de s'affairer. Après une matinée passée dans l'univers des personnes contraintes à l'immobilité, le simple fait de sortir pour manger au soleil avait un petit goût de liberté.

Une fois mon sandwich terminé, je suis retournée à la bibliothèque pour reprendre place devant mon ordinateur. J'ai pris une grande inspiration et j'ai saisi un message.

> « Bonjour. Je suis l'amie/soignante d'un tétraplégique C5/C6 de trente-cinq ans. Très brillant et dynamique dans sa vie d'avant, il a du mal à se faire à sa nouvelle existence. En fait, je sais qu'il ne veut plus vivre et je cherche un moyen de le faire changer d'avis. Quelqu'un peut-il me dire comment procéder ? Avez-vous des suggestions sur ce qu'il pourrait aimer faire qui puisse lui redonner goût à la vie ? Tous les conseils seront les bienvenus et grandement appréciés. »

Je me suis choisi un pseudo : Abeille active. Ensuite, je me suis laissée aller en arrière contre le dossier, j'ai mordillé l'ongle de mon pouce, puis j'ai fini par cliquer sur « Envoyer ».

Le lendemain matin, lorsque j'ai pris place devant mon terminal, quatorze réponses m'attendaient. Je me suis connectée et j'ai écarquillé les yeux en découvrant la liste des noms et des réponses venues du monde entier au fil de la journée puis de la nuit. La première était celle-ci :

> « Chère Abeille active,
> Bienvenue sur le forum. Je suis certain que votre ami tire un grand réconfort d'avoir quelqu'un comme vous pour veiller sur lui. »

Je n'en suis pas si sûre, ai-je songé.

« Nous connaissons tous des passages difficiles à un moment ou un autre de notre vie. Peut-être votre ami en est-il là. Ne le laissez pas vous repousser. Restez positive. Et rappelez-lui que ce n'est pas à lui de décider de l'instant où il vient en ce monde et où il le quitte. Cette décision appartient au Seigneur. Dans Sa sagesse, Il a décidé de changer la vie de votre ami, et sans doute y a-t-il un enseignement… »

Je suis passée à la suivante.

« Chère Abeille,

Il n'y a pas à tortiller, être tétra, ça craint. Si en plus ton pote était du genre actif, alors ça va être très dur pour lui. Voici les choses qui m'ont aidé à me sentir mieux :

– avoir de la compagnie, même quand je n'en ai pas envie ;

– la bonne bouffe ;

– les bons toubibs ;

– les bons médocs – et des antidépresseurs quand c'est nécessaire.

Tu n'as pas dit où tu étais, mais si tu peux l'emmener rencontrer d'autres personnes de la communauté LME, c'est toujours une bonne chose. Au début, j'étais plutôt réticent (je crois qu'une partie de moi-même refusait d'admettre que j'étais devenu tétra), mais ça fait du bien de savoir qu'on n'est pas seul.

Ah, et *surtout*, ne le laisse pas regarder des films comme *Le Scaphandre et le Papillon*. Déprime garantie.

Tiens-nous au courant.

Bien à toi,

Ritchie. »

J'ai cherché des informations sur *Le Scaphandre et le Papillon*. « L'histoire d'un homme paralysé victime d'un syndrome d'enfermement, et de ses tentatives pour communiquer avec le monde extérieur. » J'ai noté le titre du film, sans savoir au juste si c'était pour m'assurer que Will ne le voie pas ou pour le regarder moi-même.

Les deux réponses suivantes provenaient respectivement d'un adventiste du septième jour et d'un homme dont les suggestions pour remonter le moral de Will ne figuraient certainement pas dans mon contrat de travail. J'ai rougi, puis rapidement fait défiler l'écran, de crainte que quelqu'un ne puisse lire par-dessus mon épaule. Ensuite, j'ai hésité un instant sur la réponse suivante.

« Salut, Abeille active,

Pourquoi penses-tu que ton ami/patient/autre devrait changer d'avis ? Moi, si je trouvais un moyen pour mourir dans la dignité, et si j'avais la certitude que ma famille n'en serait pas ravagée, je le ferais. Cela fait huit ans maintenant que je suis coincé dans ce fauteuil, et ma vie n'est qu'une longue succession d'humiliations et de frustrations. Peux-tu vraiment te mettre à sa place ? Sais-tu vraiment ce qu'on ressent quand on n'est plus capable de se vider les tripes tout seul ? De savoir qu'on est, pour toujours et à jamais, cloué sur un lit, incapable de manger, de s'habiller, de communiquer avec le monde extérieur sans l'aide de quelqu'un ? De ne plus jamais faire l'amour ? D'avoir pour perspective les escarres, les problèmes de santé et l'assistance respiratoire ? Tu as l'air d'être une personne aimable, et je suis sûr que tes intentions sont louables. Mais ce ne sera peut-être pas toi qui t'occuperas de lui la semaine prochaine. Ce sera peut-être quelqu'un d'autre qui le déprime, ou qui ne l'aime pas. Comme tout le reste, c'est quelque chose qu'il ne maîtrise pas. Nous, les LME, nous savons que nous ne maîtrisons quasiment rien – que nous ne choisissons pas ceux qui nous donnent à manger, qui nous habillent, qui nous lavent, qui nous disent quels médicaments prendre. Vivre en sachant cela est extrêmement difficile.

Je pense donc que tu ne poses pas la bonne question. Pourquoi les valides décideraient-ils de ce que doivent être nos vies ? Si cette vie ne convient pas à ton ami, ta question devrait plutôt être : comment puis-je l'aider à en finir ?

Bien amicalement,

Gforce, Missouri, États-Unis. »

Je suis restée les yeux rivés sur ce message, les doigts figés sur le clavier. Puis j'ai continué à faire défiler. D'autres tétraplégiques critiquaient les propos désespérants de Gforce, affirmant qu'eux-mêmes avaient trouvé la force d'aller de l'avant, que leur vie valait la peine d'être vécue. La discussion se poursuivait par quelques échanges polémiques qui n'avaient pas grand-chose à voir avec Will.

Puis le fil revenait à ma demande. On me suggérait des antidépresseurs, des massages et des remèdes miracles ; des personnes atteintes racontaient comment elles avaient su donner une nouvelle valeur à leur existence. Il y avait aussi quelques conseils pratiques : des séances d'œnologie, la musique, les arts, des claviers spécialement adaptés.

Grace31 de Birmingham suggérait encore ceci :

« Un partenaire. S'il est aimé, alors il aura envie de continuer. Sans l'amour, j'aurais sombré bien des fois déjà. »

Cette phrase a résonné bien longtemps dans mon esprit, même après mon départ de la bibliothèque.

Will est sorti de l'hôpital le jeudi. Je suis allée le chercher en voiture pour le ramener à la maison. Pâle et épuisé, il a passé tout le trajet à regarder défiler le paysage sans conviction.

— Impossible de dormir dans ce genre d'endroits, a-t-il expliqué lorsque je lui ai demandé s'il allait bien. Il y a toujours quelqu'un qui gémit dans le lit d'à côté.

Je lui ai dit qu'il allait avoir le week-end pour se remettre, mais qu'après cela j'avais prévu une série de sorties. J'ai précisé que j'allais solliciter son avis et tenter de nouvelles choses, mais qu'il devrait venir avec moi. C'était un changement subtil, mais je savais que c'était la seule façon d'obtenir qu'il m'accompagne.

En fait, j'avais établi un planning détaillé pour les deux semaines suivantes. Chaque événement était soigneusement inscrit sur mon calendrier, avec en rouge toutes les précautions à prendre, et en vert les accessoires indispensables. Chaque fois que j'apercevais le panneau intérieur de ma porte, je ressentais une petite pointe d'excitation, d'abord parce que j'étais fière d'avoir fait preuve d'une telle organisation, mais aussi parce que j'espérais que l'une de ces activités serait celle qui permettrait à Will de poser un regard nouveau sur le monde.

Comme mon père dit toujours, le cerveau de la famille, c'est ma sœur.

La visite à la galerie d'art a duré un peu moins de vingt minutes – en y incluant les trois tours du pâté de maisons pour trouver une place où se garer. Nous sommes entrés et Will a décrété que tout était horrible alors que je venais à peine de refermer la porte derrière lui. Je lui ai demandé pourquoi, et il m'a répondu que si je ne m'en rendais pas compte par moi-même, il ne pouvait pas me l'expliquer. Nous avons dû renoncer au cinéma en raison d'une panne d'ascenseur ; le personnel en était franchement navré. D'autres activités, telle que notre tentative ratée d'aller nager, demandaient du temps et de l'organisation : appeler la piscine, prévoir des heures supplémentaires pour Nathan, et puis, une fois sur place, boire un thermos de chocolat dans le silence de la voiture, car Will était fermement décidé à ne pas risquer un pied dans l'eau.

Le mercredi suivant, nous sommes allés au concert d'un chanteur que Will avait déjà vu à New York. Cela a été un bon moment. Lorsqu'il écoutait de la musique, son visage prenait une expression d'intense concentration. La plupart du temps, c'était comme si Will n'était pas complètement là, comme si une part de lui-même était aux prises avec la douleur, les souvenirs ou les idées noires. Mais, avec la musique, tout était différent.

Et puis, le lendemain, nous sommes allés à une dégustation de vin organisée par un vignoble chez un caviste dans le cadre d'une opération promotionnelle. J'avais dû promettre à Nathan de ne pas saouler Will. Je portais chaque verre sous le nez de Will pour lui permettre d'en humer l'arôme et, chaque fois, il devinait de quel cru il s'agissait avant même de le goûter. J'ai fait de mon mieux pour ne pas pouffer lorsque Will a recraché dans le gobelet (mais c'était quand même très drôle). Il m'a jeté un regard ombrageux en disant que je me comportais comme une enfant. Le propriétaire de la boutique, d'abord déconcerté de recevoir un handicapé, a finalement manifesté un vif intérêt pour cet étonnant client. À un moment, il s'est assis en compagnie de Will et a commencé à ouvrir d'autres bouteilles, à causer terroirs et cépages. Pendant ce temps, j'errais dans la boutique en regardant les étiquettes et, en toute honnêteté, je m'ennuyais un peu.

— Allez, Clark. Venez donc éduquer votre palais, a-t-il dit en m'invitant d'un signe de tête à venir prendre place à côté de lui.

— Je ne peux pas. Ma mère m'a toujours expliqué qu'il était impoli de cracher.

Les deux hommes ont échangé un regard, l'air de dire que j'étais un peu folle. Cela étant, Will ne crachait pas chaque fois. Je l'observais. Et il s'est montré étrangement volubile tout le reste de l'après-midi – bien prompt à rire et encore plus combatif qu'à l'ordinaire.

Et au retour, tandis que nous étions coincés dans un bouchon dans le centre d'une ville où nous n'étions pas encore allés, j'ai aperçu la devanture d'un salon de tatouage et de piercing.

— J'ai toujours eu envie d'un tatouage, ai-je dit.

J'aurais pourtant dû savoir que c'était le genre de choses à ne pas dire en présence de Will. Il n'était pas homme à parler pour ne rien dire. Il a immédiatement voulu savoir pourquoi je ne l'avais jamais fait.

— Oh… je ne sais pas. La peur du qu'en-dira-t-on, je suppose.

— Pourquoi ? Qu'est-ce qu'on peut bien trouver à y redire ?

— Mon père déteste les tatouages.

— Vous avez quel âge, déjà ?

— Patrick ne les aime pas non plus.

— Et lui, il ne fait jamais rien qui vous déplaît ?

— Je pourrais finir par le regretter. Et si je changeais d'avis après ?

— Dans ce cas-là, vous le faites enlever au laser, non ?

Je l'ai regardé dans le rétroviseur ; une note joyeuse illuminait son regard.

— Allez, a-t-il repris. Quel genre de tatouage vous feriez ?

Je me suis rendu compte que je souriais.

— Je ne sais pas. Pas un serpent en tout cas, ni le nom de quelqu'un.

— Je ne m'attendais pas non plus à un cœur avec le mot « maman » dans une bannière.

— Vous me promettez de ne pas rire ?

— Vous savez bien que non. Je vous en supplie, ne me dites pas que vous choisiriez un proverbe indien en sanskrit ou quelque chose du genre : « Ce qui ne me tue pas me rend plus fort. »

— Non. Je me ferais faire une abeille. Une petite abeille noire et jaune. Je les adore.

Il a hoché la tête comme si mon souhait était parfaitement raisonnable.

— Et vous le feriez où ? Si je puis me permettre de poser cette question.

J'ai fait la moue.

— J'sais pas. Sur l'épaule ? Au creux des reins ?

— Garez-vous, a-t-il dit.

— Pourquoi ? Vous ne vous sentez pas bien ?

— Garez-vous, c'est tout. Il y a une place, là. Regardez, à gauche.

J'ai arrêté la voiture le long du trottoir et cherché son regard dans le rétroviseur.

— On y va, a-t-il dit. De toute façon, il n'y a plus rien de prévu pour aujourd'hui.

— On va où ?

— Chez le tatoueur.

— Ouais, c'est ça ! ai-je lancé en riant.

— Et pourquoi pas ?

— Vous auriez mieux fait de cracher le vin.

— Vous n'avez pas répondu à ma question.

Je me suis retournée vers lui. Il était sérieux.

— Je ne peux pas me faire un tatouage sur un coup de tête.

— Et pourquoi pas ?

— Parce que…

— Parce que votre copain ne veut pas. Parce qu'il faut que vous restiez une gentille petite fille, même à vingt-sept ans. Parce que ça fait trop peur. Allez, Clark. Vivez un peu, quoi. Qu'est-ce qui vous en empêche ?

J'ai regardé la devanture du tatoueur, un peu plus loin dans la rue. Un grand cœur en néon ornait la vitrine, et il y avait des photos encadrées d'Angelina Jolie et de Mickey Rourke.

La voix de Will a fait irruption dans mes pensées.

— D'accord. Je m'en fais un si vous vous en faites un.

Je me suis retournée vers lui.

— Vous vous feriez un tatouage ?

— Si ça peut vous convaincre de sortir, pour une fois, de votre petite boîte.

J'ai coupé le moteur. Assis dans le silence de l'habitacle, nous avons écouté le cliquetis du moteur en train de refroidir, le murmure des voitures dans la rue.

— C'est plus ou moins permanent.

— « Plus ou moins » est de trop.

— Patrick va détester.

— C'est ce que vous passez votre temps à dire.

— Et nous allons probablement attraper une hépatite à cause de leurs aiguilles non stérilisées. Et nous connaîtrons une mort lente et atroce. (J'ai regardé Will bien en face.) Ils ne vont probablement pas pouvoir nous les faire maintenant.

— Probablement pas. Mais on peut toujours aller voir, non ?

Lorsque nous sommes ressortis du salon de tatouage, deux heures plus tard, j'avais été allégée de quatre-vingts livres et je portais un pansement sur la hanche, là où l'encre était encore en train de sécher. Compte tenu de sa petite taille, mon tatouage pouvait être réalisé et mis en couleur en une seule fois ; et ainsi avait été fait. Fini. J'étais tatouée. Patrick ne manquerait pas de souligner que j'étais marquée à vie. Sous la compresse de gaze, j'avais un petit bourdon tout rond, sélectionné dans l'un des classeurs d'images que l'un des artistes m'avait remis lorsque nous étions entrés. L'excitation que j'éprouvais me rendait presque hystérique. Je n'arrêtais pas de me retourner pour le regarder. Will m'a dit d'arrêter, sans quoi je risquais de me déboîter quelque chose.

Étrangement, Will avait été d'humeur détendue et joyeuse dans la boutique. Personne ne l'avait observé avec insistance. Ils avaient déjà eu quelques tétraplégiques dans leur clientèle, d'où l'aisance avec laquelle ils s'étaient occupés de lui. Ils avaient toutefois été surpris quand Will avait dit qu'il sentait l'aiguille. Six semaines plus tôt, ils avaient tatoué un paraplégique qui s'était fait faire un motif bionique en trompe-l'œil tout le long de la jambe.

Le tatoueur avec un écrou dans l'oreille avait emmené Will dans la pièce d'à côté. Là, avec l'aide de mon tatoueur, il l'avait allongé sur une table spéciale. Depuis ma place, je ne voyais donc que le bas de ses jambes par la porte ouverte. Mais, derrière le petit bourdonnement des aiguilles, j'entendais les deux hommes discuter à voix basse et rire aussi. L'odeur des produits antiseptiques me saisissait à la gorge.

Lorsque l'aiguille a piqué ma peau, je me suis mordu la lèvre, bien décidée à ne pas laisser échapper le moindre gémissement devant Will. Je me suis concentrée sur ce qu'ils faisaient de l'autre côté de la porte, tendant l'oreille pour épier leur conversation ; j'aurais bien voulu savoir ce qu'il se faisait faire. Lorsqu'il est revenu, après que mon propre tatouage eut été fini, il a refusé de me le montrer. Je me suis dit que cela avait peut-être un rapport avec Alicia.

— Vous avez une très mauvaise influence sur moi, Will Traynor, ai-je dit en ouvrant la porte de la voiture pour abaisser la rampe.

Je n'arrêtais pas de sourire.

— Faites voir.

Après un coup d'œil à la ronde, j'ai un peu baissé le pansement sur ma hanche.

— Il est chouette. J'aime bien votre petite abeille. Sincèrement.

— Maintenant, pour le reste de mon existence, je vais devoir porter des pantalons taille haute chez mes parents.

Je l'ai aidé à guider son fauteuil sur la plate-forme, puis je l'ai montée.

— Imaginez un peu, ai-je ajouté, si votre mère apprend que vous en avez un également…

— Je lui dirai que la fille qui habite dans la cité m'a détourné du droit chemin.

— D'accord, Traynor, maintenant, montrez-moi le vôtre.

Il m'a regardée un instant ; un demi-sourire flottait sur ses lèvres.

— Il vous faudra remettre un pansement dessus quand on sera à la maison.

— Ouais. Comme si c'était quelque chose que je ne faisais jamais. Allez. Je ne démarre pas tant que je ne l'ai pas vu.

— Alors soulevez ma chemise. Sur la droite. Votre droite.

Je me suis penchée entre les sièges avant et j'ai tiré sur sa chemise, avant d'ôter le pansement. Dessous, en noir sur sa peau pâle, j'ai vu un rectangle avec des rayures en noir et blanc. C'était si petit que j'ai dû m'y reprendre à deux fois pour comprendre ce qui était écrit.

« À consommer de préférence avant le 19 mars 2007. »

Je suis restée à le regarder, les yeux ronds. J'ai commencé à rire, puis mes yeux se sont emplis de larmes.

— C'est la…

— La date de mon accident. Oui, a-t-il dit en levant les yeux au ciel. Oh, pour l'amour de Dieu, vous n'allez pas vous mettre à pleurer, Clark. C'est censé être drôle…

— Mais c'est drôle. Pas de quoi se tordre de rire non plus, mais bon…

— Nathan va aimer. Allez, ne faites pas cette tête-là. Ce n'est quand même pas comme si je venais de saboter mon corps de rêve.

J'ai rabattu la chemise de Will, puis je me suis retournée pour mettre le contact. Je ne savais plus quoi dire. Je ne savais pas quoi penser. Est-ce que cela signifiait qu'il acceptait son état ? Ou était-ce encore un moyen de témoigner du mépris que lui inspirait son propre corps ?

— Eh, Clark, rendez-moi un service, a-t-il dit à l'instant où j'allais démarrer. Attrapez le sac à dos et regardez dans la poche avec la fermeture Éclair.

J'ai jeté un regard dans le rétroviseur et tiré de nouveau le frein à main. Je me suis penchée entre les sièges et j'ai ramassé le sac pour fouiller dedans selon ses instructions.

Mon visage était à quelques centimètres à peine du sien. Il avait retrouvé des couleurs depuis sa sortie de l'hôpital.

— Vous voulez un antidouleur ? J'en ai dans mon…

— Non. Regardez encore.

J'ai trouvé un morceau de papier. Je me suis rassise. C'était un billet de dix livres plié en tout petit.

— Le voilà. Le billet de dix pour les cas d'urgence.

— Et ?

— C'est pour vous.

— Pourquoi ?

— Pour le tatouage, a-t-il précisé dans un sourire. Vous avez gagné. Jusqu'à l'instant où vous avez pris place dans le fauteuil, j'ai vraiment cru que vous n'alliez pas le faire.

Chapitre 16

Il n'y avait pas à tortiller, les accommodements nocturnes de la famille Clark ne fonctionnaient pas. Chaque fois que Treena revenait passer le week-end à la maison, on se prêtait au jeu des chambres musicales. Le vendredi soir, après le dîner, mes parents proposaient leur chambre, et Treena finissait par l'accepter. Ils prétendaient qu'ils n'étaient absolument pas mis dehors, et que, de toute façon, Thomas dormirait bien mieux dans une chambre qu'il connaissait. À les entendre, c'était la solution pour que tout le monde passe une bonne nuit.

Mais, pour que nos parents dorment en bas, il fallait qu'ils aient leur propre couette, leurs oreillers et même leur drap du dessous. En effet, ma mère ne pouvait pas fermer l'œil si son lit n'était pas exactement comme elle le voulait. Après dîner, elle montait donc avec Treena défaire complètement le lit parental pour y remettre des draps propres – plus une alèse au cas où Thomas aurait eu un petit accident. Le couchage de mes parents était ensuite fourré dans un coin du salon, et Thomas jouait à sauter dedans et y plonger, ou à tendre un drap entre deux chaises pour se faire une tente.

Grand-père avait proposé sa chambre, mais personne n'en avait voulu. Il y flottait une odeur persistante, composée des vapeurs mêlées de vieux numéros du *Racing Post*, le journal des turfistes, et du tabac Old Holborn. Un week-end entier n'aurait pas suffi à l'aérer. Je me sentais coupable tour à tour – après tout, c'était ma faute – et résolument décidée à ne pas proposer de retourner dans le cagibi. Pour moi, cette petite pièce oppressante et sans fenêtre était devenue le spectre d'un passé révolu. L'idée même de retourner y dormir m'empêchait de respirer. J'avais vingt-sept ans et je faisais tourner la baraque. Hors de question que je dorme dans un placard.

Un week-end, j'ai proposé de dormir chez Patrick, et tout le monde a paru secrètement soulagé. Mais en mon absence Thomas a mis ses doigts tout poisseux sur mes nouveaux stores et dessiné au feutre indélébile sur ma housse de couette flambant neuve. Mes parents ont donc décrété qu'il valait mieux qu'ils dorment dans ma chambre et laissent la leur à Treena et Thomas. Apparemment, quelques traits de feutre ne les dérangeaient pas plus que ça.

Après avoir fait le compte des lessives et du convoyage des literies, ma mère avait admis que cela ne servait pas à grand-chose que j'aille passer mes nuits du vendredi et du samedi chez Pat.

Et puis il y avait ce monomaniaque de Patrick. Il mangeait, buvait, vivait et respirait Xtreme Viking. Son appartement, d'ordinaire spartiate et immaculé, était jonché de feuilles sur lesquelles figuraient des plannings d'entraînement et des conseils diététiques. Il avait fait l'acquisition d'un nouveau vélo ultraléger qui avait élu domicile dans le couloir – et que j'avais interdiction formelle de toucher, des fois que j'interfère avec ses réglages ultrafins.

Par ailleurs, Patrick était rarement chez lui, y compris les vendredis et samedis soir. Entre ses entraînements et mes horaires, nous avions pris le pli de passer de moins en moins de temps ensemble. Je pouvais aller au stade le regarder courir sur la piste, encore et encore. Une fois qu'il avait atteint le nombre de kilomètres voulu, je pouvais rester chez lui à regarder la télévision, roulée en boule dans un coin de son immense canapé en cuir. Il n'y avait rien dans le frigo, hormis des tranches de blanc de dinde et des boissons énergétiques horribles, de la consistance du frai de grenouille. Une fois, Treena et moi en avions goûté une, avant de recracher immédiatement, secouées par des haut-le-cœur aussi spectaculaires que ceux des enfants.

En réalité, je n'aimais pas l'appartement de Patrick. Il l'avait acheté un an plus tôt, lorsqu'il avait finalement estimé que sa mère supporterait d'être seule. Son affaire marchait bien, et il m'avait dit qu'il était important qu'un de nous deux franchisse le cap de l'accession à la propriété. Je suppose que cela aurait dû être le signal pour que nous ayons une conversation au sujet d'une éventuelle vie commune, mais celle-ci n'avait jamais eu lieu – et ni lui ni moi n'étions du genre à aborder les sujets susceptibles de provoquer un malaise. Du coup, il n'y avait absolument rien à moi dans cet appartement, alors que cela faisait des années que nous étions ensemble. Je n'avais jamais trouvé la force de le lui dire, mais je préférais habiter dans la maison de mes parents – aussi bruyante soit-elle –, plutôt que dans cette garçonnière morne et sans âme, avec ses places de parking numérotées et sa vue imprenable sur le château.

À vrai dire, je m'y sentais un peu seule.

— Je dois respecter le planning, ma puce, me répondait-il lorsque je lui en parlais. Si je descends en dessous de trente-cinq kilomètres à ce stade, je ne réussirai jamais à rattraper le retard.

Sur ces bonnes paroles, il me donnait les dernières nouvelles de sa périostite tibiale ou me demandait de le masser avec de la crème chauffante.

Lorsqu'il ne s'entraînait pas, il assistait à d'interminables réunions avec les autres membres de l'équipe, au cours desquelles ils examinaient et comparaient leur matériel, ou mettaient au point les détails de leur voyage. J'avais l'impression qu'ils parlaient chinois. Je ne comprenais pas un traître mot de ce qu'ils disaient, et je n'avais aucune envie de m'y intéresser.

Et dire que j'étais censée les accompagner en Norvège quelques semaines plus tard ! Je n'avais pas encore trouvé la manière de dire à Patrick que je n'avais toujours pas demandé de congés aux Traynor. Comment le pouvais-je ? L'épreuve du Xtreme Viking devait avoir lieu une semaine avant la fin de mon contrat. J'imagine que, comme une enfant, je refusais de regarder les choses en face, mais, en toute sincérité, je ne voyais rien d'autre que Will et le compte à rebours. Le reste ne m'effleurait même pas.

En plus de tout cela, je dormais mal dans l'appartement de Patrick. Je ne sais pour quelle raison au juste, mais lorsque je partais de chez lui pour aller travailler, j'avais l'impression de parler à travers un bocal de verre et j'avais les yeux si cernés qu'on avait l'impression que je m'étais fait battre. J'ai commencé à appliquer de l'anticerne à la truelle sous mes yeux.

— Qu'est-ce qui se passe, Clark ? a demandé Will.

J'ai ouvert les yeux. Il était devant moi, la tête penchée de côté, en train de me regarder. J'ai eu l'impression qu'il m'observait depuis un moment. Par réflexe, j'ai porté ma main à la bouche, au cas où j'aurais bavé.

Du film que j'étais censée avoir vu ne restait plus que le lent défilé des noms du générique.

— Rien. Désolée. Il fait une chaleur étouffante ici…

Je me suis levée.

— C'est la deuxième fois que vous vous endormez en trois jours, a-t-il dit en scrutant mon visage. Et vous avez une mine à faire peur.

Alors je lui ai tout déballé – ma sœur et nos petits arrangements pour dormir, et le fait que je ne voulais pas en faire tout un foin parce que, chaque fois que je regardais le visage de mon père, j'y lisais son désespoir à peine masqué de ne pouvoir offrir à sa famille une maison où nous pourrions tous dormir à notre guise.

— Il n'a toujours rien trouvé ?

— Non. Je crois que c'est à cause de son âge. Mais nous n'en parlons pas. C'est… c'est trop gênant pour tout le monde, ai-je dit en haussant les épaules.

Nous avons attendu la fin du film, puis j'ai éjecté le DVD pour le ranger dans sa boîte. J'avais le sentiment de commettre une erreur en faisant part de mes problèmes à Will. Ils paraissaient tellement dérisoires à côté des siens.

— Je finirai bien par m'y faire, ai-je dit. Ça va aller. Vraiment.

Will a paru préoccupé pendant tout le reste de l'après-midi. Après avoir fait la vaisselle, j'ai installé son ordinateur sur sa tablette. Plus tard, quand je lui ai apporté à boire, il a fait pivoter son fauteuil vers moi.

— C'est simple, a-t-il dit, exactement comme si nous avions été en pleine conversation. Vous pouvez venir dormir ici le week-end. Il y a une chambre libre. Autant qu'elle serve à quelque chose.

Je me suis figée sur place, le gobelet à la main.

— Je ne peux pas faire ça.

— Pourquoi ? Il n'est pas question de vous payer des heures supplémentaires.

J'ai placé le gobelet sur son support.

— Et que va penser votre mère ?

— Je n'en ai pas la moindre idée.

Il a dû saisir mon trouble, car il s'est empressé d'ajouter :

— Ne vous inquiétez pas. Les dames peuvent prendre le taxi sans risque avec moi.

— Quoi ?

— Si vous craignez qu'il ne s'agisse d'une ruse pour vous séduire, il vous suffit de me débrancher.

— Très drôle.

— Sérieusement. Pensez-y. Ça peut toujours être une solution de repli. Les choses évoluent toujours plus vite qu'on ne le pense. Après tout, votre sœur finira peut-être par décider qu'elle ne veut plus rentrer tous les week-ends. Elle finira peut-être par rencontrer quelqu'un. Des millions de choses peuvent arriver.

Et vous ne serez peut-être plus là dans deux mois, ai-je songé, regrettant immédiatement qu'une telle pensée me soit venue.

— Mais dites-moi, a-t-il ajouté en s'apprêtant à quitter la pièce, pourquoi Monsieur Course à pied ne vous offre-t-il pas le gîte ?

— Oh, il l'a fait.

Il m'a regardée comme s'il était sur le point de poursuivre la conversation. Puis il s'est ravisé.

— Mon offre reste valable, a-t-il conclu en haussant les épaules.

Voici les choses que Will aime faire.

1. Regarder des films, en particulier des films étrangers en version originale sous-titrée. De temps en temps, il peut se laisser convaincre par un film d'action à suspense, voire par un film dramatique, mais les comédies romantiques sont bannies de son répertoire. Si j'ose en louer une, il passe les cent vingt minutes du film à pousser des petits *pffff* de dérision, ou à pointer les gros clichés de l'intrigue, jusqu'à ce que finalement je n'y trouve plus aucun plaisir.

2. Écouter de la musique classique. Il en connaît un sacré rayon dans ce domaine. Il apprécie aussi des trucs modernes, mais le jazz n'est à ses yeux qu'une sorte de daube prétentieuse. Lorsqu'il a découvert le contenu de mon lecteur MP3 un après-midi, il s'est mis à rire si fort qu'il en a presque perdu ses sondes.

3. Rester assis dans le jardin – surtout maintenant que les beaux jours sont revenus. Parfois, je me mets à la fenêtre pour le regarder, la tête inclinée en arrière, en train de prendre le soleil. Un jour où je vantais sa capacité à rester immobile pour goûter l'instant – quelque chose que je n'ai jamais réussi à faire –, il m'a fait remarquer que quand on ne peut bouger ni les bras ni les jambes, on n'a pas vraiment le choix.

4. Me faire lire des livres ou des magazines, puis en parler avec moi. « Le pouvoir est dans le savoir, Clark », dit-il chaque fois. Au début, j'ai détesté ça ; j'avais l'impression d'être à l'école et qu'un professeur me faisait passer un test. Mais, après un certain temps, je me suis rendu compte qu'il n'y avait pas de mauvaises réponses aux yeux de Will. En fait, il apprécie que je discute avec lui. Il me demande ce que je pense de telle ou telle chose lue dans le journal, ou me dit qu'il n'est pas d'accord avec ma vision de tel ou tel personnage dans un roman. Il a des avis sur tout – ce que fait le gouvernement, le rachat de telle entreprise par telle autre, la nécessité d'envoyer untel en prison. S'il trouve que je suis paresseuse dans ce que j'exprime, ou que je ne fais que répéter l'opinion de mes parents ou de Patrick, il dit tranquillement : « Non, ce n'est pas assez bon. » Quand je dis que je ne connais rien à quelque chose, la déception se lit sur son visage. J'ai commencé à prendre l'habitude d'anticiper en lisant un journal dans le bus le matin, juste histoire d'être préparée. « Bien vu, Clark », me dit-il parfois, et je souris. Puis je me botte les fesses parce que je l'ai de nouveau laissé me traiter avec condescendance.

5. Se faire raser. Environ trois fois par semaine, je lui enduis les joues de mousse et je le rends présentable. S'il n'est pas dans un mauvais jour, il se laisse aller en arrière dans son fauteuil, ferme les yeux, et sur son visage apparaît alors ce que j'ai vu de plus près chez lui du plaisir physique. Mais j'ai peut-être inventé tout ça. J'ai peut-être vu ce que je voulais voir. Toutefois, il reste absolument silencieux tandis que je passe la lame sur son menton et que je lui fais la peau douce, et, lorsqu'il rouvre les yeux, son expression s'est adoucie, comme quelqu'un qui s'éveille après un sommeil particulièrement réparateur. Son visage a retrouvé quelques couleurs depuis que nous passons du temps dehors. Sa peau est de celles qui prennent facilement un joli hâle. Dans la salle de bains, je range les rasoirs tout en haut de l'armoire, derrière un flacon d'après-shampoing.

6. Les démonstrations de virilité. En particulier avec Nathan. De temps à autre, avant les préparatifs du soir, ils vont au fond du jardin et Nathan ouvre une ou deux bières. Parfois, je les entends discuter rugby ou plaisanter au sujet d'une femme vue à la télévision. Ça ne ressemble absolument pas à Will. Mais je comprends que ça le rassure. Il a besoin de quelqu'un avec qui il puisse se comporter en mec et faire des choses de mec. C'est une petite pointe de normalité dans sa vie à part.

7. Faire des commentaires sur ma garde-robe. Ou plutôt hausser un sourcil perplexe devant mes tenues, à l'exception de mes collants à rayures jaunes et noires. Les deux fois où je les ai portés, il n'a rien dit – simplement hoché la tête comme si le monde était conforme à ce qu'il devait être.

— Vous avez vu mon père en ville, l'autre jour.

— Ah. Oui.

J'étais en train d'étendre du linge dehors. La corde à linge était dissimulée aux regards, dans ce que Mme Traynor appelait le « jardin de la cuisine. » Je crois qu'elle ne voulait surtout pas que quelque chose d'aussi trivial que la lessive confère une touche de pollution visuelle à ses massifs d'herbacées. Pour sa part, ma propre mère étendait fièrement son blanc à l'extérieur. C'était presque comme un défi qu'elle lançait au voisinage – « Allez, mesdames ! Voyons voir si vous pouvez faire mieux que ça ! » C'était tout ce que mon père pouvait faire pour la dissuader d'installer un deuxième séchoir parapluie dans le jardinet devant la maison.

— Il m'a demandé si vous aviez dit quoi que ce soit à ce sujet.

J'ai conservé un visage impassible. Et puis, comme il semblait attendre, j'ai ajouté :

— Ah. Bien sûr que non.

— Il était avec quelqu'un ?

J'ai remisé la dernière pince à linge dans le sac. Puis j'ai roulé ce dernier avant de le déposer dans le panier à linge. Je me suis tournée vers lui.

— Oui.

— Une femme ?

— Oui.

— Aux cheveux roux ?

— Oui.

Will a réfléchi un instant.

— Je suis désolée si vous pensez que j'aurais dû vous en parler, ai-je dit. Mais ça… ça me semblait ne pas me regarder le moins du monde.

— Et ce n'est pas une conversation qu'on entame facilement.

— Effectivement.

— Si cela peut être une consolation, Clark, sachez que ce n'est pas la première fois, a-t-il dit avant de s'en retourner vers la maison.

Deirdre Bellows a dit mon nom à deux reprises avant que je relève la tête. J'étais occupée à griffonner dans mon bloc-notes – des lieux et des points d'interrogation, des arguments pour et d'autres contre – et j'en avais pratiquement oublié que j'étais dans le bus. Précisément, j'étais en train de réfléchir à un moyen d'emmener Will au théâtre. Il n'y en avait qu'un seul à moins de deux heures de route, et on y jouait la comédie musicale *Oklahoma!* Or, j'avais un peu de mal à imaginer Will hochant la tête en cadence sur la chanson du premier acte – « Oh, What a Beautiful Morning » – « Quelle matinée splendide » ! Le problème, c'est que tous les bons théâtres étaient à Londres ; et Londres demeurait apparemment une option inenvisageable.

Globalement, sortir Will de la maison ne posait plus de problème, mais nous avions pratiquement fait tout ce qu'il était possible de faire à moins d'une heure de voiture. Et je ne savais pas comment le convaincre d'aller plus loin.

— Alors, perdue dans ton petit monde, Louisa ?

— Oh, bonjour, Deirdre.

Je me suis tassée sur la banquette pour lui faire de la place à côté de moi.

Deirdre était une amie d'enfance de ma mère. Trois fois divorcée, elle possédait une boutique de linge de maison. Ses cheveux étaient suffisamment épais pour qu'on les prenne pour une perruque, et son petit visage triste donnait l'impression qu'elle rêvait encore avec nostalgie au prince charmant qui viendrait un jour la chercher.

—Je ne prends pas le bus en général, mais ma voiture est au garage. Comment vas-tu ? Ta mère m'a raconté pour ton travail. Ça a l'air très intéressant.

C'est l'inconvénient de grandir dans une petite ville. Tout le monde peut s'emparer par petits bouts de la vie de chacun. Rien n'est secret – pas plus l'histoire de la fois où je m'étais fait surprendre en train de fumer sur le parking du supermarché à la sortie de la ville lorsque j'avais quatorze ans, que le fait que mon père ait changé le carrelage des toilettes du bas. Pour une femme comme Deirdre, les menus détails du quotidien des autres avaient une valeur incomparable.

—C'est bien, oui.

—Et bien payé.

—Oui.

—Je me suis sentie si soulagée pour toi après tout ce qui s'était passé au *Petit Pain beurré*. Quel dommage qu'ils aient fermé le café. Tous les commerces utiles sont en train de fermer dans cette ville. Je me souviens du temps où on avait un épicier, un boulanger et un boucher dans la grand-rue. Tout ce qui nous manquait, c'était un fabricant de bougies !

J'ai surpris son coup d'œil en direction de ma liste, et refermé mon bloc-notes.

—Hmm. Au moins, nous avons toujours un endroit où acheter des rideaux. Comment marche la boutique ?

—Oh, très bien… oui… Et alors ça, c'est quoi ? Ça a à voir avec ton travail ? demanda-t-elle en désignant mon carnet.

—Je réfléchis juste à des choses que Will pourrait avoir envie de faire.

—C'est ton handicapé ?

—C'est mon employeur.

—Ton « employeur ». Voilà une façon bien aimable de présenter les choses, a-t-elle dit en me donnant un coup de coude. Et ta sœur si intelligente ? Comment ça se passe pour elle à l'université ?

— Elle va bien. Et Thomas aussi.

— Un jour, elle finira à la tête du pays, celle-là. Tu sais, Louisa, ça m'a toujours étonnée que tu ne sois pas partie avant elle, toi qui étais si brillante. Enfin… tu l'es toujours, bien sûr.

Je l'ai gratifiée d'un sourire poli. Je ne savais pas trop quoi faire d'autre.

— Bah, il faut bien que quelqu'un s'y colle, hein ? Et c'est une bonne chose pour ta mère que tu préfères rester à la maison.

J'ai voulu la contredire, mais je me suis alors aperçue que rien de ce que j'avais pu faire au cours des sept dernières années écoulées ne pouvait laisser supposer que j'avais l'ambition – ou même simplement le désir – d'aller plus loin que le bout de notre rue. Assise dans ce bus, dont le vieux moteur fatigué grondait et cahotait, j'ai alors subitement senti que le temps filait, que je perdais des pans entiers de mon existence dans ces petits allers et retours dans le sempiternel décor des mêmes rues. Autour du château. À regarder Patrick faire ses tours de piste. Toujours les mêmes petites choses à penser. La même routine. Toujours.

— Ah, c'est là que je descends, a dit Deirdre en se levant péniblement, son sac de marque accroché à l'épaule. Tu salueras ta mère pour moi. Et dis-lui que je passerai demain.

J'ai relevé la tête ; mes yeux papillotaient.

— Je me suis fait faire un tatouage, ai-je dit d'un seul coup. Une abeille.

Elle a marqué une hésitation, la main posée sur le bord du dossier.

— Il est sur ma hanche. Un vrai tatouage. Définitif, ai-je encore ajouté.

Deirdre a jeté un regard en direction de la porte. Elle avait l'air un peu étonnée. Elle m'a alors gratifiée de ce qu'elle devait considérer comme un sourire rassurant.

— C'est très bien, Louisa. N'oublie pas de dire à ta mère que je passerai la voir demain.

Chaque jour, pendant qu'il regardait la télévision ou qu'il était occupé à autre chose, je m'installais devant l'ordinateur de Will pour me lancer à la recherche du déclic qui pourrait le rendre heureux. Mais, au fil du temps, la liste des choses que nous ne pouvions pas faire, des endroits où nous ne pouvions pas aller, a commencé à devenir significativement plus longue que celle des activités envisageables. Quand la première a dépassé la seconde, je suis retournée sur le forum pour solliciter des conseils.

Réponse de Ritchie :

« Ha ! Bienvenue dans notre monde, l'Abeille. »

Au cours des conversations suivantes, j'ai appris que se saouler en fauteuil roulant n'était pas sans risques : problèmes de sondes et de cathéters, chutes du trottoir, retour vers une maison qui n'est pas la sienne grâce aux conseils d'autres ivrognes. J'ai également découvert qu'il n'y avait aucun endroit au monde où les valides auraient été plus serviables, mais que Paris était malgré tout la ville la plus difficile du monde à pratiquer en fauteuil roulant. Ça a été une déception, vu que l'indécrottable optimiste qui sommeillait en moi continuait d'espérer que nous puissions y aller.

J'ai entamé une nouvelle liste : les choses qu'on ne peut pas faire avec un tétraplégique.

1. Prendre le métro (la plupart des stations ne sont pas équipées d'ascenseur), ce qui exclut d'emblée la moitié des choses à faire à Londres, à moins d'être prêt à payer un taxi.

2. Aller nager sans assistance, surtout lorsque la température vous fait frissonner au bout de quelques minutes. Même les vestiaires réservés aux personnes handicapées ne servent pas à grand-chose si la piscine n'est pas équipée d'un lève-personne permettant d'accéder au bassin. Comme si Will était susceptible d'accepter de prendre place dans un lève-personne…

3. Aller au cinéma, si l'on n'est pas sûr d'avoir une place au premier rang, et à condition que les spasmes de Will soient d'une intensité modérée le jour J. J'ai passé au moins vingt minutes du film *Fenêtre sur cour* à ramasser à quatre pattes le pop-corn que Will avait envoyé valser dans un brusque soubresaut du genou.

4. Aller à la plage, à moins de disposer d'un fauteuil équipé de pneus larges – ce qui n'est pas le cas de celui de Will.

5. Prendre un avion lorsque le « quota » de passagers handicapés a déjà été atteint.

6. Faire du shopping, sauf si les boutiques sont équipées de la rampe d'accès que leur impose théoriquement la loi. Autour du château, la plupart d'entre elles font valoir le caractère historique des bâtiments pour ne pas le faire. Et, dans certains cas, c'est même la stricte vérité.

7. Aller dans un endroit où il fait trop chaud ou trop froid (problème de régulation de la température).

8. Aller quelque part sous le coup d'une impulsion (il faut toujours préparer un sac au préalable et s'assurer de l'accessibilité des lieux).

9. Aller manger à l'extérieur, si le fait d'être nourri provoque une gêne, ou si les toilettes du restaurant sont situées au sous-sol et uniquement accessibles par un escalier (nécessité selon le contenu de la poche urinaire).

10. Faire un long voyage en train (très fatigant et grande difficulté pour monter le fauteuil motorisé à bord).

11. Se faire couper les cheveux par temps pluvieux. Les cheveux collent aux roues du fauteuil de Will, ce qui bizarrement nous dégoûte tous les deux.

12. Aller chez des amis, si leur logement n'est pas équipé d'une rampe. On accède à la plupart des maisons par un escalier et peu de gens installent ce type de dispositif. Notre maison est l'une des rares exceptions. De toute façon, Will dit qu'il n'a envie de voir personne.

13. Descendre la colline du château par temps de pluie. Les freins ne sont pas toujours fiables et le fauteuil est trop lourd pour que je puisse le retenir toute seule.

14. Aller dans un endroit où il risque d'y avoir des gens ivres. Will attire immédiatement l'attention des ivrognes. Systématiquement, ils viennent se pencher sur lui, lui souffler leur haleine au visage, le regarder avec leurs grands yeux pleins de pitié. Certains tentent même d'aller le promener.

15. Se mêler à la foule. Will cherche à l'éviter à tout prix. Avec l'arrivée de l'été, cela signifie qu'il est de plus en plus difficile de se promener aux abords du château, et au moins la moitié des endroits auxquels j'avais songé (foires, marchés, concerts, théâtres en plein air) sont à rayer de la liste.

Pendant ma quête d'idées, lorsque j'ai demandé à mes contacts tétraplégiques en ligne quelle était la chose au monde qu'ils rêveraient de faire, la réponse a été unanime : « faire l'amour » – avec force détails que je n'avais pas sollicités.

Au bout du compte, ils ne m'ont pas été d'un grand secours. Il restait huit semaines et j'étais à court d'idées.

Un ou deux jours après notre conversation sous la corde à linge, je suis tombée sur mon père dans l'entrée à mon retour du travail – chose étonnante car, ces dernières semaines, il semblait avoir élu domicile sur le canapé, soi-disant pour tenir compagnie à grand-père. Une fois n'est pas coutume, il portait une chemise repassée et il était rasé de près. L'entrée embaumait le Old Spice – et je suis à peu près sûre que ce flacon d'après-rasage datait de 1974.

— Ah, te voilà.

J'ai refermé la porte derrière moi.

— Oui, me voilà.

J'étais à la fois épuisée et anxieuse. J'avais passé tout mon trajet de retour dans le bus au téléphone avec un agent de voyages à qui je demandais où je pouvais bien emmener Will. En vain. Il fallait pourtant que je l'éloigne de l'annexe. Mais il n'y avait manifestement aucun endroit à plus de dix kilomètres du château qu'il accepterait d'aller visiter.

— Ça ne te dérange pas de prendre ton thé toute seule ce soir ?

— Du tout. Je pourrai rejoindre Patrick un peu plus tard. Pourquoi ?

J'ai accroché mon manteau à une patère libre.

Le portemanteau s'était singulièrement allégé depuis le départ de Treena et Thomas.

— J'emmène ta mère dîner en ville.

Mentalement, j'ai procédé à un rapide tour d'horizon des événements.

— Est-ce que j'aurais loupé son anniversaire ?

— Non. On a quelque chose à fêter. J'ai trouvé un travail, a-t-il ajouté en baissant la voix comme s'il me révélait un secret.

— Ce n'est pas vrai !

D'un coup, j'ai vu ce que je n'avais pas encore remarqué : il était littéralement rayonnant. De nouveau, il se tenait bien droit et un sourire jusqu'aux oreilles illuminait son visage. Il semblait avoir rajeuni.

— Papa, c'est fantastique !

— Je sais. Ta mère est folle de joie. Et tu sais que ces derniers mois n'ont pas été faciles pour elle avec le départ de Treena, grand-père et tout ça. Du coup, je me suis dit que j'allais la sortir, lui offrir un peu de bon temps.

— Et c'est quoi, ce travail ?

— Je vais être responsable de l'entretien. Au château.

Mes yeux se sont mis à papilloter.

— Mais c'est…

— Monsieur Traynor. C'est bien ça. Il m'a appelé pour me dire qu'il cherchait quelqu'un. Will lui a dit que j'étais disponible. J'y suis allé cet après-midi et je lui ai montré de quoi j'étais capable. J'ai un mois d'essai, et je commence samedi.

— Tu vas travailler pour le père de Will ?

— Eh bien, il m'a demandé de faire ce mois d'essai pour respecter la procédure et tout ça, mais il m'a aussi précisé qu'il ne voyait pas pour quelle raison je ne ferais pas l'affaire.

— C'est… c'est super, ai-je dit, un peu déstabilisée par cette nouvelle. Je ne savais même pas qu'il y avait un poste à pourvoir là-bas.

— Moi non plus. Mais c'est formidable. C'est un homme qui sait ce qu'est la qualité, Lou. Je lui ai causé charpente et il m'a montré ce qu'avait fait mon prédécesseur. À ne pas y croire, tellement c'est choquant. Il m'a dit que mon travail l'avait impressionné.

Il s'était animé au fil de la conversation, bien plus qu'au cours de toutes ces dernières semaines.

Ma mère est arrivée. Elle avait mis une touche de rouge à lèvres et chaussé ses plus beaux escarpins.

— Et il y a une camionnette. Il va avoir sa propre camionnette. Et le salaire est conséquent, Lou. C'est un peu mieux que ce que ton père gagnait à la fabrique de meubles.

Elle l'a regardé comme s'il était quelque vaillant chevalier. Et, quand elle s'est tournée vers moi, son visage m'a intimé l'ordre d'en faire autant. Le visage de ma mère peut exprimer un million de messages ; en cet instant précis, il me disait que je devais bien ça à mon père.

— C'est vraiment super, papa. Vraiment.

Je me suis avancée pour le serrer dans mes bras.

— C'est surtout Will que tu devras remercier. C'est vraiment un type bien. Je lui suis sacrément reconnaissant d'avoir pensé à moi.

Je les ai écoutés partir – eux deux, les dernières retouches de ma mère devant le miroir de l'entrée et les compliments de mon père lui assurant qu'elle était la plus belle, absolument parfaite en l'état. Je l'ai entendu tapoter la poche de sa veste pour s'assurer qu'il avait bien ses clés, son portefeuille et un peu de monnaie. Il a ensuite eu un bref éclat de rire. Puis la porte s'est refermée, et le ronronnement du moteur qui m'est parvenu, tandis que la voiture s'éloignait dans la rue. Ensuite il n'y a plus eu que le son de la télévision dans la chambre de grand-père. Je me suis assise dans l'escalier. J'ai sorti mon téléphone et appelé Will.

Il n'a pas décroché immédiatement. Je pouvais l'imaginer en train de s'approcher du kit mains libres, puis d'appuyer sur le bouton avec son pouce.

— Allô ?

— C'est vous qui avez fait ça ?

Il y a eu un instant de silence.

— C'est vous, Clark ?

— Vous avez dégoté un emploi à mon père ?

Il avait le souffle un peu court. Sans même réfléchir, je me suis demandé s'il était bien assis.

— J'ai pensé que cela vous ferait plaisir.

— Ça me fait plaisir. C'est juste que… Je ne sais pas. Je me sens bizarre.

— Vous ne devriez pas. Votre père avait besoin d'un travail et le mien cherchait un homme qualifié et expérimenté.

— Vraiment ?

Je ne parvenais pas à dissimuler le scepticisme dans ma voix.

— Comment ça ?

— Cela n'a rien à voir avec ce que vous m'avez demandé l'autre jour ? Au sujet de votre père et de l'autre femme ?

Il y a eu un long silence. C'était comme si je le voyais dans son salon, le regard perdu au loin par les grandes portes-fenêtres. Lorsqu'il a repris la parole, une note de prudence perçait dans sa voix.

— Vous pensez vraiment que je ferais du chantage à mon père pour qu'il engage le vôtre ?

Sous cet angle, l'histoire semblait un peu tirée par les cheveux. Je me suis rassise.

— Désolée. Je ne sais pas. C'est bizarre. La coïncidence. Ça tombe vraiment à pic.

— Alors réjouissez-vous, Clark. C'est une bonne nouvelle ! Tout va bien se passer pour votre père. Et comme ça…

Il a marqué une hésitation.

— Comme ça quoi ?

— … vous pourrez déployer vos ailes, un jour, sans avoir à vous soucier de savoir si vos parents ont les moyens de s'en sortir.

C'était comme s'il venait de m'assener un grand coup au creux de l'estomac. J'ai senti mes poumons se vider d'un coup.

— Lou ?

— Oui ?

— Vous êtes bien silencieuse.

— Je... Pardon, ai-je dit, la gorge nouée. J'ai été distraite. Grand-père m'appelle. Mais oui. Merci... d'avoir pensé à lui.

Et j'ai raccroché. Parce que j'avais soudain une énorme boule dans la gorge et que je n'étais plus certaine d'être encore capable de parler.

J'ai marché jusqu'au pub. L'air embaumait les fleurs ; les gens que j'ai croisés me souriaient. Je n'ai pas réussi une seule fois à leur sourire en retour. Tout ce que je savais, c'était que je ne pouvais pas rester à la maison seule avec mes pensées. J'ai retrouvé les Terreurs du triathlon dans le jardin. Ils avaient rassemblé deux tables dans un coin éclairé par le soleil déclinant. Leurs bras et leurs jambes saillaient de leurs vêtements comme autant de segments de couleur rose et pleins de tendons. Quelques hochements de tête polis m'ont été adressés par les hommes – les femmes m'ignorèrent superbement –, et Patrick s'est levé pour me faire une place à côté de lui. Je me suis rendu compte que j'aurais tout donné pour que ma sœur soit là.

Le jardin du pub était bondé, avec ce mélange typiquement anglais d'étudiants braillards et de commerciaux venus boire un verre après le boulot en bras de chemise. L'établissement plaisait aussi beaucoup aux touristes ; au milieu des voix anglaises, on entendait des accents américain, italien, français. Du côté du mur ouest, on pouvait voir le château et, comme tous les étés, les visiteurs faisaient la queue pour se faire photographier avec le monument en arrière-plan.

— Je ne t'attendais plus. Tu veux boire quelque chose ?

— Plus tard.

Je voulais juste rester assise, la tête posée contre l'épaule de Patrick. Je voulais me sentir comme j'en avais toujours eu l'habitude – normale, paisible, sereine. Je voulais ne pas penser à la mort.

— J'ai battu mon record aujourd'hui. Vingt kilomètres en une heure dix-neuf minutes et deux secondes.

— Super !

— Tu carbures au pétrole maintenant, Pat ? a lancé quelqu'un.

Patrick a joint les deux poings et imité le bruit d'un moteur rugissant.

— C'est vraiment super.

Je me suis efforcée d'avoir l'air heureuse pour lui.

J'ai bu un verre, puis un autre. J'ai écouté leurs histoires de distances, de genoux écorchés, d'épreuves de natation en eaux glacées. Puis j'ai décroché et observé les autres clients du pub en essayant d'imaginer ce que pouvaient être leurs vies. Chacun d'eux devait avoir connu son lot d'événements au sein de sa propre famille – des enfants adorés tragiquement disparus, des secrets inavouables, de grandes joies et des tragédies. Et si eux parvenaient à relativiser, s'ils pouvaient apprécier une soirée tranquille et ensoleillée dans le jardin du pub, alors c'était aussi à ma portée.

Puis j'ai raconté à Patrick l'histoire du travail de mon père. Son visage a pris l'expression que j'imaginais avoir eue moi aussi. J'ai dû la lui répéter, pour qu'il soit sûr d'avoir bien compris.

— C'est… pratique. Comme ça, vous travaillez tous les deux pour lui.

Je voulais lui dire. Vraiment. Je voulais lui expliquer combien tout était lié dans mon combat pour maintenir Will en vie. Je voulais lui dire à quel point j'étais effrayée à l'idée que cet homme me rende ma liberté. Mais je savais que c'était impossible. Alors autant me débarrasser du reste.

— Hmm… Ce n'est pas tout. Il m'a dit que je pouvais rester là-bas quand je voulais, dans la chambre d'amis. Pour éviter d'avoir à jouer aux chambres musicales à la maison.

Patrick m'a regardée.

— Tu vas aller vivre chez lui ?

— Pourquoi pas. C'est gentil à lui, Pat. Tu sais comment sont les choses à la maison. Et toi, tu n'es jamais là. J'aime bien passer du temps dans ton appart, mais… En toute honnêteté, je ne m'y sens pas vraiment chez moi.

Il ne m'avait pas lâchée du regard.

— Alors fais en sorte que ça le devienne.

— Quoi ?

— Viens t'installer chez moi. Apporte tes affaires, tes vêtements, tout ça. Il est grand temps qu'on emménage ensemble.

C'est en y repensant après coup que j'ai vu qu'il n'avait pas eu l'air particulièrement ravi de prononcer ces mots. Pas l'air d'un homme qui a finalement compris qu'il ne peut pas vivre sans sa copine auprès de lui, et qui décide d'unir dans la joie leurs deux vies. Il avait la tête de celui dont on vient de déjouer les plans.

— Tu veux vraiment qu'on vive ensemble ?

— Oui. Bien sûr, a-t-il répondu en se grattant l'oreille. Je ne suis pas en train de te proposer le mariage ou quelque chose comme ça. Mais oui, ça paraît logique.

— Comme tu es romantique.

— Je suis sincère, Lou. Le moment est venu. Ça fait même probablement longtemps qu'il est venu, mais j'ai été absorbé dans une chose, puis une autre. Allez, viens. Ça va être bien, a-t-il dit en me serrant dans ses bras. Ça va être vraiment bien.

Tout autour de la table, les Terreurs du triathlon avaient diplomatiquement repris leurs conversations. Un cri de joie s'est fait entendre un peu plus loin ; quelques touristes japonais venaient de réussir la photo qu'ils voulaient à tout prix.

Les oiseaux chantaient, le soleil déclinait, le monde tournait. Je voulais faire partie de tout cela. Je ne voulais pas être dans une chambre silencieuse à m'inquiéter pour un homme dans un fauteuil.

—Oui, ai-je dit. Ça va être bien.

Chapitre 17

Dans le travail d'aide-soignant, le pire n'est pas ce qu'on pourrait croire. Ce n'est pas d'avoir à soulever le corps ou à le nettoyer. Ce ne sont pas non plus les médicaments, les compresses et l'odeur de désinfectant – certes distante, mais toujours perceptible. Ni que la plupart des gens pensent qu'on fait ce boulot parce qu'on n'est pas assez intelligent pour prétendre à autre chose. Non, le pire, c'est que, quand on passe la journée dans une très grande proximité avec quelqu'un, il n'y a aucun moyen d'échapper aux humeurs de l'autre. Ni même à ses propres états d'âme.

Will s'était montré distant à mon égard pendant toute la matinée, depuis que je lui avais fait part de mes projets. Une personne extérieure n'aurait absolument rien remarqué, mais les plaisanteries étaient assurément moins nombreuses et la conversation moins détendue. Il ne m'a pas interrogée sur le contenu des journaux du jour.

— C'est… c'est vraiment ce que vous voulez ?

Son regard avait un peu vacillé, mais son visage n'avait rien montré.

J'ai haussé les épaules et hoché la tête énergiquement. J'avais l'impression qu'il y avait quelque chose d'évasif et d'enfantin dans ma réponse.

— Il est temps, quand même, ai-je répondu. J'ai vingt-sept ans.

Il a scruté mon visage. Un muscle s'est contracté le long de sa mâchoire.

Subitement, j'ai éprouvé une sensation de fatigue insupportable. J'avais envie de m'excuser, sans savoir de quoi au juste.

Il a esquissé un petit sourire.

— Je suis content pour vous que vous ayez réglé cette question, a-t-il dit, avant de partir dans la cuisine.

Il commençait à m'agacer sérieusement. Jamais encore je ne m'étais sentie jugée par lui comme en cet instant. C'était comme si le fait que je m'installe chez mon copain me rendait moins intéressante à ses yeux. Comme si cela m'empêcherait de lui apporter la compagnie dont il avait besoin. Bien sûr, je ne pouvais rien lui dire de tout cela, mais je me suis montrée aussi froide envers lui qu'il l'était envers moi.

Franchement, c'était épuisant.

Dans le courant de l'après-midi, quelqu'un a frappé à la porte. J'ai traversé le couloir à la hâte, les mains encore humides de la vaisselle, puis ouvert la porte à un homme en costume foncé qui se tenait là, un porte-documents à la main.

— Non, non. Nous sommes bouddhistes, ai-je dit d'un ton ferme en claquant la porte, à l'instant où il s'apprêtait à protester.

Deux semaines plus tôt, Will avait eu affaire à des témoins de Jéhovah qui lui avaient tenu la jambe pendant un quart d'heure, tandis qu'il essayait de faire reculer son fauteuil, dont les roues étaient bloquées par le paillasson. Lorsque j'étais enfin arrivée pour leur demander de bien vouloir s'en aller et que j'avais refermé la porte, ils avaient ouvert la trappe de la boîte aux lettres pour lui crier : « Plus que tout autre, vous devriez savoir ce qu'implique de contempler la vie après la mort. »

— Hmm… Je suis venu pour voir M. Traynor ? a dit l'homme.

J'ai rouvert la porte avec méfiance. Depuis que j'étais à *Granta House*, personne n'était jamais venu rendre visite à Will par l'entrée secondaire de l'annexe.

— Faites-le entrer, a dit Will en arrivant dans mon dos. C'est moi qui lui ai demandé de venir.

Comme je ne bougeais pas, il a insisté :

— Tout va bien, Clark… C'est un ami.

L'homme a franchi le seuil et m'a tendu sa main à serrer.

— Michael Lawler, a-t-il dit.

Il était sur le point d'ajouter quelque chose lorsque Will a avancé son fauteuil pour s'interposer entre nous – et couper court à toute conversation.

— Nous serons dans le salon. Pouvez-vous nous apporter un café, puis nous laisser un moment ?

— Hmm… d'accord.

Ce M. Lawler m'a souri, l'air un peu embarrassé, avant de suivre Will vers le salon. Lorsque je suis entrée avec mon plateau, quelques minutes plus tard, ils discutaient cricket. Leur conversation au sujet des « legs » et des « runs » s'est poursuivie jusqu'à ce que plus rien ne me retienne dans la pièce.

J'ai lissé ma jupe en me redressant.

— Bien, je vais vous laisser, ai-je dit.

— Merci, Louisa.

— Vous êtes sûrs que vous ne voulez rien d'autre ? Des biscuits, peut-être ?

— Merci, Louisa.

Will ne m'appelait jamais Louisa. Et jamais encore il ne m'avait tenue à l'écart de quoi que ce soit.

Michael Lawler est resté près d'une heure. Après avoir accompli quelques tâches, je me suis mise à errer dans la cuisine, en me demandant si j'aurais le courage d'aller écouter à la porte, mais je ne l'avais pas. Je me suis assise, j'ai grignoté deux biscuits Bourbon Cream, je me suis rongé les ongles, j'ai tenté de distinguer quelques bribes de la conversation, tout ça en essayant pour la cinquantième fois de comprendre pourquoi Will avait demandé à son visiteur de ne pas passer par l'entrée principale.

Il n'avait pas la mine d'un médecin ou d'un spécialiste. Il aurait pu être un genre de conseiller financier, mais, à dire vrai, il n'avait pas la tête de l'emploi. À coup sûr, il n'avait rien d'un kinésithérapeute, d'un ergothérapeute ou d'un diététicien – ou de l'une de ces innombrables personnes employées par les autorités locales pour passer évaluer les besoins toujours changeants de Will et qu'on pouvait reconnaître à des kilomètres. Ils avaient un air perpétuellement épuisé, mais faisaient toujours preuve d'un entrain vif et déterminé. Ils portaient des lainages de couleurs tristes et des chaussures confortables, et conduisaient des breaks poussiéreux pleins de dossiers et de boîtes contenant des équipements divers et variés. Pour sa part, Michael Lawler pilotait une BMW bleu marine, et sa série 5 rutilante ne pouvait pas être le véhicule de fonction d'une autorité locale.

Pour finir, M. Lawler est ressorti du salon. Il a refermé son porte-documents ; il portait sa veste sur son bras. Il n'avait plus du tout l'air emprunté.

La seconde d'après, j'étais dans le couloir.

— Ah, a-t-il dit en me voyant. Pouvez-vous me dire où se trouve la salle de bains ?

Je l'ai aiguillé, sans rien dire, puis je suis restée sur place sans savoir sur quel pied danser, attendant impatiemment qu'il reparaisse.

— Bien. Ce sera tout pour l'instant.

— Merci, Michael, a dit Will sans m'accorder un coup d'œil. J'attends donc de vos nouvelles.

— Je vous contacterai un peu plus tard dans la semaine, a répondu M. Lawler.

— Un e-mail de préférence à une lettre – pour l'instant tout au moins.

— Oui. Bien sûr.

J'ai ouvert la porte de derrière pour le faire sortir. Ensuite, comme Will retournait dans le salon, j'ai suivi notre visiteur dans la cour.

— Ça… ça vous fait loin pour rentrer ? ai-je demandé d'un ton léger.

Son costume à l'élégance citadine était superbement taillé.

— Jusqu'à Londres, malheureusement. J'espère que la circulation ne sera pas trop chargée à cette heure de l'après-midi.

Je l'ai accompagné. Le soleil était haut dans le ciel et j'ai dû plisser les yeux pour le regarder.

— Oui… euh… Et où êtes-vous basé à Londres ?

— Dans Regent Street.

— La fameuse Regent Street ? C'est chouette.

— Oui. Ce n'est pas le pire des endroits. Bien. Merci pour le café, mademoiselle…

— Clark. Louisa Clark.

Il s'est alors arrêté pour me dévisager un instant. Je me suis demandé s'il n'avait pas percé à jour mes tentatives maladroites pour deviner qui il était.

— Ah. Mademoiselle Clark, a-t-il dit en retrouvant bien vite son sourire professionnel. Merci encore.

Il a soigneusement déposé son porte-documents sur la banquette arrière avant de s'installer au volant. Puis il est parti.

Ce soir-là, je me suis arrêtée à la bibliothèque, sur le chemin du retour à l'appartement de Patrick. J'aurais pu utiliser son ordinateur, mais j'avais toujours l'impression de devoir demander la permission au préalable – et, de toute façon, c'était plus simple comme ça. J'ai pris place devant un terminal et tapé « Michael Lawler » et « Regent Street, Londres » dans le moteur de recherche. *Le pouvoir est dans le savoir, Will.*

Il y avait 3 290 résultats, dont les trois premières se rapportaient à un « Michael Lawler, juriste conseil, spécialiste en droit des successions, procurations et dispositions testamentaires », installé dans cette rue même. Je suis restée plusieurs minutes les yeux rivés à l'écran, puis j'ai de nouveau saisi son nom, mais dans le moteur de recherche des images. Et bing, il est sorti, l'homme qui venait de passer une heure avec Will, photographié en costume sombre à une table ronde quelconque – Michael Lawler, juriste conseil, spécialiste en droit des successions, procurations et dispositions testamentaires.

J'ai emménagé chez Patrick le soir même, entre mon retour du travail et son départ pour le stade. J'ai tout emporté, hormis mon lit et mes nouveaux stores. Il est arrivé avec sa voiture et nous avons chargé mes maigres possessions entassées dans des sacs-poubelle. En deux voyages, nous avions tout transporté chez lui – à l'exception de mes manuels scolaires stockés au grenier.

Ma mère a pleuré ; elle avait l'impression de me chasser de la maison.

— Pour l'amour du ciel, chérie, lui a dit mon père, c'est normal qu'elle s'en aille. Elle a vingt-sept ans.

— C'est toujours mon bébé, a-t-elle dit en me fourrant dans les bras deux cakes aux fruits et un sac contenant de la lessive et des produits d'entretien.

Je ne savais pas quoi lui dire. En plus, j'avais horreur du cake aux fruits.

Le rangement de mes affaires chez Patrick s'est révélé étonnamment facile. Lui-même ne possédait quasiment rien, et moi, je n'avais pas grand-chose après toutes ces années dans la chambre-cagibi. Ma collection de CD a été la seule chose pour laquelle nous nous sommes disputés. Apparemment, avant de mêler mes disques aux siens, je devais au préalable leur apposer au dos une étiquette autocollante avec mon nom, et les classer dans l'ordre alphabétique.

— Fais comme chez toi, répétait-il sans arrêt, à croire que j'étais une invitée.

Nous étions nerveux, étrangement gênés l'un vis-à-vis de l'autre, comme un couple à son premier rendez-vous. Pendant que je défaisais mes affaires, il m'a apporté du thé en me disant : « J'ai pensé que celle-ci pourrait être ta tasse. » Il m'a montré la place de chaque chose dans la cuisine, non sans me préciser à plusieurs reprises : « Bien sûr, tu mets les trucs où tu veux, ça ne me dérange pas. »

Il avait vidé deux tiroirs et l'armoire dans la chambre d'amis. Les deux autres étaient remplis de ses tenues de sport. Jusque-là, je n'avais pas imaginé qu'il puisse exister autant de modèles en Lycra et en polaire. Dans l'armoire, mes vêtements bariolés étaient loin d'occuper tout l'espace. Bien des cintres vides sont restés à pendouiller tristement.

— Il va falloir que j'achète des fringues pour remplir tout ça, ai-je dit.

Il a eu un petit rire nerveux.

— C'est quoi ça ?

Il scrutait mon calendrier, punaisé sur un mur de la chambre d'amis, avec les idées notées en vert et les événements effectivement prévus écrits à l'encre noire. Lorsque quelque chose avait bien fonctionné (la musique, la dégustation de vin), j'avais dessiné un petit smiley souriant à côté. Pour les échecs (les courses de chevaux, les galeries d'art), je n'avais rien mis. Il n'y avait pas grand-chose de prévu pour les deux semaines à venir ; Will s'était lassé des visites dans la région et, pour l'instant, je n'avais pas encore réussi à le convaincre d'aller voir plus loin. J'ai observé Patrick. Je l'ai vu qui regardait la date du 12 août, soulignée et annotée de points d'exclamation.

— Hmm… c'est pour m'organiser dans mon travail.

— Tu penses qu'ils ne vont pas renouveler ton contrat ?

— Je n'en sais rien, Patrick.

Patrick a pris le stylo fixé à côté du calendrier, observé le mois suivant, puis écrit en semaine 28 : « Début de la recherche d'un nouvel emploi. »

— Comme ça, tu es couverte quoi qu'il arrive, a-t-il dit.

Puis il m'a embrassée et s'en est allé.

J'ai soigneusement disposé mes crèmes dans la salle de bains et rangé mes rasoirs, mes lotions hydratantes et mes tampons dans son placard orné d'un miroir. J'ai aligné quelques livres au bas du mur dans la chambre d'amis, sous la fenêtre. J'avais apporté les derniers titres que Will avait commandés pour moi sur Amazon. Patrick m'avait promis de fixer des étagères lorsqu'il aurait un moment.

Et puis je me suis assise pour regarder le château, de l'autre côté de la zone industrielle, en m'habituant à dire « chez moi » à voix basse.

Je n'ai jamais été douée pour garder un secret. Treena dit que je me touche le nez dès l'instant où je pense à mentir. C'est un indice révélateur pour le moins évident. Mes parents plaisantent encore au sujet d'un mot d'absence que j'avais rédigé moi-même après avoir séché les cours :

« Chère mademoiselle Trowbridge,
Veuillez excuser l'absence de Louisa Clark aux cours d'aujourd'hui, due au fait que je suis très indisposée par des tracas féminins. »

Mon père avait dû lutter pour garder son sérieux pendant qu'il était censé m'incendier.

Ne rien dire des projets de Will à ma famille était une chose – j'étais assez bonne pour faire des cachotteries à mes parents (après tout, c'est l'un des talents qu'on développe en grandissant) –, mais supporter l'angoisse en était une autre.

J'ai passé les deux nuits suivantes à tenter de deviner ce que Will avait en tête, et à imaginer ce que je pourrais faire pour l'en dissuader. Mes pensées se bousculaient, même pendant que nous bavardions Patrick et moi tout en préparant à manger dans la petite cuisine. (J'en étais déjà à découvrir de nouvelles choses à son sujet ; par exemple, il savait accommoder le blanc de dinde de cent manières différentes.) Le soir, nous faisions l'amour. À ce stade, cela paraissait presque obligatoire, comme s'il nous fallait impérativement profiter à fond de notre liberté. C'était aussi comme si Patrick avait le sentiment que je lui devais quelque chose, compte tenu de ma proximité physique permanente avec Will. Mais, dès l'instant où il sombrait dans le sommeil, j'étais assaillie par mes pensées.

Il ne restait plus que sept semaines.

Et Will avait des projets – contrairement à moi.

La semaine suivante, si Will s'est aperçu que j'étais préoccupée, il s'est bien gardé de le faire remarquer. Nous suivions notre routine habituelle. Je l'emmenais faire des petits tours dans la campagne, je cuisinais ses repas, je veillais sur lui quand nous étions dans la maison. Il s'abstenait de faire la moindre plaisanterie au sujet de Monsieur Course à pied.

Je lui ai parlé des derniers livres qu'il m'avait recommandés. Nous avions fait *Le Patient anglais* que j'avais adoré, puis un thriller suédois que je n'avais pas aimé. Nous étions pleins de déférence l'un envers l'autre, excessivement polis. Ses insultes me manquaient, son côté grincheux aussi – et leur absence contribuait à renforcer ce sentiment de menace pesant sur moi.

Nathan nous observait tous les deux, comme s'il avait découvert une nouvelle espèce.

— Vous vous êtes disputés ? m'a-t-il lancé un jour, dans la cuisine, pendant que je rangeais les courses.

— Vous n'avez qu'à lui demander, ai-je dit.

— C'est exactement ce qu'il m'a répondu.

Il m'a jeté un regard en biais avant de disparaître dans la salle de bains pour ouvrir le placard où étaient rangés les médicaments de Will.

J'avais attendu trois jours après le passage de Mickael Lawler pour téléphoner à Mme Traynor. Je lui avais demandé si nous pouvions nous retrouver ailleurs qu'à *Granta House*, et nous étions convenues de nous retrouver dans un petit café qui venait d'ouvrir à l'intérieur de l'enceinte du château. Ironie du sort, c'était précisément à cet établissement que je devais d'avoir perdu mon précédent emploi.

C'était une tout autre affaire que le *Petit Pain beurré* – tout en chêne cérusé avec des tables et des chaises de bois blanchi. On y proposait une soupe maison pleine de bons légumes et des pâtisseries sophistiquées. Et impossible de s'y faire servir un café normal – uniquement des lattes, des cappuccinos et des macchiatos. Dans la clientèle, ni ouvriers d'un chantier voisin ni apprenties coiffeuses. Avec ma tasse de thé entre les mains, je me suis demandé ce que devenait lady Pissenlit. Se sentirait-elle assez à l'aise dans un endroit comme celui-ci pour venir y lire le journal toute la matinée ?

— Louisa, désolée d'être en retard.

Camilla Traynor a fait son entrée d'un pas vif, son sac serré sous le bras. Elle portait un chemisier de soie grise et un pantalon bleu marine.

J'ai dû lutter pour résister à l'impulsion de me lever. Lorsque je lui parlais, j'avais encore systématiquement l'impression d'être en train de passer un entretien.

— J'ai été retenue au tribunal.

— Je suis désolée de vous obliger à quitter votre travail, mais euh… je n'étais pas certaine que cela puisse attendre.

Elle a levé la main et articulé silencieusement quelque chose à l'intention de la serveuse – qui est immédiatement partie lui préparer son cappuccino. Mme Traynor s'est assise en face de moi. Son regard me balayait comme si j'étais transparente.

— Will a fait venir un avocat, ai-je expliqué. J'ai découvert qu'il s'agit d'un spécialiste en droit des successions, procurations et dispositions testamentaires.

Je ne savais pas comment aborder la question d'une façon plus délicate.

J'ai eu l'impression de l'avoir giflée. Un peu trop tard, j'ai compris qu'elle avait sans doute cru que j'avais de bonnes nouvelles à lui annoncer.

— Un avocat ? Vous êtes sûre ?

— J'ai cherché sur Internet. Son cabinet est dans Regent Street, à Londres, ai-je ajouté sans que cela soit vraiment nécessaire. Son nom est Michael Lawler.

Ses yeux papillotaient nerveusement pendant qu'elle prenait la mesure de ce que je lui apprenais.

— C'est Will qui vous l'a dit ?

— Non. Je ne crois pas qu'il avait envie que je sois au courant. Je… j'ai noté le nom de l'avocat et procédé à une recherche.

Le cappuccino est arrivé. La serveuse l'a posé sur la table devant Mme Traynor – qui n'a pas paru s'en rendre compte.

— Vous désirez autre chose ? a demandé la jeune fille.

— Non, merci.

— Nous pouvons vous proposer notre gâteau à la carotte maison. Il est accompagné d'une délicieuse crème au beurre…

— Non, merci, répondit Mme Traynor d'une voix dure.

La serveuse s'est figée sur place un court instant, juste assez pour signifier qu'elle avait été offensée, puis elle est repartie d'un pas outré en agitant ostensiblement son petit carnet.

— Je suis désolée, ai-je dit. Vous m'aviez demandé de vous avertir de tout ce qui pouvait paraître important. Je n'ai pas fermé l'œil de la nuit, à me demander s'il fallait que je vous en parle ou pas.

Son visage était presque livide.

Je savais ce qu'elle ressentait.

— Comment est-il moralement ? Avez-vous... avez-vous trouvé d'autres idées ? Des sorties ?

— Il n'est pas très motivé.

Je lui ai alors parlé de Paris et de ma liste de projets.

Pendant que je parlais, je voyais son esprit à l'œuvre, en train d'évaluer et de calculer.

— N'importe où, a-t-elle dit pour finir. Je paierai ce qu'il faut. N'importe quel voyage. Je paierai pour vous. Et pour Nathan aussi. Faites en sorte qu'il accepte.

J'ai hoché la tête.

— S'il y a quoi que ce soit d'autre qui vous vient à l'esprit... pour gagner du temps. Et, bien sûr, je paierai vos gages au-delà des six mois.

— Ce n'est... ce n'est pas le problème.

Nous avons fini nos cafés en silence, perdues dans nos pensées. En la regardant à la dérobée, j'ai vu que quelques fils gris étaient apparus dans sa coiffure impeccable ; ses yeux étaient aussi profondément cernés que les miens. Je me suis rendu compte que je n'éprouvais aucun soulagement de lui avoir parlé – de lui avoir transmis le poids de mon angoisse. Mais comment pouvais-je faire autrement ? Chaque jour, l'enjeu devenait plus important. L'horloge sonnant 2 heures l'a tirée de son inertie.

— Je crois que je vais devoir retourner travailler. Prévenez-moi dès que vous aurez trouvé quelque chose, Louisa. Il est sans doute préférable que nous ayons ces conversations loin de l'annexe.

Je me suis levée.

— Au fait, ai-je dit. Il faut que je vous donne mon nouveau numéro. Je viens de déménager.

Elle a porté la main à son sac pour prendre un stylo.

— J'habite chez Patrick maintenant… mon ami, ai-je précisé.

Je ne sais pas pourquoi cette nouvelle l'a surprise à ce point-là. Elle m'a tendu son stylo, absolument stupéfaite.

— J'ignorais que vous aviez un petit ami.

— J'ignorais devoir vous en informer.

Elle s'est levée à son tour, une main toujours posée sur la table.

— L'autre jour, Will m'a dit que… Il pensait que vous pourriez venir vous installer à l'annexe les week-ends.

J'ai griffonné le numéro de l'appartement de Patrick.

— Oui, mais j'ai pensé que ce serait plus simple pour tout le monde si j'allais m'installer chez Patrick, ai-je répondu en lui tendant le papier. Mais je ne suis pas très loin. Juste à côté de la zone industrielle. Cela n'aura aucune incidence sur ma disponibilité ou ma ponctualité.

Nous sommes restées un instant debout l'une en face de l'autre. Mme Traynor paraissait un peu agitée. Elle s'est passé une main dans les cheveux, avant de la descendre à son cou, à la recherche de sa chaînette d'or. Pour finir, comme si elle n'avait plus pu se retenir, elle a laissé échapper ce qu'elle avait sur le cœur.

— Vous ne pouviez donc pas attendre un peu ? Juste quelques semaines ?

— Je vous demande pardon ?

— Will… Je crois que Will vous aime vraiment beaucoup, a-t-elle dit en se mordant la lèvre. Je ne vois vraiment pas… Je ne vois vraiment pas en quoi cela était utile.

— Attendez… Vous êtes en train de me dire que je n'aurais pas dû m'installer chez mon fiancé ?

— Je dis juste que le moment n'est pas bien choisi. Will est très vulnérable. Nous faisons notre possible pour entretenir son optimisme, et vous…

J'ai vu la serveuse qui nous regardait, le carnet immobile dans sa main figée.

— Quoi ? J'ai fait quoi ? J'ai osé avoir une vie personnelle en dehors du travail ?

Elle a baissé la voix.

— Je fais tout ce que je peux, Louisa, pour éviter cette… chose. Vous n'ignorez rien de la tâche à laquelle nous sommes confrontés. Tout ce que je dis, c'est que j'aurais préféré – sachant à quel point Will vous apprécie – que vous attendiez un petit peu avant de venir… étaler votre bonheur sous son nez.

Je n'en croyais pas mes oreilles. J'ai senti mes joues s'empourprer. J'ai pris une profonde inspiration avant de répondre.

— Comment osez-vous insinuer que je pourrais faire quoi que ce soit susceptible de heurter les sentiments de Will ? ai-je dit entre mes dents serrées. J'ai tout essayé. Tout ce à quoi j'ai pu penser pour l'aider, je l'ai fait. Je lui ai fait des suggestions, je l'ai sorti, j'ai parlé avec lui, lu avec lui, veillé sur lui, ai-je rétorqué d'une voix forte. J'ai nettoyé derrière lui. Je lui ai changé ses saletés de sondes. Je l'ai fait rire. J'ai fait plus pour lui que toute votre satanée famille réunie.

Mme Traynor s'était figée. Lentement, elle s'est redressée de toute sa hauteur, puis a coincé son sac sous bras.

— Je crois que cette conversation est close, mademoiselle Clark.

— Oui. Oui, madame Traynor. Je suis de votre avis.

Elle a fait demi-tour, puis est sortie rapidement du café.

Lorsque la porte a claqué, je me suis aperçue que je tremblais.

Cette conversation avec Camilla Traynor a résonné à mes oreilles pendant les deux jours suivants. J'entendais sans relâche ses paroles, cette idée que « j'étalais mon bonheur sous son nez ». Je n'avais jamais pensé que Will puisse être affecté par ce que je pouvais faire. Lorsqu'il avait montré sa désapprobation à l'idée que j'aille vivre chez Patrick, j'avais cru que c'était parce qu'il ne l'aimait pas, bien plus qu'à cause de sentiments qu'il aurait pu nourrir à mon égard. Mais, plus important encore, je crois que, moi-même, je n'avais pas semblé particulièrement heureuse.

À la maison, je ne parvenais pas à me défaire de ce sentiment d'angoisse. C'était comme si un courant de faible intensité m'avait traversée en permanence, pour irriguer chacun de mes gestes. J'ai posé une question à Patrick.

— Est-ce que nous nous serions installés ensemble si ma sœur n'avait pas eu besoin de ma chambre à la maison ?

Il m'a regardée comme si j'étais la dernière des idiotes. Puis il s'est penché pour m'attirer contre lui et m'embrasser sur le front. Ensuite, il m'a détaillée de la tête aux pieds.

— Tu es vraiment obligée de porter ce pyjama ? Je déteste quand tu le mets.

— Il est confortable.

— On dirait un truc de ma mère.

— Je ne vais pas porter une guêpière et des porte-jarretelles tous les soirs pour te faire plaisir. Et tu n'as pas répondu à ma question.

— Je ne sais pas. Probablement, oui.

— Mais nous n'en parlions jamais, n'est-ce pas ?

— Lou, la plupart du temps, les couples finissent pas emménager ensemble parce que c'est dans l'ordre des choses. Aimer quelqu'un, ça n'empêche pas de voir les aspects pratiques et financiers.

— Je ne… voudrais pas que tu penses que j'ai manœuvré pour que ça se réalise. Je ne veux pas vivre en ayant le sentiment que les choses se sont passées comme ça.

Avec un soupir, il a roulé sur le dos.

— Pourquoi faut-il toujours que les femmes reviennent sans cesse sur une situation jusqu'à ce qu'elle finisse par devenir un problème ? Je t'aime, tu m'aimes, cela fait presque sept ans qu'on est ensemble et tu n'avais plus de chambre chez tes parents. C'est assez simple, dans le fond.

Je ne trouvais pas ça si simple.

J'avais l'impression de vivre une vie que je n'avais pas eu la possibilité d'anticiper.

Ce vendredi-là, il a plu toute la journée – un véritable rideau de pluie chaude, comme sous les tropiques, qui a fait déborder les gouttières et ployer les tiges des fleurs en bouton. Les massifs semblaient demander grâce. Will resta longtemps devant la fenêtre avec la mine du chien à qui on a refusé une promenade. Nathan est arrivé, puis reparti, coiffé d'un sac en plastique pour se protéger la tête. Will a regardé un documentaire sur les pingouins. Ensuite, pendant qu'il était sur son ordinateur, je me suis occupée de mon côté, de sorte que nous n'avons pas eu besoin de nous parler. Je ressentais profondément le malaise entre nous, et le fait d'être dans la même pièce accentuait cette impression.

Je commençais à comprendre qu'on puisse éprouver une forme de réconfort à faire le ménage. J'ai passé la serpillière, fait les carreaux et changé les couettes. Je me laissais emporter dans un tourbillon d'activités. Pas un grain de poussière n'échappait à mon œil vigilant – aucune trace laissée par une tasse sur un meuble. J'étais occupée à désincruster le dépôt calcaire des robinets de la salle de bains avec un essuie-tout trempé dans le vinaigre (un truc de ma mère) lorsque j'ai entendu le fauteuil de Will derrière moi.

— Qu'est-ce que vous faites ?

J'étais penchée au-dessus de la baignoire. Je ne me suis pas retournée.

— Je détartre vos robinets.

Je sentais son regard posé sur moi.

— Vous pouvez répéter ça, a-t-il dit au bout d'un instant.

— Quoi ?

— Répétez ce que vous venez de dire.

Je me suis relevée.

— Pourquoi ça ? Vous êtes dur d'oreille ? Je détartre vos robinets.

— Non, je veux que vous vous entendiez parler. Ça ne sert à rien de détartrer mes robinets, Clark. Ma mère ne le verra pas, moi, je n'en ai rien à faire et ça laisse une odeur de *fish and chips* dans la salle de bains. En outre, j'aimerais sortir.

J'ai écarté une mèche qui me tombait devant le visage. Il flottait effectivement comme une odeur de haddock dans la pièce.

— Allez. Il ne pleut plus. Je viens de parler à mon père et il m'a dit qu'il nous donnerait les clés du château pour y aller après 17 heures et le départ des touristes.

Je n'étais pas enchantée à l'idée de devoir lui faire poliment la conversation au cours d'une petite promenade. Mais sortir de l'annexe ne pouvait pas faire de mal.

— D'accord. Accordez-moi cinq minutes, le temps que j'essaie de me débarrasser de cette odeur de vinaigre qui me colle aux mains.

La principale différence entre l'enfance de Will et la mienne, c'est qu'il en est sorti en ayant acquis la certitude d'être dans son bon droit. Je crois que si l'on grandit, comme lui, au sein d'une famille aisée, dans une belle maison, que si l'on va tout naturellement dans les meilleures écoles et les restaurants gastronomiques, alors on finit par croire que tout nous est dû et que la position qu'on occupe se doit d'être élevée.

Will m'a expliqué qu'il avait passé son enfance à gambader dans le château aux heures de fermeture. Son père le laissait hanter les lieux en lui recommandant de ne rien toucher.

Après le départ du dernier touriste, aux alentours de cinq heures et demie, tandis que les jardiniers taillaient les haies et que le personnel d'entretien vidait les corbeilles et balayait les gobelets vides et les emballages des confiseries vendues à la boutique, le château devenait son terrain de jeu. Pendant qu'il me racontait ça, j'ai songé que si pareille liberté nous avait été offerte à Treena et moi, on se serait mises à donner des coups dans le vide, prises par l'excitation et l'incrédulité, avant de partir en courant dans tous les coins.

— La première fille que j'ai embrassée, c'était là-bas, devant le pont-levis, a-t-il dit en ralentissant pour regarder l'endroit.

— Lui avez-vous dit que c'était votre royaume ?

— Non, mais j'aurais peut-être dû. La semaine suivante, elle m'a largué pour sortir avec le garçon qui travaillait à la supérette.

Je me suis tournée vers lui, les yeux ronds.

— Pas Terry Rowlands ? Avec des cheveux gominés en arrière et des tatouages jusqu'aux coudes ?

Il a haussé un sourcil.

— Celui-là même.

— Il travaille toujours là-bas, vous savez. À la supérette. Si ça peut vous consoler…

— Je ne suis pas certain qu'il envierait ma situation aujourd'hui, a dit Will.

Je n'ai rien ajouté.

C'était étrange de voir le château comme ça, baignant dans ce silence. En dehors des jardiniers qui entretenaient le parc, nous étions absolument seuls. Au lieu d'être distraite par les touristes, leurs accents et leurs vies étranges, je me suis surprise à observer le monument d'un œil nouveau, à le voir peut-être pour la première fois de ma vie, à m'imprégner d'une partie de son histoire. Ses murailles de pierre se dressaient là depuis plus de huit cents ans. Des gens avaient vu le jour ici, d'autres étaient morts ; des cœurs avaient été emplis de joie et d'autres brisés. Dans l'atmosphère immobile, je pouvais presque entendre leurs voix, le bruit de leurs pas dans l'allée.

— D'accord, c'est l'heure des confessions, ai-je dit. Vous êtes-vous déjà promené ici en jouant secrètement à être un prince guerrier ?

Will m'a coulé un regard en biais.

— Honnêtement ?

— Bien sûr.

— Eh bien, oui. Un jour, j'ai même emprunté l'une des épées qui ornent les murs de la grande salle. Elle pesait une tonne. J'étais mort de trouille à l'idée de ne pas être capable de la remettre à sa place.

Nous étions arrivés sur le dôme de la colline. De là, à l'avant des douves, on apercevait la longue prairie menant jusqu'au mur en ruine qui marquait autrefois la limite. Au-delà, c'était la ville, avec ses néons lumineux, les files de voitures et l'animation caractéristique de notre petite bourgade aux heures de pointe. En haut, exception faite du pépiement des oiseaux et du bourdonnement du fauteuil de Will, seul le silence régnait.

Il a arrêté son fauteuil pour le faire pivoter, de façon à surplomber le paysage.

— Je suis étonné que nous ne nous soyons jamais rencontrés, a-t-il dit. Je veux dire quand j'étais plus jeune. Nos routes ont bien dû se croiser à un moment ou un autre.

— Et pourquoi ça ? Nous n'évoluions pas vraiment dans les mêmes cercles. Et moi, je devais à peine être un bébé dans son landau quand vous brandissiez votre grande épée.

— Ah oui. J'avais oublié. Je suis une vieillerie par rapport à vous.

— Huit années vous auraient assurément valu d'être qualifié d'« homme plus mûr », ai-je répliqué. Et, même quand j'étais adolescente, mon père ne m'aurait certainement pas laissée fréquenter un homme plus mûr.

—Pas même s'il avait été le seigneur du château ?

—Voilà qui aurait changé la donne, bien entendu.

L'odeur de l'herbe mouillée emplissait l'air autour de nous tandis que nous avancions. Les pneus du fauteuil de Will chuintaient dans les flaques sur l'allée. Je me sentais soulagée. Notre conversation n'était pas tout à fait ce qu'elle avait été par le passé, mais peut-être était-ce normal, après tout. Mme Traynor avait vu juste – il serait toujours difficile pour Will de voir la vie des autres poursuivre sa trajectoire. Mentalement, je me suis fait une petite note pour penser à mesurer plus soigneusement l'impact potentiel de mes faits et gestes sur la vie de Will. Je ne voulais plus jamais être en colère.

—Allons au labyrinthe. Cela fait des années que je ne l'ai pas parcouru.

J'ai été arrachée à mes pensées.

—Oh, non. Sans façons.

J'ai jeté un regard à la ronde, découvrant tout à coup où nous étions arrivés.

—Pourquoi ? Vous avez peur de vous perdre ? Allez, Clark. Ce sera un défi pour vous. Est-ce que vous serez capable de mémoriser le chemin suivi à l'aller pour ressortir ? Je vous chronométrerai. Je le faisais tout le temps avant.

J'ai tourné la tête en direction de la maison.

—Je préférerais éviter.

À cette seule perspective, j'avais une boule au creux de l'estomac.

—Ah oui, c'est vrai. Vous ne jouez que quand il n'y a aucun risque.

—Ce n'est pas ça.

—Tant pis. On va finir notre petite promenade bien rasoir pour rentrer nous barber dans la petite annexe.

Je sais qu'il plaisantait, mais quelque chose dans son ton m'a vraiment touchée. J'ai repensé à Deirdre que j'avais croisée dans le bus. Ma mère, disait-elle, avait bien de la chance qu'une de ses filles soit restée. Ma vie était destinée à être insignifiante, mes ambitions à demeurer médiocres.

J'ai regardé du côté du labyrinthe, de ses grandes haies, denses et taillées au carré. Je me conduisais de manière ridicule. Peut-être en était-il ainsi depuis des années. Après tout, cette histoire était finie depuis longtemps. Et moi, j'allais de l'avant.

— Souvenez-vous de quel côté vous tournez, puis inversez pour revenir. Ce n'est pas aussi difficile que ça en a l'air, je vous assure.

Avant d'y réfléchir à deux fois, je l'ai laissé dans l'allée. J'ai pris une profonde inspiration, puis je suis passée sous le panneau indiquant « Interdit aux enfants non accompagnés ». J'ai commencé à marcher d'un bon pas entre les haies sombres et humides sur lesquelles luisaient encore des gouttes de pluie.

— Ce n'est pas si grave, ce n'est pas si grave.

Je murmurais ces mots comme une prière.

— Ce ne sont que des vieilles haies.

J'ai tourné à droite, puis à gauche à travers un passage dans la haie.

J'ai ensuite bifurqué à droite, puis à gauche, et, sans cesser de marcher, j'ai mémorisé mon chemin.

Droite. Gauche. Passage. Droite. Gauche.

J'ai senti mon pouls s'accélérer. J'entendais le sang battre dans mes tempes. Je me suis forcée à penser à Will de l'autre côté de la haie, les yeux rivés à sa montre. C'était vraiment un jeu stupide, et rien d'autre. Je n'étais plus la jeune femme naïve que j'avais été. J'avais vingt-sept ans. Je vivais avec mon fiancé. J'avais d'importantes responsabilités dans mon boulot. J'étais quelqu'un d'autre.

J'ai tourné, avancé tout droit, puis tourné encore.

Et puis, comme surgie de nulle part, la panique est montée en moi telle de la bile. J'ai cru voir un homme partir en courant au bout de l'allée entre les haies. J'avais beau me dire que mon imagination me jouait des tours, le simple fait de chercher à me rassurer m'a fait oublier mon itinéraire.

Droite. Gauche. Passage. Droite. Droite ?

Me serais-je trompée quelque part ? Ma gorge s'est serrée au point d'altérer ma respiration. Je me suis forcée à continuer à avancer – et je me suis rendu compte que j'avais complètement perdu le sens de l'orientation. Je me suis arrêtée pour regarder autour de moi. En me fiant aux ombres, je pouvais peut-être retrouver où était l'ouest.

Et là, debout au milieu de ce dédale végétal, j'ai compris que je n'y arriverais pas. Je ne pouvais même pas envisager de rester là. J'ai fait demi-tour pour avancer vers ce qui me paraissait être le sud. J'allais m'en sortir. J'avais vingt-sept ans. Tout allait bien. J'ai alors entendu leurs voix, leurs sifflets et leurs rires moqueurs. Je les ai vus qui jaillissaient de toutes parts entre les ouvertures de la haie. J'ai senti mes pieds qui tanguaient sur mes talons hauts, l'ivresse qui m'avait envahie, et les picotements impitoyables de l'arbuste lorsque je suis tombée dedans en tentant de m'y appuyer pour reprendre mon équilibre.

— Je veux partir maintenant.

Voilà ce que je leur avais dit, d'une voix épaisse et incertaine.

— J'en ai assez, les mecs.

Et ils avaient tous disparu. Le labyrinthe était silencieux. Seul un murmure me parvenait du lointain – eux derrière la haie ou le vent quelque part dans les feuilles ?

— Je veux sortir maintenant.

Ma voix trahissait mon incertitude. J'avais levé les yeux vers le ciel et vacillé brièvement, perturbée par l'immensité noire constellée d'étoiles. Puis j'avais sursauté quand un bras m'avait attrapée par la taille. C'était le brun ; celui qui avait voyagé en Afrique.

— Tu ne peux pas partir, pas maintenant, avait-il dit. Tu vas tout gâcher.

J'avais compris à cet instant, à la sensation provoquée par ses mains sur ma taille. J'avais compris qu'un équilibre avait été rompu, qu'une certaine retenue dans le comportement avait disparu. J'avais ri et repoussé ses mains comme s'il s'agissait d'une plaisanterie. Je ne voulais pas qu'il comprenne que j'avais vu clair dans son jeu. Je l'avais entendu crier pour appeler ses amis. D'un coup, je m'étais dégagée de son étreinte pour me mettre à courir, luttant pour trouver la sortie, tandis que mes pieds s'enfonçaient dans l'herbe grasse. Puis je les avais entendus tout autour de moi, leurs voix fortes, leurs corps tapis dans l'ombre. Sous l'effet de la panique, ma voix s'était étranglée. J'étais trop désorientée pour déterminer où je me trouvais. Les grandes haies se balançaient, se penchaient vers moi. J'avançais droit devant, bifurquant dans une allée après l'autre, trébuchant, me risquant tête baissée dans les passages, essayant d'échapper à leurs voix. Impossible de retrouver la sortie. Partout où j'allais, je tombais sur une haie et une autre voix moqueuse.

Je m'étais engouffrée dans un passage, subitement triomphante, pensant avoir trouvé la sortie, mais j'avais alors réalisé que j'étais revenue au centre – à l'endroit même où tout avait commencé. J'avais vacillé en les voyant regroupés là, comme s'ils s'étaient contentés de m'y attendre.

— Te voilà, avait dit l'un d'eux en me saisissant par le bras. Je vous avais bien dit qu'elle était partante. Allez, Lou-Lou, embrasse-moi et je te montrerai la sortie.

Sa voix était douce et traînante.

— Tu nous embrasses tous et on te montre la sortie.

Leurs visages m'apparaissaient dans un brouillard.

— Je veux… Je veux seulement que vous…

— Allez, Lou. Tu m'aimes bien, pas vrai ? Tu as passé la soirée assise sur mes genoux. Un baiser, c'est tout. C'est dans tes cordes, non ?

J'ai entendu un ricanement.

— Et vous me montrerez comment sortir d'ici ? avais-je demandé d'une voix aux accents pathétiques.

— Un seul.

Il s'est rapproché.

J'ai senti sa bouche sur la mienne, sa main sur ma cuisse.

Il s'est écarté et j'ai entendu son souffle devenu plus rauque.

— Au tour de Jake maintenant.

Je ne sais pas ce que j'ai dit à cet instant. Quelqu'un m'a attrapé le bras. J'ai entendu un rire, senti une main dans mes cheveux, une autre bouche sur la mienne, insistante, invasive, et puis…

— Will…

Je sanglotais, recroquevillée sur moi-même.

— Will.

Je répétais son nom, encore et encore, d'une voix hachée, remontée du fond de ma gorge. Je l'ai entendu quelque part au loin, de l'autre côté de la haie.

— Louisa ? Louisa, où êtes-vous ? Que se passe-t-il ?

J'étais dans un angle, tassée au pied de la haie autant qu'il m'était possible. Les larmes brouillaient ma vision. Je tenais mes bras serrés autour de moi. Je n'arriverais jamais à sortir. J'allais rester coincée là pour toujours. Personne ne me trouverait.

— Will…

— Où êtes…

Et il est apparu, devant moi.

— Je suis désolée, ai-je dit en levant les yeux, le visage déformé. Je suis désolée. Je… n'y arrive pas.

Il a levé le bras de quelques centimètres – le mieux qu'il pouvait faire.

— Oh, bon Dieu, qu'est-ce que… Venez là, Clark.

Il s'est approché et a jeté un regard furieux sur ses bras.

— Saloperies d'arbustes inutiles… Tout va bien. Respirez. Venez ici. Respirez. Lentement.

Je me suis essuyé les yeux. Dès l'instant où je l'ai vu, la panique a commencé à refluer. Je me suis levée, mes jambes flageolaient encore dangereusement. J'ai essayé de reprendre contenance.

— Je suis désolée. Je… ne sais pas ce qui m'a pris.

L'inquiétude se lisait sur son visage à quelques centimètres du mien.

— Vous êtes claustrophobe ? J'avais bien vu que vous n'aviez pas très envie d'y aller. Je pensais… Je pensais juste que vous…

J'ai fermé les yeux.

— Je veux partir maintenant.

— Prenez ma main. On s'en va.

En quelques minutes, il nous avait ramenés à bon port. Tandis que nous avancions, il m'a expliqué, de sa voix calme et rassurante, qu'il connaissait le labyrinthe comme sa poche. Enfant, il s'était lancé le défi d'apprendre à toujours y retrouver son chemin. J'ai entrelacé mes doigts aux siens ; la chaleur de sa main était un réconfort. Je me suis sentie idiote en voyant à quel point j'avais été près de la sortie tout du long.

Nous nous sommes arrêtés à un banc. J'ai fouillé dans le compartiment à l'arrière de son fauteuil, en quête d'un mouchoir en papier. Nous avons attendu que mes hoquets s'atténuent.

Depuis son fauteuil, il me jetait des regards à la dérobée.

— Alors…, a-t-il dit finalement, lorsque j'ai dû donner l'impression que je pouvais de nouveau parler sans m'effondrer. Vous voulez m'expliquer ce qui se passe ?

Je tordais nerveusement mon mouchoir entre mes mains.

— Je ne peux pas.

Il a fermé la bouche.

J'ai senti ma gorge se serrer.

— Ça n'a rien à voir avec vous, ai-je répondu en toute hâte. Je n'en ai jamais parlé à personne. C'est… une sombre histoire. Et ça s'est passé il y a longtemps. Je ne pensais pas que j'allais…

Je sentais ses yeux sur moi ; j'aurais voulu qu'il ne me regarde pas. Mes mains ne cessaient de trembler et mon estomac était plus noué que jamais.

J'ai secoué la tête, tentant de lui expliquer qu'il y avait des choses que je ne pouvais pas dire. J'avais envie de reprendre sa main dans la mienne, mais je n'étais pas certaine de pouvoir le faire. J'étais infiniment consciente de son regard et je pouvais presque entendre ses questions muettes.

En contrebas, deux voitures se sont arrêtées près des portes. Deux silhouettes en sont sorties. D'où nous étions, il était impossible de discerner de qui il s'agissait. Elles se sont embrassées, puis sont restées là quelques minutes. Peut-être parlaient-elles. Puis elles sont remontées chacune dans sa voiture, avant de repartir dans des directions opposées. Je les ai observées, incapable de penser. Mon esprit était comme gelé. Je ne savais absolument plus quoi dire.

Je me suis tournée vers lui, mais il ne me regardait plus.

— D'accord. Voilà ce qu'on va faire, a-t-il dit. Je vais vous confier quelque chose dont je n'ai jamais parlé à personne. Ça marche ?

— Ça marche, ai-je acquiescé.

J'ai roulé mon mouchoir en boule.

Il a pris une profonde inspiration.

— J'ai vraiment, vraiment très peur de ce qui va se passer.

Il a laissé sa phrase s'installer dans l'air entre nous, avant de poursuivre tranquillement.

— Je sais que, pour la plupart des gens, la vie que je mène est ce qui peut arriver de pire. Mais ça peut être pire encore. Je pourrais finir par ne plus être en mesure de respirer par moi-même. Par ne plus être en mesure de parler. Je pourrais avoir des problèmes de circulation sanguine qui nécessiteraient qu'on m'ampute. Je pourrais finir dans un hôpital pour toujours. Ma vie n'est pas vraiment une vie, Clark. Mais quand je pense à la pire version de ce qu'elle pourrait être, certaines nuits, allongé sur mon lit, je finis par ne même plus pouvoir respirer, a-t-il avoué en se raclant la gorge. Et vous savez quoi ? Personne ne veut entendre ça. Personne ne veut entendre parler de la peur, de la douleur, ou de l'angoisse d'être terrassé par une infection stupide qui frappe au hasard. Personne ne veut entendre ce que ça fait de savoir qu'on ne pourra plus jamais faire l'amour, plus jamais manger un plat préparé de ses mains, jamais porter ses enfants dans ses bras. Personne ne veut savoir que, parfois, je deviens tellement claustrophobe à être coincé dans ce fauteuil que la perspective d'y passer une journée de plus me donne envie de hurler comme un fou. Ma mère est à bout et elle ne peut pas me pardonner de toujours aimer mon père. Ma sœur m'en veut de lui avoir encore volé la vedette – et, à cause de mes blessures, de ne plus pouvoir me haïr comme elle me hait depuis notre enfance. Mon père n'attend plus qu'une chose : que tout cela soit fini. Au bout du compte, ils veulent prendre la vie du bon côté. Ils ont besoin que j'en fasse autant. Ils ont besoin de croire qu'il existe un bon côté, a-t-il ajouté après une hésitation.

J'ai cligné des yeux dans la pénombre.

— Est-ce que je vous fait aussi sentir ça ? ai-je demandé doucement.

— Vous, Clark, a-t-il répondu en regardant ses mains. Vous êtes la seule personne à qui je me sois senti capable de parler depuis que j'ai fini dans cette saleté de fauteuil.

Alors je lui ai tout déballé.

Je lui ai pris la main, celle-là même que j'avais tenue pour sortir du labyrinthe. J'ai regardé mes pieds, pris une profonde inspiration, et je lui ai raconté ce qui s'était passé cette nuit-là, comment ils avaient ri et s'étaient moqués de moi, si ivre, si défoncée, puis comment j'étais tombée dans les pommes. Plus tard, ma sœur m'avait dit que c'était peut-être une bonne chose que je n'aie pas de souvenirs, mais cette demi-heure de noir dans ma vie m'avait hantée depuis lors. J'avais reconstitué la scène avec leurs rires, leurs corps et leurs moqueries. Je l'avais reconstituée avec ma propre humiliation. Et j'ai expliqué à Will que je voyais leurs visages chaque fois que je m'éloignais de notre petite ville, et comment Patrick, ma mère, mon père et ma petite vie m'avaient parfaitement convenu, avec leurs problèmes et leurs limites. Ils m'avaient permis de me sentir en sécurité.

Lorsque nous avons fini de parler, le ciel était devenu noir. Et il y avait quatorze messages sur mon téléphone demandant où nous étions.

— Vous n'avez pas besoin de moi pour vous rappeler que vous n'y êtes pour rien, a dit Will d'un ton tranquille.

Au-dessus de nos têtes, le ciel était devenu immense et infini.

J'ai tordu le mouchoir entre mes mains.

— Oui. Eh bien, je me sens toujours… responsable. J'avais trop bu pour frimer. J'étais bien trop frivole… J'étais…

— Non. Ce sont eux les responsables.

Personne ne m'avait jamais dit ces mots-là à voix haute. Même le regard compatissant de Treena n'était pas exempt d'une petite pointe d'accusation.

« Si tu choisis de boire et de faire la folle avec des hommes, tu ne sais pas… »

Ses doigts ont serré les miens. Un mouvement infime, mais que j'ai perçu.

— Louisa, ce n'était pas votre faute.

Alors j'ai pleuré. Sans sangloter, cette fois. Les larmes coulaient en silence, et me disaient que quelque chose d'autre s'en allait de moi. La culpabilité. La peur. Et d'autres choses encore, pour lesquelles je n'avais pas encore trouvé de mots. J'ai posé doucement ma tête sur son épaule et il a penché la sienne jusqu'à ce qu'elle repose sur la mienne.

— Bien. Tu m'écoutes ?

J'ai murmuré un « oui. »

— Alors je vais te dire quelque chose qui va te faire du bien.

Il a laissé passer un instant, comme pour s'assurer d'avoir capté toute mon attention.

— Certaines erreurs… ont des conséquences plus graves que d'autres. Mais tu ne dois pas laisser cette nuit-là devenir ce qui te définit.

J'ai senti sa tête bouger contre la mienne.

— Toi, Louisa Clark, tu peux choisir qu'il n'en soit pas ainsi.

J'ai poussé un long soupir haché. Tandis que nous étions là, assis dans le silence, j'ai laissé ses paroles se frayer un chemin jusqu'au plus profond de moi-même. J'aurais pu rester là toute la nuit, au-dessus du reste du monde, avec la main chaude de Will dans la mienne, pendant que s'écoulait doucement tout ce qu'il y avait de négatif en moi.

— Nous devrions peut-être y aller, a-t-il dit pour finir. Avant qu'ils ne lancent une patrouille à notre recherche.

J'ai lâché sa main pour me remettre debout, un peu à contrecœur. Je sentais le vent frais me caresser la peau. Et puis, presque voluptueusement, j'ai étiré les bras au-dessus de ma tête, et les doigts dans l'air de la nuit. La tension des semaines précédentes, des mois, des années peut-être s'est un peu relâchée, et j'ai tout laissé filer dans un grand soupir.

En dessous, les lumières de la ville ont clignoté. Elles formaient un cercle lumineux au milieu de la campagne toute noire. Je me suis tournée vers lui.

— Will ?

— Oui ?

Je le distinguais à peine dans la pénombre, mais je savais qu'il me regardait.

— Merci. Merci d'être venu me chercher.

Il a secoué la tête, puis fait pivoter son fauteuil en direction de l'allée.

Chapitre 18

— Disneyland, c'est bien.

— Non. Je vous l'ai déjà dit. Pas de parcs d'attraction.

— Je sais que vous me l'avez dit, mais il n'y a pas que les montagnes russes et les tasses tournantes. En Floride, il y a aussi le parc sur les studios de cinéma et celui sur les sciences. En fait, on joint l'utile à l'agréable.

— Je ne pense pas qu'il soit absolument nécessaire de faire l'éducation d'un ancien chef d'entreprise de trente-cinq ans.

— Il y a des toilettes pour les handicapés dans tous les coins. Et tout le personnel est aux petits soins. Rien ne pose de problème avec eux.

— Vous allez bientôt me dire qu'il y a des balades spécialement conçues pour les handicapés, c'est ça ?

— Ils s'efforcent vraiment de s'adapter à tout le monde. Pourquoi ne pas essayer la Floride, mademoiselle Clark ? Si ça ne vous plaît pas, vous pourrez toujours aller à SeaWorld. Et le temps est magnifique là-bas.

— Dans un combat entre Will et la baleine tueuse, je connais d'avance le nom du perdant.

Il n'a pas paru m'entendre.

— En outre, c'est l'une des entreprises les mieux classées en matière de prise en charge du handicap. Ils font plein de choses avec la fondation Make-A-Wish pour les personnes en fin de vie.

— Mais il n'est pas en fin de vie !

J'ai interrompu ma conversation avec le conseiller de l'agence de voyages au moment précis où Will entrait dans la pièce. J'ai dû m'y reprendre maladroitement à plusieurs reprises pour reposer le combiné sur sa fourche, puis j'ai refermé mon bloc-notes d'un coup sec.

— Tout va bien, Clark ?

— Impeccable, ai-je répondu avec un grand sourire.

— Parfait. Vous avez une jolie robe chez vous ?

— Pardon ?

— Et qu'est-ce que vous faites samedi ?

D'évidence, il attendait ma réponse. J'avais l'esprit encore absorbé par le combat homérique entre une baleine tueuse et le représentant d'une agence de voyages.

— Hmm... rien. Patrick part toute la journée s'entraîner. Pourquoi ?

Il a encore attendu quelques secondes avant de m'expliquer, comme s'il prenait effectivement plaisir à me surprendre.

— Nous allons à un mariage.

Par la suite, je n'ai jamais su avec certitude ce qui avait poussé Will à changer d'avis au sujet des noces d'Alicia et Rupert. J'imagine que son esprit de contradiction n'a pas été tout à fait étranger à sa décision ; personne ne s'attendait à ce qu'il y aille, à commencer par Alicia et Rupert eux-mêmes. Peut-être s'agissait-il aussi de tourner définitivement la page. Cela dit, il me semble qu'au cours des derniers mois elle avait perdu le pouvoir de le blesser.

Nous avons estimé pouvoir nous en sortir sans l'aide de Nathan. J'ai appelé pour m'assurer que la grande tente dressée pour la réception permettrait l'accès du fauteuil de Will. Alicia a paru tellement troublée en apprenant que nous ne déclinions pas l'invitation que j'ai compris que leur courrier sur papier gaufré n'avait vraiment servi qu'à maintenir les apparences.

— Hmm… Eh bien… il y a une petite marche à l'entrée, mais je suppose que l'entreprise qui se charge de l'installer doit pouvoir fournir une rampe…

Sa voix s'est éteinte.

— Ce sera magnifique alors. Merci, ai-je dit. Nous vous verrons donc pour le grand jour.

Sur Internet, nous avons choisi un cadeau. Will a sélectionné un cadre photo en argent à 120 livres, ainsi qu'un vase qu'il a jugé « absolument hideux » d'une valeur de 60 livres. J'étais à la fois stupéfaite et choquée qu'il dépense des sommes astronomiques pour quelqu'un qu'il n'appréciait pas vraiment, mais, au cours de mon séjour chez les Traynor, j'avais pu mesurer qu'ils avaient un autre rapport à l'argent. Ils signaient des chèques à quatre chiffres sans sourciller. Un jour, j'avais vu le relevé de compte bancaire de Will – laissé sur la table de cuisine pour qu'il puisse le consulter. Rien que sur son compte courant, il avait de quoi acheter deux maisons comme la nôtre.

J'ai décidé de porter ma robe rouge, en partie parce que je savais qu'elle plaisait à Will. Tout ce qui pouvait contribuer à lui soutenir le moral ne serait pas de trop. D'ailleurs, je n'en avais pas d'autre dans ma garde-robe avec laquelle je me serais senti le courage de me mêler à une telle assemblée. Will ne pouvait pas imaginer à quel point j'étais terrorisée à l'idée de prendre part à un mariage mondain – surtout à titre d'« accompagnatrice ». Chaque fois que je pensais aux voix fortes, aux regards inquisiteurs qui nous seraient lancés, je me disais que je serais encore mieux à faire des tours de piste avec Patrick. C'était peut-être superficiel de ma part d'accorder de l'importance à tout ça, mais je ne pouvais pas m'en empêcher. Mon estomac se nouait à l'idée que tous les invités allaient nous regarder de haut.

Je n'ai rien dit à Will, mais j'avais peur pour lui. Le simple fait d'assister au mariage d'une ex relève déjà du pur masochisme. Mais prendre part à des festivités de cette ampleur, avec un tas d'anciens amis et collègues, pour voir celle qui partageait sa vie en épouser un autre, était à mes yeux un aller simple pour la dépression. La veille de notre départ, j'ai tenté d'évoquer cet aspect des choses, sans succès.

— Si je ne suis pas inquiet, Clark, il n'y a aucune raison que vous le soyez, a-t-il dit.

J'ai appelé Treena pour lui faire part de l'événement.

— Assure-toi qu'il n'emporte ni munitions ni anthrax, m'a-t-elle répondu.

— C'est la première fois que je parviens à l'emmener loin de la maison, et ça va être un désastre…

— Peut-être qu'il veut juste se convaincre que la mort n'est pas ce qu'il y a de pire ?

— Très drôle…

Elle n'était pas vraiment absorbée par notre conversation. Elle se préparait à une semaine de cours en internat à destination des « futurs cadres », et elle avait besoin que ma mère et moi nous occupions de Thomas. Elle disait que ça allait être fantastique. Certains grands noms de l'industrie britannique allaient intervenir au cours de ce séminaire. Son responsable pédagogique l'avait particulièrement mise en avant et elle était la seule de sa promo à ne rien avoir à débourser. J'entendais courir ses doigts sur le clavier de son ordinateur pendant que nous discutions.

— Je suis contente pour toi.

— Ça va se passer dans l'un des collèges de l'université d'Oxford. Autre chose qu'un IUT quelconque. Tu te rends compte, l'authentique Oxford aux « clochers rêveurs » ?

— Super.

Elle s'est tue un instant.

— Il n'est pas suicidaire quand même ?

— Will ? Pas plus que d'habitude.

— C'est déjà ça.

J'ai entendu la petite sonnerie annonçant qu'elle venait de recevoir un courriel.

— Il faut que j'y aille, Treena.

— D'accord. Amuse-toi bien. Au fait, ne mets pas ta robe rouge. Elle te fait un décolleté bien trop généreux.

Le matin du mariage, il faisait beau et l'air embaumait, exactement comme je l'avais secrètement pressenti. Les filles comme Alicia ont toujours un petit coup de pouce du destin quand il faut. Quelqu'un avait sans doute glissé un mot pour elle dans l'oreille des dieux du climat.

— Voilà qui est remarquablement caustique de votre part, Clark, m'a dit Will lorsque je lui ai fait part de ma réflexion.

— Avec vous, j'ai été formée à bonne école.

Nathan est venu tôt pour le préparer, de façon à ce que nous puissions prendre la route à 9 heures. Il y avait deux heures de trajet, mais j'avais compté large pour prévoir quelques pauses. J'avais soigneusement préparé l'itinéraire pour bénéficier des meilleurs équipements là où nous ferions halte. Dans la salle de bains, je me suis habillée. J'ai enfilé des bas sur mes jambes fraîchement épilées, puis je me suis maquillée, avant de tout enlever, de crainte que nos hôtes rupins ne jugent que j'avais l'air d'une call-girl. Je n'ai pas osé me mettre une écharpe autour du cou, mais j'avais pris avec moi une étole qui pouvait faire office de châle si je me sentais trop exposée.

— Pas mal, non ? a dit Nathan en reculant d'un pas.

Will est apparu, vêtu d'un costume sombre et d'une chemise lavande avec une cravate. Son visage rasé de près était légèrement hâlé. La chemise mettait particulièrement ses yeux en valeur. Soudain, ils semblaient étinceler de l'éclat du soleil.

— Pas mal, ai-je répondu. Elle va sûrement regretter d'épouser ce gros tas braillard.

Bizarrement, je n'ai pas voulu dire à quel point il était beau.

Will a levé les yeux au ciel.

— Nathan, est-ce que tout est dans le sac ?

— Ouaip. Vous êtes paré. Et on ne bécote pas les demoiselles d'honneur, hein ?

— Comme s'il allait en avoir envie, ai-je dit. Elles vont toutes avoir des cols comme des moules à gâteau et sentir l'écurie.

Les parents de Will sont sortis pour l'admirer. J'avais dans l'idée qu'ils venaient de se disputer, car Mme Traynor n'aurait pas pu se tenir plus éloignée de son mari, à moins de vivre dans un autre comté. Elle a gardé les bras résolument croisés, même quand j'ai manœuvré la voiture pour permettre le chargement de Will. Elle ne m'a pas regardée une seule fois.

— Ne le faites pas trop boire, Louisa, a-t-elle dit en époussetant une peluche imaginaire sur l'épaule de son fils.

— Et pourquoi ? a demandé Will. Ce n'est pas moi qui conduis.

— Tu as raison, Will, a renchéri son père. Il m'a toujours fallu un bon verre ou deux pour supporter un mariage.

— Le tien y compris, a murmuré Mme Traynor avant d'enchaîner à haute voix. Tu es magnifique, mon grand. Vraiment magnifique, a-t-elle dit en s'agenouillant pour arranger le pantalon de Will.

— Et vous aussi, m'a lancé M. Traynor en me gratifiant d'un coup d'œil approbateur lorsque je suis sortie de la voiture. Très accrocheuse, votre tenue, Louisa. Tournez un peu sur vous-même.

Will a fait avancer son fauteuil.

— Elle n'a pas le temps, papa. Allez, en route, Clark. J'imagine que ça ne se fait pas d'arriver en fauteuil après la mariée.

Je suis remontée en voiture avec soulagement. Le fauteuil de Will était bien arrimé à l'arrière, et sa veste nettement posée sur le dossier du fauteuil passager pour éviter les faux plis. Nous avons pris la route.

Avant d'arriver, je savais déjà à quoi ressemblerait la maison des parents d'Alicia. En fait, mon imagination l'avait si précisément devinée que Will m'a demandé pourquoi je me suis mise à rire en allant me garer. Un vaste presbytère de l'époque géorgienne, avec de hautes fenêtres en partie dissimulées derrière de lourdes grappes de glycine blanche, une allée de graviers couleur caramel – oui, c'était la demeure parfaite pour un colonel. J'imaginais déjà comment Alicia avait grandi ici, les cheveux coiffés en deux tresses blondes le jour où elle avait monté son premier poney sur ces vastes pelouses.

Deux hommes en gilet de sécurité réfléchissant dirigeaient les voitures vers un champ entre la maison et l'église à côté. J'ai baissé la vitre.

— Y a-t-il un parking à côté de l'église ?

— C'est de ce côté-ci pour les invités, madame.

— Oui, mais nous avons un fauteuil roulant et il risque de s'embourber dans l'herbe, ai-je répondu. Il faut que nous soyons juste à côté de l'église. J'y vais.

Ils ont échangé un regard et quelques paroles à voix basse. Avant qu'ils ne puissent dire quoi que ce soit, je me suis engagée pour aller garer la voiture dans un coin en retrait à côté du petit édifice religieux. *Et voilà, c'est parti,* ai-je songé en croisant le regard de Will dans le rétroviseur, à l'instant où je coupais le contact.

— Relax, Clark. Tout va bien se passer, a-t-il dit.

— Je suis parfaitement détendue. Qu'est-ce qui pourrait vous faire croire le contraire ?

— Vous êtes tellement transparente que ça en devient ridicule. De plus, vous vous êtes rongé les ongles de quatre doigts sur la route.

J'ai mis le frein à main, je suis descendue et j'ai lissé ma robe. Ensuite, j'ai manipulé les commandes pour descendre la rampe.

— Bien, ai-je dit lorsque les pneus du fauteuil de Will ont touché le sol.

De l'autre côté de la route, dans le champ, des gens descendaient d'énormes berlines allemandes. Les femmes en robe fuchsia discutaient avec leurs époux, tandis que leurs talons hauts s'enfonçaient dans l'herbe grasse. Elles étaient tout en jambes et carénées de couleurs douces. J'ai touché mes cheveux du bout des doigts, en me demandant si je n'avais pas mis un peu trop de rouge à lèvres. J'avais l'impression de ressembler à l'une de ces tomates en plastique que l'on presse pour en faire jaillir du ketchup.

— Alors... comment on va la jouer aujourd'hui ?

Will a suivi mon regard.

— Honnêtement ?

— Ouaip. J'ai besoin de savoir. Et, je vous en supplie, ne me dites pas « Stupeur et tremblements ». Est-ce que vous avez préparé quelque chose de terrible ?

Les yeux de Will ont trouvé les miens. Bleus et impénétrables. Un petit nuage de papillons s'est installé au creux de mon estomac.

— Nous allons nous tenir mieux que jamais, Clark.

Les papillons se sont mis à battre des ailes frénétiquement, comme s'ils avaient été prisonniers de ma cage thoracique. J'étais sur le point de dire quelque chose, mais il m'a devancée.

— Écoutez, nous allons tâcher de nous amuser, a-t-il dit.

Nous amuser. Comme si aller au mariage de son ex pouvait être moins douloureux que de se faire dévitaliser une dent.

Mais c'était le choix de Will. Le jour de Will. J'ai pris une profonde inspiration et fait de mon mieux pour me ressaisir.

— Je veux bien jouer le jeu, à une exception près, ai-je dit en rajustant mon étole sur mes épaules pour la quatorzième fois.

— Laquelle ?

— Pas question de jouer les Christy Brown. Si vous faites le Christy Brown, je pars avec la voiture en vous plantant là, au milieu des casse-pieds.

Will a fait pivoter son fauteuil en direction de l'église, et j'ai bien cru l'entendre murmurer : « Rabat-joie ».

Nous avons pris place dans l'assistance sans incident. Alicia était aussi ridiculement somptueuse que je l'avais imaginée. Sur sa peau couleur caramel, sa robe de soie blanc cassé à la coupe déstructurée effleurait à peine sa fine silhouette – à croire que le tissu lui-même avait besoin d'une autorisation préalable pour la toucher. Je l'ai regardée remonter l'allée centrale de la nef de son pas léger en me demandant ce que ça devait faire d'avoir des jambes interminables et de ressembler à une femme comme on n'en voit que sur des posters retouchés sous Photoshop. Avait-on confié sa coiffure et son maquillage à une armée de spécialistes ? Portait-elle une gaine sculptante ? Bien sûr que non. Plutôt de fines volutes de dentelles blanches – de ces sous-vêtements réservés aux femmes qui n'ont rien à soutenir, mais dont le prix représente une semaine de mon salaire.

Pendant que le vicaire marmonnait et que les petites demoiselles d'honneur en ballerines s'engageaient en traînant des pieds dans leurs travées, j'ai examiné les autres invités autour de moi. Toutes les femmes présentes à la cérémonie avaient l'air faites pour apparaître dans les pages de magazines en papier glacé. Leurs chaussures, très exactement coordonnées à leur tenue, n'avaient probablement encore jamais été portées. Les plus jeunes portaient avec élégance des talons d'une dizaine de centimètres ; les ongles de leurs doigts de pieds étaient parfaitement soignés. Les plus âgées, moins vertigineusement chaussées, arboraient des ensembles dont les vestes à épaulettes avaient des doublures de soie d'une teinte faisant contraste, et des chapeaux défiant les lois de la gravité.

Les hommes étaient moins intéressants à contempler, mais tous dégageaient cette impression que je relevais parfois chez Will – d'aisance financière et de puissance, de certitude que la vie est faite pour être agréable. Je me suis interrogée sur les entreprises qu'ils dirigeaient, le monde dans lequel ils vivaient. Je me suis demandé s'ils remarquaient les gens comme moi – ceux qui gardaient leurs enfants ou les servaient au restaurant. *Ou font un numéro de pole-dance pour leurs collègues*, ai-je songé en me remémorant les offres d'emplois de Syed.

Dans les mariages auxquels j'assistais, il fallait généralement séparer la famille du marié de celle de sa promise, de crainte que quelqu'un ne finisse par faire une entorse aux règles de sa liberté conditionnelle.

Will et moi nous étions installés à l'arrière de l'église. J'occupais l'extrémité du banc et son fauteuil était à ma droite. Il a jeté un bref coup d'œil à Alicia quand elle s'est avancée devant nous, mais, hormis cela, il regardait devant lui, le visage indéchiffrable. Des choristes – j'en ai compté quarante-huit – ont chanté quelque chose en latin. Rupert transpirait dans son costume ; il a haussé un sourcil, comme s'il se sentait à la fois heureux et un peu bête. Il n'y a eu ni vivats ni applaudissements lorsqu'on les a déclarés mari et femme. Un peu gêné et maladroit, Rupert s'est penché sur sa toute fraîche épousée comme quelqu'un tentant de mordre dans une pomme les mains dans le dos, et il a manqué sa bouche. Je me suis demandé si dans les milieux huppés on ne trouvait pas un peu « indécent » de se faire bécoter devant l'autel.

Puis la cérémonie s'est terminée. Will se dirigeait déjà vers la sortie. J'ai observé son port de tête, curieusement empreint de dignité, et j'ai été tentée de lui demander si on ne commettait pas une grave erreur en assistant à ces noces. Je voulais lui demander s'il avait encore des sentiments pour elle. J'avais envie de lui dire qu'il était trop bien pour cette idiote à la peau délicatement hâlée, malgré ce que les apparences pouvaient suggérer, et… Je ne savais pas ce que je voulais lui dire d'autre.

Je voulais juste que les choses aillent mieux.

— Ça va ? ai-je demandé.

Le fond du problème, c'est qu'il aurait dû être le marié.

Il a cligné des yeux à une ou deux reprises.

Il n'a pu réprimer un petit soupir.

— Ça va, a-t-il répondu avant d'ajouter en levant les yeux vers moi : allons boire quelque chose.

La tente de réception était dressée dans le parc. La grande porte de fer forgé par laquelle on y accédait était décorée de guirlandes de fleurs roses. Une petite foule se massait déjà devant le bar, situé tout au fond. J'ai suggéré à Will d'attendre dehors le temps que je lui rapporte un verre. Je me suis faufilée entre les tables recouvertes de nappes blanches et de plus de verres et de couverts que je n'en avais jamais vu. Le dossier des chaises était doré – comme celles qu'on voit aux défilés de mode. Des lanternes blanches étaient suspendues au-dessus de la décoration florale de lys et de freesias au centre de chacune des tables. Le parfum des fleurs embaumait l'air, au point d'en devenir étouffant.

— Un Pimm's ? a proposé le serveur lorsque je suis arrivée au comptoir.

Un coup d'œil à la ronde m'apprit que c'était en fait l'unique boisson proposée.

— Hmm… Très bien. Deux, s'il vous plaît.

Il m'a souri.

— Les autres boissons arriveront après. Mlle Dewar tenait à ce que tout le monde commence par un Pimm's.

Il m'a regardée avec une mine de conspirateur. Son sourcil très légèrement haussé m'a renseignée sur ce qu'il pensait de tout ça.

J'ai regardé la limonade rosée. Mon père disait toujours que les plus riches étaient aussi les plus pingres, mais j'étais tout de même stupéfaite qu'on n'attaque pas les festivités avec de vrais alcools.

— J'imagine qu'il faut faire avec, ai-je dit en emportant les deux verres.

Lorsque j'ai retrouvé Will, il était en grande conversation avec un homme – jeune, portant des lunettes, et à moitié accroupi, un bras posé sur l'accoudoir du fauteuil. Le soleil était haut dans le ciel et j'ai dû plisser les yeux pour bien le distinguer. Je commençai à saisir l'intérêt des grands chapeaux.

— Je suis tellement content de vous revoir, Will, disait-il. Sans vous, le bureau n'est plus le même. Je ne devrais pas dire ça… mais ce n'est plus pareil. Vraiment plus.

Il avait une mine de jeune comptable. Le genre d'homme qui ne se sent à l'aise que dans un costume.

— C'est gentil de me dire ça.

— Ça a été tellement bizarre. Comme si vous étiez tombé d'une falaise. Un jour vous étiez là, à tout diriger, et le lendemain nous étions censés…

Il a senti ma présence et relevé la tête.

J'ai senti son regard se poser sur ma poitrine.

— Oh, a-t-il fait. Hello.

— Louisa Clark, voici Freddie Derwent.

J'ai posé le verre de Will dans son support et serré la main du jeune homme.

Il a plissé les yeux.

— Oh, a-t-il répété. Et…

— Je suis une amie de Will, ai-je dit.

Là-dessus, sans vraiment savoir pourquoi au juste, j'ai posé une main légère sur l'épaule de Will.

— La vie a de bons côtés, alors, a dit Freddie Derwent, avec un petit rire qui ressemblait davantage à une toux, dit-il tout en rougissant. Bon… il faut que j'aille me mêler aux uns et aux autres. Vous savez, ces événements… Apparemment, il faut voir ça comme l'occasion de se faire des relations. En tout cas, j'ai été content de vous revoir, Will. Sincèrement. Et… de faire votre connaissance, mademoiselle Clark.

— Il a l'air gentil, ai-je dit, tandis qu'il s'éloignait.

J'ai ôté ma main de l'épaule de Will et bu une longue gorgée de mon Pimm's. C'était meilleur que ça en avait l'air. La présence d'une rondelle de concombre dans mon verre m'avait d'abord un peu inquiétée.

— Oui, c'est un gentil garçon.

— Ce n'était pas trop gênant alors.

— Non, a répondu Will en cherchant mon regard. Non, Clark, ce n'était pas gênant du tout.

Comme si l'exemple de Freddie Derwent les avait libérées, plusieurs autres personnes sont venues saluer Will au cours de l'heure suivante. Certains se tenaient à distance, probablement pour s'affranchir du dilemme d'avoir ou non à lui tendre leur main à serrer, mais d'autres remontaient légèrement leurs jambes de pantalon pour s'accroupir à ses côtés. Je restais aux abords, sans dire grand-chose. Je l'ai vu se raidir lorsque deux invités se sont approchés.

L'un d'eux – un homme massif fumant le cigare – a semblé ne plus savoir quoi dire quand il s'est trouvé devant Will. Il a finalement choisi un genre de moyen terme.

— Sacré mariage, n'est-ce pas ? J'ai trouvé la mariée splendide.

J'en ai déduit qu'il n'était pas au courant du passé sentimental d'Alicia.

L'autre, qui était apparemment un ancien rival de Will en affaires, a opté pour une note plus diplomatique, mais quelque chose dans son regard très direct, ses questions sans ambages au sujet de l'état de Will, avait pour effet de crisper ce dernier. Ils étaient comme deux chiens en train de se renifler avant de décider s'il y avait lieu de montrer les crocs.

— Le nouveau directeur général de mon ancienne société, m'a expliqué Will lorsque l'homme s'est éloigné avec un ultime geste de la main. J'ai l'impression qu'il est venu s'assurer que je ne vais pas tenter une OPA.

Le soleil est devenu de plus en plus brûlant et le jardin s'est transformé en un espace surchauffé, chargé d'odeurs entêtantes. Les convives se sont regroupés sous les frondaisons mouchetées de lumière. Inquiète de sa température, j'ai conduit Will à l'intérieur de la tente de réception, où d'immenses ventilateurs accrochés au plafond brassaient l'air avec nonchalance. Au fond, sous une grande tonnelle, un quatuor à cordes jouait de la musique. J'avais l'impression d'être dans un film.

Dans le jardin, Alicia papillonnait de groupe en groupe – vision éthérée qui poussait des exclamations et envoyait des baisers à la ronde. Elle ne s'est pas approchée de nous.

Will a vidé deux verres de Pimm's – ce qui m'a secrètement fait plaisir.

Le déjeuner a été servi à 16 heures. Cela m'a paru une heure pour le moins étrange, mais, comme Will l'a souligné, nous étions à un mariage. Le temps – dont le passage se brouillait en un magma flou de verres enchaînés et de conversations sinueuses – paraissait s'être étiré au point de perdre toute réalité. Je ne sais si c'était à cause de la chaleur ou de l'ambiance, mais, lorsque nous sommes passés à table, je me sentais un peu ivre. Quand je me suis surprise à bafouiller de manière incohérente avec le vieux monsieur à ma gauche, je me suis dit qu'à la réflexion j'étais peut-être un peu saoule.

— Est-ce qu'il y a de l'alcool dans ce fameux Pimm's ? ai-je demandé à Will après avoir réussi à me renverser le contenu de la salière sur les genoux.

— L'équivalent d'un verre de vin environ. Dans chaque verre de Pimm's.

Les yeux agrandis par l'horreur, j'ai fixé les deux Will devant moi.

— Vous plaisantez. Il y avait des fruits dedans. Je croyais que cela voulait dire que c'était sans alcool. Comment je vais pouvoir vous ramener en voiture ?

— Bravo, vous faites une belle accompagnatrice ! a-t-il répondu en haussant un sourcil. Qu'est-ce que je gagne si je ne dis rien à ma mère ?

J'étais sidérée par la manière dont Will vivait cette journée. J'avais craint d'avoir affaire à la version la plus taciturne ou la plus sarcastique de lui-même. Voire pire, à Will le Silencieux. Mais il s'était montré charmant avec tout le monde. Même l'arrivée d'une soupe au déjeuner ne l'a pas décontenancé. Il a juste demandé poliment si quelqu'un voulait échanger sa soupe contre du pain, et les deux jeunes filles à l'autre bout de la table – qui prétendaient être allergiques au gluten – lui ont pratiquement lancé leur petit pain.

Plus je me faisais un sang d'encre en me demandant comment j'allais pouvoir dessaouler, plus Will devenait enjoué et insouciant. La vieille dame à sa droite avait autrefois siégé au Parlement, où elle avait défendu les droits des personnes handicapées. Elle était l'une des rares personnes à avoir échangé avec Will sans manifester la moindre gêne. À un moment, je l'ai même vue porter à la bouche de Will une mignardise. Quand elle est sortie de table un moment, il m'a glissé à voix basse qu'elle avait un jour fait l'ascension du Kilimandjaro.

— J'adore les dures à cuire dans son genre. Je l'imagine tout à fait avec sa mule et quelques sandwichs. Aussi increvable qu'une vieille paire de bottes.

De mon côté, j'avais eu moins de chance avec mon voisin de gauche. Il lui avait fallu environ quatre minutes et le plus court des interrogatoires – qui j'étais, où je vivais et qui je connaissais là-bas – pour déterminer que rien de ce que je pourrais dire n'était susceptible de l'intéresser. Il s'était donc tourné vers sa voisine de gauche, me laissant seule avec ce qui restait de mon déjeuner. Au moment où je commençais à me sentir vraiment mal à l'aise, j'ai senti le bras de Will glisser de son accoudoir et sa main atterrir sur mon bras. J'ai levé la tête et il m'a fait un clin d'œil. J'ai pris sa main dans la mienne pour la serrer, sincèrement reconnaissante qu'il ait remarqué mon embarras. Il a alors reculé son fauteuil d'une dizaine de centimètres pour m'inclure dans la conversation avec Mary Rawlinson.

— Will me dit que c'est vous qui vous occupez de lui, a-t-elle dit.

Elle avait des yeux bleus perçants, ainsi que des rides témoignant d'une vie affranchie des crèmes de soins et autres produits de beauté.

— J'essaie, ai-je répondu en jetant un regard à Will.

— Et vous avez toujours travaillé dans ce domaine ?

— Non. Avant, je travaillais… dans un café.

Je ne crois pas que j'aurais révélé mon ancienne activité à une seule des autres personnes présentes à ce mariage, mais Mary Rawlinson a hoché la tête pour marquer son approbation.

— J'ai toujours pensé que ça devait être un travail intéressant. Tout au moins pour ceux qui aiment les gens et sont un peu curieux de la nature humaine – ce qui est mon cas.

Son sourire était rayonnant.

Will a reposé son bras sur l'accoudoir.

— Je m'efforce d'encourager Louisa à faire autre chose, à élargir ses horizons.

— Avez-vous une idée en tête ? m'a-t-elle demandé.

— Elle ne sait pas, a répondu Will. Louisa est l'une des personnes les plus intelligentes que je connaisse, mais je ne parviens pas à lui faire prendre la mesure de ses propres possibilités.

Mary Rawlinson lui a jeté un regard sévère.

— Ne jouez pas les protecteurs, mon cher. Elle est tout à fait capable de répondre elle-même. Je crois que vous êtes mieux placé que quiconque pour le savoir, a-t-elle encore ajouté.

Mes yeux se sont mis à cligner.

Will a paru sur le point de dire quelque chose, mais il s'est ravisé. Il a fixé la table et secoué la tête ; un sourire flottait sur ses lèvres.

— Louisa, j'imagine que votre travail actuel nécessite de déployer une énergie mentale considérable. D'autant que ce jeune homme ne doit pas être le plus facile à vivre.

— Vous pouvez me répéter ça ?

— Cela dit, Will a raison pour ce qui est de vos possibilités. Voici ma carte. Je siège au conseil d'une organisation caritative en faveur de la formation et de la reconversion. Peut-être envisagerez-vous une autre voie à l'avenir ?

— Mais je suis très heureuse de travailler avec Will, merci.

J'ai néanmoins pris sa carte, un peu stupéfaite que cette femme porte le moindre intérêt à ce que je pouvais faire de mon existence. Pour autant, à l'instant même où je m'en saisissais, je me sentais dans la peau d'un imposteur. Il n'y avait aucune chance que je puisse cesser de travailler, même en sachant exactement ce que je voulais apprendre. Je n'étais pas convaincue d'être prête à entamer une reconversion. Et puis, de toute façon, maintenir Will en vie était ma priorité.

J'étais tellement perdue dans mes pensées que j'ai cessé de les écouter un instant.

— … C'est vraiment très bien que vous ayez réussi à franchir cet obstacle, si je puis dire. Je sais combien devoir se réadapter à une vie si radicalement chamboulée, revoir ses aspirations peut être dévastateur.

Je me suis absorbée dans la contemplation des reliefs de mon saumon poché. Jamais encore je n'avais entendu quelqu'un tenir pareil discours à Will.

Il a froncé les sourcils, puis s'est tourné vers elle pour la regarder en face.

— Je ne suis pas sûr d'avoir franchi l'obstacle, a-t-il annoncé posément.

Elle l'a considéré un instant, puis son regard s'est déporté vers moi.

Je me suis demandé si mon visage me trahissait.

— Tout prend du temps, Will, a-t-elle assuré en posant brièvement une main sur son bras. Et ça, c'est quelque chose que votre génération a du mal à accepter. Vous avez tous grandi en vous attendant à ce que les choses se passent instantanément comme vous le voulez. Vous espérez tous avoir une vie à la hauteur de vos attentes. Et c'est particulièrement vrai pour un jeune homme comme vous à qui tout réussit. Mais il faut du temps.

— Madame Rawlinson – Mary – je n'escompte pas pouvoir me rétablir.

— Je ne parle pas de rétablissement physique, a-t-elle répondu. Je vous parle d'apprendre à embrasser une nouvelle vie.

Et à cet instant, juste comme je m'apprêtais à entendre ce que Will allait répliquer, une cuillère a tinté sur un verre pour réclamer le silence. Le brouhaha des conversations s'est tu pour céder le pas aux discours.

J'ai à peine écouté ce qu'ils ont dit. Pour moi, ça n'a été qu'une succession d'hommes bouffis habillés en costumes de pingouins, qui parlaient tous de gens et de lieux que je ne connaissais pas en provoquant quelques rires polis. Pour passer le temps, j'ai fait une razzia sur les truffes au chocolat noir qu'on venait de déposer sur la table dans des paniers d'argent, et bu coup sur coup trois tasses de café, de sorte que, en plus d'ivre, j'étais devenue sacrément nerveuse. Pour sa part, Will était un modèle d'impassibilité. Il a regardé les gens applaudir son ex-fiancée, puis écouté Rupert expliquer d'une voix monocorde combien elle était parfaite et merveilleuse. Plus personne ne faisait attention à lui. J'ignore si c'était par délicatesse envers ses sentiments ou parce que sa présence avait quelque chose d'un peu gênant. De temps à autre, Mary Rawlinson se penchait vers lui pour lui murmurer quelque chose à l'oreille, à quoi il répondait par un petit hochement de tête.

Une fois les discours achevés, une armée de serveurs est venue débarrasser le centre de la salle pour la danse. Will s'est penché vers moi.

— Mary m'a rappelé qu'il y avait un très bon hôtel non loin d'ici. Passez-leur un coup de fil pour voir si on peut y passer la nuit.

— Quoi ?

Mary m'a tendu un bout de serviette sur lequel étaient griffonnés un nom et un numéro de téléphone.

— Tout va bien, Clark, a-t-il dit doucement pour n'être entendu que de moi. Je paierai. Appelez et après vous pourrez cesser de vous préoccuper de votre alcoolémie. Prenez ma carte de crédit dans mon sac. Ils vous demanderont sans doute le code.

Je me suis exécutée, puis j'ai attrapé mon téléphone, avant de m'éloigner vers le fond du jardin. Ils avaient deux chambres disponibles – une simple et une double – au rez-de-chaussée. L'établissement était accessible aux handicapés.

— Parfait, ai-je dit, avant de retenir une exclamation lorsqu'ils m'ont annoncé le prix de cette réservation.

J'ai donné le numéro de la carte de crédit de Will. Je me sentais un peu nauséeuse.

— Alors ? m'a-t-il demandé lorsque j'ai reparu dans la salle.

— C'est fait, mais…

Je lui ai annoncé le montant exorbitant pour les deux chambres.

— C'est bon, a-t-il dit. Et maintenant, appelez votre lascar pour lui annoncer que vous découchez. Et après buvez un verre. Ou plutôt six. Cela me ferait infiniment plaisir de vous voir vous murger sur le compte du père d'Alicia.

Et c'est ce que j'ai fait.

Quelque chose s'est passé ce soir-là. Les lumières ont été baissées, si bien que notre table est devenue moins visible, la brise du soir a dispersé l'entêtante odeur des fleurs, et la musique, le vin et la danse ont eu pour effet que, dans le plus inattendu des endroits, nous avons commencé à nous amuser. Jamais encore je n'avais vu Will aussi détendu. Il s'est mis à parler et sourire à Mary, et de le voir ainsi heureux, même brièvement, tous ceux qui normalement lui auraient jeté des regards obliques ou empreints de pitié l'ont oublié. Il m'a obligée à retirer mon étole et à me tenir bien droite. Je lui ai ôté sa veste et desserré sa cravate, et nous avons tous deux dû faire des efforts pour ne pas éclater de rire en regardant les gens danser. Je ne saurais dire à quel point je me suis sentie mieux en voyant comment se trémoussent les rupins. Les hommes donnaient l'impression d'avoir été électrocutés, et les femmes pointaient l'index en direction des étoiles et avaient l'air horriblement empruntées, même en tournant sur elles-mêmes.

Mary Rawlinson a murmuré « Mon Dieu » à plusieurs reprises. Elle s'est tournée vers moi. Au fil des verres, son langage avait gagné en verdeur.

— Ça vous dirait d'aller vous déhancher un peu, Louisa ?

— Oh, certainement pas.

— Drôlement judicieux de votre part. Les gens dansent mieux dans les bals de campagne.

À 21 heures, j'ai reçu un texto de Nathan.

« Tout va bien ? »

« Oui. Croyez-le ou non, c'est super. Will s'amuse beaucoup. »

Et c'était bel et bien le cas. Devant moi, il riait aux éclats aux plaisanteries de Mary ; et, tout au fond de moi, je sentais grandir quelque chose d'étrange. Cette soirée m'avait montré que c'était possible. Will pouvait être heureux – s'il était entouré des bonnes personnes, s'il pouvait être lui-même et non pas « l'homme dans un fauteuil », une liste de symptômes, l'objet de toutes les compassions.

Et puis, à 22 heures, la série des slows a commencé. Nous avons regardé Rupert conduire doucement Alicia sur le parquet, sous les applaudissements courtois des convives. La coiffure de la jeune femme s'affaissait un peu sur les bords, et elle a passé ses bras autour du cou de son époux, comme si elle avait eu besoin d'un support auquel se retenir. Rupert l'a enlacée, et ses mains se sont jointes au creux des reins d'Alicia. Elle incarnait la beauté et l'opulence. Je ne pouvais pas m'empêcher malgré tout d'éprouver un peu de pitié pour elle. J'ai songé qu'elle ne se rendrait compte de ce qu'elle avait perdu que lorsqu'il serait trop tard.

Au milieu du slow, d'autres couples les ont rejoints, si bien qu'ils ont un peu disparu dans la masse. Puis j'ai été distraite par Mary qui dissertait sur les indemnités accordées aux soignants et, tout d'un coup, elle a été là devant nous, superbe mannequin dans sa somptueuse robe de soie blanche. J'ai senti mon cœur venir se loger au beau milieu de ma gorge.

Alicia a salué Mary d'un signe de tête, avant de se pencher, le buste droit, pour permettre à Will de l'entendre malgré la musique. Elle avait le visage un peu crispé ; sans doute avait-elle dû prendre sur elle pour venir jusque-là.

— Merci d'être venu, Will. Sincèrement.

Son regard a glissé vers moi, mais elle n'a rien dit.

— Tout le plaisir est pour moi, a répondu Will d'un ton plein de suavité. Tu es magnifique, Alicia. C'était une superbe journée.

Une ombre de surprise est passée sur son beau minois – suivie d'une touche de mélancolie.

— C'est vrai ? Tu trouves ? Je pense que… Je veux dire, il y a tellement de choses que je voudrais…

— Oui, c'est vrai, a répondu Will. Et le passé est le passé. Tu te souviens de Louisa ?

— Oui.

Il y a eu un instant de silence.

J'ai aperçu Rupert dans le fond, qui jetait des regards inquiets dans notre direction. Alicia s'est tournée vers lui et a esquissé un petit geste de la main.

— En tout cas, merci, Will. C'est vraiment génial que tu sois venu. Et merci pour…

— Le miroir.

— Bien sûr. Je l'adore.

Elle s'est redressée pour rejoindre son mari, qui a pivoté sur lui-même en l'attrapant par le bras.

Nous les avons suivis des yeux jusqu'à l'autre côté de la piste de danse.

— Vous n'avez pas acheté de miroir.

— Je sais.

Rupert et Alicia étaient toujours en grande conversation. Lui regardait par intermittences de notre côté – comme s'il ne parvenait pas à croire que Will ait tout simplement pu se montrer aimable. Et, pour tout dire, je n'en revenais pas moi-même.

— Est-ce que… est-ce que ça vous a chagriné ? ai-je demandé.

Will a détourné la tête des jeunes mariés.

— Non, a-t-il répondu, avant de me sourire.

Sous l'effet de l'alcool, son sourire était devenu un peu de guingois. Ses yeux avaient une expression à la fois triste et contemplative.

Et puis, comme la piste se vidait provisoirement avant la danse suivante, j'ai parlé sans même mesurer ce que je disais.

— Qu'en dites-vous, Will ? Vous ne me feriez pas un peu valser ?

— Quoi ?

— Allez. Donnons à tous ces cons un vrai sujet de conversation.

— Merveilleux, a dit Mary en levant son verre. Voilà une putain d'idée !

— Allez, on y va, pendant que ce sont les slows. Parce que je ne vous vois pas vous lancer dans un pogo en fauteuil roulant.

Je ne lui ai pas laissé le choix. En faisant bien attention, je me suis assise sur ses genoux et j'ai noué mes bras autour de son cou pour rester là. Il m'a regardée au fond des yeux pendant une bonne minute, comme pour évaluer s'il pouvait encore refuser. Et puis, étonnamment, Will a mis en marche son fauteuil pour nous conduire tous deux sur la piste et entamer une série de petits cercles sous le scintillement des boules à facettes.

Je me sentais tout à la fois intensément gênée et à moitié hystérique. J'étais assise dans une position telle que ma robe était remontée jusqu'à mi-cuisses.

—Laisse, a murmuré Will à mon oreille.

—C'est…

—Allez, Clark. Ne me laisse pas tomber maintenant.

J'ai fermé les yeux et serré plus fort mes bras autour de son cou. Ma joue était contre la sienne. Je respirais l'odeur un peu citronnée de son après-rasage. Je percevais les vibrations de sa voix tandis qu'il fredonnait la chanson.

—Ça y est, ils sont tous scandalisés ?

J'ai rouvert les yeux pour sonder l'obscurité.

Un couple souriait de manière engageante, mais la plupart des convives ne savaient pas au juste quelle attitude adopter. Mary nous a salués en levant son verre. Et puis j'ai vu qu'Alicia ne nous quittait pas des yeux, décomposée. Lorsque son regard a croisé le mien, elle s'est détournée pour marmonner quelque chose à Rupert. Il a secoué la tête, comme si nous étions en train de commettre quelque acte honteux.

J'ai senti un sourire espiègle s'épanouir sur mes lèvres.

—Oh, oui, ai-je dit.

—Victoire ! Serre-moi de plus près. Tu sens divinement bon.

—Vous aussi, mais changez de sens, sinon je risque de vomir.

Will est parti dans une boucle sur la droite. Avec mes bras arrimés à son cou, je me suis un peu reculée pour pouvoir le regarder. Je n'éprouvais plus la moindre gêne. Il a baissé les yeux sur ma poitrine. En toute honnêteté, vu la position qui était la mienne, il n'avait guère d'autre endroit où regarder. Il s'est arraché à la contemplation de mon décolleté, puis a haussé un sourcil.

—Tu n'aurais jamais mis ces seins si près de moi si je n'étais pas cloué dans un fauteuil, a-t-il murmuré.

J'ai soutenu son regard.

— Mais si vous n'aviez pas été dans ce fauteuil, vous n'auriez jamais regardé mes seins.

— Hein ? Bien sûr que si.

— Non. Vous auriez été bien trop occupé à regarder les grandes blondes avec des jambes interminables et des cheveux magnifiques. Celles qui sont capables de détecter un compte en banque garni à des kilomètres à la ronde. Et puis, de toute façon, je n'aurais pas été ici. J'aurais été en train de servir des verres, là-bas. J'aurais été l'une des invisibles.

Ses yeux ont papilloté.

— Alors ? Je n'ai pas raison ?

Will a regardé en direction du bar, puis ses yeux sont revenus se poser sur moi.

— Si. Mais, pour ma défense, Clark, il faut dire que j'étais un con fini.

J'ai éclaté de rire si fort que tous les regards se sont braqués sur nous.

J'ai fait de mon mieux pour me ressaisir.

— Pardon, ai-je marmonné. Je crois que je suis un peu hystérique.

— Tu sais quoi ?

J'aurais pu contempler son visage toute la nuit. Les rides qui apparaissaient au coin de ses yeux. La courbe entre son cou et la naissance de sa ligne d'épaules.

— Non.

— Certains jours, Clark, tu es plus ou moins l'unique chose qui me donne la force de me lever.

— Alors partons quelque part.

Les mots avaient jailli de ma bouche avant même que je sache ce que j'allais dire.

— Quoi ?

— Partons quelque part. Allons passer une semaine dans un endroit où on s'amuse. Vous et moi. Sans tous ces…

Il a laissé passer un instant.

— Ces cons ?

— Oui, ces cons. Allez, Will, ne me dites pas non. Partons.

Son regard était rivé au mien.

Je ne sais pas ce que je lui disais. Je ne sais pas d'où me venaient ces mots. Mais je savais que si je ne parvenais pas à lui arracher un « oui » ce soir-là, entre les étoiles et les freesias, les rires et la présence de Mary, alors je n'y parviendrais jamais.

— Je vous en prie.

Les secondes qui se sont écoulées avant qu'il parle m'ont paru une éternité.

— D'accord, a-t-il dit.

Chapitre 19

Nathan

Ils pensaient qu'on ne verrait rien. Ils sont finalement rentrés du mariage le lendemain à l'heure du déjeuner. Mme Traynor était tellement folle de rage qu'elle parvenait à peine à parler.

— Tu aurais pu appeler, a-t-elle dit.

Elle n'était pas allée travailler, uniquement pour s'assurer qu'ils rentreraient sains et saufs. Depuis mon arrivée à 8 heures du matin, je n'avais cessé de l'entendre aller et venir dans le couloir carrelé menant à l'annexe.

— Je vous ai envoyé des messages et j'ai bien dû appeler chacun d'entre vous au moins dix-huit fois. Ce n'est que lorsque quelqu'un m'a répondu chez les Dewar pour me dire que le « monsieur en fauteuil » était allé à l'hôtel que j'ai su que vous n'aviez pas été victimes d'un terrible accident sur l'autoroute.

— Le « monsieur en fauteuil ». Sympa, a relevé Will sur le ton du sarcasme.

Pour autant, on voyait qu'il ne prenait pas la mouche. Détendu et décontracté, il trimbalait sa gueule de bois avec humour – même si mon intuition me disait qu'il souffrait un peu. Mais lorsque sa mère s'en est prise à Louisa, il a cessé de sourire. Si elle avait des critiques à formuler, c'était à lui qu'elle devait s'adresser. C'était lui qui avait pris la décision de rester, et Louisa n'avait fait que respecter sa volonté.

— Et de mon point de vue, mère, en tant qu'homme de trente-cinq ans, je n'ai de compte à rendre à personne si je veux passer la nuit à l'hôtel. Pas même à mes parents.

Elle les a regardés tous les deux sans rien dire, puis s'en est allée en marmonnant quelque chose au sujet de la « moindre des politesses ».

Louisa paraissait un peu secouée, mais Will s'est approché pour lui murmurer quelque chose. C'est là que j'ai compris. Elle a rosi et s'est mise à rire – le genre de rire qu'on a quand on sait qu'on ne devrait pas rire. Un rire de conspirateur. Puis Will s'est tourné vers elle et lui a dit de prendre son après-midi. De rentrer chez elle, de se changer, et peut-être de faire une petite sieste.

— Je ne peux quand même pas faire le tour du château en compagnie de quelqu'un qui vient si manifestement de faire la « promenade de la honte », le *walk of shame*, comme disent les Américains.

— Un *walk of shame ?* ai-je fait, sans parvenir à dissimuler ma surprise.

— Oui, mais pas celui d'un prévenu qu'on conduit au tribunal, a répondu Louisa en me souffletant de son écharpe. L'autre, celui de la jeune fille qui rentre chez elle au petit matin.

Elle a attrapé son manteau pour partir.

— Prenez la voiture, a dit Will. Ce sera plus simple pour revenir.

J'ai regardé Will pendant qu'il la suivait des yeux jusqu'à la porte de derrière.

J'aurais parié à deux contre un, rien que sur ce regard.

Après son départ, il a perdu un peu de son tonus. C'était comme s'il avait serré les dents jusqu'à ce que sa mère et Louisa quittent l'annexe. Je l'ai regardé plus attentivement et, lorsque son sourire s'est effacé, je n'ai pas du tout aimé ce que j'ai vu. Des petites rougeurs marquaient sa peau, il avait grimacé à deux reprises quand il pensait ne pas être observé, et je voyais même d'où j'étais qu'il avait la chair de poule.

Une petite alarme s'est mise à sonner dans ma tête – encore distante, mais sacrément stridente.

— Vous vous sentez bien, Will ?

— Ça va. Pas d'inquiétude.

— Vous voulez me dire où vous avez mal ?

Il a pris un air un peu résigné. Il savait que je lisais en lui comme dans un livre ouvert. Cela faisait un bail qu'on travaillait ensemble.

— D'accord. J'ai un peu mal à la tête. Et… euh… il faudrait changer mes poches, ça urge.

Je l'ai transféré du fauteuil au lit, puis j'ai regroupé son attirail.

— À quelle heure Lou les a-t-elle changées ce matin ?

— Elle ne l'a pas fait, a-t-il grimacé, la mine un peu coupable. Et hier soir non plus.

— Quoi ?

J'ai pris son pouls et attrapé le tensiomètre. Son rythme cardiaque avait sacrément monté dans les tours. La sueur perlait à son front. J'ai foncé à l'armoire à pharmacie et pilé quelques cachets du vasodilatateur que je lui ai administré dans de l'eau, en m'assurant qu'il avalait tout jusqu'à la dernière goutte. Ensuite, je l'ai redressé en plaçant ses jambes par-dessus le bord du lit, et j'ai changé ses poches aussi vite que possible, sans le lâcher des yeux une seconde.

— Une DA ?

— Ouais. Ce n'est pas ce que vous avez fait de plus prudent, Will…

La « dysréflexie autonome » était plus ou moins notre pire cauchemar. En l'occurrence, le corps de Will faisait une réaction massive à une douleur ou une gêne – par exemple, une poche vésicale ou intestinale pleine –, son système nerveux endommagé tentait vainement de garder le contrôle. Cela pouvait survenir pour tout un tas de raisons, et faire partir son corps en vrille. Il était livide et sa respiration encombrée.

— Vous avez quel genre de sensation sur la peau ?

— Ça picote un peu.

— Et la vue ?

— Ça va.

— Vous pensez qu'une hospitalisation est nécessaire, mon vieux ?

— Donnez-moi dix minutes, Nathan. Je suis sûr que vous avez fait tout ce qui fallait. Donnez-moi dix minutes.

Il a fermé les yeux. J'ai repris sa tension, en me demandant combien de temps attendre avant d'appeler une ambulance. La dysréflexie autonome me foutait une trouille monstre parce qu'on ne sait jamais dans quel sens elle va évoluer. La première fois que ça lui était arrivé, à mes débuts avec lui, il avait passé deux jours à l'hôpital.

— Promis, Nathan. Je vous préviendrai si nécessaire.

Il a poussé un soupir et je l'ai réinstallé, la tête contre les oreillers.

Il m'a expliqué que Louisa était tellement ivre qu'il n'avait pas voulu prendre le risque de la laisser lui retirer son petit matériel.

— Dieu sait où elle aurait pu fourrer ces maudites poches, a-t-il dit en riant à moitié.

Louisa avait pratiquement mis une demi-heure pour le passer de son fauteuil à son lit. Par deux fois, ils avaient fini par terre.

— Coup de chance, nous étions tous les deux si saouls que, l'un comme l'autre, je ne crois pas que nous ayons senti quoi que ce soit.

Elle avait quand même eu la présence d'esprit d'appeler la réception, et on leur avait envoyé un portier pour prêter main-forte à Louisa.

— Un brave type, a poursuivi Will. J'ai le vague souvenir d'avoir insisté pour qu'elle lui donne un pourboire de cinquante livres. Et j'ai alors su qu'elle était bien éméchée, parce qu'elle l'a fait.

Lorsqu'elle avait finalement quitté sa chambre, Will avait eu peur qu'elle ne parvienne pas jusqu'à la sienne. Il l'avait imaginée dormant dans l'escalier, roulée en boule dans sa ravissante petite robe rouge.

Mon opinion personnelle sur Louisa Clark était un peu moins généreuse à cet instant précis.

— Will, mon vieux, la prochaine fois, je crois qu'il faudra que vous fassiez un peu plus attention à vous. OK?

— Ça va, Nathan. Je vais bien. Je me sens déjà mieux.

J'ai senti le poids de son regard sur moi tandis que je lui prenais le pouls.

— Sincèrement, ce n'était pas sa faute.

Sa tension avait baissé. Sous mes yeux, il reprenait des couleurs. J'ai laissé échapper un soupir. Je ne m'étais même pas rendu compte que je retenais mon souffle.

Pour passer le temps pendant que les choses rentraient dans l'ordre, nous avons un peu bavardé des événements de la veille. Il ne paraissait pas le moins du monde se soucier de son ex. En fait, il n'a pas dit grand-chose, mais, en dépit de son évidente fatigue, le moral était au beau fixe.

J'ai relâché son poignet.

— Chouette tatouage, au fait.

Il m'a regardé avec un petit air narquois.

— Faites quand même bien gaffe de ne pas passer au niveau supérieur, « Terminé le : XX/XX/XX ». OK?

Malgré la douleur et l'infection, il donnait pour une fois l'impression que quelque chose occupait son esprit – autre chose que ce qui le consumait. Je ne pouvais pas m'empêcher de penser que si Mme Traynor avait su ça, elle se serait abstenue de ruer dans les brancards.

Nous ne lui avons rien dit de ce qui s'était passé à l'heure du déjeuner – Will me l'avait fait promettre, mais, à son retour un peu plus tard dans l'après-midi, Lou était assez silencieuse. Elle était un peu pâlotte au demeurant, avec ses cheveux tout juste lavés tirés en arrière, comme pour avoir l'air propre sur elle. Je devinais facilement son état. Parfois, quand on s'arsouille jusqu'aux petites heures, on se sent plutôt bien le lendemain matin, mais c'est parce qu'on est encore un peu saoul. La bonne vieille gueule de bois se contente de jouer au chat et à la souris en attendant le bon moment pour attaquer. J'en ai donc conclu qu'elle avait dû frapper aux alentours de l'heure du déjeuner.

Mais, au bout d'un moment, il est devenu assez évident que le mal de cheveux n'était pas la seule chose qui la perturbait.

Will n'a pas cessé de lui demander pourquoi elle était si calme, et elle a fini par cracher le morceau.

— Eh bien, j'ai découvert que découcher alors que je viens d'emménager chez mon copain n'est pas ce qu'il y a de plus malin.

Elle a dit ça en souriant – mais d'un sourire forcé. Will et moi avons deviné qu'ils avaient dû avoir une sacrée engueulade.

En même temps, difficile d'en vouloir à ce type. Moi non plus, je n'aurais pas trop aimé que ma nana passe la nuit dehors avec un autre – même un tétra. Et encore, il n'avait pas vu comment Will la regardait.

Nous n'avons pas fait grand-chose cet après-midi-là. Louisa a vidé le sac à dos de Will – et sorti tous les échantillons de savon et shampoing, tous les nécessaires à couture miniatures et tous les bonnets de douche sur lesquels elle avait pu mettre la main. (« Ne riez pas, m'a-t-elle dit. Au prix que Will a payé, il aurait pu acheter toute une foutue usine de savon. ») Nous avons regardé un film d'animation japonais, que Will a qualifié de spectacle parfait pour une gueule de bois. Je suis resté pour surveiller la tension de Will, mais surtout – il faut bien l'admettre – pour le taquiner. Je voulais voir sa réaction lorsque je leur annoncerais que je leur tiendrais compagnie.

— Vraiment ? a-t-il dit. Vous aimez Miyazaki ?

Il s'est immédiatement repris, en disant que, bien sûr, j'allais adorer… que c'était un bon film… bla, bla, bla… Mais je l'avais eu. Et j'étais heureux pour lui, d'un certain point de vue. Cela faisait bien trop longtemps qu'il pensait à une certaine chose, cet homme-là.

Après avoir tiré les rideaux et décroché le téléphone, nous avons donc regardé cet étrange dessin animé, dans lequel une jeune fille atterrit dans un univers parallèle, peuplé d'étranges créatures, dont on ne saurait dire, la moitié du temps, si elles sont bonnes ou mauvaises. Assise tout près de Will, Lou lui tenait sa boisson ; à un moment, elle lui a essuyé un œil lorsqu'une poussière s'est logée dedans. C'était vraiment charmant, même si une partie de moi se demandait ce qui allait bien pouvoir en sortir.

Et puis, quand Louisa a rouvert les rideaux et préparé du thé, ils ont échangé un long regard, comme font les gens sur le point d'en mettre un autre dans la confidence. Puis ils m'ont parlé du voyage qu'ils projetaient de faire. Dix jours. Ils ne savaient pas encore où, mais probablement une destination lointaine et sympathique. Et ils m'ont demandé si je voulais en être pour aider à la concrétisation de ce projet.

Il faudrait être débile pour décliner une telle invitation.

Franchement, je me suis dit que je devais lui tirer mon chapeau, à cette fille. Si quelqu'un m'avait dit quatre mois plus tôt que nous emmènerions Will pour une virée au long cours – merde, simplement qu'on le ferait sortir de la maison –, je lui aurais répondu qu'il lui manquait une ou deux cases. Bien sûr, j'allais prendre le temps de lui causer en détail des soins médicaux de Will. On ne pouvait pas se permettre de réitérer un raté de cette ampleur perdus au milieu de nulle part.

Ils l'ont même dit à Mme T. lorsqu'elle est passée, juste avant le départ de Louisa. Will a annoncé ça tranquillement, comme si la chose n'avait rien de plus extraordinaire qu'une balade aux abords du château.

Je dois dire que j'étais vraiment content. Cette saleté de site de poker en ligne m'avait bouffé tout mon argent; d'ailleurs je ne prévoyais pas de prendre de vacances cette année-là. J'ai même pardonné à Louisa d'avoir été assez stupide pour écouter Will quand il lui avait dit qu'il ne voulait pas qu'elle change ses poches. Et je vous prie de me croire, je l'avais vraiment mauvaise sur ce coup-là. Tout paraissait donc aller pour le mieux dans le meilleur des mondes, et c'est en sifflotant que j'ai enfilé mon manteau, m'imaginant déjà sur des plages de sable blanc le long d'une mer turquoise. J'en étais même à calculer si, le cas échéant, je ne pourrais pas pousser jusque chez moi, à Auckland.

Et c'est alors que je les ai vues – Mme Traynor debout devant la porte de derrière et Lou qui attendait pour partir. Je ne sais pas ce qu'elles s'étaient raconté jusque-là, mais elles avaient toutes deux la mine sombre.

Je n'ai entendu que la dernière bribe, mais, en toute honnêteté, cela me suffisait amplement.

— J'espère que vous savez ce que vous faites, Louisa.

Chapitre 20

— Tu quoi ?

Nous étions sur les collines qui surplombaient la ville lorsque je lui ai annoncé la nouvelle. Patrick était à mi-parcours d'une course d'entraînement de trente kilomètres, et moi je le chronométrais en le suivant à vélo. Comme j'étais très légèrement moins efficace sur une selle que dans l'étude de la physique des particules, je jurais sans cesse en faisant de nombreux écarts, tandis que Patrick poussait des cris d'exaspération. Au début, il avait souhaité pousser jusqu'à quarante kilomètres, mais j'avais objecté que mon postérieur ne supporterait pas l'épreuve et que l'un de nous au moins devait aller faire les courses de la semaine après notre retour. Nous n'avions plus ni dentifrice ni café. Et, comme de juste, le café était pour moi seule ; Patrick ne carburait qu'au thé vert.

Au sommet de la colline de Sheepcote, alors que je soufflais comme une forge et que mes jambes devenaient de plomb, j'ai décidé que le moment était bien choisi pour cracher le morceau. Je me suis dit qu'il lui resterait quinze kilomètres pour retrouver sa belle humeur.

— Je ne vais pas t'accompagner au Xtreme Viking.

Il ne s'est pas arrêté, mais rapproché du vélo. Il a tourné le visage vers moi, tandis que ses jambes continuaient de s'agiter. Il avait l'air tellement choqué que j'ai bien failli aller m'emplafonner dans un arbre.

— Quoi ? Mais pourquoi ?

— Je… je travaille.

Il s'est reconcentré sur la route et a accéléré. Nous avions franchi le sommet de la colline et je devais freiner un peu pour ne pas le doubler.

— Et quand as-tu appris ça ?

La sueur perlait à son front ; ses mollets étaient traversés de tendons noueux. Je ne pouvais les regarder bien longtemps sans me mettre à trembler.

— Ce week-end. Je voulais juste en être sûre.

— Mais on a réservé ton vol et tout le reste…

— Ce n'est qu'un billet EasyJet. Je te rembourserai les trente-neuf livres, si ça t'embête à ce point-là.

— Il n'y a pas que le prix. Je pensais que tu allais me soutenir. Tu m'avais dit que tu me soutiendrais.

Il pouvait devenir sacrément boudeur. À nos débuts, je le taquinais à ce sujet. Je l'appelais « M. Bougon-Ronchon ». Ça me faisait rire, mais, lui, ça le mettait dans un tel état qu'il finissait en général par cesser de bouder pour me faire taire.

— Oh, ça va. C'est précisément ce que je suis en train de faire. Je déteste le vélo, Patrick. Tu le sais bien. Mais je te soutiens.

Il a couru près de deux kilomètres avant de se remettre à parler. Je me faisais peut-être des idées, mais j'avais l'impression que le martèlement des pieds de Patrick sur la route avait pris une tonalité sombre et résolue. Nous surplombions notre petite ville et je soufflais toujours autant dans les côtes. Chaque fois que nous croisions une voiture, j'essayais de faire en sorte que mon cœur ne s'emballe pas ; en vain. J'étais sur le vieux vélo de ma mère. Pour rien au monde Patrick ne m'aurait laissée approcher sa bête de compétition dépourvue de dérailleur. Je me retrouvais très régulièrement à la traîne.

Il a jeté un regard derrière lui et ralenti l'allure un instant pour me permettre de le rejoindre.

— Pourquoi ne peuvent-ils pas prendre une remplaçante auprès d'une agence ? a-t-il demandé.

— Une remplaçante ?

— Oui, quelqu'un qui irait à ta place chez les Traynor. Si tu es engagée là-bas pour six mois, tu dois bien avoir droit à quelques jours de vacances.

— Ce n'est pas si simple.

— Je ne vois pas pourquoi. Après tout, quand tu as commencé, tu n'y connaissais rien.

J'ai retenu mon souffle un instant – ce qui n'était pas une mince affaire, compte tenu du fait que j'étais déjà hors d'haleine à force de pédaler.

— Parce qu'il doit partir en voyage.

— Quoi ?

— Il doit partir en voyage. Ils ont donc besoin que je sois là – et Nathan aussi.

— Nathan ? C'est qui, ce Nathan ?

— Son infirmier. Le type que tu as vu lorsque Will est venu dîner chez mes parents.

Patrick a médité mes paroles. D'un revers, il a essuyé la sueur qui lui coulait dans les yeux.

— Et avant que tu ne poses la question, ai-je ajouté, non, il n'y a rien entre Nathan et moi.

Le regard rivé au bitume, il a ralenti l'allure jusqu'à pratiquement faire du surplace.

— Qu'est-ce qui se passe, Lou ? J'ai l'impression que la frontière devient floue entre ce qui relève du travail et ce qui… ce qui est normal, a-t-il dit en haussant les épaules.

— Ce n'est pas un travail *normal*. Tu le sais très bien.

— Oui, mais on dirait bien qu'en ce moment Will Traynor passe avant tout le reste.

— Ah, parce que ça, ça ne passe pas avant tout le reste ?

J'ai lâché le guidon d'une main pour désigner d'un geste ses pieds en pleine trépidation.

— Ça n'a rien à voir. Lui, quand il t'appelle, tu viens en courant.

— Et toi, quand tu vas faire tes tours de piste, je viens en courant.

J'ai tenté d'esquisser un sourire.

— Très drôle, a-t-il répondu en reprenant sa course.

— Ce ne sont que six mois, Pat. Six mois. C'est toi qui insistais pour que je prenne ce boulot. Tu ne peux pas me reprocher d'avoir à cœur de le faire sérieusement.

— Je ne crois pas… je ne crois pas qu'il s'agisse du boulot… Je… J'ai l'impression qu'il y a quelque chose que tu ne me dis pas.

J'ai marqué une hésitation – sans doute un peu trop longue.

— Ce n'est pas vrai.

— Mais tu n'iras pas au Viking.

— Je t'ai déjà dit…

Il a secoué légèrement la tête, comme s'il ne m'entendait pas très bien. Puis il a entamé la descente et s'est éloigné de moi. Rien qu'à la crispation de son dos, je pouvais voir à quel point il était hors de lui.

— Allez, Patrick. On ne peut pas s'arrêter un instant pour en discuter ?

— Non, a-t-il répondu d'un ton buté. Ça va modifier mon chrono.

— Alors on le met sur pause. Juste cinq minutes.

— Non. Je dois m'entraîner dans les conditions réelles.

Il a allongé sa foulée, comme porté par un nouvel élan.

— Patrick, ai-je dit en luttant pour rester à ses côtés.

Mes pieds ont glissé. En jurant, j'ai fait remonter une pédale d'un coup de pied rageur pour pouvoir repartir.

— Patrick ? Patrick !

Je voyais l'arrière de sa tête qui s'éloignait et les mots ont jailli de ma bouche avant même que je n'aie pu réfléchir.

— D'accord. Will veut mourir. Il veut se suicider. Et ce voyage, c'est ma dernière chance pour le faire changer d'avis.

Patrick a ralenti l'allure, puis s'est arrêté au milieu de la route devant moi, les yeux toujours rivés devant lui. Lentement, il s'est retourné vers moi. Il était enfin parfaitement immobile.

— Tu peux me redire ça ?

— Il veut aller à Dignitas. Au mois d'août. Et moi, je m'efforce de le convaincre de ne pas le faire. C'est ma dernière chance.

Patrick me regardait avec des yeux ronds, comme s'il avait été dans l'incapacité de décider s'il pouvait me croire ou non.

— Je sais que ça a l'air un peu fou, mais je dois absolument le convaincre. C'est… c'est pour ça que je ne peux pas venir au Viking.

— Et pourquoi tu ne m'en as jamais parlé ?

— J'ai promis à sa famille de n'en parler à personne. Ce serait absolument horrible pour eux si ça venait à se savoir. Horrible. Écoute, même Will ne sait pas que je suis au courant. Tout ça a été un peu… compliqué. Je suis désolée, ai-je ajouté en tendant une main vers lui. Si j'avais pu, je t'en aurais parlé.

Il n'a rien répondu. Il avait l'air anéanti comme si j'avais commis quelque atrocité. Ses traits étaient crispés. Il a dégluti à deux reprises.

— Pat…

— Non. Je… j'ai besoin de courir, Lou. Tout seul, a-t-il dit en passant une main dans ses cheveux. D'accord ?

— D'accord, ai-je répondu, la gorge nouée.

Un instant, il a donné l'impression d'avoir oublié la raison pour laquelle nous étions là. Puis il est reparti et je l'ai vu disparaître au loin devant moi, regardant droit devant lui, tandis que ses jambes avalaient la route.

J'ai posté une nouvelle question sur le forum le lendemain de notre retour du mariage.

> « Quelqu'un peut-il me conseiller un endroit chouette où un tétraplégique peut s'amuser et vivre la sensation de l'aventure ? Je cherche des activités qu'un valide est susceptible de pouvoir faire, des activités à même de faire un peu oublier à mon ami déprimé que sa vie est limitée. Je ne sais pas au juste ce que j'espère, mais toutes vos suggestions seront les bienvenues. C'est assez urgent.
>
> Abeille active. »

Après m'être connectée, je suis restée les yeux écarquillés devant l'écran. J'avais quatre-vingt-neuf réponses à mon message. J'ai fait défiler l'écran, incrédule ; ça ne pouvait quand même pas être uniquement pour me proposer des solutions concrètes. J'ai jeté un coup d'œil autour de moi aux autres usagers assis devant les ordinateurs de la bibliothèque. Je brûlais que l'un d'eux croise mon regard afin que je puisse lui raconter ça. Quatre-vingt-neuf réponses ! À une seule question !

On me parlait de saut à l'élastique pour tétraplégiques, de baignade, de canoë, et même de promenades à cheval grâce à un équipement spécial. Lorsque j'ai regardé la vidéo donnée en lien, j'ai été un peu dépitée que Will ait dit qu'il détestait les chevaux. Ça avait l'air vraiment super.

Certains proposaient d'aller nager au milieu des dauphins ou de faire de la plongée avec des accompagnateurs. Il y avait aussi des fauteuils flottants pour aller pêcher et des quads adaptés pour pratiquer le tout-terrain. Quelques-uns de mes correspondants tétraplégiques avaient joint des photos et des vidéos sur lesquelles on les voyait en pleine action. Certains d'entre eux n'avaient pas oublié mes messages précédents, notamment Ritchie, et me demandaient des nouvelles de Will.

> « Tout ça ressemble à une bonne nouvelle. Est-ce qu'il va mieux ? »

J'ai rédigé une courte réponse :

> « C'est possible. Mais je compte surtout sur ce voyage pour le tirer d'affaire. »

Ritchie m'a répondu :

> « Vas-y, fonce ! Si tu as le budget, tout est possible ! »

Scootagirl m'a écrit :

> « N'oublie pas de poster des photos de lui dans son harnais de saut à l'élastique. Ils tirent une de ces tronches lorsqu'ils ont la tête en bas ! »

Quant à moi, je les adorais – ces tétraplégiques et leurs soignants – pour leur courage, leur générosité et leur imagination. Ce soir-là, j'ai passé deux heures à noter soigneusement toutes leurs propositions, à suivre tous les liens vers des sites Web consacrés à des activités testées et approuvées. J'ai même dialogué avec certains d'entre eux sur le tchat du forum. Lorsque je suis partie, j'avais une destination : la Californie, et plus particulièrement le *Four Winds Ranch*, un centre spécialisé proposant une assistance

« qui vous permettra d'oublier que vous avez un jour eu besoin d'assistance », d'après ce que disait leur site. Le ranch proprement dit, un bâtiment bas tout en bois édifié dans une clairière près du Yosemite, avait été créé à l'initiative d'un ancien cascadeur qui refusait d'être limité par sa lésion de la moelle épinière. Le livre d'or regorgeait de commentaires enthousiastes et reconnaissants de personnes qui assuraient que l'expérience avait changé la vision qu'elles avaient de leur handicap – et d'elles-mêmes. Dans la messagerie instantanée, six d'entre elles m'avaient certifié que leur vie en avait été bouleversée.

C'était un lieu fait pour accueillir des personnes en fauteuil, mais avec toutes les commodités d'un hôtel de luxe. En plus du service de massage spécialisé, il était équipé de baignoires encastrées extérieures, elles-mêmes dotées de discrets lève-personnes. On trouvait également sur place une aide médicale, ainsi qu'un cinéma avec des espaces entre les sièges pour recevoir des fauteuils roulants. Cerise sur le gâteau : un jacuzzi extérieur où l'on pouvait venir s'asseoir et regarder les étoiles. Nous y resterions une semaine, avant d'aller passer quelques jours sur la côte dans un complexe hôtelier où Will pourrait à la fois se baigner et admirer la côte aux reliefs accidentés. Mais le clou du spectacle laisserait à Will un souvenir inoubliable – un saut en parachute, avec des instructeurs formés pour accompagner des tétraplégiques. Ils étaient équipés de harnais spéciaux grâce auxquels Will serait attaché à eux. Apparemment, le plus important était de bien lui fixer les jambes pour que ses genoux ne lui remontent pas en plein visage.

J'avais l'intention de lui montrer la brochure de l'hôtel, mais je ne lui dévoilerais rien de ce saut. Là-bas, je l'accompagnerais tout simplement pour le voir voler dans les airs. L'espace de quelques inestimables minutes, Will ne pèserait plus rien.

Il serait libre, débarrassé de son redoutable fauteuil et de la gravité.

J'ai imprimé toutes les informations, en laissant soigneusement cette dernière page au sommet de la pile. Chaque fois que mes yeux passaient dessus, je sentais naître en moi une certaine excitation – à la fois à la perspective de mon premier grand voyage, mais aussi à l'idée que je touchais peut-être enfin au but.

Oui, ce séjour changerait peut-être l'état d'esprit de Will.

Le lendemain, j'ai dévoilé mon projet à Nathan. Nous étions dans la cuisine, penchés au-dessus de nos cafés, comme en train de nous livrer à quelque action clandestine. Il a feuilleté les différentes pages.

— J'ai parlé avec d'autres tétraplégiques au sujet du saut en parachute. Il n'y a aucune contre-indication sur le plan médical. Idem pour le saut à l'élastique. Ils ont des harnais spéciaux qui évitent toute compression de la colonne.

Je scrutais son visage avec anxiété. Je savais que Nathan n'avait pas une très haute opinion de mes capacités concernant le bien-être médical de Will. Il me paraissait donc indispensable qu'il valide mes choix.

— L'établissement dispose de tout ce dont nous pourrions avoir besoin, ai-je ajouté. Si on les contacte avant de partir et qu'on apporte une ordonnance, ils peuvent fournir les médicaments génériques nécessaires. Comme ça, aucun risque de pénurie.

Nathan a froncé les sourcils.

— Ça a l'air bien, a-t-il dit pour finir. Vous avez fait du beau boulot.

— Vous pensez que ça va lui plaire ?

Il a haussé les épaules.

— Je n'en ai pas la moindre idée. Mais, jusqu'ici, vous avez toujours su nous surprendre, Lou, a-t-il répondu avec un petit sourire en coin en me tendant les feuilles. Il n'y a pas de raison que ça s'arrête.

Le soir même, j'ai montré mon projet à Mme Traynor, juste avant de partir.

Elle venait d'engager sa voiture dans l'allée, et j'ai hésité un instant, hors de vue depuis la fenêtre de Will, avant de m'approcher.

— Je sais que c'est cher, ai-je dit. Mais je pense que ça peut être fantastique. Je crois vraiment que Will pourrait s'éclater. Si… si vous voyez ce que je veux dire.

Elle a survolé le tout sans un mot, puis examiné les chiffres que j'avais compilés.

— Si vous voulez, je paierai ma part, ai-je précisé. Pour mes repas et ma chambre. Je ne voudrais qu'on puisse penser que je…

— C'est bien ainsi, a-t-elle répliqué en me coupant la parole. Faites ce que vous avez à faire. Si vous pensez pouvoir le convaincre d'y aller, lancez les réservations.

J'ai compris ce qu'elle disait. Il n'y avait plus le temps pour quoi que ce soit d'autre.

— Pensez-vous pouvoir le convaincre ? a-t-elle demandé.

— Eh bien… si je… si je laisse entendre que c'est… en partie pour moi aussi, ai-je répondu, la gorge nouée. Il dit que je n'ai jamais vraiment rien fait de ma vie. Il me répète sans cesse que je devrais voyager. Que je devrais… essayer de nouvelles choses.

Elle m'a considérée un long moment, puis a hoché la tête.

— Oui. Ça ressemble bien à Will.

Elle m'a rendu mon petit dossier.

— Je suis…

J'ai pris une inspiration et, à ma grande surprise, j'ai constaté que je ne pouvais plus parler. J'ai dû me racler la gorge à deux reprises avant de reprendre :

— Ce que vous m'avez dit. Je…

Elle donnait l'impression de ne pas vouloir attendre que je parle. Elle a baissé la tête et ses longs doigts fins ont cherché la chaînette à son cou.

— Oui. Bien. Je vais devoir rentrer. Je vous verrai demain. Vous me direz ce qu'il en a pensé.

Ce soir-là, je ne suis pas allée chez Patrick. J'en avais pourtant eu l'intention, mais quelque chose m'a détournée du chemin menant à la zone industrielle. Au lieu de ça, j'ai traversé la route pour prendre place à bord du bus en direction de la maison. J'ai marché les cent quatre-vingts pas de l'arrêt jusqu'à chez nous, et je suis entrée. Il faisait chaud, au point que toutes les fenêtres étaient ouvertes pour faire des courants d'air. Ma mère préparait le repas en chantonnant dans la cuisine. Mon père était installé sur le canapé avec une tasse de thé à la main ; grand-père somnolait dans son fauteuil, la tête inclinée sur un côté. Thomas dessinait avec application au feutre noir sur ses chaussures. J'ai dit bonjour en me glissant devant eux. Tout étonnée, je me suis demandé comment je m'étais débrouillée pour avoir le sentiment de ne plus être chez moi dans cette maison.

Treena travaillait dans ma chambre. Après avoir frappé à la porte, je suis entrée pour la trouver assise au bureau, penchée sur une montagne de bouquins, avec sur le nez une paire de lunettes que je ne lui connaissais pas. C'était étrange de la voir au milieu de toutes ces affaires que j'avais choisies pour moi-même. Des dessins de Thomas encombraient déjà les murs que j'avais repeints avec tant de soin. Sur un coin des stores, on voyait encore ses gribouillis. J'ai fait un effort pour ne pas me laisser envahir par un ressentiment instinctif. Elle s'est retournée vers moi.

— Maman a besoin de moi ? a-t-elle demandé en jetant un regard en direction du réveil. Je pensais qu'elle allait s'occuper du repas de Thomas.

— C'est le cas. Il va manger des bâtonnets de poisson.

Elle m'a observée, puis a retiré ses lunettes.

— Ça va ? Tu as une sale tronche.

— Toi aussi.

— Je sais. J'ai fait une stupide cure détox et ça m'a collé de l'urticaire.

Elle s'est passé une main sur le menton.

— Tu n'as pas besoin de faire de régime.

— Ouais, c'est vrai… Mais il y a ce type que j'aime bien en compta. Je me suis dit que j'allais faire un effort. De l'urticaire partout sur le visage, ça marche à tous les coups, pas vrai ?

Je me suis assise sur le lit – recouvert de ma housse de couette. Je savais d'avance que Patrick ne l'aimerait pas, avec son motif géométrique complètement psychédélique. Mais j'étais surprise que Katrina la supporte.

Elle a refermé son livre pour se laisser aller en arrière contre le dossier.

— Alors, qu'est-ce qu'il y a ?

Je me suis mordu les lèvres jusqu'à ce qu'elle me repose la question.

— Treena, est-ce que tu crois que je pourrais suivre une formation ?

— Une formation ? Dans quel domaine ?

— Je ne sais pas. Quelque chose en rapport avec la mode. Le stylisme. Ou simplement la confection.

— Eh bien… il y a des cours dans ce secteur, c'est sûr. Je suis à peu près certaine que ma fac en propose. Je me renseignerai, si tu veux.

— Mais est-ce qu'ils prendraient quelqu'un comme moi ? Sans aucune qualification ?

Elle a lancé son stylo en l'air pour le rattraper.

— Ils adorent les étudiants adultes. En particulier ceux qui s'investissent et font preuve d'assiduité dans le travail. Il faudra peut-être que tu suives un cours de remise à niveau, mais je ne vois pas pourquoi ça ne marcherait pas. Mais pourquoi cette question ? Qu'est-ce qui se passe ?

— Je ne sais pas. C'est juste quelque chose que Will m'a dit, il y a déjà un certain temps. Au sujet… au sujet de ce que je devrais faire de ma vie.

— Et ?

— Et je n'arrête pas de me dire… que le moment est peut-être venu que je fasse comme toi, maintenant que papa a retrouvé du boulot. Peut-être que tu n'es pas la seule capable de se prendre en main.

— Il va te falloir de l'argent.

— Je sais. J'ai en ai mis un peu de côté.

— À mon avis, il faudra un peu plus que ce que tu as réussi à économiser.

— Je pourrais demander une bourse. Ou emprunter. Quoi qu'il en soit, j'ai assez pour voir venir un moment. Et puis j'ai rencontré une ancienne élue à la Chambre, qui m'a dit être en relation avec une agence qui pourrait m'aider. Elle m'a donné sa carte.

— Attends, a dit Katrina en faisant pivoter son fauteuil. Il y a un truc que je ne comprends pas. Je pensais que tu voulais rester avec Will. Je croyais que l'idée, c'était précisément de le maintenir en vie et de continuer à travailler avec lui.

— Oui, c'est ce que je veux, mais…

J'ai levé les yeux au plafond.

— Mais quoi ?

— C'est compliqué…

— Tout comme l'assouplissement quantitatif dans la politique monétaire. Mais je comprends quand même que ça revient à faire tourner la planche à billets.

Elle s'est levée pour aller fermer la porte de la chambre. Ensuite, elle a baissé la voix à un niveau que personne dans la maison ne pouvait entendre.

— Tu penses que tu vas perdre ? Tu crois qu'il va…

— Non, ai-je répondu à la hâte. Du moins, j'espère bien que non. J'ai des projets. De grands projets. Je vais te montrer après.

— Mais…

J'ai levé les bras au-dessus de ma tête en entortillant mes doigts entre eux.

— Mais j'aime beaucoup Will. Beaucoup.

Elle m'a regardée attentivement avec la mine de celle qui réfléchit. Il n'y a rien de plus effrayant que cette mine-là, en particulier lorsque ma sœur y a recours avec moi.

— Oh, merde.

— Ne…

— Voilà qui est intéressant, a-t-elle dit.

— Je sais, ai-je dit en laissant retomber mes bras.

— Donc, tu veux un travail pour…

— C'est ce que les autres tétras m'ont dit. Ceux avec qui je discute sur les forums. On ne peut être les deux à la fois. On ne peut pas être soignante et…

J'ai levé une main pour y enfouir mon visage. Je sentais le poids de son regard sur moi.

— Est-ce qu'il sait ?

— Non. Je ne suis déjà pas sûre de savoir moi-même. Je…

Je me suis laissée tomber sur le lit, le visage dans les draps. Ils sentaient l'odeur de Thomas, plus une petite touche de pâte à tartiner Marmite.

— Je ne sais pas très bien où j'en suis, ai-je repris. Ce dont je suis sûre, c'est que, la plupart du temps, je préférerais être avec lui plutôt que n'importe qui d'autre.

— Y compris Patrick.

Et voilà. La grande question. La vérité que je parvenais à peine à m'avouer.

J'ai senti mes joues s'empourprer.

— Oui, ai-je répondu, la bouche contre la couette. Parfois, oui.

— Merde, a-t-elle dit au bout d'une minute. Et dire que je croyais être celle qui aime se compliquer l'existence !

Elle est venue s'allonger à côté de moi sur le lit, et nous avons contemplé le plafond. D'en bas nous parvenaient les sifflotements – atrocement faux – de grand-père, accompagnés par le babil incompréhensible de Thomas, occupé à contourner un obstacle avec son engin télécommandé. Sans que je comprenne pourquoi, les larmes me sont soudain montées aux yeux. Au bout d'un moment, j'ai senti le bras de ma sœur qui m'enserrait.

— Tu sais que tu es une putain de tarée, m'a-t-elle dit.

Et nous nous sommes mises à rire.

— Ne t'inquiète pas, ai-je dit en m'essuyant le visage. Je ne vais rien faire de stupide.

— Bien. Parce que plus je pense à cette histoire et plus je me dis que tout tient à l'intensité de la situation. Il n'y a rien de réel là-dedans. Tout vient de la dimension dramatique.

— Quoi ?

— Après tout, c'est une alternative tragique entre la vie et la mort. Et toi, chaque jour, tu te retrouves enfermée au cœur de la vie de cet homme, prisonnière de son étrange secret. Inévitablement, ça crée un sentiment fallacieux d'intimité. C'est ça, ou alors tu développes une forme bizarre du syndrome Florence Nightingale[1].

— Crois-moi, ça n'a rien à voir.

Nous contemplions toujours le plafond.

— Mais c'est un peu fou quand même de penser aimer quelque qui ne peut pas… tu vois, t'aimer en retour. C'est peut-être une réaction de panique au fait que Patrick et toi avez finalement franchi le cap de la vie commune.

— Je sais. Tu as raison.

1. Florence Nightingale (1820-1910), infirmière britannique, pionnière des soins infirmiers modernes. (*NdT.*)

— Et ça fait longtemps que vous êtes ensemble, tous les deux. C'est inévitable que tu aies le béguin de temps en temps pour quelqu'un d'autre.

— Surtout quand Patrick est obsédé par l'idée de devenir Marathon Man.

— Pour finir, tu pourrais bien te détourner de Will de nouveau. Il n'y a pas si longtemps, je me souviens que tu pensais que c'était le roi des cons.

— Il m'arrive de le penser encore de temps en temps.

Ma sœur a attrapé un mouchoir en papier pour m'en tamponner les yeux. Ensuite, du pouce, elle a essuyé quelque chose sur ma joue.

— Cela dit, l'idée de la fac est loin d'être bête. Parce que – soyons honnêtes –, que ça foire ou pas avec Will, tu auras toujours besoin de dégoter un vrai bon boulot. Tu ne voudras pas jouer les aides-soignantes toute ta vie.

— Ça ne va pas « foirer », comme tu dis, avec Will. Il… Ça va aller.

— Oui, ça va aller.

Maman appelait Thomas. Nous l'entendions chantonner dans la cuisine en dessous. « Thomas. Tomtomtomtom Thomas… »

Treena a poussé un soupir et s'est frotté les yeux.

— Tu retournes chez Patrick ce soir ?

— Oui.

— Tu ne veux pas boire un coup vite fait au *Spotted Dog* ? Tu me montreras ton projet. Je vais voir si maman peut se charger de coucher Thomas. Allez, tu m'invites, vu que tu es assez blindée pour aller à la fac maintenant.

Il était dix heures moins le quart lorsque j'ai rallié l'appartement de Patrick.

Étonnamment, Katrina avait totalement approuvé mon programme de vacances. Elle ne m'avait même pas sorti son couplet habituel, consistant à ajouter : « Oui, mais ce serait encore mieux si… » À un moment, je me suis demandé si elle s'en empêchait juste pour être gentille, vu que je devenais à moitié folle. Mais non, elle n'a pas cessé de dire des choses du genre : « Waouh, je n'arrive pas à croire que tu aies trouvé ça ! Il faudra que tu prennes plein de photos de lui en train de s'élancer attaché à son élastique. » Et encore : « Imagine un peu la tête qu'il va faire quand tu lui annonceras qu'il va sauter en parachute ! Ça va être génial. »

En nous voyant, tous les clients du pub pouvaient légitimement nous prendre pour les deux meilleures amies du monde.

L'esprit toujours occupé par toutes ces pensées, je me suis glissée en silence dans l'appartement. Il était plongé dans le noir et je me suis demandé si Patrick ne s'était pas couché tôt pour récupérer de son entraînement intensif. J'ai laissé choir mon sac dans l'entrée et poussé la porte du salon. Au même instant, j'ai songé que c'était gentil de sa part d'avoir laissé une lampe allumée pour moi.

Puis je l'ai vu, assis devant la table dressée pour deux, avec une bougie allumée posée au milieu. Quand j'ai refermé la porte, il s'est levé. La chandelle était consumée jusqu'à la moitié.

— Je suis désolé, a-t-il dit.

J'ai ouvert des yeux ronds.

— Je suis un idiot. Tu as raison. Ce travail, ce n'est que pour six mois, et moi, je me suis comporté comme un enfant. Je devrais être fier que tu fasses quelque chose qui en vaut la peine, et avec autant de sérieux. Je me suis juste laissé… emporter. Je suis désolé. Sincèrement.

Il a tendu la main. Et je l'ai prise.

— C'est bien que tu veuilles ainsi l'aider. C'est admirable.

— Merci.

J'ai serré sa main dans la mienne.

Il a repris la parole après un petit soupir, comme s'il venait de sortir avec succès une tirade bien préparée.

Il a ouvert le frigo derrière moi et sorti deux assiettes.

— J'ai préparé à dîner. J'ai bien peur que ce ne soit encore de la salade. Mais je te promets que nous irons faire un gueuleton quelque part, une fois que le Viking sera passé. Ou lorsque je serai en phase de stockage de glucides, je…

Il a soufflé en gonflant les joues avant d'ajouter :

— Je suppose que je n'ai pas vraiment été capable de penser à autre chose ces derniers temps. Et je suppose que ça fait partie du problème. Mais tu as raison. Rien ne t'oblige à me suivre. C'est mon truc. Tu as tout à fait le droit d'aller travailler à la place.

— Patrick…

— Je ne veux pas me disputer avec toi, Lou. Tu me pardonnes ?

Une lueur inquiète brillait dans ses yeux. Il sentait l'eau de Cologne. Ces deux faits sont lentement venus peser sur moi de tout leur poids.

— Mais assieds-toi, a-t-il poursuivi. On va manger, et après… je ne sais pas. On s'amusera. On parlera d'autre chose. Mais pas de course à pied.

Il a émis un petit rire forcé. Je me suis assise et j'ai contemplé la table. Puis j'ai souri.

— C'est magnifique, ai-je dit.

Patrick était vraiment capable de préparer mille et une choses avec du blanc de dinde.

Nous avons mangé de la salade verte, de la salade de pâtes, de la salade aux fruits de mer, puis une salade de fruits exotiques qu'il avait préparée en dessert. J'ai bu du vin blanc, et lui s'en est tenu à l'eau minérale. Cela nous a pris un certain temps, mais nous avons fini par nous détendre. Devant moi, j'avais un Patrick que je n'avais pas vu depuis bien longtemps. Il était drôle et attentif à la fois. Il se surveillait, à un point tel qu'il n'a pas parlé de course, ni même de marathon, et qu'il a ri chaque fois que la conversation commençait à bifurquer vers ces sujets. Ses pieds ont trouvé les miens sous la table et nos jambes se sont emmêlées. Peu à peu, j'ai senti se relâcher le nœud qui m'enserrait la poitrine.

Treena avait raison. Ma vie était devenue bizarre et totalement déconnectée de tous ceux que je connaissais ; la détresse et les secrets de Will m'avaient envahie. Je devais absolument veiller à ne pas me perdre de vue.

J'ai commencé à éprouver une certaine culpabilité au sujet de la conversation que j'avais eue avec ma sœur un peu plus tôt. Patrick a insisté pour que je reste à table ; il n'a même pas voulu que je l'aide à débarrasser. À 23 h 15, il s'est levé pour emporter les assiettes et les saladiers dans la kitchenette, puis il a commencé à remplir le lave-vaisselle. Assise, je l'écoutais qui me parlait par la petite embrasure de la porte. Je me massais la base du cou, là où commence l'épaule, pour évacuer les contractures qui semblaient ne pas vouloir s'en aller. J'ai fermé les yeux pour me détendre, si bien qu'il m'a fallu quelques minutes pour m'apercevoir que le silence s'était installé.

J'ai rouvert les yeux. Patrick était devant moi sur le pas de la porte du salon, avec à la main mon dossier sur les vacances. Il a brandi plusieurs feuilles.

— Qu'est-ce que c'est que ça ?

— C'est… le voyage dont je t'ai parlé.

Je l'ai regardé détailler toutes ces pages que j'avais montrées à ma sœur, découvrir les itinéraires, les photos, les plages de Californie.

— J'ai cru… J'ai cru que tu parlais d'aller à Lourdes, a-t-il dit d'une voix étranglée.

— Hein ?

— Ou… je ne sais pas… du centre de traitement de Stoke Mandeville… ou quelque chose comme ça. Quand tu m'as dit que tu ne pouvais pas venir parce que tu devais t'occuper de lui, j'ai cru que tu parlais d'un vrai boulot. De kiné, d'un pèlerinage, ou Dieu sait quoi. Mais ça, ça ressemble… Ça ressemble aux vacances d'une vie, a-t-il conclu en secouant la tête, l'air incrédule.

— Eh bien… c'est plus ou moins de ça qu'il s'agit. Mais pas pour moi. Pour lui.

Patrick a grimacé.

— Non…, a-t-il dit en secouant la tête. C'est sûr que ça ne risque pas de te plaire. Un jacuzzi sous les étoiles, une baignade avec les dauphins… Et regarde, des « équipements grand luxe » et un « room service vingt-quatre heures sur vingt-quatre », a-t-il lu en relevant les yeux vers moi. Ce n'est pas du travail, ça. C'est une putain de lune de miel.

— Ne sois pas injuste !

— Parce que ça, c'est juste ? Tu… tu t'attendais vraiment à ce que je reste les bras croisés pendant que tu t'offres ce genre de vacances ?

— Son infirmier vient aussi.

— Oh, oui, bien sûr. *Nathan*. Alors tout va bien.

— Patrick, écoute… c'est compliqué.

— Alors explique-moi, a-t-il grondé en brandissant les feuilles sous mon nez. Explique-moi, Lou. Aide-moi à comprendre.

— Il est important pour moi que Will ait envie de vivre. Qu'il voie que l'avenir peut lui réserver de bonnes choses.

— Et tu fais partie de ces bonnes choses ?

— Arrête. Écoute, est-ce que je t'ai jamais demandé de renoncer au travail que tu adores ?

— Mon travail n'implique pas des séances de jacuzzi avec des inconnus.

— Mais ça ne me dérange pas. Fais-toi des séances de jacuzzi avec des inconnus si ça te chante ! Aussi souvent que tu veux ! Là !

J'ai essayé de sourire, espérant qu'il se détendrait lui aussi. Mais il n'en avait manifestement aucune envie.

— Ça te ferait quoi si je te disais que je dois aller à une convention sur la remise en forme avec, disons... Leanne, des Terreurs, parce qu'elle a besoin qu'on lui remonte le moral ?

— Qu'on lui remonte le moral ?

L'image de Leanne m'est venue à l'esprit, avec ses cheveux blonds aux quatre vents et ses jambes parfaites, et je me suis demandé pourquoi ce nom-là lui était venu en premier.

— Et après, ça te ferait quoi si je disais qu'elle et moi allons dîner tout le temps au restau, ou faire trempette dans un jacuzzi, ou nous balader ? Et le tout à dix mille kilomètres de là, juste parce qu'elle est un peu déprimée. Ça te serait égal ?

— Il n'est pas « un peu déprimé », Pat. Il veut mourir. Il veut aller chez Dignitas et mettre fin à sa putain de vie ! me suis-je exclamée tandis que j'entendais mon sang battre dans mes tempes. Et tu ne peux pas retourner les choses comme ça. C'est toi qui as qualifié Will d'infirme. C'est toi qui as dit qu'il ne serait jamais un rival pour toi. « Le meilleur patron qu'on puisse trouver. » Quelqu'un dont on n'a aucune raison de s'inquiéter.

Il a reposé le dossier sur le plan de travail.

— Eh bien... maintenant, je m'inquiète, Lou.

J'ai enfoui mon visage dans mes mains, et je suis restée comme ça pendant une minute. Du couloir de l'immeuble m'est parvenu le bruit d'une des portes incendie, puis des voix en pleine conversation, subitement ravalées lorsqu'une autre s'est refermée.

Patrick faisait lentement courir ses mains d'avant en arrière le long du placard de la cuisine. Un petit muscle tressautait le long de sa joue.

— Tu sais ce que ça me fait, Lou ? J'ai l'impression de courir... mais toujours un peu en arrière du peloton. J'ai l'impression..., a-t-il commencé en inspirant un grand coup, comme pour tenter de reprendre contenance. J'ai l'impression que quelque chose va bientôt me tomber dessus, et que tout le monde sait de quoi il s'agit à part moi.

Il a relevé la tête pour me regarder dans les yeux.

— Je ne crois pas être déraisonnable. Mais je ne veux pas que tu y ailles. Je m'en fous si tu ne veux pas venir au Viking, mais je ne veux pas que tu partes… en vacances. Avec lui.

— Mais je…

— Ça fait presque sept ans qu'on est ensemble. Et ça fait cinq mois que tu fais ce boulot et que tu le connais. Cinq mois. Si tu pars avec lui maintenant, tu m'avoues quelque chose au sujet de notre relation. Au sujet de ce que tu penses de nous.

— Ne tire pas de conclusions hâtives, ça n'a rien à voir avec nous…

— Si. Je tirerai les conclusions qui s'imposent si tu y vas malgré tout ce que je t'ai dit.

Le petit appartement était parfaitement silencieux autour de nous. Patrick me regardait fixement avec, sur le visage, une expression que je ne lui connaissais pas.

Lorsque j'ai parlé, ma voix n'était guère plus qu'un murmure.

— Mais il a besoin de moi.

À l'instant même où j'ai parlé – où j'ai entendu les mots sortir de ma bouche pour tourbillonner dans l'air et se regrouper –, j'ai su ce que j'aurais ressenti s'il me les avait dits.

Il a dégluti, puis secoué doucement la tête, comme s'il avait encore un peu de mal à comprendre mes paroles. Sa main a glissé pour venir prendre appui sur le côté du plan de travail. Puis il m'a regardée.

— Rien de ce que je pourrais dire ne te fera changer d'avis, n'est-ce pas ?

C'était le truc avec Patrick : il se révélait toujours plus intelligent que je ne le pensais.

— Patrick, je…

Il a fermé les yeux un instant, puis a fait demi-tour et quitté le salon, laissant sur le buffet les dernières assiettes vides.

Chapitre 21

Steven

Ce week-end, la fille est venue s'installer ici. Will n'en avait rien dit, pas plus à Camilla qu'à moi, mais samedi matin je suis passé à l'annexe, toujours en pyjama, pour voir si Will avait besoin de quelque chose – Nathan était en retard –, et je suis tombé sur elle qui marchait dans le couloir, un bol de céréales dans une main, le journal dans l'autre. Elle a rougi en m'apercevant. Je me demande bien pourquoi d'ailleurs ; je portais une robe de chambre, parfaitement décente et présentable. Je me souviens de m'être dit ensuite que, à une époque, il était tout à fait habituel de voir de jeunes et délicieuses créatures sortir de la chambre de Will au petit matin.

— J'apporte son courrier à Will, ai-je dit en agitant les quelques lettres.

— Il n'est pas encore levé. Vous voulez que je le prévienne ?

Elle a porté une main sur sa poitrine pour se dissimuler derrière le journal. Elle était vêtue d'un tee-shirt orné du personnage de Minnie Mouse et d'un de ces pantalons brodés comme ceux des Chinoises de Hong Kong à une époque.

— Non, non. S'il dort, laissez-le se reposer.

Lorsque j'ai annoncé la nouvelle à Camilla, j'ai pensé qu'elle s'en réjouirait. Le fait que cette fille s'installe chez son fiancé l'avait mise hors d'elle. Mais elle a simplement affiché un air surpris qui n'a pas tardé à laisser place à cette expression crispée qui signifiait qu'elle imaginait déjà toutes sortes de conséquences regrettables. Elle ne m'en avait jamais vraiment parlé, mais j'étais à peu près sûr qu'elle ne portait pas Louisa Clark dans son cœur. Cela dit, qui trouvait grâce aux yeux de Camilla ? Apparemment son réglage par défaut était bloqué sur la position : « Je désapprouve. »

Nous n'avons jamais vraiment discuté de ce qui avait poussé Louisa à venir prendre ses quartiers à l'annexe – Will avait simplement parlé de « problèmes familiaux ». Toujours est-il que c'était une jeune femme pour le moins active. Lorsqu'elle ne s'occupait pas de Will, elle allait et venait en tous sens, époussetant et nettoyant, avant de courir tantôt à l'agence de voyages, tantôt à la bibliothèque. Je l'aurais reconnue n'importe où en ville. On ne pouvait pas la rater : elle portait les tenues les plus colorées qu'il m'avait jamais été donné de voir en dehors des pays tropicaux – des robes étincelantes comme des pierres précieuses et des chaussures plus étranges les unes que les autres.

J'aurais volontiers dit à Camilla que la jeune Louisa illuminait la maison, mais c'était le genre de remarque que je ne pouvais plus faire.

Apparemment, Will lui avait dit qu'elle pouvait utiliser son ordinateur, mais elle avait décliné sa proposition, préférant faire usage de ceux de la bibliothèque. J'ignore si c'était par crainte de donner l'impression de profiter, ou parce qu'elle ne voulait rien révéler de ce qu'elle était en train de faire.

Quoi qu'il en soit, Will paraissait plus heureux lorsqu'elle était dans les parages. À une ou deux reprises, j'avais saisi des bribes de conversations par ma fenêtre ouverte, et je suis certain que Will riait. Je me suis entretenu avec Bernard Clark, histoire de m'assurer qu'il ne voyait rien à redire à cette situation. Il m'a répondu que c'était un peu délicat dans la mesure où elle venait de rompre avec le garçon qu'elle fréquentait de longue date, et que par ailleurs leur famille connaissait un certain nombre de bouleversements. Il m'a aussi signalé qu'elle s'était inscrite à un cours de remise à niveau pour pouvoir reprendre ses études. J'ai préféré ne rien dire à Camilla. Autant qu'elle n'aille pas penser à ce que cela pouvait signifier. Will m'a expliqué que Louisa s'intéressait à la mode et ce genre de choses. Elle était assurément agréable à regarder, avec son joli minois, mais, en toute honnêteté, je ne vois pas qui se laisserait tenter par ses tenues.

Le lundi soir, elle nous a demandé, à Camilla et moi, de les rejoindre à l'annexe avec Nathan. La table était recouverte de brochures, de tableaux imprimés, de documents d'assurance et d'autres papiers encore imprimés à partir d'Internet. Des copies avaient été préparées pour chacun d'entre nous, soigneusement glissées dans des porte-vues transparents. Tout était parfaitement organisé.

Elle voulait, nous a-t-elle expliqué, nous exposer son projet de vacances. Elle avait prévenu Camilla qu'elle entendait présenter les choses sous un jour laissant entendre que c'était essentiellement elle qui allait profiter de ce séjour. Néanmoins, j'ai vu le regard de Camilla se durcir à mesure qu'elle découvrait tout ce qui avait été prévu.

C'était un voyage extraordinaire – au programme duquel toutes sortes d'activités hors normes étaient inscrites. Des choses que je n'imaginais pas Will en train de faire, même avant son accident. Mais chaque fois qu'elle annonçait une nouvelle activité – le rafting en eaux vives, le saut à l'élastique ou Dieu sait quoi – elle collait sous le nez de Will un document montrant d'autres jeunes hommes eux-mêmes handicapés en train de s'y livrer, et disait : « Si je me lance dans ces expériences que selon vous je devrais tester, alors vous m'accompagnez. »

Je dois bien admettre qu'elle m'impressionnait. Elle était décidément pleine de ressources.

Will l'a écoutée attentivement, et je l'ai vu lire les documents qu'elle posait devant lui.

— Où avez-vous trouvé tout ça ? a-t-il finalement demandé.

— Le pouvoir est dans le savoir, Will, a-t-elle rétorqué en haussant un sourcil.

Mon fils a souri comme si elle venait de dire quelque chose de particulièrement intelligent.

— Donc, a dit Louisa, après avoir répondu à toutes les questions, départ dans huit jours. Ça vous va, madame Traynor ?

Une pointe de provocation était perceptible dans son ton, comme si elle mettait Camilla au défi de dire non.

— Si c'est ce que vous voulez tous, alors ça me va, a répondu Camilla.

— Nathan, vous en êtes toujours ?

— Je veux.

— Et vous, Will ?

Nous nous sommes tous tournés vers lui. Il y a eu un temps, pas si ancien, où chacune de ces activités aurait été absolument impensable. Il y a eu un temps où Will aurait pris plaisir à dire non juste pour contrarier sa mère. Il avait toujours été ainsi, notre fils, capable de prendre le contre-pied de toute chose sensée, uniquement pour ne pas donner l'image de quelqu'un rentré dans le moule. Je ne sais pas d'où pouvaient bien lui venir ces irrépressibles élans de subversion. C'était peut-être d'ailleurs ce qui lui avait valu de devenir un si brillant négociateur.

Il a levé vers moi son regard indéchiffrable. J'ai senti mes mâchoires se contracter. Puis il s'est tourné vers la fille et a souri.

— Pourquoi pas, a-t-il dit. Je suis assez curieux de voir Clark se lancer dans les rapides.

Sous le coup du soulagement, la fille a donné l'impression de se dégonfler un peu, comme un ballon – à croire qu'elle s'était attendue à ce qu'il refuse.

C'est étonnant, mais je dois bien reconnaître que la première fois qu'elle s'est immiscée dans nos vies, elle m'a inspiré un peu de méfiance. Malgré ses rodomontades, Will était en situation de vulnérabilité. Je craignais un peu qu'il ne se fasse manipuler. Après tout, c'est un jeune homme assez riche. Et cette misérable Alicia, partie avec son meilleur ami, l'a fait se sentir aussi inutile qu'on peut l'être dans sa situation.

Et puis, à cet instant, j'ai vu la façon dont Louisa le regardait, avec un étonnant mélange de fierté et de reconnaissance sur le visage, et j'ai subitement été immensément heureux qu'elle soit là. Nous n'en avions jamais parlé, mais je savais que mon fils était dans la plus intenable des positions. Je ne voyais pas exactement où Louisa voulait en venir, mais Will en tirait indéniablement un certain répit.

Pendant quelques jours, il a régné un petit air de fête sur la maison. Camilla semblait avoir retrouvé un peu d'espoir – même si elle refusait de l'admettre devant moi. Je savais ce qu'elle essayait de me dire à mots couverts : qu'avons-nous donc à fêter, alors que tout a déjà été dit et consommé ? Une nuit, je l'ai entendue au téléphone avec Georgina, en train de se justifier d'avoir donné son accord. En bonne fille de sa mère, Georgina en était déjà à chercher de quelle manière Louisa pourrait bien abuser de la situation de Will pour en tirer parti.

— Elle a proposé de payer sa part, Georgina, disait Camilla. Et non, ma chérie, je ne crois pas que nous ayons le choix. Le temps nous est compté et Will a donné son accord. Il ne me reste plus qu'à espérer que tout se passe au mieux. Et je crois que tu devrais en faire autant.

Je savais ce qu'il devait lui en coûter de défendre Louisa – voire de se montrer aimable avec elle. Mais elle tolérait cette fille parce qu'elle se doutait, tout comme moi, que Louisa était notre seule et unique chance de mettre un peu de baume au cœur de notre fils.

Sans jamais en avoir parlé, nous étions d'accord sur le fait que Louisa Clark était notre seule et unique chance de le garder en vie.

Je suis allé boire un verre avec Della hier soir. Camilla était chez sa sœur, alors nous avons pris le temps d'aller nous promener le long de la rivière.

— Will va prendre des vacances, ai-je dit.

— C'est merveilleux, a-t-elle répondu.

Pauvre Della. Je l'ai vue prendre sur elle-même pour résister à l'envie de me parler de notre avenir. Elle ne voyait sans doute pas en quoi cela changerait la donne pour nous. Puis j'ai pensé qu'elle ne m'en parlerait jamais. Du moins tant que la situation ne serait pas définitivement résolue.

Nous avons marché en regardant les cygnes, souri aux touristes qui lançaient de grandes éclaboussures en canotant dans le soleil couchant. Della disait que cela allait être fantastique pour Will ; à ses yeux c'était la preuve qu'il s'adaptait à sa situation. C'était gentil à elle de dire ces choses ; je n'ignorais pas que, dans une certaine mesure, elle pouvait légitimement avoir espéré que tout s'arrête. Après tout, l'accident de Will avait fait obstacle à nos projets de vie commune. En secret, elle devait bien avoir espéré que je puisse me défaire de mes responsabilités envers mon fils un jour pour être de nouveau libre.

Je marchais donc à côté d'elle en écoutant sa voix chantante ; sa main reposait au creux de mon bras. Et je ne pouvais pas lui dire la vérité – ce secret bien gardé que peu d'entre nous connaissaient. Si cette fille échouait, avec son ranch, ses sauts à l'élastique, ses jacuzzis et Dieu sait quoi encore, alors, paradoxalement, elle contribuerait à me libérer. Parce que l'unique solution pour que je puisse un jour envisager de quitter ma famille, c'était que Will reste déterminé malgré tout à se rendre dans ce lieu infernal en Suisse.

Je le savais, et Camilla aussi, même si nous refusions tous deux de l'admettre. La mort de mon fils était la clé pour que je puisse vivre la vie selon mon choix.

— Non, ne pense pas ça, a-t-elle dit en voyant mon expression.

Ma chère Della, qui pouvait deviner ce que je pensais quand je l'ignorais moi-même.

— C'est une bonne chose, Steven. Sincèrement. On ne sait jamais. Ce pourrait être le début d'une nouvelle vie indépendante pour Will.

J'ai posé une main sur la sienne. Un homme plus courageux aurait peut-être dévoilé le fond de sa pensée. Un homme plus courageux l'aurait sans doute laissée partir depuis longtemps – elle et ma femme aussi sans doute.

— Tu as raison, ai-je dit en me forçant à sourire. Espérons qu'il reviendra avec des tas d'histoires de sauts à l'élastique – ou l'une de ces horreurs que les jeunes gens s'infligent aujourd'hui.

Elle m'a donné un petit coup de coude.

— Il te demandera peut-être d'en installer une au château.

— Du rafting en eaux vives dans les douves ? Il faut que je fasse une demande le plus vite possible pour inaugurer cette attraction à la prochaine saison.

Avec en tête cette improbable image, nous avons poursuivi notre promenade jusqu'au hangar à bateaux, gloussant de temps à autre.

Puis Will a fait une pneumonie.

Chapitre 22

Je me suis précipitée aux urgences. L'immensité du centre hospitalier, alliée à mon sens de l'orientation naturellement défaillant, a fait qu'il m'a fallu une éternité pour trouver le service des soins intensifs. J'ai dû demander trois fois avant que quelqu'un m'indique la bonne direction. Finalement, j'ai ouvert la porte du service C12, le souffle court et les joues en feu, et là, assis dans l'un des fauteuils du couloir, j'ai vu Nathan en train de lire le journal. Il a relevé la tête quand je suis arrivée à sa hauteur.

— Comment va-t-il ?

— Sous oxygène. Son état est stable.

— Je ne comprends pas. Il allait bien vendredi soir. Samedi matin, il toussait un peu, mais… Mais ça ? Que s'est-il passé ?

Mon cœur battait à tout rompre. Je me suis assise un instant pour reprendre mon souffle. Je n'avais pratiquement pas cessé de courir depuis que j'avais reçu le message de Nathan, une heure plus tôt. Il s'est redressé et a replié son journal.

— Ce n'est pas la première fois, Lou. Des bactéries entrent dans ses poumons, mais, chez lui, le mécanisme de la toux ne fonctionne plus comme il devrait. Il sombre rapidement. Samedi après-midi, j'ai tenté de faire un peu de kiné respiratoire, mais il souffrait trop. La fièvre est montée d'un coup, et il a ressenti une vive douleur dans la poitrine. Samedi soir, il a fallu appeler une ambulance.

— Merde, ai-je dit en me penchant en avant. Merde, merde, merde. Je peux aller le voir ?

— Il est dans les vapes. Pas sûr que vous réussissiez à obtenir grand-chose. Et puis Mme T. est avec lui.

J'ai laissé mon sac à Nathan, je me suis lavé les mains avec une lotion antibactérienne, puis j'ai poussé la porte pour entrer.

Will était dans le lit, sous une couverture bleue, relié à un goutte-à-goutte et entouré de divers appareils qui émettaient un « bip » de temps à autre. Un masque à oxygène lui dissimulait en partie le visage ; il avait les yeux fermés et le teint gris, avec une nuance de blancheur bleutée. J'ai senti quelque chose se contracter tout au fond de moi. Assise à côté de lui, Mme Traynor regardait fixement le mur en face d'elle, une main posée sur le bras de son fils.

— Madame Traynor, ai-je murmuré.

Elle a sursauté et relevé la tête.

— Oh, Louisa.

— Comment… comment va-t-il ?

J'avais envie d'aller prendre l'autre main de Will, mais je ne me sentais pas vraiment le droit d'aller m'asseoir. Je suis restée près de la porte. Il y avait une telle expression d'abattement sur le visage de Camilla Traynor que le simple fait d'être dans la pièce me donnait l'impression de commettre une intrusion.

— Un peu mieux. Ils l'ont mis sous un antibiotique très puissant.

— Y a-t-il… quoi que ce soit que je puisse faire ?

— Je ne crois pas, non. Il… il faut attendre, c'est tout. Le spécialiste va repasser d'ici une heure. Espérons qu'il pourra nous donner plus d'informations.

Le monde semblait s'être arrêté. Je suis restée là encore un instant. Le « bip » régulier des machines a instillé un rythme dans ma conscience.

— Vous voulez que je vous remplace un peu ? Si vous voulez faire une pause.

— Non. Je crois que je vais rester.

Une partie de moi espérait que Will entende ma voix. Une partie de moi espérait qu'il ouvre les yeux, et qu'il murmure en me regardant : « Clark. Viens donc t'asseoir pour l'amour du ciel. Tu fais désordre au milieu de la chambre. »

Mais il est demeuré immobile et silencieux sur son lit.

Je me suis passé une main sur le visage.

— Vous... vous voulez que je vous apporte quelque chose à boire ?

Mme Traynor a relevé la tête.

— Quelle heure est-il ?

— Dix heures moins le quart.

Elle a secoué la tête, comme si elle avait du mal à admettre ce que je venais d'annoncer.

— Merci, Louisa. Ce serait... très aimable. J'ai l'impression d'être là depuis une éternité.

Je n'avais pas travaillé le vendredi précédent – en partie parce que les Traynor avaient estimé que je méritais bien un jour de repos, mais aussi et surtout parce que l'unique façon d'obtenir un passeport en urgence était de foncer à Londres en train pour faire la queue devant le service du ministère à Petty France. J'avais fait un saut chez eux le vendredi soir à mon retour, pour montrer mon butin à Will et m'assurer que son passeport à lui était toujours en cours de validité. Je l'avais trouvé un peu calme, mais il n'y avait rien de particulièrement inhabituel à cela. Certains jours, il était tout simplement moins en forme que d'autres. J'en avais conclu que c'était un jour sans. Pour être parfaitement honnête, je dois dire aussi que j'avais l'esprit tellement occupé par notre périple qu'il ne me restait plus guère de place pour penser à autre chose.

J'avais passé la matinée du samedi à récupérer mes affaires chez Patrick, aidée de mon père, puis, l'après-midi, j'étais allée faire du shopping dans la grand-rue en compagnie de ma mère, pour acheter un maillot de bain et diverses bricoles. J'avais dormi chez mes parents la nuit du samedi au dimanche, puis celle du dimanche au lundi. On avait d'ailleurs dû se tasser un peu, puisque Treena et Thomas étaient là eux aussi. Le lundi matin, je m'étais levée à 7 heures, pour être tôt chez les Traynor. Quand j'étais arrivée, la maison était déserte et toutes les portes fermées à clé. Il n'y avait pas le moindre billet laissé à mon intention. Debout sur le perron, j'avais appelé Nathan à trois reprises, sans parvenir à le joindre. Le téléphone de Mme Traynor était éteint. J'avais ensuite passé trois quarts d'heure assise sur les marches quand le texto de Nathan m'était parvenu.

« Nous sommes à l'hôpital du comté. Will a une pneumonie. Service C12. »

Nathan est parti et je suis restée devant la chambre de Will pendant une heure. J'ai feuilleté les magazines que quelqu'un avait dû laisser sur la table aux alentours de l'année 1982, puis j'ai sorti mon livre de mon sac, sans parvenir à me concentrer dessus.

Le spécialiste est arrivé, mais je ne me suis pas sentie en droit de le suivre dans la chambre alors que la mère de Will était là. Quand il a reparu, un quart d'heure plus tard, Mme Traynor lui a emboîté le pas. Je ne sais pas si elle m'a informée uniquement parce qu'il fallait qu'elle parle à quelqu'un et que j'étais la seule personne disponible. Toujours est-il qu'elle a annoncé, d'une voix lourde de soulagement, que le médecin estimait qu'ils avaient réussi à juguler l'infection. Will avait subi l'attaque d'une souche bactérienne particulièrement virulente, et c'était un coup de chance qu'il ait été rapidement conduit à l'hôpital, sinon… Le dernier mot de sa tirade a flotté dans le silence entre nous.

— Qu'est-ce qu'on fait maintenant ? ai-je demandé.

— On attend, a-t-elle répondu avec un haussement d'épaules.

— Voulez-vous que j'aille vous chercher à manger ? Je peux aussi tenir compagnie à Will pendant que vous allez déjeuner ?

Une fois n'est pas coutume, mais à cet instant quelque chose est passé entre Mme Traynor et moi. Son visage s'est fugacement adouci et, débarrassé de son expression perpétuellement figée, il a révélé à quel point elle était infiniment épuisée. J'ai eu l'impression qu'elle avait pris dix ans depuis mon premier jour à *Granta House*.

— Merci, Louisa, a-t-elle dit. J'aimerais bien faire un saut à la maison pour me changer, si ça ne vous dérange pas de rester avec lui. Je préfère que Will ne soit pas seul en ce moment.

Après son départ, je suis rentrée dans la chambre, j'ai refermé la porte et je me suis assise à côté de Will. Il paraissait curieusement absent, comme si l'homme que je connaissais était parti ailleurs en ne laissant derrière lui qu'une coquille vide. Un bref instant, je me suis demandé si ça faisait cet effet-là lorsque les gens mouraient. Et je me suis aussitôt efforcée de chasser cette pensée morbide.

J'ai regardé l'horloge égrener les minutes en écoutant le murmure étouffé des conversations sporadiques dans le couloir, le couinement des chaussures sur le linoléum. Par deux fois, une infirmière est entrée pour contrôler les niveaux, appuyer sur des boutons et prendre sa température. Will n'a pas bronché.

— Il… il va bien ? ai-je demandé.

— Il dort, m'a-t-elle répondu sur un ton rassurant. C'est probablement la meilleure chose pour lui en ce moment. Ne vous inquiétez pas.

Facile à dire. Des pensées de toutes sortes m'assaillaient dans cette chambre d'hôpital. J'ai pensé à Will et à la vitesse terrifiante avec laquelle la maladie s'était emparée de lui. J'ai pensé à Patrick et au fait que, pendant que je ramassais mes affaires chez lui, que je décollais mon calendrier du mur pour le rouler soigneusement, que je pliais et rangeais mes vêtements si précautionneusement rangés dans ses tiroirs, ma tristesse n'avait pas un instant été cette douleur écrasante que j'avais imaginée. Je ne me sentais ni désolée, ni ravagée, ni rien de ce à quoi on peut s'attendre quand on se sépare d'un amour de plusieurs années. Je me sentais calme, un peu triste et peut-être aussi vaguement coupable – à la fois pour ma responsabilité dans notre rupture, mais aussi parce que je n'éprouvais pas ce que j'étais censée ressentir. Je lui avais envoyé deux messages pour lui dire combien j'étais désolée, et pour lui souhaiter bonne chance aux épreuves de l'Xtreme Viking. Mais il n'avait pas répondu.

Au bout d'une heure, je me suis penchée pour soulever la couverture posée sur le bras de Will. Et là, j'ai vu sa main, d'un brun clair sur le blanc du drap, d'où sortait un petit tuyau souple collé avec de l'adhésif chirurgical. Lorsque je l'ai retournée, j'ai vu les cicatrices à l'intérieur de son poignet, toujours aussi nettement visibles. Un instant, je me suis demandé si elles disparaîtraient un jour – ou bien s'il lui faudrait à jamais se souvenir de ce qu'il avait tenté de faire.

J'ai pris doucement ses doigts entre les miens, puis refermé ma main dessus. Ils étaient chauds ; c'étaient les doigts d'un homme résolument en vie. J'étais si singulièrement rassurée par leur contact au creux de ma paume que je les ai gardés là, pour les contempler – en examiner les callosités qui témoignaient d'une existence pas exclusivement passée derrière un bureau, les ongles rosés en forme de coquillages, dont l'entretien devrait à jamais être confié à quelqu'un d'autre.

Les mains de Will étaient celles d'un honnête homme – belles et régulières, avec des doigts aux extrémités carrées. C'était difficile de les regarder en se disant qu'elles ne recelaient plus aucune force, que jamais plus elles ne pourraient prendre quelque chose sur une table, caresser un bras ou se serrer jusqu'à former un poing.

Du bout du doigt, j'ai suivi la ligne de ses phalanges. Une petite part de moi-même s'est demandé s'il me faudrait me sentir gênée si Will venait à ouvrir les yeux à cet instant. Mais j'avais le sentiment que non. J'étais persuadée que ça lui faisait du bien d'avoir sa main dans la mienne. En espérant qu'il partage mon sentiment du fond de son sommeil chimique, j'ai fermé les yeux et attendu.

Will s'est finalement réveillé un peu après 16 heures. J'étais dans le couloir, vautrée dans un fauteuil en train de lire un vieux journal, et j'ai sursauté lorsque Mme Traynor est sortie de la chambre pour m'avertir. Elle avait l'air un peu tranquillisée lorsqu'elle a annoncé qu'il parlait – et qu'il avait demandé à me voir. Elle a encore précisé qu'elle allait descendre téléphoner à son mari.

Et puis, comme si elle ne pouvait pas s'en empêcher, elle a ajouté une recommandation.

— Ne le fatiguez pas trop, s'il vous plaît.

— Bien sûr que non, ai-je répondu avec un charmant sourire. Salut, ai-je fait en passant la tête dans l'embrasure de la porte.

Il a tourné la tête vers moi, tout doucement.

— Salut toi-même.

Sa voix était rauque, comme s'il avait passé les dernières trente-six heures non pas à dormir, mais à hurler. Je me suis assise et je l'ai regardé. Ses yeux ont glissé vers le bas.

— Vous voulez que je retire le masque à oxygène un instant ?

Il a hoché la tête et j'ai prudemment remonté le dispositif sur son front. Une pellicule humide s'était déposée là où il avait été en contact avec la peau. À l'aide d'un mouchoir en papier, je lui ai essuyé le visage.

— Comment vous sentez-vous ?

— J'ai connu des jours meilleurs.

Quelque chose d'immense me nouait la gorge ; j'ai fait de mon mieux pour le refouler.

— Je ne sais pas, Will Traynor, mais on dirait bien que vous êtes prêt à tout pour attirer l'attention. Je parierais que c'était juste...

Il a fermé les yeux pour m'arrêter en plein milieu de ma phrase. Lorsqu'il les a rouverts, j'y ai vu une lueur désolée.

— Pardon, Clark. Je crois bien que je ne vais pas pouvoir la jouer spirituel aujourd'hui.

Je suis restée et j'ai parlé. Dans cette petite chambre aux murs verts, j'ai laissé ma voix lui faire le récit de mon passage chez Patrick – en précisant à quel point son système de classement avait simplifié la récupération de mes CD.

— Et ça va ? m'a-t-il demandé lorsque j'ai eu fini.

Son regard exprimait de la compassion, comme s'il s'était attendu à ce que l'épisode soit plus douloureux qu'il ne l'était en réalité.

— Ouais, ça va, ai-je répondu en haussant les épaules. Ce n'est pas si terrible. Et, de toute façon, j'ai d'autres chats à fouetter.

Will s'est tu un instant.

— Le truc, a-t-il repris, c'est que je ne crois pas être en mesure de sauter à l'élastique avant un moment.

Je m'en doutais. Je m'y attendais depuis que j'avais reçu le texto de Nathan. Mais l'entendre de la bouche de Will m'a fait un coup.

— Ne vous inquiétez pas, ai-je dit en luttant pour que ma voix ne tremble pas. Ce n'est que partie remise.

— Je suis désolé. Je sais à quel point tu étais impatiente.

J'ai posé une main sur son front et repoussé ses cheveux en arrière.

— Chut. Sincèrement, ce n'est pas grave. Il faut surtout songer à vous retaper.

Il a fermé les yeux avec une petite grimace. Je savais ce que me disaient les petites rides autour de ses yeux – cette expression de résignation. Elles me disaient qu'il n'y aurait probablement jamais une autre fois. Elles me disaient qu'il pensait qu'il ne se rétablirait jamais.

En rentrant de l'hôpital, je me suis arrêtée à *Granta House.* Le père de Will m'a ouvert ; il avait l'air presque aussi épuisé que sa femme. Il portait une veste de toile cirée très abîmée, comme s'il avait été sur le point de sortir. Je l'ai prévenu que Mme Traynor avait repris sa veille auprès de Will, et que les antibiotiques faisaient apparemment effet, mais qu'elle m'avait demandé de le prévenir qu'elle allait passer la nuit à l'hôpital une nouvelle fois. J'ignore pour quelle raison elle ne pouvait le lui dire elle-même. Peut-être avait-elle déjà trop à penser ?

— Comment est-il ?

— Un peu mieux que ce matin. Il a bu pendant que j'étais là-bas. Oh, il a aussi dit quelque chose d'un peu osé au sujet d'une infirmière.

— Toujours le même.

— Ouais, toujours le même.

L'espace d'un instant, j'ai vu M. Traynor pincer les lèvres, et ses yeux sont devenus humides. Il a détourné la tête, avant de me regarder de nouveau. Je me suis demandé s'il n'aurait pas préféré que ce soit moi qui me mette à regarder mes chaussures.

— C'est la troisième en deux ans.

Il m'a fallu une minute pour comprendre.

— Troisième pneumonie ?

Il a hoché la tête.

— Une vraie saleté. Il est courageux malgré les apparences, vous savez, a-t-il dit avant de se racler la gorge. C'est bien que vous le sachiez, Louisa.

Je ne savais pas quoi faire. J'ai posé une main sur son bras.

— Je le sais.

Il a hoché la tête, à mon intention cette fois, avant de prendre un panama accroché au portemanteau de l'entrée. Puis, en marmonnant quelque chose qui pouvait ressembler à un merci ou un au revoir, M. Traynor est passé devant moi pour sortir.

Sans la présence de Will, l'annexe était plongée dans un profond silence. Je m'étais habituée au ronron de son fauteuil motorisé, au murmure de ses conversations avec Nathan dans la pièce à côté, au bourdonnement de la radio en sourdine. Mais, en cet instant, l'annexe était vide et l'air autour de moi comme immobile.

J'ai préparé un sac en y mettant tout ce dont il pourrait avoir besoin – des vêtements propres, sa brosse à dents, un peigne, ses médicaments, et un casque au cas où il se sentirait assez bien pour écouter de la musique. Tout en m'activant, je me suis sentie submergée par l'angoisse. Une petite voix me soufflait un horrible message : « Voilà, ce serait exactement comme ça, s'il était mort. » Pour la faire taire, j'ai allumé la radio, histoire de recréer un semblant de vie dans l'annexe. J'ai fait un peu de ménage, changé les draps du lit de Will, cueilli quelques fleurs dans le jardin pour décorer le salon. Après avoir terminé, j'ai embrassé toute la pièce d'un coup d'œil – et vu mon dossier de vacances posé sur la table.

J'allais devoir passer la journée du lendemain dans la paperasse, pour annuler l'ensemble de nos activités. Personne ne pouvait dire quand Will serait en état de se lancer dans pareille aventure. Le médecin avait bien précisé qu'il devait se reposer, suivre jusqu'au bout son traitement antibiotique et rester au chaud et au sec. Le rafting en eaux vives et la plongée sous-marine n'étaient pas compatibles avec son programme de convalescence.

Je ne parvenais pas à détacher mon regard de mes dossiers – tant d'efforts anéantis ! – ni de mon passeport pour lequel j'avais dû faire des heures de queue. Je me remémorais le sentiment d'excitation qui m'avait habitée dès l'instant où j'avais pris le train pour Londres. Et, pour la première fois depuis que je m'étais lancée dans ce projet, j'ai senti le découragement s'abattre sur moi. Il ne restait plus que trois semaines, et j'avais échoué. Mon contrat allait parvenir à son terme et je n'avais rien accompli qui puisse changer l'état d'esprit de Will. J'étais même effrayée à l'idée de demander à Mme Traynor ce qui allait se passer désormais. Tout à coup, je me suis sentie submergée. J'ai enfoui mon visage dans mes mains et, dans le silence de la petite maison, je l'y ai laissé.

— B'soir.

J'ai relevé la tête d'un coup. Nathan était là, dans la petite cuisine qu'il remplissait de son imposante stature. Il portait son sac à dos sur l'épaule.

— Je suis passé déposer des médicaments pour quand il rentrera. Ça… ça va ?

Je me suis frotté les yeux.

— Oui. Pardon. Je… je suis juste un peu abattue de devoir tout annuler.

Nathan a fait glisser son sac de son épaule pour s'asseoir en face de moi.

Il a pris le dossier et en a fait tourner les pages.

— Ça craint, c'est sûr. Vous voulez un coup de main ? Ils ne veulent pas de moi à l'hôpital. Je peux venir ici pendant une heure demain matin, vous aider à passer les coups de fil.

— C'est gentil, mais ça va aller. Ce sera sans doute plus simple si je me charge du tout.

Nathan a préparé du thé, que nous avons bu l'un en face de l'autre. Je crois que c'était la première fois que Nathan et moi avions l'occasion de parler ensemble – du moins sans Will entre nous. Il a évoqué un de ses clients précédents, un tétraplégique C3/C4 sous assistance respiratoire, qui était malade comme ça au moins une fois par mois. Il a parlé des précédentes pneumonies de Will – en particulier la première qui avait bien failli le tuer et dont il avait mis des semaines à se remettre.

— Il a cette petite chose dans le regard…, a-t-il dit. Lorsqu'il est vraiment malade. C'est assez effrayant. C'est comme s'il… se retirait quelque part. Comme s'il n'était pratiquement plus là.

— Je sais. Je déteste ce regard.

— C'est…, a commencé à dire Nathan.

Puis, d'un coup, ses yeux se sont détournés de moi et sa bouche s'est refermée.

Nous étions assis face à face, la tasse à la main, dans le silence. Du coin de l'œil, j'ai scruté attentivement le visage franc et ouvert de Nathan, qui s'était refermé un instant. Et j'ai compris que j'étais sur le point de lui poser une question dont je connaissais déjà la réponse.

— Vous savez, n'est-ce pas ?

— Je sais quoi ?

— Ce… ce qu'il a l'intention de faire.

Un profond silence s'est abattu sur la pièce.

Nathan m'a longuement scrutée du regard, comme s'il pesait ses mots avant de me répondre.

— Moi, je sais, ai-je dit. Je ne suis pas censée savoir, mais je sais. C'est… c'est à ça que devaient servir ces vacances. C'est à ça que servaient les sorties. C'était pour lui changer les idées. Le faire changer d'avis.

Nathan a posé sa tasse sur la table.

— Je me suis demandé, a-t-il dit. Vous sembliez être… en mission.

— Je l'étais. Je le suis.

Il a secoué la tête. Je n'ai pas su voir au juste si c'était pour me dire de ne pas renoncer, ou me signifier qu'il n'y avait plus rien à faire.

— Qu'est-ce qu'on va faire, Nathan ?

Quelques instants se sont écoulés avant qu'il reprenne la parole.

— Vous savez quoi, Lou ? J'aime vraiment beaucoup Will. En fait, pour tout vous dire, j'adore ce type. Ça fait deux ans que je travaille avec lui. Je l'ai vu au fond du trou, et je l'ai vu dans ses bons jours, et tout ce que je peux vous dire, c'est que je n'aimerais pas être à sa place même pour tout l'or du monde.

Il a bu une gorgée de thé.

— Certaines nuits où j'étais ici, il lui est arrivé de se réveiller en hurlant parce que dans ses rêves il est toujours capable de marcher, de skier et de faire des tas de choses… Dans ces moments, quand il baisse la garde, quand tout est à vif, il est absolument incapable de supporter l'idée de ne plus jamais pouvoir faire ce qu'il faisait. C'est intolérable pour lui. Je suis resté assis à ses côtés sans pouvoir rien lui dire qui le soulage un tant soit peu. Il se retrouve avec dans les mains le jeu le plus merdique qu'on puisse imaginer. Et vous savez quoi ? Je l'ai regardé la nuit dernière et j'ai pensé à sa vie et à ce qu'elle va probablement devenir… Et même si rien ne me ferait plus plaisir que de le savoir heureux, je… je ne me sens pas le droit de le juger pour ce geste qu'il voudrait faire. C'est son choix. Cette décision devrait lui appartenir.

J'ai senti mon souffle se bloquer dans ma gorge.

— Mais… c'était avant. Vous avez tous dit que c'était comme ça avant que j'arrive. Il n'est plus le même maintenant. Avec moi, il a changé, non ?

— Bien sûr, mais…

— Mais si nous on ne croit pas qu'il peut se sentir mieux, simplement qu'il peut aller mieux, alors comment lui pourrait-il croire que la vie peut lui apporter de bonnes choses ?

Nathan a posé sa tasse sur la table pour me regarder droit dans les yeux.

— Lou. Il n'ira jamais mieux.

— Vous n'en savez rien.

— Si, je le sais. À moins d'une avancée majeure dans la recherche sur les cellules souches, Will a devant lui encore dix années dans ce fauteuil. Minimum. Il le sait, même si sa famille refuse de l'admettre. Et ça, ce n'est que la moitié du problème. Mme T. veut le maintenir en vie à tout prix. Quant à son mari, il estime qu'il y a un moment où il faut laisser Will décider.

— Bien sûr, c'est à lui de décider, Nathan. Mais il faut qu'il choisisse en connaissance de cause, après avoir étudié l'éventail des possibles.

— C'est un homme intelligent. Il sait parfaitement ce que sont ses choix.

Ma voix s'est faite plus forte dans la petite pièce.

— Non, vous vous trompez. Là, ce que vous me dites, c'est qu'il était dans le même état d'esprit avant mon arrivée. Que ma présence ici n'a absolument pas fait évoluer ses perspectives. C'est bien ça ?

— Lou, je suis incapable de lire dans son esprit.

— Mais vous savez que j'ai changé sa façon de voir les choses.

— Non, je sais qu'il ferait à peu près n'importe quoi pour que vous soyez heureuse.

Je l'ai regardé, les yeux ronds.

— Vous pensez qu'il fait tout ça juste pour me faire plaisir ? (Je me sentais furieuse contre Nathan. Furieuse contre eux tous.) Mais si vous croyez que ça ne va lui faire aucun bien, pourquoi accepter de venir ? Pourquoi faire ce voyage ? Juste pour passer de chouettes vacances, c'est ça ?

— Non. Je veux qu'il vive, a répondu Nathan.

— Mais…

— Mais je veux surtout qu'il ait envie de vivre. S'il n'a pas cette envie, en le forçant à continuer malgré tout, vous, moi – quel que soit l'amour qu'on lui porte –, on ne vaut pas mieux que ceux qui le privent injustement de son libre arbitre.

Les paroles de Nathan ont résonné dans le silence. J'ai essuyé la larme qui avait roulé sur ma joue en faisant de mon mieux pour que mon cœur retrouve son rythme normal. Apparemment gêné par mes larmes, Nathan s'est gratté le cou d'un air absent. Un instant plus tard, il m'a tendu sans rien dire une feuille d'essuie-tout.

— Je ne peux pas laisser faire ça, Nathan.

Il n'a rien répondu.

— Je ne peux pas.

J'ai regardé mon passeport, posé sur la table. La photo était horrible. Elle ressemblait à quelqu'un d'autre, quelqu'un de totalement différent. Quelqu'un dont la vie et la façon d'être n'auraient absolument rien à voir avec les miennes. Ça m'a fait réfléchir.

— Nathan ?

— Oui ?

— Si je peux mettre sur pied un autre genre de voyage pour lequel les médecins donneraient leur accord, est-ce que vous en seriez ? Est-ce que vous accepteriez de m'aider ?

— Bien sûr.

Il s'est levé, il a rincé sa tasse et passé son sac à dos à l'épaule. Puis il s'est tourné vers moi au moment de sortir de la cuisine.

— Mais, en toute honnêteté, Lou, je ne suis pas sûr que quelqu'un puisse réaliser cet exploit. Pas même vous.

Chapitre 23

Très exactement dix jours plus tard, le père de Will nous a déposés en voiture à l'aéroport de Gatwick. Pendant que Nathan se démenait pour entasser nos bagages sur un chariot, je n'arrêtais pas de vérifier que Will était confortablement installé, au point que mes précautions ont fini par l'irriter.

— Prenez soin de vous. Et faites bon voyage, a dit M. Traynor en posant une main sur l'épaule de Will. Ne fais pas trop de bêtises, a-t-il ajouté à l'intention de son fils tout en m'adressant un clin d'œil.

Mme Traynor n'avait pas pu nous accompagner en raison d'obligations professionnelles. À mon avis, elle avait surtout voulu s'épargner deux heures en tête à tête avec son mari.

Will a hoché la tête sans rien répondre. Il était resté d'un calme désarmant dans la voiture, à contempler le paysage de son regard impénétrable, nous ignorant royalement, Nathan et moi, tandis que nous discutions de la circulation et des affaires que nous avions oublié de mettre dans la valise.

Pendant que nous traversions le hall, j'en étais encore à me demander si je ne commettais pas une grave erreur. Mme Traynor s'était déclarée opposée à son départ. Mais, du jour où il avait accepté mon projet revisité, je sais qu'elle avait craint de lui déconseiller de partir. Au cours de la semaine précédente, elle avait même paru éviter de nous adresser la parole. Elle restait assise en silence avec Will et ne s'entretenait qu'avec les médecins. Ou elle s'activait dans son jardin, taillant tiges et branchettes avec une redoutable efficacité.

— La compagnie est censée nous envoyer quelqu'un. Ils sont supposés venir nous chercher, ai-je dit tandis que nous nous dirigions vers le comptoir d'embarquement, tout en feuilletant dans ma liasse de documents.

— Relax, a dit Nathan. Ils ne vont sûrement pas laisser quelqu'un à la porte.

— Mais le fauteuil doit voyager en tant que « matériel médical fragile ». J'ai vérifié trois fois avec la femme au téléphone. J'espère qu'ils ne feront pas tout un flan à cause des équipements médicaux de Will qu'on va emporter en cabine.

Sur Internet, la communauté des tétraplégiques m'avait donné des tas d'informations, de mises en garde, de rappels de nos droits juridiques et de listes de choses à vérifier. J'avais contacté trois fois la compagnie aérienne pour être sûre que nous ayons des sièges cloison, c'est-à-dire au premier rang de la section cabine, que Will serait le premier à embarquer et qu'on le laisserait dans son fauteuil motorisé jusqu'aux portes d'embarquement. Pendant ce temps, Nathan resterait pour s'occuper lui-même de retirer le joystick de commande du fauteuil, de le mettre en mode manuel, puis de l'emballer en fixant soigneusement les pédales et toutes les parties mobiles. Ensuite, il superviserait personnellement le chargement en soute pour prévenir tout dégât. Le fauteuil serait marqué de telle sorte que les manutentionnaires soient informés de son extrême fragilité. Nous avions retenu trois places contiguës, pour que Nathan puisse éventuellement prodiguer des soins à l'abri des regards. À la compagnie, on m'avait assuré que les accoudoirs se redressaient, ce qui nous permettrait d'installer Will à sa place dans l'avion sans lui faire mal aux hanches. Nous le garderions entre nous pendant tout le vol. Et nous serions les premiers à descendre de l'appareil.

Tout cela figurait sur ma « liste pour l'aéroport », sur la feuille précédant la « liste pour l'hôtel », mais après les feuilles « veille du départ » et « itinéraire ». Malgré toutes ces précautions, j'étais si angoissée que j'en avais la nausée.

Chaque fois que mon regard se portait sur Will, je me demandais si j'avais eu raison. Son médecin n'avait donné son accord pour le voyage que la veille. Will mangeait très peu et passait le plus clair de son temps à dormir. Il paraissait non seulement épuisé par sa maladie, mais également fatigué de la vie, las de nos interférences, de nos tentatives pleines d'allégresse d'entamer la conversation, de notre détermination acharnée à améliorer les choses pour lui. Il me tolérait mais, bien souvent, j'avais le sentiment qu'il préférait être seul. Il ignorait que c'était la seule et unique chose que je ne pouvais pas lui accorder.

— Voilà l'hôtesse, ai-je dit en avisant une jeune femme en uniforme qui s'avançait vers nous, tout sourires, un porte-documents à la main.

— Eh bien, elle va nous être d'une grande utilité pour le transfert de Will, a marmonné Nathan. Elle a l'air à peine assez forte pour soulever une crevette congelée.

— On va s'en sortir, ai-je dit. À nous deux, on va y arriver.

C'était devenu mon slogan, depuis l'instant où j'avais enfin trouvé ce que je voulais faire. Depuis ma conversation avec Nathan dans l'annexe, j'avais envie de leur prouver à tous qu'ils avaient tort. Le fait qu'on ne puisse pas réaliser le programme de vacances que j'avais concocté ne signifiait pas que Will ne pouvait rien faire du tout.

J'avais écumé les forums, bombardant tous mes contacts de questions. Où emmener en convalescence un Will fortement diminué ? Quelqu'un avait-il une idée de destination ? La température était un critère important, le climat anglais étant bien trop changeant (rien n'était plus déprimant qu'une station balnéaire anglaise sous la pluie).

À la fin du mois de juillet, il faisait trop chaud dans le reste de l'Europe, ce qui éliminait l'Italie, la Grèce, le sud de la France et les autres zones côtières. En fait, j'avais une vision en tête. J'imaginais Will en train de se reposer au bord de la mer. Le problème, c'était qu'avec quelques jours seulement pour mettre le projet sur pied, les chances d'y parvenir se réduisaient comme peau de chagrin.

J'avais reçu des marques de sympathie des autres membres, ainsi que de nombreuses histoires au sujet de la pneumonie. Apparemment, c'était le spectre qui les hantait tous. Quelques messages suggéraient des destinations, mais aucune ne m'inspirait. Will ne serait tenté par aucune de ces propositions. Je ne voulais pas de stations thermales ou d'endroits où il aurait croisé des gens dans la même situation que lui. Je ne savais pas au juste ce que je voulais, mais j'ai passé en revue la liste de leurs propositions et fini par me résoudre au fait que rien ne convenait.

Pour finir, c'est Ritchie, ce pilier de la messagerie instantanée, qui est venu à mon secours. L'après-midi même où Will a quitté l'hôpital, il a tapé le message suivant :

« Donne-moi ton adresse mail. Mon cousin a une agence de voyages. Je l'ai mis sur le coup. »

J'avais appelé le numéro qu'il m'avait donné et parlé à un homme d'âge mûr, affecté d'un lourd accent du Yorkshire. Lorsqu'il m'a exposé ce à quoi il avait pensé, une petite sonnerie a retenti au fond de ma mémoire. En deux heures, nous avions tout réglé. J'étais si heureuse et reconnaissante que j'ai bien cru que j'allais me mettre à pleurer.

— Ne dites rien, ma belle, a-t-il protesté. Faites juste en sorte que votre gars s'éclate bien.

Cela dit, au moment du départ, j'étais presque aussi épuisée que Will. J'avais passé des journées entières à me débattre avec les exigences les plus pointues en matière de voyage et de transport des personnes tétraplégiques, et, jusqu'au matin du départ, je n'avais pas été convaincue que Will serait en état. Assise parmi nos sacs, je regardais Will, pâle et replié sur lui-même au milieu de l'aéroport fourmillant d'activité. Pour la énième fois, je me suis demandé si je ne faisais pas fausse route. Subitement, la panique s'est emparée de moi. Et s'il tombait malade à nouveau ? Et s'il détestait chaque minute de notre aventure, comme cela avait été le cas lors de la journée aux courses ? Et si je m'étais trompée du tout au tout, et que Will n'avait nul besoin d'un voyage épique, mais plutôt de dix jours chez lui, dans son lit ?

Mais nous n'avions plus dix jours devant nous. Nous étions au pied du mur. Et je jouais ma dernière carte.

— On appelle notre vol, a dit Nathan en revenant de la boutique *duty free*.

Il m'a regardée d'un air perplexe, et j'ai pris une profonde inspiration.

— D'accord, ai-je répondu. C'est parti.

Les onze heures de vol n'ont pas été aussi terribles que je l'avais redouté. Nathan a fait preuve d'une habileté sans pareille, prodiguant à Will les divers soins dont il avait besoin sous une couverture pour être à l'abri des regards. Le personnel de bord s'est révélé tout à la fois prévenant et discret – et soigneux dans la manipulation du fauteuil. Comme promis, Will a embarqué en premier, avant d'être installé sans encombre à la place prévue, entre nous.

Au bout d'une heure passée dans les airs, je me suis aperçue que, pour peu que son fauteuil soit suffisamment incliné et que lui-même soit assez bien attaché pour être stable, Will ressemblait étonnamment à n'importe quel autre passager de la cabine. Coincé devant un écran, avec nulle part où aller et rien à faire, à dix mille pieds d'altitude, il n'y avait pas grand-chose qui le distinguait des autres. Il a mangé, regardé un film, et passé le plus clair du temps à dormir.

Nathan et moi échangions des sourires circonspects en nous efforçant de nous comporter comme si tout allait pour le mieux. Par le hublot, j'ai contemplé les nuages aussi chaotiques que mes pensées, incapable encore de réfléchir au fait que tout cela n'était plus seulement un défi d'organisation à relever, mais une véritable aventure. Moi, Lou Clark, j'étais en route pour l'autre côté de la Terre. J'avais du mal à réaliser. En ces instants, je ne parvenais guère à voir plus loin que Will. Je me sentais comme ma sœur juste après son accouchement. « C'est comme de regarder à travers un entonnoir, m'avait-elle dit en contemplant Thomas. Le monde s'est rétréci et il n'y a plus que lui et moi. »

Elle m'avait envoyé un texto lorsque nous étions encore à l'aéroport.

« Tu peux le faire. Je suis super fière de toi. Bisous. »

Je l'ai relu dans l'avion, pour le simple plaisir de l'avoir sous les yeux, emplie d'une soudaine bouffée d'émotion, sans doute à cause des mots qu'elle avait choisis. Ou alors parce que j'étais fatiguée et effrayée, et toujours incapable de croire que j'avais réussi à aller aussi loin. Finalement, pour cesser de penser, j'ai allumé mon petit écran et regardé sans les voir les épisodes d'une série comique. Puis le ciel est devenu noir.

Et je me suis réveillée pour découvrir devant moi l'hôtesse avec le plateau du petit déjeuner, pendant que Will parlait avec Nathan d'un film qu'ils venaient de voir ensemble. Étonnamment, et contre toute attente, nous étions tous les trois à une heure de vol tout au plus de l'île Maurice.

Je pense que je n'ai pas cru à la réalité de tout ça jusqu'à ce que nous atterrissions pour de bon à l'aéroport international Sir Seewoosagur Ramgoolam. Nous avons franchi la porte des arrivées, encore tout ankylosés après notre long vol, et j'ai failli pleurer de soulagement lorsque j'ai vu arriver le taxi spécialement équipé du tour-opérateur. Ce premier matin, tandis que le chauffeur nous conduisait à toute allure vers notre complexe hôtelier, je n'ai vu pas vu grand-chose de l'île. Bien sûr, les couleurs étaient plus vives qu'en Angleterre, le ciel plus transparent, d'un bleu azur qui devenait de plus en plus profond en s'étirant vers l'infini. L'île était luxuriante et verte. Il y avait d'immenses plantations de canne à sucre, et on apercevait au loin la mer entre les collines volcaniques, semblables à un chapelet de taches de mercure. Une odeur de fumée et d'épices flottait dans l'air, et le soleil était si haut dans le ciel que je devais plisser les yeux pour ne pas être aveuglée. Dans l'état d'épuisement qui était le mien, j'avais l'impression d'avoir été projetée dans le décor d'un magazine de papier glacé.

Mais alors même que mes sens s'accoutumaient à ce nouvel environnement, mon regard revenait continuellement sur Will, sur son visage pâle et empreint de lassitude, sur la façon étrange dont sa tête penchait sur son épaule. Puis notre voiture s'est engagée sur une route bordée de palmiers, avant de s'arrêter devant un immeuble bas. Notre chauffeur s'est empressé de décharger nos bagages.

Nous avons décliné le thé glacé qu'on nous proposait, ainsi que la visite de l'hôtel. Nous sommes allés directement à la chambre de Will et l'avons mis au lit sans même prendre le temps de défaire nos bagages. Les rideaux n'étaient pas encore tirés quand Will s'est rendormi. Nous étions arrivés ; j'avais réussi. Debout devant la porte de la chambre, je n'ai pu retenir un profond soupir, tandis que Nathan observait par la fenêtre les vagues festonnées d'écume blanche qui venaient se briser sur le récif corallien. Je ne sais pas si c'était à cause du voyage ou de la beauté somptueuse du paysage, mais j'ai soudain eu les larmes aux yeux.

— Tout va bien, m'a dit Nathan en voyant mon état d'abattement.

Et puis, de manière tout à fait inattendue, il s'est approché pour me serrer dans ses bras d'ours.

— Tranquille, Lou. Tout va bien se passer. Vraiment bien. Vous avez assuré.

Trois jours se sont écoulés avant que je commence à y croire. Will a passé l'essentiel des premières quarante-huit heures à dormir. Et puis, d'un coup, il a commencé à avoir meilleure mine. Il a retrouvé des couleurs et les cernes bleus sous ses yeux se sont estompés. Ses spasmes se sont calmés et il a recommencé à manger ; lentement, il passait devant les immenses buffets, pléthoriques et extravagants, et me disait ce qu'il voulait sur son assiette. Je sus qu'il se sentait mieux lorsqu'il me tarabusta pour que je goûte des plats que je ne me serais jamais risquée à manger sans cela – des currys créoles épicés ou des fruits de mer dont j'ignorais le nom. Très vite, il s'est senti chez lui dans cet hôtel, bien plus que moi. Et quoi d'étonnant à cela ? Régulièrement, je devais me rappeler que, pendant l'essentiel de sa vie, le domaine de Will n'avait pas été la petite annexe à l'ombre du château, mais bien ce monde et ces plages immenses.

Comme promis, l'hôtel avait mis à notre disposition un fauteuil spécial équipé de pneus larges. Le matin, Nathan l'y transférait donc, et nous partions tous trois pour la plage – moi avec un parasol pour le protéger du soleil si celui-ci devenait trop ardent. Mais nous n'en avons jamais eu besoin : cette partie méridionale de l'île était réputée pour ses vents alizés et, en dehors de la saison chaude, la température locale excédait rarement les vingt-trois degrés. Nous nous installions sur une plage près d'un petit affleurement rocheux, juste hors de vue du bâtiment principal de l'hôtel. Je déployais mon fauteuil de plage et prenais place à côté de Will sous un palmier. Ensuite, nous regardions Nathan s'essayer à la planche à voile ou au ski nautique, en criant de temps à autre quelques encouragements agrémentés de toutes sortes de noms d'oiseaux.

Au début, le personnel de l'hôtel en faisait presque trop pour Will – proposant sans cesse de pousser son fauteuil ou de lui apporter des boissons. Nous leur avons donc expliqué que ce n'était pas nécessaire et ils ne s'en sont pas formalisés. C'était bien agréable toutefois, dans les instants où je ne lui tenais pas compagnie, de voir les portiers ou le personnel de la réception aller bavarder avec lui ou lui recommander des lieux de visite. Nadil, un jeune homme dégingandé, avait pris le relais de Nathan lorsque ce dernier n'était pas dans les parages. Un jour, en sortant, je l'ai vu sortir Will de son fauteuil, avec l'aide d'un ami, pour le déposer doucement sur un transat matelassé, installé sous « notre » arbre.

— C'est mieux comme ça, m'a dit Nadil en esquissant un geste avec le pouce, tandis que j'arrivais par la plage. Appelez-moi quand monsieur Will voudra retourner dans son fauteuil.

J'étais sur le point de récriminer et de leur dire qu'ils n'auraient jamais dû prendre cette initiative, mais Will affichait un tel air d'inattendue béatitude, les yeux fermés, que je me suis tue pour simplement esquisser un hochement de tête.

Mon angoisse au sujet de la santé de Will a commencé à se dissiper ; peu à peu, je me suis mise à penser que j'étais au paradis. Jamais de toute ma vie je ne m'étais imaginé passer du temps dans un lieu aussi idyllique. Chaque matin, c'était le doux bruit des vagues sur la grève qui me réveillait, ou le chant d'oiseaux exotiques qui s'appelaient d'arbre en arbre. Je contemplais mon plafond où jouait la lumière passée à travers les frondaisons. Les murmures de l'autre côté de la porte m'indiquaient que Will et Nathan étaient déjà levés depuis longtemps. J'allais vêtue de maillots de bain et de sarongs et je me délectais de la chaleur du soleil sur mon dos et mes épaules. Des taches de rousseur sont apparues sur ma peau et mes ongles semblaient plus blancs sur ma peau hâlée. Les plaisirs simples que j'éprouvais dans cet endroit me procuraient un bonheur intense. Je marchais sur la plage, goûtais à des saveurs nouvelles, nageais dans des eaux chaudes et transparentes, peuplées de poissons qui jouaient à cache-cache dans les roches volcaniques, ou regardais le soleil devenir écarlate avant de disparaître à l'horizon. Lentement, le souvenir des mois précédents s'estompait. À ma grande honte, je dois dire que je ne pensais absolument pas à Patrick.

Nos journées étaient rythmées par une certaine routine. Nous prenions le petit déjeuner tous les trois, à l'ombre des parasols au bord de la piscine. Will optait généralement pour la salade de fruits, que je portais à sa bouche avec les doigts, suivie parfois d'une crêpe à la banane, selon son appétit. Nous allions ensuite à la plage, où je lisais et Will écoutait de la musique, pendant que Nathan s'essayait à toutes sortes de sports aquatiques. Will n'arrêtait pas de me dire d'en faire autant, mais je déclinais systématiquement, du moins au début. J'avais juste envie d'être à côté de lui. Sur l'insistance de Will, j'ai passé une matinée à faire de la planche à voile et du kayak de mer, mais je préférais rester tout simplement à ses côtés.

De temps en temps, lorsque tout était calme et que Nadil était disponible, Nathan et lui immergeaient délicatement Will dans l'eau chaude du petit bassin. Nathan le soutenait sous la nuque et Will flottait béatement. Il ne parlait guère en ces instants, mais affichait une mine tranquillement satisfaite, comme si son corps retrouvait alors des sensations depuis longtemps oubliées. Son torse, long et pâle, s'est paré de reflets dorés. Ses cicatrices ont pris des teintes de vieil argent, pour disparaître peu à peu. Il a commencé à s'habituer à rester torse nu.

À l'heure du déjeuner, nous regagnions l'un des trois restaurants de l'hôtel. Au sol, le complexe était dallé sur sa quasi-totalité, avec uniquement quelques marches et petites déclivités, de sorte que Will pouvait se déplacer avec son fauteuil en totale autonomie. Ce n'était pas grand-chose en apparence, mais la possibilité pour lui d'aller chercher un verre sans avoir à se faire accompagner représentait non seulement un soulagement pour Nathan et moi, mais aussi une victoire sur l'une de ses pires frustrations au quotidien : être totalement dépendant des autres. Non pas d'ailleurs que nous ayons beaucoup à bouger. Partout, à la plage, à la piscine et même au spa, il y avait toujours un membre du personnel pour nous apporter, avec un grand sourire, un cocktail généralement décoré d'une fleur rose odorante. Même tout au bout de la plage, un petit chariot passait régulièrement pour proposer de l'eau, des jus de fruits, voire quelques remontants.

L'après-midi, lorsque la température était au plus haut, Will retournait dans sa chambre pour une sieste de deux heures. Moi, j'allais nager à la piscine ou lire un peu. Le soir, nous nous retrouvions pour aller dîner ensemble au restaurant sur la plage. J'ai assez rapidement développé un certain goût pour les cocktails. Nadil avait calculé qu'en mettant un grand verre dans le support du fauteuil de Will, avec une paille de la taille voulue, Nathan et moi n'aurions plus à intervenir. À la lumière du crépuscule, nous parlions tous les trois de tout et de rien, de notre enfance, de nos premières amours – petits copains et petites copines –, de nos premiers emplois, de nos familles, de nos vacances antérieures. Peu à peu, j'ai vu Will refaire surface du fond de lui-même.

À la nuance près que ce Will était différent. L'endroit où nous étions semblait lui avoir apporté une paix qui lui avait fait défaut au cours de ces mois sombres.

— Il est bien, hein ? a dit Nathan en me croisant devant le buffet.

— Oui, je crois qu'il est vraiment bien.

— Vous savez, a dit Nathan en se penchant vers moi pour que Will ne voie pas que nous parlions de lui, je crois que le ranch et toutes les activités d'aventure auraient été magnifiques également. Mais, quand je le vois aujourd'hui, je ne peux pas m'empêcher de penser que cet endroit a fait de plus grands miracles encore.

Je ne lui avais rien dit de la décision que j'avais prise le premier jour pendant que nous nous installions, tandis que je calculais déjà, l'estomac noué, combien de jours nous séparaient du retour. Au cours de ces dix jours, il fallait que j'oublie la raison pour laquelle nous étions là – mon contrat de six mois, mon calendrier savamment élaboré, tout ce qui s'était passé avant. Il fallait que je me laisse aller pour vivre l'instant, et que j'incite Will à en faire autant. Il fallait que je sois heureuse, dans l'espoir de communiquer ma joie à Will.

J'ai pris une tranche de melon supplémentaire, puis j'ai souri.

— Alors, qu'est-ce qu'on fait après ? On retourne au karaoké – ou bien vos tympans saignent-ils encore depuis hier soir ?

Le quatrième soir, Nathan nous a annoncé, l'air vaguement gêné, qu'il avait un rencard. Karen – une compatriote néo-zélandaise résidant dans l'hôtel voisin – avait accepté qu'il l'accompagne en ville.

— C'est pour être sûr que tout se passe bien. Vous savez… Je ne sais pas si le coin est suffisamment sûr pour qu'elle y aille seule.

— Bien sûr, a répondu Will en hochant la tête avec gravité. C'est très chevaleresque de votre part, Nate.

— Je trouve que c'est une attitude très responsable. Très civique, ai-je ajouté.

— C'est ce que j'ai toujours admiré chez Nathan, son altruisme désintéressé. Surtout à l'égard du sexe faible.

— Faites pas chier, tous les deux, a répliqué Nathan avec un grand sourire.

Puis il est parti.

Karen s'est rapidement fait une place dans la routine quotidienne de Nathan – qui disparaissait avec elle pratiquement tous les soirs. Et s'il rentrait ponctuellement pour les préparatifs du coucher de Will, nous lui accordions tacitement tout le temps qu'il voulait pour s'amuser.

Je me réjouissais de tout cela en mon for intérieur. J'aimais beaucoup Nathan, et je lui étais infiniment reconnaissante d'être venu, mais rien ne me faisait plus plaisir que de me retrouver en tête à tête avec Will. J'aimais la simplicité immédiate de nos relations lorsqu'il n'y avait personne alentour, l'intimité facile qui avait éclos entre nous. J'aimais la manière qu'il avait de tourner vers moi son regard où brillait une note amusée, comme s'il s'apercevait qu'il m'avait nettement sous-estimée.

L'avant-dernière nuit, j'ai dit à Nathan que je ne voyais pas d'inconvénient à ce qu'il ramène Karen à l'hôtel. Il avait passé plusieurs nuits dans son hôtel à elle, et je savais que cela lui compliquait la vie d'avoir chaque fois à marcher vingt minutes pour venir préparer Will.

— Pas de problème. Si cela vous permet… vous voyez… un peu plus d'intimité.

Tout joyeux, il a juste lâché un « merci, ma belle » enthousiaste, déjà captivé par les perspectives de la nuit.

— Bien aimable à toi, a dit Will lorsque je lui ai expliqué.

— Bien aimable à vous, vous voulez dire, ai-je répondu. C'est votre chambre que j'ai sacrifiée à cette noble cause.

Ce soir-là, nous avons donc transféré Will dans ma chambre. Nathan lui a administré ses soins avant de le mettre au lit, pendant que Karen l'attendait au bar. Dans la salle de bains, je me suis mise en tee-shirt et en petite culotte, puis j'ai ouvert la porte pour aller installer mon oreiller et mon petit barda sur le divan. Je sentais le regard de Will sur moi – et j'étais bizarrement intimidée pour quelqu'un qui venait de passer l'essentiel de la semaine en bikini devant lui. J'ai fait bouffer l'oreiller.

— Clark ?

— Oui ?

— Tu n'es pas obligée de dormir là-bas. Ce lit est assez grand pour une équipe de foot au complet.

Pour tout dire, je n'y avais même pas pensé. C'était comme ça désormais. Peut-être que les journées passées ensemble à moitié nus sur la plage nous avaient un peu détendus. Peut-être était-ce aussi la pensée de Nathan et Karen de l'autre côté de la cloison, enlacés dans un cocon où eux seuls existaient.

Peut-être avais-je seulement envie d'être près de lui. Je me suis avancée vers le lit – et j'ai sursauté lorsqu'un coup de tonnerre a subitement retenti. Les lumières se sont éteintes puis rallumées ; quelqu'un a crié au-dehors. Dans la chambre voisine, Nathan et Karen ont éclaté de rire.

Je suis allée à la fenêtre et j'ai ouvert les rideaux ; j'ai senti le vent qui s'était levé d'un coup, la température qui avait brutalement chuté. Sur la mer, un orage venait d'éclater. Un éclair en fourche a zébré le ciel, puis, comme sous l'effet d'une pensée après coup, un déluge s'est abattu sur le toit de notre petit bungalow. C'était si violent que la pluie a étouffé tous les autres sons.

— Je ferais mieux de fermer les volets, ai-je dit.

— Non.

Je me suis retournée.

— Ouvre les portes, a dit Will en désignant l'extérieur d'un mouvement de la tête. Je veux voir ça.

Après une hésitation, j'ai ouvert tout doucement les portes vitrées donnant sur la terrasse. La pluie martelait le bâtiment, coulait du toit à gros bouillons, ruisselait en torrent de notre terrasse pour s'écouler vers la mer. J'ai senti l'humidité sur mon visage, l'électricité dans l'air. J'en avais la chair de poule.

— Tu sens ? m'a demandé Will derrière moi.

— C'est comme la fin du monde.

Je suis restée immobile un moment, tandis que le flux d'énergie me traversait et que les zébrures dans le ciel laissaient leur empreinte sur mes paupières. J'ai senti ma gorge se nouer et mon souffle devenir court.

Je suis retournée jusqu'au lit pour m'asseoir sur le bord. Pendant qu'il contemplait le spectacle au-dehors, je me suis penchée pour tirer vers moi son cou bruni par le soleil. Je savais comment le bouger désormais, comment faire évoluer sa masse et sa compacité en harmonie avec moi. Tout en le tenant contre moi, je me suis penchée pour glisser un oreiller tout blanc et rebondi derrière ses épaules, avant de le relâcher pour qu'il s'engloutisse dans son étreinte moelleuse. Will sentait le soleil, comme si sa peau en avait absorbé les fragrances ; je l'ai humé comme s'il avait été quelque mets délicieux.

Ensuite, alors que la pluie perlait encore sur ma peau, je me suis glissée dans le lit à côté de lui, si près que ma jambe touchait la sienne, puis nous avons regardé ensemble les incandescences bleues et blanches des éclairs frappant les vagues, les poteaux argentés de la pluie, la masse turquoise mouvante tapie à seulement une centaine de mètres devant nous.

Le monde qui nous entourait s'est rétréci jusqu'à n'être plus que le bruit de la tempête, la mer noire et bleue avec des éclats d'améthyste, et les rideaux que le vent gonflait doucement. L'air de la nuit charriait le parfum des fleurs de lotus, les bruits d'une fête dans le lointain, de la musique, des verres entrechoqués, des chaises remuées, et la charge sauvage de la nature déchaînée. J'ai pris la main de Will dans la mienne. L'espace d'un instant, j'ai pensé que jamais de toute ma vie je ne me sentirais aussi intensément liée au monde et à un autre être humain.

— Pas mal, hein, Clark ? a dit Will dans le silence.

Face à l'orage, son visage demeurait calme et immobile. Il s'est tourné vers moi et m'a souri. Et, dans ses yeux, il y avait quelque chose – comme une lueur triomphante.

— Oui, ai-je répondu. Pas mal du tout.

Allongée et immobile, j'entendais son souffle lent et profond, le bruit de la pluie juste derrière, je sentais ses doigts chauds autour des miens. Je ne voulais pas rentrer. J'ai pensé que je pourrais peut-être ne jamais rentrer. Will et moi étions en sécurité dans notre petit paradis. Chaque fois que je songeais au retour en Angleterre, la peur me sautait à la gorge et mon estomac se serrait.

« Tout va bien se passer. » Je me répétais les paroles rassurantes de Nathan. « Tout va bien se passer. »

Pour finir, j'ai tourné le dos à la mer et regardé Will. Il en a fait autant, me dévisageant dans la pénombre. J'ai eu le sentiment qu'il me disait la même chose : « Tout va bien se passer. » Pour la première fois de ma vie, je me suis efforcée de ne pas penser à l'avenir – de me contenter d'être là tout simplement, en cet instant, de me laisser submerger par les sensations de la soirée. Je ne saurais dire combien de temps nous sommes restés ainsi, les yeux dans les yeux, mais, tout doucement, les paupières de Will se sont faites plus lourdes, jusqu'à ce qu'il me dise dans un murmure d'excuses qu'il risquait fort de… Sa respiration est devenue plus ample et régulière et il a sombré dans un profond sommeil. Tout à coup, il n'y avait plus que moi en train de contempler la façon dont ses cils s'écartaient près du coin de l'œil, et les petites taches de rousseur apparues sur son nez.

Je me suis dit qu'il fallait que je me tienne bien. Il fallait que je me tienne bien.

L'orage a fini par se calmer un peu après 1 heure du matin, en s'éloignant vers la haute mer pour aller faire ailleurs son caprice météorologique. Ses éclairs pleins de colère se sont atténués jusqu'à finir par se taire. L'air s'est doucement apaisé autour de nous et les rideaux ont retrouvé l'immobilité. L'eau des gouttières a fini de s'écouler sur un dernier glouglou. Aux petites heures, j'ai délicatement ôté ma main de celle de Will pour aller refermer la porte-fenêtre. Le silence s'est invité dans la pièce. Will dormait d'un sommeil profond et paisible – qu'il connaissait rarement dans sa petite annexe.

Moi, je n'ai pas dormi. Je suis restée allongée à le regarder, en faisant de mon mieux pour ne penser à rien.

Le dernier jour, deux choses se sont produites. La première, c'est que Will a tellement insisté que j'ai fini par accepter d'aller faire de la plongée sous-marine. Cela faisait des jours qu'il me tannait, faisant valoir que je ne pouvais pas décemment avoir fait tout ce chemin sans aller voir sous l'eau. J'avais été lamentable à la planche à voile – pratiquement incapable de sortir ma voile de l'eau – et j'avais passé l'essentiel de ma séance de ski nautique à me vautrer un peu partout dans la baie. Mais il ne lâchait pas l'affaire et, la veille, il était arrivé au déjeuner en annonçant qu'il m'avait réservé une demi-journée d'initiation à la plongée.

Cela s'annonçait assez mal. Assis au bord du bassin, Will et Nathan avaient regardé mon moniteur tenter de me faire croire que je pouvais respirer sous l'eau. Mais le fait de les savoir là me faisait perdre tous mes moyens. Je ne suis pas idiote – je comprenais parfaitement que les bouteilles d'oxygène sur mon dos alimentaient mes poumons, et que je n'allais pas me noyer–, mais chaque fois que je mettais la tête sous l'eau, la panique s'emparait de moi et je remontais à la surface. C'était à croire que mon corps refusait d'admettre qu'il pouvait continuer à respirer sous quelques mètres cubes de la plus belle eau chlorée de l'île Maurice.

—Je crois que je ne vais pas y arriver, ai-je dit en remontant à la surface pour la septième fois, après avoir copieusement bu la tasse.

James, le moniteur, a jeté un regard derrière lui en direction de Will et Nathan.

—Je ne peux pas, ai-je dit avec agacement. Ce n'est pas pour moi, point barre.

James s'est détourné des deux hommes pour me tapoter doucement l'épaule, puis a esquissé un geste vers le large.

—Pour certains, c'est plus facile de s'y mettre là-bas, a-t-il dit d'une voix posée.

—Dans la mer?

—Il y en a pour qui c'est mieux de démarrer là où c'est profond. Allez, on va prendre un bateau.

Trois quarts d'heure plus tard, je découvrais sous la surface de l'océan un paysage aux mille couleurs que je n'avais jamais soupçonné, et j'en oubliais de penser que je pouvais me retrouver à court d'oxygène, ou de me dire, contre toute évidence, que je risquais de couler tout au fond et de me noyer. Je n'avais même plus la trouille. Les mystères de ce monde nouveau me détournaient de ces sombres pensées. Dans le silence troublé uniquement par mon souffle, je contemplais des bancs de petits poissons aux couleurs chatoyantes, de gros spécimens aux écailles blanches zébrées de noir qui me fixaient de leurs yeux inquisiteurs, des anémones ondoyantes qui filtraient dans l'onde des butins invisibles. Tout autour s'étiraient des paysages deux fois plus colorés et variés que sur terre. Je voyais des grottes et des trous dans les rochers où étaient tapies des créatures inconnues, des formes au loin qui scintillaient dans les rayons du soleil. Je ne voulais plus remonter. J'aurais pu rester à jamais dans ce monde silencieux. Ce n'est que lorsque James a commencé à faire de grands gestes en direction de la jauge de ses bouteilles que j'ai compris que je n'avais plus le choix.

Les mots me manquaient lorsque je suis remontée à bord du bateau pour rejoindre Will et Nathan sur la plage. Je rayonnais et mon esprit s'émerveillait encore des images que j'avais vues. Je sentais toujours dans mes jambes le mouvement qui me permettait d'avancer sous l'eau.

— C'était bien, hein ? a dit Nathan.

— Pourquoi vous n'avez rien dit ? me suis-je exclamée en jetant mes palmes dans le sable devant Will. Pourquoi vous ne m'avez pas fait faire ça plus tôt ? Tout était déjà là ! Depuis tout ce temps ! Juste sous mon nez !

Will a soutenu mon regard. Il n'a rien dit d'abord, mais un immense sourire s'est lentement épanoui sur son visage.

— Je ne sais pas, Clark. Il y a des gens qui ont besoin de découvrir ces choses-là par eux-mêmes.

Je me suis enivrée le dernier soir. Ce n'était pas tant que nous partions le lendemain, mais pour la première fois j'avais le sentiment que Will était bien et que je pouvais me détendre un peu. Je portais une robe blanche (mon teint était suffisamment hâlé désormais pour ne pas avoir l'air d'un cadavre dans un linceul) et une paire de sandales argentées. Et lorsque Nadil m'a tendu une fleur écarlate en me montrant comment la mettre dans mes cheveux, je ne me suis pas moquée de lui comme je l'aurais sans doute fait une semaine plus tôt.

— Bien le bonsoir, Carmen Miranda, a dit Will quand je les ai rejoints au bar. Mazette, quelle élégance !

J'étais sur le point de lui envoyer une réponse sarcastique quand j'ai vu qu'il me regardait avec un plaisir non feint.

— Merci, ai-je dit. Vous n'êtes pas mal non plus.

Une soirée dansante était organisée à l'hôtel ce soir-là. Aussi, un peu avant 22 heures, lorsque Nathan s'en est allé rejoindre Karen, nous avons mis le cap sur la plage. La musique nous a accompagnés, et les trois cocktails que j'avais bus donnaient de la fluidité à mes mouvements.

Quel panorama magnifique ! Dans l'air chaud de la nuit, la brise nous apportait les senteurs des barbecues allumés au loin et l'odeur de l'huile solaire sur la peau, le tout rehaussé des accents iodés de la mer. Nous nous sommes arrêtés non loin de notre arbre. Quelqu'un avait allumé un feu sur la plage, peut-être pour cuisiner, et il n'en restait plus que quelques braises rougeoyantes.

— Je ne veux pas rentrer, ai-je dit dans l'obscurité.

— C'est un lieu bien difficile à quitter.

— Je ne pensais pas que des endroits comme celui-ci pouvaient exister ailleurs que dans les films, ai-je dit en me tournant pour être face à lui. Du coup, je me suis demandé si vous m'aviez bien dit la vérité sur tout le reste.

Il souriait, l'air détendu et heureux. Il me regardait en plissant les yeux. Je l'ai regardé moi aussi et, pour la première fois, je n'ai pas ressenti la moindre petite peur au creux de mes entrailles.

— Vous ne regrettez pas d'être venu, n'est-ce pas ? ai-je demandé prudemment.

— Pas du tout.

— Hourrah ! ai-je fait en levant un poing.

Et puis quelqu'un a monté le son de la musique au bar et j'ai envoyé valser mes chaussures d'un coup de pied pour me mettre à danser. Ça peut paraître stupide – le genre de comportement dont on rougirait d'ordinaire. Mais là, dans l'ombre de la nuit, à moitié ivre à cause du manque de sommeil, avec le feu sur la plage, la mer et le ciel infinis, avec la musique tout autour, Will qui me souriait et mon cœur qui débordait d'un élan que je n'identifiais pas vraiment, je ne pouvais faire autrement que danser. J'ai dansé en riant, sans éprouver la moindre gêne, sans me préoccuper d'être vue. Je sentais le regard de Will sur moi. Il savait que c'était là l'unique réponse possible aux dix jours que nous venions de vivre. Merde, aux six mois qui venaient de s'écouler.

La chanson s'est terminée et je me suis laissée tomber à ses pieds, hors d'haleine.

— Tu…, a-t-il dit.

— Quoi ? ai-je demandé avec un sourire espiègle.

Je sentais l'électricité qui parcourait tout mon corps. Je ne répondais plus de rien.

Il a secoué la tête.

Lentement, je me suis relevée, toujours pieds nus, pour venir jusqu'à son fauteuil et me glisser sur ses genoux, mon visage à quelques centimètres seulement du sien. Après la nuit précédente, ça ne me paraissait pas un si grand pas à franchir.

— Tu…

La lueur des flammes faisait briller ses yeux bleus rivés aux miens. Il sentait le soleil, le feu, et encore autre chose de vif et d'acidulé.

J'ai senti quelque chose qui cédait au plus profond de moi.

— Tu… es vraiment unique, Clark.

J'ai alors fait la seule chose qui m'est venue à l'esprit. Je me suis penchée sur lui et j'ai posé mes lèvres sur les siennes. Il a hésité un très court instant, puis il m'a embrassée. Et moi, j'ai absolument tout oublié – les mille et une raisons pour lesquelles je n'aurais pas dû faire ce que je faisais, mes peurs, et même ce qui nous valait d'être là. Je l'ai embrassé en inspirant avidement l'odeur de sa peau, en caressant ses cheveux sous mes doigts. Et quand il m'a rendu mon baiser, tout s'est évanoui ; il n'y avait plus que Will et moi, sur une île au milieu de nulle part, sous un millier d'étoiles scintillantes.

Puis il s'est reculé.

— Je… je suis désolé. Non…

J'ai rouvert les yeux et porté une main à son visage pour caresser ses traits fins. J'ai senti d'infimes cristaux de sel sous mes doigts.

— Will…, ai-je dit. Tu peux. Tu…

— Non, a-t-il répété d'une voix aux accents métalliques. Je ne peux pas.

— Je ne comprends pas.

— Je ne veux pas me lancer là-dedans.

— Hmm… Je crois au contraire que tu dois te lancer.

— Je ne peux pas faire ça parce que je ne peux pas… Je ne peux pas être l'homme que je voudrais être avec toi, a-t-il dit, la gorge nouée. Et ça signifie que tout ça… tout ça n'est rien d'autre… qu'un rappel de ce que je ne suis pas, a-t-il ajouté en levant les yeux vers moi.

Je ne me suis pas détournée. J'ai incliné la tête pour venir poser mon front contre le sien, pour que nos deux souffles soient mêlés, et j'ai parlé, tout doucement, pour que lui seul puisse m'entendre.

— Je me fous de ce que tu… de ce que tu penses pouvoir faire et ne pas faire. Rien n'est tout noir ou tout blanc. Honnêtement, j'ai parlé avec d'autres personnes dans la même situation et… et certaines choses sont possibles. Il y a des méthodes pour que nous soyons heureux tous les deux…

Je m'étais mise à bégayer un peu. Cette conversation me procurait un sentiment étrange. J'ai plongé mon regard dans le sien.

— Will Traynor, ai-je repris tout doucement. Écoute-moi. Je crois que nous pouvons…

— Non, Clark…

— Je crois que nous pouvons faire toutes sortes de choses. Je sais que ceci n'est pas une histoire d'amour classique. Je sais que, pour tout un tas de raisons, je ne devrais pas dire ce que je suis en train de dire. Mais je t'aime. Vraiment. Je le savais lorsque j'ai quitté Patrick. Et je pense que tu m'aimes un petit peu.

Il n'a rien répondu, mais ses yeux ont sondé les miens, et j'ai vu la tristesse immense qu'ils contenaient. D'une main caressante, j'ai repoussé ses cheveux sur ses tempes, comme si ce geste pouvait alléger son chagrin, et il a laissé aller sa tête contre ma paume.

Il s'est raclé la gorge.

—Il faut que je te dise quelque chose.

—Je sais, ai-je murmuré. Je suis au courant.

Les mots de Will n'ont pas franchi ses lèvres. L'air a paru se figer autour de nous.

—Je sais pour la Suisse. Je sais… pour quelle raison j'ai été engagée pour une durée de six mois.

Il a redressé la tête. Il m'a regardée, puis a levé les yeux vers le ciel. Ses épaules se sont affaissées.

—Je sais tout, Will. Cela fait des mois que je suis au courant. Et, Will, je t'en prie, écoute-moi…

J'ai pris sa main dans la mienne pour la poser tout près de mon cœur.

—Je sais que nous pouvons le faire, ai-je ajouté. Je sais que ce n'est pas ce que tu aurais choisi, mais je sais aussi que je peux te rendre heureux. Et tout ce que je peux dire, c'est que tu as fait de moi quelqu'un que je n'aurais jamais imaginé devenir, même dans mes rêves les plus fous. Tu me rends heureuse même quand tu dépasses les bornes. Je préfère être avec toi – même dans cette version de toi-même que tu imagines diminuée – qu'avec n'importe qui d'autre au monde.

J'ai senti des doigts serrer les miens une seconde, et ce geste m'a donné du courage.

—Si tu trouves ça trop bizarre que je sois ton employée, je partirai et j'irai travailler ailleurs. Je voulais te dire, justement… Je me suis inscrite à un cours à l'université. J'ai fait des tas de recherches sur Internet, j'ai parlé avec des tétraplégiques et des soignants. J'ai appris des tas de choses... des tas de choses pour que nous réussissions. Je peux faire ça et être avec toi. Tu vois ? J'ai pensé à tout, je me suis renseignée. Voilà celle que je suis aujourd'hui. Et tout ça grâce à toi. Tu m'as changée, ai-je dit en riant à moitié. Tu m'as transformée en ma sœur – mais avec des goûts vestimentaires plus sûrs.

Il a fermé les yeux. J'ai pris ses mains dans les miennes pour les porter à ma bouche et les embrasser. J'ai senti sa peau contre la mienne, et j'ai su que jamais je ne pourrais le quitter.

— Qu'en dis-tu ? ai-je demandé dans un souffle.

J'aurais pu regarder dans ses yeux pour le restant de mes jours.

Il m'a donné sa réponse sur un ton si tranquille et posé que, pendant une minute, j'ai bien cru avoir mal entendu.

— Quoi ?

— Non, Clark.

— Non ?

— Je suis désolé, mais ce n'est pas assez.

J'ai reposé ses mains.

— Je ne comprends pas.

Il a attendu avant de parler comme si, pour une fois, il luttait pour trouver ses mots.

— Ce n'est pas assez pour moi. Tout ça – mon monde –, même avec toi dedans. Et crois-moi, Clark, ma vie entière est devenue meilleure depuis que tu es là. Mais ce n'est pas assez pour moi. Ce n'est pas la vie que je veux.

Cette fois, c'est moi qui me suis reculée.

— J'admets que ça pourrait être une bonne vie. J'admets que, avec toi à mes côtés, ça pourrait même être une très bonne vie. Mais ce n'est pas ma vie. Je ne suis pas comme ceux avec qui tu as parlé. Cela n'a rien à voir avec la vie que j'espère. Rien à voir du tout.

Sa voix s'est brisée. L'expression sur son visage m'a effrayée.

J'ai secoué la tête, la gorge serrée.

— Tu… tu m'as dit un jour que je ne devais pas laisser la nuit dans le labyrinthe devenir la chose qui me définit. Tu m'as dit que je pouvais choisir ce qui me définit. Eh bien, toi, tu n'es pas obligé de laisser… ce fauteuil être ce qui te définit.

— Mais il me définit, Clark. Tu ne me connais pas. Pas vraiment. Tu ne m'as jamais vu avant. J'adorais ma vie, Clark. Je l'adorais vraiment. J'adorais mon travail, mes voyages, ce que j'étais. J'adorais me réaliser physiquement. J'adorais piloter ma moto et me lancer dans le vide du haut des immeubles. J'adorais battre les autres à plate couture dans nos négociations commerciales. J'adorais faire l'amour. Énormément. Je menais la grande vie, la vie avec un « V » majuscule, a-t-il dit d'une voix qui se faisait plus forte. Je ne suis pas fait pour vivre comme ça. Or, malgré toute ma volonté, ce fauteuil est ce qui me définit aujourd'hui. C'est la seule et unique chose qui me définit.

— Mais tu refuses d'essayer, de nous laisser une chance, ai-je répliqué dans un souffle. Tu ne me laisses aucune chance.

— Il ne s'agit pas de te laisser une chance. Je t'ai observée au cours de ces six mois. Je t'ai vue devenir une autre personne qui en est seulement à entrevoir l'éventail des possibles. Tu ne peux pas imaginer à quel point ça m'a rendu heureux. Je ne veux pas que tu sois liée à moi, à mes rendez-vous à l'hôpital, aux restrictions que ma vie impose. Je ne veux pas que tu passes à côté de toutes ces choses que quelqu'un d'autre pourrait t'apporter. Et, plus égoïstement, je ne veux pas que tu me regardes un jour en éprouvant ne serait-ce que la plus infime once de regret ou de pitié…

— Jamais je ne pourrais ressentir une chose pareille !

— Tu ne sais pas, Clark. Tu ne peux pas prédire comment les choses évolueront, ni même comment tu te sentiras dans six mois. Et moi, je ne veux pas te regarder tous les jours, te voir nue, ou en train d'aller et venir dans l'annexe dans tes tenues démentes et… et ne pas être capable de faire ce que je voudrais faire avec toi. Oh, Clark, si seulement tu pouvais imaginer ce que j'aurais envie de te faire, là, maintenant. Et je… je ne peux pas vivre en sachant cela. Je ne peux pas. Ce n'est pas l'homme que je suis. Je ne peux pas être le brave type qui se contente… d'accepter.

Il a baissé les yeux pour regarder son fauteuil.

— Je n'accepterai jamais ça.

Je m'étais mise à pleurer.

— Je t'en prie, Will. Je t'en prie, ne dis pas ça. Donne-moi une chance. Donne-nous une chance.

— Chut. Écoute-moi. Toi, entre toutes les personnes au monde. Écoute ce que je vais dire. Ce soir… c'était la chose la plus merveilleuse que tu pouvais faire pour moi. Ce que tu m'as dit, ce que tu as fait en m'emmenant ici… Je suis stupéfait de voir que tu as trouvé quelque chose à aimer dans le sale con que j'étais au début, mais…, a-t-il hésité pendant que ses doigts serraient les miens. J'ai besoin que ça s'arrête là. Plus de fauteuil. Plus de pneumonie. Plus de sensations de brûlure dans les membres. Plus de douleur, ni de fatigue, plus de matin où je me réveille en souhaitant que la journée soit déjà terminée. À notre retour, j'irai en Suisse comme prévu. Et si tu m'aimes, Clark, tu me rendrais heureux en m'accompagnant.

J'ai redressé la tête comme si quelqu'un me l'avait tirée en arrière.

— Quoi ?

— Rien ne sera jamais mieux qu'aujourd'hui. Il y a toutes les chances que mon état aille en se dégradant, et ma vie, aussi réduite soit-elle, risque de devenir de plus en plus pénible. Les médecins me l'ont dit. Des tas de maladies se sont déjà emparées de moi. Je les sens. Et moi, j'en ai assez de la souffrance, je ne veux plus être prisonnier de cette chose, dépendant de quelqu'un, ou effrayé. Si tu ressens vraiment ce que tu dis ressentir, alors je te le demande : fais-le. Viens avec moi. Accorde-moi une fin à la hauteur de mes espérances.

Je le regardais, en proie au choc et à l'horreur, tout en sentant le sang battre dans mes tempes. Je parvenais à peine à prendre la mesure de ses paroles.

— Comment peux-tu me demander ça ?

— Je sais, c'est…

— Je viens de te dire que je t'aimais et que je voulais bâtir un avenir avec toi, et toi tu me demandes de t'accompagner pour te regarder mettre fin à tes jours ?

— Je suis désolé. Je ne voulais pas que ça se passe de manière aussi abrupte. Mais le temps est un luxe que je ne peux pas me permettre.

— Qu… quoi ? Tu as des engagements quelque part ? Un rendez-vous que tu crains de manquer ?

J'apercevais des gens qui s'arrêtaient dans l'hôtel, sans doute alertés par nos éclats de voix. Mais je n'en avais cure.

— Oui, a répondu Will au bout d'un moment. Oui, j'ai un rendez-vous. J'ai passé les consultations et la clinique a estimé que j'étais un cas admissible pour eux. Mes parents ont donné leur accord pour le 13 août. Nous prenons l'avion la veille.

J'ai senti un vertige s'emparer de moi. Il restait moins d'une semaine.

— Je n'arrive pas à le croire.

— Louisa…

— Je pensais… je pensais que j'étais en train de te faire changer d'avis.

Il a incliné la tête sur le côté pour me regarder. Sa voix s'était adoucie ; son regard était empreint de gentillesse.

— Louisa, rien n'aurait jamais pu me faire changer d'avis. J'avais promis six mois à mes parents – et je les leur ai donnés. Tu as rendu ce laps de temps infiniment plus précieux que tu ne peux l'imaginer. Tu as su en faire autre chose qu'une épreuve d'endurance…

— Arrête !

— Quoi ?

— Ne dis plus rien, ai-je dit, me sentant étouffer. Tu es tellement égoïste, Will. Tellement stupide. Même s'il y avait la plus infime chance que je vienne avec toi en Suisse... Même si tu pensais que j'en serais capable – après tout ce que j'ai fait pour toi –, comment peux-tu me demander ça ? Je viens d'ouvrir mon cœur pour le mettre à tes pieds, et tout ce que tu trouves à dire, c'est : « Non, tu n'es pas assez pour moi. Et maintenant, je veux que tu viennes assister à la pire chose que tu puisses imaginer. » La chose qui m'a hantée depuis que j'ai découvert de quoi il retournait. As-tu la moindre idée de ce que tu me demandes ?

La rage m'avait saisie. Debout devant lui, je criais comme une démente.

— Va te faire foutre, Will Traynor. Va te faire foutre. Oh, comme je regrette d'avoir accepté ce boulot à la con. Je voudrais ne jamais t'avoir rencontré.

J'ai éclaté en sanglots, puis je me suis enfuie de la plage pour regagner ma chambre, loin, très loin de lui.

Le son de sa voix criant mon nom a résonné longtemps à mes oreilles – très longtemps après que ma porte a été refermée.

Chapitre 24

Rien n'est plus déconcertant pour les passants que de voir un homme en fauteuil roulant supplier la femme censée s'occuper de lui. Apparemment, s'énerver contre la personne handicapée dont on s'occupe ne se fait pas, d'autant moins lorsque cet homme est d'évidence dans l'incapacité absolue de se mouvoir et qu'il ne cesse de dire sur un ton gentil : « Clark, s'il te plaît, viens ici. S'il te plaît. »

Mais cela m'était impossible. Je ne pouvais pas le regarder. Nathan s'était occupé de faire les bagages de Will et je les avais retrouvés tous les deux dans le hall le lendemain matin. Nathan était toujours sous l'effet de sa gueule de bois. Dès l'instant où nous avons dû être en compagnie l'un de l'autre, j'ai refusé de regarder Will ou de lui parler. Je me sentais à la fois furieuse et misérable. Dans ma tête, une petite voix pleine de rage m'ordonnait fermement de m'éloigner le plus possible de lui, de rentrer chez moi et de ne plus jamais le revoir.

— Ça va ? m'a demandé Nathan en arrivant derrière moi.

Dès notre arrivée à l'aéroport, j'étais partie loin devant, au comptoir des enregistrements.

— Non, ai-je répondu. Et je n'ai absolument aucune envie d'en parler.

— Gueule de bois ?

— Non.

Le silence s'est installé.

— Est-ce que cela signifie ce que je crois ? a-t-il demandé, la mine subitement assombrie.

J'étais incapable de parler ; j'ai hoché la tête. Les mâchoires de Nathan se sont contractées, mais il a fait preuve de plus de courage que moi. Après tout, c'était un professionnel de la question. Quelques minutes plus tard, il avait rejoint Will et lui montrait quelque chose dans un magazine, avant d'entamer avec lui une conversation sur les chances de succès d'une équipe de football qu'ils connaissaient tous les deux. À les voir, on ne pouvait rien deviner de l'impact de la nouvelle que je venais de lui apprendre.

Je me suis arrangée pour rester occupée tout le temps où nous avons attendu à l'aéroport. J'ai trouvé un millier de petites choses à faire – mettre des étiquettes sur les bagages, acheter des cafés, m'occuper de la presse, aller aux toilettes – qui me permettaient de l'éviter. Nathan a dû s'absenter toutefois, à une ou deux reprises, et, chaque fois, nous sommes restés assis en chiens de faïence, l'un en face de l'autre, tandis que l'air entre nous était saturé de récriminations informulées.

— Clark…, tentait-il régulièrement.

Et je le coupais systématiquement.

— Non ! Je ne veux pas vous parler.

La froide résolution dont je parvenais à faire preuve me surprenait moi-même. Et j'ai sûrement étonné aussi les hôtesses de l'air. Pendant le vol, je les ai vues marmonner entre elles au sujet de mon attitude envers Will, lorsque je me suis tournée de l'autre côté, l'air glacial, pour me ficher les écouteurs dans les oreilles et contempler fixement le ciel par le hublot.

Pour une fois, il ne s'est pas mis en colère. Et ça, c'était presque le pire de tout. Il ne s'est pas fâché et il n'a pas eu recours au sarcasme. Il est simplement devenu de plus en plus calme, jusqu'à ne plus parler. Le fardeau de la conversation est retombé sur les épaules de ce pauvre Nathan. C'est lui qui a dû se coltiner le thé, le café et les sachets de cacahuètes grillés, ou les commentaires des gens qui passaient devant nous pour se rendre aux toilettes.

Mon attitude pouvait paraître puérile, mais ce n'était pas seulement une question d'orgueil. Sincèrement, la situation m'était insupportable. L'idée de le perdre me révulsait – l'idée qu'il soit entêté au point de ne pas voir la vie du bon côté, de ne pas changer d'avis. Je n'arrivais pas à croire qu'il s'accroche à cette date comme si elle était gravée dans le marbre. Un million d'arguments silencieux s'agitaient en tous sens dans mon esprit.

Qu'est-ce qui n'est pas assez pour toi ?

Pourquoi ne suis-je pas assez pour toi ?

Pourquoi est-ce que tu ne t'es pas confié à moi ?

Si nous avions eu plus de temps, est-ce que nous en serions là aujourd'hui ?

Régulièrement, je me surprenais à regarder ses mains hâlées aux ongles carrés, à quelques centimètres des miennes à peine, et je me souvenais alors de la sensation de nos doigts emmêlés – la chaleur de Will, l'illusion, même dans l'immobilité, d'une forme de force –, et ma gorge était si nouée que j'en avais le souffle coupé. Je me réfugiais alors dans les toilettes où je laissais libre cours à mes sanglots silencieux au-dessus du lavabo, la tête basse sous la réglette lumineuse. Plusieurs fois, en pensant à ce que Will avait l'intention de commettre, j'ai dû me retenir pour ne pas hurler ; je sentais la folie m'envahir et je me disais que j'allais m'asseoir par terre dans l'allée et me mettre à crier, et crier encore, jusqu'à ce que quelqu'un arrive. Jusqu'à ce que quelqu'un s'assure qu'il ne le ferait pas.

Donc, j'avais beau avoir l'air de faire un caprice, le personnel de bord avait beau me prendre pour la plus cruelle des femmes – parce que je refusais de parler à Will, de le regarder, de le nourrir –, je savais pour ma part que l'ignorer était la seule façon pour moi d'endurer ces heures de proximité forcée. Si j'avais pensé une seconde que Nathan pouvait s'en tirer seul, j'aurais pris un autre vol. Peut-être même aurais-je disparu, jusqu'à ce qu'un continent entier nous sépare, et non pas seulement quelques mesquins centimètres.

Mes deux compagnons de voyage se sont endormis, et cela a été pour moi comme un soulagement – un bref instant de répit dans toute cette tension. Je fixais le petit écran devant moi et, pour chaque kilomètre parcouru, je sentais mon cœur s'alourdir et croître mon angoisse. Peu à peu, il m'est apparu que cet échec n'était pas seulement le mien ; les parents de Will allaient être dévastés. Ils me feraient sûrement des reproches ; la sœur de Will n'allait pas manquer de m'intenter un procès. Mais c'était un échec vis-à-vis de Will aussi. Je n'étais pas parvenue à le persuader. Je lui avais offert tout ce que je pouvais – y compris moi-même – et rien de ce que je lui avais montré n'avait suffi à le convaincre de vivre.

Peut-être méritait-il quelqu'un de mieux que moi, ai-je songé. *Quelqu'un de plus intelligent.* Quelqu'un comme Treena aurait sans doute trouvé des activités plus intéressantes à faire. Ensemble, ils auraient sans doute dégoté un remède jusqu'alors inconnu qui l'aurait aidé à supporter la situation. Avec elle, Will aurait changé d'avis. La simple pensée que j'allais devoir vivre le reste de ma vie en sachant cela me donna le vertige.

— Tu veux boire quelque chose, Clark ?

La voix de Will m'a arrachée à mes pensées.

— Non, merci.

— Mon coude n'empiète pas trop sur ton accoudoir ?

— Non, c'est très bien comme ça.

Ce n'est qu'au cours des dernières heures, dans le noir, que je me suis autorisée à tourner la tête vers lui. Lentement, mon regard s'est écarté du petit écran laiteux jusqu'à ce que j'aperçoive son profil à la dérobée, dans la pénombre de la cabine. Et quand j'ai vu son visage, si bronzé et si beau, si paisible dans le sommeil, une larme solitaire s'est mise à rouler le long de ma joue. Will a bougé, averti peut-être du fait que je le regardais. Mais il ne s'est pas réveillé. Et, sans que Nathan ou le personnel de bord me voient, j'ai remonté la couverture jusqu'à son cou, en le bordant soigneusement, pour faire en sorte que Will soit à l'abri de l'air climatisé de la cabine.

Ils nous attendaient à la porte des arrivées. D'une certaine manière, je me doutais qu'ils seraient là. Je m'étais sentie nauséeuse à partir du moment où nous avions franchi les contrôles de police par une file prioritaire, orientés par un agent plein de sollicitude, alors que je priais pour que nous soyons contraints d'attendre des heures – ou, mieux encore, des jours. Mais non, nous avons traversé sans encombre la vaste étendue de linoléum. Je poussais le chariot à bagages et Nathan le fauteuil de Will. Les portes vitrées se sont ouvertes et nous les avons repérés, debout de l'autre côté de la barrière, côte à côte, en une rarissime manifestation de concorde. J'ai vu le visage de Mme Traynor s'illuminer une seconde lorsqu'elle a aperçu Will. *Bien sûr – il a si bonne mine,* ai-je songé machinalement. À ma grande honte, j'ai alors chaussé mes lunettes de soleil, non pas pour dissimuler mes traits épuisés, mais pour qu'elle ne devine pas immédiatement, à mon expression, ce que j'allais devoir lui annoncer.

— Mais regardez-moi ça ! s'est-elle exclamée. Will, tu es magnifique. Absolument magnifique !

Tout sourires, le père de Will s'est penché pour tapoter le fauteuil de Will.

— On n'y croyait pas quand Nathan nous a dit que tu allais tous les jours à la plage. Et que tu as nagé aussi. Alors, est-ce que l'eau était bonne ? Transparente – et chaude ? Ici, il a plu sans discontinuer. Un vrai mois d'août anglais !

Bien sûr. Nathan leur envoyait forcément des messages – ou bien il leur téléphonait. Comme s'ils avaient pu nous laisser partir tout ce temps sans garder plus ou moins le contact.

— C'est... c'est un endroit assez stupéfiant, a dit Nathan.

Lui aussi faisait preuve d'une certaine réserve, mais il s'efforçait de sourire. Il avait l'air normal, en somme.

Moi, je me sentais glacée. Ma main étreignait mon passeport comme si j'étais sur le point de repartir immédiatement pour une autre destination.

— Nous nous sommes dit que tu aurais peut-être envie d'un repas un peu spécial pour fêter ça, a dit le père de Will. Ils ont un bon restaurant à l'Intercontinental. On offre le champagne. Qu'est-ce que tu en dis ? Ta mère et moi avons pensé que ce serait une bonne idée.

— Oui, bien sûr, a répondu Will.

Il souriait à sa mère, et elle le regardait comme si elle avait voulu immortaliser ce sourire. *Comment oses-tu ?* Voilà ce que j'avais envie de crier. *Comment peux-tu la regarder comme ça, alors que tu sais pertinemment ce que tu vas lui faire ?*

— Alors allons-y. J'ai garé la voiture au parking « handicapés ». C'est juste à côté. Je me doutais bien que vous seriez tous épuisés par le décalage horaire. Nathan, voulez-vous que je me charge des bagages ?

Ma voix a fait irruption dans la conversation.

— En fait, ai-je dit, en retirant mon sac du chariot, je crois que je vais plutôt y aller. Merci quand même.

J'avais les yeux rivés sur les valises pour ne pas avoir à les regarder. Mais, même au milieu du brouhaha de l'aéroport, j'ai perçu le froid qu'avaient jeté mes paroles.

M. Traynor a été le premier à tenter de me convaincre.

— Allez, Louisa. Allons fêter ça. Nous voulons entendre le récit complet de vos aventures. Je veux tout savoir de cette île. Et je vous promets que vous pourrez censurer ce qui doit l'être, a-t-il dit en gloussant presque.

— Oui, a renchéri Mme Traynor, d'une voix qui dissimulait mal sa crispation. Venez donc, Louisa.

Je me suis raclé la gorge en m'efforçant de faire éclore un sourire sur mes lèvres. Mes lunettes de soleil faisaient office de bouclier.

— Non, je vous remercie, mais il faut vraiment que j'y aille.

— Où ça ? a demandé Will.

Le sens de sa question m'est soudain apparu. Je n'avais nulle part où aller.

— J'irai chez mes parents. Ça va aller.

— Viens avec nous, a-t-il d'une voix douce et gentille. Ne pars pas, Clark. S'il te plaît.

J'ai eu envie de pleurer. Mais je savais avec une absolue certitude que je ne pouvais pas rester à côté de lui.

— Non. Merci. Mais je vous souhaite à tous un bon appétit.

J'ai pris mon sac à l'épaule et, avant que l'un d'eux n'ait pu dire quoi que ce soit, j'ai disparu dans la foule.

J'étais presque arrivée à l'arrêt de bus lorsque je l'ai entendu – le claquement des talons de Camilla Traynor, qui venait vers moi en trottinant.

— Attendez. Louisa. Attendez, s'il vous plaît.

Je me suis retournée et je l'ai vue qui se frayait un chemin à travers le flot des passagers d'un bus, repoussant de part et d'autre des adolescents à sac à dos, comme Moïse fendant les flots. Les éclairages de l'aéroport allumaient des reflets roux dans ses cheveux. Elle portait une étole de pashmina grise, qui lui enveloppait gracieusement l'épaule. Je me rappelle avoir pensé à quel point elle avait dû être une belle femme, quelques années auparavant.

— S'il vous plaît, attendez. S'il vous plaît !

Je me suis arrêtée et j'ai jeté un regard à la route derrière moi, en espérant que le bus arrive à cet instant – qu'il vienne me ramasser pour m'emporter au loin. Que quelque chose survienne. N'importe quoi. Un petit tremblement de terre, peut-être.

— Louisa.

— Il a passé du bon temps, ai-je déclaré d'une voix cinglante.

Une voix qui ressemble étrangement à la sienne, ai-je songé.

— Il a l'air en pleine forme.

Elle m'a regardée, là, debout sur le trottoir. Elle était soudain extrêmement immobile, malgré la foule de voyageurs qui se pressaient autour de nous.

Nous ne disions rien. Et puis j'ai parlé.

— Madame Traynor, je souhaiterais vous remettre ma démission. Je ne peux... je ne peux pas accomplir ces derniers jours. Je renonce à toutes les sommes qui me sont dues. En fait, je ne veux rien pour ce mois-ci. Je ne veux rien. Je...

Elle a pâli d'un coup. J'ai vu le sang se retirer de son visage. Elle a chancelé un peu dans la lumière du matin. J'ai vu M. Traynor arriver derrière elle d'un pas nerveux, une main plaquée sur sa tête pour tenir son panama. Il marmonnait des excuses lorsqu'il bousculait les gens. Ses yeux étaient fixés sur nous, sa femme et moi, figées à moins d'un mètre l'une de l'autre.

— Vous... vous m'avez dit que vous pensiez qu'il était heureux. Vous m'avez dit que ce voyage pourrait le faire changer d'avis.

Il y avait quelque chose de désespéré dans sa voix, comme si elle avait été en train de me supplier de lui dire autre chose – de lui faire part d'une autre réalité.

Plus un mot ne sortait de ma bouche. Mes yeux étaient rivés aux siens. J'ai secoué la tête tout doucement ; c'est tout que j'ai réussi à faire.

— Je suis désolée, ai-je dit dans un souffle, si bas qu'elle ne m'a probablement pas entendue.

Il était presque arrivé lorsqu'elle s'est affaissée. Ses jambes ont paru se dérober d'un coup sous elle ; M. Traynor a jailli juste à temps pour la cueillir, et Camilla Traynor, la bouche ouverte, est tombée sans forces dans ses bras.

Son panama s'est retrouvé par terre ; il a levé les yeux vers moi. Son visage exprimait la plus grande confusion ; il n'avait pas encore compris ce qui venait de se passer.

Je ne pouvais plus regarder. Je me suis retournée, hébétée, et j'ai commencé à marcher, un pied devant l'autre. Mes jambes s'étaient mises en route avant même que j'aie su ce qu'elles faisaient – elles m'emportaient loin de l'aéroport, vers un ailleurs dont j'ignorais tout.

Chapitre 25

Katrina

Après son retour de vacances, Louisa est restée enfermée trente-six heures dans sa chambre. Elle est arrivée de l'aéroport tard, le dimanche soir, pâle comme la mort malgré son bronzage, et nous n'avons pas compris ce qui se passait, puisqu'elle a commencé par nous dire qu'elle nous verrait le lundi matin. « J'ai juste besoin de dormir », a-t-elle décrété avant de s'enfermer et de filer au lit. On a trouvé ça un peu bizarre, mais comment aurions-nous pu deviner ? Après tout, Lou a toujours été étrange, depuis le jour de sa naissance.

Maman lui a monté une tasse de thé dans la matinée, mais Lou n'a pas bougé. À l'heure du dîner, maman était franchement inquiète. Elle l'a secouée pour s'assurer qu'elle était encore vivante. Maman est parfois un peu mélo, mais, pour être juste, je dois préciser qu'elle avait cuisiné une tourte au poisson et que Lou n'aurait manqué ça pour rien au monde. Mais ma sœur ne voulait pas manger. Elle ne voulait pas parler non plus, ni même descendre. « Je veux juste rester encore un peu ici, maman. » Voilà ce qu'elle disait, le visage enfoui dans son oreiller. Pour finir, maman l'a laissée.

— Elle ne va pas bien, a déclaré notre mère. Vous croyez que c'est le contrecoup de son histoire avec Patrick ?

— Elle n'en a rien à faire, de Patrick, a opiné notre père. Je lui ai dit qu'il avait appelé pour annoncer qu'il était arrivé 157e à son truc Viking, et elle n'aurait pas pu avoir l'air moins intéressée, a-t-il poursuivi avant de boire une gorgée de thé.

En toute honnêteté, je dois bien dire que, même moi, je trouve ça assez dur de s'extasier pour une 157e place.

— Tu crois qu'elle est malade ? Elle est quand même affreusement pâle malgré son bronzage. Et tout ce temps passé au lit… Ça ne lui ressemble pas. Elle a peut-être attrapé une maladie tropicale.

— C'est à cause du décalage horaire, ai-je dit.

J'avais parlé avec autorité, vu que mes parents ont tendance à me considérer comme une experte dans un tas de domaines auxquels personne à la maison ne connaît grand-chose.

— Le décalage horaire ! Eh bien, si c'est tout le bien que font les voyages, je crois que je vais me contenter de Tenby. Qu'est-ce que tu en penses, Josie chérie ?

— Je ne sais pas… Qui aurait pu croire que les vacances pouvaient rendre malade à ce point-là ? a répondu ma mère en secouant la tête.

Après le dîner, je suis montée. Je suis entrée sans frapper. Après tout, cette chambre était toujours théoriquement la mienne. La pièce sentait le renfermé. J'ai relevé le store et ouvert une fenêtre, et Lou s'est retournée sous la couette, l'air pas du tout réveillée, un avant-bras sur les yeux pour se protéger de la lumière. Un tourbillon de grains de poussière dansait autour d'elle.

— Tu vas me raconter ce qui s'est passé ?

J'ai posé une tasse de thé sur la table de nuit.

Elle a cligné des yeux.

— Maman pense que tu as attrapé le virus Ebola. En ce moment même, elle prévient tous les voisins qui ont réservé une place pour le voyage de l'Amicale du Loto au parc d'attractions de PortAventura.

Elle n'a pas dit un mot.

— Lou ?

— J'ai démissionné, a-t-elle finalement annoncé d'une voix posée.

— Pourquoi ?

— D'après toi ?

Elle s'est redressée dans le lit et a tendu une main lasse vers la tasse. Elle a ensuite bu une longue gorgée.

Pour quelqu'un qui venait de passer presque deux semaines à l'île Maurice, elle avait sacrément mauvaise mine. Ses yeux étaient rouges et, sans son hâle, sa peau aurait été toute marbrée. Ses cheveux étaient agglomérés en une masse informe, hérissés sur un côté de son crâne. On aurait pu croire qu'elle venait de passer plusieurs années sans dormir. Mais, plus que tout, elle avait l'air infiniment triste. Jamais encore je ne l'avais vue dans cet état-là.

— Tu crois qu'il va vraiment aller jusqu'au bout ?

Elle a hoché la tête et j'ai vu sa gorge se nouer.

— Merde. Oh, Lou, je suis vraiment désolée.

D'un geste, je lui ai fait signe de se pousser pour la rejoindre dans le lit. Elle a repris une gorgée de thé, puis posé sa tête sur mon épaule. Je me suis abstenue de lui faire remarquer qu'elle portait mon tee-shirt. C'est dire à quel point j'étais bouleversée.

— Qu'est-ce que je peux faire, Treena ?

Elle parlait d'une toute petite voix – comme Thomas quand il s'est fait mal et qu'il s'efforce d'être courageux. Du dehors nous parvenait le bruit du chien des voisins en train de faire des allers-retours le long de la clôture pour terroriser les chats du quartier. À intervalles plus ou moins réguliers, il lançait une série d'aboiements frénétiques. Furieuse, la bête bondissait, et son museau et ses yeux déments apparaissaient par intermittences au-dessus de la haie.

— Je crois que tu n'y peux plus grand-chose. Merde. Après tout ce que tu as fait pour lui. Tous ces efforts.

— Je lui ai dit que je l'aimais, a-t-elle avoué dans un murmure. Et il m'a répondu que ce n'était pas assez, a-t-elle ajouté en levant vers moi ses yeux immenses et infiniment tristes. Comment est-ce que je vais pouvoir vivre avec ça ?

Dans cette famille, c'est moi qui sais tout. Je lis plus que tout le monde et je vais à l'université. Je suis censée avoir réponse à tout.

Mais j'ai regardé ma grande sœur et me suis contentée de secouer la tête.

— Je n'en ai pas la moindre idée.

Elle a finalement émergé le lendemain, douchée et vêtue de frais. J'ai demandé aux parents de ne faire aucun commentaire. J'ai laissé entendre qu'il s'agissait d'une histoire de cœur, et papa a haussé un sourcil et esquissé une grimace comme si cela expliquait tout – et Dieu seul savait pourquoi nous en faisions toute une histoire. Ma mère s'est empressée de téléphoner à l'Amicale du Loto pour expliquer qu'elle reconsidérait son point de vue sur les risques du transport aérien.

Lou ne voulait pas déjeuner. Elle s'est contentée de grignoter un bout de toast, puis elle a coiffé un grand chapeau de paille et nous sommes montées avec Thomas jusqu'au château pour donner à manger aux canards. Elle n'avait pas vraiment envie de sortir, mais maman a insisté pour que nous allions prendre l'air. Autrement dit, ça la démangeait furieusement d'aller aérer la chambre et de changer les draps. Thomas sautillait devant nous, un sac en plastique plein de quignons de pain à la main, et nous slalomions entre les touristes avec une aisance qui était le fruit de plusieurs années de pratique, esquivant les voltes des sacs à dos et les couples qui prenaient la pose. Le château cuisait dans la chaleur de l'été ; le sol crissait sous nos pas et l'herbe était devenue rase et clairsemée comme les cheveux sur le crâne d'un chauve. Dans les jardinières, les fleurs tiraient la gueule, comme si elles se préparaient déjà à l'arrivée de l'automne.

Lou et moi ne parlions guère. Que pouvais-je bien lui dire ?

Comme nous traversions le parking des cars, j'ai vu le coup d'œil qu'elle a jeté sous le rebord de son chapeau en direction de la maison des Traynor, à la fois imposante et raffinée, avec ses murs de brique rouge et ses hautes fenêtres inexpressives, derrière lesquels se jouait un drame terrible – peut-être en cet instant même.

— Tu sais, tu peux aller lui parler, si tu veux, ai-je proposé. Je t'attendrai ici.

Elle a croisé les bras sur sa poitrine et regardé fixement le sol. Nous avons continué à marcher.

— Ça ne servirait à rien, a-t-elle dit.

Je connaissais l'autre partie de la phrase – celle qu'elle n'avait pas dite à voix haute.

« Il n'est probablement pas là. »

Nous avons fait lentement le tour du château, et regardé Thomas dévaler en roulant les talus et donner à manger aux canards. À cette époque de l'année, ils étaient tellement gavés de pain qu'ils dédaignaient nos croûtons. Pendant que nous nous promenions, je regardais ma sœur – ses épaules joliment dorées que dévoilait son dos nu, sa posture un peu voûtée –, et j'ai compris alors que, même si elle l'ignorait encore, sa vie avait été chamboulée. Désormais, quoi qu'il arrive à Will Traynor, elle ne resterait pas ici. Un voile s'était déposé sur ses traits ; celui de la connaissance, des choses vues et des endroits découverts. Ma sœur avait enfin de nouveaux horizons.

— Au fait, ai-je dit tandis que nous nous dirigions vers les grilles. On a reçu une lettre de l'université en ton absence. Je suis désolée, je l'ai ouverte. J'ai cru qu'elle m'était destinée.

— Tu l'as ouverte ?

Pour tout dire, j'avais espéré qu'on m'accordait une bourse supplémentaire.

— Tu as un entretien.

Elle a cligné des yeux, comme si elle revenait de très loin.

—Ouais. Et la grande nouvelle, c'est que c'est demain, ai-je ajouté. Je me suis dit que nous pourrions nous entraîner ensemble ce soir.

Elle a secoué la tête.

—Je ne peux pas aller à un entretien demain.

—Tu as autre chose de prévu ?

—Je ne peux pas, Treena, a-t-elle répété sur un ton douloureux. Comment pourrais-je avoir la tête à ça en ce moment ?

—Écoute, Lou. Ils en accordent tous les trente-six du mois, bécasse. Ce n'est pas rien. Ils savent que tu reprends des études, tu fais ta demande à la mauvaise période, et pourtant ils acceptent de te recevoir. Tu ne peux pas leur faire perdre leur temps.

—Je m'en fiche. Je suis incapable de penser à ça.

—Mais tu…

—Lâche-moi, Treena. D'accord ? Je te dis que je ne peux pas.

Je suis venue me planter devant elle de façon à ce qu'elle ne puisse plus avancer. Quelques pas devant nous, Thomas parlait à un pigeon.

—Eh ! C'est précisément maintenant que tu dois y penser. Que ça te plaise ou non, c'est le moment de réfléchir et de décider ce que tu veux faire du reste de ta vie.

Nous nous étions arrêtées au beau milieu du chemin. Les groupes de touristes devaient se déliter pour nous contourner. Et ils le faisaient, tête baissée ou bien en jetant au passage un regard aux deux sœurs en train de discuter.

—Je ne peux pas.

—Eh bien, c'est dommage. Parce que, au cas où tu l'aurais oublié, tu n'as plus de boulot. Ni de Patrick pour recoller les morceaux. Et si tu loupes cet entretien, dans deux jours, c'est retour à l'agence pour l'emploi. Tu devras choisir si tu préfères devenir découpeuse de poulets ou entraîneuse de cabaret, ou encore torcher le fion de quelqu'un d'autre pour gagner ta croûte. Et, crois-le ou pas, mais comme tu as bientôt trente ans, ce sera plus ou moins le chemin tout tracé pour le reste de tes jours. Et tout ça – tout ce que tu as appris au cours des six derniers mois – n'aura servi à rien. À rien.

Lou me regardait sans rien dire, avec sur le visage cette expression de fureur muette qu'elle affiche lorsqu'elle sait que j'ai raison et qu'elle ne peut rien répondre. Thomas est revenu vers nous et m'a prise par la main.

— Maman… tu as dit « fion ».

Ma sœur ne m'avait pas lâchée des yeux, mais je voyais qu'elle réfléchissait. Je me suis tournée vers mon fils.

— Non, mon chéri. J'ai dit « pion ». Et d'ailleurs, on va rentrer à la maison – n'est-ce pas, Lou ? – et on pourra peut-être jouer un peu. Et après, pendant que mamie te donnera le bain, moi j'aiderai tata Lou à faire ses devoirs.

Le jour suivant, je suis allée à la bibliothèque. Maman s'occupait de Thomas et j'ai déposé Lou devant l'arrêt de bus. Je savais que je ne la reverrais pas avant le dîner. Je n'avais guère d'espoir pour l'entretien, mais, dès l'instant où je l'ai quittée, j'ai cessé d'y penser.

Je peux paraître un peu égoïste, mais je n'aime pas être en retard dans mon travail, et j'étais plutôt soulagée d'oublier un peu les misères de Lou. Il est parfois épuisant de vivre à côté de quelqu'un qui déprime. On compatit, on se désole devant ses malheurs, mais, en même temps, on ne peut pas s'empêcher d'avoir envie de lui dire de se secouer. Mentalement, j'ai rangé dans un dossier ma famille, ma sœur et le pétrin homérique dans lequel elle s'était fourrée, puis j'ai refermé le tiroir pour me pencher sur le régime des exonérations de TVA. J'avais obtenu les deuxièmes meilleures notes en compta, et il n'était pas question que je perde des places à cause des caprices du système de taux fixe du HMRC – le fisc britannique.

Je suis rentrée à la maison aux alentours de six heures moins le quart et j'ai posé mes dossiers sur le fauteuil dans l'entrée. Ils étaient déjà tous réunis autour de la table de la cuisine et ma mère commençait à servir le repas. Thomas m'a sauté dans les bras en enroulant ses jambes autour de ma taille, et je l'ai embrassé en respirant sa délicieuse odeur de petit garçon plein de vie.

— Assieds-toi, assieds-toi, a dit ma mère. Ton père vient tout juste d'arriver.

— Comment tu t'en sors avec tes bouquins ? a demandé celui-ci en posant sa veste sur le dossier de sa chaise.

Il évoquait toujours les « bouquins » comme s'ils avaient eu une vie propre et qu'il fallait sans cesse surveiller le troupeau.

— Ça va, merci. Je suis aux trois quarts de mon module de compta. Et demain je passe au droit des affaires.

J'ai décroché Thomas, agrippé à mon cou, pour l'asseoir sur la chaise à côté de moi. J'ai laissé une main posée sur ses cheveux tout doux.

— Tu entends ça, Josie ? Du droit des affaires.

Mon père a piqué une pomme de terre dans le plat, pour l'enfourner en douce avant que ma mère ne le voie. Il avait dit ça comme s'il se délectait de ces mots ; je suppose d'ailleurs que c'était le cas. Nous avons encore parlé un moment du contenu de mon module, puis du travail de papa. Pour l'essentiel, il s'est plaint des touristes qui, selon lui, détérioraient tout sur leur passage. Apparemment, personne n'imaginait les efforts qu'il fallait déployer pour entretenir le château. Même les poteaux en bois du parking devaient être remplacés toutes les quatre ou cinq semaines, tout ça parce que ces ballots n'arrivaient pas à faire passer leur voiture dans un espace de trois mètres cinquante de large. Personnellement, j'aurais appliqué une surtaxe sur les billets d'entrée pour couvrir ces frais – mais ça n'est que mon avis.

Maman a fini de servir et s'est enfin assise. Thomas a commencé à manger avec les doigts, pensant qu'on ne le voyait pas, tout en marmonnant le mot « fion » avec un petit sourire. Quant à grand-père, il mangeait les yeux levés au ciel, comme s'il avait été absorbé par une profonde réflexion sur un tout autre sujet. De temps à autre, je jetais un regard du côté de Lou, occupée à promener son poulet dans son assiette ; elle donnait l'impression d'essayer de le cacher. *Oh, oh…*, ai-je songé.

— Tu n'as pas faim, ma chérie ? a demandé maman en suivant mon regard.

— Pas vraiment, a-t-elle répondu.

— C'est vrai qu'il fait un peu chaud pour manger du poulet, a concédé ma mère. Mais je me suis dit que tu avais besoin d'une nourriture réjouissante.

— Bon… Tu vas nous dire à la fin comment s'est passé ton entretien ? a demandé papa, la fourchette en l'air devant sa bouche.

— Oh, ça…

Elle avait l'air aussi peu concernée que si mon père venait de lui parler de quelque chose déjà vieux de cinq ans.

— Oui, ça.

Il a planté sa fourchette dans un petit morceau de blanc.

— Ça va. Ça a été.

Mon père m'a jeté un regard. J'ai haussé les épaules.

— Ça a été ? C'est tout ? Ils ont quand même dû te donner une idée de la manière dont ça s'est passé, non ?

— Oui. C'est bon.

— Quoi ?

Elle ne quittait pas son assiette des yeux. J'ai cessé de mastiquer.

— Ils ont dit que mon profil était exactement celui des candidats qu'ils recherchent. Je dois suivre un genre de cours général, et ensuite je pourrai obtenir une équivalence.

Mon père s'est redressé sur sa chaise.

— C'est fantastique !

Ma mère lui a tapoté l'épaule.

— Bravo, ma chérie ! C'est magnifique !

— Pas vraiment. Je ne crois pas avoir les moyens de m'offrir quatre années d'études.

— Ne t'inquiète donc pas pour ça, a dit mon père. Sérieusement. Regarde comment Treena arrive à s'en sortir. Eh, a-t-il ajouté en lui donnant un coup de coude, on trouvera une solution. On trouve toujours, pas vrai ? a-t-il dit en nous gratifiant d'un sourire rayonnant. J'ai l'impression que le vent est en train de tourner pour nous, les filles. Notre famille s'achemine vers des jours meilleurs.

Et, pile à cet instant, sans qu'on ait rien vu venir, elle a éclaté en sanglots. Avec de vraies grosses larmes. Elle a pleuré comme pleure Thomas, en geignant, avec de la morve et sans se soucier de nos regards. Ses pleurs déchiraient le silence de notre petite cuisine avec l'efficacité d'une lame.

Thomas, bouche bée, observait sa tante. Je l'ai pris sur mes genoux pour le distraire et éviter qu'il ne se mette à pleurer lui aussi. Et, pendant que je l'amusais en faisant parler des petits pois et des morceaux de pomme de terre avec des voix de dessins animés, Lou a tout raconté à nos parents.

Elle leur a parlé de Will, de son contrat de six mois et de ce qui s'était passé durant le séjour à l'île Maurice. Pendant qu'elle parlait, ma mère a porté ses mains à sa bouche. Grand-père a pris une mine solennelle. Le poulet a refroidi et la sauce s'est figée dans la saucière.

Mon père secouait la tête, incrédule. Et quand ma sœur leur a expliqué comment s'était déroulé le vol du retour, d'une voix réduite à un simple murmure, quand elle a relaté sa dernière conversation avec Mme Traynor, il a repoussé sa chaise pour se lever. Lentement, il a fait le tour de la table pour venir la prendre dans ses bras, comme il faisait quand nous étions petites. Il la serrait fort contre lui. Très fort.

— Oh, bon Dieu, le pauvre homme. Et toi, ma pauvre petite. Bon Dieu…

Je crois que je n'avais jamais vu mon père choqué à ce point.

— Quelle histoire.

— Et tu as supporté tout ça ? Sans rien dire ? Et nous, tout ce qu'on savait, c'est ce que disait ta carte postale avec des poissons ? On pensait que tu passais les vacances de ta vie, s'est exclamée ma mère, incrédule.

— Je n'étais pas seule. J'avais mis Treena au courant, a expliqué Lou en se tournant vers moi. Elle a été géniale.

— Je n'ai rien fait, ai-je dit en serrant Thomas contre moi. (La conversation avait perdu tout intérêt pour lui depuis que ma mère avait posé une boîte de chocolats Celebrations devant lui.) Je n'ai fait que te prêter l'oreille. C'est toi qui as fait l'essentiel. C'est toi qui as trouvé toutes les idées.

— Et quelles idées ! Quand on voit le résultat…

Elle s'est abandonnée contre papa, vidée et sans force. Papa lui a relevé le menton pour la forcer à le regarder.

— Tu as fait tout ce que tu as pu.

— Et j'ai échoué.

— Qui a dit que tu avais échoué ? a demandé papa en lui ôtant les cheveux du visage d'un geste empreint de tendresse. Si je me fie à ce que j'ai vu de ce Will Traynor et à ce que je sais des hommes de sa trempe, je n'ai qu'une chose à te dire : je crois que personne au monde ne pouvait le faire changer d'avis dès lors qu'il avait pris sa décision. Il est comme il est. On ne peut pas changer les gens.

— Mais ses parents ! Ils ne peuvent pas le laisser se tuer, a protesté ma mère. Quel genre de parents feraient ça ?

— Ce sont des gens normaux, maman. Mme Traynor ne sait plus à quel saint se vouer. Elle ne sait plus quoi faire.

— Eh bien, commencer par ne pas l'emmener à cette saleté de clinique serait un bon début, a décrété ma mère, furieuse, les joues empourprées. Moi, je me battrais jusqu'à mon dernier souffle pour vous deux et pour Thomas.

— Même s'il a déjà tenté de se suicider ? ai-je demandé. Et de la plus horrible des manières ?

— Il est malade, Katrina. Il est déprimé. On ne devrait pas laisser les personnes vulnérables commettre des choses qu'elles...

Sa voix s'est éteinte. En proie à une fureur muette, elle s'est tamponné les yeux avec une serviette avant de reprendre :

— Cette femme n'a pas de cœur. Pas de cœur. Et quand je pense qu'ils ont embringué Louisa dans cette histoire. C'est une magistrate, pour l'amour du ciel ! On pourrait penser qu'elle sait faire la distinction entre le bien et le mal. Elle est quand même bien placée pour ça. Franchement, je ne sais pas ce qui me retient d'aller chercher Will pour le ramener ici.

— C'est compliqué, maman.

— Non, ça n'a rien de compliqué. Il est vulnérable et elle n'a pas le droit de le laisser se saboter. Je suis choquée. Le pauvre homme. Pauvre Will !

Elle s'est levée de table, a ramassé ce qui restait du poulet, puis est sortie de la cuisine d'un pas furieux.

Louisa l'a regardée partir, l'air un peu hébétée. Notre mère ne se mettait jamais en colère. Je crois bien que la dernière fois que nous l'avions entendue lever la voix, c'était en 1993.

Papa a secoué la tête, l'esprit manifestement ailleurs.

— Pas étonnant que je n'ai pas vu M. Traynor. Je me demandais où il avait bien pu passer. Je pensais qu'ils étaient partis passer des vacances en famille.

— Ils... ils sont partis ?

— En tout cas, il n'était pas là ces deux derniers jours.

Lou s'est littéralement effondrée sur sa chaise.

— Oh, merde, ai-je dit, tout en plaquant mes mains sur les oreilles de Thomas.

— C'est demain.

Lou m'a regardée et j'ai tourné la tête vers le calendrier accroché au mur.

— Le 13 août. C'est demain.

Lou n'a rien fait ce dernier jour. Elle s'est levée avant moi, pour regarder dehors par la fenêtre de la cuisine. Il pleuvait, puis le temps s'est dégagé. Puis il s'est remis à pleuvoir. Elle est restée sur le divan à côté de grand-père, puis elle a bu le thé que ma mère lui a préparé. Toutes les demi-heures, je voyais son regard glisser vers l'horloge posée sur la cheminée. C'était un spectacle insoutenable. J'ai emmené Thomas à la piscine et j'ai tenté de la convaincre de venir avec nous. Je lui ai dit que maman pourrait s'occuper de Thomas si elle voulait venir faire les boutiques avec moi plus tard. J'ai dit que je l'emmènerais au pub. Une sortie, juste elle et moi. Mais elle a décliné toutes mes propositions.

— Et si je faisais une bêtise, Treena ? a-t-elle demandé, d'une voix si basse que moi seule pouvais l'avoir entendue.

J'ai tourné la tête vers grand-père, mais il n'avait d'yeux que pour les courses à la télé. Je crois que papa devait continuer à jouer des chevaux gagnants et placés pour lui, même s'il prétendait le contraire à ma mère.

— Qu'est-ce que tu veux dire ?

— Est-ce que je n'aurais pas dû partir avec lui ?

— Mais tu as dit que tu ne pouvais pas.

Au-dehors, le ciel était gris. À travers nos vitres immaculées, elle contemplait le jour triste.

— Je sais ce que j'ai dit, mais je ne supporte pas de ne pas savoir ce qui est en train de se passer, a-t-elle dit, les traits crispés. Je ne supporte pas de ne pas savoir ce qu'il ressent. Je ne supporte pas de ne jamais lui avoir fait mes adieux.

— Tu pourrais peut-être y aller maintenant ? Attraper un vol ?

— C'est trop tard, a-t-elle répondu en fermant les yeux. Je n'arriverais jamais à temps. Il ne reste que deux heures avant… avant la fermeture des portes. J'ai vu ça sur Internet.

J'ai attendu sans rien dire.

— Ils ne… ne le font plus… après cinq heures et demie, a-t-elle expliqué en secouant la tête, en proie à la confusion. À cause des officiels suisses qui doivent être présents. Ils n'aiment pas… produire des certificats… après les heures de bureau.

J'ai failli ricaner. Mais je ne savais pas quoi lui dire. Je ne m'imaginais pas en train d'attendre, comme elle était en train de le faire, en sachant ce qui était en train de se tramer à mille lieues d'ici. Jamais je n'avais aimé un homme comme elle-même semblait aimer Will. Bien sûr, certains m'avaient plu, et j'avais eu envie de coucher avec eux, mais je me demandais quand même si je n'étais pas un peu atrophiée de la sensibilité. Je ne m'imaginais pas pleurer sur le sort d'un seul de mes ex. Pour pouvoir me mettre à sa place, j'ai dû imaginer Thomas en train d'attendre de mourir dans un lointain pays. Mais, dès que l'idée s'est formée dans mon esprit, j'ai senti quelque chose se retourner en moi ; une sensation absolument épouvantable. J'ai relégué cette pensée tout au fond de mes archives mentales, dans le tiroir étiqueté « choses impensables ».

J'ai pris place sur le divan à côté de ma sœur et nous avons regardé en silence la Maiden Stakes, la course de 15 h 30, puis le handicap de 16 heures, puis encore les quatre courses suivantes. Nous étions aussi absorbées par ce spectacle que des parieurs qui auraient misé tout l'or du monde sur les chevaux engagés.

Puis la sonnette de l'entrée a retenti.

Louisa a bondi du divan pour se précipiter dans le couloir. Elle a ouvert la porte d'un coup, et, en voyant la force de son geste, j'ai senti mon cœur s'arrêter.

Mais ce n'était pas Will sur le seuil. C'était une jeune femme pomponnée, aux cheveux coupés en un carré parfait. Elle a fermé son parapluie et souri, puis tendu la main vers le grand sac qu'elle portait à l'épaule. L'espace d'un instant, je me suis demandé si ça pouvait être la sœur de Will.

— Louisa Clark ?

— Oui ?

— Je travaille pour le *Globe*. Et je voulais savoir si vous accepteriez de m'accorder quelques instants.

— Le *Globe* ?

J'ai perçu la confusion dans la voix de Lou.

— Le journal ? ai-je demandé en apparaissant derrière ma sœur.

J'ai alors vu le bloc-notes que la femme tenait à la main.

— Puis-je entrer ? Je souhaiterais juste m'entretenir quelques instants avec vous au sujet de William Traynor. Vous travaillez bien pour William Traynor ?

— Aucun commentaire, ai-je grondé.

Et avant que la femme n'ait la possibilité de dire quoi que ce soit, je lui ai claqué la porte au nez.

Ma sœur restait pétrifiée dans l'entrée. Elle a tressailli quand ça a sonné de nouveau.

— Ne réponds pas, ai-je dit entre mes dents serrées.

— Mais comment… ?

J'ai commencé à la pousser dans l'escalier. La vache, elle fonctionnait au ralenti. C'était comme si elle avait été à moitié endormie.

— Grand-père, ne réponds pas à la porte ! ai-je crié en direction du salon. À qui en as-tu parlé ? ai-je demandé à

Lou quand nous sommes arrivées à l'étage. Quelqu'un a dû les prévenir. Qui est au courant ?

La voix de la femme nous parvenait par la fente de la boîte aux lettres.

— Mademoiselle Clark. Si vous voulez bien m'accorder dix petites minutes… Nous comprenons parfaitement qu'il s'agit d'une question délicate. Nous aimerions que vous nous donniez votre version des faits…

— Est-ce que ça veut dire qu'il est mort ?

Ses yeux s'étaient emplis de larmes.

— Non. Ça veut juste dire qu'un sale con cherche à se faire du pognon.

J'ai réfléchi un instant.

— C'était qui, les filles ? a demandé notre mère depuis le bas de l'escalier.

— Personne, maman. N'ouvre pas la porte.

Je me suis penchée par-dessus la rampe. Maman tenait un torchon à la main et observait la silhouette qui se découpait de l'autre côté du panneau vitré de la porte d'entrée.

— Je ne dois pas ouvrir la porte ?

J'ai pris ma sœur par le coude.

— Lou… tu n'as rien dit à Patrick, si ?

Elle n'a pas eu besoin de me répondre. Son visage ravagé disait tout.

— D'accord. Ne t'énerve pas. Tu ne t'approches pas de la porte. Tu ne réponds pas au téléphone. Tu ne leur dis rien, d'accord ?

Notre mère n'a pas apprécié. Et encore moins lorsque le téléphone s'est mis à sonner. Au bout de la cinquième fois, on s'est mis à filtrer les appels, mais les voix qui laissaient des messages sur le répondeur ont peu à peu envahi le vestibule. Ils étaient quatre ou cinq à appeler, avec tous le même discours. Chacun d'eux n'avait pour seule ambition que de permettre à

Lou de donner sa version de l'« histoire », comme ils disaient. Comme si Will Traynor était subitement devenu pour eux une denrée rare sur laquelle ils voulaient en savoir plus. La maison était envahie par les sonneries du téléphone et de la porte d'entrée. Assis tous rideaux fermés, nous écoutions les journalistes qui battaient le pavé devant la maison, discutant entre eux ou parlant dans leurs téléphones portables.

C'était comme de vivre un siège. Notre mère se tordait les mains et, chaque fois que l'un d'eux franchissait notre portillon, elle lui criait par la boîte aux lettres de déguerpir. À l'étage, Thomas observait tout ça par la fenêtre de la salle de bains, et voulait savoir ce que tous ces gens faisaient dans notre jardin. Quatre de nos voisins ont appelé pour savoir ce qui se passait. Papa s'est garé dans la rue d'à côté et est rentré par le jardin de derrière. Nous avons eu une conversation sérieuse au sujet de l'huile bouillante qu'on jetait autrefois par-dessus les remparts pour faire reculer l'assaillant.

Après avoir réfléchi un petit moment, j'ai appelé Patrick pour lui demander combien lui avait rapporté sa manœuvre sordide, son petit tuyau balancé aux journaux. La fraction de seconde qu'il lui a fallu avant de nier en bloc m'a confirmé tout ce que je voulais savoir.

— Espèce de sac à merde ! ai-je hurlé. Je vais botter si fort tes mollets de marathonien arriéré que tu ne risques pas d'arriver à la 157e place de sitôt !

Lou s'est assise dans la cuisine et a fondu en larmes. Pas de sanglots cette fois-ci, juste de grosses larmes rondes qui dévalaient ses joues et qu'elle essuyait de la paume de ses mains. Je ne savais vraiment pas quoi lui dire.

Mais ça tombait plutôt bien. J'avais des tas de choses à dire aux autres.

Tous les journalistes sauf un avaient vidé les lieux à sept heures et demie. J'ignore s'ils avaient renoncé ou s'ils avaient fini par se lasser de voir atterrir les pièces de Lego que Thomas jetait par la fente de la boîte aux lettres chaque fois qu'ils y glissaient un mot. J'ai demandé à Louisa d'aller donner son bain à Thomas. Je voulais surtout l'éloigner de la cuisine, mais aussi passer discrètement en revue tous les messages qui s'étaient accumulés sur notre répondeur et effacer ceux des journalistes. Il y en avait vingt-six. Vingt-six messages de ces enfoirés, tous dégoulinant d'amabilité et de compréhension. Certains lui proposaient même de l'argent.

Je les ai tous supprimés. Y compris ceux où il était question d'argent – même si, je dois bien l'admettre, j'étais un peu tentée de savoir quelle somme ils seraient prêts à accorder. Pendant tout ce temps, j'ai entendu Lou qui parlait à Thomas, ainsi que les petits cris et les éclaboussures de mon fils dont la Batmobile survolait la baignoire, bombardant en piqué les quinze centimètres de mousse qui l'entouraient. Ça, c'est une chose qu'on ignore toujours au sujet des enfants, à moins d'en avoir soi-même : le bain, les Lego et les bâtonnets de poisson interdisent de s'abandonner trop longtemps à la tragédie. Puis je suis tombée sur le dernier message.

— Louisa ? C'est Camilla Traynor à l'appareil. Pouvez-vous me rappeler, s'il vous plaît ? Aussi vite que possible ?

Je suis restée à contempler le répondeur, les yeux ronds. J'ai rembobiné pour réécouter le message. Puis j'ai gravi quatre à quatre l'escalier et sorti Thomas du bain si vite qu'il n'a même pas eu le temps de comprendre ce qui lui arrivait. Il s'est retrouvé là, debout, emmailloté dans une serviette comme dans un bandage compressif, tandis que, la main sur son épaule, je guidais Lou, chancelante et un peu perdue, jusqu'en bas des marches.

— Mais si elle me déteste ?

— Elle ne donne pas l'impression de te détester.

— Mais s'ils sont assiégés par la presse, là-bas ? Et s'ils pensent que tout est ma faute ? a-t-elle demandé, les yeux écarquillés, en proie à la terreur. Et si elle a appelé pour m'annoncer qu'il l'a fait ?

— Oh, bon Dieu, Lou ! Pour une fois dans ta vie, secoue-toi un peu. Tu ne sauras jamais si tu n'appelles pas. Appelle-la donc. Appelle-la. C'est la seule chose à faire.

Je suis remontée libérer Thomas. Je l'ai mis en pyjama et je lui ai dit que sa mamie lui donnerait un biscuit s'il allait dans la cuisine à toute vitesse. Ensuite, j'ai passé la tête par la porte de la salle de bains pour jeter un coup d'œil à ma sœur, au téléphone dans l'entrée.

Elle était de dos, en train de se lisser d'une main les cheveux à l'arrière de son crâne. Elle a ensuite tendu le bras pour prendre appui contre le mur.

Elle a dit : « Oui, je vois… D'accord… Oui. »

Après avoir raccroché, elle est restée une bonne minute à contempler ses pieds.

— Alors ? ai-je lancé.

Elle a levé les yeux, comme si elle m'apercevait seulement, et a secoué la tête.

— Ça n'a rien à voir avec les journaux, a-t-elle répondu d'une voix sourde, encore sous le choc. Elle m'a demandé – suppliée – de venir en Suisse. Elle m'a réservé une place sur le dernier vol, ce soir.

Chapitre 26

En d'autres circonstances, il aurait pu sembler bizarre que moi, Lou Clark, qui ne m'étais jamais éloignée à plus d'une heure de bus de mon bled, je prenne l'avion pour aller fouler le sol d'un troisième pays en moins d'une semaine. Mais je me suis préparé un petit bagage avec la prompte efficacité d'une hôtesse de l'air, n'emportant que le strict nécessaire. Dans mon sillage, Treena a rassemblé en silence tout ce dont je pouvais encore avoir besoin, puis nous sommes descendues. Nous nous sommes arrêtées dans l'escalier. Nos parents étaient déjà dans le vestibule, côte à côte, dans la même posture sinistre que celle qu'ils adoptaient lorsque nous rentrions à l'aube après une nuit passée dehors.

— Qu'est-ce qui se passe ? a demandé ma mère en fixant mon sac.

Treena était devant moi.

— Lou va en Suisse, a-t-elle expliqué. Et il faut partir maintenant pour ne pas louper le dernier vol.

Nous étions sur le point de poursuivre notre descente lorsque notre mère a fait un pas en avant.

Sa bouche formait une mince ligne que je ne lui connaissais pas et elle tenait les bras croisés, un peu gauchement, devant elle.

— Non. Je ne veux pas que tu t'en mêles. S'il s'agit bien de ce que je crois, c'est non.

— Mais…, a commencé Treena en tournant la tête vers moi.

— Non, a répété ma mère, d'un ton d'une fermeté tout à fait inhabituelle. Il n'y a pas de « mais ». J'ai réfléchi à tout ça – à tout ce que tu nous as raconté. Et ce n'est pas bien. C'est moralement répréhensible. Si tu es impliquée là-dedans, si on te voit aider un homme à se supprimer, alors tu vas au-devant de toutes sortes d'ennuis.

— Ta mère a raison, a renchéri mon père.

— Ils l'ont dit à la télé. Ça peut avoir des répercussions sur toute ta vie, Lou. Cet entretien pour l'université – et tout le reste. Si tu te retrouves avec un casier judiciaire, tu ne décrocheras jamais un diplôme, ni un bon travail, ni...

— Il lui a demandé de venir. Elle ne peut pas l'ignorer, a plaidé Treena.

— Bien sûr que si. Elle a consacré six mois de sa vie à sa famille. Et quand on voit ce que ça nous a rapporté, avec tous ces gens qui viennent frapper à notre porte – et tous les voisins qui s'imaginent qu'on a fraudé la caisse d'allocations ou quelque chose comme ça. Non, elle a aujourd'hui la chance de faire quelque chose de sa vie, et voilà qu'ils lui demandent de se rendre dans cet endroit horrible en Suisse et de tremper dans Dieu sait quoi. Eh bien, moi, je dis non. Non, Louisa.

— Mais il le faut, a insisté Treena.

— Non, elle n'ira pas. Elle a assez donné comme ça. Elle nous l'a dit elle-même hier soir, elle a fait tout ce qu'elle a pu, a continué ma mère en secouant la tête. Que les Traynor fassent un désastre de leurs vies en allant... Dieu sait ce qu'ils vont faire à leur fils si ça leur chante, mais je ne veux pas que Louisa soit mêlée à ça. Je ne veux pas qu'elle gâche sa vie.

— Je crois que je suis assez grande pour décider, ai-je dit.

— Je n'en suis pas sûre. C'est ton ami, Louisa. C'est un jeune homme qui a toute sa vie devant lui. Tu ne peux pas prendre part à ce... Je suis choquée que tu puisses même l'envisager, a-t-elle ajouté, la voix dure. Je ne t'ai pas élevée pour que tu ailles aider quelqu'un à mettre fin à ses jours !

Est-ce que tu irais supprimer grand-père ? Crois-tu que nous devrions aussi le pousser vers Dignitas ?

— Mais ce n'est pas pareil. Grand-père…

— Si, c'est exactement la même chose. Il ne peut plus faire ce qu'il faisait avant. Mais sa vie est précieuse. Tout comme celle de Will.

— Ce n'est pas ma décision, maman. C'est celle de Will. En l'occurrence, il s'agit uniquement de lui manifester mon soutien.

— Ton soutien ? Je n'ai jamais entendu pareille ânerie. Tu n'es qu'une enfant, Louisa. Tu n'as rien vu, rien fait. Tu n'as pas la moindre idée des répercussions de cet acte. Comment pourras-tu dormir la nuit si tu l'aides à mettre fin à ses jours ? Tu as l'intention d'aider un homme à se tuer. Est-ce que tu comprends ce que ça signifie ? Ce que tu veux, c'est aider Will, ce jeune homme magnifique et intelligent, à se supprimer.

— Je parviendrai à dormir la nuit, parce que j'ai confiance en Will. Il sait parfaitement ce qu'il a à faire. Et aussi parce que la pire chose qui lui soit arrivée a été de perdre la faculté de prendre la moindre décision, de faire la moindre chose par lui-même…, ai-je dit en regardant mes parents droit dans les yeux pour leur faire comprendre ce que je voulais dire. Je ne suis pas une enfant. Et je l'aime. Je l'aime et je regrette de l'avoir abandonné. Je ne supporte plus de ne pas être à ses côtés, de ne pas savoir ce que… ce qu'il…

J'ai senti ma gorge se nouer, puis j'ai ajouté :

— Alors, oui, je pars. Je n'ai pas besoin que vous veilliez sur moi, ni même que vous compreniez. Je vais m'occuper de ça toute seule. Et je pars en Suisse – que vous le vouliez ou non.

Une chape de silence s'est abattue sur le petit vestibule. Ma mère me regardait comme si j'étais une étrangère. J'ai descendu une marche vers elle, pour m'approcher et lui faire comprendre. Mais, au même moment, elle a reculé d'un pas.

— Maman, je dois le faire pour Will. Je lui dois bien ça. D'après toi, qui m'a poussée à m'inscrire à l'université ? Qui m'a encouragée à faire quelque chose de ma vie, à voyager, à avoir une ambition ? Qui a changé ma vision des choses et du monde ? Qui a changé mon point de vue sur moi-même ? C'est Will et personne d'autre. J'ai plus vécu ces six derniers mois qu'au cours des vingt-sept années qui ont précédé. Alors s'il me demande d'être avec en lui en Suisse, j'y vais, quelles qu'en soient les conséquences.

Il y a eu un bref instant de silence.

— Elle est comme tante Lily, a dit mon père d'une voix douce.

Nous avons échangé un regard. Treena et mon père se sont mutuellement jeté des coups d'œil, comme si chacun attendait que l'autre dise quelque chose. Mais c'est ma mère qui a rompu le silence.

— Si tu y vas, Louisa, ce n'est pas la peine de revenir.

Les mots sont tombés de sa bouche comme autant de petits cailloux. Je fixais ma mère, tétanisée par le choc. Son regard à elle restait braqué sur moi. Il s'est même durci tandis qu'elle guettait ma réaction. C'était comme si un mur dont j'ignorais l'existence venait subitement de surgir entre nous.

— Maman ?

— Je suis sérieuse. Ça ne vaut pas mieux qu'un assassinat.

— Josie...

— C'est la vérité, Bernard. Je ne veux rien avoir à faire avec ça.

J'ai le souvenir d'avoir pensé alors, mais de très loin, que jamais encore je n'avais vu Katrina si indécise. Mon père a tendu la main pour prendre ma mère par le bras ; j'ignore si c'était un geste de reproche ou de réconfort. L'espace d'un instant, j'ai eu la tête vide. Puis j'ai lentement descendu les dernières marches pour passer devant mes parents et franchir la porte. Une seconde plus tard, ma sœur me rejoignait.

Les commissures des lèvres de mon père se sont infléchies, comme s'il luttait pour contenir toutes sortes de sentiments. Puis il s'est tourné vers maman et a posé les mains sur ses épaules. Elle a sondé son regard, mais c'était comme si elle savait déjà ce qu'il allait lui dire.

Puis il a lancé ses clés à Treena qui les a attrapées d'une main.

— Passez par-derrière, a-t-il dit. Par le jardin de Mme Doherty. Prenez la camionnette. Personne ne vous verra. Si vous partez tout de suite et que ça ne roule pas trop mal, vous devriez arriver à temps.

— Tu sais où tout ça va nous mener ? a demandé Katrina en me coulant un regard de côté tandis que nous foncions sur l'autoroute.

— Absolument pas.

J'ai quitté ma sœur des yeux pour me lancer dans l'inventaire de mon sac, essayant désespérément de trouver ce que j'avais bien pu oublier. Les paroles de Mme Traynor à l'autre bout du fil résonnaient encore à mes oreilles.

« Louisa ? Je vous en prie. Est-ce que vous voulez bien nous rejoindre ? Je sais que nous avons eu quelques désaccords, mais s'il vous plaît… Il est vital que vous veniez. »

— Merde, je n'avais jamais vu maman dans cet état, poursuivait Treena.

Passeport, portefeuille, clés de la maison. Clés de la maison ? Pour quoi faire ? Je n'avais même plus de chez-moi.

Katrina a de nouveau tourné la tête vers moi.

— Je veux dire, ça l'a rendue folle, mais c'est le choc. Tu sais qu'elle va finir par se calmer, hein, tu le sais ? Quand je suis rentrée à la maison pour lui annoncer que j'étais en cloque, j'ai bien cru qu'elle ne me reparlerait plus jamais. Mais ça lui a pris… allez… deux jours pour s'en remettre.

J'entendais son bavardage, mais je n'y prêtais pas vraiment attention. Je ne parvenais pas à me concentrer sur quoi que ce soit. J'avais l'impression que mes terminaisons nerveuses échappaient totalement à mon contrôle ; l'anticipation les rendait électriques. J'allais voir Will. C'était déjà ça. Le reste importait peu. Je ressentais presque physiquement se réduire la distance qui nous séparait, comme si nous étions chacun à l'extrémité d'un immense élastique invisible.

— Treena ?

— Oui ?

— Il ne faut pas que je loupe ce vol, ai-je dit, la gorge nouée.

La détermination n'est pas ce qui fait le plus défaut à ma sœur. Nous avons roulé à tombeau ouvert sur la voie du milieu en nous faufilant entre les voitures, et enfreint consciencieusement toutes les limitations de vitesse, l'oreille collée à la radio pour suivre les « points trafic ». Quand nous sommes arrivées devant l'aéroport, elle a pilé dans un grand crissement de freins. J'étais déjà sortie de la voiture lorsque je l'ai entendue.

— Eh ! Lou !

— Pardon, ai-je dit en faisant le tour de la voiture en courant pour la rejoindre.

Elle m'a serrée dans ses bras. Très fort.

— Tu as fait le bon choix, a-t-elle murmuré, au bord des larmes. Et maintenant, barre-toi ! Si tu manques ce zinc alors que j'ai perdu au moins six points de permis, je ne t'adresse plus jamais la parole.

Je ne me suis pas retournée. J'ai couru tout droit jusqu'au comptoir de la Swiss Air, et j'ai dû m'y reprendre à trois fois pour épeler correctement mon nom afin de pouvoir retirer mes billets.

Je suis arrivée à Zurich un peu avant minuit. Compte tenu de l'heure tardive, Mme Traynor m'avait, comme promis, réservé une chambre dans un hôtel de la zone aéroportuaire. Une voiture viendrait me chercher à 9 heures le lendemain. J'avais cru que je ne pourrais pas fermer l'œil, mais je me trompais. J'ai dormi – d'un sommeil lourd, étrange et décousu – pour me réveiller à 7 heures, incapable de savoir où j'étais.

Hébétée, j'ai regardé la chambre autour de moi – les lourds rideaux bordeaux conçus pour occulter la lumière, le grand écran plat, mon petit sac que je n'avais même pas pris la peine de défaire. J'ai jeté un coup d'œil à l'horloge, qui indiquait un peu plus de 7 heures du matin, heure suisse. Et en me rappelant soudain où je me trouvais, j'ai senti la peur me tordre l'estomac.

Je suis sortie de mon lit d'un pas chancelant et je suis arrivée dans la petite salle de bains juste à temps pour vomir. À genoux sur le carrelage, les cheveux collés au front, j'ai posé ma joue sur la porcelaine froide. J'entendais encore la voix de ma mère, ses protestations ; un voile de terreur m'a doucement enveloppée. Je n'y arriverais pas. Je ne voulais pas échouer encore une fois. Je ne voulais pas regarder Will mourir. Dans un gémissement de douleur, j'ai vomi une nouvelle fois.

Incapable de manger, j'ai à peine réussi à avaler une tasse de café noir, puis je me suis douchée et habillée. Il était 8 heures. J'ai contemplé la robe vert pâle que j'avais choisie à la hâte la veille au soir, et je me suis demandé si le vêtement était bien approprié pour ces circonstances. Est-ce que les autres seraient tout de noir vêtus ? Ou aurais-je dû au contraire prendre quelque chose de plus coloré et plus vivant – comme ma robe rouge qui plaisait tant à Will ? Pourquoi Mme Traynor m'avait-elle demandé de venir ? J'ai pris mon téléphone portable en me demandant si je pouvais appeler Katrina. Il était 7 heures du matin en Angleterre, mais elle serait en train d'habiller Thomas. Cela dit, la perspective d'avoir à parler à ma mère était au-dessus de mes forces. Je me suis un peu maquillée, puis assise devant la fenêtre. Les minutes défilaient tout doucement.

Jamais je ne m'étais sentie aussi seule de ma vie.

Lorsque je n'ai plus supporté de rester dans ma petite chambre, j'ai remis toutes mes affaires dans mon sac et je suis sortie. J'allais acheter un journal et attendre dans le hall. Ça ne pouvait pas être pire que ma chambre, avec le silence ou la chaîne d'informations continues, et l'obscurité oppressante des rideaux. C'est en passant devant la réception que j'ai aperçu l'ordinateur, discrètement installé dans un petit renfoncement. Un panonceau disait : « Réservé à la clientèle de l'hôtel. Veuillez vous adresser à la réception. »

— Puis-je l'utiliser ? ai-je demandé à la réceptionniste.

Elle a confirmé d'un hochement de tête et j'ai acheté un crédit d'une heure. Soudain, je savais avec la plus grande netteté avec qui je voulais m'entretenir. Je savais au fond de mes tripes qu'il serait en ligne à cette heure. Je me suis connectée au forum et j'ai écrit un mot dans la messagerie instantanée.

« Ritchie. Tu es là ? »

« Salut, l'Abeille. Tu es bien matinale. »

J'ai hésité un infime instant avant de saisir ma réponse.

« Je suis sur le point de vivre le jour le plus étrange de mon existence. Je suis en Suisse. »

Il savait ce que cela voulait dire. Ils savaient tous. La clinique avait déjà été l'objet de nombreux débats enflammés. J'ai ajouté quelque chose.

« J'ai peur. »

« Alors pourquoi es-tu là-bas ? »

« Parce que je ne peux pas faire autrement. Il m'a demandé de venir. Je suis à l'hôtel. J'attends de le rejoindre. »

Après une hésitation, j'ai encore écrit :

« Je ne sais pas comment cette journée va bien pouvoir se terminer. »

« Ma pauvre Abeille. »

« Qu'est-ce que je peux lui dire ? Comment est-ce que je peux le faire changer d'avis ? »

Un certain temps s'est écoulé avant qu'il réponde. Ses mots s'inscrivaient plus lentement qu'à l'ordinaire sur l'écran, comme s'il avait mis un soin tout particulier à les choisir.

« S'il est en Suisse, mon Abeille, je ne crois pas que tu puisses le faire changer d'avis. »

J'ai senti ma gorge se nouer. Ritchie poursuivait son message.

« Ce n'est pas mon choix. Ce n'est pas le choix de la plupart de ceux qui viennent sur ce forum. J'adore ma vie, même si ce n'était pas celle dont j'avais rêvé. Mais je comprends aussi les raisons pour lesquelles ton ami n'en peut plus. Il est épuisant de mener ce genre d'existence. Et c'est un épuisement que les valides ne peuvent pas vraiment comprendre. S'il est déterminé, s'il n'a plus aucune perspective que les choses s'améliorent pour lui, alors le mieux que tu puisses faire est sans doute d'être là. Juste présente. Tu n'es pas obligée de penser qu'il a raison. Mais il faut que tu sois là. »

Je me suis rendu compte que j'en oubliais de respirer.

« Bonne chance, mon Abeille. Et repasse ici après. Les choses risquent d'être un peu agitées pour toi. Mais une amie telle que toi m'est précieuse. »

Mes doigts étaient figés sur le clavier. J'ai répondu.

« Je viendrai. »

Puis la réceptionniste m'a annoncé que ma voiture venait d'arriver.

Je ne sais pas au juste à quoi je m'étais attendue – peut-être à un bâtiment blanc près d'un lac ou au pied de montagnes enneigées. Peut-être une façade de marbre évoquant le milieu médical, avec une plaque dorée sur la porte. En revanche, je ne m'étais pas attendue à être transportée dans une sorte de zone industrielle, jusqu'à une maison remarquablement anodine, entourée de commerces, d'ateliers, avec un terrain de football à deux pas. Je suis passée devant un bassin où nageaient des poissons rouges, puis j'ai traversé une terrasse en bois. J'étais arrivée.

La femme qui m'a ouvert a tout de suite su qui je venais voir.

— Il est ici. Vous voulez que je vous annonce ?

À cet instant, j'ai un peu calé. J'ai regardé la porte fermée, étrangement semblable à celle que j'avais franchie tant de fois pour entrer dans l'annexe de Will, au cours de ces derniers mois. Puis j'ai pris une profonde inspiration et hoché la tête.

J'ai vu le lit avant de le voir lui. Il emplissait toute la pièce avec ses montants d'acajou, ses oreillers et son dessus-de-lit à fleurs pour le moins pittoresque, et paraissait un peu déplacé dans ce cadre. M. Traynor était assis d'un côté et sa femme de l'autre. Elle était pâle comme la mort.

— Louisa, a-t-elle dit en se levant.

Georgina était assise sur une chaise de bois dans un coin, penchée en avant et les mains jointes, comme abîmée dans quelque prière. Elle a levé la tête à mon entrée, révélant ses yeux cernés, rougis par le chagrin. J'ai éprouvé un élan de compassion envers elle.

Qu'aurais-je fait moi-même si Katrina s'était retrouvée dans la situation de Will, avec la même demande ?

La chambre était lumineuse et aérée, comme celle d'une maison de vacances haut de gamme. Le sol carrelé était recouvert de tapis, et un divan meublait le fond de pièce donnant sur un petit jardin. Je ne savais absolument pas quoi dire. Ils formaient un tableau tellement banal, presque ridicule, assis là tous les trois, comme une famille en train de décider de leurs excursions du jour.

Je me suis tournée vers le lit.

— Alors, ai-je dit, mon sac toujours à l'épaule. J'imagine que le service d'étage n'est pas terrible.

Le regard de Will s'est rivé au mien – et, malgré ma peur, malgré le fait que j'avais vomi deux fois et que j'avais l'impression de ne pas avoir dormi depuis un an, malgré tout ça, je me suis soudain sentie heureuse d'être venue. Non, pas heureuse – soulagée. Je venais d'amputer la partie de moi qui me faisait souffrir, et de m'en débarrasser.

Et il a souri. Un sourire magnifique, empreint de reconnaissance, qui s'est tout doucement épanoui.

Bizarrement, je lui ai souri en retour.

— Jolie chambre.

Les mots avaient à peine franchi ma bouche que j'en ai mesuré la bêtise. J'ai vu Georgina Traynor fermer les yeux, et j'ai rougi.

Will s'est tourné vers sa mère.

— Je voudrais parler à Lou. C'est possible ?

Elle a tenté de sourire. J'ai vu un million de choses dans la façon dont elle m'a alors regardée – le soulagement, la gratitude, une pointe de ressentiment à l'idée d'être tenue à l'écart de ces quelques minutes, peut-être même le vague espoir que mon apparition puisse être un signe, que le sort puisse, d'une façon ou d'une autre, dévier de sa trajectoire.

— Bien sûr.

Elle est passée devant moi pour sortir dans le couloir et, comme je m'écartais de la porte pour lui laisser le passage, elle a tendu une main pour me toucher doucement le bras. Nos yeux se sont croisés, et j'ai vu son regard s'adoucir, si bien que, l'espace d'un instant, elle a paru être une autre. Puis elle s'est détournée.

— Tu viens, a dit Camilla à sa fille qui ne paraissait pas décidée à bouger.

Georgina s'est levée lentement pour sortir sans un mot. À lui seul, son dos clamait toutes ses réticences.

Et nous nous sommes retrouvés tous les deux.

À moitié redressé sur le lit, Will pouvait voir par la fenêtre la pièce d'eau du jardin s'écouler joyeusement en un petit ruisseau vif et clair qui disparaissait sous la terrasse. Une photo de dahlias mal encadrée était accrochée au mur. Je me rappelle avoir pensé que c'était un tableau bien minable à contempler dans ses derniers instants.

— Alors…

— Tu ne vas pas…

— Je ne vais pas essayer de te faire changer d'avis.

— Si tu es là, c'est que tu acceptes mon choix. Depuis mon accident, c'est la première fois que je suis en mesure de décider quelque chose.

— Je sais.

Voilà, c'était dit. Il savait et je savais. Il n'y avait plus rien que je puisse faire.

Qui peut imaginer combien il est dur de ne rien dire ? Quand chaque atome de mon être me pressait de faire le contraire. Je m'étais entraînée à me taire tout au long du chemin depuis l'aéroport, et la douleur me consumait à moitié. J'ai hoché la tête. Lorsque j'ai finalement parlé, ma voix n'était qu'une toute petite chose brisée. Et j'ai dit l'unique chose que je pouvais exprimer sans aller à l'encontre de mes bonnes résolutions.

— Tu m'as manqué.

Il a paru se détendre.

— Allez, viens ici.

Comme j'avais l'air d'hésiter, il a répété :

— S'il te plaît, viens à côté de moi. Sur le lit.

À cet instant, j'ai vu que son visage témoignait d'un certain soulagement – qu'il était heureux de me voir et que les mots lui manqueraient pour me le dire. Je savais qu'il faudrait me contenter de ça. Je ferais ce qu'il m'avait demandé. Et je m'en contenterais.

Je me suis allongée à côté de lui, un bras en travers de son ventre, la tête sur sa poitrine, me laissant bercer par les doux mouvements de sa respiration. Je sentais la légère pression des doigts de Will dans mon dos, son souffle chaud dans mes cheveux. J'ai fermé les yeux et respiré son odeur, toujours ce même parfum raffiné de bois de cèdre, et puis aussi, en dépit de la fraîcheur insipide de la pièce, les effluves désagréables d'un désinfectant. Je me suis efforcée de ne penser à rien.

Je me suis efforcée d'exister tout simplement, de m'imprégner de l'homme que j'aimais, de graver dans ma mémoire tout ce qui me restait de lui. Je ne disais rien. Puis sa voix m'est parvenue. J'étais si près de lui que, lorsqu'il a parlé, je l'ai sentie vibrer en moi.

— Eh, Clark. Dis-moi quelque chose qui fait du bien.

Par la fenêtre, j'ai contemplé le bleu étincelant du ciel suisse, et je lui ai raconté l'histoire de deux personnes qui n'étaient pas destinées à se rencontrer, et qui ne s'appréciaient guère au début lorsque leurs chemins se sont croisés, mais qui ont fini par découvrir qu'elles étaient en réalité les deux seules personnes au monde faites pour se comprendre mutuellement. Et je lui ai raconté les aventures qu'elles avaient vécues ensemble, les lieux qu'elles avaient visités, et aussi toutes les merveilles insoupçonnées qu'il m'avait permis de découvrir. Pour lui, j'ai invoqué des cieux électriques et des mers chatoyantes, des soirées pleines de rires et de blagues idiotes. Pour lui, j'ai peint un monde loin d'une zone industrielle suisse, un monde dans lequel il était celui qu'il avait toujours voulu être. J'ai peint le monde qu'il avait créé pour moi, un monde dans lequel l'éventail des possibles était largement déployé. Je lui ai dit qu'il avait su guérir ma blessure mieux que personne, et que ne serait-ce que pour cela je lui serais redevable à jamais. Et, à mesure que je parlais, j'ai compris que ces mots seraient les plus importants que je prononcerais jamais, et qu'il était essentiel qu'ils soient bien choisis, que ce ne soit pas de la propagande ou une tentative de le faire changer d'avis, mais bien des mots qui répondent à ses attentes.

Je lui ai dit quelque chose qui faisait du bien.

Le temps s'est ralenti – puis arrêté. Il n'y avait plus que nous. Plus que moi en train de murmurer dans cette chambre vide éclairée par le soleil. Will ne disait presque rien. Il ne répondait pas, n'ajoutait ni moquerie ni petit commentaire. De temps en temps, il hochait la tête et son front venait frotter le mien, ou il murmurait quelque chose à propos d'un bon souvenir.

— Ces six mois ont été les plus beaux de toute ma vie, ai-je dit.

Il y a eu un moment de silence.

— Curieusement, Clark, pour moi aussi.

Et à cet instant, comme ça, d'un coup, mon cœur s'est brisé. Mon visage s'est froissé, mon sang-froid s'en est allé, et je l'ai serré contre moi en me fichant qu'il puisse sentir mon corps secoué de sanglots. Le chagrin m'avait submergée. Il a déferlé sur moi comme une vague, déchiré mon cœur, mon ventre et ma tête, et m'a entraînée vers le fond. C'était insupportable. Je pensais sincèrement que je n'allais pas pouvoir le supporter.

— Non, Clark, a-t-il murmuré, ses lèvres dans mes cheveux. Oh, non, s'il te plaît. Regarde-moi.

J'ai fermé les yeux de toutes mes forces et secoué la tête.

— Regarde-moi, s'il te plaît.

C'était au-dessus de mes forces.

— Tu es en colère. S'il te plaît. Je ne veux pas te faire de mal ou te…

— Non…, ai-je répété en secouant la tête. Ce n'est pas ça. Je ne veux pas…, ai-je dit en appuyant ma joue contre sa poitrine. Je ne veux pas que la dernière chose que tu voies soit mon visage tout cramoisi.

— Tu ne comprends toujours pas, Clark, n'est-ce pas ? a-t-il renchéri, un sourire dans la voix. Cette décision ne t'appartient pas.

Il m'a fallu quelques instants pour retrouver mon calme. Après m'être mouchée, j'ai respiré un grand coup. Pour finir, je me suis appuyée sur un coude pour le contempler. Son regard – que j'avais si souvent vu fatigué et malheureux – était étonnamment limpide et détendu.

— Tu es absolument magnifique.

— Très drôle…

— Allez, viens ici, a-t-il dit. Tout contre moi.

Je me suis de nouveau allongée sur lui, le visage contre le sien. J'ai aperçu l'horloge au-dessus de la porte, et eu soudain la sensation du temps qui filait. J'ai pris ses bras pour les nouer très fort autour de moi, puis je l'ai enserré entre mes bras et mes jambes, de sorte que nous soyons infiniment mêlés. J'ai pris sa main dans la mienne et mêlé mes doigts aux siens. Je l'ai sentie serrer la mienne et j'y ai déposé un baiser. Son corps m'était devenu si familier. Jamais je n'avais connu Patrick aussi intensément, aussi intimement – ses forces et ses faiblesses, ses cicatrices et son odeur. Mon visage était si près du sien que ses traits se sont brouillés. J'ai commencé à me perdre en eux. Du bout des doigts, j'ai caressé ses cheveux, sa peau, son front. Les larmes coulaient toutes seules le long de mes joues, de mon nez contre le sien, et il ne m'a pas quittée du regard. Sans un mot, il me scrutait intensément, comme s'il voulait stocker quelque part chacune des molécules qui me composaient. Il se repliait déjà – se retirait vers quelque lieu où je ne pouvais l'atteindre.

Je l'ai embrassé, essayant de toutes mes forces de le ramener. Je l'ai embrassé et j'ai laissé mes lèvres sur les siennes, pour que nos souffles soient mêlés et que les larmes de mes yeux deviennent du sel sur sa peau. Et, pendant tout ce temps, je me disais que de petites particules de lui deviendraient de petites particules de moi, ingérées, avalées, vivantes et éternelles. Je voulais presser contre lui jusqu'à la plus infime partie de moi. Je voulais le forcer à recevoir quelque chose. Je voulais lui communiquer chaque parcelle de vie qui était en moi pour l'obliger à vivre.

J'ai compris que j'avais peur d'exister sans lui.

Comment peux-tu avoir le droit de détruire ma vie, quand moi je n'ai pas mon mot à dire au sujet de la tienne ?

Voilà ce que j'avais envie de lui demander.

Mais j'avais promis.

Alors je l'ai serré contre moi – Will Traynor, ex-jeune prodige de la City, ex-cascadeur, sportif, voyageur, amant. Je l'ai serré contre moi sans rien dire, sans cesser un instant de lui crier en silence qu'il était adoré. Oh, comme il était adoré.

Je ne saurais dire combien de temps nous sommes restés ainsi. Je saisissais quelques bribes de conversations de l'autre côté de la porte, des raclements de pieds, une cloche qui sonnait dans le lointain. Finalement, il a poussé un énorme soupir, presque un frisson, puis il a reculé la tête de quelques centimètres pour que nous puissions nous distinguer.

J'ai cligné des yeux.

Il m'a fait un petit sourire désolé.

— Clark, a-t-il dit d'une voix posée. Est-ce que tu pourrais faire entrer mes parents ?

Chapitre 27

Service des poursuites judiciaires de la Couronne

À l'attention de : Comité consultatif du ministère public
Affaire : William John Traynor

4 septembre 2009

Les officiers assermentés ont procédé à l'interrogatoire de l'ensemble des personnes impliquées dans l'affaire citée en référence. Les documents y afférents sont joints en annexe.

La personne objet de cette enquête est M. William Traynor, 35 ans, anciennement partenaire au sein de la firme Madinley Lewins, sise au sein de la City à Londres. M. Traynor souffrait d'une rupture de la moelle épinière consécutive à un accident de la route survenu en 2007, ayant donné lieu à un diagnostic de tétraplégie C5/C6, avec mobilité limitée d'un bras uniquement, requérant des soins 24 heures sur 24. Son dossier médical est joint en annexe.

Il appert des documents transmis que M. Traynor a pris la peine de mettre en ordre ses affaires financières et juridiques quelque temps avant son voyage en Suisse. Une déclaration d'intention signée et certifiée par des témoins nous a été transmise par l'avocat de M. Traynor, maître Michael Lawler, ainsi que les copies de tous les documents relatifs aux consultations menées au préalable auprès de la clinique.

Les amis et membres de la famille de M. Traynor avaient tous fait part de leur opposition au désir qu'il avait manifesté de mettre fin à ses jours de manière prématurée, mais, compte tenu de sa situation médicale et des tentatives antérieures d'attenter à ses jours (comptes rendus hospitaliers joints en annexes), de son intellect et de sa force de caractère, ceux-ci ne sont apparemment pas parvenus à le dissuader, y compris au cours d'une période de six mois négociée avec lui spécialement à cette fin.

Il y a lieu de noter que l'un des bénéficiaires désignés au testament de M. Traynor est son aide-soignante agissant dans le cadre d'un contrat de travail, Mlle Louisa Clark. Compte tenu de la durée limitée des relations de celle-ci avec M. Traynor, des questions peuvent être soulevées quant à la générosité de ce dernier à l'endroit de son employée. Néanmoins, toutes les parties ont indiqué ne pas vouloir remettre en question les dispositions testamentaires de M. Traynor, toutes juridiquement étayées. Mlle Clark a été interrogée de manière approfondie et à plusieurs reprises, et la police reconnaît qu'elle a fait tout son possible pour dissuader M. Traynor de mener à bien son projet (voir son « calendrier d'aventures » produit en annexe).

Il convient de noter également que Mme Camilla Traynor, la mère de M. Traynor, qui a exercé les fonctions de juge pendant de nombreuses années, a remis sa démission compte tenu de la publicité donnée à l'affaire. Il est par ailleurs apparu qu'elle et son époux, M. Steven Traynor, se sont séparés peu après le décès de leur fils.

Si le recours au suicide assisté dans des cliniques basées à l'étranger ne saurait être considéré comme une pratique encouragée par le SPJC, il apparaît clairement, au vu des éléments fournis, que les actions de la famille et des soignants de M. Traynor rentrent dans le cadre des directives actuelles relatives au suicide assisté et à la poursuite des proches du défunt.

1. M. Traynor était jugé capable et avait exprimé sa décision de façon « volontaire, claire, définitive et éclairée ».

2. Aucun élément ne tend à démontrer l'existence d'une déficience mentale ou d'une coercition exercée par une quelconque partie.

3. M. Traynor a indiqué explicitement son intention de mettre fin à ses jours.

4. Le handicap de M. Traynor était grave et sans espoir de guérison.

5. Les actions des personnes accompagnant M. Traynor n'ont aidé ou influé sur la réalisation de l'acte que de manière mineure.

6. Les actions des personnes accompagnant M. Traynor peuvent être qualifiées d'assistance prêtée à contrecœur devant la volonté déterminée de la part de la victime.

7. Toutes les parties impliquées ont prêté concours et assistance à l'enquête de police.

Sur la base des faits tels qu'exposés, de la bonne volonté manifestée par toutes les parties et des éléments produits, j'estime qu'il ne servirait pas l'intérêt public de procéder à des poursuites dans cette affaire.

En outre, dans l'éventualité où il serait procédé à des déclarations publiques à cet effet, je recommanderais au ministère public d'indiquer sans la moindre ambiguïté que l'affaire Traynor ne saurait constituer un précédent, et que le SPJC continuera d'examiner au cas par cas chaque affaire en fonction de ses caractéristiques propres.

Sincères salutations,

Sheilagh Mackinnon

Service des poursuites judiciaires de la Couronne.

Épilogue

Je ne faisais que suivre les instructions.

Assise sous l'auvent vert bouteille du café, je regardais l'enfilade de la rue des Francs-Bourgeois, tandis que le soleil tiède de l'automne parisien me réchauffait un côté du visage. Avec une efficacité toute gauloise, le garçon venait de déposer devant moi une panière de croissants et un double expresso. Une centaine de mètres plus loin, deux cyclistes arrêtés à un feu avaient engagé une discussion. L'un d'eux portait un sac à dos bleu, d'où dépassaient deux baguettes. L'air immobile et un peu étouffant était empli des senteurs du café et des pâtisseries, accompagnées de l'odeur forte et piquante des cigarettes.

J'ai achevé la lecture de la lettre de Treena. Elle m'aurait bien téléphoné, mais un appel international n'était pas dans ses moyens. Elle avait fini major de promo en compta, et elle avait un nouveau copain, Sundeep, qui en était à se demander s'il allait travailler dans l'entreprise d'import-export de son père sur la zone de Heathrow, et qui avait des goûts musicaux encore pires que ceux de ma sœur. Thomas était excité comme une puce à l'idée de passer dans la classe supérieure. Mon père se débrouillait toujours comme un chef à son travail et m'envoyait des baisers. Quant à ma mère, Treena avait la conviction qu'elle finirait par me pardonner. « Elle a bien reçu ta lettre, m'écrivait ma sœur. Je sais qu'elle l'a lue. Il faut lui laisser le temps. »

L'espace d'un instant, j'avais été transportée vers Renfrew Road et une maison qui me paraissait à des millions de kilomètres. J'ai bu une gorgée de café, je me suis redressée et j'ai plissé les yeux face au soleil. Une femme avec des lunettes noires s'est recoiffée en regardant son reflet dans la vitrine d'une boutique. Elle a fait une petite moue en voyant son image, puis a corrigé sa posture avant de poursuivre son chemin.

J'ai reposé ma tasse, respiré un grand coup et sorti de mon sac l'autre lettre – celle qui me suivait partout depuis six semaines maintenant.

Sur l'enveloppe, sous mon nom, le message suivant figurait en lettres capitales :

À LIRE UNIQUEMENT AU CAFÉ MARQUIS, RUE DES FRANCS-BOURGEOIS, DEVANT UN GRAND CRÈME ET DES CROISSANTS.

J'avais ri et pleuré à la fois en découvrant cette enveloppe. C'était tellement Will, autoritaire jusqu'au bout.

Le serveur – un grand type nerveux, avec une dizaine de bouts de papier qui dépassaient de la poche de son tablier – s'est tourné vers moi. Son sourcil haussé semblait dire : « Tout va bien ? »

— Oui, ai-je répondu en français. Oui.

La lettre était imprimée. J'ai reconnu la typographie, qui était la même que celle d'une carte qu'il m'avait envoyée longtemps auparavant. Je me suis calée dans ma chaise et j'ai commencé ma lecture.

« Clark,

Quelques semaines se seront écoulées lorsque tu liras cette lettre (même avec tes compétences toutes neuves en matière d'organisation, je doute que tu puisses être à Paris avant début septembre). J'espère que le café est bon et fort, et les croissants frais. J'espère aussi qu'il fait encore assez beau pour s'asseoir dehors, sur ces chaises métalliques toujours condamnées à être plus ou moins bancales sur le trottoir. Le *Marquis* est une bonne adresse. La viande est bonne, si jamais ça te dit de revenir y déjeuner. Et si tu regardes un peu plus loin sur ta gauche, tu devrais voir L'Artisan Parfumeur. Après la lecture de cette lettre, tu devrais y aller pour essayer leur parfum qui s'appelle quelque chose comme « Papillon Extrême » (je ne suis plus très sûr du nom). J'ai toujours pensé qu'il serait parfait sur toi.

D'accord, fin des instructions. Il y a un certain nombre de choses que je voulais te dire, ce que j'aurais volontiers fait en personne, mais :

a) tu aurais été gagnée par l'émotion ;

b) tu ne m'aurais jamais laissé finir. Tu as toujours été bien trop bavarde.

Voilà : le chèque que tu as trouvé dans la première enveloppe que t'a remise Michael Lawler ne représente pas l'intégralité du montant. C'est juste un petit cadeau pour t'aider à voir venir dans tes premières semaines de chômage, et pour que tu puisses faire ce voyage à Paris.

Lorsque tu rentreras en Angleterre, porte cette lettre à Michael à son bureau londonien, et il te remettra tous les documents qui te permettront d'accéder à un compte qu'il a ouvert pour moi, à ton nom. Ce compte contient de quoi te permettre d'acheter un bel endroit pour vivre, de couvrir tes frais universitaires, et de subvenir à tes besoins pendant que tu étudies à temps plein.

Mes parents auront été prévenus de ces dispositions. J'espère que cette précaution, associée au travail juridique de Michael Lawler, permettra que tout se déroule sans encombre.

Clark, je l'entends pratiquement d'ici que tu es au bord de l'hyperventilation. Ne commence pas à paniquer, ou à faire des dons à droite à gauche. Cette somme est insuffisante pour te permettre de passer le reste de tes jours assise sur ton cul. Mais ça devrait être juste ce qu'il faut pour te permettre de te libérer, à la fois de cette petite ville qui nous rend claustrophobe et que nous appelons tous les deux « chez nous », mais aussi des choix que tu as eu l'impression de devoir faire jusqu'à présent.

Je ne te donne pas cet argent pour que tu te sentes mélancolique ou redevable envers moi. Ou que tu aies le sentiment qu'il s'agit d'un genre de mémorial. Je te le donne parce qu'il n'y a plus grand-chose qui me rende heureux, mais toi, si.

Je suis conscient que le fait de croiser ma route aura été une source de douleur et de chagrin pour toi. Mais j'espère qu'un jour, quand tu seras moins fâchée contre moi et moins bouleversée, tu verras non seulement que je n'avais pas d'autre choix, mais aussi que ce geste te permettra de vivre une bien meilleure vie que si tu ne m'avais pas rencontré.

Pendant un certain temps, tu vas te sentir mal à l'aise dans ton nouveau monde. C'est toujours un peu étrange de se faire virer de sa zone de confort. Mais j'espère que tu te sentiras un peu euphorique aussi. Le visage que tu avais quand je t'ai vue revenir de la plongée sous-marine m'a tout dit : il y a une faim en toi, Clark, et une grande audace. Tu les as juste enfouies au plus profond de toi, comme le font la plupart des gens.

Je ne suis pas en train de te dire de te jeter du haut d'un immeuble ou d'aller nager avec les baleines (même si j'adorerais penser que c'est ce que tu fais), mais juste de vivre pleinement. Bouge, remue-toi, ne t'installe pas. Porte fièrement des collants à rayures. Et si un jour tu insistes pour te caser avec un mec ridicule, fais en sorte de cacher une partie de cet argent quelque part. Savoir qu'on a toujours une porte de sortie est un véritable luxe. Et savoir que c'est moi qui, peut-être, t'aurais offert cette porte me rend la vie plus douce.

Alors voilà. Nous y sommes. Tu es gravée dans mon cœur, Clark. Tu l'as été dès le premier jour où tu es arrivée, avec tes fringues à la con, tes blagues moisies et ton incapacité absolue à dissimuler ce que tu ressens. Tu as changé ma vie infiniment plus que cet argent ne pourra changer la tienne.

Ne pense pas à moi trop souvent. Je ne veux pas t'imaginer toute larmoyante. Vis bien.

Vis.

Avec toute mon affection,

Will. »

Une larme était venue s'écraser sur la table branlante devant moi. Je me suis essuyé la joue et j'ai posé la lettre sur la table. Il m'a fallu plusieurs minutes pour y voir clair.

— Un autre café ? m'a proposé le garçon, soudain réapparu devant moi.

Je l'ai regardé, les yeux papillotants. Il était plus jeune que je ne l'avais pensé ; son air hautain l'avait quitté. Peut-être les garçons de café sont-ils formés à se montrer aimables avec les femmes qui pleurent dans leur établissement.

— Un cognac, peut-être ?

Il a jeté un regard vers la lettre, puis m'a adressé un sourire entendu.

— Non, ai-je répondu en lui rendant son sourire. Merci. Je… j'ai des choses à faire.

J'ai réglé l'addition et rangé soigneusement la lettre dans ma poche.

Puis j'ai mis mon sac sur mon épaule et je suis partie en direction de la parfumerie – et de Paris qui m'attendait au-delà.

Remerciements

Merci à mon agent, Sheila Crowley de Curtis Brown, et à mon éditeur, Mari Evans, chez Penguin, qui ont su voir immédiatement ce livre pour ce qu'il était – une histoire d'amour.

Un merci tout particulier à Maddy Wickham, qui m'a encouragée à un moment où je n'étais pas certaine de savoir si je pouvais écrire ce livre, ou même si je devais le faire.

Merci à la fantastique équipe de Curtis Brown, et en particulier à Jonny Geller, Tally Garner, Katie McGowan, Alice Lutyens et Sarah Lewis, pour leur enthousiasme et l'efficacité de leur travail d'agents.

Chez Penguin, j'aimerais aussi remercier tout particulièrement Louise Moore, Clare Ledingham et Shân Morley Jones.

Toute ma gratitude également aux membres du forum Writer's Block – mon Fight Club à moi. Sans le côté *fight*.

De même, j'exprime ma gratitude à India Knight, Sam Baker, Emma Beddington, Trish Deseine, Alex Heminsley, Jess Ruston, Sali Hughes, Tara Manning et Fanny Blake.

Merci à Lizzie et Brian Sanders, ainsi qu'à Jim, Bea et Clemmie Moyes. Mais plus encore, et comme toujours, à Charles, Saskia, Harry et Lockie.

Quelques mots de Jojo Moyes

D'où vous sont venues vos idées pour les personnages et leurs histoires ?

Les idées me viennent de partout. C'est souvent une bribe de conversation ou une information entendue qui se loge dans ma tête et refuse de s'en aller. Parfois, c'est une idée de personnage qui me vient et, de manière inconsciente, tous ces éléments s'associent. De tous les livres que j'ai écrits, celui-ci est celui qui est le plus fondé sur un concept – dans le sens où je pourrais le décrire en deux phrases. Le plus souvent, mes histoires sont plus organiques, constituées d'idées et de petites choses mêlées ensemble. Pour ce livre, c'est probablement la notion de « qualité de la vie » qui était aux avant-postes de mon esprit, dans la mesure où j'avais moi-même deux parents précisément confrontés à une situation de ce genre. Et, dans l'un de ces deux cas, je sais avec certitude que la personne aurait probablement préféré choisir n'importe quelle autre option que cette existence.

Quels sont les personnages de ce roman auxquels vous vous identifiez le plus ?

Eh bien, il y a définitivement un peu de Lou en moi. J'ai eu une paire de collants à rayures que j'adorais quand j'étais petite ! Je crois qu'il faut s'identifier à tous les personnages dans une certaine mesure, sinon ils ne sont pas assez

« vivants » sur le papier. Mais je m'identifie aussi à Camilla. En tant que mère, je n'imagine même pas le choix auquel elle est confrontée. Dans ces circonstances, je pense qu'on doit être obligé de se fermer un peu émotionnellement.

Pourquoi avoir choisi de situer l'histoire dans une petite ville historique avec un château au milieu ?

J'ai essayé toutes sortes de cadres pour ce livre. Je suis allée jusqu'en Écosse pour trouver un château avec une petite ville autour qui me conviennent. Il était essentiel que Lou soit issue d'une petite ville plutôt que d'une capitale. Je vis dans une grosse bourgade et je suis fascinée de voir à quel point le fait de grandir dans un tel lieu est à la fois extrêmement confortable et incroyablement oppressant. Je voulais aussi un château, parce que c'est le meilleur exemple d'un endroit où convergent et coexistent la vieille richesse de ce pays et les gens ordinaires. En Angleterre, le poids des classes sociales est toujours incroyablement prégnant. On ne s'en rend vraiment compte que lorsqu'on visite un pays où elles n'ont pas cours de la même manière – aux États-Unis et en Australie, par exemple. Pour mon histoire, j'avais besoin de cette différence de classe sociale entre Will et Lou.

Ce roman aborde une question extrêmement sensible – le droit à la mort. Avez-vous trouvé difficile d'écrire sur ce sujet ? Et pourquoi avez-vous choisi de vous y intéresser ?

Il y a quelques années, j'ai entendu parler du cas de Daniel James, un jeune joueur de rugby paralysé qui avait convaincu ses parents de le laisser se rendre à Dignitas. Dans un premier temps, j'ai été horrifiée par cette affaire – quelle mère peut faire une chose pareille ? –, mais plus je me suis renseignée sur cette histoire, plus j'ai lu de choses, et plus je me suis rendu compte que rien n'est jamais tout noir ou tout blanc. Qui peut décider de ce que doit être le degré de qualité de la vie d'une personne ? Comment faire face à une existence qui n'a plus rien à voir avec celle qu'on s'était choisie ? En tant que parent, que faire si notre enfant est déterminé à mourir ? La vie d'un tétraplégique ne se résume pas au fait d'être coincé dans un fauteuil : c'est une bataille de tous les instants contre la douleur et les infections, pour ne rien dire des épreuves psychiques. Et toutes ces questions restaient là, gravées dans mon esprit. Je crois qu'il faut écrire le livre qu'on porte en soi, même s'il n'est pas celui que le marché attend.

En fait, j'ai écrit ce livre sans avoir signé au préalable le moindre contrat. Et je n'étais pas absolument certaine de trouver un éditeur, étant donné la nature polémique du sujet abordé. Mais c'était un thème sur lequel je devais écrire. Et le faire pour moi, et moi seule, a été une expérience étrangement libératrice. À l'arrivée, lorsque le livre a été fini, j'ai eu la chance que plusieurs éditeurs se déclarent intéressés, et j'ai été ravie de rejoindre Penguin.

Au cœur de chacun de vos livres, il y a toujours une histoire d'amour incroyablement émouvante. Qu'y a-t-il dans la dimension émotionnelle de l'amour qui vous pousse à écrire dessus ?

Je n'en ai pas la moindre idée ! Dans la vie, je ne suis pas une personne particulièrement romantique. Je suppose que l'amour est ce qui nous fait accomplir les choses les plus extraordinaires – l'émotion qui nous porte au plus haut, ou nous fait sombrer au plus bas, ou celle qui nous transforme le plus. Et écrire sur les émotions extrêmes est toujours intéressant. Et puis je suis bien trop peureuse pour écrire des histoires d'horreur…

Vous est-il déjà arrivé de pleurer en écrivant une scène d'un de vos livres ?

Ça m'arrive tout le temps. Et si je ne pleure pas pendant que j'écris une scène d'émotion clé, alors, quelque part au fond de moi, j'ai le sentiment qu'elle est ratée. Je veux que le lecteur ressente quelque chose pendant sa lecture, et mes larmes pendant l'écriture sont en quelque sorte devenues ma pierre de touche de la réussite d'une scène. C'est une façon bien étrange de gagner sa vie…

*Découvrez la suite d'*Avant toi,
aux éditions Hauteville

HAUTE
VILLE

Après toi

« Drôle, émouvant, et toujours imprévisible ! »
New York Times

N'oublie jamais que tu n'as qu'une seule vie… Lou a promis à l'homme qu'elle aime de vivre chaque jour comme si c'était le dernier. Mais elle peine à se remettre de la mort de Will. Sa vie londonienne n'a rien du nouveau départ qu'elle espérait : accoutrée d'un uniforme ridicule, elle travaille dans le bar d'un aéroport, sous les ordres d'un petit tyran. Lors d'une soirée passée à méditer sur le toit de son immeuble, Lou est surprise par l'apparition d'une jeune fille, et tombe… trois étages plus bas. Elle croit avoir touché le fond, mais c'est là que commence sa nouvelle vie : sa rencontre inattendue avec Lily est le meilleur moyen d'honorer sa promesse.

Après tout

« Un charme et un esprit jamais égalés. »
Sunday Express

Quand Lou s'envole pour New York, elle est certaine de pouvoir vivre pleinement cette aventure malgré les milliers de kilomètres qui la séparent de Sam. Elle rejoint la très fortunée famille Gopnik, se jette à corps perdu dans son nouveau travail, et découvre les joies de la vie new yorkaise. Sa rencontre avec Joshua éveille en elle des souvenirs enfouis. Lou s'évertue à rassembler les deux parties de son cœur séparées par un océan. Mais les lourds secrets qui pèsent sur elle menacent de faire voler en éclats son fragile équilibre. Le moment n'est-il pas venu de se demander qui elle est vraiment ?

Achevé d'imprimer en décembre 2020
Par CPI Brodard & Taupin à La Flèche
N° d'impression : 3040976
Dépôt légal : janvier 2021
Imprimé en France
38122041-1